Hermann Bahr

Die Hexe Drut

Hermann Bahr

Die Hexe Drut

Unveränderter Nachdruck der Originalausgabe von 1929.

1. Auflage 2022 | ISBN: 978-3-36842-733-7

Verlag: Outlook Verlag GmbH, Zeilweg 44, 60439 Frankfurt, Deutschland
Vertretungsberechtigt: E. Roepke, Zeilweg 44, 60439 Frankfurt, Deutschland
Druck: Books on Demand GmbH, In de Tarpen 42, 22848 Norderstedt, Deutschland

BÜCHER DER EPOCHE
Herausgeber:
LYONEL DUNIN

BAND 5
(Serie A: Deutsche Autoren)

Hermann Bahr: Die Hexe Drut

HERMANN BAHR

Die Hexe Drut

Roman

In früheren Auflagen ‚Drut'

Berlin 1929
Sieben Stäbe-Verlags- und Druckereigesellschaft m. b. H.

EINBANDZEICHNUNG VON PAUL PFUND

✳

Ungekürzte Neuausgabe
mit einem neuen Vorwort des Dichters und mit einer
Einleitung des Herausgebers

———

6. bis 55. Tausend der Gesamtauflage
1. bis 50. Tausend der Neuausgabe

✳

Diese Ausgabe erfolgt mit Genehmigung des Verlages Franz Borgmeyer, Hildesheim. Alle Rechte, insbesondere das der Übersetzung,
vorbehalten. Copyright 1929 by Sieben Stäbe-Verlags- und
Druckereigesellschaft m. b. H., Berlin.

Einleitung.

Hermann Bahrs Leben und Werk sind reich an Wandlung, nicht minder reich an Geist, Größe und Kraft in allen Phasen dieses Wandlungsganges. Immer und überall war sein Leben Voraussetzung für sein Werk, war er ein werbender Streiter für seinen Glauben, nämlich für das, woran er glaubte und wofür er kämpfte. Wie stark muß eine Begabung sein, die niemals über den Dingen steht, sondern mitten unter ihnen, die ihrem Schaffen stets wesensnah und herzensverwandt ist, und auf dem beschwerlichen Wege des warmblütigen subjektiven Erlebens oder Erfühlens zur objektiven dichterischen Gestaltung gelangt; wie gefestigt eine Persönlichkeit, die alle diese Wandlungen innerlich rein und äußerlich heil zu überwinden und zu überstehen vermochte.

Hermann Bahrs Leben: Als Sohn schlesischer Eltern im Juli 1862 in der oberösterreichischen Donaustadt Linz geboren, in jungen Jahren vielgereist, bald als Schriftsteller und Journalist am Leben seiner Zeit rege Anteil nehmend, verbrachte er zwei Jahrzehnte in Wien, wo er vornehmlich als Dramatiker, insbesondere als Lustspieldichter, zu Erfolg und Ansehen gelangte, bis der Fünfzigjährige sich noch vor dem Kriege zunächst nach Salzburg wandte, um sich dann endgültig in München niederzulassen, wo er heute noch, fern dem literarischen Marktgetriebe, in größter Zurückgezogenheit lebt und wirkt. Seine künstlerische Wandlung führt von der Verkündung des Naturalismus über die Neuromantik, später an realistischen Anklängen vorbei, zur psychologischen und schließlich zur ethischen Dichtung, getragen von tiefem religiösen Glauben, beherrscht von bekenntnishaftem Drang nach Verinnerlichung. Die politischen Wandlungen reichen vom Sozialismus am Beginn, über anarchistische Sympathien hinweg, an nationalen und aristokratischen Bestrebungen vorbei, bis sie über den Humanismus auslaufen und münden in strenggläubigen Katholizismus, zu dem sich der geborene Katholik und spätere Freigeist im Jahre 1912 endgültig bekennt. Von diesem Leben läßt sich sagen, daß es wahrlich ein weites Feld erfaßt und durchdringt.

Hermann Bahrs Werk: Von der Herausgabe einer Wochenschrift in Wien, über Aufsätze und Flugschriften, über Gründung einer Kunstzeitschrift, über Studien und Tagebuchaufzeichnungen, zu einem der geistreichsten und tiefsinnigsten Essayisten seiner Zeit. Vom Regisseur am Deutschen Theater in Berlin und späteren Burgtheaterdirektor in Wien zu einem der erfolgreichsten und begehrtesten Bühnendichter eingangs des Jahrhunderts, dessen Komödien über fast alle deutschen Bühnen gingen und von denen hier nur „Das Konzert", „Der Star", „Der Krampus", „Die gelbe Nachtigall" erwähnt seien. Ein Kenner und Könner des Theaters, stellte er vielfach Stoffe aus dem Bühnenleben in den Umkreis seiner Betrachtung und Befassung. Auch sein trefflicher Roman „Die Rahl", der erste in der Folge des zur Lebensaufgabe gestellten großen Romanzyklus, erwählt in der Titelheldin eine große Schauspielerin zur tragenden Gestalt, um die Welt des Theaters einer nicht minder verkleideten Umwelt gesellschaftlicher Kräfte im alten Österreich entgegenzustellen.

Die vielseitige Entwicklung dieses Dichters in mannigfachen Kunstzweigen war aufzuzeigen und nachzuzeichnen, wenn auch nur flüchtig und andeutungsweise, um zu seinem Hauptwerk zu gelangen — zu dem auf zwölf Romane bemessenen Zyklus, wovon bisher die Hälfte, also sechs Romane, vorliegt — und um damit den Leser zum tieferen Verständnis des vorliegenden Romans einfühlend zu geleiten. „Drut" ist der zweite der bisher erschienenen Romane, die völlig unabhängig voneinander jeder für sich bestehen, übrigens auch in Stoffwahl, Problemstellung und Weltanschauung durchaus verschieden sind, zeitlich, räumlich, gedanklich den Wandlungen ihres Schöpfers angepaßt. Der ursprünglichen Absicht, ein zusammenfassendes Kolossalgemälde österreichischer Kultur und Sitte im Brennpunkt einer entscheidenden Epoche zu schaffen, traten äußere und innere Umstände wenig förderlich entgegen: Österreich und das darin geschilderte Zeitalter versanken aus flammender Gegenwart, die dem Dichter und seinem Werk als stärkster Antrieb diente (und darum beider Wert erhöht), in erloschene Vergangenheit; — der Dichter aber und sein Werk gelangten seither von der Schilderung einer Kultur zur Verkündigung einer Religion, die wie jeder Glaube eine innerliche Umstellung fordert (und darum beider Wert nicht mindert).

Der Roman von der Hexe Drut vermittelt in künstlerischer Vollendung ein unübertreffliches, in der Literatur unserer Tage jedenfalls unübertroffenes Kulturbild des alten Österreichs im Zeitalter des Verfalls, wie es in unser aller Gefühl heute noch nachklingt, in seinen sozialen und wirtschaftlichen Zusammenhängen das gesamte Deutschland berührt. Mit unheimlicher Voraussicht wird in diesem Roman der damals bevorstehende und seither eingetretene Zusammenbruch in Gestalt einer altösterreichischen Beamtentragödie erlebt und erlitten. Ein zur herrschenden Schicht zählender Staatsbeamter, jung und hoffnungsreich, verstrickt sich durch eine reine

Liebe in das tödliche Netz einer dünkelhaften, dummdreisten Staatsbürokratie, die Land und Untertan zu Tode regieren durfte. Der Untergang des Opfers, behaftet mit den Vorzügen und den Schwächen des österreichischen Menschen, der ein Spielball dunkler Mächte wird, ist vom Zauber der österreichischen Landschaft umflossen. Dahinter die meisterhafte Schilderung des edelsten Zuchtgewächses einer angefaulten Staatsgewalt: die Fratze des österreichischen Hofrats, unsterblicher Typ, der aus der Zeitgeschichte in die Weltgeschichte eingeht. „Der Hofrat", so könnte dieser Roman vom österreichischen Leben und Sterben in leuchtenden Lettern überschrieben sein; denn er gibt Begriff und Geschmack einer Gattung, die, wenn schon nicht in Ansehung ihrer Verdienste als Totengräber einer alten Kultur, so doch um des bleibenden Wertes dieses ihres Romans wegen, den Schritt vom Lächerlichen zum Erhabenen vollzieht. Das unvergängliche Abbild dieser Gattung konnte nur ein Dichter mit einer großen Liebe im Herzen zeichnen.

„Drut" entstand im Jahre 1908 und ist 1909 erschienen, ohne daß dieser beste Roman Hermann Bahrs — ich wage zu behaupten: einer der besten und schönsten der zeitgenössischen deutschen Literatur überhaupt — bisher neu aufgelegt wurde. Darin liegt ein nicht weiter verwunderliches Symptom einer Zeit, die hinter dem Flüchtigen herjagt. Nach einer Pause von zwei Jahrzehnten, nach beinahe ebenso langer Vergessenheit, wird der Roman unter dem Titel „Die Hexe Drut" im Rahmen dieser Buchreihe, die sich ausschließlich in den Dienst lebender Dichter stellt und um die Verbreitung ihrer Meisterwerke in billigen und dabei würdigen Ausgaben bemüht ist, gleichzeitig mit dem Roman von Arthur Schnitzler, des anderen großen österreichischen Dichters, als Ergänzung der zunächst vorgesehenen Reihe deutschsprachiger Werke und in

6

einer für Deutschland ungewöhnlich hohen Erstauflage herausgebracht. Das Wagnis besteht, das Ergebnis ist ungewiß. Doch ich hege den festen Glauben, daß allein das Gute sich auch im Schrifttum durchsetzen und früher oder später recht behalten wird.

Die „Bücher der Epoche" gehen nicht auf den schreienden Tageserfolg aus. In den bleibenden Werten, die sie vermitteln dürfen, suchen sie Geltung und Bewährung. Verlag und Herausgeber sind sich des neuartigen Versuches bewußt, ihren Nutzen an dem inneren Gewinn des Lesers aus ihren Darbietungen messen zu wollen. Dieser Gewinn wird im vertrauten Umgang mit dem vorliegenden Roman des jungen Hermann Bahr wahrlich nicht gering sein.

Berlin, im September 1929.

Lyonel Dunin.

Vorwort zur neuen Ausgabe.

„Den Zorn des Achill singe mir!", fleht Homer zu Beginn der Ilias, und wenn er dann an die Odyssee geht, bittet er auch zunächst wieder die Muse: „Den Mann nenne mir, den vielgewandten!" Beidemal gesteht der Dichter also ein, daß er selbst nichts zu sagen hat, es muß ihm erst eingesagt werden, eingesagt von oben. Auch Dante versichert sich zunächst beim Eingang zu seiner „Monarchie", keiner Dichtung, sondern einer gelehrten, einer politischen Schrift, der Hilfe von oben, er gesteht: „Arduum quippe opus et ultra vires aggredior, non tam de propria virtute confidens quam de lumine Largitoris illius, qui dat omnibus affluenter et non improperat." Die Dichter aller Zeiten wiederholen das Zitat aus Cicero, der mit Berufung auf Demokrit und Plato verneint, „sine inflammatione animorum existere posse et sine quodam afflatu quasi furoris" — ohne Furor, ohne den Anfall einer gewissen Raserei, ohne Geistesentflammung gibt es keinen Dichter! Aber auch schon der platonische Sokrates erklärt im Phädrus alle Bemühungen des Dichters für ohnmächtig, ‚der bloß durch die Kunst allein, ek technes', dichten zu können meint, dazu „Mouson mania", ohne, wie Wieland übersetzt, „Musenwut"; denn immer, versichert Sokrates, bleibt das Gedicht „tu sophronuntos", das Gedicht des Bewußten, weit hinter den Gedichten der „Rasenden" zurück! Und wenn William Blake einmal versichert: „Ich bin nur der Sekretär, die Autoren sind in der Ewigkeit", so spricht er damit das Gefühl aller Schaffenden aus: diktiert wird ihnen, sie können nichts dafür, sie haben es bloß aufzunehmen und weiterzugeben; Dolmetsch ist der Künstler, ein Stromleiter, ein Draht, durch den „das Geschenk von oben" den Sterblichen zugeführt wird. Der Künstler wird selber davon ganz unversehens überfallen, es überkommt ihn, überwältigt ihn, und bevor er es noch recht weiß und sich von seinem Staunen, ja Schrecken kaum erholt, kaum wieder auf sich besonnen hat, ist er schon ergriffen; dann aber kommt es freilich noch darauf an, daß er nun aber auch zugreift, daß der Ergriffene nun selber ausgreift, nach seiner Ergriffenheit greift, um sie festzunehmen und festzuhalten. „Dreingreifen, packen ist das Wesen jeder Meisterschaft", heißt in jenem herrlichsten Jugendbrief Goethes an Herder. Ganz Demut ist er da, mit dankbar gefalteten Händen, denn er weiß, es muß von oben kommen, selber vermag er nichts; zugleich aber taumelt seine Demut vor Stolz im Rausch des eigenen Kraftgefühles: „Über den Worten Pindars ‚epikratein dynasthai' ist mir's aufgegangen!" So hat er nun die beiden Elemente der Kunst in seiner Empfangenes gestaltenden Hand. Er war zweiundzwanzig, als er dies schrieb, aber aus seinem dreiundachtzigsten Jahr haben wir ein Briefkonzept, worin es heißt: „Die wahre Produktionskraft liegt doch am Ende immer im Bewußtlosen, und wenn das Talent noch so gebildet ist — freilich alsdann desto besser." Was der heiße Jüngling stürmisch ahnte, wiederholt bedächtig der erfahrene Greis. Des Menschen eigenes Inneres hat er immer als „unvollständig" erkannt. Es vermag nichts ohne die „Gabe von oben", ohne das „unerhoffte Geschenk von oben", es ist dabei selber nur „als ein Werkzeug einer höheren Weltregierung zu betrachten, als ein würdig befundenes Gefäß zur Annahme eines göttlichen Einflusses". Aber freilich sind solche Werke, worin dem, was der Dichter empfängt, die gestaltende Kraft genau so zugewogen ist, daß alles Empfangene sich in Gestalt verwandelt und kein Überschuß der gestaltenden Kraft müßig zurückbleibt; solche vollkommenen Werke sind sehr selten. Das höchste Beispiel eines bloß das Diktat von oben auffangenden Gedichtes, in dem der Wille des Dichters durchaus verstummt, ja selber sozusagen gar nicht mehr vorhanden, sondern der Dichter nur noch eine Traufe für den zuströmenden Einfall ist, haben wir an Rimbauds „Bâteau ivre", vielleicht dem schönsten Gedicht französischen Lautes. Der Dichter selber regt sich darin gar nicht, er ist zum Diktaphon geworden. In seiner Straßburger Zeit hätte Goethe sich für ein Gedicht in der Art des „Bâteau ivre" gar nicht laut genug begeistern können. Erst allmählich ward er inne, daß wenngleich „jede Form, auch die gefühlteste, etwas Unwahres hat", Form dennoch unentbehrlich ist, denn „sie ist ein für allemal das Glas, wodurch wir die heiligen Strahlen der verbreiteten Natur an das Herz der Menschen zum Feuerblick sammeln. Aber das Glas! Wem's nicht gegeben wird, wird's nicht erjagen; es ist, wie der geheimnisvolle Stein der Alchimisten, Gefäß und Materie, Feuer und Kühlbad. So einfach, daß es vor allen Türen liegt, und so ein wunderbar Ding, daß just die Leute, die es besitzen, meist keinen Gebrauch davon machen können." Grillparzer hat einmal gesagt: „Der rechte Dichter ist nur der, in dem seine Sachen gemacht werden." Wenn aber dann, früher oder später, die Sachen von selbst gemacht zu werden aufhören, wenn alles „Simulieren", wie Grillparzer diesen Zustand der Erwartung des Segens von oben zu nennen pflegte, nichts mehr hilft, dann wird der Dichter gewahr, wie gering sein eigenes Verdienst und daß er bloß ein Empfänger ist. „Meine Gottheit ist die Inspiration", versicherte Grillparzer immer wieder, und er wurde zum mürrischen Hypochonder, als es von Inspiration in ihm nur so tröpfelte. Laube konnte nicht verstehen, warum Grillparzer jedes Gespräch über sich und seine Dichtungen abwies. Wenn er sich doch einmal darauf einließ, so sprach er, als ob er in Person mit dem Dichter Grillparzer gar nichts gemein hätte. Den Theatermann Laube befremdete das, jeder Dichter aber weiß, daß er bloß ein Gefäß der Inspiration und für diese nicht verantwortlich ist. Der Dichter hat vor den andern gar nichts voraus, als daß ihm zuweilen etwas einfällt: es fällt in ihn hinein, er kann nichts dafür, es ist nicht sein Verdienst. Er muß nur mit dem Einfall dann auch etwas anzufangen wissen, bevor Besuch der Inspiration sich wieder entfernt.

Hermann Bahr.

Erstes Kapitel.

Der neue Bezirkshauptmann hielt in der Türe noch einmal, sah forschend auf den alten Amtsdiener zurück und sagte: „Ja, daß ich nicht vergess'! Sagen's einmal! Können Sie ein Radl putzen?"

Der Amtsdiener antwortete gekränkt: „Aber Herr Baron! Die Herren haben doch ein jeder ein Radl. Wär' net übel!"

„Also da kommen's dann zu mir, heute noch, Kreuzgasse vier —"

„Ich weiß", bestätigte der Diener. „Ich weiß, Herr Baron."

„Holen's das Radl, richten Sie's ordentlich her und stellen Sie's hier ein. Verstanden?"

„Jawohl, Herr Baron", sagte der Diener.

Der Bezirkshauptmann trat auf ihn zu, tippte mit dem Finger auf seinen Kragen und blies ihm den Staub weg. Und er sagte: „Und dann noch etwas! Hören Sie zu! Wie haben Sie gesagt, daß Ihr Name ist?"

Der Amtsdiener meldete: „Pfandl, Herr Baron! Johann Pfandl."

Der Bezirkshauptmann sagte: „Also, mein lieber Pfandl, merken Sie sich, daß ich hier kein Herr Baron bin, sondern der Herr Bezirkshauptmann. Im Amt gibt's keinen Baron und keinen Grafen, das könnten's schon wissen. Verstanden?"

„Jawohl, Herr Bezirkshauptmann!" sagte der Diener. „Ich habe nur gemeint, weil —"

„Meinen's nix, verehrter Herr Pfandl", sagte der Baron. „Das müssen Sie sich bei mir abgewöhnen. Meinen's nix, sondern tun's, was man Ihnen sagt. Dann werden wir ganz gute Freunde sein, lieber Pfandl. Verstanden?"

„Jawohl, Herr Bezirkshauptmann", sagte Pfandl.

„Und jetzt geben's mir noch ein Feuer," fuhr Baron Furnian fort, „und dann sagen's den Herrn, daß ich morgen in der Früh um sieben komm'."

„Um sieben?" fragte Pfandl bestürzt.

Der Baron zündete seine Zigarette an und, Ringel blasend, wiederholte er: „Um sieben. Morgenstund' hat Gold im Mund', lass' ich den Herrn sagen. Servus!"

Die Frau Pfandl fragte ihren Mann aufgeregt: „No, wie is er?"

Der Herr Pfandl sagte, gefaßt: „Wie's halt im Anfang alle sind. Da glaubt ja ein jeder, jetzt muß alles anders werden. Abwarten. Wird's auch noch billiger geben. Mir is gar net bang."

Die Frau Pfandl sah durchs Fenster. Als der Baron auf die Straße trat, schlug sie die Hände zusammen. „Jessas! So ein schöner Mensch! Nein, so ein schöner Mensch!"

„Kurze Hosen und Wadelstrümpf', ein grünes Hütl und eine scheckige Westen," sagte Herr Pfandl, „da seid's halt gleich verloren. Weiberleut, Weiberleut! Schad't aber gar nix, wenn für die Fremden einmal ein biss'l was g'schieht. Der kann eine Attraktion für den ganzen Ort werden. Der hat's dazu. Der wird's aufmischen. Und wir können's brauchen."

„So ein schöner Mensch", wiederholte Frau Pfandl, dem neuen Bezirkshauptmann nachsehend, der langsam die Straße hinaufschritt, dann aber, wo der Weg sich verengend, zur Brücke biegt, an der Ecke hielt und, die Beine gespreizt, die Hände in die Hüften gestemmt, rauchend stand. „So ein schöner Mensch!

Um den wird's gut zugeh'n, Jessas! Und wär doch wirklich schad', wenn's ihn einfangen möchten."

Der Herr Pfandl lachte. „Da wär' manche, die möcht'. Armer Kerl! Schaut mir aber nicht aus, als ob er aus der Hand fressen tät. Um sieben in der Früh, ujäh! No, unseren zwei Hascherln gönn ich's. Und in acht Tagen is ja doch alles wieder, wie's war. Das kennt man schon."

Die Frau Pfandl, immer noch zum Fenster hinaushängend, sagte: „Der kann doch noch keine dreißig sein! Ein G'sichtl wie ein Student."

„Zweiunddreißig", sagte Herr Pfandl.

„Net möglich", rief Frau Pfandl.

„Zweiunddreißig", wiederholte Herr Pfandl. „Ich weiß's von den Hascherln. Die sind schön bös. Der Graf Sulz schimpft den ganzen Tag: Ein ganz gewöhnlicher kleiner Baron, bloß weil er die rechte Hand vom Minister ist, Hanba! Und dann haben's gesagt, man sieht eben, daß wir schon mitten in der Revolution sind. Und an allem ist der verflixte Döltsch schuld. Aber der Kleine hat gelacht und hat gesagt, daß es nichts macht, weil in Österreich noch nie ein Baum in den Himmel g'wachsen ist, das gibt's nicht! Jetzt mußt aber auch nur wissen: Zwanzig Vordermänner hat er übersprungen, dank schön. No, wird sich halt erst zeigen, ob er so weiter springt. Warten wir's ab. Da verstaucht sich einer leicht."

„Ein so ein schöner Mensch", jammerte die Frau Pfandl, das Fenster schließend, da der Baron jetzt um die Ecke ging, zur einsamen Promenade hin.

Es war Mai. Der Ort lag noch ganz still. Die Villen zu, die Wege leer, der Wald stumm. Nur die alte Exzellenz Klauer ging spazieren, ganz allein. Aber der Postverwalter Wiesinger, der hiesige Schöngeist, sagte fein: Der Klauer ist jene Schwalbe, die noch keinen Sommer macht. Manchmal drangen ein paar Touristen ein, stiegen in der Post ab, lang-

15

weilten sich und entflohen. So blieb's, bis es heiß wurde, die Schulen geschlossen waren, die Städte verödeten. Wenn dann im August der Kaiser kam, wurde hier drei Wochen Residenz gespielt. Und im September war alles wieder aus. Dann tauchten behutsam die Hiesigen wieder aus ihren Verstecken auf, in welche sie sich vor dem Lärm und Taumel und Schwulst der Fremden ängstlich, mißtrauisch und neidisch verkrochen hatten. Und wenn es dann einer wagte, wieder getrost über die Gasse zu gehen, öffneten sich nun wieder alle Fenster: man hatte seinen Schritt gehört und sah nach, wer es wäre.

Der neue Bezirkshauptmann ging über den Platz, zur Promenade hin, den Fluß entlang. Wie verwunschen lag der Ort. Der Fluß rauschte, die Wiesen rochen, der Wind war hell und herb. Und Furnian ging, und es war ihm seltsam, so zu gehen, gemächlich vor sich hin. Und er sagte sich: Aber wenn du willst, kannst auch umkehren, oder setz' dich dort auf die Bank, wenn du willst, um ein bissel auszuruhen, oder du gehst jetzt gleich den ganzen Ort ab, du bist ja jetzt sein Herr, es gehört ja rundherum alles dir, moralisch wenigstens, und du kannst jedenfalls endlich einmal machen, was du willst, es hat dir hier kein Mensch was zu sagen, Herr Bezirkshauptmann! Und er ging und freute sich, wie beflissen man, als er vorbeikam, aus den Ländern schoß, der Apotheker Jautz und der Herr Riederer, Kaufmann und Bürgermeister, und der reiche Fleischer Fladinger, mit eiligen Buckerln alle: Die Ehre, Herr Bezirkshauptmann, habe die Ehre! Und er ging und freute sich, wenn über ihm ein neugieriges junges Gesicht ans Fenster fuhr, mit den Augen nach ihm schnappend, um gleich wieder, erschrocken, daß er es sah, lachend zu verschwinden. Der Fluß rauschte, die Wege glänzten, tanzend war der Wind, und die jungen Wiesen rochen so gut und die geschäftigen Menschen

16

grüßten so tief und das Lachen hinter den Fenstern klang so froh. Er ging und freute sich.

Da hörten schon die Häuser auf. Solche Wiesen, in ihrer ersten jungen Kraft, sah er noch nie! Mit frechen gelben Ranunkeln, 'eierlichen Glockenblumen und den dichten, nickenden, schwirrenden, surrenden, hohen Gräsern. Und ein leises Klingen ging mit ihm, vom Walde kam ein Rauschen her, und Flur und Feld und dieses ganze Land, in der Sonne glänzend, schien ihn zu grüßen. Er blieb stehen und sah auf den lieben kleinen Markt zurück. Er hatte das Gefühl, es wird ganz hübsch sein. Und in ein paar Wochen kommen ja •die Fremden. Geputzte Wienerinnen, lustige Gouvernanten, Amerikanerinnen mit wehenden Schleiern. Wer weiß? Und dann kommt der Hof. Wer weiß? Er muß lachen. Der Döltsch hatte ihm noch beim Abschied gesagt: „Die Hauptsache ist aber, gehen Sie nie ohne Regenschirm aus! Es regnet dort immer unversehens, und wenn Sie ein biss'l Glück haben, steht plötzlich der Fürst von Bulgarien vor Ihnen, hilflos naß, und Sie bieten ihm den Schirm an und es wird bekannt, daß Sie ein umsichtiger Beamter sind. Mit den Orden geht's aber wie mit den Millionen: nur der erste ist schwer. Also schauen Sie, daß Sie einen Regenschirm und Glück haben. Dann kann's Ihnen nicht fehlen." Ja, er versteht, was der Minister meint. Und er wird es sich wahrlich nicht fehlen lassen. Das hat er ja gelernt. Schöne Frauen und der Hof, es kommt jetzt nur auf ihn an: ob er es versteht, Glück zu haben. Aber das Glück ist ein Weib, man muß es nur nehmen. Das will freilich auch gelernt sein. Er wird sich eben jetzt ein bißchen üben, im Nehmen. Schon, um sich die Zeit zu vertreiben. Denn, sagt er sich übermütig, wir sind ja unter uns, Herr Bezirkshauptmann, gestehen Sie, daß Sie von Geschäften keinen Dunst haben, was auch gar nicht Ihre Absicht ist, sondern Sie wollen Karriere machen, und dazu, hat Ihnen der Minister ausdrücklich gesagt, wird es noch am besten sein, wenn Sie sich bemühen, die Selbstverwaltung möglichst wenig zu stören! Nun, das kann man ja. Freilich, im Winter wird's etwas trist werden. Die zwei jungen Herren, die ihm zugeteilt sind, der böhmische Graf Sulz und der freche Derzer, kleiner Bierbaron mit großem Rennstall — nein, danke; den hochmütigen Schlag kennt er: das macht Dienst als Amateur, wie's nach Monte Carlo oder auf die Löwenjagd fährt, um dabei gewesen zu sein, der Dienst gehört ja zu den noblen Passionen. Nein, danke. Und der Herr Bürgermeister und der Herr Apotheker und der Herr Notar und der Herr Postverwalter und der Herr Salinendirektor und gar ihre Damen, mit solchen Hüten, wie sie vielleicht in zwanzig Jahren wieder einmal modern sein werden, weil die Mode doch ein Rad ist — na, sehr aufregend kann er sich das auch nicht denken. Aber schließlich, er wird rodeln, er wird Ski laufen, und wenn dann die stillen langen Abende sind, nimmt er ein Buch und legt sich hin und liest, draußen schneit's und im Ofen knackt's. Das hat er doch noch nie gehabt. Und wenn's ihn freut, liest er die ganze Nacht, und wenn's ihn nicht mehr freut, hört er auf, und er tut überhaupt nur, was ihn freut. Er kann ja jetzt tun, was er will. Zum erstenmal. Er ist ja jetzt frei. Er ist sein eigener Herr. Zum erstenmal. Er kann's eigentlich noch gar nicht glauben. So seltsam ist es ihm. Fast ein bißchen unheimlich sogar. Er sagt es sich immer wieder vor. Sein eigener Herr und frei; und kann sich sein Leben einrichten, wie er will. Zum erstenmal. Auf der ganzen Fahrt, nach diesen öden Tagen beim Vater, hat er es sich vorgesagt. Und jetzt ist es wirklich wahr. Und er bleibt wieder stehen, sieht sich um, ob es niemand hört, und dann spricht er es aus, mit lauter Stimme: Frei bist und bist jetzt dein eigener Herr, und jetzt fängt das Leben an! Und er weiß, daß ihn niemand sieht, zwischen den nickenden Wiesen am rauschenden Wald, und so nimmt er sein grünes Hütl ab, wirft's, fängt's auf, schwingt's und juchzt und hört's aus dem schallenden Berge wieder. Und erschrickt und sieht das Hütl in seiner Hand und schämt sich eigentlich. Und muß lachen: Aber Herr Bezirkshauptmann! Er kennt sich gar nicht mehr. Wenn ihn jetzt der Döltsch gesehen hätte! So war er nie. Er war ja noch nie wirklich froh. Ausgelassen, spöttisch, frech, ja. Doch nie so bei sich im Herzen froh. Nie mit diesem Wunsch wie jetzt: So sollt's bleiben, wenn's möglich ist! Nein. Das hat er sich sonst noch nie gewünscht. Bisher hat er sich immer nur gewünscht: Wenn bloß das erst vorüber wär! Bisher hat er nur immer gehofft: Später, vielleicht später einmal! Bisher war ja sein einziger Trost: Der Tag geht auch vorbei! Und dann schlafen und ein paar Stunden vergessen, aber bis in den Schlaf hinein noch von Angst verfolgt, Angst vor dem Erwachen, wo's wieder anfängt. Schon als Kind, noch daheim, wenn nebenan die Mutter in Krämpfen schrie, während er vom anderen Zimmer unablässig den ruhelosen Schritt des Vaters vernahm: Wenn ich nur erst draußen wäre! Und dann endlich draußen, in Kalksburg, bei heuchlerischen Lehrern und hoffärtigen Schülern, diese ganzen bangen acht Jahre, wieder: Wenn nur erst die Matura vorüber ist! Und dann wieder, als verschämt armer Student, häßlichen Hofratstöchtern hofierend: Später, später! Und noch im Präsidialbureau des Ministers, in Neid und Eifersucht von Kriechern und Strebern — warum? War er denn mehr als ein Kammerdiener ohne Livree? Ach, irgendwo draußen sein, draußen und sein eigener Herr und frei! Und eigentlich hatte er's ja gar nicht mehr geglaubt. Es war ihm schon der Mut entsunken. Jetzt aber steht er wirklich da, hat sein grünes Hütl in der Hand und schreit den Berg an, und der Berg muß antworten und die hohe Wiese wogt und der tiefe Wald rauscht, und alles ist vorbei, und er ist mit zweiunddreißig Jahren Bezirkshauptmann und mit vierzig wird er Hofrat und mit fünfzig Exzellenz sein, er, der arme kleine Klemens Baron Furnian, mit dem Unglück seines Vaters! Bloß, dies alles schließlich bloß, weil er einmal den Hofrat Wax getroffen und der Hofrat Wax sich erinnert hat, daß ja die Tochter des Generals Huyn, bevor sie seinen Vater, den späteren Obersten Furnian, heiratete, eine Freundin der Baronin Döltsch, der Mutter des Ministers, und es also jetzt nur noch die Frage war, ob es dem Minister gerade passen würde, daß sich auch seine Mutter daran erinnerte. Und es hatte dem Minister gepaßt, und so hatte die Baronin sich erinnert, und in die stille Hand dieser gütigen alten Frau war seitdem sein junges Leben gelegt. Und seitdem weiß er, daß ihm jetzt nichts mehr geschehen kann: Döltsch hält seine Leute. Schon aus Hochmut, aus Trotz, weil er nie zugeben würde, daß er sich auch einmal irren kann. Und er hat mit jedem seinen Plan, und wenn auch einer einmal eine Zeit in der Ecke steht, die Reihe kommt schon wieder an ihn, nur nicht ungeduldig werden, es ist wie in einem Schachspiel, an jeden kommt der Zug. Nur nicht ungeduldig werden, schön die Selbstverwaltung möglichst wenig stören und auf den Wiesen, in den Wäldern einstweilen spazieren, das Spiel des Ministers steht nicht still. Und Klemens muß lachen, sein letztes Gespräch mit dem Döltsch fällt ihm ein. Da hat ihm der dieses Schach erklärt. Und dann noch, beim Abschied, mit seiner Aufrichtigkeit, die die gereizten Journalisten so zynisch finden: „Also vergessen's nicht, Sie sind ein Rößl. Aber sein's deswegen kein Roß! Das ist nämlich nicht dasselbe, und dann geht's auf einmal nicht zusammen, geben's acht!"

Klemens war nun am Walde. Er wendete sich, um noch einmal zurück über das glänzende Tal zu sehen. Die lieben stillen Häuser! Und alle fromm an die kleine weiße Kirche gerückt! So was Liebes hatte das, so was brav und altväterisch und töricht Liebes! Wie ein gutes Haustier, das weiß, daß es dem Menschen gehört, lag die ganze Gegend da. Als ob diese Wiesen nur blühten, mit dem einzigen Gedanken, den weidenden Kühen zu schmecken, und diese Kühe nur weideten, mit dem einzigen Wunsch, treu sich mühende Menschen zu nähren, und diese Menschen sich nur nährten, um wieder anderen zu dienen, so daß schließlich alles, Feld und Flur, Gras und Kuh, Haus und Volk, alles einem einzigen geheimnisvoll verwobenen Plan gehorsam wäre, in welchem zuletzt irgendwo, die Fäden ziehend, der Minister Döltsch sitzt und irgendwie seine Rößln springen läßt. Warum? Wozu? Offenbar ist's eben der Welt auferlegt, daß die eine Hälfte dient, sie weiß nicht warum, und die andere Hälfte herrscht, sie weiß nicht wozu; und am besten wird wohl auch sein, sie fragen nicht erst. Wie diese liebe, stille Gegend nicht erst fragt, sondern sich freut, untertänig zu sein. Er war ganz gerührt. Das kam manchmal so stark über ihn. Oft, wenn er in Wien durch eine der einsamen alten Gassen ging, mit solchen engen grauen Häusern; und aus dem Tor weht's dumpf, kahl ist die Wand und durch geschwärzte Gitter hängen rote Fuchsien herab. Oder auch, wenn er geschwind im Michaeler Bierhaus sein Nachtmahl nahm und so ein Gottscheer mit seinem gehorsamen guten mühevollen Gesicht an den Tisch trat. Dann hatte er dies oft zum Weinen stark, eine solche dumme, zärtliche, wehmütige Rührung über Österreich. Der Döltsch lachte ihn aus, als er es ihm einmal gestand. „Habn's schon einmal einen Kapellmeister über die Musik gerührt gesehen, die er dirigiert? Aber das ist echt, da sind wir alle gleich. Und dann wundert man sich, wenn alles aus dem Takt kommt."

Klemens nahm den Weg durch den Wald, um über den Berg ins andere Tal zu gehen und durch dieses, am kaiserlichen Park vorbei, heimzukehren. Er stieg langsam, immer wieder ruhend, lauschend. Seltsam war ihm die schreiende Stille des Waldes. Denn wirklich wie ein Schreien war's oft. Aber wenn er dann stehenblieb und horchte, schwieg der Wald. Kaum schritt er wieder und die Zweige neigten sich und der Abendwind ging, da schien's ein Rufen wie von tausend durch die Fichten fliegenden Stimmen. Eine Tiefe war, wie von einem, der zornig ist und flucht und die alte Hand hebt, um zu schlagen. Das schienen die anderen zu fürchten und duckten sich, da war es wieder still; auch der Wind schwieg, erschreckt. Aber ganz leise, ganz fein fing jetzt eine boshafte hämisch zu kichern an, und nun war es ein Rascheln und Huschen und Rauschen überall, das stieg und schwoll, lachend und höhnend und murrend, bis zuletzt der ganze Wald laut zu zanken begann. Und die Sonne sank, es dunkelte schon im Dickicht, sein Fuß glitt auf den nassen Wurzeln; und überall schien im schleichenden Dunkel lauerndes Leben versteckt, drohend oder spottend, und wenn ein hängender Ast sich im Winde bog, saß ein altes Gesicht mit bösen Augen darin, und ihm war, als streckten überall Haß und Hohn ihre greifenden Hände nach ihm aus. Er lachte sich aus. Wie kann man nur so kindisch sein! Der Wind war's, in die schweren Fichten fahrend, und Wurzeln, naß aus dem Dunkel glänzend, und das Knistern in der Streu! Doch half es ihm nichts, sich dies vorzusagen. Immer waren diese zornigen und höhnischen Reden des Waldes wieder da. Er fing zu laufen an, Angst trieb ihn. Immer schneller trieb es ihn, immer schneller lief er, keuchend, gleich einem Dieb, der flieht, atemlos und heiß. Und hielt erst, als er in die Lichtung kam und nun oben, aus dem Holze tretend, unter sich das friedlichste Tal mit weiß aus tiefen Gärten winkenden Häusern sah. Er schämte sich. Es war doch auch zu dumm! Er hatte wieder einmal ganz den Kopf verloren! Und nachdenklich schritt er langsam hinab, auf die Bank zu, an der der Waldsteig in einen breiten Feldweg fällt. Hier saß er dann, in das liebe Tal blickend, das drüben der ernste kaiserliche Park mit seinem großen Schatten schloß. Er saß und wagte nicht zurückzusehen, nach dem Wald. Er hatte noch immer diese Furcht in allen Sinnen. Und er war doch wirklich nicht feig! Er wußte, daß er nicht feig war! Er hatte Beweise. Damals schon, vor Jahren, noch in Kalksburg, als es nachts brannte; er aber allein im Wirrwarr verschlafen flüchtender Kinder tapfer und rettend. Und wieder, noch voriges Jahr, im Automobil mit dem Minister, beim Stoß in den sausenden Fiaker. Döltsch sagte noch: Wenigstens haben Sie Courage, das ist schon etwas! Das erste Lob, das er von ihm gehört. Nein, er war nicht feig. Er fürchtete keine Gefahr. Es war ihm eher eine Lust, sich mit ihr zu messen. Es mußte nur eine sein, die wirklich da war, die sich einem stellte, die man vor sich hatte, Aug in Aug, so daß man sie bei den Hörnern nehmen konnte. Wenn aber, wie jetzt dort im Wald, nichts Wirkliches, sondern Einbildungen ihm auflauerten, Wahn und Spuk, den sein eigenes Hirn spann, dann entwich ihm der Mut. Vor Räubern hätte er sich sicher nicht gefürchtet, aber er fürchtete sich vor dem wehenden Wind. Er fürchtete keine Gefahr, er fürchtete nur seine Furcht. Und die war schon immer da. Die trug er bei sich mit. Die war sein Schatten. Da half nichts. Wie oft, im Vorzimmer des Ministers, wenn er wartete, die langen Abende! Was gab es dort, in der stillen Herrengasse, sich zu fürchten? Und doch! Er durfte gar nicht daran denken. Nein, er wußte, daß er nicht feig war. Er wünschte sich Gefahren, er fühlte sich da ganz sicher. Aber er durfte nur nicht in Gedanken mit Unbekanntem allein sein. Dies war es: das Unbekannte. Das lag schwer und drohend auf seinem Leben, immer schon. Er erinnerte sich, wie furchtbar es schon dem Knaben war, in einen fremden Kaufladen einzutreten; lieber ging er stundenweit, um einen zu finden, wo er bekannt war. Und er mußte sich heute noch sehr überwinden, um einmal anderswo zu speisen. Es war ihm schrecklich, erst einen Tisch zu suchen und in das neue Gesicht eines ungewohnten Kellners zu sehen. Er brauchte das: bekannt zu sein. Weshalb es ihm ja auch so wohl getan hatte, unten, auf der Promenade, daß es gleich überall hieß: Die Ehre, Herr Bezirkshauptmann, habe die Ehre! So war er auch gewiß, sich morgen im Walde sicher nicht mehr zu fürchten. Und er mußte plötzlich lachen, denn jetzt fiel ihm ein, daß er eigentlich ja noch nie durch einen Wald gegangen war; heute war's zum erstenmal. Daher! Es traf ihn seltsam. Er dachte weit zurück. Nein, wirklich noch nie, noch nie war er durch einen Wald gegangen. Denn von Rodaun zur Mühle, aber das war ein Park, und sie gingen auch immer im Rudel. Aber allein durch einen Wald, einen wirklichen Wald, so einen Wald, der manchmal plötzlich aufschreit, plötzlich wieder sprachlos starrt, war er noch im Leben nie gegangen. Er wendete den Kopf ein wenig, langsam, als ob die Furcht noch immer ihre Hand auf ihm hätte, und sah zurück, den Wiesenhang hinauf, zum Walde. Aber war denn das sein Wald? Seltsam stand er. Eine starre schwarze Wand. Wie das Ende. Als hätte dort alles Leben und der Mensch kein Recht mehr. Tief in Geheimnis stand der Wald jetzt abgesperrt. Unter ihm aber die schrillen Ranunkeln, im nassen Gras, bei blauen Rapunzeln und purpurnen Lamien.

Aber schließlich, dachte Klemens, sich auf der Bank ausstreckend und den Abend einatmend, schließlich bin ich jetzt mein eigener Herr, und wenn's mir nicht paßt, muß ich gar nicht in den Wald, und überhaupt geschieht jetzt nur noch, was mir paßt! Er war vergnügt und nahm sich auch noch vor, vergnügt zu sein. Bezirkshauptmann mit zweiunddreißig Jahren! Er sah den Kollegen den Neid an den Nasen des böhmischen Grafen und des kleinen Bierbarons an! Ja, Glück muß man haben! Er lachte wehmütig. Sein Glück! Wenn sie gewußt hätten! Wenn er sich erinnerte! Das Andenken seines Großonkels, ja, das war noch das einzige. Das klang und galt. Aber dieser allmächtige Hofrat war lange tot, und sein armer Vater hatte wahrlich für ihren Namen nichts getan. Es war freilich nicht seine Schuld, er konnte ja nichts dafür. Aber schließlich hatte Döltsch recht: „Pech haben ist die ärgste Talentlosigkeit, die einzige, die man bei uns nicht verzeiht!" Der Vater tat ihm ja leid. Er zwang sich, gerecht gegen den Vater zu sein. Er sagte sich immer wieder: Der Vater kann ja nichts dafür. Aber es antwortete in ihm: Und du, was kannst denn du dafür, welche Schuld hast denn du, die dein ganzes Leben abbüßen muß? Ihm graute, wenn er an seine Kindheit dachte. Immer und überall diese tragische Lächerlichkeit, die seitdem ihrem Namen eingebrannt war! Immer und überall dieses boshaft mitleidige Lächeln, wenn er sich vorstellte! „Wohl ein Sohn des Obersten Furnian?" Und ein neugieriger Blick, und ein verlegenes Schweigen, als hätte man schon zuviel gesagt, etwas Unpassendes, einen unanständigen Witz, und wieder dieses grausam mitleidige Lächeln; und dann war man so gütig, von etwas anderem zu sprechen, und ließ es ihn fühlen, wie gütig das war! Und in der Schule, als sie zum bosnischen Krieg kamen, diese hämische Nachsicht des Lehrers, den Marsch der Brigade Schluderer auf Stolac ganz wegzulassen, während alle Buben mit ausgestreckten Augen auf ihn stießen. Und noch bei seiner Promotion sub auspiciis, als sein Name verlesen wurde und durch den Saal wieder das höhnisch heitere Lächeln glitt. Immer und überall! Und er hatte manchmal eine solche brennende Lust, einmal loszuspringen und aufzuschreien: „Ja, der Sohn des Obersten Furnian! Desselben Obersten Furnian, der vor Stolac, ein alter Mann, des Kriegs nicht mehr gewohnt, durch Entbehrungen geschwächt, jenen Anfall von Cholera bekam! Desselben, von dem Sie die tausend Karikaturen kennen, ja, des berühmten Obersten mit dem Bauchweh! Und? Und? Wem paßt das nicht? Wem ist da was nicht recht? Der mag es nur sagen?" Tausendmal nahm er sich das und immer wieder, immer wieder vor. Ja, wenn sie nicht daheim dem Kind schon alle Kraft zerbrochen hätten! Wenn er nicht schon mit diesem schlechten Gewissen erzogen worden wäre, zur ewigen Demut und Ergebenheit! Wenn nicht das Kind schon jeden Tag wieder und wieder gehört hätte, welches Unglück auf dem Hause lag, das es gutzumachen da sei! Er war nur froh, daß niemand wußte, was er litt. Er hatte bald sich verstellen gelernt. Überall hieß er, schon in der Schule, jetzt bei den Kollegen der „freche Kle". Das war noch sein Trost. Und es merkte niemand, daß er doch nur aus Angst so frech war, wie mancher singt oder pfeift und Lärm schlägt, um seine Furcht nicht zu hören. Einer hatte das gemerkt. Als er zum erstenmal vor dem Minister stand und zum erstenmal in diese großen grauen Augen sah und zum erstenmal in der Gewalt dieser klaren kalten Stimme war, sagte Döltsch: „Es ist ganz gut, daß Sie so frech sind. Sie haben's nötig." Dann war ein langes Schweigen, der Minister schien ihn zu vergessen, in Akten lesend. Eine unendliche Minute lang. Bis er, mit dem harten Lächeln in seinem kahlen Gesicht eines Schauspielers oder Pfaffen aufblickend, sagte: „Aber der Pizarro hat sich auch eine merkwürdige Gesellschaft mitgenommen." Da wußte der junge Mensch, daß er diesem nichts verbergen konnte. Der sah durch ihn bis auf den Grund und erkannte sein Herz. Und dem jungen Menschen wurde zum erstenmal leicht, und er wagte zum erstenmal zu hoffen. Und er wußte, daß er fortan diesem stillen Mann mit den versteinten Augen zugehörte, für alle Zeit.

26

Denn er wußte, daß er jetzt gerettet war, auch vor sich selbst. Und er dachte seitdem oft, daß es wohl dies gerade war, was den Minister reizte, es mit ihm zu wagen. Zunächst vielleicht bloß die Lust, wieder einmal ein Vorurteil herauszufordern und wieder einmal zu zeigen, daß er der Stärkere war. Dann aber dies Gefühl, daß hier ein Mensch durch ihn erst zu leben begann. Denn so war es wirklich: er fühlte sich von Döltsch erst wie durch einen Zauber auferweckt. Es ging ja den anderen ebenso, der ganzen „Schutztruppe", den „kaiserlich königlichen Prätorianern" des Ministers, wie sie der alte Klauer in seinem verkniffenen Grimm hieß. Und sie hatten ja wirklich was von übermütigen Soldaten in einer eroberten Stadt. Draußen nämlich, vor den Leuten. Bis zum Vorzimmer des Ministers. Aber vor seinen undurchsichtigen Augen wurden alle klein. Augen waren es, die nichts durchließen; sie sahen heraus, man sah nicht hinein. Er deckte sich mit diesen Augen zu. Diese Augen waren wie Scharten, aus welchen er schoß; nichts drang ein. Alle fürchteten diese Augen, die, still, unbewegt, ohne Furcht, ohne Zorn, ohne Lust, wesenlos, gegen die Menschen standen. Und vor diesen Augen mußte man warten. Er hatte die Gewohnheit, einen anzusehen und nichts zu sagen. Endlich begann er, und in seiner kalten Stimme schwammen die schnellenden Worte wie Forellen. Und alle standen da wie vor ihrem Richter. Obwohl er gar nicht feierlich war, nichts auf Formen gab und Spaß verstand. Nur wenn einer einmal, aus Verlegenheit und Verwirrung mehr als mit Fleiß, ihm zu nahe kam, sah er auf und schwieg. Dieses Schweigen fürchteten sie. Der andere wartete, er schwieg. Beklommen begann endlich der andere wieder, er schwieg. Er schwieg und sah ihn an. Dieses Schweigen, kaum eine Minute lang, aber dem anderen, der wartend vor seinen grauen Augen saß, eine Ewigkeit, dieses gleichsam durch den Saal hallende

Schweigen, von solchen Verachtungen voll, dieses Schweigen, in welchem die Zeit stillzustehen und einzufrieren schien, war unerträglich. Und dann fragte Döltsch plötzlich: Haben Sie noch etwas? Oder er schien auch plötzlich ganz verwundert, einen noch vorzufinden, und sagte sehr höflich: Danke schön! Und man war entlassen. Man war, wie sie's nannten, „weggestellt" oder „abgelegt". Sie hatten nämlich alle das Gefühl, daß die Menschen ihm bloß Steine waren, die er aus dem Baukasten nahm, um eine Zeit mit ihnen zu spielen, bis er sie ungeduldig wieder zusammenwarf. Und das Schlimme war: man wußte nie, was er von einem hielt. Es kam vor, daß er mitten im Gespräch aufstand, um einen Akt zu holen, die Schnur zu lösen und zu sagen: „Da schauen Sie sich einmal an, was Sie in den letzten drei Jahren geleistet haben! Nicht ein einziges brauchbares Stück ist dabei. Nehmen Sie's mit!" Und band es wieder zusammen und warf es einem hin. Was übrigens nicht ausschloß, daß man sich am nächsten Tag auf einen beneideten Posten berufen fand. Nur war das noch gar kein Beweis seiner Achtung. Einen ließ er neulich rufen, um ihm seine Ernennung anzukündigen. „Den Lederer, der wirklich ein ungewöhnlich fleißiger und fähiger Beamter ist, sekkieren sie mir nämlich dort zu viel. Jetzt sollen die Herrschaften einmal sehen, was sie mit einem so unfähigen und unbegabten Beamten anfangen werden, wie Sie sind." Er hatte ja die Theorie, daß es unbrauchbare Menschen überhaupt nicht gebe; man muß nur wissen, wohin einer gehört. Und es reizte ihn, manchmal verblüffende Beweise dafür zu finden. Doch war ihm auch darin wieder nicht ganz zu trauen, weil er noch eine andere Theorie hatte, nämlich, daß es eine Dummheit sei, wenn man immer nach seiner Theorie handeln will. Weil sie nun also nie sicher waren, an welche er sich gerade hielt, und während er sie heute mit den höchsten Anforderungen maß, es ihm morgen einfallen konnte, den ganzen Staat mit Dummköpfen zu besetzen, was schließlich nur seiner Meinung, daß man sich in Österreich immer fragen muß, was das Vernünftigste wäre, dann aber das Gegenteil tun, und seiner Lust, jedes Experiment zu machen, entsprochen hätte, so kam jeder jeden Tag mit neuer Furcht und neuer Hoffnung ins Amt. Der grollende Klauer sagte ja von ihm überhaupt: Das ist keine Regierung mehr, das ist eine Lotterie! Und wirklich schlug jedem täglich das Herz, ob er nicht über Nacht das große Los gezogen hätte. Sie waren in der ewigen Aufregung von Spielern, immer zwischen Himmel und Hölle hängend. Gar nun Klemens, dem es immer schon eigen war, aus höchsten Hoffnungen in tiefste Verzweiflungen zu stürzen. Was vielleicht auch von seiner Kindheit kam. Denn während es des Vaters Art war, alle Schuld und alles Mißgeschick, woran sie litten, auf den Sohn zu legen, daß er es wie ein Kreuz tragen und durch Ergebung, Demut und Gehorsam abbüßen sollte, lud die Mutter, voll Leidenschaft, unversöhnlich mit dem Schicksal, nach Vergeltung lechzend, ihm allen Zorn und allen Haß auf, mit welchen sie vom Leben und von den Menschen angefüllt war. So vom Vater zum Opfer, von der Muter zum Rächer bestimmt, schlug er aus Anfällen einer grenzenlosen Verwegenheit, in welchen er sich kindisch vermaß, nach jedem Abenteuer, selbst nach dem Verbrechen zu greifen, in Krämpfe jener wütenden Angst um, in welchen er völlig jede Beherrschung verlor. Wirklich war ihm oft, als würden in ihm der zornige Geist seiner rächenden Mutter und der mutlose des geschlagenen Vaters um ihn ringen. Bald war er von ihr, bald von ihm besessen, sie wechselten in ihm. Es ging gleichsam plötzlich die Türe auf, er kam herein, sie verließ ihn, fast mit der einfleischenden Kraft einer Halluzination: wie wenn wirklich, wirklich, während er eben noch vergnügt in guten Gedanken saß, hinter seinen Stuhl plötzlich leibhaftig der Vater träte, mit seinem großen herabhängenden Gesicht und dem schwimmenden Blick der wässerigen Augen, ganz wie er so oft an den Tisch des Knaben getreten war, seine Aufgaben nachzusehen. Besonders abends geschah ihm das zuweilen, in jenen langen Stunden, wenn ihn der Minister warten ließ und dann die Zeit vergaß. Um sieben hatte der Minister gesagt: Ich werde Sie heute wohl kaum mehr brauchen, übrigens warten Sie halt noch einen Moment, ich gehe ja auch sofort. Und seitdem wartete Klemens. Er wußte ja schon, was es hieß, wenn der Minister sagte: Sofort. Auf zwei Stunden wenigstens konnte man rechnen. Und da saß er nun und wartete. Er hatte nichts zu tun. Er hätte ja lesen, für sich arbeiten, Briefe schreiben können. Er nahm sich das auch immer vor, es ging aber nicht. Er las eine Seite, auf der zweiten wußte er schon den Sinn nicht mehr. Vier- und fünfmal fing er einen Brief an und warf ihn wieder weg. Es ließ ihn nicht sitzen, er ging auf und ab, aber das Zimmer war schmal, die Wände drückten ihn, er wurde müd. Er trat ans Fenster und sah den Leuten zu, die vom Konzert aus dem Bösendorfer kamen. Eine Karosse fuhr, mit einer alten Fürstin oder Gräfin, der bärtige Portier schwenkte den großen Stock und zog tief den Hut, wie's vor hundert Jahren Sitte war, den Stock zu schwenken und den Hut zu ziehen. Die schweren Rosse schnaubten, demütig harrten die Leute, die alte dicke Dame im Wagen, fröstelnd, eingehüllt, mit einem zuckenden leeren Lächeln um den wulstigen rotgeschminkten Mund, nickte vor sich hin. Wie vor hundert Jahren. Und erst wenn der feierliche Wagen aus dem Hof langsam durch das Tor gerollt und langsam in die Gasse gelangt war, gab der bärtige Portier ein Zeichen mit dem großen Stock, und die Polizisten öffneten, und die staunenden Passanten durften sich wieder bewegen. Und immer mußte Klemens denken: Wie vor hundert Jahren. Er fand

einen solchen Zauber darin, er hätte gleich weinen
mögen, so rührend war es ihm. Er hatte überhaupt
eine Leidenschaft für die Herrengasse. Döltsch sagte
gern: der Österreicher kommt auf die Welt, um in
Pension zu gehn. Dies fiel ihm in solchen Gassen
immer ein, in der Herrengasse, auf dem Graben, auf
der Freiung; man sah es ihnen an und wer hier ging,
nahm unwillkürlich den Schritt bedächtiger, und unwillkürlich wurden die Hände auf den Rücken gelegt.
Wunderliche Stadt der tiefen Ruhe mit ihren ruhelosen Menschen! Da schrak er zusammen, er glaubte
den Spott des Ministers zu hören, der ihm immer
sagte: Furnian, rotten Sie den Feuilletonisten aus,
der in Ihnen steckt, oder gehn's zum Klauer, ich habe
keine Verwendung! Aber jetzt waren die zwei
Stunden doch längst vorbei. Klemens kannte das.
Der Minister vergaß; er wollte fort, sah nur noch ins
Abendblatt, fand einen Namen, der ihm fremd war,
schlug nach, geriet ins Lesen, kam immer weiter, von
Ländern zu Völkern, von Menschen zu Dingen, ins
Suchen verstrickt, und so konnte man ihn, der auf
seinem Tisch pedantisch keine Unordnung litt, nach
Stunden zwischen Landkarten, Hilfsbüchern und alten
Schriften auf der Erde finden, ganz verwundert, wenn
die Türe ging. Und ganz verwundert fragte er dann:
Haben Sie's so eilig? Und Klemens redete sich aus:
Ich habe gedacht, Exzellenz hätten geklingelt. Und
er wußte schon, daß es dann hieß: Sie denken zuviel,
lieber Furnian, das ist gar nicht Ihr Beruf! Und ein
Nicken und das harte Lächeln an den dünnen Lippen
und dann das eiskalte Schweigen. Und Klemens
schlich fort. Und wartete wieder im schmalen Zimmer.
Und wieder auf und ab. Und wieder zum Fenster; in
der Herrengasse ging kein Mensch mehr. Und dann
saß er halb im Schlaf, die Augen schmerzten ihn. Und
trat wieder zum Fenster und rieb sich an den
Scheiben. Und unten war eine Gestalt im Mantel,
huschend. Junge Menschen gab's, die liefen durch

die Nacht nach Abenteuern. Und er sehnte sich, und oft, wenn er dann so saß, die Hände vor sich auf dem Tisch gekreuzt, den müden Kopf in den Händen, kam ein solcher Zorn über ihn, gegen den da nebenan, und eine solche Gier nach der Nacht da draußen, und ein solcher Trotz, aufzuspringen und hineinzugehen und dem da zu sagen, daß er ein junger Mensch war, der auch sein Recht hatte und den es auch in die Winternacht lockte und der dies alles nun nicht mehr ertrug! Und da war es dann, daß oft plötzlich sein alter Vater vor ihm zu stehen und ihn mit seinen armen leeren Augen anzublicken schien. Und er verging vor Angst, und da stand dann dieser namenlose, sinnlose, grundlose Spuk in seinem faselnden Hirn auf, von brennenden Häusern, durchgehenden Pferden, entgleisenden Zügen, Blitzschlägen, Fensterstürzen, Wolkenbrüchen, höhnisch um ihn kreisend, eine wüste Hölle, wie solchen Schundromanen entqualmt, die schon über den Knaben eine lächerliche Macht hatten, welcher sich auch der Jüngling noch nicht immer erwehren konnte. Er saß dann und sagte sich immer vor: Es ist ja nicht wahr, es ist ja zu dumm, du träumst es ja bloß, aber nein, es ist ja nicht einmal ein Traum, du träumst es nicht einmal, du bist doch wach, du bist in deinem Zimmer wach und nebenan ist der Minister, der auf der Erde liegt und in einer alten Chronik liest und die Zeit vergißt, und du weißt, daß du wach bist und daß dir nichts geschehen kann und daß das alles nicht wahr ist und daß es nur Blasen aus deinen schläfrigen Gedanken sind und daß du ja nur aufzustehen und es abzuschütteln brauchst und der Schaum zergeht, und sie sind weg und du wirst lachen, du weißt es doch, du brauchst bloß aufzustehen, so steh doch auf, was stehst du denn nicht auf?, du weißt es doch, was stehst du denn nicht auf, was fürchtest du dich denn? So sagte er sich vor und hätte gern den müden Kopf aus seiner Hand gezogen. Und ließ ihn doch und stand nicht auf, er konnte nicht. Es war zu stark; und war ja doch auch wieder eine Lust, die er nicht lassen konnte, sich so zu fürchten, insgeheim dabei gewiß, daß nichts zu fürchten war. Er wußte, daß er dies auch aus seiner Kindheit hatte, von der Mutter her, die seit jenem Tag, der ihren Stolz zerbrach, oft wochenlang nicht mehr aus ihrem Zimmer wich, laut mit sich redend, auflachend und wieder leise weinend auf dem alten Diwan, aber nebenan saß das bange Kind allein und zitterte vor Angst, wenn sie schrie, während es in der anderen Stube den ruhelosen Schritt des Vaters vernahm, immer auf und ab, immer bis zum Fenster, wo er sich knarrend drehte, und wieder zur Türe zurück, immer dieselben langsamen harten stechenden zehn Schritte, gleichmäßig hin, und dort, am Fenster, das leise Knarren, und dann wieder dieselben mühsamen schweren bohrenden zehn Schritte gleichmäßig zurück.

Furnian fuhr auf. Und sah erstaunt um sich. Und wunderte sich, die Bank zu sehen, auf der er saß, und dort den geschlossenen schwarzen Wald mit dem grünenden Hang und unten das von Bächen schillernde Tal, aus dem die Sonne schied. Und fand sich gar nicht gleich wieder und mußte sich langsam erst besinnen, bis er allmählich begriff, daß dies ja doch jetzt alles weg war. Dies war jetzt alles weg. Dies alles kam nicht mehr zurück. Nein, er wollte gar nicht mehr daran denken. Und er nahm sein grünes Hütl vor sich ab und sagte: Nein, Herr Bezirkshauptmann, das geht jetzt nicht mehr, Herr Bezirkshauptmann haben jetzt andere Sorgen, vergessen Herr Bezirkshauptmann nicht, daß das Wohl und Wehe der Ihnen von Seiner Majestät anvertrauten Bevölkerung in Ihren werten Händen liegt! Und er verbeugte sich feierlich und lachte. Er hatte noch so wenig gelacht in seinem Leben. Jetzt wird er's nachholen. Als Kind war er nie kindisch, er durfte ja nicht. Er durfte ja nichts, nie, die ganzen Jahre her. Jetzt wird er's nachholen. Jetzt fängt's ja doch überhaupt erst an. Alles fängt jetzt erst an. Und ihm war, als wenn er eine neue Haut hätte. Es fiel ihm ein, einmal gelesen zu haben, daß der Mensch sich alle fünfzehn Jahre körperlich völlig erneue. Da käme also jetzt Klemens Numero drei daran! Und er verbeugte sich wieder, grüßend: Sehr angenehm! Und übrigens: wem Gott ein Amt gibt, dem gibt er auch den Verstand, und so ist es nur konsequent, daß er ihm auch die Haut gibt. Die alte aber mag Gott befohlen sein! Und er neigte sich über die Bank mit einer Gebärde, als wenn er seinen abgestreiften Menschen Numero zwei damit hinlegen und zurücklassen würde.

Er schritt ins Tal nieder. Es war anders als das drüben hinter dem Wald, wo er geruht hatte, bevor er emporstieg. Hatte jenes ihn durch den stillen Ernst emsig waltender Tätigkeit gerührt, so war er nun vom Anblick reichsten Behagens entzückt. Dort überall Äcker und Fluren bis an den geschäftigen Ort, überall die Spur der sorgenden Menschenhand, überall Fleiß. Hier alles in Gärten, festlich spielend, überall Lust. Und er freute sich, daß das hier so schön ordentlich eingeteilt und abgeteilt war, links die Sorge und rechts das Vergnügen, da die Arbeit und dort der Reichtum, und jedes hat sein eigenes Kastl für sich und eins hört und sieht vom anderen nicht viel, was immer das gescheiteste ist. Er dachte vergnügt: Mein ganzer Staat hier steht offenbar auf einer sehr gesunden Basis. Er wunderte sich nur, nirgends die großen Salinen zu sehen; sie lagen versteckt. Was ihm auch wieder sehr gefiel. Er hatte ja gewiß nichts gegen den Stand der Arbeiter. Im Gegenteil, wer ist denn heute nicht Sozialist? Aber er sah lieber nichts von ihnen. Es war ihm unheimlich, wenn er zufällig einmal in einen Trupp geriet. Er fand, daß sie doch eigentlich etwas Barbarisches hatten. Dies mochte sich vielleicht bis zur Größe, bis in eine Art von Heldentum steigern lassen, er verkannte das nicht. Nur kam er nie von der Empfindung los, daß es doch so gar nicht in unser Österreich paßte. So war, wenn er's überlegte, sein Gefühl am besten ausgedrückt: er wollte gewiß nicht ungerecht gegen das Proletariat sein, fand es aber eigentlich unpassend für Österreich. Wie er im Grunde schon auch jede Fabrik eigentlich unpassend fand. Schon rein ästhetisch: ich kann mir nicht helfen, eine Fabrik steht unserer Landschaft nicht, unserer Landschaft der malerischen Burgen und barocken Schlößln, zu denen ein braves Bauernhaus und so ein liebes, ein bissel zopfiges, gelbes Herrenhaus gehört, und sonst nichts! Irgend was sehr Tiefes und sehr Starkes in ihm fühlte sich von den Arbeitern bedroht und wehrte sich. Sie störten ihm seine zärtlich gehegte Rührung über Österreich.

Nun bog der abfallende Weg in einer weiten Schlinge bis an die Mauer des kaiserlichen Parks aus. Da sah er, landeinwärts, kaum eine kleine Stunde weit, im letzten Winkel des Tals, unter einer Halde, von der dann steil der graue Fels aufsprang, ein Dutzend winziger weißer Häuschen liegen. Wirklich wie Lämmer waren sie, um den langen schmalen Turm gedrängt, der wie der Hirt mit seinem Stab stand; und neben ihm ein niedriges, breites, dunkles Dach, des Pfarrhofs wahrscheinlich, das war der Hund; und einige hatten sich bis an die Halde, bis unter den Fels verlaufen. Es klang das Abendläuten her. Klemens stand und schaute. Ihm war's wie ein vergilbtes altes Bild, wie ein vergessenes altes Lied. Er sagte sich zärtlich: Das gibt's noch! Und da leben Menschen, gehen mit der Sonne schlafen, stehen mit ihr auf, haben ein paar Hühner und eine Kuh und lassen den lieben Gott sorgen, im Winter ist's kalt, im Sommer wird's warm, sonst bleibt alles immer gleich, glückliche Menschen! Und es kam über ihn wie schon über den Knaben oft, wenn er abends saß und in stillen alten Geschichten las; da wünschte er sich immer: Wenn doch das Leben noch so wär! Jetzt fiel's ihm wieder ein. Dort im Winkel oben so ein kleines weißes Häusl haben und nichts mehr wissen und alte Geschichten lesen und nur manchmal ans Fenster gehen und denken: Da drunten ist der kaiserliche Park und drüben ist die weite Welt! Dann aber nahm er sich zusammen und dachte: Später, später! Erst durch die weite Welt! Wir haben ja jetzt das Billett, Herr Bezirkshauptmann! Und er wendete sich, im Abendläuten nach dem Ort zurückzugehen. Langsam schritt er, immer noch wieder einmal in das kleine weiße Dorf hinaufsehend. Er konnte sich gar nicht trennen. Einen solchen Zauber hatte das kleine weiße Dorf im Winkel. Er nahm sich vor, bald einmal hinzugehen. Und immer, wenn es einmal geschieht, daß er sich ärgern muß, wird er einfach in sein kleines weißes Dorf gehen, und gleich wird der Ärger aus sein. Einen lieberen Trutzwinkel konnte man sich nicht denken. Er stand wieder und sah noch einmal zurück. Ganz geheimnisvoll zog es ihn hinauf. Endlich riß er sich los. Es war Zeit, heimzukehren.

Die lange Mauer des kaiserlichen Parks entlang, an der Lehne des sanften Hügels, war ein Saum von Villen. Tiefe Gärten mit Kieswegen, Rasen, Beeten, Baumgruppen, Ziersträuchern, Springbrunnen und Lauben. Eine war seltsam, mehr einem griechischen Tempel gleich; rings eine Halle mit zierlichen jonischen Säulen, die Stufen in Marmor; und ein sterbender Achill, kletternde Klematis. Das war die Villa der Rahl. Und Klemens erinnerte sich, wie er oft im Parterre, lahm vom langen Stehen, schaudernd unter den Hieben ihrer wilden Kunst, in einer unsäglich beglückenden Qual, aufgestöhnt hatte, vor Lust und Leid zugleich. Und nun, wenn sie im Sommer kommt, ladet sie ihn vielleicht ein; er ist ja der Herr Bezirkshauptmann und sie ist eine Frau Gräfin, sie gehören doch zusammen, und er wird an ihrem Tisch sitzen und sie plauschen miteinander, ganz so, er der freche Kle, mit ihr, der geheimnisvoll entrückten Frau, ganz als wenn das so sein müßte; das Leben ist schon wunderbar. Er rief den Gärtner an. „Sie! Sagen's, wann kommt denn die Gräfin?" Der alte Gärtner zog das Käppchen und sagte still: „Ich weiß nicht." Klemens wurde ungeduldig. „Es muß doch hier jemanden geben, der weiß, wann sie kommt. Fragen's halt!" Der Gärtner schüttelte den alten Kopf. „Nein. Man weiß es nie." Klemens lachte. „Da ham's ein Zigarl, damit's ein bissl munterer werden." Und warf es ihm über den Zaun zu. Der Alte sah ihn verwundert an und dankte still. Klemens grüßte noch, einen Finger an sein grünes Hütl legend, und ging. Es machte ihm Spaß, daß der gute Alte offenbar noch gar nicht wußte, wer er war. Und so, in seinem Inkognito vergnügt, schritt er lässig an den Villen weiter. Da war eine mit einem chinesischen Turm, dann kam eine, die einer ägyptischen Gruft glich; aber die nächste war ein Schweizerhaus. Warum wohnten die reichen Schneider wie Chinesen, Jobber wie Pharaonen und alte Fürstinnen wie auf der Alm? Döltsch hätte gesagt: Sie sehen wieder, wenn sich die Polizei nicht in alles mischt, geschieht gleich ein Unglück! Immer mußte er dies denken: Was würde Döltsch hier sagen, was würde Döltsch da tun? Es verfolgte ihn. Und er freute sich, schon in allem ein kleiner Döltsch zu sein, und übte sich darin. Sie taten's um die Wette, die ganze Leibgarde, wie der verschnupfte und verschleimte Klauer sie nannte. Er aber war doch immer noch allen vor. Und wer weiß, wenn es ihm erst gelang, sich in des Ministers Art ganz einzudenken, einzufühlen, einzuleben! Der hatte doch auch einst arm und unbekannt angefangen, von scheelen Augen umringt. Und wer weiß, in zwanzig Jahren!

Da fiel ihm zwischen den Ziergärten ein ländlicher

mit großen alten Obstbäumen auf, Äpfel in roten Knospen und von schon verblühenden Kirschen ein weißer Regen, in einem Beet aber lauter Stiefmütter· chen mit ihren großen bunten Augen, um einen verglasten Trog herum, in welchem, sorgsam eingehegt, jeder mit einem Stäbchen, das den Namen aufgeschrieben trug, Töpfe mit Kakteen standen, kleinen, dicken, stacheligen, die eingerollten Igeln glichen, platten, verästelten, flockigen, die wie grüne Herzen aus dem Holze quollen, und am Boden kriechenden mit blauen Blättern, die Warzen und Krallen hatten. An einem Hause, das, niedrig und sehr breit, mit seinem großen runden Tor und dem Anhang von Ställen, Tennen und Schupfen mehr einem Gehöft, dem Anwesen irgendeines Landwirts, eines Müllers oder Sägers glich und sich in der modischen Pracht seiner Umgebung etwas wunderlich ausnahm. Im ersten Stock sah ein Mann in Hemdsärmeln zum Fenster heraus, seine Pfeife rauchend. Klemens dachte: Wie diese Bauern manchmal dem Reimers ähnlich sehen. Der Mann drehte sich um und rief etwas ins Zimmer. Ein sehr langes Mädchen erschien, mit einem blassen verschreckten Gesicht, einen gierigen Blick nach dem Wanderer auswerfend. Sie kam ihm bekannt vor. Er war schon vorüber, als er sich erst erinnerte. Er kehrte sich um und grüßte, da riß sie sich los und verschwand. Der Mann mit der Pfeife nickte kurz. Nicht sehr einladend, fand Klemens. Und eigentlich war's ja doch auch schon etwas spät für einen ersten Besuch. Obwohl, schließlich unter Verwandten! Aber er grüßte nur noch einmal, lässig mit der Hand zum Fenster winkend, und ging weiter. Das war also die Meierei! Die berühmte Meierei der alten Hofrätin Zingerl; sein Vater hatte noch neulich davon erzählt. Und dann war der Mann in den Hemdärmeln mit der Pfeife ja der Domherr Zingerl, ihr Sohn! Unwillkürlich sah Klemens noch einmal zurück. Aber gar kein

Zweifel: es war der Domherr. Den hatte er sich auch anders vorgestellt. Wenn er sich des schmeichelhaften Mißtrauens erinnerte, mit welchem Döltsch immer von dem Domherrn sprach! Und wie hatte gar sein Vater ihm eingeschärft, es ja an Eifer für den Domherrn, an Bemühungen um seine Gunst nicht fehlen zu lassen, welcher der Vater die höchste Macht und jedes Wunder zuzumuten schien. Er hatte noch den Ton im Ohr, in welchem der Vater mit seiner vergrämten und ergrauten Stimme sagte: „Ich empfehle dir besonders, gleich nach deiner Ankunft nachzufragen, ob die Hofrätin Zingerl anwesend ist, der du meine ehrerbietigsten Empfehlungen melden magst und dich auf unsere, wenn auch ferne Verwandtschaft berufen kannst; sie ist uns immer sehr gütig gewesen. Es begibt sich vielleicht, daß du dort einmal ihren Sohn, den Domherrn, triffst, was dir, sofern du es nur verstehst, dein Glück auszunutzen, unter Umständen für dein Fortkommen entscheidende Vorteile bringen könnte. Der Doktor Cölestin Zingerl, Apostolischer Protonotarius, Päpstlicher Hausprälat, Ehrendomherr von Salzburg, Spiritual des Fürsterzbischöflichen Klerikalseminars, ein weitgereister, vielerfahrener, weltgewandter Mann, der es durch eine ungemeine Gelehrsamkeit und Frömmigkeit in jungen Jahren zu vielen Verdiensten und hohem Ansehen gebracht hat, ist im Besitze von ausgebreiteten und sehr hochreichenden Verbindungen und gilt als ein Mann, dessen Freundschaft allmächtig ist. Gelingt es dir, seine Achtung, sein Zutrauen, vielleicht seine Neigung zu erwerben und unter seinen Schutz zu kommen, so wäre, soweit menschliche Voraussicht reicht, deine Zukunft geborgen und deinem alten Vater, der dem verwegenen Glücksspiel deines Ministers nicht ohne Bangen zusieht, ein Stein vom Herzen genommen. Auf seine Nachsicht aber, was den Unfall unserer Familie, was mein Mißgeschick betrifft, kannst du rechnen, weil doch auch auf seinem Hause schwer die Hand des Herrn gelegen ist. Du weißt, sie haben an seiner jung verstorbenen Schwester wenig Freude erlebt. Das Kind der Sünde hat die Großmutter ja bei sich. Wie nun aber stets eigenes Leid empfänglicher für fremdes, eigene Schuld duldsamer gegen fremde macht, darf ich hoffen, daß man dich dort den Flecken auf unserem Namen nicht fühlen lassen wird. Mir wenigstens ist die Hofrätin die wenigen Male, wo es mir vergönnt war, mich ihr zu nähern, immer mit einer Gewogenheit, ja, worauf ich doch den Anspruch verloren habe, fast einer Art Respekt entgegengekommen, deren ich bis an mein Ende dankbar gedenken werde. Dies gibt mir den Mut, ein Gleiches für dich zu hoffen, wofern du dich nur nicht wieder von deiner Neigung zu Keckheit und Unüberlegtheit verleiten läßt und dir so alles durch Leichtsinn wieder verwirkst."

Klemens schritt rascher, fast als ob er entlaufen wollte, aus der Macht dieser unerträglich eintönigen Stimme fort, die ihn noch immer verfolgte. Die drei Tage beim Vater, bevor er herkam, waren entsetzlich gewesen. Er hatte doch endlich dies alles schon vergessen gehabt. Weit in Dunst lag es hinter ihm. Er wußte nur noch: Dort unten in Görz, draußen, wo's zum Kastell geht, steht ein einsames Haus an schwarzen Zypressen, über den Isonzo hin in den Karst des Monte Santo starrend, und da geht der alte Vater ruhelos in seiner Stube hin und her, in derselben Stube wie damals, alles ist noch wie damals, auch das Zimmer, wo die Mutter immer auf dem Diwan lag, auch der alte Diwan noch, nur die Mutter haben sie schon längst hinausgetragen; und der Vater geht noch immer hin und her. Aber das war für ihn jetzt nur noch ein Gedanke. Wie er manchmal auch traurig an die tote Mutter dachte. Nicht anders dachte er an den Vater. Und er litt nicht mehr daran. Nun aber hatten diese drei Tage alles wieder aufgeweckt. Der Vater rief ihn; er wollte ihn durchaus noch einmal bei sich haben, nicht ohne den väterlichen Segen sollte er sein neues Amt antreten. Dieser väterliche Segen bestand darin, daß Klemens zum hundertstenmal das Unglück des Vaters nach so vielen Verdiensten, nach seiner Auszeichnung bei Solferino, nach seiner Verwundung bei Königgrätz und dann alle Details des bosnischen Kriegs, den ganzen Aufmarsch der achtzehnten Division, die, während Philippovich mit der sechsten vom Norden her in Bosnien eindrang, unter Jovanovic vom Osten her über die Höhen der Crnagora, auf Saumwegen den Hinterhalt der Insurgenten umgehend, nach Mostar kam, hier sein Regiment nach Stolac vorschickend, und seine Erkrankung, als sie dort sich nun plötzlich unvermutet zerniert finden, und die übermenschliche Kraft, mit der er trotzdem standhält und nichts versäumt und seine Pflicht tut und erst, als alles vorüber, der Feind abgeschlagen und der Weg für die nachrückenden Truppen frei ist, dann erst zusammenbricht, nun aber die alte Feindschaft des Kommandanten, der ihn seit Jahren eifersüchtig haßt und jetzt die Gelegenheit nimmt, jenen lügenhaften Witz gegen ihn zu prägen, den tödlichen Witz von dem Obersten mit dem Bauchweh, dies alles immer wieder und immer wieder, drei Tage lang, und wieder alle Familiengeschichten, vom stolzen Hofrat Furnian, der es so hoch gebracht, und von seinem Großvater, wie der auch schon an der Tücke falscher Freunde, freilich aber auch an seiner eigenen Unklugheit und jenem Vorwitz gestrauchelt, der nun im Enkel wiederzukehren scheine, und dann die alten Ermahnungen zu Gehorsam und Entsagung, die ewigen Warnungen vor Hochmut und Vermessenheit immer wieder und wieder, endlos wieder zu hören bekam. Immer in demselben öden und dürren Ton, der ihn bis in den Schlaf noch verfolgte. Und ihm wurde davon so bleiern schwer, er sank gleich-

sam ein, er hatte keinen Atem mehr. Nur daran
nicht mehr denken! Jetzt war es doch vorbei!
Und er schritt geschwind, froh der Meierei zu entkommen und schon, wo die Villen endeten, die friedlichen Zeilen mit den einfachen alten Häusern seines
Orts zu sehen. Übrigens war das doch dumm, er
mußte lachen. Die Meierei konnte vielleicht ganz
amüsant sein. Der Domherr in Hemdärmeln mit der
Pfeife und die schlaue Hofrätin, die verrufen war,
in allen klerikalen Intrigen ihre alte Hand zu haben,
es wurde vielleicht ganz lustig; und er würde sich
schon hüten, er war gewarnt. Dazu das bleiche
„Kind der Sünde". Sonderbar geht es doch im
Leben zu. Ob die Rahl wohl ahnte, daß da, keine
hundert Schritte von ihrem Achill, ein Kind ihres
Kollegen Larinser zu Hause war, von dem freilich
der darin vergeßliche Vater kaum etwas mehr
wußte? Es war doch wunderlich, wie dicht beisammen hier zwei Welten lagen. Und vielleicht
kommt im Sommer einmal der alte Larinser zur
Rahl und Klemens macht sich den Spaß und bringt
ihn dann zur Hofrätin her, ahnungslos natürlich.
Aber der log sich schon eraus, der grimme Hagen
hatte keine Furcht, der war dafür bekannt.
Jedenfalls wird Klemens in den nächsten Tagen
hingehen. Sie sind ja verwandt. Freilich etwas sehr
weit. Klemens mußte nachdenken: Die Schwester
seines Großvaters und Schwester des mächtigen
Hofrats hat einen Statthaltereirat von Knebel geheiratet und der hat eine Schwester Karoline gehabt
und die hat den Syndikus Trost geheiratet und da
waren drei Töchter, die Luise, die dann ins Kloster
ging und in Wahnsinn starb, die schöne Sanna, die
aus dem Fenster sprang, weil sie nicht das Geld
hatten, ihr den geliebten Leutnant zu geben, und die
jüngste, die, siebzehnjährig, den alten Schulrat und
nachmaligen Hofrat Zingerl, den Freund und Schützling des Hofrats Furnian, zum Manne nahm und ihm

einen Sohn, eben den Domherrn, für dessen natürlichen Vater übrigens irgendein junger Prinz galt, der damals dort als Rittmeister bei den Dragonern stand, und jene Tochter gebar, die dann, fast noch ein Kind, mit dem längst verheirateten Larinser, der in der Stadt als Jaromir gastierte, durchging, von ihm verlassen im Kindbett starb und die kleine Vikerl zurückließ, welche die Hofrätin, was eigentlich bei den Vorurteilen der kleinen Stadt ganz tapfer von ihr war, zu sich nahm und bei sich erzog Und Klemens dachte wieder, was ihm so oft, wenn er mit Freunden saß und von ihren Familien erzählt wurde, durch den Kopf ging: wieviel an Wahnsinn und bitterem Leid und wilden Begebenheiten doch auf diesen ehrbaren stillen Familien lag. In der Schule sagt man sich: Mein Gott, das waren die Labdakiden, das muß für den Enkel ungemütlich sein! Und schüttelt das Grauen ab und atmet auf, daß diese Zeiten jetzt nicht mehr sind. Lag es jetzt nicht ebenso schwer auf den Enkeln? War nicht auch hier überall ein Toter im Hause, der nicht zur Ruhe kam? Blickten sie in eine hellere Vergangenheit zurück? Jedes Haus hatte sein Gespenst sozusagen, überall ging's um. Döltsch hatte einmal gesagt, als von Barttrachten gesprochen wurde: „Ich rasiere mich bloß, um mich abzuhärten." Und als man ihn verwundert ansah, erklärte er es: „Mein Großvater, der Ingenieur, ein Schüler Ripels, der mit diesem und Ghega die Nordbahn baute, hat sich, als plötzlich im Jahre zweiundvierzig das Geld ausging, die Arbeit ins Stocken, alles in Verwirrung kam, jedem der Mut sank, der Haß der Böswilligen, der Hohn der Ungläubigen immer giftiger wurde und halt so eine schöne Wiener Hetze begann, in einem Anfall von Ekel an den Menschen, ohnmächtiger Wut und völliger Verstörung mit einem Rasiermesser die Halsschlagader durchgeschnitten. Mein Vater, den der Finanzminister Bruck aus der Verbannung zurück zu

43

großen Plänen berief, fand diesen in seinem Blut; das Rasiermesser daneben, die Schlagader durch, derselbe Anblick, der einst den Knaben entsetzt hatte. Und dann hat mein Vater, dreizehn Jahre später, als der Krach sein Vermögen und alle Hoffnungen zerschlug, auf dieselbe Art ein Ende gemacht. Wer abergläubisch wäre, könnte an eine Art Faszination denken. Es ist aber sicher gescheiter, wenn man nicht abergläubisch ist und sich lieber für alle Fälle beizeiten ans Messer gewöhnt. Deshalb rasiere ich mich." Sie wußten nie, wie solche Reden gemeint waren; seine Augen verhüllten den Sinn. Einer lachte, weil es vielleicht ein Witz war. Der Minister hatte eine eigene Art von Witzen, die einen eher ängstigten. Klemens sah seitdem jenes Messer überall. Es wurde seine fixe Idee, in den Familien nachzufragen, bis er es irgendwo versteckt fand. Dies war ihm dann ein Trost. Auch die anderen hatten also zu tragen, auch den anderen war aufgeladen. Und schließlich, da war Döltsch selbst, dem schien das Messer nichts anzuhaben. Es kam doch zuletzt nur auf den Menschen selbst an, nicht auf die Väter; und zuletzt blieb die Gegenwart doch stärker als alle Vergangenheit; und mit jedem Menschen fängt ein neues Leben an, und mit jedem neuen Jahr, und eigentlich mit jedem Tag, wenn man nur die Courage hat und nicht zurückschaut, was schon der armen Frau Lot so schlecht bekommen ist.

Als er in die Kreuzgasse bog, sah er den alten Klauer vor dem Hotel „Zum Erzherzog" Karl auf der historischen Bank, mit dem roten Doktor zusammen. Die alte Exzellenz winkte ihm schon von weitem, und er hörte ihr gackerndes Lachen. Er dachte: Schließlich weiß man ja bei uns nie, ob ein Toter nicht auf einmal wieder pumperlgesund ist; es kommt immer wieder eine Zeit der Ruinen! Und so ging er höflich hin, zog das Hütl und wollte sich vorstellen, als ihm Klauer schon mit seinem gacksenden Lachen den

Wanst entgegenschob und, mit den fetten Fingern der enormen wülstigen Hand salutierend, stotternd durch das Lachen stieß: „Melde gehorsamst, Herr Bezirkshauptmann, melde ergebenst, gehorsamst und ergebenst —" Und er würgte, pustend, als ob er am Ende das Lachen wieder zurückschlucken würde. „Melde, daß ich nämlich die Bank — ich, ich —" Er brach ab, sah aus seinen winzigen, gleichsam in Fett erstickenden Augen Klemens zwinkernd an, trat ganz dicht an ihn heran, beugte den mächtigen Schädel auf ihn herab, hielt die hohle Hand vor den Mund und sprach durch dieses f'eischige Rohr: „Ich wärme die Bank bloß, Herr Bezirkshauptmann. Ich wärme sie bloß für Exzellenz Döltsch. Damit Exzellenz Döltsch dann schön warm hat. Selbstverständlich! Denn das hat er gern. Nicht wahr, das hat er gern?" Er zog das Wort und dehnte den Vokal und blähte ihn auf, daß es schnarrte: Gähärrn! Und er zerlachte sich. „Aah, das hat er gern, sich so in einen schön ausgewärmten Sitz zu setzen, das hat er gährrn." Seine winzigen Augen tauchten wieder aus den Wellen auf, und indem er die Nase zwischen Daumen und Zeigefinger nahm, ließ er ein Blasen und verhaltenes Schnauben aus, ein seltsames Geräusch wie von versteckt die Luft ausklopfenden Irrwischen oder Trollen. Klemens trat auf den roten Doktor zu, näselnd: „Bezirkshauptmann Furnian." Ohne von der Bank aufzustehen, nickte der kaum und murmelte: „Doktor Tewes." Die Exzellenz fing wieder zu gicksen an: „Was? Die Herren kennen sich noch gar nicht? Aber, Herr Bezirkshauptmann!" Er zerlachte sich. Und sich wieder dicht zu Klemens herabbeugend, blies er wieder durch die vorgehaltene Hand: „Wissen's denn, was unser Doktor ist? Ja, das ist nicht so! Das ist nicht so!" Und er gluckste und schluchzte vor Lachen, schlug Klemens lachend auf die Schulter und streckte dann seine große zottige Hand aus und wies auf den Doktor und fragte:

„Wissen Sie, wer das ist? Wissen Sie, wer? Das ist, das ist —" Er zerlachte sich und brachte es noch immer nicht heraus. Endlich, indem er sich gurgelnd und hustend vor Lachen an Klemens anhielt, sagte er: „Das ist die israelitische Bevölkerung von hier." Da fiel ihm aber noch ein zweiter Witz ein und, wieder rasselnd und prasselnd von Lachen, sagte er: „Nämlich jetzt! In drei Wochen ist die Herrlichkeit aus. Nämlich neun Monate im Jahr ist er die israelitische Bevölkerung von hier, er ganz allein. Aber dann auf einmal, so um Ende Juni herum, da fängt er sich entsetzlich zu vermehren an! O je, o je!" Und er sank, vor Lachen stöhnend, in die Bank und trommelte mit seinen schweren dicken Fingern auf der Schulter des Doktors. Klemens erinnerte sich, daß Döltsch sagte: „Der Klauer muß seine Kur immer einen Monat früher anfangen, weil er mit dem Witz, den er am ersten Tage macht, sonst bis zum Herbst nicht fertig wird." Und bei seinem Antritt hatte Döltsch gesagt, er wolle wohl die rückständigen Akten des Vorgängers, keinesfalls aber seine unerledigten Witze übernehmen. Alles andere hätte ihm Klauer noch eher verziehen.

Die Exzellenz fing wieder zu gackeln an. „Jetzt sein's aber nett, Herr Bezirkshauptmann, hä, hä, und verraten's uns ein Staatsgeheimnis."

„Aber mit Vergnügen, Exzellenz", sagte Furnian.

Klauer stieß seine kleinen schnappenden Augen hervor. „Nicht wahr? Das macht euch doch nichts! Über das seid's ihr doch hinaus! Ihr seid's doch jetzt über alles hinaus! Der Staat? Spaß! Das deutsche Volk? Spaß! Die Staatssprache? Spaß! Neue Schule! Alles neu! Also mir kann's recht sein. Solange ich meine Pension pünktlich krieg, ist mir alles recht. Ist mir alles recht." Er versank, die listigen Augen verkrochen sich. Plötzlich aber, sich schüttelnd, wieder grinsend, fragte er: „No, hab ich nicht recht? Ich bitt Sie! Solang ich nur meine

46

Pension krieg! Alles andere, alles andere! Ich bitt Sie!" Und er fing lachend durch die Nase zu blasen an. „Spaß! Spaß! Alles bloß Spaß! Ich bin halt auch schon, ich bin auch schon, schaun's, ich bin auch schon ganz von der neuen Schule! Sagen Sie's nur dem Döltsch, ich fang schon an, ich akklimatisier mich!" Und er zerlachte sich. Dann sagte er: „Aber hörn's zu, Herr Bezirkshauptmann!"

„Bitte, Exzellenz!" sagte Klemens, sich eine Zigarette drehend.

Klauer sah ihn blinzelnd an. „Also denken Sie sich! Der ganze Ort ist aufgeregt. Wird er oder wird er nicht? Kommt er oder kommt er nicht? Ham wir ihn oder ham wir ihn nicht? Das ist die große Frage. Was sie mich schon sekkiert haben! Aber ich, Kinder, ich weiß doch nix! Woher soll ich denn wissen? Wer bin denn ich? Was bin denn ich? Ausrangiert, abgestellt, kann froh sein, wenn ich nur das Leben hab und das bissel Pension! Aber nett wär's schon, nett wär's von Ihnen, wenn Sie's mir verraten möchten! Werden Sie oder werden Sie nicht? Kommen Sie oder kommen Sie nicht? Nämlich, nämlich —" Und er zog den Mund zusammen und schob die Lippen vor, dann schoß er es ab: „Ins Krätzl nämlich. Das ist die große Frage. Der Bürgermeister hat schlaflose Nächte." Und es stieß ihn wieder sein krätschendes Lachen auf.

„Aber Exzellenz", sagte Klemens, auf die Uhr sehend. „In einer halben Stunde bin ich dort. Man weiß doch, was sich schickt."

Klauer streckte den Zeigefinger der linken Hand nach dem Doktor hin, seine Schulter tupfend, den der rechten gegen Klemens aus, und indem er so die beiden mit einer Zange zu halten schien, rief er: „Hab' ich's nicht gesagt? Was hab' ich gesagt? Professor, was hab' ich gesagt? Professor, du bist mein Zeuge. Er geht, hab' ich gesagt. Ihr kennt's ihn alle nicht! Der kommt und setzt sich ins Krätzl."

„Warum denn nicht?" fragte Klemens gelangweilt, schon etwas ungeduldig, ohne zu wissen, wie er sich losmachen sollte.

„Natürlich!" stimmte Klauer ein. „Warum denn nicht? Recht haben Sie! Fragen Sie den Doktor, was ich gesagt habe! Wenn der Minister in Volksversammlungen herumzieht und in Wirtshäusern predigt, ist es nur konsequent, daß der Bezirkshauptmann ins Krätzl gehört! Aber ihr habt's ja recht! Ich sag' doch nichts! Recht habt's ihr! Den Leuten schmeichelt's, euch kost'ts nichts, no und wenn man den Gestank verträgt, alle Achtung!" Er nahme die Nase wieder zwischen Daumen und Zeigefinger und zog an ihr, blasend. Und als er Klemens hochmütig lächeln sah, sagte er: „Ich weiß schon, was Sie sich denken! Lachen's nur! Weil ich der Letzte der Liberalen bin? So sagt ja der Döltsch immer, nicht? Glauben's, ich weiß das nicht? Aber glauben's nur nicht, daß ich deswegen bös bin! Man soll es mir nur einmal auf mein Grab schreiben." Er hielt ein und hob den riesigen Schädel, die Augen waren verschwunden. Er wiederholte langsam: „Er war der Letzte der Liberalen. Schreibt's das nur auf mein Grab, ich habe nichts dagegen. Soll der Döltsch die Freude haben, wenn er's erlebt." Sein dunstiges Gesicht verzog sich grinsend. Er sagte noch einmal, boshaft durch die Nase schnurrend: „Wenn er's erlebt." Dann krochen die kleinen Augen wieder heraus, er nahm plötzlich einen anderen Ton, die Stimme wurde scharf, und er sagte belehrend: „Aber, junger Herr, merken Sie sich! Liberal sein, heißt die Rechte des Volkes und die Pflichten des Staates und den Zusammenhang von Volksnotwendigkeiten und Staatsnotwendigkeiten erkennen. Nicht aber heißt liberal sein, allem Pöbel nachlaufen und auf jeder Bierbank rutschen. Sogar die Demokraten, die mich nichts angehen, muß ich vor euch in Schutz nehmen. Auch da ist noch ein Unterschied, und man ist noch lange kein Demokrat, wenn man ein Demagog ist. Das vergeßt's ihr immer. Und wenn ihr euch nur schmierig macht's, glaubt's ihr schon volkstümlich zu sein. Es kommt aber schon wieder die Zeit, wo man merken wird, daß doch noch ein Unterschied ist. Aber bis morgen denkt's ihr ja nicht!"

„Vorderhand", sagte Klemens mit einer Verbeugung, indem er noch einmal auf die Uhr sah, „müssen Exzellenz schon entschuldigen, wenn ich jetzt wirklich nur an heute abend denke. Ich habe versprochen, um acht in der Post zu sein." Und er schlug die Fersen zusammen, sich noch einmal kurz verneigend. Aber Klauer ließ ihn nicht. Er stand umständlich auf, schob sich hin, und indem er seinen Schädel zu Klemens bog, bis an sein Gesicht herab, begann er wieder lachend zu schnauben: „Aber, aber, aber! Warum denn schon? Das Krätzl lauft Ihnen nicht weg, die sitzen auf der Post bis um Mitternacht zusammen! Da müssen Sie den Bezirksrichter erst kennen! Bevor der nicht seine zwölf Krügel hat! Und wir plauschen doch grad so gemütlich! Nicht? Nicht? Nicht?" Und den Vokal durch die Nase ziehend und dehnend, bog er sich grinsend noch näher vor, daß Klemens sein rauchiger Atem ins Gesicht schlug, und sah ihn lauernd an, mit seinen kriechenden Augen alles an ihm absuchend. „Oder? Oder am End'? Sind's am End' bös?" Und er fing wieder lachend zu gackern an. „Sind's bös? Wirklich? Sind's bös, weil ich —? Das schaut euch ähnlich! Aber gehn's! Man plauscht doch nur! Man macht sich halt innerlich ein bissel Bewegung, nicht? Wissen's, ich brauch' das, ich hab' das gern!" Und er wiederholte, mit blähender Stimme: „O, das hab' ich gärrn!" Plötzlich aber wurde sein Gesicht ernst, und leise, fast drohend, sagte er schnell: „Ich kann Ihnen auch in manchem behilflich sein. Sie werden schon sehen! Es gibt noch immer allerhand, wo man den alten Klauer vielleicht noch ganz gut brauchen kann. Glauben Sie nur nicht! No, ich sag nix. Aber man überschätzt mich. Früher hat man meinen Einfluß überschätzt, jetzt überschätzt man meine Einflußlosigkeit." Er dämpfte das Lachen, das ihn anfiel, gleich wieder und fuhr in demselben einschleichenden Ton fort: „Und ich interessiere mich für Sie. Ich schätze Ihre Begabung. Wenn Sie klug sind, so sparen Sie sich auf! Verstehn Sie! Man spielt den Mond nicht gleich in den ersten paar Stichen aus. Verstehn Sie? Und Sie haben die besten Aussichten. Schon weil man das Ihrem Vater schuldig ist, an dem ein schweres Unrecht begangen wurde, ich habe das immer gesagt." Und plötzlich wieder auflachend, ging er zur Bank zurück und setzte sich schnaufend. „Wir werden uns schon noch sehr gut verstehen lernen, da ist mir gar nicht bang. Vergessen's nur den Pagat nicht! Mond aufsparen und schau'n, daß S' den Pagat machen." Er stieß den roten Doktor an. „Ja, du schaust! Du hast es leicht. Du bist ein Anarchist, dich geht das alles nichts an. Ja, ja, Herr Bezirkshauptmann, vor dem nehmen Sie sich in acht! Ein Anarchist, ich sag's Ihnen! Ich kann nichts dafür. Wie wir zusammen in die Schule gegangen sind, war noch nichts zu merken. Die Buddhisten haben ihn verdorben." Und er lachte, dem Doktor auf den Rücken klapsend.

Tewes sagte langsam, mit einer leisen traurigen Stimme: „Nun, laß es nur! Der Herr Bezirkshauptmann wird ja schon wissen."

Klemens war verlegen. Es verdroß ihn, daß Klauer ihn an seinen Vater erinnert hatte. Gar vor diesem roten Doktor, dessen wortlose Gleichgültigkeit ihn befangen machte. Er hätte ihm gern gezeigt, daß er den Anbiederungen der schwätzenden Exzellenz unzugänglich war. So sagte er, leichthin spöttisch: „Gott, wer ist schließlich heute nicht Anarchist?"

Klauer schrie lachend: „Ich sag's ja, ich sag's ja! Die neue Schule!"

Tewes entgegnete, still und ernst: „Schließlich sind es viele, aber ich würde Ihnen doch raten, es anfänglich lieber nicht zu sein."

Furnian fragte: „Sie sind sich mit meinem Vorgänger nicht zum besten gestanden, Herr Professor?"

Tewes antwortete: „Doch wohl eigentlich eher er mit mir nicht, Herr Bezirkshauptmann."

Furnian sagte: „Ich wünsche mir aufrichtig, daß das jetzt anders werden wird."

Immer in demselben leisen glanzlosen Ton sagte Tewes: „Das können Sie sich wirklich wünschen."

Furnian fand das unverschämt. Doch hatte ihm Döltsch eingeschärft, Unangenehmes zu überhören oder nicht zu verstehen. Er sah den alten Doktor lächelnd an und sagte: „Ich möchte bloß niemals eine andere Sorge haben. Vor platonischen Anarchisten ist mir nicht bang. Es wäre schad', wenn wir keine hätten; sie zieren die Gegend und wirken sehr dekorativ."

„Fast, fast, fast," würgte Klauer, vor lachendem Schnauben daran fast erstickend, „fast wie kurze Hosen und Wadlstrümpf! Nicht? Nicht? Ja, die neue Schule!"

Tewes sagte: „Jeder hat eben seine Auffassung. Wenn Sie mir nur auch meine lassen! Ich verlange ja nichts, als manchmal Sonntag den Arbeitern von den Salinen allerhand Naturerscheinungen vorzuführen, mit den Erklärungen, die die Wissenschaft dafür hat. Wenn man, wie Ihr Herr Vorgänger, mich darin stört, so kann ich allerdings recht unangenehm werden. Übrigens bin ich der friedlichste Mensch. Dies möchte ich Ihnen ein für alle Male gesagt haben. Hoffentlich geben Sie mir Ruhe. Dann werden Sie sich über mich nicht zu beklagen haben."

„Na, wir brauchen ja", sagte Klemens, „nicht gleich einen förmlichen Kontrakt zu machen. Das wird sich alles finden." Und noch süffisanter, um sich selbst zu beweisen, daß er sich durch diesen jüdischen Sokrates nicht einschüchtern ließ, fuhr er fort: „Kommen's doch mit! Kommen's mit ins Krätzl! Man sitzt beisammen, ein Wort gibt das andere, man spricht sich aus, es ist die einfachste Art, sich kennenzulernen, und hat noch das Gute, sie verpflichtet am Ende zu nichts. Kommen's mit in die Post!"

Während Tewes durch eine bloße Gebärde verneinte, sagte die gackernde Exzellenz: „Vielleicht kommt's noch dahin, daß der Herr Bezirkshauptmann nächstens überhaupt in der Post amtiert."

„Exzellenz," sagte Klemens, „das wär' gar nicht so dumm." Und indem er halb die Augen schloß und den Schnurrbart mit den Fingern strich, die Schultern ein wenig vorgebend, erließ er die Sentenz: „Die Hauptsache wird schließlich immer bleiben, den richtigen Kontakt mit der Bevölkerung zu gewinnen. Wie, das kann wohl wirklich ruhig dem Takt und bis zu einem gewissen Grad auch der Neigung des einzelnen überlassen bleiben. Der eine macht's so, der andere macht's so. Wenn's nur überhaupt gemacht wird. Die Pedanten haben wir abgeschafft, und der Amtsschimmel, Exzellenz, hat nur noch das Gnadenbrot."

„Es ist," blähte Klauer, „es ist ein Amtsautomobil daraus geworden."

„Jedenfalls", sagte Klemens, „geht's geschwinder." Und lachend setzte er hinzu: „Aber Exzellenz wissen, Pünktlichkeit im Amt ist das erste Gebot! Weshalb ich hiermit die Ehre habe, Exzellenz meine Verehrung ergebenst zu Füßen zu legen." Indem er dies mit einer spöttischen Lustigkeit sagte, verneigte er sich noch einmal, das Hütl ziehend, und entfernte sich rasch durch die Kreuzgasse, über den stillen Platz, nach dem alten Gasthof zur Post hin.

Die Exzellenz rief ihm nach: „Kommen's doch bald einmal wieder, Herr Bezirkshauptmann! Ich sitz' jeden Tag um diese Zeit hier. Ich halt ihm ja

52

das Bankerl warm, ich halt's ihm warm. Das hat er doch gern! Das hat er gärn!"

Der Bezirkshauptmann winkte noch einmal mit der Hand zurück, in den stillen alten Platz einbiegend.

Zweites Kapitel.

Als ihnen der Bezirkshauptmann um die Ecke verschwunden war, sagte Klauer: „Ein Lausbub.' Er sah noch immer nach der Ecke hin, an der ihnen der Bezirkshauptmann entschwunden war. Sein wulstig verdunsenes Gesicht war jetzt ganz ernst, die verschwollenen Augen zwängten sich aus dem Fett, der große Schädel hing vor. Wie ein gichtischer alter Bauer saß er auf der Bank, schnaufend.

„Nun ja", sagte Tewes begütigend.

Plötzlich fing Klauer wieder lachend zu glucksen an. „Weißt du, hä, hä, weißt du denn, Doktor, hä, hä, weißt du, was man einen Schwiehack nennt?"

„Ungefähr", sagte der Doktor. „Deutsch sagt man Schwerenöter."

„Schwerenöter", erklärte Klauer, „ist ein harmloser Schwiehack, ein unschuldiger Schwiehack, ein zimmerreiner Schwiehack. Der Schwerenöter verhält sich zum Schwiehack wie's Hauskatzerl zum Luchs. Der Schwiehack ist ein Schwerenöter zum Quadrat. Und wer's nicht weiß, was ein Schwiehack ist, dem gibt das alles noch keinen Begriff. Erleben muß man's. Schau dir diesen Furnian gut an! Das ist der Schwiehack. Schau dir ihn gut an, dann verstehst du erst unsere neueste Politik. Es ist die Politik der Schwiehacks. Der große Döltsch hüllt sich ja in Nebel ein; der möcht, daß man's nicht erkennen soll! Aber die kleinen Döltsche sieh dir an, da wird der Schwiehack offenbar. Der Schwiehack beherrscht die ganze Epoche."

„Nun ja", sagte Tewes. Aus Schwäche fand er

sich täglich wieder auf der Bank bei dem Jugendfreund ein, dem es ein solches Bedürfnis war, die Zeiten anzuklagen und sich reden zu hören. Es langweilte ihn, aber der abgedankte alte Mann tat ihm leid, der, vor ein paar Jahren noch von allen umworben, jetzt überall Undank, Schadenfreude und die Erbärmlichkeit der Menschen fand. Dem mächtigen Minister war er aus ewichen. Er hätte ihn nur in Verlegenheit gebracht und er brauchte ja nichts. Aber jetzt saß er gutmütig täglich auf der historischen Bank vor dem Erzherzog Karl mit ihm, ertrug seinen langwierigen Witz und ließ ihn die Welt erklären, kaum recht zuhörend und höchstens, wenn er doch einmal was von seiner Weisheit vernahm, im stillen ein wenig verwundert, wie wenig Verstand der Mensch eigentlich braucht, besonders der Mensch der Politik. Und dann war er sehr froh, längst dies alles abgeschüttelt zu haben und nicht mehr dabei zu sein. Und gern ging er am anderen Morgen wieder zu seinen Kranken, zu seinen Armen zurück.

Klauer begann wieder, höhnend: „Und natürlich! Natürlich! Natürlich muß das gleich am ersten Tag ins Krätzl! Daran erkennt man den Schlag! Glaubst du, er wäre zu mir gekommen, der doch schließlich, wenn schon gar nichts anderes, doch die Erfahrung hat, die Erfahrung von dreißig Jahren in der Politik, der das ganze Treiben kennt, von unten auf, bis in den letzten Winkel, aus der gefährlichsten Gegend, von unserem Böhmen her, der jede Frage studiert, am lebendigen Körper des Staatswesens studiert, studiiirt hat?" Er konnte sich wieder von dem Vokal nicht trennen und zog ihn dehnend aus. „Aber das gilt ja alles nichts mehr! Erfahrung, Kenntnisse, Wissen, wozu? Haben sie alles nicht nötig! Oder gar Respekt vor Leistungen, Rücksicht auf Verdienste, wozu? Hast ihn ja gesehen, mit dem mokanten Lächeln, das alles besser weiß! Hast ihn ja gehört, mit der zynischen Überlegenheit, die alles durch einen Spaß abtut. Wer bin denn ich? Was bin denn ich? Wer ist denn überhaupt für diese Herrln noch was? Außer das Krätzl! Da muß er hin! Gleich am ersten Tag, daß er's ja icht versäumt! Natürlich! Echt! Wie der Herr, so der Knecht. Da können's gar nicht schnell genug laufen, die Döltscherln, hopsasa, wenn's ins Krätzl geht! Unverschämt gegen oben, rücksichtslos gegen unten, frech mit jedermann, aber wo's nur ein Krätzl gibt, da werden's klein! Der Schwiehack und das Krätzl, da hast du unsere Signatur! Krätzlokratie mit dem Schwiehack an der Spitze, das ist unsere neueste Verfassungsform! Und, und, und —?" Das Gackern ging wieder los, die Augen krabbelten herauf. „Und merkst du? Ä, ä! Merkst du nicht? Ä, ä! Merkst du was? Schwiehack, Krätzl! Ist es nicht charakteristisch, daß die gebildete Sprache dafür gar keine Worte hat? Daß man davon nur in den Ausdrücken des gemeinen Mannes reden kann? Als ob sich sogar die Sprache zu gut dafür wäre und sich gleichsam schämen würde! Schwiehack, ein Wort aus dem Ungarischen, so herabgekommen und verlumpt wie das, was es bezeichnet! Und Krätzl gar, was schon so räudig klingt, daß es einen unwillkürlich juckt!"

„Hat aber", sagte Tewes, „mit Krätze gar nichts zu tun, sondern ist ein gutes altes Wort, das ursprünglich die Ecke an der Straße heißt. Sie gehen ums Krätzl, was heißt: sie kommen um die Ecke. Übertragen dann auf die, die an der Ecke beisammenstehen —"

„Eckensteher", grinste Klauer vergnügt.

„Eckensteher," sagte Tewes, „ja, und wenn sie gerade nichts zu tun haben, schütten sie einander ihr Herz aus, sie tratschen, und das Tratschen macht gute Freunde, und so wird dann eine solche an der Ecke begonnene, im Tratschen geflochtene Freundschaft, wenn sie fest zusammenklebt und recht zähe geworden ist, schließlich auch ein Krätzl genannt; wofür du ja aber, wenn dir der Dialekt so widerstrebt, getrost Klüngel sagen kannst."

„Nein!" schrie Klauer triumphierend. „Nein! Dann verstehst du's nicht! Nein, mein verehrter Freund! Das ist es ja, da hast du's! Klüngel ist auch nicht sehr schön, aber es hat doch keine Spur von dieser Infamie, die in dem Wort Krätzl liegt! So was Schäbiges ist Krätzl und —" Er hob den Zeigefinger demonstrierend. „Und, jetzt paß gut auf! Und die größte Schäbigkeit ist die, daß das richtige Krätzl noch auf seine Schäbigkeit stolz ist, daß es sich nicht schämt, daß es mit ihr prahlt! Wie der Schwiehack! Der Schwiehack ja auch! Das liegt in den beiden Worten, das gehört dazu. Was du ja schon daran erkennen kannst, daß sich eine Gesellschaft, die einen Klüngel bildet, doch nie selbst so nennen würde. Die hier aber sagen selbst: das Krätzl, unser Krätzl. Ganz offiziell nennen sie sich so und tragen den Namen noch wie einen Ehrenschild, wie ein Wappen."

„Na, wie die Guisen halt", sagte Tewes lächelnd.

„Eckensteher", wiederholte Klauer vergnügt „Vortrefflich! Und stimmt genau! Gevatter Kaufmann und Gevatter Postmeister und Gevatter Apotheker stehen an der Ecke und haben nichts zu tun und tratschen miteinander und verstehen natürlich alles besser und wissen natürlich alles genau und prätendieren nun, daß alles nach ihrem Gutdünken gehen muß. Und nun fehlt nichts, als daß noch der Schwiehack dazu kommt, mit seiner fröhlichen Unbefangenheit, der jedes Prinzip ein Vorurteil, alle Gesinnung eine Borniertheit ist. Und dann wunderst du dich noch? Der Schwiehack Arm in Arm mit dem Krätzl und darüber schwebt das Kerzlweib, da hast du den Schlüssel zum heutigen Österreich!" Und er lachte sich aus und rieb sich die Hände. Er war jetzt schon wieder sehr vergnügt. Sein Ärger wich immer gleich.

wenn er einen Witz, der ihn freute, ein Wort, auf das er stolz war, oder gar eine Formel fand, die ihm die widrigen Erscheinungen zu erklären schien. Denn was er sich einmal erklärt hatte, war für ihn abgetan. Was wollt ihr denn noch? fragte er dann und begriff eine Zeit nicht, die es sich an Erklärungen nicht mehr genügen ließ. Er sagte: Das Krätzl und der Schwiehack, und nun war das für ihn erledigt und er wunderte sich, wie denn trotzdem die Erscheinungen noch andauern konnten, er hatte sie doch erledigt. „Ist es dir nicht klar?" fragte er, mit seiner großen groben Hand den Rücken des Doktors abtastend. „Das ist doch klar!"

Der Doktor sagte: „Wenn du nur wieder dein Österreich in der Westentasche hast!"

Aber Klauer ließ einen Einfall, den er einmal hatte, nicht so leicht wieder los. Früher war es seine Passion gewesen, sich über jeden in langwierigen Erlässen zu ergehen, die noch immer den alten Professor verrieten. Jetzt mußten die paar geduldigen Freunde herhalten, die ihm geblieben waren. An ihnen wurde der Einfall oder wie er's nannte: das Aperçu so lange eingeübt und ausgeprobt, bis er es dann für würdig befand, seinen Memoiren eingefügt zu werden, an welchen er jeden Abend feilend saß. Sie sollten erst nach seinem Tode erscheinen. Er hatte sich den Titel ausgedacht: Das Testament des Patrioten. Alle Bitterkeit, jede Kränkung und die quälende Gier nach Rache lud er hier ab. Jede Verleumdung seines Nachfolgers, die man ihm zutrug, jeder Klatsch, jede neidische Bosheit wurden hier aufgezeichnet. Und er saß und schrieb, sein Gift ausspritzend, und stellte sich die Wirkung vor, wenn er einst tot sein und es dann bekannt würde; und bei dem Gedanken an den Tod tat ihm eigentlich nichts so leid, als daß er nicht dabei sein könnte, um es sich anzusehen, wie seine Feinde dann, von ihm entlarvt, der gerechten Züchtigung verfallen würden.

57

Die Hoffnung auf solche posthume Rache gab ihm auch die Kraft, sich in Geduld zu fassen, die Stiche des Undanks zu leiden und seinen künftigen Opfern einstweilen wieder herzlich die Hand zu drücken. Dieser philosophischen Entsagung, in welcher er sich lächelnd gefiel, wäre er sonst nicht fähig gewesen. Er hielt die Memoiren sorgfältig versteckt, und wenn er doch einmal sich nicht entbrechen konnte, Andeutungen zu machen, beeilte er sich sogleich zu versichern: „Gott, ganz harmlos, eigentlich nur für mich selbst! Erinnerungen eines alten Mannes, der abgeschlossen hat und nun noch einmal auf seinen Weg zurückblickt, um das Fazit eines bescheidenen Lebens, eines in seinen Absichten wohl, nicht aber in seinen Erfolgen bedeutenden Wirkens zu ziehen. Für andere kann das nicht von geringstem Interesse sein, gar nicht!" Doch schwammen dabei seine kleinen Augen so lustig im Fette, und das ganze Gesicht fing so zu dunsten und zu triefen an, daß diese harmlosen Erinnerungen manchem verdächtig wurden. Man hatte ja schon allerhand Erfahrungen mit solchen friedfertigen Exzellenzen, bei denen im Nachlaß dann plötzlich eine Kiste voll Haß und Hohn gefunden wird, und so traute man ihm nicht mehr. Er fühlte das, und wenn es ihn einerseits auch ängstigte, weil er kein Mann der offenen Feindschaft war, so gab es ihm andererseits doch wieder das angenehme Gefühl, im geheimen eine Macht zu sein, mit welcher der Kluge noch immer sich lieber zu verhalten sucht. So fuhr er eifrig fort, für seine Memoiren einzusammeln, was ihm nur immer an Anekdoten, hämischen Witzen und solchen halbwahren Geschichtchen zukam, durch welche einer Tat oder einem Mann ihr Ansehen ganz unmerklich entwendet wird, und war am glücklichsten gar, wenn er selbst irgendein auffällig ins Ohr klingendes Wort fand, womit er vieldeutig spielen und worin er, während er nur eben eine Erscheinung darzustellen schien, allerhand Rankünen

58

arglistig unterbringen konnte. Er nannte das: eine Formel finden. Aber diese fielen ihm immer nur in Gesellschaft ein. Er gehörte zu den Menschen, die reden müssen, um zu denken; im Reden erst und aus dem Reden kommen ihnen Gedanken, im Gefolge der Worte. Schon als Lehrer an der Universität hatte er immer die lebendige Berührung mit den Schülern gebraucht, sein Seminar war berühmt; hier, im Austausche mit einer streitsüchtigen, schlagfertigen Jugend, fielen ihm Wendungen ein, von welchen er selbst am meisten überrascht war, und von Wetteifer getrieben, durch Widerspruch gereizt und gar, wenn er die Bewunderung der Lernbegierigen und ihren Beifall vernahm, ging er, hingerissen, weit über seine eigene Begabung hinaus. Dies wiederholte sich, als er es dann übernahm, in einem Kreise hochadeliger Damen die Grundzüge der politischen Wissenschaften vorzutragen, und so hatte er auch im Parlament ohne eigentlich ein Redner zu sein, wozu ihm der Atem fehlte, oft in der Debatte das größte Glück. Er brauchte den Beifall, er brauchte das Echo; Unaufmerksamkeit konnte ihn so verstimmen, daß er sich gleich verlor, aber ein Zwischenruf brachte ihn wieder zurück. Seine Schmeichler feierten ihn als einen unerreichten Causeur. Und Döltsch, in dem er seinen ärgsten Widersacher sah, sagte: Man muß nur gerecht sein, was wahr ist, ist wahr, schmusen kann er.

So saß er nun, noch immer an jenem Einfall kauend, und ließ ihn nicht aus, weil er da wieder ein neues Kapitel seiner Erinnerungen sah; und er schwelgte schon in der Überschrift: „Ära Döltsch oder der Schwiehack und das Krätzl." Er mußte nur die beiden Worte noch recht zusammenwalken. Er kannte das, man darf ein Aperçu nicht auslassen, bis der letzte Faden daraus gesponnen ist. Er begann wieder: „Du nimmst das zu leicht! Dir scheint dasjenige, was du hier siehst, der stolzierende Nichtsnutz von Bezirkshauptmann und die Herrschaften in der Post mit ihrer Arroganz, das scheint dir alles bloß eine zufällige Begegnung zu sein, über die du lachst oder dich ärgerst, wie's eben kommt, gegen die du dich allenfalls wehrst, wenn sie dir lästig wird, in der du aber nicht mehr als eben einen lästigen Vorfall und ein paar ärgerliche Menschen siehst. Du irrst, glaube mir! Du irrst, mein alter Freund! Du irrst!" Und indem er noch näher an den Arzt rückte und das I singen und das R schnarren ließ, genoß er zwinkernd das Gefühl seiner Überlegenheit. „So einfach ist das nicht. Es ist mehr. Es ist ein System, und überall sehe ich die unselige Hand dieses Döltsch darin! Man darf den Mann nicht unterschätzen! Er treibt die Frivolität bis zur Verwegenheit, der Zynismus wird in ihm fast zum Genie. In allem ist seine Absicht zu spüren, gleichsam eine Räuberbande von catilinarischen Existenzen zu bilden, die nichts zu verlieren, alles zu gewinnen haben, wenn jedes Herkommen, jede Gewohnheit, auf welcher unser politisches Denken beruht, ja der ganze Staat selbst aufs Spiel gesetzt wird, um nur im Moment einen verblüffenden Erfolg zu haben und die nächste Sorge des Augenblicks zu erledigen. Was morgen sein wird, fragt er nicht. Weiß er denn, ob er selbst morgen noch sein wird? Und was kümmert ihn denn als er selbst? Hinter uns die Sündflut! Wenn nur er der große Mann scheint, der überall zu helfen, aus jeder Verlegenheit einen Ausweg und jedes Problem wie ein Taschenspieler im Augenblick zu eskamotieren weiß. Ja, fast scheint es oft, er schafft sich die Verlegenheiten selber mit Fleiß, um nur daran wieder beweisen zu können, wie geschickt er ist. Und wenn dann natürlich das Problem, das er gestern eskamotiert hat, heute auf der anderen Seite wieder erscheint, ist er es selbst, der es lächelnd herzeigt, als wäre es eben jetzt von ihm erst entdeckt. Und gleich sind alle wieder verblüfft und staunen ihn an. Nur immer

60

verblüffen und von allen angestaunt sein! Wer hätte heute noch für die stille Staatsarbeit Sinn, die Generationen braucht und deren Plan sich erst den Nachkommen enthüllt? So lange können wir nicht warten, wir haben keine Zeit, wir brauchen täglich einen neuen Erfolg, der noch ins Abendblatt kommt! Automobil ist die Losung! Im Automobil schießt er durchs Land, was nun dem kleinen Mann unendlich schmeicheln muß, wenn er sieht, wie der hohe Herr sich in Schweiß und Staub um ihn bemüht; und da ist keine Hand so schmutzig, die er nicht drückt, und keine Beschwerde zu dumm, keine Forderung zu frech, die er nicht hört! Doch wäre das noch das wenigste, aber er regiert im Automobil! In so einem richtigen rasselnden, schlotternden Rennwagen von ganz dünn und leicht zerbrechlich gebautem, kaum so zur Not zusammengestecktem Automobil, das ja nichts wiegen darf, um nur recht rasen zu können und die paar Kilometer zu schlucken und dann meinetwegen zu zerschellen! Und so geht's, stoßend und spuckend, über Stock und Stein dahin, rechts und links springen entsetzt die Leute weg, die wahre Höllenfahrt! Aber, aber, aber —" Sein feistes Gesicht fing wieder zu triefen, sein Blick zu schwimmen, sein Lachen zu kirren an, die Wangen dunsteten, der Mund quoll, er schob sich ganz dicht an den Doktor und goß ihm den Witz ins Ohr: „Eine Unfallversicherung haben sie ja gemacht, aber ä, ä! Aber den Staat, ä, ä! Den Staat haben's dabei vergessen! Den Staat haben's für keinen Unfall versichert! Ä, ä!" Er zog sein Tuch und schneuzte sich vor unbändiger Heiterkeit. Und nun trat er wieder darin herum und konnte nicht weg: „Ja, wenn sie den Staat versichert hätten, ja dann! Wenn der Döltsch haftbar wäre! Wenn's ihm geschehen könnte, daß man ihn am Kragen nimmt und er am Ende zahlen muß! Ja dann! Ja dann! Aber siehst du, Freund, das ist der Unterschied. Ja, das ist der Unterschied. Da ist ein großer Unterschied." Sein Lachen erlosch, die kleinen Augen verkrochen sich, das Gesicht war wie plötzlich ausgeleert. Und er sagte, sehr ernst und ganz geheimnisvoll: „Der Unterschied zwischen uns und ihm ist, daß wir, wir damals, wir lächerlichen Liberalen, uns immer haftbar gefühlt haben, haftbar dem Staate und dem Volke, haftbar mit unserm Gut und Blut! Dumm waren wir, gelt? Sag nur, daß wir dumm waren, was? Sag's nur, genier dich nicht, hast ja recht! Denn du gehörst ja auch zu denen, die nicht mehr an uns glauben können und nichts mehr von uns wissen wollen. Glaubst, ich weiß es nicht? Genier dich nicht, wir sind's gewohnt, daß man uns verläßt. Und es möchte mich gar nicht wundern, gar nicht, wenn du schließlich auch schon für ihn wärst und für die neue Schule, ä, ä! Ich trau keinem Menschen mehr. Keinem Menschen mehr. Und verdenk's keinem. Man steht sich ja schließlich viel besser bei der neuen Schule! Und was geht euch der Staat an? Ä, ä!"

„Der Staat geht mich gar nichts an", sagte der Doktor. „Das weißt du doch und du weißt ja, daß ich nicht für euch und nicht für ihn, noch gegen euch oder gegen ihn bin. Es ist mir ziemlich gleich, man muß es ablaufen lassen."

„Ja", sagte die alte Exzellenz langsam und traurig. „Das ist es ja. Das ist unser größtes Unglück. Solche Menschen wie du tun nicht mit und stellen sich weg. Ihr habt einmal eine Zukunft erblickt, die euch lockt, und jetzt legt ihr die Hände in den Schoß und wartet auf sie! Wo soll sie denn aber herkommen, eure Zukunft, als aus unserer Gegenwart? Wenn jedoch die einen nur alles zur Vergangenheit zurückdrehen wollen, die anderen schon zur Zukunft davongeflogen sind, wer soll der Gegenwart helfen? Und weil es für jene doch schon zu spät, für diese noch zu früh ist, die Menschheit aber, die weder in Ketten bleiben noch in die Luft gehen will, dem Gegenwärtigen gehört, muß natürlich der Weizen der politischen Abenteurer und Hochstapler bei uns blühen. Denn sie haben eins voraus: sie sind wenigstens da. Und wir nicht mehr. Wir sind nicht mehr da. Wir waren euch ja zu wenig amüsant! Immer dasselbe Repertoire, von den Menschenrechten und der Staatseinheit und den paar armseligen Dingen, die ja so notwendig, aber ach so langweilig sind, gar für euch, in der stolzen Ferne von Äonen, wo ihr schon seid! Und wie hat der Döltsch das verstanden! Und wie hat der Döltsch das ausgenutzt! Der kennt euch, der weiß, was ihr wollt, und daß euch jeder hat, wer immer es nur versteht, euch was vorzugaukeln. Und das kann er ja, darauf versteht er sich ja, das muß man ihm lassen: er gaukelt viel und gut. Und das liebe Volk schaut zu und hat seine Freude dran. Ihr aber, ihr Zukunftsmenschen und freien Geister, ihr habt die Hände in dem Schoß und laßt es ablaufen, wie du sagst, euch ist es ja ziemlich gleich, ihr seid längst drüben. Warten wir aber nur erst ab, wie's ablaufen wird und wohin, und ob's euch nicht mitzieht. Wir werden ja sehen. Daß ihr für uns keinen Finger rührt, weil wir nicht eure Zukunft, sondern bloß die schnöde Gegenwart sind, das kann ich verstehen. Daß ihr euch aber nicht gegen ihn rührt, der euch den Boden abgräbt, den doch auch eure Zukunft braucht, da hört's bei mir auf, da komm ich nicht mehr mit. Denn was tut er denn, euer Gaukler, als alles zerstören? Die Parteien sind aufgerieben, eine spielt er gegen die andere aus, um Vorteile kauft er jede Gesinnung ab, hier ist's eine Bahn, dort ein Kanal, den faßt er bei der Eitelkeit, den beim Geschäft, Orden regnet's und Millionen, die alten Fahnen der Parteien sind zerschossen, die Reihen lösen sich auf, jeder rennt nur schnell und will in der allgemeinen Plünderung auch was erhaschen, und wo sich noch irgendeine Form zeigt, an der sich vielleicht eine politische Gestaltung wieder ansetzen könnte, gleich ist der Hexenmeister wieder da, um ins Feuer zu blasen: gruppiert euch wirtschaftlich, und er facht den Haß der Nationen an, versucht es national, und er holt die Kirche, die euch zersprengt, und wenn ihr endlich doch wieder begreift, daß nichts hilft, als sich nach politischen Grundsätzen abzuschließen, so hetzt er das Land gegen die Stadt, den Grundbesitzer auf den Fabrikanten los."

Tewes sagte lächelnd: „Er wird's wohl nicht sein, der dies alles tut. Du machst dir ihn doch gar zu groß."

„Groß, groß, so?" ereiferte sich Klauer. „Das findest du groß? No ja, no ja! Aber das sieht euch ähnlich, die ihr ja alles nur nach der darin enthaltenen Kraft schätzt, niemals nach der Wirkung, die es ausübt! Und ihr nennt es objektiv, die schlechtesten Absichten gelten zu lassen, wenn sie nur gelingen. Ihr habt euch wahrhaftig den Döltsch ehrlich verdient! Groß, groß! Ein Mensch, den du auf den Kopf stellen und ihm alle Taschen ausleeren kannst, ohne daß ein Nickel der winzigsten Idee herausfällt! Ein Mensch, dessen ganzes geistiges Kapital darin besteht, daß er damals, als Direktor der Liburnia, mit Seeräubern und Hafendieben, halt Levantinern verhandelnd, um das hinfällige Unternehmen zu kurieren, die Bestechlichkeit der Menschen kennen und lenken gelernt hat und nun einfach den Kuhhandel auf die Legislatur überträgt! Ein Mensch, dessen Überlegenheit es immer gerade war, klein zu sein und sich zu den Kleinen zu halten und ihr Interesse, ihre Stimmung, die jeden Tag umschlägt, das launische Bedürfnis der Kleinen gegen uns auszuspielen, die wir ruhig auf dem großen Wege fortgehen wollten und nicht an jeder Ecke ein Standl machen und jedem was Extras versprechen konnten! Und groß, groß! Ja, im Zerstören, da! Aber nein, nicht einmal, auch das stimmt ja nicht, er kann nicht einmal zerstören, er tut was weit Ärgeres, er zerstört nicht, er deformiert. Verstehst du den Unterschied? Mit einem Zerstörer werden wir bald fertig, denn da kriegt man Angst, wenn man alles zerfallen sieht. Nein, wozu denn? Nichts zerstören, nichts zerbrechen, sondern nur in aller Stille langsam alles sich zerkrümeln lassen, bis alles amorph ist! Dann geht's natürlich, denn dann ist ja das Regieren keine Kunst mehr. Wir hatten es noch mit einer lebendigen Gliederung zu tun, Bauernstand, Bürgerstand, Adelstand, welchen nun jedem sein Recht einzuräumen, seine Pflicht abzufordern war, und diese alte Gliederung zu bewahren, ihr aber die neuen Erscheinungen dann einzugliedern, daß sie lebendig anwachsen konnten, und so nichts Altes, das noch irgendein Leben hatte, jemals zu verletzen, allem Neuen aber, das sich irgend zu bewähren verhieß, Platz zu machen, waren wir bedacht, wobei es denn nun freilich ohne manche Kränkung des einzelnen nicht abging und man mit leeren Versprechungen nicht auskam, wie wir uns denn auch hüteten, die Begehrlichkeit der Nationen zu reizen und lieber einmal eine unreife Sehnsucht verkümmern ließen, als das Ganze zu gefährden. Das Ganze hatten wir stets im Sinn. Aber wo ist es denn heute noch? Es gibt ja kein Ganzes mehr, alles ist aufgelöst, alles ist amorph." Er verweilte schwelgend in diesem Wort. „Ein amorphes Land. Es gibt keine Gliederung mehr, nichts hat Gestalt, er hat alles deformiert. Amorph, amorph! Wo das geschlossene Bürgertum stand, ist ein Schutthaufen von lokalen Krätzln, der Adel löst sich in Klubs und Spielhöllen auf, der Bauer schwimmt in der losen Masse vorstädtischer, halbländlicher Kleinbürger mit. Alle Grenzen zerfließen, nichts hat Halt, das Land scheint an den Beginn der Menschheit zurückgestellt, wo denn nun freilich der Herr nur einige Verwegenheit braucht, um in der Hilflosigkeit einer allgemeinen Auflösung diesen durch Furcht, jenen durch Hoffnung, alle durch die Not an sich zu ketten. Divide et impera! Was er sich so übersetzt: Nur alles zermürben, dann bist du Herr! Das ist sein einziges Prinzip, wenn man es diesem ehrenwerten Worte antun darf, es so zu degradieren, ä, ä! Das ist das einzige Prinzip, das er hat. Und, und, und —" Er fing wieder zu grinsen und zu glucksen an, mit den fleischigen Händen fuchtelnd. „Und das ist auch nicht von ihm! Nicht einmal das! Nichts gehört ihm! Er klaubt nur auf, was wir weggeworfen haben, wie der Petrus die Kirschen des Herrn. Denn das ist schon ein altes österreichisches Prinzip, wir haben es nur ausgemerzt. Es ist das alte Prinzip der österreichischen Bureaukratie. Wie doch überhaupt — ihr seid's ja kindisch, ihr glaubt's, das ist der Döltsch! Macht's doch die Augen auf! Keine Spur! Es ist die gute alte Zeit des Kaisers Franz, der Döltsch kopiert sie nur, und wie schlecht! Der Metternich hat kein Automobil gehabt und ist doch weiter gekommen als der mit seinem ganzen Gebraus, warten wir's nur erst ab. Die gute alte Zeit des Kaisers Franz! Was ist denn das heut wieder allmächtige Krätzl anderes als jenes untertänige Bürgertum des Kaisers Franz, das sich gar kein Recht verlangte, wenn man ihm nur seine Vorrechte ließ, und es gewohnt war, das Leben auf dem Gnadenwege zu verbringen? Und was ist der Schwiehack als der Beamte des Kaisers Franz, der auf das Land losgelassene Bureaukrat, der von der ganzen Welt nichts als die Kniffe seiner Paragraphen kennt, nichts achtet als sein eigenes Geschäft, so wenig die Vergangenheit schont als die Zukunft spürt, wenn er sich nur in der nächsten Gegenwart zu behelfen weiß, das Verhältnis auf den Kopf stellt, indem der Untertan bloß ein Mittel für ihn und der Dienst, souverän geworden, der einzige Zweck ist, und nun sozusagen im leeren Raum regiert, er allein übrig, nachdem die ganze

Welt untertänig erstickt ist? Als Schwiehack kommt der alte Bureaukrat triumphierend zurück, das ist die Signatur der Ära Döltsch! Der Bureaukrat ist's, dem wir erlegen sind. Der Bureaukrat hat uns gestürzt. Ich habe es vorausgesagt."

„Es wird aber kühl", sagte Tewes aufstehend. Er wußte, daß Klauer jetzt bei seinem Thema war, in das er sich dann immer wie ein Hund in einen Knochen verbiß.

Klauer, in jungen Jahren als Rechtslehrer zu Ruf gelangt, durch seine Kenntnis der böhmischen Fragen das Vertrauen Herbsts gewinnend, bald im Lande beliebt und um Rat befragt, dann in Leitmeritz, wo er von armen Eltern geboren worden war, gewählt, erst in den Landtag, bald auch nach Wien, wo der „gelernte Deutschböhm", wie Taaffe ihn nannte, besonders in Fragen der Verfassung und Verwaltung Gehör fand, aber auch durch seine Geschicklichkeit im Vermitteln von Gegensätzen, im Beschwichtigen extremer Forderungen, im Vertagen von Konflikten sich überall empfahl, war nach dem Fall des Grafen Badeni, bei einem letzten Aufflackern seiner Partei, der noch einmal die Gunst von oben zu leuchten schien, zuerst Justizminister und dann Präsident des Ministeriums geworden. Er versagte ganz. Wie Döltsch, der ihn genau kannte und gern über ihn sprach, als ein Beispiel für seine Garde, wie sie's nicht zu machen hätten, ihnen immer erklärte: weil er einer von jenen altösterreichischen Staatskünstlern war, die alles wissen, aber nichts können. Überall das Richtige, das Notwendige, das Bedürfnis der Zeit erkennend, war er nirgends imstande, es zu tun. Seine Begabung blieb im Begreifen der Dinge befangen; was er im Geiste sah, nun auch wirklich durchzusetzen, die Mittel dafür zu finden und den Widerstand der entgegenwirkenden Welt zu brechen, war er ganz unfähig. Die kleinste Verlegenheit, die sich zeigte, warf ihn aus dem Gleichgewicht, und wenn er mit Entwürfen, für die er den allgemeinen Dank zu verdienen glaubte, auf irgendein Bedenken und statt sogleich den erwarteten Beifall, die allgemeine Bewunderung zu finden, auf Zweifel, Spott oder Widerspruch stieß, war er so verletzt, daß ihn nicht bloß aller Mut, sondern auch seine alte Gewandtheit, über Schwierigkeiten hinzugleiten, verließ; er fing zu stottern an, wurde zornig und hatte sich durch ein unerträglich rechthaberisches Wesen bald auch den letzten Freunden entfremdet. Kam er dann doch einmal wieder zu sich und versuchte, mit den alten Künsten seiner klugen Beredsamkeit zu wirken, so war es meistens schon zu spät: man hatte ihn verzagt und ratlos gesehen, er fand kein Zutrauen mehr, sein Ansehen war verwirkt. Auch merkten die Gegner bald, wie leicht ihm beizukommen war, wenn man es nur ein wenig verstand, seine Absichten vor ein Hindernis zu stellen, und versäumten nicht, ihn, indem sie seinen Anträgen zuzustimmen und nur auf unwesentlichen Abänderungen zu bestehen schienen, durch dies allein schon um alle Besinnung zu bringen, dann aber, wenn er heftig und mit dem Hochmut des Doktrinärs auffahrend wurde, ihren demokratischen Stolz hervorzukehren. Solcher kleiner täglicher Streit, das Entsetzen, seine Pläne, die er in seiner sorgfältigen und sauberen Schrift vor sich sah, überall durch Abänderungen entstellt zu finden, als hätte ihm eine schmutzige Hand ins Konzept gekleckst, und der Ärger unendlicher Besprechungen, in welchen er, was für ihn längst ausgemacht war, immer wieder erst beweisen, und was ihm im großen längst zugestanden war, nun erst noch einmal im kleinen erhandeln sollte, rieben ihn auf, und er bemerkte mit Schrecken, daß alle seit so vielen Jahren aufgesparten Vorsätze, durch welche er, einmal an der Macht, die Völker zu erlösen und ihren Wohlstand, ihre Bildung, ihren Fortschritt zu verbürgen glaubte, jetzt unausgeführt liegenblieben, weil er keine Zeit mehr für sie hatte und schon froh sein mußte, wenn er nur abends endlich den Kopf aus der Schlinge zog, in der er sich jeden Morgen wieder beim Erwachen fand. Sein ganzes Programm blieb liegen, er hatte keine Zeit mehr dafür. Und die Gegner, die seine Empfindlichkeit kannten, machten sich den Spaß, nun mit eben diesem Programm, das sie von ihm übernahmen, gegen ihn anzurücken. Er fand dies höchst ungerecht und vergaß alles andere über dem Zorn, daß ihm sein Programm entwendet worden war, und über dem Wunsch, sein Eigentum daran öffentlich darzutun, wodurch er denn, da man ihm dies gar nicht bestritt, aber auf Erfüllung drang, zuletzt in ein höchst komisches Verhältnis geriet. Schon im Ansehen stark herabgesetzt, verdarb er es sich ganz, indem er jetzt überall herumzujammern und zu klagen begann, wie ungerecht man doch gegen ihn sei und wie die Schuld durchaus nicht an ihm liege, den man erst erkennen und verstehen werde, wenn man nur endlich aufhöre, ihn zu hemmen, und ihn nur endlich einmal dazu kommen lasse, etwas auszuführen, und so den ganzen Tag bei Kollegen, Räten und Abgeordneten mit solchen Bitten versaß, ohne seine seltsame Rolle zu merken, des ohnmächtigen Ministers, der so gut zu regieren versteht, aber nicht dazu kommt. Um sich vor sich selbst zu rechtfertigen oder doch einigermaßen zu trösten, fand er heraus, daß er ja nicht der erste war, dem dies geschah; es schien ihm immer mehr das allgemeine Los aller Minister in Österreich zu sein. Und da ihm jetzt widerstrebte, die Schuld in ihnen selbst zu suchen, war es die Bureaukratie, der er allmählich alle Verantwortung zuschob. Seine Räte, die er anfangs die Überlegenheit des Gelehrten, der über das Nächste hinaus nach einem Plane zu denken gewohnt ist, während sie am Unmittelbaren kleben, des Parlamentariers, der vor dem Ungewöhnlichen nicht zurückschreckt, während sie vom Herkommen nicht weichen wollen, mit einiger Härte, ja fast schadenfroh empfinden ließ, hatten ihm das prompt durch jenen Widerstand der Routine vergolten, der, indem er mit Eifer zu gehorchen scheint, unmerklich die Hindernisse aufzutürmen weiß. Indem sie sich auf seine Absichten einzugehen in Ergebenheit beflissen, kamen sie gerade nur mit solchen Fragen zu ihm, in welchen er selbst ratlos und viel mehr eben auf die Hilfe ihrer Erfahrung, die dem Theoretiker fehlte, angewiesen war, und ließen ihn die Macht ihres Handwerks fühlen, ohne welches er, der es niemals erlernt hatte, mit allen seinen Intentionen auf dem Trockenen blieb. Ein täglicher Kampf im geheimen begann. Er glaubte genau zu wissen, was er wollte, aber es fehlte ihm immer an der ausführenden Kraft. Sie gaben den besten Willen vor und bedauerten nur, ihn offenbar nicht immer ganz zu verstehen, was sich ja aber, versicherten sie, leicht ausgleichen ließe, sobald er sich nur einmal entschließen würde, es ihnen zu zeigen. Dies aber war es gerade, was er nicht konnte. Die subalterne Begabung, einen politischen Gedanken nun auch, wie er es nannte, in das Kleingeld der ausführenden Verordnungen umzuwechseln, war ihm versagt, und so erklärte er es sich, daß seine besten Pläne niemals in Kurs kamen. Es half nichts, daß er einen Hofrat um den anderen entließ, der nächste war wieder derselbe. Er pflegte seitdem zu sagen: „Es gibt überhaupt keinen Hofrat A und keinen Hofrat B, sondern es gibt nur den Hofrat. Wenn der Mensch beim Baron anfängt, beim Hofrat hört er auf. Und nichts bleibt dann übrig als der Hofrat an sich, ein historisches Gebilde, das zu starr ist, um auch nur einen Tropfen menschlichen Wesens einzulassen." Denn jetzt fing er an, die ganze Wut seiner schlimmen Erfahrungen, seiner bitteren Enttäuschungen und alle Schuld auf den Beamten zu werfen. Hatte er anfangs den bösen

70

Willen einzelner gewittert, so glaubte er ihn jetzt im ganzen System zu sehen, und allmählich schien es ihm der eigentliche geheime Sinn der Bureaukratie zu sein, das Regieren zu vereiteln. Und wie es schon seine Art war, sich mit allem auszusöhnen, sobald es ihm begrifflich klar wurde und sich ihm gar eine reine Formel dafür bot, fing er nun eifrig Beweise zu sammeln und alles aus der Geschichte heranzuziehen an, was irgend beitragen konnte, seinen Verdacht zu bestätigen. Die Bureaukratie war ihm jetzt an allem schuld. „Niemand kann Österreich verstehen," predigte er stets, „der nicht zuvor unsere Bureaukratie begriffen hat. Da ist der Schlüssel zu allem. Und niemand kann uns helfen, der nicht ihrem Unwesen ein Ende macht. Sie bläst aber jedem das Licht aus, der es versucht. Denn sie hat die Macht über alles. So kommen wir nicht aus dem Zirkel heraus, und der Schluß ist — Döltsch."

Es gelang dem Doktor nicht, der Predigt zu entkommen. „Ich werd dich begleiten", sagte die Exzellenz. „Ich find's noch gar nicht kühl, ich weiß nicht, ich find's heut wirklich nicht kühl. Und es wird mir ganz gut tun, noch ein bissl zu gehn. Das tut mir immer gut. Ich geh gern. Ich geh noch ein bissl mit dir."

So schritt das seltsame Paar in der Dämmerung zur Brücke hin. Der große graue Kopf des Arztes mit den unruhigen Augen, der gemeinen Nase und den zerquälten Zügen, wirklich von einer sokratischen Häßlichkeit, die nur durch den weichen, sinnlichen, fast frauenhaften Mund gelindert war, saß auf einem ganz kurzen schmalen Leib von der größten Jugendlichkeit der Bewegungen. Wer ihn von hinten sah, wenn er so für sich, stets kerzengerade, den Kopf himmelan, schnellend und gleichsam federnd, mit Ungeduld seinen Weg nahm, hätte ihm kaum dreißig Jahre gegeben und erschrak, bei einer Wendung plötzlich sein ganz altes, verheertes, zerfallenes Gesicht zu sehen. Neben ihm nahm sich die wankende Masse der Exzellenz wunderlich aus, die sich schnaufend langsam vorwärts schob, bei jedem Schritt das ganze Gewicht wieder auf den anderen Fuß umladend, wovon sie in einem fortwährenden regelmäßigen Schwanken war, das nur manchmal durch ein aufstoßendes und über den ganzen ungeheuren Körper rumpelndes Glucksen unterbrochen wurde. Mit der linken Hand hielt die Exzellenz den Doktor fest, um seinen eiligen Schritt, der sich in der Ungeduld immer wieder vergaß, zu mäßigen Von weitem sah's in der Dämmerung aus wie ein unglücklicher dicker alter Mann mit einem losfahrenden Köter, der an der straffen Leine zieht und zerrt und seinen atemlosen Herrn nachschleift.

„Warum rennen wir denn eigentlich so?" schnaufte Klauer klagend. „Wir brauchen ja nicht so zu rennen."

Der Arzt blieb stehen, nach dem rauschenden Flusse horchend. Die Exzellenz sagte: „Du kannst das ganz deutlich schon im achtzehnten Jahrhundert sehen." Der Arzt erschrak vor dem Schall der plötzlich aus dem Dunkel brechenden Stimme. „Was denn?" rief er. Die Stimme schwoll: „Ich meine, wie diese Bureaukratie —" Der Arzt sagte, sich besinnend: „Ach, du erklärst noch immer Österreich!" Die Exzellenz fuhr fort: „Wie diese Bureaukratie sich aus einem Organ des Staates zu seinem Herrn macht! Was natürlich auch wieder ohne die historische Unfähigkeit unseres erlauchten Adels nicht möglich gewesen wäre. Damit fing's ja an. Bis in die Zeit der Maria Theresia hinein ist ja der Adel in Wahrheit der Regent der habsburgischen Länder gewesen, über welche dem Monarchen doch eigentlich bloß dem Namen nach eine zudem noch jeden Augenblick bestrittene Hoheit zukam. Die wirkliche Macht hätte der Adel in der Hand gehabt; doch es zeigte sich, daß seiner Eifersucht und seiner Gier, Macht zu erwerben, durchaus keine Begabung entsprach, die

Macht dann nun auch auszuüben. Es reichte gerade so weit, daß die „Herschaften" oder, wie das Volk sagte, „die Großen", jeden anderen zu herrschen verhinderten, womit nun aber ihr Ehrgeiz auch erschöpft war; die Rechte und die Pflichten der Herrschaft selbst zu gebrauchen vermochten sie nicht. Daher der merkwürdige Zustand, in welchem die Maria Theresia die Länder vorfand: ein Zustand der äußersten Gebundenheit und einer vollkommenen Anarchie zugleich. Die Großen ließen niemanden regieren, selbst zu regieren waren sie unfähig, so wurde überhaupt nicht regiert. Maria Theresia erkannte nun, daß ihr Interesse, den Herrschaften die Herrschaft abzunehmen und an das Erzhaus zu bringen, durchaus mit dem Interesse des Volkes, überhaupt endlich einmal beherrscht, das heißt verwaltet zu werden, zusammenging, und dies ermutigte sie zu dem prachtvollen Versuch, aus den Ländern einen Staat, aus Untertanen von ein paar Adeligen Bürger eines Reichs, der Verwahrlosung ein Ende, aus dem Schein Ernst und den Anfang einer gemeinsamen Ordnung zu machen, wozu sie sich nun ein Organ schuf, sozusagen eine Staatshand mit tausend Fingern, die Bureaukratie. Statt sich nun, wie jeder irgend politisch begabte Adel getan hätte, gegen einen solchen Versuch, ihm das Nest auszuheben, irgendwie zu wehren, zog es unserer in seiner Unfähigkeit, die sich bisweilen bis zur Produktivität steigern kann, vor, lieber diesen neuen Stand der Beamten, der zunächst direkt gegen ihn gerichtet war, zu sich herüber zu locken, indem er ihn verstehen ließ, daß er unter Umständen nicht abgeneigt wäre, mit ihm halbpart zu machen und neben sich eine Art von zweitem Adel aufzurichten. Das ist der wichtigste Vorgang unter Kaiser Franz: der Adel nutzt die Stimmung des Schreckens vor der Revolution und Napoleon aus, um die Bureaukratie oben verdächtig, zugleich aber insgeheim sich an sie heranzumachen. Oben wird es so dargestellt, als ob ihr in so gefährlichen Zeiten doch am Ende nicht völlig zu trauen und eine Kontrolle durch den treuen Adel notwendig sei, ihr wird es als rätlich vorgestellt, sich, da man nun doch einmal bedenklich gegen sie geworden, in den Schutz des Adels zu begeben, der sie dann weiter nicht zu stören verspricht, und so scheint der Plan zu gedeihen, der den kaiserlichen, den landesherrlichen Beamten unversehens wieder zum herrschaftlichen machen soll, gegen den er ursprünglich bestimmt war. Und die Rechnung geht schließlich nur deshalb nicht aus, weil die Bureaukratie, die die besten Köpfe des jungen Bürgertums an sich genommen hat, klüger als der Adel ist und, indem sie unter der Decke das Geschäft mit ihm zu machen scheint, ihn doch zuletzt um den Profit betrügt. In die Rolle des zweiten Adels findet sie sich gern, die „Familien" kommen auf, in welchen vom Vater auf den Sohn das heilige Geheimnis der Routine vererbt wird; und man läßt sich herbei, dafür unter sich auch einmal einem Adeligen ein Plätzchen zu gönnen, wo er vor dem Volke den Herrn spielen und sich einbilden darf, den Staat zu lenken. Sie macht's nämlich umgekehrt, als damals der Adel bis zur Maria Theresia tat: den Schein der Macht leiht sie willig her, wenn ihr dafür nur die wirkliche bleibt. Diese aber häuft sie emsig bei sich auf, indem sie bald der Faulheit des Adels schmeichelt, die sich gern jede Arbeit von scheinbar so gehorsamen Dienern abnehmen läßt, bald mit dem aufstrebenden Bürgertum droht und alle Schrecken des Aufruhrs an die Wand malt, schließlich aber auch keine Gelegenheit versäumt, das alte Mißtrauen, das man ganz oben noch immer gegen einen zu starken Adel hat, anzufachen, um ihn damit zu jeder Zeit abschrecken zu können, wenn er doch einmal ernsthaft daran dächte, den ausbedungenen Gewinn einzufordern. Wozu es freilich schon deswegen nicht kommt, weil unser vortrefflicher Adel ja eine Heidenangst hat, einmal etwas leisten zu müssen, und seelenvergnügt ist, wenn man ihm nur garantiert, daß er auch fernerhin von Staats wegen ausgehalten werden soll, unter welcher Bedingung er jeder Revolution, jeder Verfassung, der Herrschaft jeder Klasse mit derselben Begeisterung zustimmen würde, denn alles andere ist ihm gleich. Dies aber zuzulassen und den Schmarotzer gewähren zu lassen, hat die Bureaukratie ihren guten Grund, weil sie eine Deckung braucht, nach oben nämlich, wo sie auch wieder bangemachen und geheimnisvoll drohen und sich unentbehrlich zeigen können will. Denn wenn es dem Adel nicht gelungen ist, den landesherrlichen Beamten sachte wieder in einen herrschaftlichen zu verwandeln, der Beamte selbst hat sich verwandelt, er ist jetzt längst kein landesherrlicher mehr, selbstherrlich ist er geworden und versteht fortan den Staatsdienst so, daß er es nun ist, der sich des Staates bedient. Und er ist kein gnädiger Herr, kannst mir glauben! Wer ihm quer kommt, den köpft er. Und wehe, wenn es einmal so weit ist, daß ihm der Staat selbst in die Quere zu kommen scheint! Er wird sich nicht lange bedenken, er gibt nicht Pardon, er köpft auch den Staat. Vielleicht sind wir schon so weit, dem Döltsch wäre es zuzutrauen. Nun sieh aber, da heißt es immer, daß wir einen starken Staat brauchen! Wenn du nun den Staat stärkst, was geschieht? Wen machst du stark, als wieder das Staatsorgan zunächst, die Bureaukratie, die ja sozusagen das Maul und der Fang des Staats ist und alle Macht wegschnappt? Und so drehen wir uns immer im Kreise, du kannst nirgends an den Staat heran, die Bureaukratie steht vor, du kannst sie nicht treffen, der Schlag trifft ihn, du darfst ihn nicht stärken, sonst stärkst du sie, du kannst sie nicht entbehren, denn du hast kein Mittel als sie, aber dieses Mittel hat seinen eigenen Zweck aufgefressen und ist davon so fett, daß es fast erstickt, und auch das kann man nicht einmal wünschen, denn dann steht überhaupt alles still, dann hört's überhaupt auf, und so sitzen wir da! Dieser Döltsch verdankt ja seinen ganzen Erfolg nur der Bureaukratie, denn er hat sie begriffen, und während er eine Partei mit der anderen zugleich bedroht und anlockt, jeder Klasse sich bald zu nähern, bald wieder sich von ihr zu entfernen scheint, jetzt den Adel durch das Volk, jetzt den Handel mit dem Grundbesitz einzuschüchtern weiß und jeder Partei, jeder Klasse, jeder Nation mit der Herrschaft winkt, ist es in Wahrheit eine einzige Herrschaft bloß, die er aufgerichtet hat, die Alleinherrschaft der Bureaukratie. Was mir so vorkommt, als ob ein Klavier sagen würde: ich will überhaupt niemanden auf mir spielen lassen, damit mich niemand verstimmt! Das ist das einzige Programm, das der Döltsch hat. Und jetzt steht es da, das selbstspielende Klavier, und alle tun, als wenn der Stein der Weisen gefunden wäre! No, ich bin begierig, was es uns noch alles aufspielen wird! Es wär ja zum Lachen, das selbstspielende Klavier, ä, ä!" Und indem er vor dem kleinen Hause des Doktors stehenblieb, schlug er wieder sein glucksendes Lachen an. Aber dann reichte er dem Doktor, der den Schlüssel nahm, um aufzusperren, seine gichtische Hand hin und sagte: „Wenn's nur nicht so furchtbar traurig wär! Traurig, traurig! Es ist eine traurige Zeit!"

Der Arzt schloß die Türe auf und sagte: „Und die Menschen sind so fröhlich."

„Wer denn?" fragte die Exzellenz ganz erschrocken.

„No ich, zum Beispiel", sagte Tewes.

„Ja," sagte Klauer, weil du keinen Sinn fürs Allgemeine hast."

Der Arzt sah den alten Freund lächelnd an und sagte: „Und du?"

Klauer verstand ihn nicht und fragte: „Was, ich?"

Tewes erwiderte: „Du bist ja eigentlich auch ganz vergnügt. Du willst nur nicht."

Die Exzellenz schnaubte: „Ich? Ich? Wieso denn? Ich bin vergnügt? Seit wann denn? Nie! Nie war ich vergnügt! Nie!" Und indem er den Vokal durch seine breite Nase schwellen ließ, wandte er sich zornig um und ging, mürrisch grüßend. „Gute Nacht, gute Nacht."

Der Arzt blieb lächelnd an der Türe. Richtig sah er auch, wie Klauer nach einigen Schritten anhielt, noch ein wenig zu zaudern schien, dann aber umkehrte, wieder zu ihm kam und unentschlossen vor ihm stand. Und schließlich sagte die Exzellenz: „Möchtest du nicht, möchtest du mich nicht ein Stück zurückbegleiten, möchtest du nicht? Nur ein Stück, bis zur Brücke? Es ist so finster." Und zornig setzte er hinzu: „Natürlich, wenn der Herr Bürgermeister mit dem Herrn Bezirkshauptmann im Krätzl sitzt, wird für den Ort nie was geschehen und man kann sich die Haxn brechen! Du aber bist fröhlich! Fröhlich!" Und dann bat er wieder: „Nur ein kleines Stückl, bis zur Brücke, schau!"

Tewes sagte: „Wenn du mir versprichst —"

„Ja", beteuerte die Exzellenz.

„Mir jetzt wenigstens," sagte der Arzt, fast feierlich, „wenigstens eine Woche lang Ruh zu geben —"

„Ja", wiederholte Klauer.

Der Arzt schloß die Türe wieder ab. „Die ganze Woche will ich jetzt kein Wort von Politik mehr hören." Er nahm die Exzellenz unterm Arm und schob sie fort. „Ich muß ja das alles erst wieder ein bißl verdauen, nicht?"

„Ja! Ja natürlich", sagte Klauer, der jetzt mit allem einverstanden war. So gingen sie langsam Arm in Arm den dunklen Weg. Plötzlich fing Klauer zu lachen an und sagte: „Wie damals, weißt? Als Studenten! Damals in Prag! Da war's auch so: zuerst hab ich dich nach Hause begleitet und dann hast du mich zurückbegleitet und dann wieder ich dich, und so sind wir oft die ganze Nacht durch die alte Stadt spaziert! Aber damals warst es du, der in einem fort geredet hat. Gott, war das eine schöne Zeit! Und ich hab dich damals so bewundert, ich hab gemeint, weiß Gott, was alles aus dir werden wird!"

„Und jetzt siehst," sagte Tewes, „daß nichts aus mir geworden ist."

„No, no", sagte Klauer. „Das kann man ja nicht sagen. Schließlich bist du Professor und, und —" Er fing wieder zu glucksen an. „Und, und Buddhist bist auch und Anarchist, was will man denn noch? Aber im Ernst! Ich denk mir's oft, um dich ist schad, die Wissenschaft hat viel an dir verloren, ich begreif dich nicht."

„Nein", sagte Tewes.

Klauer fuhr zu jammern fort. „Eine solche Stellung, wie du in Prag gehabt hast, einfach wegzuwerfen! Und warum? Warum? Noch ein Jahr, und du wärst nach Wien gekommen!"

„Ja", sagte Tewes. „Und wär dort auch wieder der gefeierte Mann der Wissenschaft gewesen! Ja Aber ich habe mich zu sehr geschämt, ich habe sie zu sehr gehaßt, diese nur wissenschaftliche Medizin, die nichts als wissen will und zufrieden ist, wenn sie nur ihre Diagnose in der Leiche bestätigt sieht! Mein lieber Freund, wenn ich einem einzigen Menschen seinen Schnupfen kurier, das ist mir mehr als alle Wissenschaft. Den kleinsten Schmerz ein bißchen lindern, dem ärmsten Menschen ein bißchen helfen können, dafür gebe ich allen Ruhm der Gelehrsamkeit her. Aber das verstehst du nicht. Du bist ja auch so."

78

„Wieso denn?" fragte Klauer, verblüfft. „Inwiefern bin ich denn auch so? Das möcht ich wirklich wissen."

„Alle seid's ihr so", sagte der Arzt. „Ihr wollt immer alles nur begreifen, der Verstand soll's machen, und wenn ihr die Welt nur versteht, glaubt ihr, alles sei getan. Mir aber ist angst und bang geworden in meinem kalten Wissen, ich habe mich nach lebendigen Menschen gesehnt. Und ich habe sie ja gefunden. Ein paar Menschen haben, die man gern hat, und mit ihnen fröhlich und traurig sein, alles andere ist Schwindel und Selbstbetrug. Wenn jeder nur fünf Menschen hätte, denen wohlzutun ihm eine Freude macht, und jeder von den fünf wieder fünf und so fort, dann würde eure politische Weisheit auch bald zuschanden, deine und die vom Döltsch, es ist gar kein so großer Unterschied. Aber da sind wir schon an der Brücke, dort scheint die Laterne her, gute Nacht!" Und er ließ die Exzellenz stehen und schoß ins Dunkel zurück.

„Der wird schon recht alt und wunderlich", dachte Klauer, indem er seine wankende Masse, schnaufend, langsam nach Hause schob.

Drittes Kapitel.

„Ich glaub's noch net", sagte der flinke Apotheker Jautz, listig zwinkernd und den Zeigefinger drehend. „Ich _laub's net, ich glaub's net, ich glaub's net." Er nahm von der Kellnerin das Bier, das sie brachte, blies den Schaum weg, wischte den Rand ab und indem er das Glas gegen das Licht hob und sich an der hellen Farbe freute, wiederholte er, pfiffig blinzelnd: „Und ich glaub's noch net, daß er wirklich kommt!" Und er trank der Wirtin zu, verschmitzt mit ihr äugelnd: „No prost, Frau Wirtin, prost! Wir werden ja sehn! Sie werden sehn, wir werden sehn, und dann wird es geschehn, daß wir blamiert von dannen gehn!" Er lachte vergnügt und trank aus.

„Aber Flori!" sagte die Frau Apotheker Jautz, mit ihrer langsamen, schweren und tiefen Stimme. Es entzückte sie, wenn ihr Gatte, worin er sehr stark war, gleichklingende Silben fand. Dies bewies ihr, daß nicht bloß der Postverwalter Wiesinger dichten konnte, weshalb der auch so neidig war und sich immer die Ohren zuhielt. Sie fand es aber passend, ihren Stolz nicht zu zeigen, und so sagte sie, wie eine Mutter, die der vorlaute Witz ihres Kindes zugleich glücklich und verlegen macht, mit ihrer langsamen, nachdenklichen, ausklingenden Stimme: „Aber Flori!"

„Mir scheint," sagte Frau Riederer, die alte Wirtin von der Post, „der Herr Apotheker weiß einmal wieder mehr als wir alle!"

Skandierend, halb singend, in den Reimen schwelgend, sagte der schußlige Apotheker: „Der Herr Apothe—ker . . . weiß immer mehr . . . als irgendwer . . . Frau Rieder—er." Dieses Dichten, das seine Frau mit solcher Bewunderung ergriff, wurde ihm ganz leicht, weil er es den ganzen Tag betrieb. Er hatte sich dadurch, als junger Magister aus Wien gekommen, im Orte sogleich sehr beliebt gemacht, weil es seitdem wirklich ein Vergnügen war, in die Apotheke zu gehen. Der neue Provisor war immer gut aufgelegt, wußte immer das Neueste und hatte eine so gebildete Ausdrucksweise. Trat ein Dienstmädchen durch die Türe, so rief er ihr, sie gleich erkennend, schon von weitem zu: „Ja, die Fräul'n Marie! Ha, welch ein Glück! Da wird einem ja gleich völlig warm in der Gefühlsregion. Jessas, jessas, jessas! O Herz, fasse dich! Also was steht denn zu Diensten, was schaffen wir denn, Fräul'n Marie? Laboriert's etwa in den gnädigsten Nasenschleimhäuten oder soll's ein Pulverl für die allerliebste Verdauung sein?" Bisweilen aber stimmte er auch gleich einen völligen Freudengesang an:

„Die Fräul'n Theres!
Was wär denn jetzt dös?
O welches Getös!
Und eins, zwei, drei
Springt mir dabei
Mein Herz entzwei!"

Oder:

„Jetzt, da schaust her!
Wer kommt da, wer?
Die Köchin vom Hauptmann Pummerer!
Da legst di nieder und sagst nix mehr!"

Woran er dann unvermittelt seine berühmte Frage zu knüpfen gewohnt war: „Und was macht denn das werte Gemütsleben, edles Fräulein?" Darauf ein schwärmerischer Blick, und seufzend fuhr er fort, einen Brei rührend oder eine Salbe schmierend: „Ja, da möchte man wohl beteiligt sein!" Dann nahm er das Rezept, und indem er es las, fing er mit einer höchst geheimnisvollen Miene zu fragen an: „Aber sagen's Fräul'n Marie, oder Fräul'n Theres, wissen Sie denn schon? Was, Sie wissen noch gar nicht? Nein, wenn Sie noch nichts wissen, ich sag' nichts, ich nicht, ich nicht!

Der Jautz is kein Verräter
An keinem Übeltäter,
Beißt sich die Zunge lieber ab,
Stumm wie ein Grab!

Nein, aber daß Sie noch nichts wissen, edles Fräulein!" Und war dann die Neugierde auf die Folter gespannt, so ließ er sich erweichen. „Aber nur, weil's Sie sind, Fräul'n Marie! Ihnen kann ich halt nichts abschlagen, mit Ihren romantischen Feenaugen! Jessas, jessas, jessas! Aber nix sagen, daß ich's Ihnen g'sagt hab! Also hören's zu!" Und nun ein Flüstern und ein Tuscheln, und der neueste Tratsch ging los. Und so kam sein Ruf von den

Mädchen zu den Frauen und stieg von den Frauen zu den Männern, und bald war alles in der früher so stillen Apotheke gedrängt. Er wurde nun auch zur Liedertafel „Frohsinn" beigezogen, wo sein kleiner Tenor, lieblich durch die Nase gleitend, und sein Talent, jedes Ereignis flink zu bedichten, bald unentbehrlich waren. Auch gelang es ihm, sich politisch in Ansehen zu bringen, denn er gab die Losung aus: „Die gescheiteste Politik für uns ist, wenn man allen Parteien eine lange Nase dreht!

> Schwarz oder rot,
> Es ist der Tod
> Für den armen Bürgersmann,
> Der nur selbst sich helfen kann."

Und endlich war es ihm auch noch geglückt, der schönen Ida zu gefallen, der einzigen Tochter des reichen Fleischers Fladinger. Sie wurden ein Paar, das äußerlich nicht ganz zusammen zu passen schien, da der Florian sehr klein, beweglich und pazzelig, die Ida aber, die bei allen Festen stets die Austria gab, von großem Gewicht und einer langsamen, eher fast melancholischen Gemütsart war. Wenn sie, auch jetzt mit ihren siebenunddreißig Jahren immer noch eine schöne Frau, ihren Rembrandthut mit den großen schwarzen Federn gemächlich und mit offenem Mund, wie es ihre Gewohnheit war, spazieren trug, schien der ganze Ort unter ihren mächtigen Schritten zu zittern, und der muntere Gatte sprang wie ein Foxl neben ihr. Doch „seelisch", beteuerte er stets, glichen sie sich ganz. Jedenfalls vergaß er nie, daß er es ihr zu danken hatte, wenn er nach dem Tode des alten Apothekers das Geschäft an sich bringen konnte, und sie, von seinem flinken und listigen Geist immer aufs neue verwirrt, besonders aber seine Kunst zu reimen wie ein Naturwunder verehrend, war noch immer mit offenem Mund in ihn verliebt. Ja so sehr, daß sie sich überhaupt gar keine Frau vorstellen konnte, die nicht verliebt in ihn gewesen wäre. Dies quälte sie, sie war sehr eifersüchtig. Nicht als ob sie dem Florian die Schändlichkeit zugetraut hätte, sie zu hintergehen, aber den Frauen traute sie alles zu, und wie leicht konnte ein argloser Mann, wie der gute Florian war, einmal straucheln! Er dachte sich bei seinen Späßen mit den Frauen sicher nichts Schlimmes, es lag halt auch in seinem Künstlerblut, aber sie kannte sie besser, sie traute keiner. Man mußte sie nur hören, wenn sie unter sich waren! Ganz aufgeregt kam sie da manchmal von der Jause bei der Frau Postverwalterin zurück; was die nicht alles erzählt und Witze gemacht hatten, nein, es war wirklich eine Schand! Sie mußte sich gleich das Mieder aufhaken, um ein wenig auszudampfen. Und sie konnte es kaum erwarten, bis sie abends mit dem Florian im Bette lag und ihm alles erzählte, was die alles erzählt hatten, besonders wie es in Wien zugeht, schrecklich! Wenn er dann lachte, wurde sie sehr bös; er war eben auch aus Wien, dieser ganz verdorbenen Stadt! Er sagte dann: „So geh halt nicht mehr hin, was gehst denn immer hin?“ Sie ging aber doch wieder hin, und schon auf dem Weg war ihr ganz bang, aber eigentlich hatte sie das ganz gern. Und ihm antwortete sie: „Wenn ich ein Kind hätt, ging ich nirgends hin, es ist eben ein Jammer, wenn eine Frau kein Kind hat!“ Jeden Abend klagte sie ihm das vor, und sie gab die Hoffnung nicht auf; sie besprach es mit allen Bekannten. Der Herr Salinendirektor Hauschka fragte immer schon, wenn sie kam: „Nun, was macht der Sprößling? Noch nicht? Ja, das darf man halt auch nicht forcieren!“ Dies verdroß sie sehr, sie sprach aber doch immer wieder davon; so stark war ihr Wunsch, ein Kind zu haben, besonders weil sie dachte, daß ein Mann, der Vater ist, doch weniger von den Frauen bedroht wird; und er schämt sich dann auch mehr. Einstweilen blieb ihr aber halt nichts übrig, als im Hinterzimmer der Apotheke zu sitzen und durch die offene Tür zu horchen, ob sich ihr Mann in seiner Unschuld und Gutmütigkeit, wie halt Künstlernaturen sind, nicht von diesen gefährlichen Weibsbildern verlocken ließ; und wenn sie fand, daß er mit einer artiger und zärtlicher wurde, als es fürs Geschäft unbedingt nötig war, hörte man ihre langsame, meistens ein bißchen verschnupfte, nachhallende Stimme ihn warnen: „Aber Flori!" Ärgerte er sich dann und warf ihr vor, ihn vor den Leuten lächerlich zu machen, so war sie sehr zerknirscht und schlich, um ihn auszusöhnen, in die Küche, denn sie wußte, wenn er was Besonderes zu papperln bekam, war alles wieder gut, und darauf verstand sie sich, sie war die beste Mehlspeisköchin weit und breit, wofür er sie mit dem folgenden Gedicht belohnt hatte:

So ein Papperl
Wie mein Tschaperl
Macht doch keine
Wie die meine
Ach so feine
Und so reine
Ungemeine
Gar nicht kleine
Allerliebste Herzensfrau
Mit den treuen Augen blau!
Darin kommt ihr keine gleich,
Drum ist sie mein Himmelreich!

Wenn er ihr dies, nach dem zwanzigsten Zwetschkenknödel, alles vergebend und vergessen', mit seinem girrenden Tenor wieder vorsang, hätte sie vor Rührung am liebsten geweint und konnte in ihrer Seligkeit nur mit ihrer tiefen und umflorten Stimme sagen: „Aber Flori!"

Die Kellnerin brachte nun auch ihr das Bier. Sie schob das Glas weg und sagte, tiefgekränkt: „Aber Kathi!"

Der Apotheker sagte: „Katherl, Katherl, Katherl!

Nehmen's meiner Gnädigen das Bier weg! Oder ich pack Sie gleich beim Krawaterl!"

Die Kellnerin beeilte sich nicht, sie kannte das schon. Es begann das übliche Gespräch, indem die Frau Jautz versicherte, kein Bier mehr zu trinken, weil sie zu dick davon werde, die Wirtin versicherte: „Unser Bier is ein Bier, das nicht dick macht", und der Herr Jautz versicherte: „Der wahren Schönheit tut die Dicken nix", bis die Frau Jautz sich seufzend entschloß, heute noch beim Bier zu bleiben, „weil's schon da ist", aber ganz gewiß zum allerletztenmal. Und die Kellnerin wußte, daß die Frau Jautz jetzt ruhig ihre fünf Krügeln trank.

„Nein, Hauschka, er ist noch gar nicht da", rief Frau Hauschka dem Salinendirektor zu, außer Atem und sichtlich erleichtert. Der Direktor trat ein, mit einer altväterisch umständlichen Artigkeit jeden einzelnen begrüßend. Seine Frau sagte, noch immer atemlos: „Wir sind so gelaufen." Er sagte: „Es wäre doch peinlich gewesen, später zu kommen als der Herr Bezirkshauptmann. Das erstemal müssen wir ihm doch die Honneurs machen. Ist er erst eingewöhnt und sozusagen der Unsere geworden, so braucht man's dann vielleicht nicht mehr so genau zu nehmen. Aber ich bin doch recht froh. Es wäre sehr peinlich gewesen." Er legte sorgsam den Zylinderhut ab, stellte den Stock mit dem großen goldenen Knopf weg und setzte sich.

„Nun, Hauschka, was wirst du wählen?" fragte Frau Hauschka, ihm die Karte reichend. Jautz schloß ein Auge und blinzelte die Wirtin an. Sie wußten, daß, nachdem die ganze Karte abgesucht worden war, Frau Hauschka ja doch wieder erklärte, daß ihr heute eigentlich nicht ganz besonders im Magen und es doch eigentlich besser sei, zusammen zwei weiche Eier zu nehmen. Deshalb sagte Jautz: „Folgen's mir, Frau Bergrätin, und lassen Sie sich eine Poularde machen, mit Spargel! Heuer hat sie

85

einen Spargel, die Frau Wirtin, da kann man ganz elegisch werden! No, sie laßt sich ihn ja auch zahlen danach!"

„Aber Flori", sagte die Frau Jautz.

„No, no!" sagte die Frau Wirtin.

„Abends ist Spargel doch etwas schwer verdaulich, meinst du nicht, Hauschka?" sagte die Frau Hauschka besorgt.

„Wie du willst", sagte der Bergrat ergeben. „Ganz wie du glaubst. Mir bringen's halt ein Achtel Weißen."

„Ich trink mit meinem Mann", sagte die Bergrätin zur Kellnerin, die es schon wußte.

„Gut'n Abend allerseits! Küß die Hand, Frau Bergrätin! Küß d'Hand, Frau Jautz", schrie das lustige Fräulein Öhacker, schoß auf die Wirtin los, packte sie, hopste mit ihr durch das Zimmer und sang: „Grüaß enk Gott, alle miteinander! Alle miteinander, grüaß enk Gott!" Aber plötzlich ließ sie die Wirtin und sank zurück, in einen Stuhl, mit leerem Lachen, die Hand auf dem Herzen. Während die Wirtin schnaufend schalt, sagte Jautz: „Segn's es, segn's es, Fräul'n Theres! Ein bißl vorsichtig mit den Hupferln! Das hochverehrte Herzerl hupft sonst mit." Die Bergrätin sagte gekränkt: „Aber Fräul'n Theres! Müssen's denn in einem fort tanzen? Man darf doch nichts übertreiben!" Schon aber sprang das heftige Mädchen lachend wieder auf und rief: „Freilich muß ich, Frau Bergrätin! Wann i nimmer tanzen und spring'n soll, mag i überhaupt net mehr. Und mei Herzerl kann mich gern hab'n!" Herr Jautz sagte: „Lieber wär's mir, es hätt mich gern!" Der Bergrat legte seine Hand auf die der mißbilligenden Gattin. Fräulein Theres sagte, den Apotheker anblinzelnd: „Weiß man's denn?" Frau Jautz sagte mit ihrer tiefen, immer gleichsam erst aus einem Traum erwachenden Stimme: „Aber Flori!"

„Ha, der hohe Stil kommt", schrie der Apotheker und verneigte sich tief vor dem Postverwalter. „Haben sicher eine Ode mitgebracht, Herr Verwalter? Ode an den neuen Bezirkshauptmann, dargebracht von einer hoffnungsvollen Bevölkerung! O, wie wird da das ganze Land die Ohren spitzen, wenn der Herr Verwalter wieder einmal zur Leier greift!"

„Fangen's nicht wieder gleich mit Ihren Dummheiten an", sagte der Herr Postverwalter Wiesinger unwirsch. „Festpoem gehört schon Ihnen! Das könnten's jetzt schon wissen, daß ich das Ihnen überlasse. Neidlos, Herr Apotheker! Neidlos!" Und mit Daumen und Zeigefinger die Brille andrückend, sagte er heftig zu seiner Frau: „No, wirst jetzt endlich einmal was zum Essen bestell'n oder nicht?"

Frau Gerty Wiesinger sagte feindselig: „Ich werd mir doch vielleicht zuerst die Jack'n ausziehn dürfen? Ja, vielleicht!" Und sie wendete sich an den Apotheker: „Gehn's, Herr Jautz, helfen Sie mir ein bißl. Sie sind ja galant!"

Herr Jautz sprang herbei. „O, welch ein Himmelsglück für einen schlichten Dichter aus dem gemeinen Volk, dem hohen Stile dienen zu dürfen!" Er half ihr umständlich aus der Jacke, bis seine Frau sagte: „Aber Flori!"

Der Postverwalter, seinen Siegelring drehend, sagte mit Erbitterung: „Ja, ja, Frau Bergrätin! Es ist schon so. Stimmung braucht der Künstler. No ja. No ja."

Die Bergrätin schmiegte sich dicht an den Bergrat und sagte: „Schau nur, Hauschka, schau! Ist es nicht wirklich zu wunderbar?"

Der Bergrat sagte, indem er seine Hand auf ihre legte, lächelnd: „Sehen Sie, Herr Verwalter, sie kann sich noch immer gar nicht fassen, wie sehr Sie dem Schubert gleichen."

„Was nützt mir das?" sagte Wiesinger in seinem Groll. Aber es tat ihm doch wohl. Und freundlicher setzte er hinzu: „Ich höre das allgemein. Selbst kann man ja so was nicht beurteilen." Und er neigte sich ein wenig zur Seite, um in den Spiegel zu sehen. Indessen bestellte seine Frau. Er ärgerte sich wieder und sagte: „Der ewige Niernbrat'n wachst mir schon zum Hals heraus. Und vielleicht wieder Gurkensalat dazu?" Seine Frau sagte: „Natürlich Gurkensalat! Was denn sonst?" Er sagte: „Weil mir Saures schadet." Sie sagte: „Du bild'st dir ein, daß dir alles schadet." Er sagte, die Lippen verkneifend, indem er seine Gattin ansah: „Ja, das alles schadet mir." Und dann noch resigniert „No ja. No ja. In seinem Inneren muß der Mensch seinen Halt finden." Die Bergrätin stimmte ihm nickend zu: „Was haben dagegen die kleinen Nadelstiche des Lebens zu bedeuten?"

Fräulein Theres lachte: „Jetzt, wozu heiraten die Leut?"

„Net wahr," sagte der Apotheker, „wo man's doch eigentlich gar nicht nötig hat, Fräul'n Theres. Net wahr?" Er zwinkerte ihr listig zu. Sie sagte herausfordernd: „Hat man auch nicht! Gott sei Dank!" Die Frau Apotheker sagte: „Aber Flori!" Und sie trank erregt ihr Bier aus.

Draußen hörte man den gröhlenden Bezirksrichter wettern. „G'schwind, Kathi, g'schwind, i hab an Durscht! Und dann bringst mir a Knackwurst und nacher an Bauernkas! Aber g'schwind, lauf a bißl, sonst kannst ane derwisch'n! I hab an Durscht!" Er trat ein, hielt in der Türe und zog fluchend seine Hose herauf, den Riemen zuschnallend. Dann schrie er: „Alsdann, alsdann, vorwärts! Die Kart'n her! Auf was wart ma denn?" Er ging auf den kleinen Tisch zu, setzte sich und riß den Kragen auf, ließ seinen großen Kropf heraus und brummte nur, während die anderen grüßten: „Gut'n Abend! Getrascht werd'ts euch schon g'nug hab'n! Also gehn ma's an!" Er leerte das Glas auf einen Zug und hielt es mit ausgestreckter Hand der Kellnerin hin. „Aber g'schwind ein bißl! Tumm'l di, Kath'l! Sei nöt so fußfaul!"

Die Wirtin brachte die Karten. „Wo bleibt denn der Lackner, Vater?" fragte Fräulein Theres. Der Bezirksrichter schrie: „Was geht denn mi der Lackner an? Des wirst wohl selber besser wissen, wo der Lackner is! I hab' d'an nöt vasteckt!" Alle lachten. Fräulein Theres sagte fröhlich: „Mein Gott, in an Schachterl kann ich ihn a net bei mir trag'n, Vater!" Der Bergrat legte seine Hand auf die der mißbilligenden Gattin. Sie schmiegte sich an ihn und sagte nur leise: „Muß denn das aber immer so vor aller Welt aufgetischt werden?" Der Bezirksrichter schlug auf den Tisch und schrie: „Alsdann, alsdann, anfangen! Schad um die Zeit! Vorwärts, Herr Bergrat, vorwärts, Jautz, gengan ma's an!" Er mischte schon.

Der Bergrat fragte beklommen: „Sollten wir denn nicht aber doch —? Meinen Sie nicht auch, Herr Bezirksrichter, daß —?"

„Was?" schrie Öhacker wütend.

„Eigentlich ist es ja wahr, Herr Bezirksrichter", versicherte Jautz ängstlich.

„Natürlich gehört sich's", sagte Wiesinger gereizt, die Brille andrückend.

„Was?" brüllte der Bezirksrichter.

„Ich meine ja nur", sagte der friedliche Bergrat. „Und es kann sich ja auch bloß um ein paar Minuten handeln, nicht? Wir meinen ja nur, Herr Bezirksrichter!"

„Was? Himmelherrgottsakra!" Der Bezirksrichter schlug mit der haarigen Faust auf den Tisch.

„Teufel, Teufel, Teufel!" sagte Fräulein Theres, dem Vater nachspottend.

Der Apotheker winkte dem Bergrat mit den Händen ermutigend zu, es doch zu sagen.

Der Bergrat sagte: „Wir könnten wirklich die paar Minuten noch warten, Herr Bezirksrichter, bis er kommt."

„Wer?" schrie der Bezirksrichter.

„Wenn er kommt", sagte der Apotheker listig.

„Wer?" schrie der Bezirksrichter.

„O Gott, o Gott!" stöhnte Wiesinger und rieb sich ungeduldig den Kopf.

„Aber Vater!" sagte Fräulein Theres. „Der neue Bezirkshauptmann hat versprochen, daß er kommt. Da gehört sich's wirklich, daß man wartet."

„Mein ich auch", bestätigte Jautz.

„Himmelherrgottsakra", schrie der Bezirksrichter. „Jetzt wird's ma aber wirklich zu dumm! I nöt! I wart nöt! Stoantoifl übereinand, i pfeiff auf euern neichen Bezirkshauptmann! Was geht denn mi der Bezirkshauptmann an? Seit wann denn? I bin ein unabhängiger Richter! Mich geht der Bezirkshauptmann an Dreck an! Das is eh noch das einzige, was ma hat! Ich bin ein unabhängiger Richter!" Und er schlug auf den Tisch und wiederholte: „An Dreck! So weit is doch mit uns no net! Mich geht der Bezirkshauptmann an Dreck an!"

Die Bergrätin klammerte sich an ihren stillen Mann und fragte leise: „Warum muß er denn immer so schreien?"

Wiesinger zuckte nervös. „Lange," sagte er leise, „lange werd ich mir das nicht mehr gefallen lassen. Man wird ja verrückt!" Seine Frau sagte feindlich: „Warum denn? Er hat ja ganz recht, der Herr Bezirksrichter! Er wehrt sich wenigstens, weil er kein Latsch ist. Ganz recht hat er. Ganz recht!" Wiesinger fragte gereizt: „Wer ist ein Latsch? Wer denn?" Sie sagte: „Der Herr Bezirksrichter ist kein Latsch. Weiter hab ich ja nix g'sagt." Der Apotheker machte heimlich: „Kss, kss!"

„Himmelherrgottsakra!" Der Bezirksrichter sprang

auf. „I geh überhaupt! I weiß mir eine andere G'sellschaft! Was werd ich mich denn ärgern lassen von euch? Sucht's euch ein andern!"

„Aber Herr Bezirksrichter", sagte die Wirtin besänftigend. „Wer wird denn gleich so gach sein? War net übel!" Und sie rief zur Kellnerin hinaus: „Kathi, hol den Enzian herauf! Werden seg'n, Herr Bezirksrichter, ein Stamperl Enzian richt't Ihnen 's Blut wieder ein."

„Und der Lackner?" schrie der Bezirksrichter plötzlich mit neuer Wut. „Wo is denn der Lackner? Der möcht sich natürlich wieder drücken. Und nacher lacht er oan dann aus! Der glaubt, weil er oan Hofrat zum Onkel hat, daß er alles derf! Theres! Wo is der Lackner?" Und er ließ seinen Zorn am Enzian aus.

„Was weiß denn ich?" sagte Fräulein Theres mit trotzigen Lippen.

„Natürlich, du weißt nie was!" Der Bezirksrichter trat vor sie hin, maß sie drohend und sagte zornig: „I aber, i weiß mehr, mei liebes Kind, mehr, als du glaubst! Merk der das nur!" Und er zog sich zum Enzian zurück. Die Tochter lachte.

Der Bergrat stand auf und sagte mit seiner sanften, immer gleichsam um Erlaubnis bittenden Stimme: „Sie haben uns mißverstanden, Herr Bezirksrichter! Wir meinten ja nur, es war ja nur ein Vorschlag. Da Sie aber nicht unserer Meinung sind, wie es scheint, sind wir mit Freuden bereit, das Spielchen zu beginnen." Er nahm sein Glas, um es zum kleinen Tisch zu tragen, indem er seiner Frau den Arm bot.

„Natürlich", stimmte der Apotheker zu und stand auf, um ebenfalls an den anderen Tisch zu gehen.

Der Bezirksrichter aber, die Beine gespreizt, die Hände auf dem Rücken, zog die breiten Schultern herauf und stemmte den Kopf vor. Und tief aus dem

Kropf ächzend, sagte er höhnisch: „A freilich! Na na, meine Herrn, so dumm sin mer nicht! A freilich! Daß ihr dann sag'n könnt's, ihr hätt's ja gern gewartet, bis der Herr Bezirkshauptmann gekommen wär, aber der Bezirksrichter hat nöt warten wollen, und so wär der Bezirksrichter wieder einmal das Luder, auf das ihr euch ausreden möcht's, und der Bezirksrichter hätt wieder die ganze Schuld, und ihr möcht's den Bezirksrichter gleich am ersten Tag wieder beim neuen Herrn Bezirkshauptmann verzünden, daß gleich wieder die Feindschaft fertig wär? Natürlich! Und ich wieder 's Bad ausgießen könnt! Und ihm möcht's ihr erzähl'n, was ich über ihn gesagt hätt, und mir möcht's ihr erzähl'n, was er über mich g'sagt hätt, bis einer wieder auf den andern dann fuchsteufelswild aufgehetzt wär! Natürlich! Das wär euch recht! Na, na, meine Herrn! Wann der Öhacker auch ein alter B'suff is, so dumm, wie ihr gern möcht's, ist der Öhacker noch lang nöt! Na, na, meine Herrn, warten mer nur schön, wir haben ja Zeit." Er setzte sich, lachte vergnügt und nahm die Tagespost von der Wand.

Der Bergrat stand noch immer, das Glas in der Hand, seine Frau am Arm. „Ich möchte doch nicht verfehlen," sagte er, „ausdrücklich zu betonen, daß da irgendein Mißverständnis sein muß. Derlei unfreundliche Absichten liegen doch gewiß uns allen fern. Und ich kann nicht umhin, mich eigentlich zu wundern, daß Sie uns noch nicht besser kennen, Herr Bezirksrichter!"

„No, wer keinen Floh hat, braucht sich ja nicht zu kratzen", sagte Öhacker.

Der Bergrat ging an den langen Tisch zurück. Seine Frau ergriff seine Hand, drückte sie und sagte leise: „Sehr gut! Taktvoll und würdig! Nun wird er es sich wohl gesagt sein lassen." Der Bergrat lächelte.

92

Auch der Apotheker kam an den Tisch zurück. Er hob sein Glas und sprach:

„Ist der Herr Rat
Auch meistens stad,
Wenn er einmal spricht,
So hat's Gewicht."

Und er schwang das Glas und rief: „Hoch der Herr Bergrat und Salinendirektor Alois Hauschka, hoch!" Alle stimmten stürmisch ein. Wiesinger hielt sich die Ohren zu. Frau Wiesinger stieß mit dem Apotheker an und intonierte: „Hoch soll er leben, hoch soll er leben, dreimal hoch!" Alle sangen mit. Der Bergrat wehrte gerührt ab: „Nein, nein, das verdiene ich ja gar nicht." Die Bergrätin sagte leise: „O doch, Hauschka!" Jautz lief an den kleinen Tisch, stieß mit dem Bezirksrichter an und sagte leise: „Nix für ungut! Dem alten Herrn macht's a Freud." Der Bezirksrichter gröhlte: „Ein Schlankl! Sie san ein Schlankl!" Der Apotheker kam zu den anderen zurück, verbeugte sich feierlich gegen Wiesinger und sagte: „Darf ich mir erlauben, Herr Verwalter? Einen Halben ganz speziell!"

„Ich hab Kopfweh", sagte Wiesinger.

„Wennst Kopfweh hast," sagte Frau Wiesinger, „so bleib ein anderes Mal z' Haus."

„Gern", sagte Wiesinger.

„No also", sagte Frau Wiesinger.

„Und du?" fragte er.

„Ich brauch ja dich nicht, ich find ja auch allein her", sagte sie.

„Das wär dir recht!" sagte er.

„Warum wär mir das recht?" fragte sie gereizt.

„Daß du dann überall über mich klagen und jammern könnst!" sagte er höhnisch.

„Gott, wenn ich das wollt," sagte sie, „dazu möcht's mir nicht fehlen"

Jautz, auf die beiden zeigend, reimte:
„O wie wunderschön,
Hier der Ehe
Wohl und Wehe
An dem Tisch zu seh'n!"
Wiesinger sprang auf. „Wenn Sie jetzt nicht bald
aufhören, Herr Jautz, geh ich! Ich hab's satt!"
Öhacker lachte. „Will schon wieder einer gehn!
Heut is lustig."
Jautz fragte scheinheilig: „Ja, was denn, was
denn, was is denn geschehn?"
Frau Hauschka sagte: „Aber, Herr Verwalter, man
macht doch nur ein Späßchen." Und ihren Gatten
fragte sie leise: „Warum muß er denn gleich so ge-
reizt sein?"
Hauschka sagte lächelnd: „Genus irritabile vatum."
Fräulein Theres sagte lachend: „Immer müssen die
zwei Dichter raufen."
Der Postverwalter Leopold Wiesinger setzte sich
wieder, rückte seine Brille und sagte: „Sehr ver-
ehrtes Fräulein Theres! Sie irren sich. Ich bin kein
Dichter. Ich bin lange schon kein Dichter mehr.
Und der hiesige Dichter ist jedenfalls der Herr
Jautz. Und der Herr Jautz ganz allein."
Frau Jautz wurde rot. Herr Jautz sagte: „Aber,
aber!" Alle murmelten: „Aber, aber, Herr Verwalter!" Der Bezirksrichter rief: „Er muß es ja
wissen!" Die Wirtin sagte: „Warum denn gleich so
ungemütlich werden, Herr Verwalter!" Wiesinger
fuhr fort, mit gesenktem Kopf, in sein Glas hinein-
redend, an das er leise mit dem Siegelring anschlug:
„Der Herr Bezirksrichter hat ganz recht, ich muß
es ja wissen. Nein, ich bin kein Dichter. Ich war
vielleicht einmal ein Dichter. Damals, wie ich das
Stück geschrieben hab, als junger Mensch in Wien.
Das Stück ist ja durchgefallen, und doch glaub ich
heute noch, daß ich damals ein Dichter war. Das
Stück mag schlecht gewesen sein, ich aber war ein

Dichter. Aber das ist lange her, das ist mehr als zehn Jahre her, ich war noch ein ganz junger Mensch, ich war auch noch nicht verheiratet. Damals war ich ein Dichter. Aber jetzt bin ich schon an die sieben Jahr hier, und es geht schon ins elfte Jahr, daß ich verheiratet bin, und ich bin längst kein Dichter mehr. Pardon, einen Augenblick!" Er stand plötzlich auf und ging rasch hinaus.

„Was hat er denn?" fragte der Apotheker neugierig.

„Und so macht er mir's jetzt immer", sagte Frau Wiesinger fast weinend. „Ich kann doch nichts dafür."

„Nun," sagte der Bergrat beschwichtigend, „das wird sich alles wieder geben, bis erst das neue Werk fertig ist! Was macht es denn, Frau Verwalter? Was macht denn der Firdusi?"

„Frag'ns mich lieber gar nicht, Herr Bergrat", klagte Frau Wiesinger. „Ich hab ja gleich an die indische G'schicht net geglaubt. Aber er will halt immer zu hoch hinaus! Das ist es. Dann aber bin ich an allem schuld."

„Er soll lieber acht geben," sagte der Bezirksrichter, „daß die Brief ordentlich ausgehoben werden! Es ist ja eine Schand bei uns."

„No, no, Herr Bezirksrichter", sagte der Apotheker stolz. „Die Kunst ist auch nicht zu verachten. Von Zeit zu Zeit!"

„Sein Unglück ist halt," sagte Fräulein Theres, „er paßt nicht her."

„Paß denn ich her?" fragte Frau Wiesinger erbittert. „Gott, wenn ich denk!"

„Wer paßt denn her?" sagte der Bergrat, leise lächelnd.

„Aber man darf halt nicht so unbescheiden sein", sagte die Bergrätin, ängstlich warnend.

„Er hätt in Wien bleiben sollen", sagte Fräulein Theres.

„No und in Wien?" schrie der Bezirksrichter. „Was war denn in Wien? Is ihm leicht in Wien besser gangen? Auspfiffen hab'ns ihn! Hast nöt g'hört? Er hats ja selber g'sagt!"

„Das macht nix", sagte Fräulein Theres. „Das versteht der Vater nicht. In Wien auspfiffen werden, was möcht da nicht mancher alles dafür geben. Denn der Vater muß denken: wenn einer in Wien nix is, is er schon was, aber wenn einer bei uns was is, is er noch lang nix, das ist der Unterschied."

„Ja beim Bäck'n!" sagte der Bezirksrichter.

Der Apotheker fing unmäßig zu lachen an. „Das gibt sie gut, die Fräul'n Theres, das gibt sie gut! Aber wahr is es! Es is ja wirklich wahr!" Er wurde ganz ernst und sagte seufzend: „Da kann einer hier bei uns das Höchste leisten, es zählt nicht mit, er kommt nicht auf. Wer aber in Wien sitzt, der hat's leicht."

Die Frau Apotheker erschrak, sah mit Entsetzen ihren Mann an und raffte sich auf, einen ganzen Satz zu sagen. „Ich möchte mich bedanken. Was man wenigstens so hört über Wien! Es sollen schreckliche Zustände sein." Und heftig fügte sie hinzu, indem sie ganz rot wurde: „Und was willst denn überhaupt? Wir haben's hier doch ganz schön! Was geht dir denn ab?"

„Nicht wahr," sagte der Bergrat, „es kann überall ganz schön sein, wenn man nur zufrieden ist."

„Ich red ja nicht von mir!" beteuerte der Apotheker. „Ja, wer ein solches Weiberl hat, wie ich! Nein, der braucht sich, meiner Seel, nichts mehr zu wünschen! Aber Schatzerl, schau! Es können halt nicht alle mit dir verheirat sein! Und i glaub, du möchst es selber nit. Oder möchst? Schau, schau, schau!"

Die Frau Apotheker sagte, sehr glücklich: „Aber Flori!" Und sie vertiefte sich wieder in ihr Bier.

Wiesinger kam zurück. Weil er sich schämte, fing

er eifrig zu reden an. „No, der Herr Bezirkshauptmann laßt auf sich warten. Das erstemal kann man schon ein bißl pünktlicher sein. Es wär jetzt Zeit, daß er kommt."

„Wenn er kommt", sagte der Apotheker, listig.

„Gut Ding braucht Weile", sagte Fräulein Theres spöttisch.

„Er wird schon kommen", sagte der Bergrat.

„Wenn er kommt", wiederholte der Apotheker.

Der Bezirksrichter brüllte: „Was sagen's denn immer: Wenn er kommt?" Er äffte hämisch den listigen Ton des Apothekers nach, das Gesicht verziehend: „Wenn er kommt, wenn er kommt! Was meinen's denn damit? Oder wissen's leicht was, Jautz?"

Der Apotheker machte ein schlaues Gesicht und sagte:

„Ich sag nichts als dieses,
Man weiß nichts Gewisses."

Und er lachte boshaft in sich hinein und rieb sich die Hände: „Und ich glaub's halt noch nicht, ich glaub's nicht, ich glaub's nicht, ich glaub's nicht."

„Himmelherrgottsakra! Warum denn net?" schrie der Bezirksrichter.

Der Bergrat sagte: „Ich würde mich hauptsächlich deshalb freuen, wenn er käme, weil das doch ein kleiner Dämpfer für die zwei jungen Herren wäre, für den Grafen und den kleinen Baron, die sich zu gut sind, mit den Honoratioren des Orts zu verkehren."

„Aber auf der Gassen steigen's einem nach", sagte Frau Wiesinger.

„Ja, das können's", sagte Fräulein Theres, vergnügt.

„Wer steigt dir nach?" sagte Wiesinger, schon wieder gereizt.

Der Apotheker beeilte sich zu vermitteln: „Da können's doch nichts machen, Herr Verwalter! Nachsteigen is ja nicht verboten. Das gehört zu den Menschenrechten."

Die Bergrätin sagte: „Es wäre schon eine große Auszeichnung für uns alle, wenn er käm."

„Also jetzt", brüllte der Bezirksrichter, hielt aber plötzlich ein, mit einem wütenden Blick auf die Bergrätin und trank, in den Bart fluchend, sein Krügel aus. Dann, das Krügel noch in der Hand, wie ein Wurfgeschoß, fragte er, indem er sich zwang, seine Stimme ganz freundlich zu machen: „Alsdann, jetzt sagen's mir bloß gefälligst, verehrteste Frau Bergrätin, wo da die große Auszeichnung für uns sein soll! Sie tun ja rein, Frau Bergrätin, als ob unsere ganze G'sellschaft hier der Niemand wär!" Er stieß das Krügel auf den Tisch. „Himmelherrgottsakra, da möcht ma ja wirklich —!"

„So war es doch gar nicht gemeint", sagte der Bergrat, seine ängstliche Gattin haltend.

„Und wer bin denn nacher i?" schrie der Bezirksrichter. „Ein unabhängiger Richter, dös is gar nix? Schöne Zeiten, das muß man sagen, weit ham mer's bracht! Auf'n unabhängigen Richter wird pfiffen, natürli, wer braucht denn den noch? Aber so ein Barondl, so ein Jesuitenbuberl, mit allen Salben ein-g'schmiert und mit allen Ludereien abg'schmalzt, so a Windhund, wie das wieder sein wird, so a Radl-treter und Tennixhupfer —"

„Nis, Vater!" sagte Fräulein Theres. „Nis."

„Was denn, was denn?" heulte der Bezirksrichter, außer sich über die Störung.

Fräulein Theres wiederholte: „Nis, Vater! Nis!"

Der Bezirksrichter zog die Runzeln an der Stirne zusammen, krampfhaft blickend, und schrie: „Bist überg'schnappt, Madl, oder —? Was denn: Nis?"

„Nis, nicht nix", sagte Fräulein Theres. „Tennis heißt's, nicht Tennix. Daß sich der Vater das halt nicht merken kann!"

„Deswegen!" sagte der Bezirksrichter erleichtert

„Nix oder nis, das ändert an der Sache nix. I sag Tennix." Nachdem er ausgetrunken und sich eine Weile besonnen hatte, fragte er mißtrauisch: „Sagt ma wirklich Tennis?"

„Tennis sagt man," bestätigte der Apotheker, „Tennis!"

„Natürlich Tennis", sagte Wiesinger ungeduldig und fuhr sich nervös durch die Haare.

„Tennis", sagte der Bergrat, als ob er es nur in Vorschlag bringen wollte.

„Merkwürdig!" sagte der Bezirksrichter nachdenklich. „Ich kenn mich mit die neumodischen Sachen nöt aus. Und i brauch se ja nöt!" Er fing plötzlich wieder zu brüllen an. „I brauch de neumodischen Sachen nöt! Is's so lang gangen, wird's die paar Jahrln a no ohne sie gehn, dös möcht i do segn! Und darum brauch i a kan neumodischen Bezirkshauptmann nöt! Himmelherrgottsakra, er soll mer nur kommen, er soll's nur probier'n, dös möcht i do segn! So ein g'schleckts Bürscherl, das noch hinter die Ohr'n nöt trocken is, von derer ablechtigen Rass, die kaum schnappen kann, als ob ein jed's 's Hinfallende hätt — komm nur her, Freunderl, wannst hageln magst!"

„Warum ist er denn so bös auf den Bezirkshauptmann?" fragte die Bergrätin den Bergrat beklommen.

„Aber ein schöner Mensch is er", sagte Fräulein Theres.

„Ein schöner Mensch", bestätigte der Apotheker.

„Ich hab ihn noch gar nicht geseh'n", sagte die Wirtin.

„O, ein wunderschöner Mensch is er", sagte Frau Wiesinger, sehr lebhaft und als ob es ein Vorwurf gegen ihren Mann wäre.

„Natürli!" höhnte der Bezirksrichter. „Das g'hört zum G'schäft! Das is jetzt Vorschrift!"

„Ein unabhängiger Richter hat das nicht nötig", sagte der Apotheker, aber nur ganz leise seiner Frau ins Ohr, die, durch seinen Witz verblüfft, ganz erschrocken antwortete: „Aber Flori!"

Da rief Fräulein Theres, durchs Fenster blickend: „Da kommt er schon! Mit dem Lackner!"

Alle schwiegen, nach der Türe blickend. Nur der Bezirksrichter sagte, den listigen Ton des Apothekers nachäffend: „Wenn er kommt! No, Apotheker? Was is denn? Wenn er kommt! Ja, jetzt verschlagt's ihm die Red!"

„Meine Herrschaften!" sagte Furnian, mit einer knappen Verbeugung. „Vor allem muß ich um Entschuldigung bitten, wenn ich ein bißl später komm, es tut mir sehr leid, aber ich kann wirklich nix dafür, es ist n' Herrn Doktor Lackner seine Schuld, wir haben uns begegnet und dann hab'n wir uns ein bißl verplauscht und dann hat er noch erst nach Haus müssen, seinen Foxl abholen. Also das geht doch natürlich vor, nicht?" Er sah lächelnd herum. Alle lächelten wieder. Der Doktor Lackner begann vorzustellen. Aber Furnian sagte gleich: „Aber ich bitte die Herrschaften, sich ja nicht zu inkommodieren! Ich wäre untröstlich." Als er den Damen vorgestellt wurde, sagte er: „Da fühlt man sich ja mit einem Schlag in die Großstadt versetzt, wenn man die Toiletten der verehrten Damen sieht!" Und zur Frau Jautz: „Sie sind doch gewiß eine Wienerin, gnädige Frau!" Frau Jautz sagte, schnaufend: „Nein, ich bin von hier, Herr Bezirkshauptmann!" Furnian sagte, bewundernd: „Nicht möglich!" Der Apotheker sagte stolz zu seiner Frau: „Sixt es, sixt es! Und der Herr Bezirkshauptmann ist gewiß ein Kenner!" Frau Wiesinger meldete sich: „Ich, Herr Bezirkshauptmann, bin eine Wienerin." Zum Apotheker sagte Furnian: „An mir werden Sie eine gute Kundschaft haben. Denn Sie haben sicher den besten Kognak." Zu Wiesinger bedeutungsvoll: „Der Doktor Lackner hat mir schon erzählt, Herr Verwalter! Firdusi! Wacker, wacker!" Er verneigte sich vor dem Fräu-

100

lein Theres und küßte der Bergrätin die Hand, dann ging er auf Öhacker zu und sagte: „Ja, mein lieber Herr Bezirksrichter, mit mir werden's einen schweren Stand haben, das sag ich Ihnen gleich! Wir werden leicht einmal zusammenwachsen, wann's nicht sehr aufpassen, Herr Bezirksrichter! Nämlich —"

Öhacker schob seinen Kropf vor. „Bitte, bitte, i fürcht mi nöt so leicht, Herr Bezirkshauptmann."

„Nämlich," sagte Furnian lustig, „nämlich im Tarok! Da muß einer schon von guten Eltern sein, der's mit mir aufnimmt! Also nehmen Sie sich zusammen, Herr Bezirksrichter!"

Öhacker gröhlte vergnügt. „Können wir ja gleich einmal probier'n! Da bin i doch neugierig! Fixsakra, das möcht i segn! Also vorwärts, g'schwind! Kathl, a Bier für'n Herrn Bezirkshauptmann! Kommen's, Herr Bergrat! Und, Jautz, wann Sie wieder 's Mäul nöt halten können beim Kibitzen, lassen wir Ihnen arretieren! Nöt, Herr Bezirkshauptmann? Wann die Bezirkshauptmannschaft und 's Bezirksgericht einig sind, da gibt's nix, mei lieber Jautz!"

Während sie sich setzten, fragte Furnian: „Is's denn wahr, Frau Wirtin, daß Sie noch den Stelzhamer gekannt haben?"

„Freili, Herr Bezirkshauptmann", sagte die Wirtin, und ihr großes altes Gesicht wurde vor Vergnügen ganz hell.

Jautz sagte eilig: „Wir haben auch jeden Winter ein paarmal einen Stelzhamerabend hier, Herr Bezirkshauptmann! Da müssen's die Frau Wirtin hör'n, wann's singt! Ich sing auch!"

„Ja, wo denn das?" fragte Furnian die Wirtin. „Wann denn das? Das müssen Sie mir erzählen, Frau Riederer! Setzen's Ihnen doch her!"

„Mit Verlaub", sagte die Wirtin und schob einen Stuhl her.

„Also spüln ma oder spüln ma nöt?" fragte der Bezirksrichter, gereizt.

101

„Natürlich spielen wir", sagte Furnian, die Karten mischend. „Heben's ab! Man spielt ja nicht mit den Ohrwaschln. Da kann man ganz gut dazu noch eine interessante Geschichte anhör'n."

„Es wird sich ja zeig'n, mit was Sie spüln", sagte der Bezirksrichter. „Einen Dreier!"

„Einen Untern", sagte Furnian.

„Selbst", schrie Öhacker.

„Und der Herr Bergrat rührt sich gar nicht?" fragte Furnian.

„Der Herr Bergrat rührt sich nie", sagte Öhacker. „Das is er von zu Haus nöt g'wohnt."

„Muß er denn schon wieder anfangen?" fragte die Bergrätin leise den Bergrat, zu dem sie sich gesetzt hatte.

„Einen Dreifachen", sagte Furnian. „Sans g'scheit, Herr Bezirksrichter!"

„Selbst", schrie der Bezirksrichter wütend. „I werd Ihnen an Narr'n mach'n und g'scheit sein! No also, was is?"

„Nix is," sagte Furnian, „decken's nur zuerst den Talon auf!"

„Himmelherrgottsakra!" schrie der Bezirksrichter, aufdeckend. „Wann Sie so eine Sau hab'n!"

„Immer", sagte Furnian. „Das müssen's Ihnen überhaupt merken, Herr Bezirksrichter."

„Fixsakra, Hundssakra, wann ma a so a Dreckblattl kauft, a mistiges, a so a Malefizluader, daß ma net amal waß, was ma leg'n soll!" fluchte der Bezirksrichter, stöhnend.

„Also los", sagte Furnian.

„Also warten's noch an Augenblick", schrie der Bezirksrichter. „Der Mensch muß doch ordentlich legen! Oder habt's Ihr jetzt vielleicht auch im Tarok schon ein neuches System?"

„Mit Ihnen," sagte Furnian, „werden wir nach dem alten auch noch fertig werden!"

„Liegt", sagte Öhacker.

102

„Liegt?" sagte Furnian. „Also dann, verehrtester Herr Bezirksrichter, werde ich mir erlauben, zur Einleitung einer näheren Bekanntschaft ein ganz ergebenes, höchst bescheidenes, ehrfurchtsvolles kleines Kontra anzusagen."

„Ei, ei", sagte der Bergrat.

„Fixsakra!" wütete der Bezirksrichter. „Jetzt, Herr Bergrat, könnten's wirklich schon einmal wissen, daß ich das nöt vertrag! Wann ans Kontra sag, da kann man nix mach'n, alsdann das is sei Recht! Aber ei, ei, das is gar nix, das halt nur auf! Wann ein jeder ei, ei sag'n möcht!" Und er wiederholte noch, den Bergrat nachäffend: „Ei, ci! Ei, ei!"

„Wir werden uns schon rächen, Herr Bergrat!" sagte Furnian. „Und, Frau Wirtin, fangen's nur ungeniert an! Ich freue mich sehr auf Ihre G'schicht, ich hab schon allerhand gehört."

„Wenn der Herr Bezirksrichter nix dawider hat!" sagte die Wirtin, ein wenig ängstlich.

„Das is ein öffentliches Lokal," schrie der Bezirksrichter, „und in an öffentlichen Lokal kann i kan's Maul verbind'n!"

„Nicht wahr?" sagte Furnian. „Also fangen's nur an, Frau Wirtin, wenn Sie schon sehen, wie der Herr Bezirksrichter auch darauf spitzt."

Und die Frau Wirtin, die Hand an der Lehne des Stuhls, auf dem der Bezirkshauptmann saß, fing zu erzählen an. Erst noch ein wenig ängstlich, immer wieder nach dem wütigen Öhacker blinzelnd, auch anfangs recht verschämt, immer wieder versichernd, daß sie ja damals, dreiundvierzig Jahre sind's her, noch ein ganz ein kleines dummes Mädl war, eigentlich noch ein Kind; und an der ganzen G'schicht is ja auch gar net so viel, als nur, daß man halt daran wieder einmal sieht, was doch der Stelzhamer für ein lieber Mensch gewesen ist. Nach und nach aber immer eifriger, immer herzlicher und allmählich, die Hand an der Lehne des Stuhls, ihr großes altes Ge-

sicht gesenkt, alles um sich vergessend. Von ihrer
Kindheit zuerst, in Ebensee drüben; ihr Vater war
der Inspektor Hafferl bei der Saline. Und wie sie ein
rechter Teufel gewesen und ein narrisches Ding,
schon von klein auf, ein großes Kreuz für die Eltern;
und von Jahr zu Jahr immer nur ärger, gar wie sie
dann angefangen hat, so schrecklich viel zu lesen,
in Kalendern und Romanbücheln und was sie nur
erwischt hat, Kraut und Rüben durcheinander,
bis ihr dann einmal der Bub vom Expeditor, der in
Linz auf der Schul war, auch noch ein Büchl vom
Stelzhamer gebracht hat, da war's ganz aus, denn da
hat sie jetzt erst erfahren, wie schön es auf der Welt
sein muß, was sie sich ja heimlich längst schon gedacht
hat, nur ist ihr dann immer wieder der Mut ver-
gangen, weil man in Ebensee doch gar nix davon
spürt! Jetzt aber, in dem Büchl vom Stelzhamer, da
war es doch schwarz auf weiß gedruckt zu sehn,
wie das Leben eigentlich ist, wie wunderschön, no
und da ist es halt zu Haus dann gar nicht mehr gegangen! Denn so was lesen, wie in dem Büchl, und
denken, wie so ein Leben sein muß, ein solches
Leben, das ordentlich glanzt und spiegelt von Glück,
rein wie eine frisch aufgewaschene Küch, und dann
aber wieder in der Wirtschaft helfen, Nudeln walken
oder Strümpf stopfen den ganzen Tag, und der Vater
ist grantig und die Mutter hat ka Zeit, und wenn
man was fragt, wenn man was wissen möcht, weil
man sich schamt, weil man was lernen und sich ein
bissel ausbilden möcht, und wenn man einmal etwas
fürs Gemüt und fürs Herz haben will, so ein
bissel was Höheres halt, wie sich's der Mensch
manchmal einbildet, wann Mondschein ist, da heißt's
dann gleich zu Haus, man ist verdreht, und das paßt
sich nicht — alles was man möcht, paßt sich ja nie!
Und gar keinen Menschen haben, mit dem man einmal vernünftig reden könnt und der einem ein bissel
was sagen könnt und den man fragen könnt, aus-

104

fragen halt über alles, denn das hat doch so ein armes junges Ding, daß es in ihm den ganzen Tag in einem fort fragt und fragt und fragt, und gar in der Nacht erst, bis ihm davon oft schon völlig angst und bang wird, und die Eltern antworten einem aber nie nix als: Sei stad, du verstehst nix, was weißt denn du? No natürlich versteht man nix, woher denn auch, wann einem niemand hilft? Aber grad weil man nix versteht und weil man weiß, daß man nix weiß, deswegen fragt man ja! No seitdem ist es ja schön langsam doch schon ein bissel besser worden, heut fangt man ja doch schon einzusehen an, daß die Kinder nicht bloß zum Vergnügen von den Eltern da sind, aber damals war's halt fürchterlich!

„Fixlaudon", schrie der Bezirksrichter. „Setzen's Ihnen weg, Jautz! Sie verhex'n mir das ganze Spiel! Fixsakra, der raubt an ja bis aufs Hemad aus!"

„Aber was denn, Herr Bezirksrichter?" fragte der Apotheker. „Warum denn? Ich sag doch kein Wort, ich red ja doch nix!"

„Innerlich reden's!" schrie der Bezirksrichter. „I siech's Ihnen ja an! Halten's innerlich s' Maul! Verstanden? Fixsakra!"

„Ja," sagte Furnian zur Wirtin, „langsam wird halt doch alles besser. In zweitausend Jahren sollt man auf die Welt kommen! Da wär's vielleicht ganz schön."

Und nun hörte man wieder eine Zeit nur das Geräusch der auf den Tisch aufschlagenden Karten, das Schnauben aus dem Kropf des Bezirksrichters und die kurzen ungeduldigen Bemerkungen zum Spiel. Und die tiefe breite Stimme der Wirtin fuhr zu erzählen fort. Wie sie also, längst schon tiefunglücklich zu Haus, jetzt durch das Büchl vom Stelzhamer ganz verrückt, es schließlich einfach nicht mehr ausgehalten und eines schönen Tages einfach durchgegangen, auf und davon, nach Vöcklabruck fort, zum Stelzhamer hin! Mit der einzigen

Hoffnung, nur einmal mit dem Stelzhamer zu reden und ihm zu sagen, wie ihr ist, und daß es eben einfach nicht mehr geht, bei den zuwideren Leuten in Ebensee zu bleiben, weil sie doch spürt, daß sie was Besseres ist, und seitdem sie jetzt aus seinem Büchl weiß, wie das Leben sein soll, keine ruhige Stunde dort mehr hat, sondern sie wär schon beinah gestorben vor Sehnsucht! Und da wird sie ihm sicher erbarmen und er wird ihr helfen, weiter wünscht sie sich ja nichts. No vielleicht war es nicht bloß das, weiß man's denn? Schließlich war sie schon ihre fünfzehn Jahr, und da geht's in einem Mädl manchmal merkwürdig um. Aber das weiß sie heute noch, das kann sie beschwören, sie hat sich nix dabei gedacht! Erst dann in Vöcklabruck, wie dann der Stelzhamer wirklich kommen is, da hat ihr wohl das Herzerl sehr gepumpert. No mein Gott, ein arm's Dingerl aus Ebensee und so ein Mann! Und Augen hat er g'habt, daß man's frei bis in die Nierndl g'spürt hat, wann er eins so gewiß ang'schaut hat, als ob er ihm die Beicht hören möcht! Eigentlich war er ja schon ein bissel älter, als sie geglaubt hat, daß einer is, der so verliebte Sachen weiß. Wann er aber dann zu reden angehoben hat, war er noch ganz jung. No und dann sind sie halt unter der Linden gesessen und sie hat verzählt und er war sehr lieb mit ihr und sie hat schon geglaubt, jetzt wird alles gut und sie kann dableiben und es wird halt alles wie im Büchl sein. Ja, mein! Denn das war eine schöne G'schicht, förmlich wild is er auf einmal worden, sie hat sich ganz erschreckt. ‚Nämlich,' hat er g'sagt, ‚mit dem Büchl is's überhaupt nix, dös is alls derlogen und nöt wahr, in die Büchln,' hat er g'sagt. ‚Schau dir den Franzl an, wie er da vor dir steht, den alten Zwiderling, und die Haar staub'n ihm vom Kopf, könnt dein Großvater sein! Was willst denn von dem? Möchten dir bald die Augen aufgehn, daß's do lang nöt der im Büchl is! Und sixt es,' hat er g'sagt.

‚a so is's mit allem'; das wär noch sein Trost! ‚Was in die Büchln so schön is,' hat er g'sagt, ‚därfst ihm net in die Näh kommen, sonst is aus! Wia's in die Büchln is,' hat er g'sagt, ‚find'st es nirgends, sonst brauchet ma ja die Büchln erst net! In die Büchln,' hat er g'sagt, ‚is's so, wie's schön war', wann's war'; wia ma's möcht', daß's sein sollt; und wia's halt nier niernert g'wes'n is und nier niernert sein wird. Desweg'n hat ma 's ja, die Büchl'n,' hat er g'sagt. ‚Und an sei'm Leben,' hat er g'sagt, ‚liegt's net, das is auch net anders als 'm Menschen sein Leben halt is, aber er, hat er g'sagt, ‚er denkt sich halt was Schön's dabei!' Und förmlich ang'schrien hat er sie: ‚Geh z' Haus! Geh z' Haus — 's wird anderswo a net besser sein, s'is überall gleich, nur der Mensch is verschied'n: der Oan nimmt's so, der Oan anderst! Geh z' Haus und nimms g'scheit — denk d'r was Schön's dabei! Was d'r denkst, is schön — bald ernst und bald g'spaßi, awer immer, ob's di wana oder lacha macht, immer is's schön! Nur derleb'n muaßt es net woll'n, dös is 'm Mensch'n net vergunnt!' Und ganz grob is er z'letzt word'n und fort hat's müss'n, auf der Stell, gleich mit der nächst'n Fuhr, schrecklich eilig hat er's g'habt. Und dann hat er noch g'sagt, eine schöne Empfehlung an die Frau Mutter unbekannterweis, und sie sollt a bißl besser aufpassen auf sie, laßt er ihr sag'n, weil nicht a jed's a so a Tappschedl is wie er! Wie aber dann eing'spannt war und der Postillion schon blas'n hat, hats ihm doch ein Bußl geb'n müss'n, und wie sie dann übers Jahr g'heirat hat, dem jetzigen Bürgermeister seinen Bruder, is er richtig zu ihrem Ehrentag kommen mit einem großmächtigen Busch'n, und da sind's sehr lustig g'wes'n."

„Oha", sagte der Bezirksrichter vergnügt. „Da san mir no da, euer Hochwohlgeboren! Oha, oha!"

„Jetzt hab ich mich verzählt", sagte Furnian aufwachend. „Das ist mir auch schon lange nicht passiert." Und als ob er sich erst wieder recht besinnen müßte, sah er verwundert die Wirtin an. Dann sagte er: „Ich sag jetzt überhaupt die Touren an. Ich bin heut doch ein bißl müd, von der Reise Die Revanche bleibt nicht aus, Herr Bezirksrichter."

„Nächstens werden's halt doch lieber auch mit die Ohrwascheln spiel'n", sagte Ohacker, triumphierend. „Wird vielleicht do besser sein, Herr Bezirkshauptmann! Ha, ha!"

Riederer, der Wirt von der Post, kam herein. Das Kappl auf dem Kopf, blieb der große schwere Mann an der Türe stehen und sah sich mit unsicheren Augen um, denn er konnte sich wieder nicht erinnern, was denn eigentlich war. Dann seine Gäste nach und nach erkennend, freute er sich und grüßte, den starren großen Mund verziehend, jeden einzelnen nennend, die Namen langsam buchstabierend, sie gleichsam erst aus sich pumpend. Und nachdem er alle in demselben halb singenden Ton aufgesagt hatte, fing er, während sein leeres Gesicht ernst blieb und nur seine Augen, als ob sie was verloren hätten, unruhig herumgingen, mit den schwieligen harten Händen zu klatschen an, und seine lahme Zunge stieß aus: „Bafo, bafissimo! Alle beieinander! Bafo, bafissimo." Als er aber Furnian erblickte, blieben seine Augen stehen und das zornige Gesicht quälte sich. Endlich fiel ihm erst ein, weshalb er von seiner Tochter hergeschickt worden war; er ging mit steifen Schritten auf den Stuhl des Bezirkshauptmanns los, da hob seine Frau die Hand, und so stand der große schwere Mann hinter dem Stuhl, aufrecht wartend, bis das Spiel geschlossen und verrechnet war.

„Fortsetzung folgt", sagte Ohacker vergnügt, mit dem Gelde klimpernd.

„Die Herrschaften müssen entschuldigen", sagte Furnian. „Ich habe heute noch eine Menge zu tun, ich muß erst ordentlich auspacken. Und das war ja heute auch nur eine vorläufige Anstandsvisite sozusagen."

„Mein Mann", sagte die Wirtin, den Wirt bei der Hand nehmend. Furnian nickte. „Der neue Herr Bezirkshauptmann", schrie die Wirtin ihrem Mann ins Ohr, ihn schüttelnd. „Bafo, bafissimo", lallte der Wirt. Die Wirtin sagte zu Furnian: „Er hat im vorigen Jahr ein kleines Schlagerl g'habt. Schon s' zweitemal. Seitdem geht's ein bißl schwer." Furnian sah den Wirt und die Wirtin nachdenklich an und fragte: „Haben Sie Kinder auch?" Die Wirtin sagte: „Sieben Stück, Herr Bezirkshauptmann! Aber halt leider nur lauter Mädln. Die Älteste ist an den Brauer in Henndorf verheirat, die zweite an den Glockenwirt in Ried, die dritte an den Bärenwirt in Lambach, die vierte an den Traubenwirt in Gamsweg, die fünfte an den Engelwirt in Zipf, die sechste an den Bockwirt in Klamm und die siebente ham mer halt einstweilen noch im Haus. Viel Sorgen, Herr Bezirkshauptmann, aber auch viel Freud."

„Also ist es halt in der Wirklichkeit doch auch schön," sagte Furnian, „nicht bloß in den Büchln?"

„Ja", sagte die Wirtin nachdenklich. „Es is auch ganz schön. Aber halt anders."

An der Türe kehrte sich Furnian noch einmal um und sagte: „Also, meine Herrschaften! Hoffentlich recht bald auf Wiedersehen! So bald es meine Zeit nur irgendwie erlaubt!"

„Was ham's denn jetzt zu tun?" schrie der Bezirksrichter. „Jetzt in die Ferien!" Und er lachte.

„Wieso?" fragte Furnian verwundert. „Wieso Ferien?"

„Wann keine Wahlen sind," sagte Ohacker, „ham's Ferien! Glauben's mir, ich bin ein alter Has, ich kenn das G'schäft. Solang keine Wahlen sind, fragt kein Mensch, was der Herr Bezirkshauptmann eigentlich treibt. Und wann's der Herr Bezirkshauptmann dann nur versteht, gute Wahlen zu machen, is der

Herr Bezirkshauptmann der große Herr, nachher kann er wieder ein paar Jahrl'n machen, was er will. Is Ihnen das noch nicht bekannt? Mir werden's nix erzählen, Verehrtester!" Und er lachte.

„Warten's nur, Herr Bezirksrichter!" sagte Furnian. „Das nächste Mal gehört Ihr Pagat mir. Wetten?" Aber er war ein bißchen verlegen. Er hätte sich gern einen besseren Abgang gewünscht. Es verdroß ihn, daß ihm keiner einfiel.

Als er fort war, sagte der Bezirksrichter: „Der g'fallt ma ganz gut. Mit dem geht's schon. Der tut uns nix."

Der Bergrat sagte: „Ein feiner und gebildeter Mann, von Lebensart und Takt! Und gar nichts von dem Hochmut, in dem sich diese Herrn so gern gefallen! Nun, der wird es hier nicht leicht haben."

Die Bergrätin sagte: „Warum muß er denn aber so kurze Hosen haben? Wie ein Student! Der Bezirkshauptmann soll doch repräsentieren."

Der Verwalter sagte: „Natürlich, wenn er sich an unsern Tisch setzt, werden wir keinen Respekt vor ihm haben. Wer sich unter die Kleinen mischt!"

Die Frau Verwalterin sagte: „Ich find ihn bildschön."

Die Wirtin sagte: „Jedenfalls war das sehr lieb von ihm, daß er gleich nach dem Stelzhamer gefragt hat. Und er hat so was Treuherziges in den Augen."

Der Wirt sagte: „Bafo, bafissimo."

Der Apotheker sagte: „Abwarten, abwarten, abwarten! Mit den großen Herrn ist nicht gut Kirschen essen. Und je freundlicher einer tut, desto verdächtiger ist's. Was will er denn eigentlich von uns? Zu seinem Vergnügen setzt sich der nicht an unsern Tisch. Ich glaub's halt nicht, ich glaub's nicht, ich glaub's nicht. Oder er braucht uns. Kann ja sein, daß er oben nicht besonders angeschrieben ist; da wär dann den großen Herrn immer der kleine Mann recht, der soll dann helfen, dazu wären wir ihnen gut. Ich sag halt abwarten, abwarten, abwarten! Oder er hat vielleicht gar auf eine von unseren Damen ein Auge geworfen. Kann man alles nicht wissen. Er hat im Blick etwas von einem Wüstling. Abwarten, abwarten, abwarten."

Die Apothekerin sagte: „Aber Flori."

„No und was sagen denn Sie eigentlich, Fräul'n Theres? Wie g'fallt er Ihnen denn?" fragte der fesche Doktor Lackner, indem er seinem Foxl eine Serviette umband und behutsam für ihn auf einer kleinen Waage Fleisch und Gemüse abzuwägen begann. Der Foxl mußte jeden Tag die schwere Prüfung bestehen, während rings gegessen wurde, regungslos unter dem Sessel des Adjunkten zu liegen, ohne sich zu mucksen, allen Lockungen taub. Nur, wenn es sehr arg wurde, leise seufzen hörte man ihn manchmal. Dann aber zog der Doktor Lackner plötzlich die Uhr und sagte: „Halb elf." Kaum vernahm er dies, so sprang der Hund auf den Stuhl neben seinen Herrn; der band ihm eine Serviette um, wobei er niemals unterließ, dem Foxl einzuschärfen, er sei da, Kultur in das verflixte Nest zu bringen, und dann wählte der Herr für den Hund ein weiches, weißes Fleisch und ein leichtes Gemüse aus und wog es ihm genau zu, weil der Foxl die Gärtnerkur gebrauchte, um sich seinen adeligen Wuchs zu bewahren. Dies bereitete der Bergrätin Schmerz. Mit der Serviette hatte sie sich schließlich ausgesöhnt, die Kur aber fand sie übertrieben, und sie versäumte niemals den Bergrat leise zu fragen: „Muß er denn aber für den Hund die Waage haben?"

„Mir?" antwortete Fräulein Theres. „No, ich weiß nicht, ich find, mir g'fallt er eigentlich ganz gut! Und wissen's, was mir aufgefallen is? Komisch ist das!" Sie lachte lustig.

Der Adjunkt schob unter dem Tisch seinen Fuß an ihren und fragte leise: „No was denn, Reserl? Was is dir denn aufg'fall'n?"

111

„Pscht", sagte Fräulein Theres und trat ihm auf den Fuß. Dann lachte sie wieder und fuhr fort: „Es ist nämlich, find ich, eine ganz merkwürdige Ähnlichkeit zwischen euch, zwischen Ihnen und ihm."

Der Doktor Lackner verzog den Mund. Dann sagte er: „Eine gewisse Ähnlichkeit wird ja schon sein. Zwischen allen schönen Männern ist eine Ähnlichkeit. Und dann hab ich den Schnurrbart englisch gestutzt, no und das machen's uns ja jetzt alle nach, denn da muß ich schon bitten, Fräul'n Theres, ich war in Wien und an der Universität der erste, der sich englisch gestutzt hat; das ist historisch, das kann ich nachweisen, daß ich das eing'führt hab, es ist eh das einzige, was ich eing'führt hab. Und jetzt glaubt ein jeder, er darf das auch. Aber, Fräul'n Theres, ich möcht mich schon lieber an das Original halten."

„Ich mein's gar nicht so sehr äußerlich", sagte Fräulein Theres. „Mein Gott, da schaut doch heute überhaupt einer wie der andre aus, als ob unser Herrgott schon gar nicht mehr die Zeit hätt, für einen extra Maß zu nehmen. Nein, aber irgendwas im Wesen is es. Wenn er glaubt, er muß unwiderstehlich sein; ganz das gewisse Schnofeln durch die Nasen wie Sie, und überhaupt, wie er bald im Dialekt und dann auf einmal wieder gebüldet redt't, mit dem gewissen G'schau, als ob die hochdeutsche Sprache für ihn reserviert wär, aber ganz wie Sie! Nur daß er ja natürlich viel sympathischer ist, und dann vor allem doch ein ernster Mensch! Wie wohl einem das tut!"

„Also, Fräulein Theres!" sagte der Adjunkt mit dem Finger drohend. „Das wär eine große Schand! Da nehmen Sie sich in acht! Das wär eine Schand für die ganze Justiz! Wenn man einmal so lange bei der Justiz ausgehalten hat wie Sie, Fräulein Theres, dann bleibt man schon dabei." Der Adjunkt wußte, daß er nicht ihr erster Adjunkt war. Das hatte sich mit den Jahren so eingebürgert. Mit dem Tisch im Bureau übernahm ein neuer Adjunkt auch die Tochter des Bezirksrichters. Es fing stets damit an, daß sie zusammen vierhändig spielten. Daher hatte dieses Wort für Fräulein Theres allmählich einen eigenen Sinn bekommen.

„Werden's nicht frech, ja? Das verbitt ich mir", sagte Fräulein Theres kampfbereit, aber mit vergnügten Augen.

„Ja, Sie unterschätzen mich schon seit einiger Zeit, Fräulein Theres!" sagte der Adjunkt. „Wir müssen nächstens wieder einmal ordentlich vierhändig spielen."

„Sei doch stad", sagte Fräulein Theres leise und stieß ihn lachend an. „Der Apotheker grinst schon."

„Nein, nein", sagte der Adjunkt, den Ton wechselnd. „An die Ähnlichkeit glaub ich nicht. Ja, wenn mein Großvater nicht so vernünftig gewesen wär, die Apollokerzen zu erfinden, dann vielleicht. Aber das ist der große Unterschied: ich weiß, daß wir die Apollokerzen haben, da kann ich jedem heimleuchten, der mir nicht paßt. Er aber nicht. Mir ist es schon lieber, ich bin ich. Sie hätten ihn nur sehn sollen, wie er da draußen vor der Tür gestanden ist, als möcht er sich gar nicht hereintraun. Ein wahres Glück für ihn, daß ich gekommen bin. Wir kennen uns ja aus dem Komitee vom Juristenball. No, ganz flüchtig nur! Er war aber sehr froh, und wie wir den Foxl abgeholt haben, hat er mir sein ganzes Herz ausgeschüttet. Mir tun solche Menschen eigentlich leid. Nein, nein, Fräul'n Theres, mir ist schon lieber, ich bin ich."

Als es von der kleinen Kirche zwölf schlug, sprang der Postverwalter Leopold Wiesinger auf und sagte: „Na also! Da hätten wir's ja wieder einmal überstanden! Eine schöne gute Nacht allerseits!"

„Möchst net wenigstens warten, bis mir wer die Jack'n anzieh'n hilft?" sagte Frau Gerty Wiesinger.

„Nach so einem anregenden Abend kehrt der

Mensch getrost zu seiner Pflicht zurück", sagte der Bergrat.

„Ja, es war sehr schön", sagte die Bergrätin. „Nur ein bißl rauchig. Müssen denn die Herrn in einem fort rauchen?"

Der Apotheker sagte:

„Weil sich doch am End
Jeder Mann ins Betterl sehnt,
Der ein Weib sein eigen nennt."

Die Apothekerin sagte: „Aber Flori."

Und der Apotheker sagte noch: „Die Frau Wirtin ist auch froh, zur Ruh zu kommen."

Die Wirtin sagte: „Das dauert schon noch eine Weil, Herr Jautz! Da geistert man schon immer noch eine gute Stund herum, bis Ordnung wird im Haus. Und um fünf in der Früh heißt's wieder heraus."

„Und wer bringt denn mich z' Haus?" fragte Fräulein Theres.

„Öha, öha, Sö bleib'n da!" sagte der Bezirksrichter, den Adjunkten am Rock haltend. „Kennst vielleicht den Weg nöt? Oder fürcht'st, daß dir wer was tut? Is ein jeder froh, wanst ihm du nix tuast!" Und er bat den Adjunkten, weinerlich: „Bleiben's noch ein bißl da, Lackner! Wir trinken noch eins. Lassen's mich nöt allein, Lackner!" Seine trüben Augen verschwammen, seine Stimme war voll Furcht.

Als alle fort waren, sagte der Adjunkt: „Nur, Herr Bezirksrichter, es kommt mir dann nur immer das Aufstehen so schwer an, und da kann's leicht geschehn, daß ich mich wieder verschlaf."

„Werden's Ihnen verschlafen!" sagte der Bezirksrichter. „Da pfeif ich drauf!" Und er nahm ihn am Knopf und flehte: „Aber Lackner, Lackner, lassen's mi nöt allein! Ich muß einen Menschen bei mir haben, wenn ich das Melanchölische krieg!" Er trank aus und schrie: „Fixsakra! Das is ein Jammer, wann ich das Melanchölische krieg! Um und um verlaust fühlt man sich, wanns anfangt. Fixsakra! Kath'l a Bier!"

„Wär Ihnen auch besser," sagte der Adjunkt, „Sie gingen z' Haus!"

„Nöt z' Haus, nöt z' Haus!" wimmerte der Bezirksrichter. „Bevor i nöt mei Bettschwer'n hab, kann i nöt z' Haus! Und was soll i denn z' Haus? Was hab' i denn z' Haus?" Es stieß ihn auf, er rülpste. Er schien nachzudenken, dann schüttelte er den Kopf und sagte: „Nix hab i. Nix hab i. Im Wirtshaus geht's ma no am besten." Dann riß er sich heraus, schlug auf den Tisch und lachte. „Nur kane Traurigkeit net! Dös is an Unsinn!" Er legte die Hand auf die Schulter des Adjunkten. „Nutzt aber nix, wann ma sich's hundertmal sagt! Nutzt all's nix! Der Mensch is a hundsdummer Kerl." Er rüttelte den Adjunkten. „Lackner, Lackner!" Und er wiederholte leise: „Lackner, Lackner!" Dann versank er. Plötzlich trank er gierig. „Ja, wann mir mei Frau nöt g'storb'n wär! Was hat mir denn mei Frau sterben müssen? Und die Bergrätin, der Schrag'n, wird hundert Jahr alt! Lackner, Lackner!" Und weinend sagte er: „Es könnt alles anders sein! Denn das war noch a rechtschaffenes Weib, von der alten Art; jetzt gibts ja das gar nöt mehr! Aber da waht ihr der Wind in'n Hals und aus war's, über ja und nein; sie is halt so viel zart g'wesn! Drei Jahr war die Theres erst, das arme Madl! Hat ka Mutter und — kan Vater hat's a nöt. Bin denn i a Vater? A Dreck bin i!" Und plötzlich zornig, fiel er den Adjunkten an. „Lackner, Lackner, da kenn i kan G'spaße! Wann i amal d'rauf käm, Lackner, daß's am End' —" Er schüttelte den Adjunkten und lallte drohend: „Fixsakra! Lackner, Lackner!"

„Was denn, Herr Bezirksrichter," fragte der Adjunkt. „Was is denn?"

„Nix is", sagte der Bezirksrichter. „San ma froh, daß nix is. Bleiben's nur da! Lassen's mi nur nöt allein! I muaß an Menschen bei mir haben, damit i 's Melanchölische nöt krieg! Lachen's nur! Was wissen denn Sie? Mistig is s' Leben, mistig! Und nutzt nix, daß mas woaß, nutzt nix, daß ma sich schamt, nutzt alles nix, mistig bleibts. Aber was wissen denn Sie? Mit an reichen Vater und mit an Hofrat zum Onkel wie Sie! Da kannst Trompeten blasen! Oder der Latsch, der Furnian, der Herr Baron! Was wißt's denn ös, wie s' Leben ist! Aber ka Geld haben und ka Baron sein, da probiers! Da hast bald die Nasen voll! Mistig is's, mistig!"

„No ja", sagte der Adjunkt. „Muß man halt schau'n, daß man a Geld hat oder a Baron is."

„Ja, muß man schau'n", sagte der Bezirksrichter. „Sonst is's mistig. Lackner, Lackner, mistig!"

Viertes Kapitel.

Klemens wunderte sich, wie die Zeit verging. Nun war er bald drei Wochen hier. Aber die Tage flossen ineinander, einer glich dem anderen, nichts geschah. Er hätte, wenn er sich abends schlafen legte, niemals sagen können, was denn eigentlich heute gewesen war. Die Wiesen wuchsen, das Korn schwoll, der Fluß wurde klein und still. Schon rüstete sich der Ort für die Fremden; überall wurde noch in Eile gemauert, gestrichen, gehämmert, es roch nach Farben. Und Klemens ging spazieren. Ihn verlangte sehr, sich auszuzeichnen. Döltsch, der ihn ja doch unterschätzte, sollte schon sehen! Ihn verlangte sehr nach einer Tat. Aber das hatte ja Zeit. Jetzt war das Wetter zu schön. Auch fehlte noch jede Gelegenheit. Das läßt sich ja nicht erzwingen. Sein Plan stand fest: den „Kontakt mit der Bevölkerung", Einsicht in ihre Bedürfnisse und dadurch ihr Vertrauen zu gewinnen, um so das Notwendige verstehen, das Nützliche verfügen zu können und den Leuten unentbehrlich zu werden, was immer noch das beste Mittel ist, sie zu beherrschen. Er wollte nicht bloß ein Kommissär für „gute" Wahlen sein, ein Agent der Regierung, der die Stimmen für sie fängt oder, wenn es sein muß, auch wohl einmal fälscht. Der Bezirksrichter Öhacker sollte schon sehen, daß die Verwaltung doch noch einen tieferen Sinn, doch noch ein größeres Feld hat, als richterlicher Hochmut in seiner Enge wohl begreifen kann. Er wollte das dem Bezirksrichter schon zeigen! Nur ging das freilich nicht mit einem Satz, er durfte nichts überstürzen, er mußte sich erst „informieren". Und es war noch Zeit genug, wenn er im Herbst begann. Jetzt waren die Wiesen von lärmenden Farben laut, das Korn wurde schwer, die Berge standen leuchtend, er hatte solche Lust noch nie gesehen, dies alles war für ihn zum erstenmal, er ging in Staunen. Und manchmal, wenn er dort auf der Bank unterm Walde saß oder, heimkehrend, zu den paar weißen Häusern im Winkel dort sah, sagte er ganz verwundert vor sich hin: „Das also ist der Sommer!" Jetzt wußte er es erst. Nun klang ihm das alte Wort ganz neu. „Das also ist der Sommer!" Und er war von seligem Staunen und tiefer Dankbarkeit voll. Und er sagte sich: Regieren kann man auch im Herbst noch, gerade so gut, aber der Sommer vergeht! Es traf ihn seltsam, dies zu denken: der Sommer vergeht! Dann werden die Wiesen auf großen Wagen eingeführt, das Korn liegt gebunden, die Bäume senken sich in Früchten, und dann kommt ein Tag, da ist das Laub vergilbt, und dann kommt ein Tag, da hat es ausgeglüht, und die Erde wird leer sein; davon war er gequält, er hätte gern den Sommer in die Hand genommen, um ihn festzuhalten, er hatte solche Angst, dies alles zu versäumen. Es war doch sein erster Sommer! Daheim in sein einsames Zimmer, dann in die kahle Schule, dann ins Amt eingesperrt, was konnte er da je vom Sommer wissen? Es war ein Name, man sagte Frühling, Sommer, Herbst und Winter, wie man Montag, Dienstag, Mittwoch sagt. Jetzt zum erstenmal wurde ihm wirklich Sommer, und er sah und hörte und fühlte jetzt zum erstenmal, was der Sommer ist. Und er hätte weinen mögen, so schön war das. Manchmal aber wurde ihm dann plötzlich sehr bang, denn es fiel ihm ein, daß es vielleicht auch sein letzter Sommer war. Wer weiß? Vielleicht ruft ihn Döltsch in ein paar Monaten wieder zurück. Dann wird er wieder in der alten lieben Herrngasse sitzen, wo Frühling, Sommer, Herbst und Winter gleich sind, und man merkt es kaum, wie sie kommen und gehen. Vielleicht ist es jetzt zum ersten und zum letzten Mal, da darf er nichts versäumen, damit es ihm fürs ganze Leben bleibt. Er hatte manchmal solche Angst, es könnte plötzlich wieder vorbeisein, und fort und in die blaue Luft verweht und ausgelöscht, er aber sitzt dann da und hat die Hände leer und es bleibt ihm nichts. Dies ängstigte ihn sehr, es trieb ihn auf, es ließ ihn nicht ruhen, denn er wünschte sich so, vom Sommer was zu behalten, woran er sich immer wieder wärmen könnte, später einmal.

Er gestand sich freilich ein, daß es nicht bloß der Sommer war, der ihn aus dem Amt trieb. Er hatte sich in den ersten Tagen vorgenommen, gleich mit der Arbeit anzufangen. Man sollte im Ort wissen, daß da nun einer da war, an den man sich halten konnte. Und den beiden jungen Herrln von der Bezirkshauptmannschaft, dem böhmischen Grafen und dem kleinen frechen Bierbaron, wollte er zeigen, daß jetzt eine neue Zeit begann. Döltsch hatte ihm gesagt: „Ihr glaubt immer mein Mund zu sein, durch den ich zu den Leuten reden will. Das ist ein Irrtum. Denn erstens habe ich ihnen gar nichts zu sagen, ich bin kein Prophet, ich will keine Wahrheiten verkündigen, sondern bin froh, wenn ich sie für mich behalten kann. Und zweitens: wenn ich schon einmal das Bedürfnis hätte, mich in ein Gespräch mit dem Volk einzulassen, würde ich das lieber selbst besorgen. Es kommt mir aber gar nicht darauf an, daß die Leute wissen, was ich will, als vielmehr, daß ich weiß, was die Leute wollen. Aus Petitionen, Reden und Artikeln erfährt man das nicht. Man erfährt nie durch Worte, was ein Mensch eigentlich will. Man muß ihn Aug in Aug haben, dann zeigt es sich. Ich höre den Menschen nie zu, ich sehe sie mir an, dann weiß ich es. Da ich nun aber nicht zu allen Leuten kommen kann, müssen sie zu mir kommen, nämlich durch euch. Das wäre der Sinn der Verwaltung, wenn wir eine Verwaltung hätten und wenn sie einen Sinn hätte. Ich beneide die Franzosen um ihre Präfekten. Der Präfekt ist ein Rohr, durch das die Stimmung aller Klassen aus allen Provinzen an die Regierung in Paris geleitet wird. So kann sie Aug in Aug mit dem Lande regieren. Wir nicht, denn wir sitzen im Dunkeln. Wir erfahren nichts von Österreich. Wie denn auch? Von wem denn? Von den Abgeordneten? Nein, denn den Gewählten ist bei uns das Talent eigen, keine Ahnung zu haben, was die Wähler wollen, sondern sie machen untereinander in ihren Konventikeln ein Österreich ab, das ihnen paßt, aber leider oder Gott sei Dank nirgends existiert. Durch Reisen? Ein reisender Minister erfährt, daß die Bürgermeister schlecht gemachte Fräcke, die Mädchen weiße Kleider haben und die meisten Leute gern Orden hätten. Durch meine Beamten! Diese glauben, sie müssen den Minister spielen, was ganz unnötig ist, weil ich das allein kann, und besser. Ich brauche auch keine Evangelisten, die dem Lande meine Botschaft bringen, noch Höflinge, die mir erzählen, wie verehrt und geliebt ich überall bin. Ich würde Korrespondenten brauchen, die mich wissen lassen, wie's bei den Leuten aussieht. Dann könnte ich beurteilen, was man ihnen zumuten darf und wie sie sich am besten betrügen lassen und wo die Grenze ist. Augen und Ohren brauche ich im Lande, keinen Mund. Es wird aber nichts nützen, daß ich Ihnen das sage, denn ihr seid unfähig zu bemerken, was ihr seht und hört." Furnian schwor sich zu, dem Wink des Ministers zu dienen. Er verstand, was Döltsch wollte, und es hatte für ihn einen großen Reiz, sich auszumalen, wie er den Leuten ihren verborgenen Sinn und Wunsch abhorchen und abfragen und gleichsam abklopfen würde. Gleich am ersten Tag begann er. Wer immer irgendeine Angelegenheit vorzubringen hatte, jeden hätte er in ein Gespräch verlocken wollen, aus dem sich seine Sorgen, seine Hoffnungen, seine Wünsche ergeben mußten. Doch zeigte sich, daß dies schwerer war, als er es sich vorgestellt hatte. Die Bürger, die kamen, schwätzten von ihrer Ergebenheit, jammerten von ihrem Elend vor und sagten nach, was in allen Zeitungen stand; auch wurde er das Gefühl nicht los, daß sie sich insgeheim doch über ihn nur lustig zu machen schienen. Die Bauern aber standen tückisch schweigsam, die harten Lippen zugepreßt, mit gesenkten Augen, und indem er mit ihnen sprach, von der Wirtschaft und ihrem häuslichen Leben begann und sie bewegen wollte, sich einmal recht das Herz zu erleichtern, rollten sie sich völlig ein, die Schultern wurden noch breiter, die Rücken stiegen über den Hals herauf, sie bohrten den Kopf vor, wie Stiere tun, und er fühlte, daß er ihnen, je herzlicher er war, nur immer noch desto verdächtiger wurde. Auch war ihm schwer, das mühsame und künstliche Deutsch zu verstehen, mit dem sie sich quälten, und so sehr er sich bemühte, ihren Dialekt zu treffen, schienen sie dies mehr mit einem argwöhnischen Erstaunen als mit freudigem Zutrauen zu gewahren. Er wußte doch, wie man interviewt; er hatte den Reportern ihr Handwerk abgelauscht. Und er konnte nicht begreifen, warum es hier nicht verfing. Aber die Bürger sagten auf alle Fragen bloß: „Ja mein Gott, schlecht steht's halt, Herr Bezirkshauptmann, schlecht steht's halt, Herr Bezirkshauptmann, auf uns wird ganz vergessen, wir sind der Niemand, Herr

Bezirkshauptmann!" Und die Bauern sagten auf alle Fragen bloß: „Den Bauern müßt ma besser ehr'n, der Bauernstand is der Nährstand; der war wichtiger als die Jud'n." Und was immer er, um nur einmal irgendeine Meinung ausgesprochen zu hören, ihnen vorschlagen mochte, es hieß bei den Bürgern immer wieder: „Mein Gott, wer kümmert sich denn heut noch um den armen Bürgersmann?" Und bei den Bauern hieß es immer wieder: „Dös kann ma net sag'n, dös müßt sich erst weis'n." Und es war ihm unerträglich, überall auf Argwohn und dumpfen Haß und ein schadenfrohes Schweigen zu stoßen. Je freundlicher er um sie warb, desto fester schlossen sie sich zu. Ihm wurde ganz kalt, er wurde verlegen, er fand keine Worte mehr. Nun riß ihm die Geduld, er stand auf und entließ den verstockten Gast; da blinzelte der ihn pfiffig an, wie einer der sich freut, klüger gewesen zu sein, und er blieb ganz beschämt zurück. Was dachten denn diese Menschen eigentlich? Was wollten sie denn? Er meinte es mit ihnen doch gut. Warum trauten sie ihm nicht? Sie mußten doch spüren, daß er anders mit ihnen war als der hochmütige böhmische Graf und der spöttische kleine Bierbaron. Fast aber schienen ihnen diese lieber zu sein. Er begriff es nicht.

Der Doktor Lackner, bei dem er sich darüber beklagte, lachte ihn aus. „Mein lieber Freund, damit werden Sie hier nix aufstecken. Da muß man die Leut hier nur kennen. Die Behörde ist einmal der Feind, und wenn die Behörde gar noch freundlich tut, ist es eine Falschheit von ihr, und man hat erst recht eine Wut auf sie. Sei'ns grob mit den Leuten, brüllen Sie's an wie der Öhacker, stecken's ihnen die Faust in's Gesicht, dann haben sie das Gefühl, daß man wenigstens aufrichtig mit ihnen ist. Die Behörde ist einmal da, helfen kann man sich nicht, also läßt man sie sich gefallen und kuscht. Wenn aber die Behörde nicht schreit und schimpft, da kriegen's Angst. Da muß gar etwas Schreckliches vorgehen, anders können sie sich das nicht erklären. Wenn einer es mit den Leuten wirklich gut meint, müßte er sich vor allem hüten, sie es merken zu lassen. Sonst is es aus, glauben tun sie's ja doch nicht. Denn, seien wir nur gerecht: sie können's ja nicht glauben. Wie soll so ein armes Gehirn auf solche Extravaganzen gefaßt sein? Auf einmal bricht unter ein paar jungen Leuten der Sport aus, wenn's auf's Land geschickt werden, das Volk zu studieren. Mein lieber Freund, das is dem Volk unheimlich! Das Volk merkt nur, da geht plötzlich oben was vor. Und das Volk hat gelernt: Wenn oben was vorgeht, dann gehn's unten ein. Ich kann's ihm nicht verdenken, wenn es da rebellisch wird. Denn meistens hat es ja recht. Wer kann denn glauben, daß es besser wird? Da denkt man halt, daß es im alten Elend noch am besten ist; das ist man wenigstens gewohnt. Wie sich aber was ändert, erschrecken alle: jetzt is es ganz aus! Mein lieber Freund, die Väter und Großväter und Urgroßväter dieser Bauern und Bürger haben wir so lange geköpft, bis das Land wieder katholisch war. Also das war ihre erste Bekanntschaft mit der Behörde. Und jetzt nimmt ihnen die Behörde die Steuern ab, und wenn einer einmal auf einen Rehbock wildert und wird erwischt, packt ihn die Behörde und steckt ihn ins Loch. Lauter unangenehme Sachen. Und jeder ist darum froh, von der Behörde nur so wenig als möglich zu sehen und zu hören. Jetzt aber kommen Sie und wundern sich, daß man kein Vertrauen zu Ihnen hat. Wenn bei Ihnen wer eingebrochen ist, einmal, zehnmal, hundertmal, und plötzlich kommt der eines Tages und klopft schön artig an und macht ein freundliches Gesicht, ich glaub nicht, daß Sie eine große Freud und eine besondere Fiduz haben werden. Kommt, was ich ja auch nicht glaub, wirklich einmal die Zeit, wo die Behörde den Leuten helfen will, statt sie zu schinden, dann wird sie, wenn sie sich

122

so verwandelt hat, sich erst auch noch verkleiden müssen. Denn solange noch ein Mensch erkennt, daß es die Behörde ist, hilft ihr alles nichts, man traut ihr nicht. Wenn man ihr aber schon nicht traut, ist es noch das beste, man fürchtet sie. Mit der Furcht geht's immer noch. Aber keine Furcht und kein Vertrauen, da könnten die Herrschaften einmal recht ungemütlich werden. Das Experiment möchte ich Ihnen nicht raten. Und warum wollen Sie sich den schönen Sommer verderben?"

Furnian und Lackner gefielen einander. Lackner hatte eine Leichtigkeit, mit allen Dingen durch einen Spaß fertig zu werden, um die Furnian ihn beneidete. Und Furnian bewies einen Eifer, es dem neuen Freund nachzutun, der diesem schmeichelte. Furnian fand, sie wären beide dieselbe Natur, die nur, an ihm selbst durch jene Widrigkeiten seiner Kindheit zurückgehalten, erst an dem glücklicheren Lackner ungehemmt erschienen sei. Lackner bestritt dies, indem er die Ähnlichkeit auf ihre gemeinsame Neigung einschränkte, Loden zu tragen, die Leute zu frozzeln und lieber spazieren als ins Bureau zu gehen, übrigens aber den größten Unterschied zwischen ihnen fand, weil doch Furnian um alles so bekümmert sei, während ihm selbst schließlich alles recht war, solange es ihm nur zehn Schritte vom Leibe blieb. Dagegen sagte Furnian nichts, dachte sich aber, bei dem Reichtum Lackners könne es nicht so schwer sein, sich mit der Welt einzuverstehen, weil man dann ja keine Angst um die Zukunft zu haben brauche; doch wollte er dies dem Freunde nicht verraten und ließ sich lieber für einen Weltverbesserer halten. Dabei nahm er täglich mehr von der Art Lackners an, es schien ihm die seine zu sein, zu der er nur bisher selbst noch nicht den rechten Mut gehabt hätte. Mut machte ihm Lackner, deshalb gewann er ihn so lieb. Während nämlich Klemens schon als Kind, aber auch jetzt noch Anfälle hatte, in welchen er sich

123

neben den anderen schwach und verzagt und unbegabt vorkam, behauptete Lackner immer, alle Menschen wären eigentlich durchaus gleich viel wert, wenn auch auf verschiedene Art, nur ließen manche sich bange machen, und dies benützten dann die anderen, um ihnen vorzukommen; keiner hätte je seinen Erfolg Vorzügen, keiner ein Mißgeschick Mängeln zuzuschreiben, sondern die Frage wäre nur, wer frecher ist; die Welt gehört dem Frechsten, und wer auch nur, selbst ohne wirklich frech zu sein, wenigstens versteht, es zu scheinen, hat überall das Spiel schon gewonnen. Darum hielt es ja Lackner für so falsch, daß sich Furnian um die Sorgen der Leute bemühte. Die Achtung der Menschen wächst mit der Verachtung, die man ihnen zeigt. Der Mensch hält Güte für ein Zeichen von Schwäche; wer ihm die Hand reicht, scheint etwas von ihm zu brauchen, wer etwas von ihm braucht, macht sich mit ihm gemein, er hält ihn für seinesgleichen, und damit hat man bei den Menschen schon ausgespielt. Wenn irgendwo, sagte Lackner immer, steht: Verbotener Weg, unterlasse ich es nie, den verbotenen Weg zu gehen; daraus schließen die Leute: Das ist einer, der darf, was anderen verboten ist; und haben sie sich einmal angewöhnt, einem das zu glauben, so ist man geborgen, denn jeder gilt genau so viel, als er sich vor den anderen herausnimmt; wir machen es hier im kleinen, Napoleon hat es im großen gemacht, das ist der ganze Unterschied! Furnian hörte solchen Reden gierig zu, er hatte das Gefühl, daß sie ihn kräftigten. Er wunderte sich nur, daß Lackner Spaß an so winzigen Frechheiten in diesem engen Kreise fand. Da wäre er schon lieber einmal im großen einen verbotenen Weg gegangen. Mit solchen Gedanken spielte er gern, und es war ihm eine geheime Lust, sich irgendein verwegenes Abenteuer auszumalen, in welchem er den Leuten seine Kraft und seinen Mut beweisen könnte, den Leuten und

124

auch sich selbst. Einstweilen aber war der Sommer zu schön; es war zu schön, im lauen Wind an goldenen Ähren und summenden Wiesen mit wogenden Erwartungen zu gehen oder dann im Wald zu liegen, das Moos zu fühlen und den seltsam verworrenen Lärm in den rufenden Wipfeln zu hören. Selten kam der Doktor Lackner mit. Er fand die Natur ungemütlich. Sie reizte ihn nur als Hindernis. Alle vierzehn Tage nahm er einmal irgendeinen schwierigen Berg, um ihn nur erledigt und dann, wenn er wieder auf der Promenade vor dem Café saß und den einsamen Gipfel sah, das angenehme Gefühl zu haben, daß er sich nicht von ihm imponieren ließ. Auf Wiesen lungern und durch Wälder streifen aber, fand er, kann ein jeder, und man wird höchstens lyrisch angeweht, was dem Menschen niemals gut tut. Doch gern fuhr er mit Furnian und der Theres auf dem Rad zum See, wo sie schwammen oder im Kahn ins Schilf drangen, um Seerosen zu fischen. Nichts aber liebte Klemens mehr, als manchmal gegen Abend ganz allein zu jenen weißen Häusern im Winkel an der Halde zu gehen. Die Halde hieß die Lucken, und davon wurde der Ort der weißen Häuser In der Lucken genannt. Klemens wußte selbst nicht, was ihn immer wieder dahin zog. Ein paar ärmliche weiße Häuser mit kleinen engen Fenstern, Hennen gackerten herum, der Misthaufen dampfte. Nur der Pfarrer hatte ein freundliches Gehöft, niedrig, aber sehr breit, Pelargonien und Nelken in den Fenstern, und im Hof einen wunderschönen Pfau, auf den er sehr stolz war. Der Pfarrer war ein wunderlicher alter Herr, der sehr zornig wurde, wenn man mit ihm reden wollte. Die Leute hatten sich daran gewöhnt und ließen ihn. Er las in der Früh seine Messe, das ging bei ihm sehr schnell. Dann aber saß er den ganzen Tag im Freien, vormittags hinter dem Hause, nachmittags vor dem Hause, und ließ sich von der Sonne anscheinen. Und manchmal eine Taufe und manchmal eine Leiche, er machte es kurz ab. Das war sein Leben. Furnian sprach ihn einmal an, da sagte er mürrisch: „Mir ist versprochen worden, daß man sich nicht mehr um mich kümmern wird. Meine Ruh will ich haben." Und wenn er nun von weitem Furnian kommen sah, stand er seitdem immer gleich auf und ging ins Haus, hinter dem Tor wartend, bis der Eindringling vorüber war. Spähend kam er dann langsam wieder zurück, stand noch mißtrauisch eine Zeit und sah dem lästigen Wanderer nach. Dann saß er wieder auf der Bank, ließ die Sonne scheinen und regte sich nicht; nur der zahnlose Mund wurde von der alten Gewohnheit des Betens bewegt. „Er ist nicht mehr recht beisammen", sagte seine Köchin zu Furnian. „Wann man ihm aber nur seine Eigenheiten läßt, is's der beste Mensch. Ich hab's noch in meinem Leben nirgends so gut gehabt." Und allmählich faßte sie Vertrauen zu Furnian und verriet ihm, daß der alte Pfarrer hier „in der Straf" sei; aber kein Mensch wisse, warum und wofür; auch könne ihm hier niemand das Geringste nachsagen, als höchstens, daß alles bei ihm gar so geschwind geht, er hat halt gar keine Geduld, aber den Leuten ist es recht, sie möchten keinen andern, und so geht's ja niemanden was an. Furnian wurde neugierig. Er hätte gern mehr über den Sonderling gehört. Aber niemand wußte was. Der saß nun bald an die fünfzig Jahre in der Lucken oben. Dunkel erinnerte man sich, daß es hieß, er sei als junger Kaplan durch allerhand Schwärmereien, wie solche noch von der Sekte der Pöschlianer her im Lande lagen, und eine ausschweifende Frömmigkeit fast der Ketzerei verdächtig worden und, nach Linz vor den Bischof Rudiger geführt, unbotmäßig gegen diesen strengen Fürsten gewesen, bis er endlich, von schrecklichen Drohungen bedrängt, sich doch zur rechten Zeit noch besann, sein verruchtes Treiben verschwor und es zur Buße auf sich nahm, nach der Lucken verbannt

126

zu sein. Aber das war nun lange her, und seitdem hörte man von ihm nichts mehr und fragte nach ihm nicht mehr; die Leute dort schienen ja ganz zufrieden mit ihm zu sein. Nur wenn die Gemeinde manchmal an ihn was zu bestellen hatte oder eine Auskunft aus dem Kirchenbuch wollte, geriet der wunderliche Greis in Zorn, dem Bischof habe er sich gefügt, sonst aber niemandem auf der Welt, und man hatte Mühe, dem Unwilligen, der gleich den Stock gegen den Boten hob, klar zu machen, daß er denselben Gehorsam wie seinem Bischof auch dem Kaiser und deshalb auch dem Bürgermeister schuldig sei, der, ließ er ihm sagen, hier genau so den Kaiser vertritt wie der Pfarrer den lieben Gott. Darüber war er vor Jahren einmal so wütend geworden, daß er eine Woche im Bett liegenblieb und sich durchaus weigerte, sein Amt zu versehen, da dieses jetzt auf einmal ein kaiserliches geworden sei, also sollten sie sich lieber auch die Messe vom Bürgermeister lesen lassen; bis sie zu diesem schickten und ihn baten, doch ihren Pfarrer in Frieden zu lassen, der es nun einmal nicht leiden möge, gestört zu werden, sonst aber doch ein wackerer und hilfreicher Mann sei, wie sie sich einen besseren gar nicht wünschen könnten, was ihnen denn auch, um keinen Verdruß mit den gutmütigen, aber jähen Leuten zu haben, schließlich versprochen wurde. Seitdem hatte der Alte Ruhe, saß auf seiner Bank und wärmte sich, nur in einem fort die Lippen leise bewegend: daneben schritt der Pfau. Und Furnian fand, daß der lautlos sein Gebet kauende Greis mit dem abgemagerten welken Hals gut zu den paar armen weißen Häusern an der Halde paßte, der Welt der Menschen entrückt wie sie, dem Himmel nah wie dort die kahlen Felsen. Und er hätte den Alten bisweilen fast beneiden mögen.

Ging er dann in der Dämmerung nach dem Ort zurück, so sprach er auf dem Heimweg meistens noch in der Meierei vor, um der Hofrätin und dem Domherrn guten Abend zu sagen. Er ärgerte sich eigentlich, daß er das nicht lassen konnte. Denn nach seinem ersten Besuch war er fest entschlossen gewesen, sich dort recht selten zu machen. Irgend etwas warnte ihn, mit diesen Menschen intim zu werden. Er wußte selbst keinen Grund dafür, aber es war ein sehr starkes Gefühl. Jedesmal, wenn er die Meierei verließ, nahm er sich vor, nun nicht so bald wieder zu kommen. Obwohl er sich über nichts zu beklagen hatte, die sehr vergnügte alte Hofrätin von der größten Herzlichkeit mit ihm, der Domherr ein angenehmer Erzähler merkwürdiger Begebenheiten, ein witziger Partner in halb philosophischen, halb politischen Gesprächen war und die lange, blasse, hagere Vikerl, das „Kind der Sünde", dem Cousin, wie er im Hause hieß, manches Zeichen schwesterlicher Neigung gab. Vielleicht war es gerade dies, was ihn bedenklich und fast ein bißchen verlegen machte. Vielleicht war es das Mädchen, dem er lieber ausgewichen wäre. Er fand aber auch dazu doch eigentlich gar keinen rechten Grund. Sie war freilich ein seltsames Geschöpf, mit dem man sich nicht so bald zurecht fand. Das erstemal, von der Großmutter ins Zimmer gerufen, um mit dem Cousin bekannt zu werden, hatte sie, als Furnian ihre Hand nahm, heftig aufgeschrien und ausgeschlagen, war weinend fortgerannt und ließ sich, auf dem Heuboden versteckt, die ganze Zeit nicht mehr sehen. Die Hofrätin entschuldigte das scheue Kind, das an einer krankhaften Furcht vor jeder Berührung leide und, plötzlich angefaßt, in einen Zustand sinnloser Aufregung gerate, die durch keine Güte zu beschwichtigen, durch keine Strenge zu bändigen sei. Der Onkel selbst, von dem sie sich sonst in allem beherrschen lasse, habe darin keine Macht über sie. Sie höre geduldig seinen Vorwürfen zu, sehe selbst das Sinnlose, ja Lächerliche ihres Betragens ein, dem sie mit ihren siebenundzwanzig

Jahren doch längst entwachsen, bereue heftig und klage sich an und gelobe Besserung, was aber alles nichts helfe und bei der nächsten Gelegenheit wieder vor maßloser Angst vergessen sei. Klemens hatte Mitleid mit dem Mädchen, das ihm sonst eigentlich ganz gut gefiel, und nachdem er den ersten Schrecken vor der ungemeinen Häßlichkeit des breiten verblasenen und zerfahrenen Gesichts überwunden hatte, in welchem die schwarzen Augen wie Kohlen staken, bekam ihr immer zwischen Entsetzen und einer geheimnisvollen Ausgelassenheit schwankendes Wesen allmählich fast einen gewissen Reiz für ihn, dem er sich nun aber doch lieber entzogen hätte. Er fürchtete ja überhaupt nichts mehr, als eingefangen zu werden. „Von allen Dummheiten, die Ihnen bevorstehen, hatte Döltsch ihm noch gesagt, „ist eine dumme Heirat die dümmste. Schieben Sie sie, solange es irgend geht, hinaus!" Er kannte ja auch so viele Beispiele, die warnten. Und er hatte gar keine Lust, die kaum gewonnene Freiheit wieder zu verlieren. Nein, nun endlich einmal sein eigener Herr sein und sein eigenes Leben nach seiner eigenen Meinung leben, so soll's bleiben, das will er sich bewahren! Und es war doch auch zum Lachen! Er war viel zu jung für das Mädl, und das Mädl war häßlich, das Mädl hatte kein Geld, das Mädl war noch dazu ein uneheliches Kind, und eigentlich fand er nichts an dem Mädl, wirklich gar nichts, als daß er eben ganz gern mit ihr plauschte, vielleicht auch nur, weil es ihn reizte, ihr Entsetzen vor jedem Manne zu besiegen und diesen merkwürdigen aus Scham und Haß vermischten Trotz zu zähmen, und daß sie schließlich immerhin etwas weniger blöd war, als die schnaufende Frau Jautz und die rogliche Frau Wiesinger. Und es fiel doch ihr sicher gar nicht ein, anders als allenfalls mit der Neugierde, die ein einsames Geschöpf auf dem Lande immer für einen eleganten jungen Menschen aus der Stadt hat, an ihn zu denken. Und schließlich wär's wirklich, daß sie sich in ihn verliebte, so war's ein Abenteuer, das man mitnehmen konnte. Es hatte keine Gefahr für ihn. Übrigens wünschte er es sich gar nicht. Jetzt kamen bald die Fremden, und da hatte er die Wahl. Ein Abenteuer mit irgendeiner sehnsüchtigen närrischen kleinen Wienerin, Wonnen, solange der Sommer dauert, Schmerzen, wenn der Herbst kommt, und dann noch im Winter ein paar wehmütige Briefe, und dann ist es aus und eine schöne Erinnerung bleibt. Oder allenfalls einen lustigen Zeitvertreib mit einer Hiesigen, wie der Lackner mit der Theres hat. Das wünschte er sich. Warum also sollte er nicht einstweilen, wenn er manchmal abends aus der Lucken kam, eine halbe Stunde in der Meierei bleiben, um der Hofrätin und dem Domherrn guten Abend zu sagen und zuzuhören, wie die Vikerl mit ihrer kleinen ängstlichen Stimme den Leiermann sang? Das hatte wirklich keine Gefahr. Dies war es wohl auch eigentlich gar nicht, was er fürchtete, sondern er hatte eher vor dem Domherrn Angst. Wofür er freilich nun auch wieder einen rechten Grund nicht angeben konnte. Döltsch hatte ihn immer vor den Pfaffen gewarnt. „Man muß ihnen gehorchen, das geht nun einmal nicht anders, denn sie sind hier die Mächtigen. Aber man muß sie wissen lassen, daß man ihnen ungern gehorcht, daß man sie nicht mag und daß man jede Gelegenheit ergreifen wird, sich von ihnen frei zu machen. Ein anderes Verhältnis ist nicht möglich. Wer sich ihnen offen widersetzt, dem drehen sie den Hals um. Wer sich ihnen völlig verschreibt, der hat für sie keinen Wert mehr. Nur wer ihnen gehorcht, aber mit einigem Zaudern und als ob er nicht abgeneigt sei, morgen den Gehorsam zu kündigen, mit dem rechnen sie. Und am besten verträgt man sich mit ihnen stets aus der Ferne. Ich mache lieber einen großen Umweg um den kleinsten Kaplan. Ihr bloßer Geruch steckt an, man kriegt's nicht mehr los." Daran dachte

Klemens jetzt oft. Aber der Domherr zog ihn immer wieder an, weil es ihn lockte, diesen undurchsichtigen Menschen zu erkennen, der ein Bauer schien, für einen Jesuiten galt und, während er geheimer Ränke bezichtigt wurde, das Behagen einer sorglosen ländlichen Existenz ungestört genoß. Auch war Klemens eigentlich verletzt, daß es der Pfaffe durchaus vermied, um ihn zu werben. Wenn er verglich, wie der alte Klauer, der doch immerhin noch einmal emportauchen konnte, fortwährend hinter ihm her war, mußte er sich wundern, mit welcher Gleichgültigkeit der Prälat die Gesinnungen des Bezirkshauptmannes liegen ließ, ohne sich im geringsten zu kümmern, wie sich der Neffe zur Kirche verhielt, oder gar seine Bekehrung zu versuchen. Absichtlich fing Klemens oft von Fragen an und sprach Meinungen aus, die den Geistlichen herausfordern mußten. Dieser aber gab kein Zeichen einer Verstimmung oder auch nur Verwunderung, sondern fragte höchstens: „Glauben Sie?" Und wenn sich Klemens manchmal zu ganz unmöglichen Verwegenheiten verstieg, lachte er und sagte: „Unser Herrgott hat mancherlei Kostgänger in seinem Haus." Und gleich fing die Hofrätin was Lustiges zu erzählen an oder die Vikerl sang, und Klemens war abgeschlagen. Auch hatten sie einen komischen Jungen bei sich, den Antonio, der immer, wenn ein Gespräch einmal anfing gefährlich zu werden, plötzlich seine Possen trieb, mit Kartenkünsten oder Gassenhauern. Er war in Neapel geboren und hatte den Domherrn bedient, als dieser nach Rom kam. Der nahm ihn in die Heimat mit, und jetzt trieb sich der flinke Junge, halb als Diener, halb als lustige Person, viel gescholten, sehr verwöhnt, klug, nichtsnutzig und wohlgemut überall in der Wirtschaft herum, wenn er nicht gerade mit drolligernster Miene bei der Hofrätin saß, die in ihrem dreiundsiebzigsten Jahre plötzlich noch Lust bekommen hatte, Italienisch zu lernen. Einmal fand Klemens abends die Vikerl allein, der Domherr war noch bei den Knechten im Stall. Klemens fragte nach der Hofrätin. Die Vikerl sah weg, stand auf und sagte: „Wir dürfen sie jetzt nicht stören. Die Großmama lernt. Mit dem Antonio." Leise sagte sie das, ihr Gesicht hatte rote Flecken, die schwarzen Augen flogen, sie lachte plötzlich grell und war fort, er hörte ihr knirschendes Lachen durch das Haus fahren. Seitdem sah sich Klemens den windigen Italiener erst näher an. Er konnte sich's aber von der Hofrätin nicht denken, die mit ihren weißen Ringellöckchen unter der Haube so was Liebes, so was Stilles, so was Ehrwürdiges hatte, das schönste Bild ausgesöhnten und abgeklärten Alters, das alle Leidenschaften verwunden, alle Kränkungen verschmerzt, alle Wünsche vergessen hat und fromm wartet. Auch war ja der Vikerl nicht zu trauen, die überall Verdacht hatte, und wo sie nur einen Knecht mit einer Magd beisammen fand, Lärm schlug und zur Großmama lief, um sich zu beklagen und nicht nachzugeben, bis die Schuldigen entlassen wurden und das Haus wieder rein war. Sie hatte voriges Jahr einmal die Rahl in ihrem Wagen neben dem Schauspieler Jank sitzen gesehen, da fiel sie auf der Straße hin und war für tot liegengeblieben. Der Arzt konnte nichts, wenn sie in solchen Krämpfen lag; nur das harte Wort des Domherrn vermochte dann über sie. Fast schien es, als ob sie solcher Erschütterungen durch wilde Scham und des Entsetzens vor eingebildeten Schändlichkeiten zuweilen bedürftig wäre, weil sie dann immer, wie befreit, eine Zeitlang ganz anders wurde, still in sich gekehrt, heiter und nun ebenso zutraulich anschmiegend, als sie nach ein paar Wochen dann wieder höhnisch, dumpf und argwöhnisch lauernd wurde. Klemens hatte ein solches Wesen in seinem ganzen Leben nicht gesehen. Sie tat ihm manchmal sehr leid, wenn er sich überlegte, was sie litt. Und manchmal wieder hatte er fast ein Grauen vor ihr, wie vor einem unheimlichen Tier. Und manchmal erinnerte sie ihn an vieles in ihm selbst. Das war auch eine, die die Sünden der Väter trug. Nein, es hatte keine Gefahr für ihn. Wenn er sich einmal an ein Mädchen oder eine Frau verlor, die hätte anders sein müssen. Eine, die die Furcht nicht kennt, die nichts mitschleppt, die ihn auslachen kann! Nach einer sicheren und hellen und wohlklingenden Frau, die ihm forthelfen könnte, sehnte er sich. Aber solche Menschen, wie er einen für sich gebraucht hätte, gab's wahrscheinlich gar nicht. Und immerhin fühlte er sich in dem altväterisch freundlichen Hause der gütigen Hofrätin, wenn das Mädchen Schubert sang, Antonio seine Späße trieb oder der Domherr von Reisen erzählte, noch eher wohl als im Krätzl mit dem betrunkenen Bezirksrichter, dem kriechenden Apotheker und dem langweiligen Bergrat. Und als nun ein arger Brief von seinem Vater kam, war er sogar sehr froh, doch die Hofrätin zu haben, der er sich anvertrauen konnte; er hätte sich sonst gar keinen Rat gewußt.

Er erschrak immer beim bloßen Anblick eines solchen großen grauen Kuverts mit der dünnen und zittrigen Schrift seines Vaters. Wenn es auch meistens nichts als die ewigen guten Lehren enthielt, schon der Ton, der unerträglich subalterne Ton genügte, Klemens zu verstören. Und immer diese Warnungen, sich nicht zu überheben, dieselben dunklen Drohungen mit unbekannten Gefahren und ewig die Mahnungen, ja nicht zu vergessen, daß manches, was andere sich erlauben dürfen, ihm verboten sei, weil er erst durch ein Leben der Entsagung alte Schuld gutzumachen und das Schicksal auszusöhnen habe! Als ob er es nötig gehabt hätte, immer noch zur Demut erinnert zu werden, und immer wieder hinabgedrückt und immer noch mehr entmutigt, statt endlich irgendwo sich geschützt und im

Zutrauen befestigt zu fühlen! Denn wirklich, wenn es so war, wie sein Vater ihm das Leben wies, wenn ihm wirklich nichts übrigblieb, als immer zu kuschen und sich zu ducken und ein schlechtes Gewissen zu haben und ein Bettler zu sein und traurig hinzuschleichen, wenn sein Vater recht behielt, dann hätte er doch lieber heute noch mit allem ein Ende gemacht! Alles weg und hinausgerannt und lieber ein Vagabund sein und elend auf der Landstraße verrecken, aber doch einmal das Leben gespürt haben und einmal froh gewesen sein und ein Mensch gewesen sein! So trotzig und ganz tückisch machten ihn diese Briefe mit der ängstlichen wässerigen Schrift, die gleichsam das Papier um Entschuldigung zu bitten schien. Und so furchtbar traurig, daß er dann stundenlang saß und nur so vor sich hin in den Boden sah und sich wünschte, lieber gar nicht mehr aufzustehen und lieber gar nichts mehr zu wissen, weil er zu schwach war; alle Kraft war ihm weggenommen. Nun aber waren es diesmal nicht bloß die üblichen guten Lehren, sondern der Vater schlug ihm eine Heirat vor. Jetzt erinnerte sich Klemens erst, daß er bei seinem letzten Besuch in Görz, einmal mit dem Vater spazierengehend, einem älteren Herrn und seiner Tochter vorgestellt worden war, die ihm gleich durch ihr auffälliges, reich tuendes Wesen mißfallen hatten. Der Herr war ein pensionierter Hauptmann, der dann Agent einer Versicherungsgesellschaft geworden und durch allerhand nicht ganz klare Spekulationen zu Reichtum gekommen war. „Seit wann verkehrst du mit solchen Leuten?" hatte Klemens den Vater spöttisch gefragt. Er bekam die bittere Antwort: „Uns steht es wahrhaftig nicht zu, im Umgang diffizil zu sein!" Er dachte noch, das sei wieder so recht sein Vater, dem es eine wahre Lust bereite, in seiner Erniedrigung zu schwelgen. Das Mädchen hatte er kaum recht angesehen, es war ein freches Ding mit lauten Manieren.

Er erinnerte sich nur, daß sie die Minute lang, die die Väter miteinander sprachen, in einem fort gekichert hatte, sich in den Hüften wiegend, die Schultern schwingend und an einer Nelke lutschend, die ihr im Mundwinkel stak. Durch den Brief erfuhr er nun erst, daß er dem Mädchen, für das ein Freier gesucht wurde, bei dieser Gelegenheit vorgeführt worden war und Gnade vor ihren heißen Augen gefunden hatte, was sein Vater für ein ganz außerordentliches Glück zu halten schien. Der Vater verhehlte nicht, daß der Ruf des Hauptmanns nicht der beste sei, doch habe sich vor Gericht, als er in einer Zeitung ein Wucherer genannt worden war, unzweifelhaft ergeben, daß nichts nach dem Gesetze Strafbares gegen ihn vorgebracht werden könnte, wenn auch freilich die Geschworenen, mehr aus Stimmungen urteilend als nach Tatsachen, den unverschämten Journalisten freigesprochen hätten; doch wisse man ja aus eigener Erfahrung, was von solchen Stimmungen einer übel beratenen Menge zu halten sei. Jedenfalls sei der Hauptmann ein ungewöhnlich fähiger Mensch, was er ja schon dadurch bewiesen, daß er, durch Intrigen, wie sie leider jetzt in der Armee durch schlechtes Beispiel immer häufiger werden, aus dem Dienst entfernt, aus eigener Kraft auf einem anderen Gebiete emporgekommen sei, so daß seine Feinde von damals nun alle Ursache ihn zu beneiden hätten. Man könne es ihm nicht verdenken, daß er, reich geworden und mit allerhand Plänen beschäftigt, jetzt nach einem gewissen Einfluß und Verbindungen trachte, insbesonders seit er, wie er dem Obersten anvertraute, unter der Hand Gründe auf dem Monte Maggiore aufgekauft und daher alles Interesse an der dort geplanten Bahn habe. Dies bestimme ihn, um sich die notwendigen Beziehungen zu schaffen, ohne die nun bei uns einmal kein Werk gedeihen kann, sich einen Schwiegersohn zu suchen, der ihm behilflich sein könne. Eine solche Gelegenheit aber werde sich dem Klemens wohl kaum zum zweitenmal bieten, wobei der Vater noch höher als den Reichtum des freilich etwas launischen und eigenwilligen Mädchens den Umstand anschlug, seinen Sohn nunmehr unter der Führung eines so klugen, in den Welthändeln erfahrenen und energischen Mannes zu wissen, wie der Hauptmann sei, der ihn schon, wenn er es nur an dem schuldigen Gehorsam nicht fehlen lasse, unversehrt durch alle Fährlichkeiten zum guten Ausgang steuern werde. Übrigens sei schon alles zwischen den Vätern beredet, das Mädchen habe zugesagt, und Klemens habe nur noch hinzukommen, um sich das Jawort zu holen und die Verlobung öffentlich zu machen, wofür sie Weihnachten bestimmt hatten. Die Zeit bis dahin solle Klemens benutzen, um eine passende Wohnung zu suchen und alles vorzubereiten, nicht übermütig, aber doch den reichlichen Verhältnissen gemäß, in die er jetzt durch diesen unverhofften Glücksfall geraten sei. Worüber sich nun der Vater noch in seiner umständlichen Art weitläufig erging, wieder einmal alles aufzählend, was ihm an Unrecht und Enttäuschung und Bitterkeit in seinem Leben widerfahren war, und Gott dankend, der alles doch zuletzt zum Segen gelenkt und wenigstens für den Sohn ein freundliches Los bereitet habe, so daß wenigstens diese Sorge vom Herzen des bekümmerten Vaters genommen sei und er nun in Frieden die müden Augen schließen könne. Wenn der Vater sentimental wurde, das war ihm das ärgste!

Seine schöne Freiheit verkaufen! An die Tochter eines Wucherers! Um dem bei seinen schmutzigen Geschäften zu dienen! Und der Vater, statt den Unverschämten hinauszuwerfen, pries sich noch glücklich! Wie verlassen von allen Hoffnungen und zerbrochen in allem Stolz und ganz hinfällig in seiner Angst mußte der arme Vater sein! Wenn er an seine Mutter dachte, des glänzenden Generals Huyn hoffärtige Tochter, mit ihrer grausamen Verachtung für alles, was nicht kühn auf seinen Wert pochen und kein Vorrecht für sich ansprechen konnte! Und nun sollte der Sohn vielleicht den Buchhalter stinkender Gewinste machen, den Winkelschreiber wohl, der dem Herrn Schwiegerpapa durch die Paragraphen am Zuchthaus vorbeihilft! Wie muß es in seinem Vater aussehen, daß er ihm das zuzumuten wagt, ihm und sich selbst! Der arme Vater, der arme Vater! Und diese sinnlose Lust, sich selbst zu demütigen! Ein Furnian und die Tochter eines Wucherers, so weit haben wir es gebracht! Er wußte, daß der Vater das selbst empfand! Aber so war er ja: statt gegen Unrecht oder Unglück sich aufzulehnen, fand er eine böse Lust darin, es mit höhnischer Ergebung zu leiden, sinnlos schadenfroh gegen sich selbst! Ja, noch förmlich damit zu prassen und zu prahlen: Seht, so ist das Leben, ein Furnian und die Tochter eines Wucherers, und der Furnian muß noch froh sein, es ist noch eine hohe Gunst des Wucherers, so weit hat es die Menschheit gebracht, das sind die heutigen Zeiten, so ist das Leben, und wären wir stolz, so verhungert mein Sohn, durch die Gnade des Wucherers aber bringt er es weit, so ist das Leben, seht doch, seht! Er glaubte den Vater zu hören, in seinem ohnmächtigen Hohn.

Was aber tun? Dem Vater abschreiben? Dann kam er. Das fürchtete Klemens. Er kannte den Vater und kannte sich. Er war unfähig, dem Vater ins Gesicht zu trotzen. Er konnte seinen dumpfen Zorn nicht ertragen. Für den Vater war er noch immer der Bub, der zu schweigen hat. Es gab keine Widerrede, er hatte keine Meinung. Der Vater befahl, der Sohn gehorchte, es wurde gar nicht erst gefragt. Und Klemens wußte, daß er gehorchte. Da half kein Entschluß, die Gewohnheit war stärker. Er hörte nur die müde, wie hinkende Stimme des Vaters, und er war gehorsam. Er hat noch immer gehorcht, er wird immer gehorchen. Noch neulich, in Görz, nach dem Abendessen, sagte der Vater plötzlich: „Du rauchst zuviel. Das ist dir weder gesund, noch steht es mit deinem Einkommen im Verhältnis. Du hast heute schon genug geraucht, lege die Zigarre weg!" Und er hatte die Zigarre weggelegt. Er hätte fast geweint vor Zorn, so wie ein Bub behandelt zu sein, vor Scham, es zu dulden. Aber er mußte. Er war wehrlos. Er brachte gegen den Vater den Mund nicht auf. Nein, wenn der Vater kam, war es aus. Was der Vater verlangt, kann er nicht verweigern. Er kann es nicht, wenn der Vater vor ihm steht. Er wird vielleicht den Mut haben, sich dann eine Kugel durch den Kopf zu schießen. Aber solange der Vater vor ihm steht, wird er gehorchen. Das weiß er, er kennt sich, so war es noch immer, so wird es immer sein, den hilflosen Augen des Vaters kann er nicht trotzen.

Was aber tun? Mit allem schuldigen Gehorsam und in aller Dankbarkeit dem Vater, mit der Versicherung, ihn ja darüber entscheiden zu lassen, doch die Bedenken vorstellen, die der schlechte Ruf des Hauptmanns, wenn auch sicherlich grundlos, immerhin bei seinen Vorgesetzten erwecken und irgendein Neider gegen ihn ausnützen könnte, und vielleicht nicht nur gegen ihn, sondern gegen den Namen Furnian selbst, der durch die Verbindung mit einem Mädchen, das nun jedenfalls einmal anderen Kreisen angehörte, eine Kränkung erfahren würde? Aber er hatte den gereizten Ton noch im Ohr, mit dem es dann immer hieß: „Du kannst dir denken, daß dein Vater das alles erwogen hat, aber vergiß nicht, daß wir keinen Anlaß haben, hochmütig zu sein, wir zuletzt!" Oder sich auf Döltsch ausreden? Aber der Vater war imstande, dem Minister zu schreiben, einen solchen bettelnden Brief mit dem ganzen Jammer seines zerstörten Lebens — nein, nur das nicht, er hätte sich sehr geschämt! Gerade vor

Döltsch, der alles verstehen und alles verzeihen konnte, nur die Not mutloser Menschen nicht, die sich selbst aufgeben! Und so, was immer er dem Vater vorhalten mochte, es war alles umsonst. Er kannte den Vater: gegen den Sohn war der schwache Mann unbeugsam. Ja, Zeit wurde vielleicht gewonnen. Aber was half ihm das? Daß er es immer mit sich herumtragen und sich quälen mußte und doch keinen Ausweg fand und ihm jede frohe Stunde verdorben und der ganze schöne Sommer verloren war! Er kannte sich: er hatte nicht die Kraft, in Sorgen aufrecht zu bleiben.

In seiner ratlosen Angst fiel ihm plötzlich des Vaters Verehrung für den verstorbenen großen Hofrat Furnian ein, der in der Familie von allen fast wie ein Schutzheiliger gehalten wurde. Er hatte ein unbestimmtes Gefühl, wenn es ihm nur irgendwie gelänge, dem Vater diese Verbindung mit der Tochter des Wucherers als eine Kränkung für das Andenken des ihm so teueren Hofrats darzustellen, dies wäre vielleicht noch das einzige Mittel, ihn von seinem Willen abzubringen. Der Hofrat war dem Vater das Höchste. Er war wohl niemals in seinem Leben für irgendeinen anderen Menschen einer so starken und grenzenlosen Empfindung fähig gewesen, die bis zur Leidenschaft stieg und doch eine fast kindische Zärtlichkeit behielt. Er saß tagelang über alten Papieren, um die Geschichte der Familie zusammenzusuchen, und trug sorgfältig alles, was er nur immer erfahren konnte, in ein altes Buch ein, das er einst dem Sohne hinterlassen wollte, als ein signum und solatium, wie er es nannte. Wie er sich nun aber das Leben der Menschen dahin zurechtgelegt hatte, daß alle Mühe und Sorge langer Geschlechter keinen anderen Sinn haben als nur den, dann einmal einen einzigen großen Mann hervorzubringen, auf den alle Vorfahren unbewußt hindrängen und der in den Nachkommen allmählich wieder abklingt, so schienen sich ihm alle

Furnians, von jenem schlesischen Fuhrmann an, der im Anfang des siebzehnten Jahrhunderts den Namen zuerst aus dem Dunkel emporgehoben hatte, indem er es verstand, Wohlstand und Ansehen zu gewinnen und seinen Kindern eine Erziehung zu geben, die ihnen das bürgerliche Leben aufschloß, bis zu Klemens herab, um das Monument des Hofrats zu vereinigen, der, eines Einnehmers in Olmütz Sohn, erst Fiskaladjunkt in Galizien, dann als Appellationsgerichtsrat in Klagenfurt durch eine Denkschrift über das Institut der precetti politici das Wiener Kabinett auf sich aufmerksam gemacht, die Gunst des Staatsrats Gentz gewonnen und, als dieser starb, mit dem Berliner Professor Jarke zusammen seine Geschäfte in der Hof- und Staatskanzlei übernommen hatte. Klemens erinnerte sich, wie oft er als Kind dem Vater über diese Denkschrift von den precetti politici zuhören mußte, der daran immer die tiefe Weisheit des Hofrats erklärte. Precetto politico hieß ein Dekret, das von der Polizei einem jeden eingehändigt wurde, der sich irgendwie schlimmer Gesinnungen oder unerlaubter Absichten verdächtig gemacht hatte, fortan precettato genannt und als solcher verhalten wurde, auch sonst erlaubte Handlungen, welche man unverdächtigen Bürgern gewährte, zu vermeiden, derart, daß er zum Beispiel nur zu bestimmten Stunden das Haus verlassen, nur mit einigen ausgewählten Menschen verkehren und sich nur mit besonderer Bewilligung aus seiner Stadt entfernen durfte. Dies war 1798 in der damals Zisalpinischen Republik eingeführt worden, Napoleon und der Vizekönig hatten es beibehalten und der Hofrat schlug nun vor, es in die österreichische Verwaltung aufzunehmen, als ein unfehlbares Mittel, alle revolutionären Umtriebe abzubinden, worauf der Oberst heute noch schwor. Leider hatte man ja nicht gewagt, den Antrag des Hofrats durchzuführen, doch erkannte man seine so verdienstliche Gesinnung, und das Glück des brauchbaren Beamten war gemacht, während sein jüngerer Bruder, eben des Obersten Vater, von dem dieser immer mit einer bitteren Achtung sprach, auch eine Denkschrift verfaßt, aber sich gerade durch diese alle Aussichten verwirkt hatte. Des Hofrats Bruder, der Großvater des Klemens, war nämlich als junger Mensch an der Wiener Universität in den Kreis des Professors Watteroth geraten, eines begabten Doktrinärs, der allerhand aufgeregte Jugend um sich versammelte, mit der er unauffällig im geheimen für die neuen, seit der Französischen Revolution wieder verpönten Ideen in Österreich zu wirken unternahm. Karl Kübeck und Franz Baron von Pillersdorf, die späteren Minister, und der spätere Staatsrat Baron Knorr fanden sich dort ein, aber auch einige ältere Männer, die, schon in hohen Stellungen, das Bedürfnis hatten, die Jugend verstehen zu lernen und mit den neuen Gedanken bekannt zu werden, so der Staats- und Konferenzrat Ferdinand von Matt, der mit der schwärmerischen Aurelie, einer geborenen von Wurz, verheiratet war, einer bedeutenden schöngeistigen Frau, die Gelehrte, Künstler und Dichter in ihren Salon zog. Zu ihrer Tochter faßte der junge Furnian, den Matt als Konzeptspraktikanten bei der vereinigten Hofkanzlei untergebracht hatte, eine tiefe Neigung, und um sich des Wohlwollens, das ihm der Vater, der Achtung, die ihm die Tochter bewies, würdig zu zeigen und sich einen Namen zu machen, der das Recht hätte, eine Verbindung mit so werten Menschen anzusprechen, ging er daran, sobald er einen Einblick in das Kanzleiwesen genommen hatte, seine Erfahrungen in einer Schrift darzulegen, durch die er sich das Vertrauen aller rechtlich denkenden und um die Zukunft des Vaterlandes besorgten Männer zu verdienen hoffte. Sie hatte den Titel: „Über die Langsamkeit des Geschäftsganges in allen Zweigen der Regierung, deren Ursachen und die notwendigen Maßregeln zur Abstellung derselben." Es wurde darin ausgeführt, wie es schon unter Maria Theresia und Kaiser Josef aus Mißtrauen gegen die Begabung und wohl auch den guten Willen der unteren Behören zur Maxime geworden, alles und jedes im Wege der sogenannten „Aktenvorlegung" bis an die höchsten Instanzen, ja zur Entscheidung des Monarchen selbst zu bringen, so daß die kleinste Sorge, die Bewilligung, ein Gewerbe zu betreiben, oder eine notwendige Reparatur an morschen Gebäuden immer zuerst der lokalen Obrigkeit vorgelegt, von ihr an das Kreisamt, vom Kreisamt an die Landesstelle, von der Landesstelle zur Hofkanzlei geschickt und nun durch diese erst noch schließlich an den Kaiser geleitet wurde, wodurch denn alles jahrelang verschleppt werden und der ganze Betrieb ins Stocken geraten mußte, was ja der gütige Monarch selbst in seiner Weisheit wiederholt nachdrücklich getadelt und auf Abhilfe gedrungen hatte. Diese fand der Verfasser nicht anders möglich, als wenn man sich entschließen würde, den lokalen Behörden eine größere Freiheit, dieses verdächtige Wort entschlüpfte ihm, eine größere Freiheit der Entschließung einzuräumen, so daß ihnen anheimgestellt würde, unbedenkliche Fälle glatt zu erledigen, während fortan nur die wichtigeren, über welche ein Zweifel obwalten könnte, dem Urteil der Minister oder des Kaisers selbst unterbreitet werden sollten, eine Teilung der Arbeit, dieses an den höchst anrüchigen Adam Smith erinnernde Wort vermied er nicht, und eine Beschränkung der Zentralgewalt auf das Wesentliche, von welchem er sich eine allgemeine Erleichterung des Geschäftsganges versprach. Matt billigte diese Gedanken, ließ sich von den Gründen überzeugen, fand die vorgeschlagenen Mittel gut, und der arglose Verfasser hatte nun den einen Wunsch, die Schrift möchte zur Kenntnis des Kaisers gelangen, was ihm denn auch durch den Grafen Franz Colloredo, den Minister des Kabinetts, vermittelt wurde, der des Kaisers Art kannte und sich die Gelegenheit nicht entgehen ließ, einmal oben zu zeigen, was diese jungen Günstlinge des ihm verhaßten Staatsrats Matt für merkwürdiges Zeug in ihren gelehrten Schädeln hatten. Der Kaiser las die Schrift und fragte den Grafen: „Wer is denn der Mensch eigentlich?" Und als er erfuhr, daß es ein junger Konzeptspraktikant in der vereinigten Hofkanzlei war, sagte er: „No, da müssen's ja nicht viel zu tun haben, wenn's zu so was Zeit haben." Dann fragte er noch: „Wie alt is er denn?" Und als er erfuhr, siebenundzwanzig, sagte er: „Schau, so ein Bürscherl möcht auch schon mitreden! Er soll halt warten, bis er hinter den Ohren trocken is." Darauf wurde dem Konzeptspraktikanten die Allerhöchste Anerkennung mitgeteilt, zugleich aber bedeutet, er sei noch zu jung; und dabei blieb es. Sooft er in den nächsten Jahren zur Beförderung eingegeben wurde, hieß es stets: Zu jung. Achtzehn Jahre blieb er Konzeptspraktikant. Dann erst setzte sein Bruder, der inzwischen allmächtig gewordene Hofrat, es durch, daß er zum Archivdirektor ernannt wurde und nun endlich sein geliebtes Mädchen heimführen konnte. Neun Jahre blieben sie kinderlos. Dann wurde den beiden alten Leuten ein Knabe geschenkt, Ferdinand, dessen Erziehung nach dem Tode des Vaters der Hofrat übernahm. Der Hofrat ließ den Buben kommen und sagte: „Dein Vater war immer zu weich, du wirst Soldat." Und dann schickte er jeden Monat das Geld für ihn und, als er gefirmt wurde, eine Uhr. Gesehen hatte der Oberst den Onkel nur jenes einzige Mal, nach dem Tode des Vaters. Aber er konnte den Eindruck im Leben nicht mehr vergessen. Und während er von seinem Vater immer nur mit einer leisen Entschuldigung sprach,

143

als von einem Mann, der ja gewiß das Beste gewollt, aber sich leider an unnütze Schrullen verloren habe, richtete er sein bedrücktes Gemüt immer wieder an dem großen Bilde des Hofrats auf, der für ihn das Ideal blieb. Wie oft hatte Klemens die Geschichte von den zwei Denkschriften anhören müssen, die ihm der Vater immer wieder zur Lehre vorhielt, daß es sich nicht darum handle, Gedanken auszuhecken, die der Einbildung gelehrter Phantasten schmeicheln mögen, sondern nur darum allein, sich als ein brauchbares und nützliches Glied der Gesellschaft zu zeigen, auf das der Staat zählen kann, weil es nicht lange klügelt, sondern blind den Mächtigen gehorsam ist! Und täglich war dem Knaben von der Macht, vom Stolze, von der Bedeutung des Hofrats erzählt worden, in welchem die Familie den höchsten Glanz erreicht hatte! Wenn es ihm jetzt gelänge, sein Andenken anzurufen, um sich vor der Tochter des Wucherers zu schützen!

Da fiel ihm die Hofrätin ein. Ja, die Hofrätin Zingerl; vielleicht ging das. Ihr verstorbener Mann war ein Freund des Hofrats gewesen. Ihre Mutter war eine geborene Knebel, deren Bruder die Schwester des Hofrats geheiratet hatte. Im Hause ihrer Eltern hatte der Hofrat die letzten Jahre seines Lebens verbracht. Daher die Verehrung, die der Oberst für sie hatte; ein letzter Strahl vom Glanze der Familie schien noch auf ihr zu liegen. Wenn sie dem Obersten schrieb! Klemens wußte, daß es ihn vor seinem Vater heben würde, wenn sich nur überhaupt die Hofrätin seiner annahm. Und gab sie gar zu verstehen, es sei nach ihrer Meinung nicht im Sinne des Hofrats gehandelt, den Namen Furnian einer Bürgerlichen auszuliefern, das war vielleicht noch das einzige Mittel, den Vater umzustimmen. Aber freilich, wie konnte Klemens sie dazu bewegen?

Es ging leichter, als er gedacht hatte. Er hatte

144

die alte Frau nie gütiger gesehen. Und sie schien ganz jung zu werden, so lebhaft fragte sie nach allem, ließ sich die Braut schildern, lachte den Vater aus, und der ganze Handel machte ihr Spaß. Sie gab ihm völlig recht und, indem sie ihm lustig ins Gesicht fuhr, sagte sie: „Wär doch auch wirklich schad um so einen hübschen Menschen wie Sie! Nein, nein! Da muß sich schon noch ein besserer Absatz finden." Dann ließ sie den Domherrn holen. Das war Klemens eigentlich nicht angenehm. Aber auch den Domherrn fand er zu seiner Verwunderung geneigter, als er sich ihm sonst gezeigt hatte. Es schien ihn zu freuen, daß Klemens ein solches Vertrauen zu ihnen hatte. „Sie müssen uns das Zeugnis geben," sagte er, „daß wir alles vermieden haben, was irgendwie den Anschein hätte, als ob wir uns Ihnen aufdrängen wollten. Die Herren von der Behörde glauben immer gleich, daß man etwas von ihnen braucht. Gar wir Geistlichen sind ihnen verdächtig. Und wir haben's wirklich nicht nötig, es geht alles auch ohne die Behörde, ihr überschätzt euch! Aber wenn Sie das Gefühl haben, daß Sie hier jederzeit einer wirklichen aufrichtigen Teilnahme sicher sind, nicht als Bezirkshauptmann oder künftiger Staatsmann oder wie wir's nennen wollen, sondern einfach als guter Freund, dem man ebensogern einen guten Rat gibt, als man ihn, wenn sich's einmal trifft, von ihm nehmen wird, so soll es uns herzlich willkommen sein." Und nun ließ er sich den ganzen Fall vortragen und versprach, der Hofrätin einen Brief aufzusetzen, der sicherlich seine Wirkung auf den Obersten nicht verfehlen würde. Und dann dankte er Klemens noch sehr, wie wenn dieser ihm einen großen Dienst erwiesen hätte.

Nach einer Woche kam ein Brief vom Vater, er habe die Beziehungen mit dem Hauptmann gelöst, da nach manchen Erkundigungen bei nochmaliger Erwägung sich doch ergeben hätte, daß es rätlich

wäre, von der geplanten Verbindung abzustehen.
„Ich danke Gott," hieß es weiter, „dich nun endlich
unter einer Führung zu wissen, die mir alle Gewähr
für dein inneres und äußeres Fortkommen bieten
kann, und wünsche nur ernstlich, daß du dir nicht
wieder in deiner leichtsinnigen Art durch irgendeinen
unüberlegten Streich, der dir durch den Kopf fährt,
alles am Ende noch wieder verdirbst. Hättest du
mich übrigens nicht, wie es leider deine Gewohnheit
ist, wieder völlig in Unkenntnis über die näheren
Umstände deines jetzigen Lebens gelassen, so wäre
mir der Verdruß erspart geblieben, erst unnötig etwas
anzuspinnen, was ich nun wieder auflösen muß.
Doch hast du mich ja durch kindliche Zärtlichkeit
niemals verwöhnt, ich muß schon froh sein, wenn
mir nur schlimme Nachrichten erspart bleiben, gute
will ich von dir gar nicht verlangen und flehe nur zu
Gott, der seine schützende Hand über dich halten
möge, womit ich verbleibe dein wohlwollender Vater
Ferdinand Freiherr von Furnian, k. k. Oberst a. D."
Was hatte der Vater nur eigentlich? Was meinte er?
Aber Klemens war so froh, die Braut los zu sein,
daß er daran bald nicht weiter dachte. Der Vater
muß immer Geheimnisse haben, und wer weiß, was
die listige Hofrätin ihm vorgemacht hat! Jedenfalls
war er die Braut los und sein schöner Sommer gerettet, was ihn im Augenblick alles andere vor
Freude vergessen ließ.

Seitdem stellte sich das freundlichste Verhältnis
zur Meierei, gar aber mit der Vikerl das beste Ver-
nehmen ein, fast als ob er mit ihr ein Geheimnis
zusammen hätte. Erst dachte er gar nicht, daß sie
davon wußte. Es fiel ihm nur auf, mit welcher Rücksicht sie ihn nun auf einmal behandelte, fast wie einen
Kranken, der Schonung und die zarteste Pflege
braucht, und während sie bisher scheu, verlegen und
störrisch mit ihm gewesen war und zuweilen mitten
im Gespräch plötzlich steckenblieb, zornig wurde

und, als ob sie sich auf einmal schämte, davonlief, saß sie jetzt, wenn er kam, ganz zutraulich neben der Großmutter, anfangs meisten mit irgendeiner Handarbeit, die dann aber die sinkenden Hände bald fallen ließen, und dann neigte sie den Kopf vor, horchte mit offenem Mund und schien verwundert, ja erschreckt, sich plötzlich erwachend wieder im Zimmer bei der Großmutter zu finden, die lächelnd fragte: „Wo warst denn jetzt wieder einmal, du tramhapertes Ding?" Und Klemens fühlte, wie sie sich unbemerkt glaubend, ihn manchmal ängstlich und mitleidig ansah, und oft, wenn sie ganz Gleichgültiges sprachen, war es in ihrem Ton, wie wenn sie beide ganz allein etwas wüßten. War sie verliebt? Nein, das glaubte Klemens eigentlich jetzt nicht mehr. Mit der Unbefangenheit einer Schwester näherte sie sich ihm, und nur eine große stille Dankbarkeit schien sie für ihn zu haben, wie wenn ein einsamer Mensch zum erstenmal Zutrauen faßt und sich erlöst fühlt. Freilich sah sie ihn dann wieder, wenn ihn die Großmutter oft mit der dicken Apothekerin neckte, manchmal so merkwürdig an, mit einem solchen aus den Augen schießenden Haß, von dem plötzlich das fahle Gesicht ganz dunkel wurde, daß er unwillkürlich, wie um sich zu schützen, ihre Hand nahm und sagte: „Aber, Fräulein Vikerl, die Großmama macht ja nur Spaß!" Dann lachte sie mühsam und wiederholte: „Ja, die Großmama macht ja nur Spaß, natürlich!" Und leise sagte sie: „Nein, Sie sind nicht so! Sie sind doch nicht so! Ich weiß doch, Sie sind nicht so einer! Nein! Nicht wahr, nein?" Und dann lachte sie plötzlich laut und schoß durchs Zimmer, Sessel rückend, Laden öffnend, närrisch geschäftig, bis der Domherr ungeduldig sagte: „Setz dich, Viki! Ich mag das nicht. Du weißt schon!" Da duckte sie sich und sagte gehorsam: „Ich bin schon wieder still, Onkel! Ich weiß." Klemens kannte sich mit dem Mädchen nicht aus. Allmählich wurde sein Gefühl, als ob es für ihn gar nicht ein Mädchen, sondern ein unglücklicher junger Mensch wäre, wie er solche Studenten gekannt hatte, die sich im Leben nicht zurechtfinden können, zwischen Haß und Liebe, Mißtrauen und schwärmerischer Hingebung, Trotz und Schwachheit taumeln und in ihrer Qual jeder tückischen Niedertracht wie der reinsten Aufopferung fähig sind. Und da er sich schon immer jemand wünschte, dem er etwas sein könnte, Ratgeber, Helfer, Freund, was er nur, durch Spott enttäuscht, schon keinem mehr anzubieten wagte, nahm er sich vor, dem törichten Mädchen, das ihm leid tat, beizustehen. Er fing an, ihr viel von seiner Kindheit zu erzählen, was er in der Schule gelitten hatte und wie es ihn immer gequält hatte, so verstoßen zu sein und niemanden zu haben, weil er dachte, daß sie das trösten würde. So saßen sie beisammen, und er fühlte, wie es ihr half. Bat er sie dann aber, daß nun auch sie von sich erzählen sollte, so stand sie traurig auf und ging weg. Einmal sagte sie: „Nicht wahr, Ihnen tut das auch so weh?" Er fragte: „Was?" Sie wendete sich ab, dann sagte sie: „Daß diese häßlichen und gemeinen Sachen in der Welt sind." Und sie zitterte. Bevor er noch antworten konnte, sagte sie schnell: „Wir zwei wollen aber so tun, als ob das alles gar nicht auf der Welt wäre, oder wenigstens, als ob wir nichts davon wüßten. Das müßte wunderschön sein. Wollen Sie, Klemens?" Sie bog den Kopf weg, als hätte sie nicht den Mut, ihn anzublicken, und leise wiederholte sie, ganz feierlich: „Wollen Sie?" Er verstand nicht recht, was sie denn eigentlich meinte. Aber wie sie so vor ihm schlaff im Sessel hing, mit dem verschreckten Gesicht und ihrem hageren Leib tat sie ihm so leid, daß er es ihr versprach. „Wir wollen trachten, einander durchzuhelfen", sagte er. „Und", sagte sie, „gar nicht mehr daran denken, nichts mehr wissen, von allen den Schändlichkeiten da draußen. Dann würde

148

man nicht mehr solche Angst haben." Seitdem redeten sie selten zusammen, und sie vermied es, mit ihm allein zu sein. Die alte Hofrätin aber sah ihn manchmal mit ihren jungen Augen an und fragte: „Nun, hat der Herr Papa wieder eine Braut für Sie?" Da sagte das Mädchen einmal: „Klemens muß eine Frau heiraten, die seiner würdig ist." Es wurde ganz still im Zimmer, als sie das sagte; so seltsam klang ihre Stimme. Dann sagte die Hofrätin: „Zu meiner Zeit hat man gesagt, ein Engel fliegt durchs Zimmer." Und sie horchten wieder auf das Schweigen." Um es zu brechen, sagte Klemens: „Muß denn um jeden Preis geheiratet sein? Mir geht's so ganz gut. Ich wünsch mir's nicht besser." Da stand das Mädchen auf und mit rauchenden Augen sagte sie: „Nein, Klemens, Sie werden heiraten! Es muß eine Frau geben, wie Sie sie verdienen! Könnte ich sie für Sie suchen!" Der Domherr sagte: „Mische dich nicht in Dinge, Viki, die dich nichts angehen. Das Gespräch paßt wenig für ein Mädchen. Und um den Herrn Bezirkshauptmann ist mir nicht bang, der braucht dich nicht." Klemens verstand überhaupt den Domherrn nicht, der ihm eine Zeit fast verdächtig gewesen war, weil er ihn gern mit ihr allein ließ und ihre Vertraulichkeiten zu begünstigen schien. Dann hatte sie sich über ihn beklagt, weil der Onkel ihren Wunsch, ins Kloster zu gehen, nicht zuließ. Ihm aber hatte der Domherr einmal gesagt, wie man von einem unwiderruflichen Beschluß spricht: „Die Viki ist ja fürs Kloster bestimmt."

Fünftes Kapitel.

Als Furnian aus dem Amt über die Stiege ging, stieß er auf den Kommissär, der die Hand an die lederne Kappe legte und sagte: „Ich will grad zu Ihnen, Herr Bezirkshauptmann! Hoffentlich kennen Sie mich noch? Wir sind ja gute alte Freunde." Und er fügte hinzu: „Polizeikommissär Nießner. Wir kennen uns von der Antiduelliga her. Sie erinnern sich?"

„Bitte", sagte Furnian und kehrte sich um, mit ihm wieder hinauf ins Amt zu gehen.

„Aber nein", sagte der Kommissär. „Ich will Sie durchaus nicht aufhalten. Wenn's Ihnen recht ist, begleite ich Sie. Gehen wir zusammen ein bissel spazieren."

„Sie halten mich durchaus nicht auf", sagte Furnian und öffnete schon die Türe. „Bitte!"

„Wie's beliebt", sagte der Kommissär. Sie traten ein und setzten sich. Furnian fragte: „Womit kann ich Ihnen dienen?"

„Aber gar nicht", sagte der Kommissär lachend. „Das ist ein Irrtum, Herr Bezirkshauptmann! Ich will Sie bloß begrüßen und ein bissel mit Ihnen plauschen. Ich störe doch hoffentlich nicht?" Und durch das freundliche Zimmer mit den weißen Gardinen und dem Goldlack im Fenster sehend, sagte er: „Sie haben sich's da ganz gemütlich gemacht. Ja, ja, das verstehen die Herren!"

Furnian fragte: „Sie sind zum Vergnügen hier?"

„Ja", sagte der Kommissär lachend. „Eigentlich ja! Denn ich muß offen gestehen, daß mir nichts mehr Vergnügen macht als mein Beruf. Ja! Das werden Sie mir gar nicht glauben, was?" Er lachte wieder und sagte, seine starken Hände knetend: „Jedes Tierchen hat sein Pläsierchen, da kann man nichts machen." Dann, mit einer Amtsmiene, sagte er leise: „Der König von Spanien soll in vierzehn Tagen kommen. Es ist noch nicht offiziell. Ich bitte es auch noch mit der nötigen Diskretion zu behandeln." Und wieder in seinem breiten Ton, mit seinem Lachen, das immer eine Zote anzukündigen schien: „No und Sie wissen ja! Ich hab schon das Glück mit solchen Missionen! Das lustigste ist dabei noch, daß man die ausländischen Herren Kollegen überwachen muß, sonst geschehen die größten Dummheiten. So einer ist imstand und laßt den Klauer arretieren. No ja, wenn man sein Gesicht sieht und nicht eingeweiht ist! Das ist ja eigentlich das schwerste bei unserem Geschäft, die erlaubten Verbrecher von den verbotenen zu unterscheiden; Schädel haben sie ganz dieselben! No, ich glaub ja nicht, daß bei der ganzen Geschichte viel herausschaun wird. Ich sag Ihnen, lieber Freund, es gibt viel zuviel Polizeikommissäre und viel zuwenig Anarchisten, wie soll man da Karriere machen? Und in der Not frißt der Teufel halt Fliegen, und man sperrt dann halt ein paar italienische Bahnarbeiter ein, Gott gäb's, daß sich einer findet, der ein bißl danach ausschaut! Seinen guten Willen muß man doch wenigstens zeigen, sonst heißt's gleich, man hat keine Ambition. No, in Ihrer Branche wird's ja auch nicht viel anders sein, Herr Bezirkshauptmann, nicht? Mein Gott!" Er fing wieder zu lachen an und, da Furnian achselzuckend schwieg, sagte er: „Pardon, pardon! Das haben die Herren nicht gern, ich weiß schon. Und grüße mich nicht unter den Linden! Das kennt man ja. Und seien Sie nur ganz beruhigt, Herr Bezirkshauptmann, ich werde die Distanz zu wahren wissen, das gehört bei uns zum Einmaleins. Aber unter guten alten Freunden schließlich, nicht? Ich darf mir wohl ein Zigarrl anzünden. Vielleicht auch gefällig?" Er hielt Furnian die Tasche mit den Zigarren hin.

„Danke", sagte Furnian ablehnend. Und, indem er die Hand an die Stirne legte und sich die Schläfen rieb, fragte er: „Woher kennen wir uns eigentlich, Herr Kommissär?"

„Gott", sagte Nießner lachend. „Eigentlich haben wir uns doch schon an der Universität gekannt, erinnern Sie sich doch! Da haben wir sogar einmal eine unangenehme Geschichte miteinander gehabt, erinnern Sie sich nicht? Sie waren ein etwas kitzlicher junger Herr und leicht in der Höh. No, seitdem sind wir ja beide hoffentlich gescheiter worden, und ich trage niemandem was nach, fällt mir nicht ein, da käm man nicht weit. Und jetzt sind Sie ja sogar selbst ein Gegner des Duells, was? Da haben wir uns doch das letztemal gesehen, in der Sitzung, wissen Sie?"

„Ich war im Auftrag des Ministers dort", sagte Furnian. „Das hat mit meiner Meinung gar nichts zu tun." Er war ärgerlich. Nun drängte sich dieser Mensch wieder an ihn, den er nicht leiden konnte. Nießner hatte das schon als Student gehabt, überall aufzutauchen, sich ungerufen einzumischen und, wenn man noch so deutlich wurde, nichts zu merken. Er gehörte zu den Menschen, die einem auf der Straße mit der Hand winken und Servus zurufen oder im Theater plötzlich vertraulich auf die Schulter klopfen. Jeder ließ es sich gefallen, weil es sich alle gefallen ließen. Jeder sagte: Ich kenne den Menschen eigentlich gar nicht, mir ist er unsympathisch, aber man findet ihn überall, er ist mit allen Leuten bekannt, was wollen Sie? Jeder redete sich auf die anderen aus. Versuchte man, ihn abzuschütteln, und verbat sich die Freundschaft, so nahm er es nicht übel und fragte höchstens: „Was ist Ihnen denn heut übers Leberl gelaufen?" Und er trug es einem so wenig nach, daß man dies eigentlich doch wieder sehr nett von ihm fand, ihn für einen guten Kerl hielt, sich rühren ließ und schließlich alles wieder beim alten blieb. Auch hieß es, daß er gern jedem im Kleinen gefällig war, und man hatte dabei doch das Gefühl, ihm zuzutrauen, daß er unter Umständen auch sehr unangenehm werden könnte, weshalb man es rätlich fand, sich lieber für alle Fälle mit ihm zu verhalten; wer weiß denn, ob er die Polizei nicht morgen braucht? Dies sagte sich Furnian auch, ärgerte sich aber zugleich darüber, weil ihm das so feig vorkam, war dann mit ihm schroffer, als er eigentlich vor sich selber verantworten konnte, und darum das nächste Mal wieder freundlicher, als nötig gewesen wäre, fiel in jedes Extrem und hatte nicht die Geduld, weder mit ihm gut zu sein noch bös zu bleiben. In Wien lag daran schließlich nicht soviel; in der Stadt schwemmt der Tag Beziehungen her, der nächste reißt sie weg. Hier aber, wo man sich täglich dreimal zwischen die Beine lief, hatte er gar keine Lust, sich jemanden anhängen zu lassen, der ihm nun einmal höchst zuwider war; und schließlich hat doch jeder Mensch das Recht, sich seine Gesellschaft nach seinem Belieben zu wählen. Wozu noch kam, daß es ihm ein peinliches Gefühl war, sich mit einem von der Polizei zu zeigen. Er kannte die Stimmung des Österreichers, dem schlecht wird, wenn er einen Polizeimenschen sieht, und der lieber jede Unbill erträgt, wenn er nur mit der Polizei nichts zu tun hat. Bei Döltsch war voriges Jahr eingebrochen worden; der Minister, durch ein Geräusch geweckt, hatte Licht gemacht und den Dieb erwischt, der eben daran war, die Kredenz auszuräumen; er sagte ihm: „Das Service kann ich Ihnen leider nicht lassen, weil es ein Andenken ist, da haben's hundert Kronen, mehr ist es nicht wert, aber dafür müssen's mir Ihr Ehrenwort geben, wenn Sie jemals erwischt werden, ja nicht zu sagen, daß Sie auch einmal bei mir eingebrochen haben, ich mag keine Scherereien haben." Döltsch erzählte dies selbst gern, indem er jedesmal hinzufügte: „Der Kampf ums Recht ist eine schöne Sache, aber nicht in Österreich. Wir sind dafür nicht eingerichtet. Man muß den Landesbrauch ehren." Und nun wünschte sich Klemens doch nichts mehr, als das dumpfe Mißtrauen, das die Leute gegen ihn hatten, und ihre Befangenheit vor ihm allmählich zu erweichen; sie sollten ihren guten Freund in ihm sehen. Es wäre wirklich töricht gewesen, sich durch den Kommissär zu verdächtigen. Nein, er war entschlossen, ihn sich hier vom Halse zu halten, höflich,

153

aber entschieden; er durfte nur nicht wieder so gutmütig sein.

Nießner sagte: „Natürlich kann man seine eigene Meinung haben. Haben schon! Was kann der Mensch nicht alles haben? Zeigen möcht ich sie aber lieber nicht. Was? Da sind wir doch einig, lieber Freund, nicht? Allerdings, wenn man so in der Gnad ist wie Sie! Nein wirklich, ich kann Sie versichern, und Sie wissen doch, auf mich kann man sich verlassen, ich habe meine Quellen, ich weiß, was ich weiß." Er rieb sich mit der Hand die knollige Nase und lachte. „Ich weiß mehr, als manchem angenehm ist. Und ich kann Sie versichern, was Sie betrifft: Eins A! Der Döltsch hat einen Narren an Ihnen gefressen. Da kann noch soviel gehetzt werden, Sie können ganz ruhig sein."

„Wer hetzt?" fragte Furnian rasch.

„Gott, wer hetzt nicht?" sagte Nießner lachend. „Zweifeln Sie daran? Aber was macht das Ihnen? Sie sitzen schön im Fett und können lachen. So gescheit werden Sie ja schon sein, sich manchmal ergebenst in Erinnerung zu bringen. Diese hohen Herren vergessen schnell. Aber das wissen Sie ja besser als ich, um Sie ist mir nicht bang, lieber Freund, Sie werden sich schon in Evidenz zu halten wissen, Sie sind einer, der das Werkl versteht! Da sollen die guten Freunderln nur bohren! No, Sie können sich doch denken, daß es da manchen gibt, der gern möcht! Ich sag aber immer, ihr werdt's euch nur die Zähn ausbeißen, gegen den Furnian ist nichts zu machen; wenn der Döltsch einmal einen mag, gibt's nix! Da sollten's die langen Gesichter sehen, es macht mir einen Mordsspaß!"

„Die Herrn Kollegen scheinen's ja nicht erwarten zu können, daß ich mir das Haxl breche", sagte Furnian. Indem er sich Mühe gab, gleichgültig und unbekümmert zu scheinen, ging er unwillkürlich auf den Ton des zudringlichen Partners ein. Ihm wurde bang. Der ganze Dunst der Stadt mit allen lächerlichen kleinen Intrigen von Strebern und Neidern stieg plötzlich wieder auf. Er war es gar nicht mehr gewohnt. Er lebte hier so still vor sich hin. Es war vielleicht nicht klug. So hohe Herren vergessen schnell, der Kommissär hatte recht. Und mancher, den er für seinen Freund hielt, war vielleicht ärger als der Kommissär; schlechte Manieren sind noch nicht das schlimmste, und man kann von einem Schwätzer manches erfahren, man ist dann wenigstens auf der Hut.

„Lassen's ihnen doch die Freud", sagte Nießner. „Ihnen schadt's ja nix, Sie brauchen's ja nicht zu tun. Die freuen sich, weil sie glauben, Sie werden sich das Haxl brechen, und Sie freuen sich, weil Sie wissen, Sie brechen sich das Haxl nicht, und so hat jeder was. Man glaubt gar nicht, wie leicht es ist, die Menschen glücklich zu machen." Er lachte und wechselte plötzlich den Ton, mit herzlichem Bedauern fragend: „Sie sind mir doch nicht am End bös, daß ich Ihnen das erzählt hab? Das wär wirklich ungeschickt, lieber Freund! Sie haben's doch wahrhaftig nicht nötig, so was tragisch zu nehmen! Was? Wär nicht übel! Ein Mensch wie Sie, dem das Glück aus der Hand frißt! Was soll denn dann unsereins sagen? Sie können doch wirklich auf die ganze Gesellschaft pfeifen."

„Mit Vergnügen", sagte Furnian. „Das Pfeifen werd ich schon besorgen. Ich möcht nur gern genauer wissen, auf wen. Wer hat's denn da so besonders eilig? Wer will sich denn an mir wetzen?"

„Wissen's was?" sagte Nießner. „Ich würde Ihnen raten: pfeifen's auf alle! Und glauben's mir, es wird keinen unschuldig treffen. Es ist einer wie der andere. Aber das wissen Sie ja so gut wie ich. Wir kennen die Gesellschaft doch! Was? Wir kennen uns doch aus, wir zwei beide, nicht?"

Diese Gewohnheit Nießners, immer „Wir" zu sagen und den anderen ungefragt mitzunehmen, ärgerte

Furnian. Er hätte gegen den Kommissär eigentlich gar nichts gehabt, es ging ihn ja schließlich nichts an, was man alles über Nießners Vater und Nießners Schwester erzählte, man weiß doch auch, wie die Leute jeden verleumden, der seinen Weg macht, und jeder hat auch am Ende bloß für sich selbst einzustehen, das alles wußte Furnian aus eigener Erfahrung am besten. Wenn der Kommissär sich nur abgewöhnt hätte, einen mit jedem Blick und jedem Ton sozusagen zu duzen! Dieses „Wir", das er noch dazu dort am liebsten anwendete, wo man am wenigsten Lust hatte, ihm zuzustimmen, war unausstehlich. Wenn er eine Meinung aussprach, die man gemein fand, konnte man sicher sein, daß er sie mit der Beteuerung schloß: „Ja, mein lieber Freund, wir sind schon eine saubere Gesellschaft, wir sollten uns schämen!"

Furnian zog den Kopf zurück und sagte: „Ich muß eigentlich gestehen, daß ich, ich für meinen Teil, mich bisher nicht zu beklagen habe. Ich habe bisher eigentlich, das muß ich schon sagen, mit meinen Kollegen noch gar keine schlechten Erfahrungen gemacht. Was mich betrifft, könnte ich wirklich nicht behaupten, daß ich sie von dieser Seite kenne." Obwohl dies keineswegs seine Meinung war.

„Abwarten", sagte Nießner lachend. „Wird schon kommen! Das glaubt man gar nicht, wie schnel' das geht! No, vielleicht, wen.. wir nächstens einmal gemütlich beisammen sind, erzähl ich Ihnen schon noch das eine oder das andere Geschichterl, nur damit Sie sehen, wie nett die Menschen sind, denn gegen Sie ist das doch wirklich eine Gemeinheit, Sie, der doch wahrhaftig keinem was tut, Sie sind ja wahrhaftig eine Ausnahme, das sag ich immer, ich sag immer: Meine Herrn, in meiner Gegenwart laßt's den Furnian gefälligst in Ruh, das bitt ich mir aus! No und Ihnen kann's ja auch wirklich gleich sein, was kann das Ihnen schaden? Dem Döltsch macht man nicht so leicht den Kopf warm. Aber es ist immer ganz gut, wenn man seine Freunderln kennt. No, davon reden wir noch einmal, Sie werden lachen, denn das glaubt man ja gar nicht! Jetzt aber möcht ich nur noch, wenn Sie noch einen Augenblick Zeit für mich haben, um ein paar Informationen bitten. Ein Bezirkshauptmann ist doch allwissend, und so ein armes Hascherl von der Polizei weiß nie genug. Ach ja, lieber Freund, Sie wissen ja gar nicht, wie gut Sie's haben! Einmal möcht ich acht Tag an Ihrer Stelle sein! Was wißt's denn Ihr?"

Er zog ein schmutziges Heft heraus und begann allerhand zu fragen, allerhand zu notieren. Er erkundigte sich nach dem Doktor Tewes. Dann sagte er: „Ich hab's ja gewußt. Wer Bücheln schreibt und Reden hält, ist ungefährlich. Mir kommt nur vor, daß man es ganz gern sehen möcht, wenn er in eine Schlamastik käm, weil das dann doch auch für den braven Klauer sehr zuwider wär. Der arme Teufel braucht doch jemanden, dem er predigen kann. Lustig wär so eine Verhaftung, womöglich auf dem Bankerl vor dem Hotel; das Gesicht vom Klauer möcht ich sehen! No, wir werden ja sehen, was sich machen läßt. Dann sprachen sie die Honoratioren durch. Nießner machte sich über den Bergrat lustig, der immer nach Wien berichte, welche hygienischen Maßregeln in den Salinen notwendig seien, während man in Wien lieber wissen wolle, was gegen das Anwachsen der Sozialdemokratie in den staatlichen Betrieben zu tun sei. „Es nutzt uns viel, wenn die Sozialdemokraten gesund sind, sonst haben wir keine Sorgen! Der brave alte Herr!" Besonders aber kam er schließlich auf die Hofrätin Zingerl und den Domherrn lange zu sprechen, denen man zumute, wieder allerhand zu spinnen. Dieser Domherr, der, aus Rom zurück, plötzlich sein Lehramt aufgibt, um sich in den besten Jahren in dieses Nest zu setzen und den Landwirt zu spielen, sei zu verdächtig. „Da geht was vor, da zettelt sich was an, den Schlag kennt man doch!" Sein breites Gesicht mit den hängenden Wangen quoll von Gier auf. Klemens, dem es widerlich war, fragte hochmütig: „Seit wann haben Sie solche Missionen auch? Da wäre mir noch lieber, den spanischen König zu bewachen."

„Aber Sie glauben doch nicht, daß ich einen Auftrag dazu habe?" sagte Nießner lachend. „Aber, lieber Freund! Bloß zu meinem Privatvergnügen! Man will doch auch sein Privatvergnügen haben. Was?"

„Geschmackssache", sagte Furnian.

„Der Domherr interessiert mich", sagte Nießner sehr lebhaft. „Mein Gott, das ist so ein Sport von mir, ich sammle gern merkwürdige Menschen. Und ein merkwürdiger Herr muß der Prälat schon sein. Was? Ich denk mir! Und da Sie ihn kennen, sogar irgendwie verwandt mit der Familie sind und also sicherlich —"

„Ich komme manchmal in das Haus," fiel Furnian ein, „aber ich habe nicht die Gewohnheit, Leute, bei denen ich verkehre, auszuspionieren."

„Schad!" sagte Nießner, frech den hochmütigen Blick Furnians aushaltend. „Schaun's, das soll man immer. Es kostet nix, und man weiß nie, ob man's nicht noch einmal sehr gut brauchen kann." Und lachend fuhr er fort, mit jener Vertraulichkeit, die Klemens so sehr auf die Nerven fiel: „Ich bitt Sie, wir werden uns doch nix vormachen, wir zwei beide! Wer es zu was bringen will, muß schauen, von möglichst vielen Menschen möglichst viel zu wissen, was man nicht wissen soll. Das ist das ganze Geheimnis, dann geht alles wie geschmiert. Dabei kann man dann der anständigste Mensch sein, das gehört sogar zum Geschäft. Ein Angeber sein? Pfui Teufel, wie dumm! Es genügt, daß die Leute wissen, daß man was von ihnen weiß. Und wenn man sich dann schön still verhält, finden die Leute, daß man wirklich ein anständiger Mensch ist, und das ist die einzige Art von Anständigkeit, die sich heute noch rentiert. Denn es ist nämlich gar nicht ·vahr, wenn man immer sagt, die Welt ist undankbar. Man glaubt gar nicht, wie dankbar sie sein kann, wenn sie was davon hat; natürlich muß es dafür stehen. Sehn's, das ist mein System, lieber Freund!"

Furnian stand auf und sagte: „Ich habe leider noch eine Verabredung, vielleicht daß wir ein anderes Mal —" Er brach ab, ärgerlich, daß er unwillkürlich, während er den Kommissär abzuschieben dachte, ihn im selben Augenblick wieder eingeladen hatte. Er nahm sich vor, sich nächstens einfach vor ihm verleugnen zu lassen.

Nießner stand auf und sagte: „Nur einen Moment noch! Sein wir doch aufrichtig, das ist immer das gescheiteste! Was? Schaun's, lieber Freund, Sie können mich nicht leiden! Nein, nein, machen's kein verlegenes Gesicht, glauben's, daß ich das nicht weiß? Und dafür kann ja kein Mensch, vielleicht ist Ihnen meine Nase zuwider, das weiß man ja selbst nicht, Gott, das sind so Sympathien und Antipathien! Und vielleicht, wenn ich nicht gescheiter und wenn ich nicht ein Mensch wär, der sich in der Hand hat, vielleicht würde ich Sie dann auch nicht leiden können, lieber Freund, es kommt mir fast so vor, nur daß ich, wie gesagt, gescheiter bin als Sie, Sie entschuldigen schon! Denn schaun Sie nur einmal, wie ungeschickt das von Ihnen ist! Es muß doch einen Sinn haben, wenn man jemanden nicht leiden kann. Man muß sich die Menschen aussuchen, denen man schaden will. Was haben wir zwei beide davon, wenn's mit dem anderen schief geht? Nichts is dümmer, als wenn sich die kleinen Leute untereinander zwicken, Sie entschuldigen schon, Sie sind ein Herr Baron, mein Vater war ein Fiaker, der daneben bei der Polizei den Vertrauten gemacht hat, ein Naderer, hat man damals gesagt, und meine Stiefschwester ist bei den reichen Herrn herumgereicht worden, bis sie's nicht mehr nötig gehabt und der Pater Wedel sie bekehrt hat, bitte ich weiß, daß da schon noch ein gewisser Unterschied zwischen uns ist, ich werde das nicht vergessen, Herr Baron, aber schließlich sein wir aufrichtig, es hört uns ja niemand zu, schließlich sind das Unterschiede, die sich weiter oben stark verwischen, täuschen Sie sich nicht, lieber Freund, für die Herrschaften oben sind wir zwei beide ganz dasselbe, für die Herrschaften oben gibt's nur zwei Gattungen von Menschen, solche, die zu ihnen gehören, und solche, die sie nicht hereinlassen, für die Herrschaften oben sind wir zwei beide jeder nichts als ein armer Teufel, der hinauf will und den man zappeln läßt! Zappeln wir doch zusammen, statt gegeneinander! Sein's doch nicht so dumm!"

„Was wollen Sie denn eigentlich von mir?" schrie Furnian, so zornig, daß er sich gleich wieder schämte.

Der Kommissär trat auf den Bezirkshauptmann zu und sagte, aufrecht vor ihm: „Nix will ich. Ich will gar nichts. Ich weiß nur gern, wie ich mit den Leuten stehe. Ihre lieben Herrn Kollegen tun Ihnen heute schön und morgen schimpfen's über Sie, und dabei hat das eine so wenig einen Zweck wie das andere. Ich will eine Ordnung in meinen Gefühlen haben. Wir zwei beide können nebeneinander unsern Weg machen, es ist Platz genug für alle zwei. Und keiner kann wissen, ob es nicht für ihn noch einmal ganz gut sein wird, wenn er sicher ist, daß der andere gegen ihn nichts tut; in dem kleinen Land begegnet man sich ja immer wieder. Daß wir uns als Studenten einmal gehachelt haben, geht uns nix an, und daß wir uns alle zwei eigentlich nicht leiden können, macht auch nix, wenn wir so gescheit sind einzusehen, daß es für jeden besser ist, nicht zu vergessen, daß eine Hand die andere wäscht, unter Umständen, denn es kann ja sein, daß es nie dazu kommt, aber für alle Fälle, meine ich halt. Ich bin ein Mann der Ordnung, der gern weiß, woran er ist." Und indem er den Hut nahm, fragte er Furnian: „Sie wollen nach Hause gehen?"

„Ja, ich geh nach Haus", sagte Furnian.

„Ich geh noch ein Stückerl mit Ihnen", sagte Nießner. „Wir haben denselben Weg."

Als sie aus dem Hause traten, sagte Furnian: „Sie haben mich offenbar mißverstanden. Es wäre mir natürlich unmöglich, bei der Hofrätin und dem Domherrn jemanden einzuführen, der in das Haus meiner Verwandten mit geheimen Absichten käme. Aber irgendeine Feindseligkeit gegen Sie liegt mir ganz fern. Die dumme Studentengeschichte hab ich doch längst vergessen, das können Sie mir wirklich glauben. Und wie man am besten Karriere macht, darüber kann man schließlich auch verschiedener Meinung sein. Jeder versucht es halt in seiner Art. Und darin haben Sie ja gewiß recht, daß die jüngeren Beamten, statt einer dem anderen ein Bein zu stellen, besser täten, zusammenzuhalten."

„Aber lieber Freund," sagte Nießner, „Sie dürfen das auch nicht alles wörtlich nehmen, bei mir sprudelt's dann so heraus, wenn ich einmal anfang; und immer besser ins Gesicht als hinterm Rücken, was? Nicht? Und ich hab schon lang das Bedürfnis gehabt, mich einmal mit Ihnen auszusprechen, das kann nie schaden. Sie werden schon sehen, wir werden uns noch ausgezeichnet verstehen. Und damit Sie gleich einen Beweis haben, was für ein seelenguter Kerl ich eigentlich bin, kommen's doch morgen nach dem Essen ins Café Lanner, ich hab mir auf der Fahrt zwei Mäderln aufgezwickt, Sie können sich aussuchen, welche Ihnen lieber ist, und dann rutschen wir irgendwo hinaus, es gibt nichts Besseres für die Freundschaft als so eine kleine Landpartie mit Weiblichkeit. Wollen's?" Und da Furnian nicht gleich antwortete, sah er ihn lustig an und fragte: „Oder

schamen's Ihnen vielleicht? Is hier Tugend Usus?
Denn Angst brauchen's keine zu haben, die Mädln
reisen übermorgen wieder ab. No und: einmal ist
keinmal! Dann werden's bei den hiesigen Damen erst
einen Anwert haben. Abgemacht?"

„Schad," sagte Furnian, „daß ich morgen eine
Kommission hab. Es wär ganz lustig."

„Schad", sagte Nießner. „Die Mäderln sind sehr
nett. Künstlerinnen, selbstverständlich. Die eine hat
sogar schon in der Josefstadt einmal sagen dürfen:
Es ist serviert, Madame! Früher hat man ja von so
was schon leben können, jetzt sind halt schlechte
Zeiten: Börseaner gibt's keine mehr, und der Hoch-
adel ist doch bloß fürs Gemüt da, da zahlen's ja
noch drauf. Also Kleinbetrieb, Hausindustrie; die
G'schicht hat kein'n Zug mehr. No, und da gastieren's
halt ein bisserl in der Provinz herum. Und solche
Mädln sind ja nie netter als im Grünen, wenn's von
der Stadt ein bißl ausdunsten und lyrisch werden:
O du himmelblauer See! Und gar, lieber Freund,
unter meiner Führung! Ich bin da ja gewissermaßen
amtlich beteiligt, nicht wahr? Herrn Bezirkshauptmann dürfte ja bekannt sein, daß man diese Damen,
von wegen des patriarchalischen Ansehns des Orts,
eigentlich hier nicht dulden darf, außer jene Damen
von diesen Damen, die zum Gefolge von Respekts-
personen gehören. Nun wechseln aber die Respekts-
personen ab, und das Gefolge wechselt auch, und jetzt
können Sie sich denken, wieviel Takt und Zartgefühl
und Sachkenntnis einer bei dem G'schäft braucht!
Deshalb muß der Polizei natürlich immer ein gewisser
Spielraum gelassen werden, nicht wahr, was? No
und da spieln wir halt ein bißl, in dem Raum; sonst
wär man doch dumm, was? Also kommen's nur und
spieln's mit, die Kommission lauft Ihnen nicht davon!
Was?"

„Ich glaub leider nicht, daß es sich machen lassen
wird", sagte Furnian. Sie waren an der Ecke der

162

Kreuzgasse. Nießner, der zur Promenade ging, sagte: „Na, wie Sie wollen! Sie finden uns jedenfalls im Café Lanner, so gegen zwei. Vielleicht überlegen Sie sich's noch! Servus, lieber Freund! Vielleicht kommens doch! Servus!"

Furnian kam doch. Er war abends daheim geblieben, ganz allein. Er hatte zuweilen ein solches Gefühl, lieber gar niemand mehr sehen zu wollen. Menschen wie Nießner verdarben ihm die Lust am ganzen Geschlecht. Denn er mußte sich ja sagen: dieser Nießner hat doch recht, so kommt man noch am besten durch die Welt, es ist die einzige Art, so muß man's machen, so muß man sein, ein Narr, wer zimperlich tut! Aber eine Stimme war in ihm, die sagte: Lieber noch ein solcher Narr sein! Nein, er wollte nicht mittun, wenn das Leben so war! Gewiß, Nießner hatte recht, aber dann lieber — ja was? Kann man auswandern aus dem Leben? Das war doch, wie die kleinen Kinder tun, die plötzlich gekränkt sind und trotzen: ich spiel nicht mehr mit, nein, ich spiel nicht mehr mit! Und dann spielen halt die anderen allein, und der Bub steht in der Ecke und wird ausgelacht, das hat er davon. Die Welt nehmen, wie sie nun einmal ist, und Unrecht, Roheit und Gewalt, ohne die's nun einmal nicht abgeht, lieber tun als leiden, man wäre doch dumm! Es half ihm nur nichts, sich dies vorzusagen. Menschen wie Nießner machten ihn ganz schlaff. Er hätte solchen Menschen ausweichen müssen. Er hätte gar nicht wissen dürfen, daß es solche Menschen gibt. Er bemühte sich dann, gerecht gegen sie zu sein, um nicht seiner törichten Abneigung nachzugeben, und da verlor er sich dann ganz, geriet aus sich und wußte nicht mehr, wohin. Und er lachte sich selbst aus: wenn du die Augen zumachst, wird die Welt nicht anders! Nein, im Gegenteil, Menschen wie Nießner waren sehr gut für ihn, sie weckten ihn auf, er hätte sich nur an sie halten sollen! Aber ihm saß halt immer noch seine Kindheit im Genick, mit diesen jämmerlichen Lehren des Vaters, von Ergebung und Entsagung! Und der hatte das ja am eigenen Leibe erfahren, wieweit man damit kommt! Ergebung und Entsagung, und man sieht am Ende vor der Türe, während die Nießners zu Tische gehen! Und bereut es, wenn es dann zu spät ist und man es sich noch zur Ehre machen muß, einem kleinen Wucherer zu hofieren, das war dann noch das Ende von aller Ergebung und Entsagung, denn schließlich kriegt das Leben doch jeden mürb und klein! Dann doch lieber gleich mit den Nießners geheult und seinen Pakt gemacht und zugegriffen, wie's gerade kommt, du wirst das Leben auch nicht ändern!

Er lag rauchend auf dem Diwan. Die kleine Lampe gab ein stilles Licht. Über dem Schreibtisch war eine Miniatur von Daffinger, den alten Hofrat Furnian darstellend, mit dem kleinen spitzen Kopf eines bösen Vogels, die langen dünnen Beine in ganz engen Hosen, staatsmännisch ausgestreckt, mit sämtlichen Orden, ein Taschenmetternich. Ja, der! dachte Klemens, der hat's verstanden, der hat sich nicht lange bedacht, der hat's mit beiden Händen angepackt! Und hat man's nur erst erreicht, dann ist alles gut und schön, dann gilt für weltmännisch und lebensklug, was eben noch erbärmlich und feige war! Wer weiß, wie lange dauert's, und aus dem verächtlichen Nießner wird ein verehrter Hofrat Furnian? Nein, man darf nur nicht wehleidig sein! Der dort war's nicht! Nein, der genierte sich nicht, man sah's dem grimmigen alten Männchen noch an, da war keine Spur von Angst oder Scham in dem verschmitzt devoten Gesicht, der hatte das Leben durchgemacht! Und der hätte sich wohl auch nicht erst lange geziert, mit den zwei Mädln! Der war dafür bekannt. „Ja, der Hofrat!" hatte die Tante Zingerl neulich noch gesagt, mit so merkwürdigen Augen, zwischen den ehrwürdigen Löckchen durchblinzelnd.

164

„Ja, der Hofrat! Das war wohl ein ausgezeichneter, ein hochverdienter Mann. Aber den alten Adam wird halt keiner los. Nun, jetzt ruht er längst selig in Gott." Klemens aber war der Narr und quälte sich mit wilden Wünschen und konnte nicht schlafen und sehnte sich, wenn in der Früh die Vögel im Garten so gierig durcheinander schrien, und sah weg, wenn die Apothekerin wogte, und oft abends, wenn er in der Ferne eine Gestalt durch die dunkle Gasse schlüpfen sah, irgendeine Magd, die um Bier ging, lief er hinter dem Schatten her und schämte sich doch und wagte nichts. War er dumm! Und die goldenen Äpfel des Lebens hingen ihm zum Fenster herein! Und auf einmal wird er ein alter Mann sein, und dann ist es versäumt! Worauf wartet er denn? Soll das Glück vielleicht an seine Türe klopfen und ihn erst noch schön bitten, daß er es mitnimmt? Aber da war diese dumme Furcht, an der er immer litt: es könnte dann vielleicht am Ende doch nicht ganz so schön sein, wie er es sich erwartet hatte! Das ließ ihn zaudern und zagen. So dumm, so dumm! Statt zu nehmen, was sich bot, bis es besser kam, wie die anderen es machten! Er aber fragte sich immer erst und verglich alles mit seinem Traum, und indessen war es wieder weg, und er hatte nichts und dann kamen solche Stunden der Verlassenheit, daß er hätte weinen mögen, vor Einsamkeit und Bangigkeit, und da trieb es ihn dann in die Nacht der großen Stadt hinaus, nach schändlichen Gassen, und er versank, im Ekel. Er, der, wenn er seine Kollegen mit ihren Mädchen sah, so hochmütig dachte: Nein, meine Geliebte muß einmal anders aussehen! Er, der, wenn eine Dame mit ihm äugelte, sich gleich warnte: Ist sie es denn wert? Er, der sich jetzt wieder zu gut war, mit Choristinnen zu bandeln! Und er kannte sich doch, nächstens rennt er dann doch wieder plötzlich fort, mit dem letzten Zug nach Wels oder Linz, und in die dunklen Gassen! Und er will den Nießner

165

verachten? Warum denn? Der hat bloß Mut und tut vor sich selber nicht besser, als er ist! Ein Narr, wer sich vormacht, nicht gemein zu sein; der Mensch hält es ja doch nicht aus! Und ist man denn gleich gemein, wenn man auch einmal auf sein junges Blut hören muß? Mögen ein paar alte Tanten zetern! Er war doch sonst nicht so, was kümmern ihn die Leute! Und was ist das für ein dummer Stolz vor dem Kommissär? Der ging lustig auf das Leben los, er kannte die Menschen, wie sie sind, der log sich nichts vor! Er hätte sich nur gewünscht, auch so zu sein; mit empfindsamen Flausen geht's heute nicht mehr. Dabei konnte man ja bessere Manieren haben, Nießner war vulgär. Aber immer noch lieber vulgär mit der Kraft und Klugheit des Nießner als so hilflos albern wie sein böhmischer Graf und der kleine Bierbaron mit ihren guten Manieren. Und vielleicht war das das ganze Geheimnis, ein Nießner zu sein, aber von höherer Art, mit mehr Geschmack, dem angeborenen Takt der alten Familien und der Geschmeidigkeit einer sicheren weltmännischen Bildung. Nein, es war sicher nur gut für ihn, sich eine Zeit an den Nießner zu halten. Der Kluge nützt solche Menschen aus, an der nächsten Station kann man ja die Pferde wechseln. Und er brauchte so einen Menschen, der ihn aus seiner Trägheit riß! Es war die Gefahr für ihn, sich zu versitzen; das Leben aber ist kein Gedicht. Der alte Hofrat dort, der hat's verstanden! Den hätte der Nießner nicht erschreckt! Der biß mit festen Zähnen in die goldenen Äpfel! Und manchmal dachte Klemens, daß er eigentlich doch viel mehr von diesem Großonkel hatte als vom Vater und vom Großvater. Wie schon zuweilen in Familien Neigungen und Begabungen seltsam springen und die Art, die in der geraden Linie schon verloren scheint, plötzlich auf der Seite wiederkehrt. Mit solchen Gedanken schlief er ein. Und in der Früh, vom Schreien der Vögel im Garten geweckt, sagte

166

er sich: Ich kann mir ja die Mädln jedenfalls anschauen.

Er fand sie ganz hübsch. Nießner zeigte sie vor
und sagte: „Die da, die Lange mit den schmachtenden Augen, heißt das Engerl, weil sie so was hat,
als ob's gleich flieg'n möcht. Und das da, das Rund-
liche, daß sich der Klimt schamen muß, das ist das
Bengerl. Eigentlich heißen's anders, ich aber hab's
Engerl und Bengerl tauft, ich kann mir die vielen
Likserln und Gikserln und Pipserln nicht alle merken,
die's heute gibt; die kommen einem nur durcheinand.
Also macht's die Nasn auf und zeigt's die Zähn her,
daß sich der Herr Bezirkshauptmann die Seinige aussuchen kann. Welche Ihnen lieber ist, lieber Freund!
Mehr nach'm G'wicht oder fürs Gemüt. Mir ist es
wurscht. Ich bin ein sachlicher Mensch. Klarinette
oder Bombardon; mir kommt's auf die Musik an,
nicht aufs Instrument. Und jetzt, 's Wagerl ist da,
also vorwärts! Kellner, zahl'n! Z'erst tun wir euch
ein bißl auslüften. Steigt's ein, Hopp!"

Als sie fuhren, sagte Nießner: „Und jetzt bitt ich
mir aus, nehmt's euch z'samm, macht's mir kei Schand
vor dem Herrn Bezirkshauptmann! Das ist wie ein
Theater paré! Zeigt's, was könnt's! Lustig, Engerl,
mach deine Gosch'n auf! Lustig, Bengerl, laß deine
G'spaß los! Nachher kriegt's ein Schampus!"

Klemens lehnte sich zurück, er wäre lieber aus-
gestiegen. Aber er wollte nicht lächerlich sein. Und
er ärgerte sich über sich: er war doch kein Bub mehr,
er mußte das auch einmal lernen und das Leben
nehmen, wie es ist. Und er schrie, plötzlich: „Also
los, was ist denn? Seid's nicht fad! Heute wollen wir
einmal lustig sein, los!" Und Nießner zwickte die
Mädchen und sagte: „Also macht's nicht ein Gesicht
wie eine saure Gurken, sondern unterhalt's uns, erzählt's was!"

Die Mädchen kicherten und kreischten. Sie waren
verlegen und zupften an ihren Kleidern. Sie blinzelten

167

zu Furnian hin und dann stießen sie sich an und kirrten. Und das Engerl sagte zum Bengerl: „Na, hast net g'hört? Erzähl'n sollst was!" Und das Bengerl sagte zum Engerl: „Na, du! Fang nur du an!" Und so stritten sie kichernd und kirrend. Und das Bengerl sagte: „I kann erst red'n, wann i b'soff'n bin. Wann i net b'soff'n bin, scham i mi." Und das Engerl schrie: „Jessas na! Jetzt möcht's vorn Herrn Bezirkshauptmann die Unschuld mach'n! Schaut's die an!" Und sie stießen sich an und kicherten. Der Kommissär zog eine Feldflasche mit Kognak heraus und sagte: „Da habt's! Sauft's! Stimmung braucht der Künstler." Die Mädchen tranken gierig. Das Bengerl fragte: „Is vielleicht dem Herrn Bezirkshauptmann auch gefällig?" Nießner sagte lachend: „Der Herr Bezirkshauptmann wird schon allein wissen, was ihm gefällig ist, der wird dich net erst viel frag'n, mein liebes Bengerl." Die Mädchen lachten, schreiend. Furnian trank. Es tat ihm wohl. Das Schreien, das Lachen, das Stoßen des Wagens, der warme Schnaps, der Staub von der Straße, die Nähe der Mädchen mit den heißen Gesichtern und ihrem Dunst von Parfüm und Schminke, dies alles war ihm so betäubend und erregend, daß er, zwischen Ekel und Begierde, nur immer mehr davon verlangte. Er bekam Lust, roh zu sein, jemanden zu schlagen, laut zu schreien. Der Kommissär nahm das Engerl am Kinn und zog es her, sie schmatzten sich ab. „Au", schrie das Engerl, „der Schnurrbart sticht." Und sie fühlte mit den Fingern die Stacheln des borstigen rotblonden Barts und wand die Schultern, wie fröstelnd, und schrie. „No," sagte Nießner, „du wirst ja schon öfter gestochen worden sein." Die Mädchen schrien. Klemens trank die Flasche leer. Nießner nickte und sagte: „No, lieber Freund, es geht ja." Und jetzt fing das Engerl zu erzählen an und gab Rätsel auf und wieherte, wenn man einen schmutzigen Witz nicht gleich begriff. Und dann fing das Bengerl an. Und da ging's um

168

die Wette, wer gemeiner war. Und sie wieherten und kicherten und kirrten. Und Nießner hetzte und hußte sie noch. Und er sagte: „Ehret die Frauen, sie flechten und weben." Und dann zu Furnian: „Ich freue mich nur, bis wir das Frauenwahlrecht haben werden." Und er fragte die Mädchen: „Engerl, Bengerl, Wählerinnen! Wen werd's ihr wähl'n?" Das Engerl, mit seinen Veilchenaugen, sagte: „Mir ist ein jeder recht. Aber eine Hetz wird's schon sein!" Da setzte sich das dicke Bengerl auf und zog das runde Gesicht zusammen und sagte: „Wer weiß? Vielleicht wird dann einmal noch alles anders. Zeit wär's." Nießner sagte lachend: „Schau, schau! Bengerl, Bengerl!" Aber sie wiederholte, trotzig: „Vielleicht hört sich das dann auf, daß man einem jeden sein Bengerl sein muß." Das Engerl gab ihr einen Stoß und sagte: „Hast schon wieder einen Schwips? Das is ihr Unglück, daß 's gar so leicht an Schwips kriegt, und dann hat sie der Teufel, da wird's ganz rabiat und red't die dümmsten Sachen daher. Was ma da oft lach'n!" Das Bengerl sagte, lachend: „Na na! I bin schon wieda gut. Manchmal wird mir halt auf einmal ganz verdreht im Kopf. Und wahr is es ja. Fallt aber den sogenannten anständigen Weibern net ein, daß sie was für uns täten! Ärger sind's als wir, da muß man nur die Männer erzähl'n hör'n, uns erzähl'ns doch all's." Nießner fragte: „Was erzähln's denn?" „Ui je!" schrie das Engerl. Und das Bengerl schrie: „Ui je!" Und lachend fingen beide von allerhand Damen, die sie nannten, Geschichten zu erzählen an, wie die es trieben, und versicherten mit heißen Augen, daß es ein Skandal ist, was man da alles hört, pfui Teufel, die sollen nur still sein! Furnian aber sah sich das dicke Bengerl an, denn merkwürdig war ihm das, wie, während ihr Mund Zoten schrie, ihre großen grauen Augen da weit draußen irgendwo in den tiefen Wald zu gehen schienen.

Sie fuhren nach dem Bachl. Das war ein kleines altes Wirtshaus im Wald, durch die Forellen des hellen Wassers berühmt. „Jetzt, meine Herrschaften," „kann ich euch nicht brauchen. Eine Bowle muß man mit Andacht brauen. Herr Wirt, richten's uns oben ein Stüberl her, für uns allein. Abends wird's immer ein bisserl kühl, das is nix für so heiße junge Leut wie wir." Er klopfte dem alten Wirt auf die Schulter und sagte: „Das ist mein alter Freund, der Bachlwirt, Herr Bezirkshauptmann! Ein braver Mann, der sein Geschäft versteht."

„Man tut halt, was man kann", sagte der alte Wirt, auf Furnian schielend. „Manchmal geht's schon recht lustig her bei uns. No und wiar ma halt sagt, auf der Alm gibt's ja koa Sünd, g'wissermaßen, da paßt scho der liebe Herrgott selber auf, er hat ja net weit, aber a bißl G'spaßln, das macht ihm nix, dös mag er ganz gern, war selm a amal jung. Gel, Herr Bezirkshauptmann?"

„Schaun's nur," sagte Nießner, „daß 's mir Ehr mach'n, vorm Herrn Bezirkshauptmann!"

„Is mir net bang", sagte der Wirt, aus den runzligen Lidern hervor auf die Mädchen schielend. „Mit mir sollens kan Faschee hab'n, Herr Kommissär! Bei uns geht all's noch nach 'n guten alten Brauch. Ma woaß schon, was ma solchen Herrn schuldig is. Aber wenn die Fräul'n vielleicht mitgehn woll'n, zuschaun, wia i die Forell'n abschlag? Dös is sehr beliebt bei denen Fräul'n, da krieselt's ihnen so g'wiß bis ins Herzerl hinein, daß 's frei an Bremsler macht. Ja, mein!" Und grinsend ging er voran, zum Brunnen, dessen glitzernder Strahl in einen Trog mit Forellen schoß. Die Mädchen beugten sich vor und staunten die grauen Tiere mit den goldig schimmernden Flossen an, leise fröstelnd, so kalt kam es her. Da schlug der Wirt den Ärmel auf, fuhr mit der Hand in den Trog und zog einen zappelnden Fisch heraus, dem er nun mit dem flachen Messer einen leichten

Schlag auf den Kopf gab, dreimal, bis er sich, zuckend, nur noch einmal aufwarf, aber schon durch einen Schnitt zerschlitzt und auf das glitschige Brett geworfen wurde, und die Hand fuhr wieder in den Trog und griff nach dem nächsten. Das Bengerl lachte quietschend, und wenn der Wirt das Messer hob, zog sie den Rücken hoch und hielt sich die Ohren zu, als hätte sie Furcht, daß der Fisch vor Schmerz aufschreien würde; flog er dann auf das nasse Brett, so sprang sie vor dem aufspritzenden Gascht schreiend zurück. Das Engerl aber, mit den Veilchenaugen, stand vorgebeugt, mit dem feinen schmalen Näschen schnuppernd, ein starres Lachen an ihren lieben stillen Lippen, aus welchen die kleinen spitzen Zähne, fest zusammengepreßt, glänzten. Sie stand und regte sich nicht, nur jedesmal, wenn das flache Messer den Kopf des Fisches traf, sprang ein gelbes Zucken durch die Veilchenaugen. Als der Wirt fertig war, bog sie sich ganz tief zum schleimigen Brett herab und zog den nassen sauren Fischgeruch ein. Furnian ging weg. Das Bengerl kam ihm nach und sagte: „Mögen's das nicht, Herr Baron? Ich auch net. Grauslich is's. Gehn wir doch lieber ein bißl in den Wald! I möcht so gern ein bißl in den Wald gehn." Furnian nickte. Sein Kopf war schwer, er hatte den Gaumen trocken, am Brunnen war ihm plötzlich kalt geworden. Er wünschte sich, allein zu sein. Er ging schnell voraus, das Mädchen folgte. Eine Zeit blieben sie ganz still. Auf einmal fing das Mädchen vor sich hin zu singen an, mit einer kleinen, noch ganz kindlichen, die hohen Töne gleichsam aufspießenden Stimme. Sie sang: Hab ich nur deine Liebe, die Treue brauch ich nicht! Furnian erinnerte sich, daß es aus einer alten Operette war, die er als Bub einmal gehört hatte. Er blieb stehen, mit dem Rücken zu ihr, und horchte, wie die lieben kleinen hellen Töne durch den schwarzen Wald sprangen, wie Johanniswürmchen. Plötzlich brach sie ab und schrie:

„Schau's, das Viech!" Er sagte: „Ein Eichkatzl."
Sie sahen dem geschmeidigen Tier nach, das in den
Zweigen verschwand. „Jessas, wie lieb!" sagte sie.
Sie kamen an ein Gestrüpp von blühenden Rhododen-
dren. „Almrosen", sagte er, hinzeigend. „Jessas,
wie schön!" rief sie, in die Hände klatschend. Er half
ihr abpflücken. „Die halten doch ein paar Tag, net?"
fragte sie. „Aber natürlich", sagte er. „Wollen Sie's
jemandem mitbringen?" Rasch sagte sie, heftig:
„Aber nein, nein! Ich frag doch nur." Dabei wurde
sie ganz rot. Er sah sie verwundert an, sie wendete
sich verlegen ab, eifrig pflückend. Er sagte, gemütlich: „Deswegen brauchen's ja nicht gleich so bös auf
mich zu sein." In den Rosen zupfend, sagte sie, mit
einem befangenen Lachen: „War ich denn bös? Ich
war doch nicht bös!" Er sah, wie sie wieder ganz rot
wurde. Ihm fielen ihre Zoten im Wagen ein. In der
Verlegenheit wurde ihr gefräßiges Gesicht eigentlich
noch viel hübscher. Er sagte: „Natürlich waren's bös,
Sie sind doch ganz krebsrot vor Zorn geworden.
Offenbar g'hören die Blumen für einen heimlichen
Schatz von Ihnen. Warum soll denn das aber ich
nicht wissen dürfen?" Sie stak ganz in den Rosen
drinnen, er konnte sie jetzt nicht sehen, als sie mit
harter Stimme sagte: „Wenn's Ihnen nix macht!
Manche Herrn haben das nicht gern." Klemens fragte:
„Wie heißt er denn, der Glückliche?" Sie sprang aus
den Rosen, beide Hände hatte sie mit Ästen von roten
Blüten voll, die roten Blüten drückte sie mit den
Armen an sich, rot stand ihr Gesicht aus den roten
Blüten hervor. „Lassen's mich schon in Ruh!" schrie
sie. „Was wollen's denn? I weiß von nix! Daß man
nachher wieder ausgelacht wurd! Das kenn ich! A
na!" Er sagte nichts und nahm ihr die Rosen ab. Sie
legte sie zusammen und band sie. Dann wiederholte
sie, trotzig lachend: „Na na! I weiß von nix." Das
dicke Gesicht zog sich zusammen, sie warf die breiten
Lippen auf, die kurze Nase wurde faltig; verstockt

172

und muffig stand sie da. Plötzlich erschrak sie, sah sich um und fragte, furchtsam: „Was is denn? Wo sind wir denn jetzt? Alles schaut auf einmal jetzt ganz anders aus!" Sie streckte die Hand nach Klemens, wie um Hilfe. Klemens sagte: „Die Sonne ist weg." Sie sah durch die Wipfel empor, über den schwarzen Bäumen schien der Himmel gelb. Erstaunt wiederholte sie: „Die Sonne ist weg?" Klemens sagte: „Die Sonne ist weg, und die Bowle wird auch fertig sein." Sie gingen zurück. Sie glitt in der Streu aus und schrie. Er half ihr auf. Sie behielt seine Hand und bat: „Lassen's mich nicht allein! I fürcht mich." Er ging vor ihr, sie hielt sich an, er zog sie. „Na," sagte sie, „bei der Nacht wär das nix für mi." Und plötzlich wurde sie wieder lustig und sagte: „Ich bin halt ein echtes Mariahilfer Kind. Da sin wir doch eine bessere Beleuchtung g'wohnt." Sie hängte sich ein, schmiegte sich an und begann wieder zu singen, erst nur leise trällernd, allmählich lauter, indem sie mit einem Ast der roten Almrosen den Takt dazu schlug: „Vindobona, du herrliche Stadt, die so reizende Anlagen hat!" Nach einiger Zeit sagte sie, gerührt: „Es geht halt doch nix über Wien!" Plötzlich erblickten sie das Licht des Wirtshauses dicht unter sich. „Jessas!" schrie sie. „Bin ich jetzt erschrocken!" Sie riß sich los und lief voraus. Er rief ihr nach: „Geben's acht, Bengerl, daß 's nicht fallen!" Sie blieb stehen und wendete sich rasch nach ihm um. Als er neben ihr war, sagte sie: „Wenn's Ihnen gleich wär, hätt ich eine Bitte, Herr Baron." „Gern", sagte Klemens. „Aber net auslach'n?" sagte sie. „Man ist halt schon dumm." Klemens fragte: „No?" Sie bat: „Und ja dem Nießner nix sag'n? Da wär's aus! Ehrenwort, nicht!?" „Ehrenwort", sagte Klemens. „Also was denn?" Sie schwieg. Er fragte noch einmal: „No was denn? Was möchten's denn, Bengerl?" Da, schon vor dem Haustor, sagte sie, scheu bittend: „Wenn's Ihnen gleich wär, wär's mir halt lieber, wenn's mich nicht Bengerl nennen möchten! Ich heiß Mariann. Und Ihnen is es ja vielleicht gleich, net?" Klemens sagte, lachend: „Aber natürlich! Mariann is ja viel schöner." Sie nickte stumm, duckte den Kopf und sah vor sich hin. Dann sagte sie, ganz leise, zwischen den Zähnen durch: „Und net wahr, sogar einem Hund laßt ma doch den Namen, den er einmal hat, net?" Aber schon flog sie die Stiege hinauf, riß die Türe lachend auf und schrie: „Einen Durscht hab ich, Kinder! Wo is der Schampus?"

Das Engerl war schon sehr betrunken. Sie nahm die Pfirsiche aus der Bowle und lutschte daran. Und immer verlangte sie noch Kognak dazu. „Nein," sagte Nießner zu Furnian, „setzen Sie sich nicht neben sie! Sie sticht einem dann immer unversehens mit Nadeln ins Fleisch. Wart nur!" Sie ließen die Sessel neben ihr leer. Darüber wurde sie sehr traurig. Sie stützte die Arme auf und legte das feine weiße Gesicht schief in ihre blassen Hände, die losen aschblonden Locken fielen darüber. „Schaun Sie's an", sagte Nießner. „Ich sag immer, man sollt sie nach England exportieren. Solche Lilien der Gemeinheit gehen dort wie die frischen Semmeln ab. Hurra, die Forell'n!"

„Nachher hab i noch frische Straub'n g'richt, Herr Kommissär", sagte der alte Wirt, auf das Engerl schielend. „Recht fett abg'schmalzen, wie's die Fräul'n gern haben, so recht saftig. Ja, wann ma a an armer Baunfünfer is, waß ma dert, wias denen Fräul'n am liabsten paßt."

„Gebt's mir die Augen!" schrie das Engerl. „Ich will die Aug'n von den Viechern haben. So böse Aug'n haben's g'macht, auf dem schmierigen Brettl. Hat ihnen aber doch nix g'nutzt!" Sie nahm den Forellen die Augen aus, legte sie auf einen ihrer langen schmalen Finger, und indem sie die Zunge zeigte, höhnte sie: „Ätsch! Ätsch!" Dann steckte sie den Finger in den Mund und schlürfte sie.

174

Nachdem alle die Forellen gelobt hatten, zog der Wirt sein Käppchen und sagte: „Die Straub'n bringt nachher der Knecht. I geh jetzt schlaf'n, die Herrn werd'n schon entschuldigen, i bin a armer alter Mann, der sein Ruh braucht. Und i wünsch halt no an recht an vergnügten Abend allerseits!" Und er ging, listig schmunzelnd.

„Man glaubt gar nicht," sagte Nießner, „wieviel Takt diese alten Bauern manchmal haben."

Die Mädchen sangen und lachten. Das Engerl hatte eine kalte und höhnische Art, betrunken zu sein; das feine stille Gesicht wurde immer weißer, die Augen hatten irre gelbe Funken. Das dicke Bengerl hatte zuviel gegessen, sie wurde schläfrig, wollte sich's aber nicht merken lassen, so schrie sie sich heiser und trank immer noch mehr. Das Engerl sagte, höhnisch: „Dir fall'n ja schon die Augen zu, du halt'st halt gar nix aus." Das Bengerl sagte, zornig: „Bis ich einmal so alt wie du bin, werd ich's auch g'wohnt sein." Nun zankten sie sich und warfen sich die fetten Strauben ins Gesicht. Das Engerl wurde wild und wollte mit der Gabel stechen. Da stand Nießner auf und sagte: „Komm jetzt." Gleich gehorchte sie. Sie gingen in das andere Zimmer. An der Türe sagte Nießner: „Wir wollen uns nur den Mond ein bißl anschauen, Herr Bezirkshauptmann! Servus, einstweilen!"

Das Bengerl wischte sich mit einer Serviette das Fett der Strauben vom Gesicht. Klemens mußte über ihre kläglich kindische Miene lachen. Nach einiger Zeit sagte er: „Und, Mariandl, was is denn nun eigentlich mit uns zwei?"

Sie legte folgsam die Serviette weg, stand auf und sagte: „Ja natürlich, Herr Baron!"

Klemens trat an das Fenster. Er stieß es auf, um den brenzlichen Qualm der Zigarren und Zigaretten aus dem Zimmer zu lassen. Draußen stand der schwarze Wald. Der Brunnen rauschte. Sonst war

175

kein Laut. Nur den rauschenden Brunnen hörte man, wie sein rasches Wasser in den Trog fiel. Unbeweglich stand der Wald. Die Luft war naß und kalt. Klemens schloß das Fenster zu. Das Mädchen saß im Hemd, die Hand auf den Tisch gestützt, das Gesicht an die Hand gelehnt. Sie hörte nicht, daß er zu ihr kam. Er sah, daß sie weinte. Ganz still rannen ihr die Tränen über die dicken Wangen. Er fragte: „Aber, Kind, was ist denn?" Sie schrak zusammen, aber schon lachte sie wieder. „Was denn? Nix is! Was soll denn sein?" Sie wischte sich die Tränen ab und schneuzte sich. Er sagte: „Du hast ja geweint?"

Sie sagte, heftig: „I muß immer weinen, wann i b'soff'n bin. Das is so a dumme Gewohnheit von mir." Aber dabei fing sie wieder noch heftiger zu weinen an. Dann schneuzte sie sich, stand auf und hielt ihm ihren jungen Leib hin. „Also? Jetzt is's ja schon wieder vorbei!" Er ließ sie stehen, ging durchs Zimmer und sagte dann, indem er sich in den alten Diwan setzte: „Erzähl mir lieber, was du denn eigentlich hast."

Sie stampfte zornig auf. „Blöd bin i halt! Weil i dann halt immer an den Rudolf denken muß! I kann ja nix dafür!" Sie weinte wieder und bat ihn, schluchzend: „Sein's m'r nur nicht bös, Herr Baron."

„Aber, Tschaperl!" sagte Klemens. „Zünd dir lieber noch ein Zigarettl an und erzähl mir's" Seine traurige Stimme tat ihr wohl.

„Aber um Gottes willen", sagte sie. „Sagen's nur nix dem Nießner! Der versteht kan Spaß."

„Nein, nein", sagte Klemens lächelnd. „Kannst ganz ruhig sein! Ich werd ihm gewiß nichts sagen."

„Und der Pips! auch nicht", bat sie. „Dem Luder."

„Nein. der Pipsl auch nicht", sagte Klemens. „Die brauchen gar nichts davon zu wissen. Wir fragen sie ja auch nicht, was sie miteinander gemacht haben. Aber jetzt erzähl. Was is denn der Rudolf?"

176

Während sie sich wieder anzog, sagte sie: „Jetzt is er im Brucker Lager, er is Korporal, eigentlich is er aber in der Damenkonfektion. Wir kennen uns erst seit drei Woch'n. Mein Gott, ich weiß gar net, wie's kommt, aber ich hab ihn halt so furchtbar gern. Natürlich is's ein Unsinn! Er hat ja nix, und wenn ein Mädl einmal wie ich ein feineres Leben gewohnt is, wär's doch wirklich a Sünd, wann ma sich durch eine Dummheit alles verpatzen möcht, die Mutter hat ja ganz recht! Nur halt — schwer kommt's eim halt an, die Lieb is schon a g'spaßig's Ding! No, mit der Zeit wird sich's ja wieder leg'n, ma darf sich halt auch nicht soviel nachgeb'n. Nur jetzt is es mir halt noch schrecklich, mit einem anderen zu sein. Und da hab' ich mir gedacht: fahrst einmal ein bißl in der Welt herum, so ein zehn oder zwölf Tag, bis das Ärgste vorüber is, und die Pipsl hat sich auch einmal ein bißl ausrast'n wollen und so sind wir halt fort. Die zwei Tag in Salzburg, das war wunderschön. Alle Offizier wären uns gern nach, aber da hat's nix geb'n. Ganz allein sind wir den ganzen Tag in Hellbrunn herum. Ja, wenn man so leb'n könnt! Das wär schon schön! Dann aber hat uns auf der Bahn der Nießner erwischt. Net wahr, Sie sag'n dem Nießner bestimmt nix?" Sie trat an den Diwan und sah Klemens mißtrauisch an. „Schauen's, Herr Baron, da könnt ich wirklich die größten Unannehmlichkeiten haben. Der möcht' mir das nie verzeihen. Net wahr, Sie sag'n ihm nix?"

„Nein," sagte Klemens, „ich sag ihm nix. Du kannst ganz ruhig sein." Er stand auf, öffnete das Fenster wieder und sah in den starren Wald hinaus. Dann ging er, während sie sich vor dem Spiegel die Haare steckte, zum Tische, nahm ihren Hut und schob unter das Band einen Schein von fünfzig Kronen.

Es klopfte stark an der Türe. „Kann man schon herein?" rief Nießner draußen. Er ging auf Furnian zu und fragte: „Wie wär's, wenn wir die Menscher auf das Wagerl laden, selbst aber zu Fuß gehen würden? Ich stell mir das viel schöner vor, sich einmal zwei Stunden auszulaufen. Hätten Sie Lust?"

Furnian nickte. Nießner ging hinab, die Rechnung zu machen und einspannen zu lassen. Die Pipsl stand, in ihr Tuch gehüllt, fröstelnd. Furnian dachte, daß sie, mit den stillen Veilchenaugen, ihrem weißen Gesicht und der langen, ganz schmalen biegsamen Gestalt, wirklich wie ein Bild der Reinheit war. „Also kommt's, Kinder!" sagte er und ging voraus. Die Mariann nahm ihren Hut und fand den Schein. Im Dunkel der Stiege drängte sie sich an Furnian, ergriff seine Hand und küßte sie. Er entzog ihr erschreckt die Hand und sagte, verlegen: „Aber, Tschaperl!" Sie sagte leise: „Sie sind lieb!" Er sagte lächelnd: „Ich möchte, daß du halt noch ein paar Tage länger in der Welt herum fahren kannst." Und er strich mit der Hand über ihr heißes Gesicht. Sie stand regungslos und sagte: „Dank schön." Dann traten sie zum Wagen. Die Mädchen fuhren in die schwarze Nacht hinaus. „Gehen wir oben", sagte Nießner. „Ich weiß den Weg durch den Wald." Sie gingen stumm nebeneinander, die Streu dämpfte die Schritte, nichts war sonst zu hören. Manchmal schlug ihnen ein Zweig ins Gesicht, sie bogen ihn weg, er knackte. Dann war es wieder still, sie hörten nur das Gleiten ihrer Tritte und den eigenen Atem. Sie sahen sich kaum, sie fühlten sich nur. Keiner sprach ein Wort. Die Nacht war stumm und schwer. Sie schien unbeweglich auf der Erde zu liegen wie ein schlafender großer schwarzer Hund.

Erst als sie aus dem Walde bogen und auf die Landstraße kamen, an den ruhig rauschenden Fluß, sagte Nießner, die Schultern streckend: „Es ist immer noch das gescheiteste mit solchen Mädln. Eins, zwei, drei und vorbei. Und man macht sich nichts vor und wird nicht sentimental. Das hält nur auf. Diese Mädln sind nicht gemeiner als die anderen

178

auch. Sie zeigen es nur, und da weiß man es, es ist nicht die Gefahr, daß man sich was vorlügt. Vielleicht gibt's auch andere Frauen. Aber davon habe ich nichts. Denn jedenfalls gibt es sie nicht für uns. Vielleicht später einmal. Vielleicht, wenn man einmal oben ist. Vielleicht sieht oben das Leben anders aus. Hier unten ist es scheußlich. Und die größte Dummheit ist, sich vorzugaukeln, daß es nicht scheußlich ist. Nur wer täglich wieder spürt, wie scheußlich es ist, der setzt auch schließlich alles ein, um wegzukommen, weg und hinauf. Vielleicht ist das auch ein Schwindel, vielleicht wird's oben auch nicht anders sein. Aber dann ist es wenigstens ein Schwindel, der einem gut tut. Man wird stark und frech dadurch und läßt sich keine Ruhe. Ich möchte einmal wissen, wie das Leben für jene ausschaut, die die Mittel haben, anständige Menschen mit vornehmer Gesinnung und Edelmut zu sein. Diese Mittel will ich mir jedenfalls verschaffen. Ich brauche ja deswegen dann noch keinen Gebrauch davon zu machen, wenn ich dann wirklich einmal oben bin. Was, lieber Freund?"

Klemens war müd. Der feste Schritt Nießners tat ihm wohl, der zog ihn mit. Seine harte Stimme, hell über das rauschende Wasser schlagend, tat ihm wohl. Dieser ganze Mensch mit seiner rohen Kraft tat ihm wohl. Er hätte sich nicht gewünscht, so zu sein. Aber er wünschte sich, so einen bei sich zu haben und im gleichen Schritt mit ihm zu gehen.

Nach einiger Zeit fing Nießner wieder an: „Glauben Sie denn, lieber Freund, ich könnt mir nicht auch ein nettes kleines Verhältnis leisten, mit schmachtenden Ausflügen nach Laxenburg und gerührten Zärtlichkeiten, vier Eßlöffel jeden Tag, und allen diesen Vergoldungen der Gemeinheit? Bis einem windelweich wird und man sich sagt: Es ist ja doch ganz schön! Ich mag aber nicht, nein, ich mag nicht, ich mag mich nicht einfangen lassen! Erst wenn mir der

Ekel bis in den Hals kriecht, bin ich vergnügt. Das ist gesund, das mischt den Menschen auf, da sagt er sich dann, daß es so nicht bleiben kann, und wetzt die Zähne und beißt sich durch. Froh bin ich, daß mein Vater ein Naderer war, und meine Mutter eine Hebamme und die Fräul'n Tochter, die sie mit in die Ehe gebracht hat, eine liederliche Person und alles zu Hause so, daß mir schon von klein auf gegraust hat vor der ganzen Familie. Nix schadet einem Menschen mehr als eine schöne Kindheit. Da glaubt er dann, er hat halt das Schönste schon gehabt. Ich nicht! Ich kann mir das nicht einbilden, Gott sei Dank. Ich habe das noch alles vor mir, an mich kommt erst die Reih. Und sehn Sie, lieber Freund, das ist ein famoses Gefühl, das möcht ich nicht hergeben, um keinen Preis der Welt. Ich hab noch nichts hinter mir, alles muß erst noch kommen! Und ich werd mich nicht beschwindeln lassen, um mein Deputat, ich schau schon dazu, daß ich's krieg!" Er stieß die geballten Fäuste vor, in die schwarze Nacht hinaus, leise pfeifend. Plötzlich lachte er laut auf und sagte: „So, Sie können sich ja auch nicht beklagen, lieber Freund, was die schöne Kindheit betrifft, was?" Da Furnian schwieg, fuhr er fort: „Sie haben doch auch nix zu lachen gehabt! Was?"

„Nein", sagte Klemens leise.

„Sie kommen auch erst dran", sagte Nießner. „Vergessen's nur nicht, sich zu melden! Man darf dem Schicksal seine Schlamperei nicht hingehn lassen, man muß's immer wieder mahnen: Entschuldigen schon, ich bin auch noch da! Dann tut's schon seine Schuldigkeit, wenn's auch ein bißl schlampert is. Das kommt Ihnen wohl aber spaßig vor, Herr Bezirkshauptmann, daß ich Ihnen da gute Lehren geb, mitten in der Nacht? Was?" Er blieb plötzlich stehen, bog sich zu Furnian hin und streckte den Kopf vor, um in der Dunkelheit sein Gesicht zu sehen. Furnian fühlte die schnüffelnden Augen und den borstig vorstehenden Schnurrbart. Er zwang sich zu lachen und sagte: „Warum nicht? Es hört sich ganz lustig an. Jeder sieht halt die Welt mit seinen Augen. Und in vielem haben Sie ja gewiß auch recht. Und wenn's mir schließlich nicht paßt und ich es nicht glauben will, muß ich ja nicht. Also!" Er lachte noch einmal und schritt wieder aus.

„Natürlich!" sagte Nießner lachend. „Aber leid wär mir um Sie. Es ist schad, daß Sie so genügsam sind. Soll man nicht. Ich an Ihrer Stelle! Wenn ich denk —!" Er brach ab. Sie gingen wieder stumm.

Als sie zur Brücke kamen, sahen sie schon die trüben Laternen. Der Turm und das hohe Dach der Kirche standen aus dem Dunkel ab. In Dunst lagen die kleinen Häuser eingehüllt.

„So lieb und still liegt das da", sagte Furnian.

„Ja", sagte Nießner. „Lieb und still. Für einen Pensionisten muß es ein ganz angenehmer Ort sein."

Indem sie weitergingen, lachte Nießner plötzlich auf und sagte: „Ich weiß, daß Sie jetzt sich fragen: Was will der Kerl eigentlich von mir: Denn natürlich ist das ungemütlich! Kommt da plötzlich ganz ein fremder Mensch daher und steigt einem aufs Dach! Ich will aber wirklich nix von Ihnen. Was denn? Ich kann Ihnen weder viel helfen noch schaden, und Sie mir auch kaum. Nein, ich will gar nix. Ich hab nur gern, wenn mich die Leut kennen und sich merken, daß ich so frei bin, auch auf der Welt zu sein. Und das muß man den meisten Menschen zweimal sagen, eh sie's begreifen. Dann kommt man aber viel besser mit ihnen aus. Wir werden uns gegenseitig nicht genieren, hoff ich, wir zwei beide. Und mehr kann der Mensch von keinem Menschen verlangen." Und in einem anderen Ton sagte er noch, leichthin: „Übrigens, daß ich nicht vergeß! Ich hab selbst an den Domherrn geschrieben, er hat nich eingeladen, ich geh morgen abend hin. Vielleicht sehn wir uns dort. Was?" Sie waren in der Kreuzgasse, vor der Wohnung Furnians.

„Ja, ich bin morgen abend dort", sagte Furnian. „Auf Wiedersehen also! Und noch schönen Dank für die Partie! Es war sehr hübsch." Er gab dem Kommissär die Hand.

„No, wenn Sie sich nur unterhalten haben", sagte Nießner. „Vielleicht kann ich nächstens wieder mit einer Lieferung aufwarten. Schaden wird's Ihnen sicher nicht. Was? Der Mensch muß manchmal etwas für seinen Stoffwechsel tun. Auf morgen also! Servus, lieber Freund!"

Klemens war sehr müd, er fiel ins Bett. Hoffentlich, dachte er, plauscht das Mädl nicht am End! Nießner hätte das ja gar nicht verstanden. Nein, sie waren doch zwei ganz verschiedene Menschen, er und Nießner. Sicher hätte Nießner ihn ausgelacht. Er aber war jetzt darüber eigentlich sehr froh. Schon halb im Schlaf sah er das heiße Gesicht des dicken Mädchens. Komisch war das freilich: er hatte sich ein Abenteuer erwartet, und dann fiel es so ganz anders aus. Er war aber eigentlich froh.

Sechstes Kapitel.

Über Nacht war der Herbst da. Abends noch ein Gewitter, dann schlug der Wind um, früh lagen die Berge verschneit. Die Fremden flohen. Nach ein paar Tagen war der Ort verlassen. Nur der alte Klauer ging noch einsam herum. Es wurde wieder warm. Der Schnee wich. Aber der Herbst war da. Äpfel glühten, Pflaumen blauten, die Bäume bogen sich. Der wilde Wein wurde gelb und rot, die Schwalben waren fort. Jetzt wird eine Nacht sein, da stößt der Sturm ans Fenster, in der Früh liegt das Laub, das Land ist kahl. Noch brannten alle Farben, aber schon stand diese Nacht bereit. Es war Herbst.

Furnian fuhr nach der Lucken. Er stellte sein Rad beim Pfarrer ein. Der hatte sich an ihn gewöhnt, saß auf der Bank und sagte nichts, mit den Lippen betend. Die Köchin nahm das Rad ins Haus. Furnian stieg zum Oberen See. Über der Halde lag der Untere See, da stand ein kaiserliches Jagdhaus. Nun ging er durch den Wald, noch eine halbe Stunde bergan. Der Wald endete, rings schossen die steilen Felsen auf, um ein kleines, grün glitzerndes Auge. Wirklich, immer mußte Furnian wieder denken, wirklich einem grünen Auge glich der kleine See, wie wenn da jemand in den Felsen versteckt läge, leise nur blinzelnd. Das war sein See, der gehörte ihm ganz allein. Die Fremden wußten wohl gar nicht, daß es noch einen zweiten See gab. Kam einer doch einmal in die Lucken hinauf, so ließ er sich zum ersten führen und kehrte beim Jagdhause wieder um. Und Klemens verriet es keinem. Kindisch eifersüchtig war er, seinen eigenen See zu haben. Er ließ sich von den Jägern ein Boot hinbringen, das war an einen Pfahl im Wasser gebunden; die Ruder und eine Schaufel, um auszuschöpfen, wenn es geregnet hatte, staken im Dickicht verborgen, aber es kam ja so niemand. Das Boot vom Ufer zu stoßen, nur leicht ein paarmal die Ruder zu schlagen, dann aber zu liegen und es treiben zu lassen, eine Hand in seinem grünen See, mit dem Blick in die grauen Felsen, den blauen Himmel über sich, und das eiskalt kitzelnde Wasser und den streichelnden leisen Wind und einen trockenen Geruch von der Halde her zu spüren, war seine Lust, und wenn dann die Sonne grell in die weißen Steine stach, während der Wald regungslos am Ufer stand, wie horchend, fand er sich in eine seltsame Schläfrigkeit gelockt, in der sein grüner See mit dem blauen Himmel zu bunten Träumen verschwamm, und so, wunderlich betäubt und erregt zugleich, fing er dann die kleinen weißen Wölkchen abzuzählen an, bis ihn aus seinem dämmernden Spiel ein Schrei riß, ein großer Vogel war's, der aus den Steinen stieß, schwarz flog der große Vogel auf, bald schlagend, bald schwebend, er dachte, daß es ein Adler war, aber er kannte sich ja mit Tieren und Pflanzen nicht aus, er wußte noch immer die Namen seiner Berge nicht einmal, was ging es ihn an? Dann aber schwand der Adler, und wieder war nichts um ihn, als daß der See lag, der Wald stand, die Sonne schien, und er wunderte sich, wie geheimnisvoll das war. Und wenn er dann am andern Tag auf der Promenade zur Musik unter den geputzten Weibern ging, war er froh, daß die voi seinem grünen See nichts wußten. Er hätte es niemandem gegönnt. Der grüne See sollte sein Geheimnis sein. Er wußte schon, daß das recht kindisch von ihm war. Einmal aber wollte er einen Sommer für sich haben, ein einziges Mal doch! Und nun war der Herbst schon da.

Anders war der Wald heute. So leer kam er ihm vor. Es schien, als wären die Bäume voneinander abgerückt. Heller war er wie sonst. Breiter schien der Weg. Klemens konnte nicht sagen, was denn eigentlich sich verändert hatte. Aber wie eine leise Bangigkeit hing es von allen Zweigen, und ihm war, als hätten sich die Bäume abgewendet, um wegzusehen, vor Angst und arger Erwartung.

Sein Boot war nicht da. Er wunderte sich. Im Versteck fand er die Ruder nicht, nur die Schaufel. Vielleicht war einer von den Jägern mit dem Boot hinüber. Er sah sich um. Ganz still lag sein lieber grüner See, wie leise lächelnd im linden Licht. Drüben aber, wo's zur bösen Wand hieß, stand im Schatten das leere Boot. Dort war ein Steig zur Alm; der Jäger hatte wohl nicht erst um den See gehen wollen. Wollte Klemens zu seinem Boot, so mußte er erst rundherum und dann noch landeinwärts, um von drüben zur Höhe der Wand aufzusteigen und dann durch die Riesen zum See herabzuklettern. Erst verdroß es ihn. Aber er dachte, daß der Lümmel von Jäger imstande war, das Boot zu vergessen. Er nahm vielleicht den andern Weg zurück und ließ es dort, der nächste Sturm zerschlug es am Felsen. Er entschloß sich doch, es zu holen. So schritt er durch das Ried, die kleine Bucht herum. Hier war er noch nie gegangen. Nun sah er dies alles zum erstenmal von der anderen Seite. Die Berge verschoben, der Wald entfernte sich, sein See war nicht mehr grün und lächelte nicht mehr, er war groß und grau und wie plötzlich alt geworden, alles schien vertauscht. Und es ist halt auch der Herbst, dachte Klemens, der Herbst ist überall.

Langsam stieg er den schmalen Pfad hinauf, bis der Kulm über der bösen Wand erreicht war. Er mußte nun kletternd zwischen moosigen Fichten hinab, ohne rechten Weg, der sich erst ganz unten, dicht über dem Wasser, wiederfand und hier plötzlich in einen runden Platz ausging, eine helle kleine Wiese, rings in Fichten, die ihre guten langen Hände über sie hielten, und die liebe Sonne sprang herein. Verwundert blieb Klemens stehen, so seltsam war das Huschen der weißen Strahlen über die grüne Wiese, während unten das Wasser glucksend an den schwarzen Felsen schlug. Und die Strahlen, wie kleine weiße Flammen, flossen um eine Gestalt, die, den Kopf ins Moos zwischen zwei großen Wurzeln gelehnt, unter einer Fichte lag. Verwundert sah Klemens noch immer hin. Er regte sich nicht, sie schien zu schlafen, er wollte sie nicht wecken. So zart und leicht lag sie in den flimmernden Strahlen Klemens dachte: wenn der Wind atmet, weht er sie weg. Es war eine kleine, sehr zierliche junge Frau in einem kurzen Rock aus grünem Loden, mit einem steirischen Hut, der einen Gamsbart trug. Sie hatte ein feines, sehr weißes Gesicht, noch weißer als die Sonnenstrahlen. Im Schlaf hielt sie die Hände geballt, und auch auf den Mund, der was Bitterliches und Müdes und Armseliges hatte, war ein böser Trotz gepreßt. Indem sie die Nähe Furnians zu spüren schien, zog sie das weiße Gesicht zusammen, und das kurze abgeschnittene Näschen sträubte sich. Behutsam glitt Klemens vorbei, zu seinem Boot hinab. Indem er es abband, schlug die Kette klirrend aufs Brett. Er hängte die Ruder ein, da hörte er rufen. Er wendete sich stehend um und erblickte die kleine Frau. Sie trat aus den Bäumen und rief: „He, he! Was fällt Ihnen denn ein, mein Boot zu nehmen?"

Er fragte vergnügt: „Ihr Boot ist das?"

„Ja", sagte sie ungeduldig. „Machen Sie keine dummen Witze."

Er griff nach einem Ast, um das Boot zu halten, und sagte: „Ich nehme Sie mit. Wohin wollen Sie?"

„Nein", sagte sie. „Ich brauche niemand. Steigen Sie nur gefälligst wieder aus!"

Klemens lachte. Ärgerlich sagte sie: „Rasch, bitte! Ja? Es wird Abend, ich will heim." Und da Klemens mit Behagen ihre funkelnde Gestalt betrachtete, wurde sie noch zorniger. „Wird's? Man ist hierzulande recht unverschämt."

Gelassen sagte Klemens: „Das Boot gehört nämlich mir." Und indem er ans Ufer sprang, die Kette haltend, fügte er lustig hinzu: „Wenn Sie nichts dagegen haben."

Jetzt sah sie ihn erst an, mit dem zwinkernden Blick der Kurzsichtigen. Dann mußte sie lachen und wiederholte fragend: „Ihnen gehört das Boot?"

„Ja", sagte er und hielt ihr die Hand hin, um ihr zu helfen. Sie zögerte. Dann sagte sie, zum anderen Ufer zeigend: „Ich fand es dort. Ich wollte fahren Es war aber niemand da, den ich hätte fragen können." Sie sah Klemens trotzig an, dann sagte sie noch kurz: „Entschuldigen Sie also gefälligst."

„Bitte", sagte Klemens, ihr die Hand reichend. „Steigen Sie nur ein."

Sie sprang hinein, nur mit den Fingern leicht seine Hand streifend. Er wunderte sich, wie behend und geschickt die zierliche kleine Frau war. Gleich saß sie und hatte schon die Ruder ergriffen. Am Ufer bleibend stieß er das Boot ab.

Sie fragte: „Kommen Sie denn nicht mit?"

Er fragte: „Nehmen Sie mich denn mit?"

Sie sagte: „Das Boot gehört Ihnen."

Er sagte: „Aber wenn Sie lieber allein sind!"

Sie dachte nach, dann sagte sie: „Sie müssen mich aber rudern lassen."

Er setzte sich vorn ins Schiff und sagte: „Wenn Sie wollen."

Sie fing zu rudern an und sagte: „Ich will." Es fiel ihm auf, wie hart ihr weißes Gesicht wurde, wenn sie das Kinn vorstieß. Er fragte: „Macht Ihnen das Rudern Spaß?"

Sie sagte nichts, sondern schlug im Takt die Ruder ein, jedesmal abwartend, bis der Stoß ausgelaufen war. Die Tropfen glänzten an den Rudern. Klemens sah ihr zu, wie sie mit gesenkten Augen, den Hals gespannt, ausgriff und anzog. Er sagte als Kenner: „Sie rudern recht nach der Kunst." Sie erwiderte: „Halten Sie sich bitte nicht für verpflichtet, Konversation zu machen."

Er sagte fragend: „Nein?"

„Nein", wiederholte sie, abweisend.

„Das ist mir sehr angenehm", sagte er. Er legte sich auf den Boden des Boots und streckte sich aus, zum Himmel sehend.

„Dann werden wir uns ja ganz gut vertragen", sagte sie. Nun sprachen sie kein Wort mehr, die Ruder schlugen, das Schiff glitt, die Tropfen klangen, und den Abendwind hörten sie, der über das Wasser flog. Einmal zog sie die Ruder ein. Ihr Haar hatte sich gelöst, sie steckte die zause blonde Locke wieder auf. Dann waren wieder nur die starken, gleichmäßigen, schnellenden Stöße der Ruder, und manchmal pfiffen ganz leise die Riemen.

Sie sprang ans Ufer, und während Klemens das Boot an den Pfahl band und die Ruder aushob, sagte sie, die Ballen ihrer kleinen festen Hände reibend: „Danke noch schön." Schon wendete sie sich zum Walde. Klemens, der die Ruder ins Versteck trug, rief ihr nach: „Wenn Sie das Boot benutzen wollen, wird es mir immer ein Vergnügen sein. Sie bleiben doch noch ein paar Tage hier?"

„Wer wird so neugierig sein?" rief sie zurück.

Er kam ihr nach und sagte: „Wir haben denselben Weg."

Sie ging schneller und sagte: „Den Weg kann ich niemandem verbieten."

Er lachte und sagte: „Sie sind gar nicht nett."

Sie blieb stehen, ließ ihn nachkommen und sagte dann: „Nein, mein Herr. Nett bin ich gar nicht." Dies sagte sie ihm ins Gesicht hinein, sah ihn mit ihren flimmernden Augen an und setzte hinzu: „Und mag auch nette Menschen nicht, schon das Wort ist mir verhaßt." Und rasch kehrte sie sich und entlief ihm. Er ging langsam. Es dunkelte. Sie verschwand in den Bäumen. Er hörte ihre schnellen Füße rascheln, und manchmal sah er noch ihren steirischen Hut mit dem breiten grünen Band und dem steifen Gamsbart. Eine komische Person, dachte Klemens. Hübsch war sie eigentlich nicht. Er hatte mehr eine Vorliebe für gewichtige Frauen, im Umfange der Apothekerin; es war ihm leid, daß man mit der schönen Frau Jautz nicht reden konnte, sie wurde gleich rot, ihre schläfrigen Augen ängstigten sich, sie war zu dumm, aber schön war sie, und reichlich schön, sie gefiel ihm schon sehr, und immer, wenn er ins Krätzl kam und sie da vor sich ausgebreitet fand, wurde sein Blut vergnügt, schade, daß man mit ihr nicht reden konnte, doch da zog sie den breiten Rücken empor, strengte sich an, wie ein

Kind beim Lernen, und blies sich auf, da verging ihm alles. Warum er aber jetzt auf einmal an die schöne Frau Jautz denken mußte, mitten im Wald, während vor ihm diese komische Person durchs Dickicht schoß, wußte er nicht, das war doch wieder echt Klemens! Morgen im Krätzl, der Jautzin gegenüber, denkt er dann sicher an die da. Immer an eine, die weg ist; so war er. Damit hatte er doch auch den ganzen Sommer verpaßt. Er wußte, daß er den Frauen gefiel, er hatte die Wahl, und es gab manche nach seinem Geschmack. Er bemerkte das nur immer zu spät, dann war sie schon fort, wirklich, so ging's ihm. Er wurde vorgestellt, war lustig, begann zu flirten, dachte sich gar nichts, wußte kaum, ob sie schön war, und so ging's hin, täglich mit einer anderen beim Tennis und auf dem Rad, bis eine dann wieder abgereist war, da fiel ihm dann plötzlich immer ein, die wäre es gewesen! Und dann fing er sich zu sehnen an, er konnte sich ja so sehnen! Es war nur bei ihm anders. Andere Männer griffen gleich zu. Er aber dachte nicht daran. Wirklich, das war es, er verglich oft die anderen mit sich und fand immer, daß er nur eben im Augenblick nicht daran dachte, das war der Unterschied. Nicht etwa, daß er sich nicht getraut hätte, das war es gewiß nicht, sondern es fiel ihm nur erst immer später ein. Dann schlief er schlecht und wälzte sich oder trat im Hemd auf seinen Balkon in die stille Nacht hinaus, so trieb ihn das Verlangen; kam aber der Tag, so war es wieder still und schwieg, solange er mit Frauen zusammen war. Ein anderer hätte doch sicher die kleine Schläferin im Walde geküßt. Ihm aber fiel wieder jetzt erst ein, daß er das vergessen hatte. Das wäre dann ein ganz nettes kleines Abenteuer gewesen. Hübsch war sie freilich gar nicht. Eine komische Person. Und frech. Wie sie gleich mit ihm kommandiert hatte! Sie hielt ihn wohl für einen der Jäger. Das machte ihm Spaß; er gab sich immer Mühe, wie einer von hier auszusehen. Schon ihre Frechheit hätte Strafe verdient. Wo nahm die kleine Person die Frechheit her? Mit drei Fingern seiner Hand konnte er sie heben. Wahrscheinlich fürchtete sie sich auch vor ihm, darum lief sie davon. Aber die hätte sich schon gewehrt mit ihren festen Fäusten. Wenn sie nur ein bißchen hübscher gewesen wäre! Sie sah mehr einem Buben gleich. Obwohl sie gar nicht mehr so jung war. Als sie vorhin das böse Gesicht machte, mit der starken Falte zwischen den Brauen, von der aus allerhand kleine Furchen in die Stirne zogen, und auch unter den Augen, wenn sie blinzelten, um besser zu sehen, da schien sie plötzlich alt, aber auch eher ein alter Zwerg als eine Frau. Und drollig wie ein Zwerg war sie, so risch und rasch dahin, mit ihren zuckenden Bewegungen. Eigentlich aber hatte sie ihm ganz zuerst am besten gefallen, als sie schlafend unter der Fichte lag, die festen kleinen Fäuste geballt, mit einem so hilflosen Zug um den armen Mund. Da hätte er sich über sie beugen und sie küssen sollen, wie der Prinz das Dornröschen. Aber jetzt sah er sie gar nicht mehr. Sie war wohl schon in der Lucken und ging zum Ort zurück. Er wunderte sich, daß er ihr noch nie begegnet war. Sie mußte gestern erst angekommen sein. Jetzt fiel einem doch jeder Gast in den leeren Gassen gleich auf. Wenn sie ihn wiedersehen und dann hören wird, daß er der Bezirkshauptmann ist, wird sie staunen. Er freute sich auf ihre Verlegenheit.

Da war ihm, als hätte sie gerufen. Es klang wieder: He! Und als er horchte, noch einmal, ganz in der Nähe: He! Er bückte sich vor, lauschend und suchend. Ihre kleine klare Stimme sagte: „Da bin ich, da! Helfen Sie mir!" Sie saß am Weg, die Hand ausstreckend. Er fragte: „Was ist denn?" Sie sagte: „Ich kann nicht mehr. Ich bin auf einmal so müd geworden." Er fragte: „Haben Sie sich vielleicht

190

weh getan?" Heftig antwortete sie: „Aber nein, nein! Helfen Sie mir nur auf, dann geht's schon wieder. Ich kenne mich." Er zog sie mit beiden Händen empor und hielt sie noch, als sie schon stand, denn es war ihm, als wäre sie zu schwach, aufrecht zu bleiben. Sie riß sich los und sagte: „Die dummen Nerven!"

Er bot ihr den Arm. „Stützen Sie sich, es ist gar nicht mehr weit, in der Lucken kann ich Ihnen einen Wagen besorgen." Da sprang sie lachend weg und drehte sich vor ihm, mit ausgestreckten Armen. „Es ist schon wieder vorbei", sagte sie. „Meine Füße sind nie müd, ich könnte tagelang steigen, das ist ja so schön! Nur mein dummer Kopf wird oft plötzlich müd, daß ich auf einmal gar nichts mehr weiß. Aber es dauert bloß fünf Minuten." Sie schritt jetzt ruhig neben ihm her. Nach einiger Zeit sagte sie noch achselzuckend: „Nerven. Ich denke, die Luft hier wird mir gut tun. Hoffentlich hält das schöne Wetter an."

Er fragte: „Wollen Sie längere Zeit bleiben?"

Ihr Gesicht wurde hart, sie schob das Kinn vor. „Hierzulande ist man sehr neugierig. Bei jedem Schritt wird einem ein Meldezettel in die Hand gedrückt. Ich habe das nicht gern."

„Fragen ist erlaubt", sagte er.

„Ja", sagte sie. „Aber ich muß nicht antworten."

„Nein", sagte er. „Aber ich kann fragen."

„Und wie lange gedenken Sie dieses anregende Gespräch fortzusetzen?" fragte sie.

„Wenn es Ihren Kopf wieder müd macht, bin ich gleich still", sagte er.

„Es macht sicher meinen Kopf müd", sagte sie. „Und der Abend wäre so schön."

„Ich bin schon still", sagte er. Sie gingen nebeneinander durch das nasse Gras am unteren See hin. Ihm tat wohl, daß sie sich ärgerte. Er roch förmlich ihren kleinen fauchenden Zorn neben sich. Wenn er sie berührt hätte, wären sicher Funken aus ihr gesprungen. Er hatte Lust, sie bei den Haaren zu zausen, an dem kleinen aschblonden Schopf, der unter dem steirischen Hut hervor in ihre Stirne stieß. Hinten weht der Gamsbart und vorne der Schopf, dachte er, ein kriegerisches kleines Weibsbild!

Nach einiger Zeit fragte sie verächtlich: „Sie gehören wohl zu den Jägern hier?"

Er sagte: „Hier nicht."

Achtlos sagte sie: „Nein?"

Er sagte: „Aber ein Jäger bin ich." Als sie nichts sagte, fügte er hinzu: „Ein Jäger auf Frauen." Er hatte plötzlich Lust, ganz albern mit ihr anzufangen. So im Stile Nießners. Sie konnte sich ja wehren. Es war so lustig, wenn sie sich ärgerte. Sie hatte dann etwas von einer gereizten Henne. Er fand überhaupt, daß sie, wie sie jetzt so neben ihm mit großen Schritten in den Boden stach, mit dem bösen Schopf voran, eigentlich einer Henne glich, freilich von einer recht ausgehungerten, abgemagerten Art.

„Ach so", sagte sie. „Sie sind auch geistreich! Die Herrn in Österreich haben eine ganz eigene Art, geistreich zu sein. Ich habe das schon bemerkt, man muß sich daran erst gewöhnen."

Ihr Ton ärgerte ihn, und er mochte den Hochmut gegen Österreich nicht. Das kommt zu uns, frißt sich an und läßt sich's gut gehen, dann aber wird über uns geschimpft! Er sagte: „Glauben Sie, daß es so schwer ist, grob zu sein wie die Berliner? Und sehr gescheit ist es auch gerade nicht, mit einem anzubinden, in dessen Gewalt man ist."

„Ach Gott!" sagte sie, höhnend. „Was könnten Sie mir denn tun, mit Ihrer Gewalt?"

„Wer hindert mich denn," sagte er, „Sie jetzt einfach zu nehmen und —?" Er blieb stehen, er hatte wirklich Lust.

Sie blieb stehen und fragte: „Und?"

Er lachte und sagte: „Und was ich dann halt will!

192

Ich weiß noch nicht, was mir lieber ist. Sie ins Wasser zu werfen oder gnädig zu sein und Sie mit einem Kuß auf Ihren schlimmen Mund davonzulassen." Wie sie jetzt einander gegenüberstanden, war ihr Schopf gerade vor seiner Nase.

„Ich würde," sagte sie, „wenn es Ihnen sonst gleich ist, um das erstere bitten." Sie stand vor ihm, hielt den Kopf schief und sah zu ihm hinauf; jetzt hatte sie wieder die Falten zwischen den Brauen, die starken Lider fielen über die kleinen Sterne, es schoß aus ihnen, als ob sie sonst ganz starr, gleichsam nur mit den Augen atmen würde. Es reizte Klemens, er packte sie mit beiden Händen. So hielt er sie, sie standen im Gras am Wasser und sahen sich an. Da sagte ihre kleine klare Stimme: „Ja. Sie werden wahrscheinlich stärker sein als ich." Nießner hätte sie jetzt nicht mehr ausgelassen, fiel ihm ein. Aber es kam ihm so feig vor. Er ließ sie los und sagte: „Nein, Sie brauchen sich nicht zu fürchten! Aber schön artig sein, bitte ich mir aus."

„Ich habe mich gar nicht gefürchtet", sagte sie, nun wieder neben ihm gehend. „Keinen Augenblick! Ich kann schwimmen."

„Ich hätte Sie nicht ins Wasser geworfen", sagte er.

„Und auf den Mund haben Sie mich aber auch nicht geküßt", sagte sie und lachte. „Also wozu?"

Beschämt ging er neben ihr, ohne doch eigentlich zu wissen, warum er sich schämte. Er hatte das ja nur im Spaß gemeint, natürlich. Und um ihr ein bißchen Furcht zu machen und ihren kecken Spott zu strafen. Es kam ihm doch nicht in den Sinn, sich an einer Dame zu vergehen. Auch war es wirklich nicht so verlockend, diesen dürftigen Mund zu küssen. Aber sie bildete sich am Ende noch ein, er hätte nur nicht den Mut gehabt. Das war es, warum er sich schämte. Ganz triumphierend ging sie neben ihm, es verdroß ihn, sie so wohlgemut stapfen zu sehen. Eben hatte sie noch wie von allen Kräften verlassen

getan, zum Erbarmen war sie dort am Weg gelegen.
Jetzt sah man ihr nichts mehr davon an, sie hatte
sich auffällig schnell erholt. Ob sie nicht ein bißchen
geschwindelt hatte? Vielleicht fürchtete sie sich
doch, allein durch den Wald zu gehen, und hatte
diese Müdigkeit nur vorgeschützt. Vielleicht gefiel
er ihr, sie war nur anfangs verschreckt gewesen.
Vielleicht aber wollte sie auch bloß ihn glauben
lassen, daß er ihr gefiel, um sich dann über ihn
lustig zu machen. Er traute ihr das zu, sie schien
eine ganz durchtriebene Person zu sein. Vielleicht
tat er ihr aber unrecht, er hatte doch eigentlich gar
keinen Grund, sie zu verdächtigen. Er war wirklich
schon ganz verkrätzelt: daß eine Dame allein im
Wald ging, genügte ihm, gleich allerhand zu ver-
muten. Immerhin war es etwas abenteuerlich, so
spät noch aufs Land zu gehen. Er wußte auch nicht
recht, was sie sein könnte. Keine Österreicherin. Es
klang aber auch nicht norddeutsch, wie sie sprach.
Eine Schauspielerin? Dazu war sie nicht liebenswürdig genug, den Damen vom Theater merkt man es
doch immer irgendwie gleich an, wie sie sich unwillkürlich bemühen, Eindruck zu machen. Und jetzt
hier, so spät im Herbst noch? Und gibt es denn
Schauspielerinnen, die allein sind? Eher eine Ma-
lerin, vielleicht. Die hatten manchmal eine solche
Sicherheit, als wäre die ganze Welt ihr Eigentum,
und die hatten auch in ihrem ganzen Wesen dieses
gewisse: Weg mit den Männern, wir brauchen keine
mehr, alle Männer sind überflüssig! Das hätte ge-
stimmt. Und auch dieser Hauch von freier Luft, der
um sie war; fast etwas Ländliches hatte sie ja im
Wesen und schien, so zierlich und elegant sie war,
mit Wind und Wetter vertraut. Doch aber eben
zierlicher und eleganter, als er sich Malerinnen
dachte, und die kleinen festen Kinderhände sahen
ihm gar nicht danach aus. Eher auf irgendeinen
Sport hätte er sie taxiert. Eine Jägerin oder

Reiterin. Ja, zu Pferde mit hohem Hut mußte sie gut aussehen. Oder auch im Automobil, mit großem wehenden Schleier. Am Ende war sie eine Amerikanerin. Das hätte dann auch die Frechheit erklärt. Vielleicht gab es eine solche kleine Handausgabe in Taschenformat sozusagen, eine Zwergrasse von Amerikanerinnen. Vielleicht war sie eine amerikanische Zahnärztin. . Denn sie hatte ja auch etwas Gelehrtes im Gesicht, sie hatte wirklich ein sehr gescheites Gesicht. Übrigens, er konnte sich ja einfach im Ort erkundigen, wer sie war. Es ist doch gut, dachte er, daß wir in einem Staate leben, wo es keine Geheimnisse gibt. Und das bißchen Abenteuerlichkeit, das an ihr war, fand er jedenfalls sehr angenehm. Nur etwas hübscher hätte sie sein können. Das war aber vielleicht auch wieder ganz gut; es hatte keine Gefahr, sich mit ihr einzulassen. Und das war es doch gerade, was er sich eigentlich schon immer wünschte: mit einer klugen und munteren Frau vertraut zu werden und sie recht in sich verliebt zu machen, selbst aber sich dabei nicht weiter aufzuregen; ungefähr so wie der Lackner mit der Fräul'n Theres. Anfangs hatte er gemeint, dies mit der Vikerl versuchen zu können; sie waren auch gute Freunde geworden, nur erschrak sie gleich, wenn man sie bei der Hand nahm; sie war auch so leicht beleidigt, jedes Wort mußte man sich überlegen, etwas Unweibliches hatte sie. Er aber hätte sich gewünscht, einmal mit einer jungen Frau vergnügt zu sein, die einen Spaß verstand, und sich mit ihr zu balgen und ihr Haar zu zausen, ihr blondes Haar; er dachte sich immer blondes Haar dabei. Und er hätte sich so gern einmal recht verhätscheln lassen. Das fehlte ihm; seine arme Mutter war immer ernst und krank gewesen, immer hieß es, still sein und die Mutter nicht stören. Andere Buben dürfen herumtollen. Das war ihm das Leben noch schuldig. Mit dem alten Klauer oder Nießner ging das aber doch nicht. Für die war er auch der Bezirkshauptmann. Er wünschte sich eine recht verliebte kleine Frau, für die er nicht der Bezirkshauptmann wäre, sondern ein schlimmer dummer Bub sein könnte. Einmal im Leben. Jeder muß sich einmal austoben. Einmal vierzehn Tage lang. Dann fuhr sie wieder fort, man war ein bißchen traurig, aber man hatte doch das Gefühl, auch einmal jung gewesen zu sein. Länger als vierzehn Tage wünschte er es sich gar nicht. Denn nachher wollte er sich dann ungestört dem Ernst des Lebens widmen. Es war doch eigentlich ein bescheidener Wunsch. Einen Moment dachte er sogar daran, es einfach der kleinen Frau da neben ihm vorzuschlagen. Es wäre das gescheiteste, wenn die Menschen aufrichtig wären. Aber Frauen vertragen das schon gar nicht. Es war auch ungeschickt, daß er sie erschreckt hatte, durch die Drohung mit dem Kuß. Das nächste Mal wird er ganz anders mit ihr sein. Erst muß er sie zutraulich machen. Dann wird es ihr ja auch schmeicheln, wenn sie erfährt, daß er der Bezirkshauptmann ist. Und wen gab es denn hier schließlich als ihn, seit Nießner fort war? Er wird ganz unbefangen tun, das reizt die Frauen immer. Er wußte ja, daß er den Frauen gefiel. Sie wird sich in ihn verlieben, und er wird sie zappeln lassen, und das wird sehr lustig werden. Gerade noch geschwind im Herbst, zum Abschied, bevor der Winter kommt; da hat er dann eine Erinnerung für die langen Abende. Hoffentlich bleibt sie noch ein paar Tage hier. Nur so ein kleines liebes Abenteuer wünschte er sich, von ein paar Tagen. Und er sagte plötzlich in seinem kokett österreichischen Ton: „Was meinen Sie, wie wär's, wenn wir wieder gut wären, nicht?"

„Wieder?" sagte sie. „Ich wüßte nicht, daß wir es je waren."

„Es ist doch langweilig," sagte er, „so schweigsam dahinzuwackeln, während man sich die schönsten Geschichten erzählen könnte."

„Mir ist es gar nicht langweilig. Und schöne Geschichten weiß ich keine. Bedauere."

„Aber ich", sagte er. Er hielt seinen lustigen Ton für unwiderstehlich.

„Danke", sagte sie. „Außerdem sind wir ja gleich da."

„No," sagte er, „von der Lucken ist es noch ein ganz hübsches Stück."

Sie sagte: „Ich gehe nur bis zur Lucken."

Er fragte, ganz erstaunt: „Sie wohnen in der Lucken?"

Sie fragte, gereizt: „Ist das verboten?"

Er lachte und sagte: „Nein. Aber es kommt nicht vor. Ich glaub', es hat überhaupt noch nie jemand in der Lucken gewohnt."

Heftig sagte sie: „Hierzulande hat man eine Art, alles komisch zu finden und sich über alles lustig zu machen, die mir höchst lästig ist. Ich habe stets das Gefühl, daß mich jeder auslacht, der mit mir spricht. Ich weiß nie, woran ich bin."

„Man muß sich halt erst an uns gewöhnen", sagte er.

„Nein", sagte sie. „Man muß gar nicht."

„Es wäre mir leid," sagte er, herzlich, „wenn ich Sie durch meinen Ton irgendwie verletzt hätte. Wir machen gern einen Spaß, aber das ist doch nicht so schlimm gemeint. Sie werden schon sehen, daß man mit uns ganz gut auskommen kann."

Da sie schwieg, sagte er dann noch, auf einmal sehr förmlich: „Ich habe übrigens ganz vergessen, mich vorzustellen. Verzeihen Sie! Baron Furnian, der Bezirkshauptmann von hier."

Sie zog wieder die Falten auf der Stirne zusammen und sah ihn an. Dann sagte sie: „Ich hätte Sie nicht für einen Offizier gehalten."

„Ich bin auch keiner", sagte er lachend. „Das klingt nur so kriegerisch."

„Ach so!" sagte sie lebhaft. „Ich weiß schon. Das ist hier so eine Art Landrat, nicht?"

„Ungefähr", sagte er. „Aber ins österreichisch Gemütliche übersetzt. Ein Landrat würde sich nicht von Ihnen so schlecht behandeln lassen."

„So", sagte sie, das Wort zerdehnend. Sie sah ihn neugierig an. Dann sagte sie, laut auflachend: „Da bin ich eigentlich also mit der hohen Obrigkeit in Konflikt geraten?"

Er freute sich, daß der Bezirkshauptmann doch wirkte. Sie war auf einmal ganz liebenswürdig. „Sehen Sie," sagte er, „wie vorsichtig der Mensch sein muß. Ich hätte Sie ganz einfach einem Gendarmen übergeben können."

Sie warf den Kopf zurück und sagte heftig: „Ich möchte wissen, warum. Ist es hier nicht einmal erlaubt, durch den Wald zu gehen?"

Verwundert über ihre Heftigkeit, sagte er: „Es scheint wirklich, daß Sie sich erst ein bißchen an unsere Art gewöhnen müssen. Ich habe doch nur einen Spaß gemacht."

Sie faßte sich und sagte lächelnd: „Ach, ich bin dumm! Aber man hat hier so viele Plackereien."

Er sagte: „Sie können ganz unbesorgt durch alle Wälder gehen. Am besten aber mit dem Bezirkshauptmann. Das würde ich Ihnen sehr empfehlen. Sicher ist sicher. Und er wird stets mit Vergnügen zu Ihrer Verfügung sein."

Sie sagte: „Es ist ganz gut, das zu wissen." Es klang so merkwürdig, daß er dachte, sie hätte vielleicht wieder nicht verstanden, daß es bloß ein Spaß war.

Die Halde herauf kam ihnen ein altes Weib mit einem schwarzen Tuch entgegen. Die Dame schrie: „Was ist denn? Wer hat dir befohlen, mir nachzugehen?"

Das Weib sagte demütig: „Ich bringe nur das

Tuch, es wird kalt. Mir war schon Angst, Sie hätten sich verirrt."

Die Dame nahm das Tuch und hüllte sich ein. Ungeduldig sagte sie: „Mache dir keine Sorgen! Ich finde schon meinen Weg." Und sie rief noch zu Furnian zurück: „Schönen Dank, Herr Bezirkshauptmann!" Und schon war sie fort, die Alte kam ihr kaum nach.

Klemens holte sein Rad und sagte zur Köchin des Pfarrers: „Ihr gebt's es ja jetzt gar nobel hier! Habt's eine Fremde da!"

„Ja", sagte die Köchin. „Mein Gott!"

„Wo wohnt sie denn?" fragte Klemens.

„Beim Schmied wohnt's", sagte die Köchin. „Er hat eh net recht woll'n, der Schmied. Aber es is eine Baronin."

„Wie heißt sie denn?" fragte Klemens.

„Die Baronin nennt man's halt", sagte die Alte. „Kein weiterer Name is mir nicht bekannt. Muß aber überhaupt schon was Besseres sein. Gelbe Schuh hat's an."

„Ihr werd'ts schon noch auf einmal ein berühmter Kurort werd'n", sagte Klemens, aufs Rad steigend.

„Taten wir uns net wünsch'n", sagte die Köchin. „Besser wird's net, Herr Bezirkshauptmann." Sie ging ins Haus. Alles lag im Dunkel und war still. Nur in der Pfarre war ein Fenster hell, und die alte Stimme des Pfarrers sang, dazwischen hörte man ihn manchmal laut auflachen.

Kalt war's, Klemens fuhr rasch. In den Riefen des holprigen Wegs stieß das Rad auf. Er saß vorgebeugt, ins Dunkel spähend. Das Knirschen der Steine, die Stöße des Rads, der Druck des Windes, der gegen ihn hielt, dies alles tat ihm wohl, und mit dem Rade sprang sein Kopf und warf die Gedanken herum. Lustig war das Abenteuer im Walde, dachte er immer wieder, bis ihm einfiel, daß es eigentlich sehr bescheiden war, das schon für ein Abenteuer zu

199

nehmen; aber es lag ja bloß an ihm, ein Abenteuer daraus zu machen, dumm war's, sich zu bedenken. Und an diese Baronin glaubte er nicht recht. Und indem er das Rad trat, fingen diese Worte im Takt zu schwirren an: An die Baronin glaub ich nicht! Bis er es auf einmal leise vor sich hin sang: Nein, an die Baronin glaub ich nicht, nein, glaub ich nicht, an die Baronin glaub ich nicht! Es war irgendein Refrain aus einer Operette, zu dem er diese Worte sang. Bis er dann selbst über sich lachen mußte. Warum bin ich denn eigentlich gar so vergnügt? Gerade darüber bin ich vergnügt, daß ich an die Baronin nicht glaube. Und er sang wieder, das Rad tretend: An die Baronin glaub ich nicht! Und er dachte wieder: Sie ist sicher eine kleine Schwindlerin, ich weiß nicht, ich hab so das Gefühl. Und er fand es viel netter, wenn sie eine kleine Schwindlerin wäre, als eine wirkliche Baronin. Nein, eine wirkliche Baronin wäre fad gewesen. Sie war aber sicher keine. Und gerade das reizte ihn: Der Bezirkshauptmann Baron Furnian von einer falschen Baronin eingefangen; und dabei ja vom Anfang an zu wissen, daß es gar keine Baronin war, und sich aber doch einfangen zu lassen. Dumm, dumm, dumm, sang er und trampelte in das Rad, dumm ist der Mensch! Was kann ihm denn aber dabei geschehen? Sie soll nur glauben, er sei dumm und habe keinen Verdacht. Das wird lustig sein. Und er wird schon aufpassen, denn er hat ja Verdacht. Und wird das Abenteuer unbequem, so ladet er sie höflich ein, sich binnen vierundzwanzig Stunden gefälligst zu entfernen, er ist ja die Obrigkeit. Plötzlich fiel ihm ein, ob sie nicht am Ende eine Nihilistin wäre. Sie sprach ein richtiges, aber fremdartiges Deutsch mit einem seltsamen Klang. Livländer sprechen so klar und hart. Dann konnte sie ja vielleicht auch eine wirkliche Baronin sein, die vom unruhigen Geist der Jugend angesteckt, in irgendeinen schlimmen Handel verstrickt worden war. Das wäre was für Nießner gewesen! Er mußte lachen, als er sich erinnerte, wie unglücklich der damals gewesen war, vor der Ankunft des spanischen Königs, da sich durchaus weit und breit niemand finden ließ, den man hätte verdächtigen und wenigstens für eine Nacht verhaften können. Was hatte Klemens ihn geneckt! Und es wäre doch zu hübsch, unversehens einen solchen Vogel ins Garn zu kriegen. Nießner würde platzen vor Neid. Und daran würde Döltsch seinen Schüler erkennen, der, indem er sich amüsiert, zugleich einen politischen Fang tut. Da hätten die Herrn Kollegen geschaut, die ihm nichts zutrauten, weil er keine großen Worte machte. Doch er überschätzte das kleine Weibsbild wohl, die höchstens irgendeine vazierende Frauenrechtlerin oder so etwas war. Sie hatte vielleicht irgendeinen frechen Artikel wo geschrieben, dann aber plötzlich Angst gekriegt, diese verrückten Frauenzimmer waren so. Und nun wird sie sich sehr vor ihm ängstigen, eines Tages aber doch alles gestehen, er malte sich das schon aus, in solchen großen Szenen schwelgen die Frauen. Und dann wird er der Gütige sein, der alles versteht und alles verzeiht, und wird sie trösten und schützend seine starke Hand über sie halten, und das wird sehr lustig sein. Hübsch ist sie ja eigentlich nicht, aber er denkt sich, sie muß sehr lieb sein können. Und es ist doch einmal eine Abwechslung, in diesem stillen Herbst, bevor der lange Winter in das einsame Tal kommt.

An der Post stieg er vom Rad. Das Krätzl war schon beisammen. Die Frau Bergrätin fragte bekümmert den Bergrat: „Muß er aber denn immer zu spät kommen, Hauschka?" Der Bergrat sagte: „Jugend hat keine Tugend. Und es muß ja wirklich sehr schön sein, so auf dem Rad durch Gottes weite Welt zu fliegen." Der Postverwalter Wiesinger sagte: „Ich wundere mich nur, daß er noch immer nicht genug von uns hat. Ich hätte ihm einen besseren Geschmack zugetraut." Seine Frau sagte: „Er wird schon wissen, warum er kommt. Deinetwegen sicher nicht." Der Verwalter fragte höhnisch: „Vielleicht deinetwegen?" Sie fragte gereizt: „Wirst du s ihm vielleicht verbieten?" Der Verwalter stand auf und rannte hinaus. Das Fräulein Theres sagte lachend: „Ha, welche Lust, verheiratet zu sein!" Der Doktor Lackner sagte: „Vorher will's aber keine glauben." Das Fräulein Theres sagte: „Tun's nur nicht so! Als ob Sie schon eine gebeten hätt, daß Sie 's heiraten sollen! Wer denn?" Und sie sah den Adjunkten lustig an und der Adjunkt sie, und sie lachten vergnügt. Der Apotheker sagte: „Sie kennen halt den Reiz noch nicht, den edle Männlichkeit zu bieten hat.

Denn, Fräul'n Theres,
Ein Mann ist ein Gefäß
Voll Lieblichkeit
Und Süßigkeit,
Und selig, wer daran
Doch manchmal nippen kann."

Die Apothekerin sagte, in den Bierkrug hinein: „Aber Flori!" Der Bezirksrichter schlug auf den Tisch und schrie: „Na? san 's endlich fertig mit 'm Regieren? Gehn mer's an, schad um die Zeit!" Und er mischte die Karten.

Klemens aber dachte den ganzen Abend an seine falsche Baronin und war sehr vergnügt. „Man sieht," sagte der Bergrat, „der Herr Bezirkshauptmann hat sich schon völlig eingewöhnt." Klemens erwiderte: „Ja, mir gefällt's mit jedem Tag hier besser." Und dann fügte er noch hinzu: „Gar jetzt, wo wir wieder ganz unter uns sind."

„Nicht wahr?" sagte die Bergrätin.
„Nicht wahr?" sagte die Verwalterin.
„Nicht wahr?" sagte die Apothekerin.

„Jetzt kommt ja erst die schönste Zeit", sagte die Wirtin.

„Ja", sagte Klemens. „Jetzt kommt der wunderschöne Herbst."

Siebentes Kapitel.

Klemens ging die nächsten Tage nicht zu seinem See. Sie sollte nur nicht glauben, er laufe ihr nach. Er stellte sie sich gern vor, auf ihn wartend, enttäuscht und voll Sehnsucht, ihn wieder zu sehen; und endlich wird sie's nicht mehr aushalten, er kennt die Frauen, so muß man's machen. Und er malte sich aus, wie er dann, ihr auf der Promenade zufällig begegnend, Überraschung heucheln würde: „Was? Sie sind noch da! Ich dachte Sie längst wieder abgereist." Er hatte vor, sie ziemlich hochmütig zu behandeln. Sie sollte es gar nicht so leicht haben, ihn einzufangen. Aber sie kam nicht. Er horchte herum. Man hätte doch gewiß gleich von ihr erzählt. Aber sie war offenbar noch niemals in den Ort gekommen. Endlich ging er doch wieder zu seinem See. Er fand sie nicht. Auch ein zweites Mal nicht. Dann entschloß er sich, die Köchin des Pfarrers nach ihr zu fragen. Sie wußte nichts. Schließlich ging er zum Schmied und fing ein Gespräch an; vielleicht hörte sie ihn und kam ans Fenster. Als er dann den Schmied fragte, sagte der: „Den ganzen Tag geht's halt im Wald herum. Müssen schon alle a wenig narrisch sein, die Stadtleut! No wann's ihnen aber a Freud macht!" Doch nirgends konnte Klemens sie finden. Einmal begegnete er der Alten und sprach sie an. Sie war sehr furchtsam und sagte nur: „Ich weiß nicht, ich weiß gar nichts. Meistens geht die Frau Baronin in aller Früh schon fort. Ich weiß aber nicht, wohin." Klemens trug ihr keinen Gruß auf. Erst später fiel ihm ein, daß die verdächtige Alte es ihr

203

ja doch erzählen würde. Nun ärgerte er sich, weil es aussah, als wenn er ihr heimlich nachgeforscht hätte. Eigentlich ging ihn doch das dumme Frauenzimmer gar nichts an. Er langweilte sich bloß in dem Nest. Sie sollte sich nur nichts einbilden.

Als er, wie jeden Samstag, wieder in die Meierei kam, sagte die Hofrätin: „Heute haben wir eine Überraschung für Sie. Raten Sie, wer heute kommt." Und die Vikerl fuhr aufgeregt durch das Zimmer, mit ihrem seltsamen heiseren Lachen. Plötzlich schoß sie auf ihn zu und sagte: „Raten Sie doch, Klemens! Erraten Sie's denn nicht?" Und sie hatte wieder dieses fliegende Lachen, bis es ihr der Domherr verwies. „Die Baronin Scharrn", sagte die Hofrätin. Achselzuckend sah Klemens auf. „Wir wissen alles", sagte die Hofrätin. „Baronin Scharrn?" wiederholte Klemens. „Sie hat es uns selbst erzählt", sagte die Vikerl; und plötzlich wurde sie sehr rot, rannte zum Klavier und begann zu spielen. Der Domherr sagte: „Sie sind der Baronin im Walde begegnet, sie hatte sich, glaub ich, verirrt, und Sie haben sie in die Lucken nach Haus gebracht. Hier wird ja so was gleich zum Ereignis."

„Sie kennen sie?" fragte Klemens.

„Sie kam neulich zu mir", sagte der Domherr.

„Scharrn?" sagte Klemens. „Ich habe den Namen nie gehört."

„Kleiner preußischer Adel", sagte der Domherr. „Die Frau hat viel durchgemacht. Ihr Mann war ein Trinker und Morphinist. Erinnern Sie sich nicht? Die Geschichte stand damals in allen Zeitungen. Er hat im Rausch in der Nacht auf der Friedrichstraße einen alten Mann halb tot geprügelt, kam aber als unzurechnungsfähig davon und wurde in eine Anstalt gebracht. Dort ist er dann vor ein paar Jahren gestorben. Kein Wunder, daß die arme Frau seitdem ein bißchen verschreckt und menschenscheu geworden ist. Wir wollen sehen, was sich für sie tun läßt."

„Woher kennen Sie sie denn?" fragte Klemens wieder. Er hatte plötzlich ein unangenehmes Gefühl.

„Scheint Ihnen das so sonderbar?" fragte der Domherr, aus dem Zimmer gehend.

„Die Geschichte ist ganz lustig", sagte die Hofrätin. „Sie wissen doch, daß der Pfarrer in der Lucken und unserer sich nicht leiden können. Nun hat sich die Baronin entschlossen, katholisch zu werden. Sie geht also zuerst zum Pfarrer in der Lucken, aber den kennen Sie ja. Kaum hat sie ihr Anliegen vorgebracht, wird er fuchsteufelswild und erklärt, er kenne das schon, man will ihm nur wieder eine Falle stellen, aber er läßt sich auf solche Geschichten nicht mehr ein. Und höhnisch gibt er ihr den Rat, doch lieber zu unserem Pfarrer zu gehen, der versteht sich ja auf alles! Sie tut's, aber unserem ist wieder jeder verdächtig, der aus der Lucken kommt. Schließlich wird sie von der Köchin zum Domherrn geschickt, die Köchinnen sind ja viel gescheiter. Und ich habe mich sehr gefreut, sie ist wirklich eine kluge und liebe Frau, es plauscht sich so gut mit ihr."

Die Vikerl kam zu Klemens und sagte, in ihrer immer geheimnisvollen Art: „Es ist eine prachtvolle Frau."

„Ja du!" sagte die Hofrätin. „Die ist nämlich ganz verschossen in sie."

Das fahle Gesicht des Mädchens wurde starr, als hätte die Großmuter etwas Entsetzliches gesagt. Sie konnte vor Erregung nicht reden. Sie faltete die Hände und sah die Großmutter flehentlich an. Ärgerlich sagte die Hofrätin: „Ach, du bist ein dummes Ding! Kannst du denn keinen Spaß verstehen?" Das Mädchen duckte sich und sagte leise: „Nicht bös sein, Großmama! Ich weiß ja, daß es nur ein Spaß war."

Die Hofrätin sagte: „Geh lieber und schau, daß alles in Ordnung ist, wenn sie kommt."

„Ja, Großmama! Gern!" rief die Vikerl, plötzlich
ganz selig und lief fort.

Die Hofrätin sagte: „Hauptsächlich wegen der
Vikerl kommt mir die Baronin recht. Für das Mädl
ist es nicht gut, soviel allein zu sein. Das Mädl hat
einen armen Kopf. In unserer Familie rappelt's ja
seit jeher ein bißl. Gott, wenn ich an meine
Schwestern denk! Und meine Tochter war auch so.
Es wird halt den Menschen zuviel vorgeredet, und da
zieht einer sie nach links und dort einer nach rechts,
mit Hü und Hö, bis sie ganz damisch werden, es ist
ja kein Wunder. Mein seliger Mann hat immer gesagt: Tun muß man schon, was die Leut verlangen,
aber deswegen braucht man ihnen ja nichts zu
glauben. Ja, der hat halt die Welt verstanden! Aber
für so ein armes Ding ist's doch schwer. Man weiß
ja, wie's in einem Frauenzimmer zugeht. Und jede
glaubt dann aber, das ist nur bei ihr so, und kommt
sich deshalb gleich ganz verrucht und entsetzlich vor.
Ich war anders. Ich habe mir halt gemerkt, was man
tun darf und was man nicht tun darf; darin muß man
ja natürlich nachgeben. Aber wie ich bin, das geht
doch die Leute nichts an, das ist meine Sache. Das
muß ich mit dem lieben Gott abmachen, oder eigentlich er mit mir, ich hab's ja von ihm, er muß wissen,
warum er den Menschen solche Sachen eingibt. Verlangen kann man nur, daß der Mensch gehorcht, also
daß er das tut, was sich gehört, und das läßt, was
sich nicht gehört, wenn's möglich ist, oder wenn's ihm
nicht möglich ist, es wenigstens bereut. Aber man
kann doch nicht verlangen, daß der Mensch anders
sein soll, als er ist. Damit quält er sich bloß, und es
kommt ja doch nichts heraus. Auch muß ich schon
sagen, daß das eigentlich eine rechte Unverschämtheit
gegen den lieben Gott ist. Der Mensch will sich
besser machen, als ihn der liebe Gott gemacht hat!
Da hört doch wirklich alles auf. Natürlich kann's
keinem gelingen, es ist noch jedem der Atem aus-

gegangen. Sehen Sie, von mir heißt's, daß ich eine Betschwester bin. Ich find aber, daß das eben noch das beste Mittel ist, guter Dinge durchzurutschen. Eine Ordnung muß schließlich im Leben sein, also gut, ich tu, was die Kirche verlangt, und dafür hab ich Ruh, nämlich bei mir selbst, mein ich, denn ich weiß, daß ich ein sündiger Mensch bin, das ist einmal so, das kann keiner ändern, ich brauche mich also darüber nicht erst aufzuregen, und ich weiß ja auch, daß es mir vergeben wird, dafür ist die Kirche da, also kann es mir nicht schaden, die Kirche legt mir gewisse fromme Handlungen auf, und dafür nimmt sie mir meine Sünden ab, wozu soll ich mir da noch erst den Kopf über mich zerbrechen? Wozu soll ich mich abquälen, anders zu sein, als ich bin? Es nutzt doch nix, und nötig ist es auch nicht. Denn eben für den Menschen, wie er nun einmal ist, ist die Kirche ja da. Aber was hab ich denn eigentlich sagen wollen? So geht's alten Leuten, man weiß nie, wohin einem der Mund läuft. Sie werden noch denken, ich will Sie bekehren! Das fällt mir aber wirklich nicht ein. Es muß schon jeder selber finden, nach und nach, was für ihn am besten ist."

„Von der Vikerl wollten Sie erzählen", sagte Klemens.

„Mein Gott", sagte die Hofrätin. Es ist halt schwer. Das dumme Mädchen fangt ja auch gleich zu heulen an, wenn man sie fragt. Ich kann gar nicht mit ihr reden. Der Domherr aber will's nicht. Der meint wieder, es ist für den Menschen ganz gut, wenn er gar niemanden hat; selbst muß er sich herausfinden. Und der Domherr versteht sich ja auf die Menschen. Nur kann sich halt vielleicht ein Mann doch nie mit uns auskennen, wir sind anders. Jedenfalls aber bin ich sehr froh, wenn sich die Baronin der Vikerl ein bißl annimmt. Sie spielen zusammen Klavier, die Scharrn spielt wunderschön. und dann setzen sie sich hin und plauschen miteinander. Und das Unglück mit ihrem Mann gibt ihr noch einen besonderen Reiz für das Mädl. Die arme Frau hat ja wirklich schrecklich viel durchgemacht. Aber jedenfalls bin ich sehr froh, wenn die Vikerl einmal ein bißl auf andere Gedanken kommt." Plötzlich sah sie auf und lachte. „No und Sie, verehrter Herr Neffe?" Und mit dem Finger drohend sagte sie: „Streift da heimlich im Wald herum, auf Abenteuer! Hier aber spielt man den Duckmäuser! Warten Sie nur!"

„Ich fühle mich ganz unschuldig", sagte Klemens. „Wir trafen uns zufällig im Wald, sie hatte mein Boot genommen, so fuhren wir zusammen über den See. Das ist alles. Warum schauen Sie mich so merkwürdig an? Glauben Sie mir nicht?"

„Ich bin eine alte Frau", sagte die Hofrätin „Ich habe nichts mehr dreinzureden. Ich wundere mich nur, wie schwer ihr euch das Leben macht."

„Inwiefern?" fragte Klemens.

„Ich denk mir nur", sagte die Hofrätin. „Mich hätt man, wie ich ein junges Mädl war, nicht allein in den Wald lassen dürfen. Ich muß schon sagen, heute haben es die Eltern eigentlich viel leichter. No, ich red lieber erst nichts mehr, sonst verplausch ich mich noch." Und dabei sah sie den Neffen mit ihren klugen kleinen jungen Augen so lustig an, daß es ihn verwirrte. Er ärgerte sich, daß gerade jetzt die Baronin eintrat. Die zwei Frauen machten ihn fast ein bißchen verlegen.

Die Baronin hielt ihm ihre feste kleine Hand hin und sagte: „Das ist hübsch, daß wir uns wiedersehen. Ich war neulich nicht sehr liebenswürdig mit Ihnen. Sie dürfen mir das nicht verargen. Es ist hier nicht leicht für eine Dame, sich zu behaupten. Die österreichischen Herrn werden gern gleich ein bißchen dreist. Nun und Sie schienen gar nicht abgeneigt, mir auch den guten Österreicher zu zeigen!"

„Schau, schau!" sagte die Hofrätin vergnügt.

„So haben wir uns gegenseitig nichts vorzuwerfen", sagte die Baronin. Sie zog die Vikerl an sich und schalt sie: „Hast du noch immer die dumme Frisur! Sie macht dir die Stirne zu hoch, da siehst du so strenge drein. Komm!" Sie setzte sie, um ihr das Haar zu richten.

Der Domherr kam und fragte: „Was machen Sie denn da?"

Sie sagte: „Schön will ich das liebe Kind machen."

Die Vikerl wehrte sich und bat ängstlich: „Nein, nicht! Bitte, lassen Sie mich!"

Die Baronin nahm ihr Ohr, zog sie daran und sagte: „Was haben wir ausgemacht? Bist du so vergeßlich? Gleich sagst du's richtig!"

Endlich sagte die Vikerl, ganz leise: „Laß mich, bitte!" Und heiser lachend wiederholte sie froh: „Laß mich! Du, du!" Ihr Kopf sank auf die Hände der heiteren Freundin.

„So ist es recht", sagte die Baronin. „Und jetzt stillgehalten, du schlimmes Kind! Du sollst staunen, wenn du dich im Spiegel siehst."

Das Mädchen riß sich los und floh vor ihr. Keuchend sagte sie: „Nein, ich will nicht, ich will nicht!"

Die Baronin wollte sie haschen. Der Domherr sagte: „Sie werden sie mir noch eitel machen." Gleich ließ die Baronin von ihr und fragte gehorsam: „Ist es Ihnen nicht recht?"

„Nein", sagte der Domherr. „Wir wollen auch keine Zeit verlieren. Kommen Sie mit mir, Baronin! Ihr entschuldigt uns wohl solange. Wir sind gleich wieder da." Er ging voraus, sie folgte ihm. Durchs Fenster sah Klemens sie im Garten, am verglasten Beet der seltsamen Kakteen auf und ab gehen.

Die Vikerl trat neben ihn und sagte: „Ist sie nicht eine wunderbare Frau?"

Bahr, Drut. 14

„Ja", sagte Klemens ärgerlich. „Sie ist ganz nett."
Das Mädchen stieß ihn weg. „Pfui, Klemens!"
sagte sie heftig. „Das ist abscheulich von Ihnen!
Pfui!"

Klemens fragt lachend: „Was denn? Ich verstehe Sie gar nicht."

Das Mädchen sagte: „Sie ist das beste und edelste
Geschöpf der Welt. Und wenn Sie wüßten!" Ihr
gieriges Gesicht zuckte.

„Was?" fragte Klemens neugierig.

„Du sollst nicht wieder gleich so übertreiben",
sagte die Großmutter. „Ich bitte Sie, Baron, lassen
Sie sie."

„Ja, Großmama!" sagte das Mädchen, mechanisch
gehorsam.

Sie ging zum Klavier, ging ans Fenster, ging
durchs Zimmer, bis die Hofrätin ungeduldig sagte:
„Was irrst du denn so herum? Setz dich doch
ruhig hin!"

„Ja, Großmama!" sagte das Mädchen und setzte
sich. Still saß sie gehorsam da. Aber ihre suchen-
den Augen ruhten nicht.

Klemens sagt spöttisch: „Der Onkel scheint ihr
Beicht zu hören."

Die Hofrätin faltete das Gesicht und sagte mit
frömmelnder Stimme: „Sie wissen, lieber Klemens,
daß ich über derlei nicht gern scherzen höre.
Freunde sollen sich gegenseitig in ihren Empfindun-
gen schonen. Die arme Frau hat viel leiden müssen,
das Leben ist hart mit ihr gewesen. Nun sucht sie
in unserer heiligen Kirche Trost. Der Domherr
drängt sich keinem auf, er weist aber auch keinen
ab." Und nach einer kleinen Pause sagte sie noch,
indem ihre Stimme wieder heiter wurde: „Sie, lieber
Klemens, mag ungestört der Teufel holen, wir werden ihn nicht hindern."

Klemens sagte leichthin: „Es war nicht bös gemeint, Großmama."

210

„Ich bin auch weiter nicht bös", sagte die Hofrätin vergnügt. „Aber man muß euch manchmal die Zähne zeigen."

„Besonders wenn man noch so schöne hat", sagte Klemens, den frohen Mund der alten Frau bewundernd. Er dachte manchmal, daß man sich eigentlich heute noch in sie verlieben könnte. Auf die Baronin aber war er ärgerlich. Der Kleinen muß man wirklich auf die Finger sehen! Sie ist sicher eine Schwindlerin. Nun macht sie sich gar an die Pfaffen! Er begriff den Domherrn nicht. Ließ der kalte, spöttische, kluge Mann sich von ihrer frommen Miene täuschen? Oder war der verschwiegene Domherr am Ende gar nicht so klug? Alle fürchteten ihn, aber Klemens hatte noch nichts bemerkt. Nießner hatte schließlich auch gefunden, man überschätze ihn: er schaut wie ein Gladiator aus, raucht eine Bauernpfeife, macht ein feierliches Gesicht, und da stellt man sich weiß Gott was vor, es steckt aber nichts dahinter! Und Nießner sagte damals auch, die eine Hälfte der Menschen glaube, die Freimaurer seien an allem schuld, und die andere, die Pfaffen seien an allem schuld; und wahrscheinlich sind die Pfaffen nicht weniger harmlos als die Freimaurer, beide tun nur so und wir lassen uns narren! Lustig aber, dachte Klemens, wäre es, wenn der Päpstliche Prälat und Fürsterzbischöfliche Spiritual mit seinem römischen Profil von der kleinen Gauklerin eingefangen würde und ich ihn dann noch aus der Schlinge ziehen müßte! Das hätte er ihm wirklich gegönnt.

Bei Tisch war der Domherr ungewöhnlich gesprächig. Er erzählte von Rom. Auch die Baronin kannte die heilige Stadt. Sie tauschten Erinnerungen aus. Plötzlich fragte Klemens: „Wie sind Sie denn nach Rom gekommen, Baronin?" Sie sah auf, dann sagte sie mit ihrer klaren Stimme: „Mit der Bahn, Herr Bezirkshauptmann!" Klemens ärgerte sich und sagte: „Ich meine, was haben Sie denn in Rom zu tun gehabt?"

„Aber Klemens!" sagte die Hofrätin lachend. „Was ist das für eine seltsame Frage?"

„Sie scheinen sich nicht denken zu können," sagte die Baronin, „daß jemand zum Vergnügen reist. Daran erkennt man den Beamten." Sie sah ihn spöttisch an. „Ja", sagte Klemens. „Man kann auch zum Vergnügen reisen." Er wußte selbst nicht recht, was ihn trieb, sie durch seinen ungläubigen Ton zu reizen. Der Domherr trat dazwischen, indem er wieder von dem Fürsten Torlonia begann, den sie kannte. Sie kannte auch die Herzogin Borghese mit ihren beiden lieben kleinen Mädl'n. „Hei!" sagte Klemens. „Da fliegen ja die Fürsten und Herzöge nur so herum! Ja, Italien!" Er ärgerte sich über die Vikerl, die ganz verklärt zuhörte, als tauchte zum erstenmal die schimmernde große Welt vor ihren geistigen Augen auf.

Die Baronin schilderte dann Ostern in Rom. Erst habe sie, als Protestantin solchen Treibens ungewohnt, den bunten Lärm gescholten und sich eher im Theater oder beim Karneval geglaubt, gar als nun der alte Papst von den Gläubigen mit Klatschen und Stampfen empfangen worden, einem beliebten Tenor gleich. Und sie wisse selbst eigentlich nicht zu sagen, weshalb sie sich dann dennoch einem merkwürdig starken und unvergeßlichen Eindruck nicht habe entziehen können. Freilich habe sie, wie's dem Menschen schon zu geschehen pflegt, daß er auch das Unvergeßliche doch wieder vergißt, dies nachher jahrelang aus den Gedanken verloren. Hier hielt sie ein und zauderte. Dann aber sagte sie, die Stimme senkend, und eigentlich nur zum Domherrn hin. „Bis ich dann ganz allein war und mir niemand half. In solchen Stunden wendet man dann sein Herz um und sucht alles ab. Da erst erinnerte ich mich wieder." Klemens wunderte sich,

wie weich jetzt ihre Stimme klang, die sonst spröde
war und jedes Wort einzeln ausgab, die Sätze
gleichsam abschälend; aber indem sie jetzt einer
leisen Rührung auszuweichen schien, zitterte die
Stimme und nahm einen Schleier vor. Doch kehrte
sie sogleich zu den römischen Erinnerungen zurück.
Sie fragte den Domherrn, ob er den Kardinal Rampolla kenne, den sie manchmal bei einer Freundin,
einer sehr romantischen jungen Amerikanerin, getroffen. Sie schwärmte für den Marchese mit den
stillen großen stummen Augen, der, wie ein zorniger Erzengel oder irgendein wilder Büßer anzusehen, im Gespräche dann der heiterste Weltmann
und ein unvergleichlicher Erzähler sei. Es ergab
sich, daß ihm der Domherr befreundet war. Im Erzählen wurde der Domherr lebhafter und ließ sich
lässiger gehen, als es Klemens von ihm gewohnt
war. „Seine Kraft," sagte er, „die Schärfe seiner
Einsichten, die Größe seiner Entwürfe kennt ja
niemand! Er hat erkannt, daß die Kirche niemals
an irgendeine Form der Gesellschaft gebunden ist.
Monarchie oder Republik, Aristokratie oder Demo-
kratie, bürgerliche oder proletarische Vorherrschaft,
nach solchen weltlichen Dingen hat sie nicht zu
fragen. Mögen sie kommen und gehen, steigen und
fallen, was kümmert es sie? Ihr Reich ist nicht von
dieser Welt, sondern in dieser Welt das Reich
Gottes aufzurichten ist ihr Amt. Wer an der Macht
ist, an den hält sie sich, von dem fordert sie, was
ihr gebührt. Wird ihr dies aber nur, so kann's ihr
gleich sein, wie sich's die Menschen sonst unter
sich einteilen. Da sind ein paar hochmütige junge
Leute, die sich Modernisten nennen, weil sie ein
paar Abfälle der Wissenschaft aufgefangen haben;
und wissen nicht, daß es ein leidiges Gezänk um
Worte, recht ein Streit von Philologen und Doktoren
ist. Heute geht's nicht um den Glauben, es geht um
die Macht. Mag sich jeder seine Zweifel und Fragen

in seiner Art deuten, wenn er nur fühlt, daß neben den weltlichen Gewalten eine höhere geistige nötig ist, die sich jenen nicht fügt und zu der der Mensch flüchten kann, wenn ihn das äußere Leben abstößt oder ausstößt. Aber Rampolla wäre der wahre Modernist, in dem Sinn nämlich, als er die Wirklichkeit hinnimmt, wie sie nun einmal ist, und sich nicht beikommen läßt, unsere ewige Kirche an eine Vergangenheit anzunageln, die nur noch in den Wünschen einiger ängstlichen Monarchen lebt. Wirtschaftlich stark zu sein gilt's heute, wenn es uns ernst ist, das Reich Gottes zu wahren. Alles andere, wie wissenschaftlich es sich auch gehaben mag, ist nur kirchliche Romantik. Haben wir uns einst mit den Königen zurecht gefunden, so müssen wir's heute mit den Bankiers und schon morgen vielleicht mit den großen Genossenschaften, die die Staaten ablösen werden. Wie sich's die Menschen einrichten, danach haben wir nicht zu fragen, sondern nur darüber zu wachen, daß in allen Einrichtungen der Menschen immer unser Reich bestehen bleibe. Ich war noch ein ganz junger Kaplan auf dem Land, als ich mir schon solche Gedanken machte. Ökonomien, Brauereien, Fabriken müßte die Kirche jetzt erwerben! Hier verstand man mich nicht. Nun denken Sie sich meine Freude, dort im ewigen Rom meine Gedanken wiederzufinden, mit der Kraft eines so furchtlosen und entschlossenen Denkers bewehrt, der mir zum wahren geistigen Vater wurde! Ihm verdanke ich es allein, daß ich aus allerhand unklaren Wünschen und trüben Wallungen allmählich doch ins Freie und zum Rechten fand. Auch habe ich von ihm die großen Worte und alles pathetische Wesen verschmähen gelernt, wodurch man mehr als die Welt sich selbst betrügt. Er pflegte zu sagen, ich hätte das Zeug, ein tüchtiger Geschäftsmann zu werden, wie solche die Kirche jetzt vor allem nötig hat. Und wenn er mit mir einmal besonders zufrieden war, drückte er dies gern so aus, daß er mir auf die Schultern klopfte und versicherte, er traue mir zu, bei jedem Handel zehn polnische Juden einzustecken. Er hat mich wohl in seiner Freundschaft ein wenig überschätzt." Um den breiten starken Mund des Domherrn war ein Schmunzeln, in den faltigen Ecken. Klemens fand, daß er gut sprach; nur durch ein leises Singen und die Gewohnheit, Endsilben, die wir zu verwischen pflegen, voll ausklingen zu lassen, verriet sich der Prediger.

Nach Tische setzte die Baronin sich an das Klavier, um die Vikerl zu begleiten, zu Liedern von Schubert. Der Domherr hatte seine Pfeife gestopft; die Hofrätin, eine große Hornbrille auf der Nase, einen Plaid um die Füße, legte Patiencen, Klemens saß bei ihr. Die Vikerl hatte, wenn sie begann, immer zuerst eine solche Angst, daß ihre Stimme hart und heiser anschlug. Ganz gerade stand sie da, schloß die Augen und ließ die Hände hängen. Ängstlich schien sie zu horchen. Und es war, als ob ihre schweren Lippen erst allmählich einem inneren Drucke nachgeben würden. Ihr Kopf sank zurück, der Hals schwoll, die Nase blähte sich auf. Nach einigen Takten aber schien ihre Stimme plötzlich durchzustoßen und nun ergoß sie sich breit. Immer tiefer sank der Kopf zurück, jetzt öffnete sie die Augen, sie standen leer und starr hinaus. Dann wollte sie durchaus nicht aufhören. War das Lied aus, so hob sie nur die rechte Hand, gab mit den Fingern ein Zeichen und begann gleich noch einmal. So hatte sie dreimal das Lied von dem Tod und dem Mädchen wiederholt, und gar den Leiermann wollte sie nun nicht enden, als würde sie gleichsam in den weichen Armen dieser müden und eintönigen Klagen eingewiegt. Immer, wenn es aus war, baten ihre Finger wieder. Und wieder krochen ihre leisen Klagen durch das stille Zimmer hin. Dann sagte

215

der Domherr: „Nicht mehr." Noch stand sie, den Kopf zurück, mit ihren leeren starren Augen. Die Baronin saß, über die Tasten gebeugt, die Hände gesenkt. Der Domherr sagte: „Es ist genug für heute. Hörst du?" Aufwachend duckte sie sich gehorsam. Und als wenn alle Kraft aus ihrer Stimme gewichen wäre, sagte sie leise zur Baronin, keuchend: „Spiel! Bitte! Spiel mir vor, so, du weißt schon." Die Baronin nickte. Leise strich ihre rechte Hand die Tasten in der Höhe. Wie ein Kichern war es, wie ein Irrlicht, das aus dem Sumpf springt, wie eine glitzernde Jagd von auflachenden Zwergen. Aber gleich klang unten wieder die Klage des müden Leiermannes herein: „Und er läßt es gehen, alles, wie es will." Und nun war es, als würde der wunderliche Alte geduldig immer noch seine Leier drehen, über ihm aber trieben die neckenden Zwerge sich hell durch die Luft und tanzten dazu. Das Mädchen stand am Klavier, mit den Armen aufgestützt, die bleichen Wangen in den Händen.

Klemens machte sich nicht viel aus Musik. Er konnte zur Not ein Lied begleiten. Er rechnete das so wie Tennis oder Whist zu den geselligen Talenten, die man braucht. Die Vikerl hörte er gern singen, sie tat ihm dann so leid. Und er wurde so angenehm schläfrig dabei. Aber mit der Baronin erging es ihm jetzt merkwürdig. Anfangs fand er es nur famos von ihr, was sie alles konnte. Rudert ganz sportgemäß, wickelt mit ihren Herzögen und Kardinälen den Domherrn um den Finger und konzertiert dann noch wie ein gelernter Pianist. Gar kein Zweifel, dachte er, daß sie eine Hochstaplerin ist! Aber auf einmal bildete er sich ein, sie spiele bloß für ihn allein, um gewissermaßen heimlich mit ihm zusammen die anderen auszulachen. Wirklich, es war ihm, während sie spielte, als hätte sie gleichsam unter dem Tisch seine Hand berührt oder an seinen Fuß gestoßen. So lustig klang es, und er glaubte sie manchmal laut auflachen zu hören; so klang es, was sie spielte. Er stand auf und ging zum Klavier, um ihr ins Gesicht zu sehen. Sie sah ihn aber nicht an. Er freute sich, wie vergnügt ihre Finger über die Tasten sprangen. Sie war schon eine famose Person!

Sie brach plötzlich ab, stand rasch auf und sagte: „Nun ist's aber höchste Zeit, nach Hause zu kommen."

Der Domherr sagte: „Ich will gleich einspannen lassen."

Die Hofrätin sagte, aus ihrer Patience aufsehend: „Ich will aber nicht, daß der Antonio kutschiert. Der Josef soll fahren. Hörst du?"

„Ja, Mutter!" sagte der Domherr.

Die Vikerl sagte: „Ich will deiner Alten die Bücher mitgeben, die der Onkel für dich gerichtet hat." Sie ging mit dem Domherrn.

Klemens trat zur Baronin und sagte leise: „Ich könnte ein Stück mit Ihnen fahren. Es wär ganz schön, in der hellen Sternennacht. Darf ich?"

„Kein Platz in dem kleinen Wagen", sagte die Baronin. „Meine Donna fährt mit. Außer, Sie hätten Lust, sich auf den Bock zu setzen; die Sternennacht bleibt ja dieselbe."

„Warum behandeln Sie mich so schlecht?" fragte Klemens, mit einem Schritt zum Fenster hin, damit sie von der Hofrätin nicht gehört würden.

Die Baronin bemerkte es, lachte und folgte ihm unauffällig, mit einem Blick auf die Hofrätin aus ihren zwinkernden eiligen Augen. Dann sagte sie: „Ich hätte mehr Ursache, Sie so zu fragen. Ich wehre mich bloß, Sie sind's, der immer anfängt."

„Was tue ich denn?" fragte Klemens lachend.

„Ganz im Ernst", sagte die Baronin. Sie trat vor ihn hin, hob den Kopf und sah ihn an. Die starken Brauen, die tiefe Furche dazwischen mit den vielen winzigen Fältchen herum, die zuckenden aufgespreizten Flügel des Näschens gaben ihr was Drohendes, das Klemens komisch fand. Er mußte wieder an eine Henne denken, die sich ärgert. Er bemerkte jetzt erst, daß die ganz schmalen Läppchen ihrer Ohren angewachsen waren. Und er freute sich, größer zu sein als sie, mochte sie sich auch auf die Zehen stellen.

„Ganz im Ernst", wiederholte sie. „Sie fragen mich aus und inquirieren mich, als wenn ich angeklagt wäre, und machen spöttische Augen, wenn ich erzähle. Dies alles aber offenbar nur deshalb, weil ich keine Neigung zeige, mich auf einen galanten Scherz einzulassen. Natürlich eine Frau, die allein in der Welt steht, da glaubt ihr euch gleich alles erlauben zu dürfen! Mutig, das muß ich schon sagen, mutig ist das just nicht. Und weil Sie's nun noch immer nicht zu begreifen scheinen, will ich's Ihnen denn einmal noch ausdrücklich versichern: Sie täuschen sich in mir! Ich bin keine von der Sorte, die Sie meinen."

„Woher wissen Sie denn," fragte Klemens, „welche Sorte ich meine?"

„Sie zeigen es mir ja in jedem Blick, durch Ihr ganzes Wesen mit mir!" sagte sie heftig. „Ich bin für Sie so eine, die man so am Wege mitnimmt. Leugnen Sie nicht! Ich will's Ihnen ja gar nicht verdenken. Darin seid ihr doch alle gleich. Und es fällt mir auch gar nicht ein, mich moralisch zu entrüsten. Ich wünsche Ihnen alles Glück. Nur mich möchten Sie gefälligst verschonen! Bei mir stimmt's zufällig nicht, Herr Bezirkshauptmann! Es gibt eben doch auch Frauen, die anders sind. Darein werden Sie sich schon schicken müssen. Also verlieren Sie nicht Ihre kostbare Zeit! Das möchte ich in aller Ruhe einmal festgestellt haben." Sie sah ihn an und fügte dann noch lächelnd hinzu: „Der Junker ist fehl am Ort. Schade!"

„Schad!" sagte Klemens, gemütlich frech.

Sie wurde plötzlich wieder ernst und sagte nachdenklich: „Schade, daß es ausgeschlossen scheint, einen Mann zu finden, mit dem man sorglos gute Freundschaft halten könnte. Und das würde ich mir doch so wünschen! Ich habe Trauriges erlebt, und nun bin ich ganz allein. Ich will ja nichts mehr vom Leben als Ruhe, Ruhe. Es hat mich verzichten gelehrt. Ruhe haben, still irgendwo sitzen und vergessen können! Aber manchmal hätte man doch gern einen Menschen, um sich manches vom Herzen zu reden. Es ist nicht gut, immer alles so in sich hineinzuwürgen. Doch scheint's eben, daß es solche Menschen nicht gibt. Das tut mir leid, aber ich werde die Welt wohl nicht ändern."

„Wenn Sie's doch mit mir versuchen möchten!" sagte Klemens bittend. Ihr Ton rührte ihn.

„Ach Sie!" sagte die Baronin. „Ich will schon froh sein, Sie mir nur vom Halse zu halten."

„Versuchen Sie's wirklich!" sagte Klemens leise. „Ich tu ja nur so, eigentlich bin ich ganz anders." Er wunderte sich über seine eigenen Worte. Aber unaufhaltsam sprach es aus ihm: „Ich bin auch ganz allein und möchte einen Menschen haben. Schön müßt das sein."

Die Baronin verzog den kleinen blassen Mund und sagte: „Sie sind auch einer, der mit jeder Stimmung kokettiert." Von der Seite sahen ihn ihre blinzelnden Augen an. Sie schüttelte den Kopf, das widerspenstige Löckchen schlug in die Stirne herein. Indem sie es aufsteckte, sagte sie: „Nein. Ich traue Ihnen nicht."

„Sie sollen mir das noch abbitten!" sagte er zuversichtlich.

„Schön wär's freilich", sagte sie. „Und wenn Sie nur ein bißchen Verstand hätten, da ich ja doch auch schon viel zu alt für Sie bin, denn Sie sind sicher jünger als ich, ich wette! Wie alt sind Sie denn?"

„Zweiunddreißig", sagte er.

„Nun, sehen Sie!" rief sie.

„Und Sie?" fragte er.

„Raten Sie!" sagte sie und hielt ihm ihr Gesicht hin.

„Sechsundzwanzig", sagte er.

„Wie Sie lügen!" sagte sie.

„Ich kann es doch nicht wissen."

„Sie wollen mir nur schmeicheln."

„Mehr?"

„Vierunddreißig", sagte sie. „Ja, mein Herr! Und nun denken Sie: eine Frau, die vierunddreißig Jahre alt ist und gar nicht einmal mehr versucht, es zu verheimlichen, und so ein junger Fant wie Sie!"

„Man ist so alt, als man aussieht."

„Man ist so alt, als man sich fühlt. Und da wäre ich zweiundvierzig und Sie wären vierundzwanzig und ich könnte Ihre Mutter sein! Nein, spielen Sie jetzt nur nicht den Galanten! Ist es denn wirklich nicht möglich zwischen Mann und Frau, einmal ernsthaft zu sein? Gibt es denn wirklich kein anderes Verhältnis zwischen Mann und Frau als ewig diese Torheiten? Wenn Sie wüßten, wie mir davor ekelt! So gemein ist das!"

Er sagte kleinlaut: „Ich habe Sie nicht verletzen wollen. Man nimmt ein leichtsinniges Wesen an, ohne darüber viel nachzudenken. Und man hat halt auch Angst, lächerlich zu sein. Man macht doch allerhand Erfahrungen. Die Frauen selbst verderben uns."

„Die Frauen! Die Frauen!" sagte sie heftig. „Wenn ich schon höre, wie man immer von den Frauen schlechthin spricht! Ich bin nur für mich selbst verantwortlich. Wer gibt Ihnen das Recht, uns alle in einen Topf zu werfen? Bin ich an Ihren Erfahrungen schuld? Aber dann heißt's: die Frauen! Seht euch besser vor, statt über die Frauen zu klagen, wenn ihr in eurer Eitelkeit an ein kokettes Gänschen geraten seid!"

Durch ihre Heftigkeit erschreckt, sagte er mit

220

einem warnenden Blick auf die Hofrätin: „Sie haben ja gewiß recht, Baronin! Aber es war nicht so schlimm gemeint. Gott, es ist eine Redensart!"

„Ja", sagte sie. „Und mit Redensarten, die einer dem anderen nachsagt, wird alles abgetan, das ist ja so bequem!"

Er fühlte sich so klein vor ihr. Und sie hatte ja recht! Er hatte sich das selbst oft gesagt, wenn Nießner in seiner dummen plumpen Art von den Frauen sprach. Er war wirklich schon wie Nießner, der doch überhaupt an anständige Menschen nicht glaubte. Er schämte sich.

Er sagte: „Geben Sie mir doch Gelegenheit, Ihnen zu beweisen, daß ich gar nicht so bin! Sie haben neulich selbst gesagt, man wisse hierzulande nie recht, woran mit einem sei. Uns muß man eben erst näher kennenlernen. Der Schein trügt. Mir ist es ja mit Ihnen auch nicht anders gegangen. Denken Sie, es hat nicht viel gefehlt und ich hätte Sie für eine kleine Hochstaplerin gehalten! Ich weiß nicht, vielleicht weil das Steirer Hüt'l gar so verwegen war." Er sah sie lustig an.

„Bitte!" sagte sie achselzuckend. „Halten Sie mich, wofür Sie wollen! Ich wüßte nichts, was mir gleichgültiger wäre."

„Aber verstehen Sie denn nicht, daß ich doch nur einen Spaß mache?" beteuerte er. „Es ist wirklich schrecklich mit Ihnen!"

„Ich traue Ihnen ebensowenig, wie Sie mir", sagte sie hart und ging zur Hofrätin.

„Aber Baronin, wenn Sie doch schon hören, daß —"

„Der Wagen ist da", sagte sie.

„Nun?" sagte die Hofrätin mit einem argen Lächeln in ihrem frommen Gesicht. „Seid ihr einig?"

„Der wäre mir der Rechte!" sagte die Baronin lustig. „Wie kommen Sie nur zu solchem Neffen?"

221

„Ihr zwei!" sagte die Hofrätin mit dem Finger drohend. „Um euch ist mir nicht bange."

Die Vikerl trat ein. „Es ist eingespannt."

„Nehmen Sie meinen besten Dank, Frau Hofrätin!" sagte die Baronin, ihre Hand ergreifend und zärtlich hegend. „Es ist so lieb von Ihnen, daß Sie so gut zu mir sind! Ich will Ihnen das nie vergessen." Sie küßte die Hand der alten Frau.

„Kleine Schmeichelkatze", sagte die Hofrätin. „Lassen Sie sich nur recht bald wieder bei uns sehen!"

„Morgen", bat die Vikerl, sich an sie schmiegend.

„Mittwoch vielleicht", sagte die Baronin.

„Doch nicht Mittwoch erst!" rief die Vikerl entsetzt. „Das wären vier Tage!"

„Sie sehen, wie das Kind an Ihnen hängt!" sagte die Hofrätin. „Du darfst aber nicht zudringlich werden, Vikerl! Hörst du?"

„Ja, Großmama", sagte das Mädchen, ängstlich gehorsam. Ihr verschrecktes Gesicht hing schlaff herab.

„Und vielleicht auch schon früher, ich schicke noch Nachricht", sagte die Baronin und zog das Mädchen mit sich fort.

„Uns sollen Sie immer willkommen sein", rief ihr die Hofrätin nach. Und zu Klemens sagte sie, lächelnd: „Nun? Denken Sie sich nicht erst eine langmächtige Lüge aus, Herr Neffe! Sie wollen ihr gewiß noch im Wagen ein Wörtl sagen. Gute Nacht, gute Nacht! Seid's ihr heutzutage langweilige Leut!" Und plötzlich rief sie hinter ihm noch: „Und Klemens, Klemens! Geben Sie mir acht, daß nicht am End der Antonio kutschiert! Das erlaub ich nicht. Der Josef soll fahren." Eilig erhob sie sich, zeppelte zum Fenster, sah hinab und beruhigte sich erst, als sie den Josef auf dem Bock fand.

222

Auf der Stiege sagte der Domherr: „Überlegen Sie sich gut, was wir besprochen haben." Und zum Vikerl: „Geh hinein. Du könntest dich erkälten. Du weißt schon."

„Ja, Onkel", sagte die Vikerl. Sie biß sich auf die Lippen, um nicht zu weinen. Die Baronin küßte sie zärtlich. „Aber Kind, Kind!" sagte sie, sich aus ihren Armen windend. „Bist du töricht!"

„Komm!" sagte der Domherr und ging mit ihr hinein.

„Was haben Sie mit dem Pfaffen für Heimlichkeiten?" fragte Klemens gereizt.

„Hochstaplerinnen haben immer Heimlichkeiten", sagte die Baronin und lachte hell hinaus. Schon war sie beim Wagen. Die Alte stand am Schlag, mit einem schwarzen Tuch wartend. Sie krümmte sich vor Klemens zusammen und grinste. Diese Alte war ihm sehr zuwider. Die Baronin streckte sich im Wagen und sagte: „Es ist wirklich schön, in der hellen Sternennacht. Auf Wiedersehen also! Dienstag! Sie kommen ja doch natürlich auch?"

Der Wagen fuhr. Klemens sagte: „Damit Sie mich wieder abkanzeln können?"

„Ach, Sie werden schon kommen", rief sie noch zurück und winkte mit ihrer kleinen festen Hand.

Langsam ging Klemens heim. Er war nicht mit sich zufrieden. Sie hatte ganz recht: er fand es selbst albern, von den paar geputzten Weibern, mit denen er hier im Sommer geflirtet hatte, gleich auf alle Frauen zu schließen; Nießner war schuld daran. Und von Nießner hatte er sich auch angewöhnt, jeden zu verdächtigen, als ob es wirklich nur Defraudanten und Kokotten gäbe. Er mußte lachen, wenn er sich erinnerte, wie Nießner alles verdächtig fand. Ging jemand allein, so fragte er: Was hat sich der Mensch von allen Leuten zu drücken? War einer gesellig, so fragte er: Was drängt sich der Mensch allen Leuten auf? Blieb einer daheim, so

223

fragte er: Was versteckt sich der Mensch vor allen Leuten? Keinen Grund ließ er gelten. Er nickte dann nur höhnisch und lachte: Sagt er! Was nämlich einer sagte, hielt er für unwahr, schon deswegen allein, weil der es sagte. Wie oft hatte sich Klemens darüber lustig gemacht! Nun war er aber wirklich selbst schon auch so. Ist es denn gar so was Unglaubliches, daß eine Frau nach traurigen Schicksalen die Einsamkeit aufsucht und sich nun wirklich nichts mehr wünschte, als still für sich zu leben, allmählich zu vergessen und von der Welt, die ihr so weh getan hat, nichts mehr zu hören? Sie war freilich anders, als man es bei uns in diesen Kreisen ist. Eine preußische Baronin ist eben keine österreichische Komtesse. Auch war sie offenbar viel gereist, aus ihrem Verkehr in den großen internationalen Orten, mit Amerikanerinnen und allerhand exotischen Leuten, ließ sich manches erklären. Und um einen so depravierten Mann, wie der ihre geschildert wurde, zu zügeln, mußte sie wohl härter und herrischer werden, als man es sonst, gar von unseren verzärtelten Frauen, gewohnt ist. Daher vielleicht das Mißtrauische, fast Unweibliche, das ihm an ihr so sonderbar war, weil es doch eigentlich in ihr Wesen nicht einzustimmen schien. Wir sind noch rechte Kleinstädter in unserem abgelegenen Land: was uns fremd ist, verdächtigen wir gleich. Und weiß ich denn nicht von mir selbst, daß der Mensch die Neigung hat, sich ganz anders zu geben, als er wirklich ist? Der fesche Kle, der freche Kle, heißt's überall von mir. Man muß mich ja nur im Krätzl hören! Oder gar, wer mich mit Nießner gesehen hat! Man nimmt halt von allen Menschen an. Und schließlich auch von seinem Beruf. Mein Vorgänger beim Döltsch und mein Nachfolger, der frühere Bezirkshauptmann hier und der nächste, einer hat es vom anderen, und wer uns nicht ganz genau kennt, merkt vielleicht kaum, daß jeder doch ein Mensch für sich ist. Ich möchte ja gar nicht, daß man es merkte. Die Leute brauchen nicht zu wissen, wie mir manchmal ist, wenn mir meine Kindheit einfällt, wenn ich an meine Mutter denken muß, wenn so ein Brief des Vaters kommt. Nein es ist schon besser, daß die Leute mich nicht kennen, sondern nur den feschen Kle, frechen Kle, den ich ihnen zeige. Nur einen Menschen sollte man doch haben, einen einzigen Menschen, mit dem man nicht immer nur der fesche Kle wäre, der freche Kle! Und vielleicht geht es ihr auch so. Wie hat sie gesagt? Wie hat sie's genannt? Alles in sich hinabwürgen. Ja, das war es, woran auch er so litt. Schon als kleiner Bub hatte er es sich immer gewünscht: Einmal laut vor einem anderen Menschen denken können! Man wurde so müd von den einsamen Gesprächen mit sich selbst. Einmal einem Menschen alles erzählen dürfen! Jedes Jahr fing er wieder an, ein Tagebuch zu führen. Nach ein paar Tagen ließ er es wieder. Das war es nicht. Geschrieben nahm sich doch alles so fremd aus. Und wozu denn auch? Für wen? Einen lebendigen Menschen hätte man haben müssen, der zuhörte, den man neben sich fühlte, dem man manchmal in die Augen schauen könnte. Einen Freund halt hätte man haben müssen. Aber man hatte nur Freunderln. Und so blieb nichts, als es eben hinabzuwürgen. Das Wort gefiel ihm. Offenbar kannte sie diese Sehnsucht auch. Auch sie wünschte sich einen Menschen. Und wie dumm! Sie sehnte sich und er sehnte sich, sie dort in der Lucken oben und er hier unten im Ort. Wie dumm! Und wenn sie sich dann aber einmal begegneten, hechelten sie sich mit spitzen Reden, statt einander die Hände zu geben. Wie dumm! Schuld aber war doch nur er selbst daran. Im Sommer mit den geputzten Weibern, die sich nichts wünschten als eine lustige Nacht, da kam es nicht dazu, weil er sich nach einer sehnte, die ihm ein solcher Freund werden könnte. Und da war diese jetzt, er aber fiel sie täppisch an, wie irgendein Engerl und Bengerl! Er erinnerte sich, daß Döltsch einmal gesagt hatte: „Sie dürfen sich nicht immer einen Plan machen, Furnian! Da geht's Ihnen dann nie zusammen. Denn das Leben ist planlos." Er hatte das damals eigentlich noch gar nicht verstanden. Jetzt ging ihm erst auf, was der Minister meinte. Der hatte doch recht. Wirklich verdarb er sich damit alles. Er machte sich den Plan, eine wirkliche Frau zu suchen, der er sich anvertrauen könnte, und war enttäuscht, sie nicht unter den geputzten Weibern zu finden. Und dann, angewidert von ihnen, sich selber lächerlich, gereizt, machte er sich wieder den Plan, die Weiber zu nehmen, wie sie nun einmal sind. Und da stieß ihn das planlose Leben jetzt auf eine wirkliche Frau. Seltsam war das. Alles, was er sich immer gewünscht, stand nun vor ihm, als ob es längst auf ihn gewartet hätte. Und fast hätte er es nicht erkannt. Wenn er sich erinnerte, wie er noch vor einer Stunde, beim Essen, an ihr gezweifelt hatte! Seltsam ist das Leben, wir sind blind und taub. Mit starken Händen greift man zu, während draußen still das Glück vorbeigeht. Nein, er will die Hände falten; zu den Andächtigen kommt es. Andacht und Dankbarkeit war in seinem frohen Herzen. Langsam ging er heim, lauschend; denn überall schien in der stillen Nacht das Glück hinter jedem Baum zu stehen. Seltsam war das planlose Leben.

Achtes Kapitel.

Sie trafen sich in der Meierei. Sie vermied es, mit ihm allein zu sein. Er drängte sich nicht auf. Der Zank war vergessen, sie wurden unbefangen. Sie konnte sich so herzlich über jeden törichten Spaß freuen. Wie Kinder trieben sie sich mit der

Vikerl im Garten herum. Nur den Antonio konnte sie nicht leiden. Klemens wunderte sich, daß ihr die Hofrätin das verzieh, die doch soviel auf den Antonio hielt. Die beiden Frauen hatten einander sehr gern, und jede ließ der anderen ihre Launen. Die Vikerl wurde ganz eifersüchtig. Lachend sagte die Hofrätin oft: „Setzen Sie sich ein bissel zu mir, Baronin, wenn's die Vikerl erlaubt. Erlaubst du's, Vikerl?" Und sie freute sich über die Verlegenheit des scheuen Mädchens. „Sie können sehr stolz sein, Klemens!" sagte sie. „Sie sind der einzige, dem sie sie gönnt." Es war auch wirklich merkwürdig: auf Klemens schien das ängstliche Kind nicht eifersüchtig zu sein. Immer erzählte sie ihm von ihr, immer fragte sie ihn wieder: „Ist sie nicht eine wunderbare Frau? Und schauen Sie doch, Klemens, wie schön sie ist!" Die Baronin wurde manchmal ganz ärgerlich. Wenn sie aber zum Domherrn ging und Klemens mit der Vikerl allein blieb, sprach ihm diese die ganze Zeit nur von ihr vor. Und immer sagte sie dann: „Und diese wunderbare Frau hat soviel leiden müssen! Jetzt aber sind wir da, wir wollen sie das alles vergessen machen, bis sie gar nichts mehr davon weiß. Nicht wahr, Klemens, wir zwei?" Klemens aber hörte kaum zu, weil es ihn schon langweilte. Seine Gedanken waren nebenan. Es verdroß ihn, daß sie beim Domherrn saß. Er fragte sie einmal: „Sind Sie wirklich fromm?" Sie sagte: „Wenn der Mensch traurig ist, sucht er sich auf jede Art zu helfen." Er sagte: „Sie sind doch gar nicht traurig. Ich habe noch nichts davon bemerkt. Und bei dem schönen Wetter gar!" Sie lachte, sah ihn an und erwiderte: „Das Wetter kann aber umschlagen. Und wem es einmal schlecht gegangen ist, der hat immer Angst. Vielleicht bin ich mehr abergläubisch als gläubig." Er fragte: „Woher aber dann diese Passion, katholisch zu werden? Der alte Luther tät's auch noch, denk ich." Die

Vikerl fuhr dazwischen, ganz entsetzt: „Klemens! Wenn Sie der Onkel hört! Schämen Sie sich!" Die Baronin sagte: „Er meint es nicht so schlimm. Aber lassen Sie mich nur! Das kann nur verstehen, wer selbst einmal sehr gelitten hat. Was wissen denn Sie davon? Man muß mich lassen. Und übrigens, ich habe doch mit dem Domherrn auch allerlei Geschäftliches. Er sucht ein kleines Haus mit einem Gärtchen für mich. Nichts als ein Stück Wiese mit ein paar großen alten Bäumen vor dem Haus, irgendwo dort oben. Aber meinen eigenen Grund möchte ich haben, einen Fleck Erde, der mir gehört, wenn's noch so winzig wäre, aber mir soll's gehören, und ich will das Gefühl haben, daß da kein anderer Mensch mir was zu sagen hat. Das ist ja auch wieder eine Laune; es wird mich mehr kosten als jetzt, ich weiß, und ich sollte lieber sparen. Aber laßt mich doch, wie ich nun einmal bin! Da lobe ich mir den Domherrn; der fragt nicht erst lange, sondern hilft mir." Sie gingen dann auch manchmal alle drei und suchten die Gegend nach einem solchen Häuschen ab. Das war aber nicht so leicht. Ganz hoch oben sollte es sein, ganz weit weg vom Ort, am liebsten in der Lucken selbst, oder gar im Wald am See; aber dann hätte sie sich doch auch wieder ein paar Rosen und einige hohe, ganz alte Pappeln gewünscht und gern auch noch einen rauschenden Bach mit einer kleinen, lustig klappernden Mühle. Das ließ sich nun nirgends beisammen finden. Und die Vikerl war gar ausschweifend; das Haus, das sie sich für die Baronin dachte, gab's wirklich nur im Märchen; da hätte dann auch noch ein Wolf kommen müssen, der reden konnte, meinte Klemens. Lustig war es aber doch sehr, so herumzusteigen und in der Luft überall die schönsten kleinen Bauernhäuser hinzubauen, mit so merkwürdigen lieben Dingen, wie sie nicht einmal der Kaiser selbst in seinem alten Park drüben hatte.

228

Auch lernte er nun die Baronin erst kennen, wenn sie mit den Bauern von der Wirtschaft sprach, die mit ihr gleich viel zutunlicher wurden als mit ihm, oder den Kindern Geschichten erzählte oder am Bett einer kranken Alten saß und sich ihre Schmerzen vorjammern ließ. Sie hatte, was ihm fehlte: sie war gleich immer mit den Leuten vertraut. Wie ihr auch alle Hunde zuliefen und gleich mit ihr bekannt waren und ihr gehorchten.

Hatten sie dann alles abgelaufen, so saßen sie gern am Waldesrand, in den leuchtenden Herbst schauend und Äpfel essend. Mit gelben und roten Flammen schlugen die Buchen zwischen den dunklen Fichten durch, die großen Eichen waren fahl, hinter Haselstauden mit zerrissenen Blättern hingen scharlachene Berberitzen. Von braunen Äckern glänzte der Pflug, in geschorenen Wiesen stand das Vieh, Kinder sprangen, die Mädchen in grellen roten Röcken mit lichten blauen Schürzen, die Buben in scheckigen Jankern. Aus der Erde stieg ein Dunst, leise lief der Wind, ein Geruch kam von geschlagenem Holz, den Heuschobern und Beeren. In den Wegen trieb das raschelnde Laub, manchmal war ein Krähen, ein Wiehern in der Ferne, drüben klang der Bach, auf glatte Steine spritzend. Unten lagen zwischen gestützten Obstbäumen die kleinen Häuser im Tal, mit den hohen Schindeldächern, den engen Fenstern, den langen Schupfen; der Dünger dampfte, der Strahl des Brunnens blitzte in der Sonne. Sie saßen und sahen in den leuchtenden stillen Herbst hinein. Dann erzählte sie gern. Ganz langsam begann sie, ein Wort vom anderen abtrennend, wie dies ihre Gewohnheit beim Sprechen war. Allmählich fingen die Worte gleichsam zu hüpfen an, sie jagte sie, sie sprangen so, daß die Vikerl bald vom Zuhören ganz atemlos war. Es waren aber nie Begebenheiten, die sie erzählte, sondern von Häusern oder Bäumen oder Tieren erzählte sie. Meistens begann sie so: Als ich noch ein Kind war, da ging hinter dem Haus ein Weg, der war ganz verwachsen, da kam man durch eine Hecke auf eine Wiese, und dort stand ganz allein ein uralter Baum. Und von diesem sprach sie dann, als wenn's ein Mensch gewesen wäre. Oder sie sagte: Als ich noch ein Kind war, da hatten wir eine alte Katze, die hatte so gelbe Augen wie eine böse Königin, und einmal nahm ich sie ins Schiff mit, da schwammen alle Fische herbei, steckten die dummen Köpfe heraus und sahen die Katze bittend an, da kam ein großer Sturm. Nun beschrieb sie den Sturm und wie die weißen Wellen sangen, aber die Katze und die Fische kamen nicht mehr vor. Fragte die Vikerl dann: Und die Katze, und die Fische?, so sagte sie: Die Katze wird auch froh gewesen sein, als sie wieder am Ofen lag, und die Fische haben mir nie geschrieben, was eigentlich aus ihnen geworden ist. Wenn aber, weil in ihren Geschichten Wald und Meer, Tannen und Palmen oft so merkwürdig durcheinander waren, Klemens manchmal fragte, wo denn das alles eigentlich gewesen sei, sagte sie: Wenn man's mit dem Finger auf der Landkarte zeigt, da hört jede Geschichte auf, dann ist's nicht mehr schön! Und einmal sagte sie auch: Aber Klemens, merken Sie denn nicht, daß alles erlogen ist? Doch war die Vikerl darüber so unglücklich, daß sie ihr dann wieder schwor, alles sei wahr; und nur wenn's einer nicht glauben will, wie der Klemens, der braucht's ja nicht zu glauben und der verdient's gar nicht, daß es wahr ist! Und Klemens erinnerte sich dann, daß er ja auch aus seiner Kindheit keine Begebenheiten hätte erzählen können, sondern auch nur, wie die schweren Schritte des Vaters im Zimmer nebenan klangen, oder seine Angst, wenn die Mutter in Krämpfen schrie, oder wie die Zypressen an manchen Tagen so zum Weinen traurig waren; und eigentlich, wenn er es überlegte, war auch ihm von seiner Kindheit nichts übrig als Erinnerung an irgendein altes Gesicht, das er an einem traurigen Tage gesehen hatte und niemals wieder, oder an irgendeinen Weg zwischen Mauern, den er ein einziges Mal gegangen war und nje mehr, aber nicht vergessen konnte. Er wunderte sich, wie sie ihm darin glich. Vieles, wodurch er sich immer ganz vereinsamt gefühlt hatte, weil es anderen Menschen unbekannt schien, fand er in ihr wieder. Und er dachte zurück an jenen Tag, als er zum erstenmal die weißen Häuser in der Lucken erblickt hatte, und erinnerte sich, wie er sich damals gewünscht hatte, bei solchen Menschen zu leben, fern vom Lärm der Welt; und jetzt wohnte sie dort. Einmal sagte er: „Ich bin nur neugierig, wenn wir wirklich so ein kleines Bauernhaus für Sie finden, ganz verborgen unter Bäumen, wie lange Sie das aushalten werden. Auf einmal wird's Ihnen langweilig sein." Rasch sagte sie, heftig: „Nie! Ich habe genug von der Welt. Ich brauche keinen Menschen." Und heftig wiederholte sie noch: „Keinen einzigen brauch ich." Erschreckt hängte die Vikerl sich an sie. „Uns auch nicht? Mich auch nicht?" fragte sie, bittend, schmeichelnd. Und da jene schwieg und sie nicht ansah, drängte sie klagend: „Drut! Liebe Drut! Was haben wir dir denn getan?" Sie nahm das Mädchen zärtlich und sagte: „Nein, du darfst schon kommen. Und der Herr Bezirkshauptmann auch. Im Winter hat er ja sonst keinen Spaß." Das Mädchen klagte: „Liebe, liebe Drut! Wenn wir dir doch nur helfen könnten!" Sie strich dem scheuen Kinde das Haar zurück und sagte: „Was willst du? Mir geht's ja ganz gut. Ich kann es mir gar nicht besser wünschen."

Einmal wunderte sich Klemens über den Namen Drut. Es wäre Gertrud, sagte sie. Er fragte lustig: „Wissen Sie, was bei uns eine Trud heißt? Die Trud kommt in der Nacht und setzt sich einem auf das Herz, bis man nicht mehr atmen kann und elendiglich erstickt. Eine böse Hexe ist sie."

„Pfui, Klemens!" rief die Vikerl.

„Bei uns", sagte die Baronin, „war's einst der Name einer Walküre."

„Und Walküre", sagte Klemens, „wurde zur Strafe unter einen großen Baum gelegt, da mußte sie schlafen, viele Jahre lang, bis der junge Herr Siegfried kam, der weckte sie durch einen Kuß. Erinnern Sie sich?"

„Sie verwechseln sie mit einer anderen", sagte die Baronin. „Die hieß nicht Drut, deshalb geht sie mich gar nichts an." Und sie begann der Vikerl von den Walküren zu erzählen, und von den Wikingern und vom wilden Mann, der heute noch im Sturm über die Wälder fliegt, und von Riesen und Zwergen und von Recken und Räubern. Von solchen wußte sie alter Geschichten viel. Davon hatte sie manches Buch zu Hause. Die las sie gern immer wieder, Märchen und Sagen von nordischen Menschen in uralter Zeit. Auch wußte sie vieles, was nirgends aufgeschrieben war. Sie hatte manches Jahr ihren kranken Mann auf seinem Gut gehütet; da hörte sie an den langen Abenden den Mägden zu. Die Vikerl fürchtete sich, wenn sie daran dachte. Drut aber sagte: „Das ist für mich heute noch das schönste, wenn es draußen recht stürmt und eine schwarze Nacht ist, im Bett zu liegen und ein solches Buch zu lesen, in der Edda oder sonst einem Sagenbuch, die halbe Nacht, das paßt so gut dazu, wenn der Wind pfeift und der Regen klatscht, da spürt man, daß alles noch wahr ist." Einmal brachte ihr Klemens ein paar neue Romane mit. Am nächsten Tag sagte sie: „Ich kann das Zeug nicht lesen. Mich wundert's, wer daran Gefallen finden mag. Daß das Leben häßlich ist, weiß ich ohne die Herren. Und dem Leben fällt wenigstens mehr ein. Nein, damit verschonen Sie mich!" Aber der Domherr gab ihr ein

232

Buch, das hieß „Der Triumph des wahren Glaubens in allen Jahrhunderten". Da waren von einem alten Geistlichen Leben und Taten der Heiligen Gottes verzeichnet, für jeden Tag des Kalenders. Darin las sie mit Leidenschaft und wußte bald alle Martern der Märtyrer und ihre wunderbaren Prüfungen auswendig. „Wäre ich ein Mann," sagte sie, „ich würde heute noch ausziehen, um den Wilden zu predigen." Der Domherr sagte: „Wir haben noch Wilde genug daheim. Aber das ist freilich nicht so lustig."

Abends waren sie oft sehr vergnügt. Man aß beim Domherrn vortrefflich, und sein Keller war berühmt. Salzburger Mönche hatten im Pongau eine Fabrik angelegt, wo nach seinem Rezept allerhand Konserven und die merkwürdigsten Schnäpse gebraut wurden. Es war sein größter Stolz, den Gästen mit seinen Erfindungen und neuesten Mischungen aufzuwarten. Darunter war ein Enzian, dem er durch allerhand Zutaten, besonders aber durch einen Schuß von eingekochten Erdbeeren einen ganz eigenen Duft und Beigeschmack zu geben verstand; der Rupertiner war er zur Ehre der Stadt Salzburg genannt. Diesen Rupertiner fürchtete die Baronin so, denn sie behauptete, von Erdbeeren schon durch ihren bloßen Geruch eine unheimliche Art von Rausch zu bekommen, in welchem sie, zugleich erregt und seltsam betäubt, ja gelähmt, gar nichts mehr von sich wisse, dennoch aber diesen fürchterlichen Beeren nicht widerstehen könne. Der Domherr hatte seinen Spaß daran, wie sie zwischen dieser Gier und solcher Furcht angelockt und abgeschreckt im argen war. Er schob ihr das bauchige Fläschchen hin und sagte gekränkt: „Sie werden doch unseren Rupertiner nicht verschmähen?" Sie lachte flirrend, wie Kinder in ängstlicher Verlegenheit lachen. Er sagte: „Nein, wenn Sie wirklich meinen, daß es Ihnen schaden könnte, dann natürlich nicht. Aber Sie bilden sich das sicher nur ein." Schließlich goß sie das kleine

Glas voll, aber nur um daran zu riechen. Das Näschen zuckte, sie lachte schnaubend. Sie leckte den Rand ab. Die Vikerl schrie: „Nicht, nicht, nicht!" Da lachte sie noch einmal und trank das ölige Gift. „Nun also", sagte der Domherr lachend. „Sehen Sie, daß es nur Einbildung ist! Nicht?" Sie biß die Zähne zusammen und sagte schluckend: „Ja. Es war nur eine Einbildung." Der Domherr sagte: „Sehen Sie! Man muß sich überwinden." Sie nahm sich auch zusammen, war aber wirklich eine Zeit dann immer wie im Fieber. Sie sprach sehr viel, immer schneller und schneller, atemlos; die Worte prasselten. Sie sprach aber keinen Satz aus, gleich fiel ihr wieder etwas anderes ein, dem jagte sie nach, da drängte sich noch ein anderer Scherz dazwischen, nun ging es hinter diesem her, bis allen ganz wirbelig davon war. Klemens hatte einmal irgendwo kleine weiße Tanzmäuse gesehen, die, bald um eine Scheibe, bald auf einem Brett so rasend kreisten und schossen, als würden sie mit der Peitsche gehetzt. An sie erinnerte ihn Drut, wenn sie so sausend durch ihre Geschichten fuhr. Es kam ihm vor, daß sie diese manchmal wichtiger zu finden schien, als er eigentlich begreifen konnte. Oft wenn sie begann: „Ich erinnere mich, vor ein paar Jahren, da fuhren wir einmal in aller Früh durch den Canale Grande", hatte sie so etwas ganz Geheimnisvolles und Aufregendes im Ton, sie beugte sich vor, sie flüsterte nur, alle waren in Erwartung, nun mußte etwas Ungeheures kommen. Klemens hatte ganz das Gefühl, wie wenn er einen seiner geliebten Kriminalromane las. Eigentlich kam dann aber meistens gar nichts, sondern sie erzählte nur etwa, wie der Kanal ganz still und leer gelegen und es ein entfärbtes und sprachloses Venedig gewesen, von einem drohenden Ernst, den man am Tage der lässig tändelnden Stadt niemals zutrauen würde. Weiter nichts. Aber alle waren schließlich aufatmend noch sehr froh, als wären sie den größten Gefahren entkommen. Aus den einfachsten Dingen wurden in ihrer Erzählung Gespenstergeschichten. Dabei spannte sie sich zuweilen so heftig an, daß Klemens Furcht hatte, sie würde einmal zerreißen. Es war kein Wunder, daß sie dann oft in Ermattungen und Erschöpfungen tagelang lag, vor Schmerzen wimmernd, wenn sie nur einmal durchs Zimmer zu gehen oder auch nur die Hand zu heben versuchte. Sie schloß sich dann von allen Menschen ab. Nicht einmal die Vikerl ließ sie zu sich. Die Alte kam und meldete, daß die Baronin ihre Zustände hätte. Sie selbst nannte es: den dummen Kopf haben. Es dauerte zwei, drei Tage. Da ließ sie sich vor keinem Menschen sehen. Klemens redete ihr zu, doch einmal den Doktor Tewes zu fragen. Sie lachte ihn aus. Was wissen denn die Ärzte? Nein, ihr konnte kein Arzt helfen. Fast schien es, als hätte sie gar nicht geheilt sein wollen. „Das ist so," sagte sie, „wie schlechtes Wetter, dann freut einen die Sonne erst wieder." Auch behauptete sie, ihr dummer Kopf käme wirklich meistens vom Wechsel der Witterung, mit der sie sich in einem geheimnisvollen Zusammenhang fühlte. Der Domherr meinte, sie wäre dafür noch zu jung, später hätte diesen Zusammenhang jeder, nämlich die Gicht. Das machte ihr Spaß, und sie sprach seitdem gern von ihrer Kopfgicht. Eigentlich war sie sogar ein wenig stolz darauf, empfindlicher als andere Menschen mit den Geheimnissen in der Natur verbunden zu sein. Sie sprach sich auch die Gabe zu, Erdbeben aus der Ferne zu spüren. Sie hatte das zum erstenmal bemerkt, als sie vor wenigen Jahren auf dem Gut ihres Mannes in der Mark einmal in der Nacht plötzlich aufgefahren, erschreckt ans Fenster gerannt und um Hilfe gerufen, in einer namenlosen Angst, die sie sich durchaus nicht hatte erklären können, bis sie nach ein paar

Tagen in den Zeitungen die Nachricht von dem großen Erdbeben in Amerika fand. Seitdem glaubte sie daran. Ihm war das zuerst aufgefallen, als sie einmal im Walde plötzlich stehenblieb und, mit ihren blinzelnden Augen aufsehend und gleichsam witternd, sagte: „Heute muß etwas Grauenhaftes vorgehen." Nun sahen sie dann immer in den Zeitungen nach, und es traf sich, daß wirklich zuweilen an solchen Tagen Unwetter oder Hagelschläge, weit unten oder oben irgendwo, gemeldet wurden. Klemens wehrte sich, daran zu glauben, und der Domherr lachte sie aus. Vor der Vikerl sprachen sie nicht mehr davon; es hatte sie so furchtbar aufgeregt, daß sie nächtelang nicht schlief und ganz verstört war. Drut aber blieb fest dabei. Es gibt überall unsichtbare Fäden", sagte sie. „Auch zwischen den Menschen sind solche Fäden. Daher kommt es, daß wir manchmal so fröhlich oder so traurig sind ohne jeden Grund, ohne zu wissen, warum; das ist immer ein Zeichen, daß irgenwo, vielleicht ganz weit weg, etwas sehr Freudiges oder sehr Schmerzliches geschieht, und wenn irgendwo die Natur verschoben wird, spürt das jedes Geschöpf. Durch unsichtbare Fäden fließt es in alle." Soche seltsame Dinge sagte sie stets mit einem fast gleichgültigen Ton. Still und klar war ihre Stimme. Nur hatte sie eine komische Art, dabei an den Ohren zu erröten. Die Muscheln der Ohren waren sehr fein ausgebildet, wie gedrechselt, die Läppchen aber ganz dünn und angewachsen. Er sagte ihr einmal, daß die Bauern meinten, daran zu erkennen, wer in der Nacht geboren sei. Nachtkinder nennen sie Menschen mit solchen verwachsenen Ohren. Sie wiederholte das Wort nachdenklich: „Nachtkinder! Vielleicht bin ich ein Nachtkind." Dann fügte sie noch hinzu: „In der Nacht hört man viel schärfer." Er brachte gern das Gespräch immer wieder auf ihre Ahnungen von Wind und Wetter. Denn dann schickte sie stets die

Vikerl weg; diese mußte vorausgehen oder etwas im anderen Zimmer suchen, solange sie davon sprachen. So hatten sie doch ein kleines Geheimnis zusammen. Auch vor dem Domherrn, der darüber nur spottete. Klemens hätte sie gern vom Domherrn weggezogen. Einmal, als sie sich wieder gegen den Rupertiner wehrte und es dem Domherrn doch wieder gelang, den fetten Schnaps ihr aufzudrängen, weil sich der Mensch überwinden müsse, nahm sie nachher, noch in jener seltsamen Erregung, auf der Stiege Klemens am Arm und sagte, mit ihrem flimmernden Lachen: „Der Domherr ist mir unheimlich." Als sie aber am nächsten Tag einen Augenblick allein waren und Klemens vom Domherrn begann, schnitt sie ihm das Wort ab und sagte: „Nein. Den Domherrn verstehen Sie gar nicht. Das ist ein bedeutender Mann." Klemens ärgerte sich über den Ausdruck. Es war ihm auch unangenehm, wenn die Vikerl oft mitten im Gespräch plötzlich auf ihn zuschoß und ihn, mit ihren verirrten Augen und . heiser vor Begeisterung, sinnlos fragte: „Ist sie nicht eine wunderbare Frau? Unsere liebe, liebe Drut! Ist sie nicht eine wunderbare Frau?" Er hatte seitdem zuweilen selbst gefragt, wenn er sie begrüßte: „Nun wie geht's, wunderbare Frau?" Oder auch wenn er den Domherrn meinte: „Wo bleibt denn heute der bedeutende Mann?" Aber sie mochte das nicht, gleich erschienen die bösen Falten auf der Stirne; so ließ er es wieder. Hätte er nur einmal mit ihr ungestört reden können! Aber immer hatten sie die Vikerl mit. Die Vikerl war ihm manchmal schon sehr zuwider, er zeigte das auch, dann tat sie ihm wieder leid. Er fand es doch auch sehr lieb von der Baronin, sich mit solcher Güte des verschreckten Kindes anzunehmen. Sie war so gut. Manchmal aber bekam er plötzlich eine Wut auf sie." Er sagte dann: „Wissen Sie, was man Mucken nennt? Mucken haben Sie." Sie lachte; sie verstand ja, was er meinte. Sie weigerte sich nämlich noch immer, ihn, wenn sie heimkehrte, mitfahren zu lassen. Immer hatte sie die Alte bei sich. Er fand das wirklich kindisch. Aber sie sagte: „Mit einem Nachtkind ist das zu gefährlich, Herr Bezirkshauptmann!" So war es überhaupt: wenn er ernst wurde, scherzte sie, wenn er sich näherte, entzog sie sich, und wenn er sich freute, der Klemens für sie zu sein, war er auf einmal wieder der Herr Bezirkshauptmann. Und das gehörte auch zu ihren Mucken, daß sie ihm eines Tages plötzlich vorhielt, er dürfe nicht ihretwegen seine sämtlichen Bekannten vernachlässigen, und von ihm verlangte, sich wieder regelmäßig im Krätzl zu zeigen, wenigstens einmal in der Woche. Der Domherr stimmte zu, darüber ärgerte sich Klemens noch mehr. Er gab schließlich nach, sie hatte ja ganz recht, der Lackner machte schon ein spöttisches Gesicht. Er langweilte sich aber im Krätzl und dachte nur die ganze Zeit: Jetzt sitzt sie am Klavier und spielt, die Hofrätin legt Patiencen, und die Vikerl singt, ich bin ein Esel! Und als der versoffene Bezirksrichter nun noch stichelte: „Öha, öha, lieber Herr, aufpass'n, Tarock zähl'n, lieber Herr! So können's bei Ihre Heiligen draußt spiel'n! Bei uns hier müssen's schon den werten Verstand a bissel weiter aufmach'n, lieber Herr!", warf er die Karten hin und verbat es sich zornig. Und die Weiber waren aufgeregt und der Apotheker wollte das Mißverständnis aufklären und der Bergrat wollte beschwichtigen und der Verwalter hetzte noch und der Lackner lachte und die Wirtin bat, alle um ihn herum, während der Bezirksrichter in einem fort schrie: „Was wollt's denn von mir? I sag ja nix, als daß bei uns zwei mal zwei vier is. Und bei uns is zwei mal zwei vier. Da kann der Papst selber a nix dagegen machen, das möcht i seg'n! Zwei mal zwei is vier!" Bis es Klemens zu dumm war und er wieder die Karten nahm. Und dann saßen sie bis in der Früh, der Öhacker, der Lackner und er. Er ärgerte sich die ganze Zeit und konnte doch nicht fort und trank. Dann führten sie zusammen, er und der Lackner, den Bezirksrichter heim, der nur noch manchmal lallte: „Da gibt's nix, Kinder, zwei mal zwei is vier! Aber was hab ich davon? Ich pfeif drauf. Das nutzt 'm'r a nix mehr. Mistig is das Leben, so oder so, mistig, i pfeif drauf!" Plötzlich fiel er über den Lackner her: „Wannst ma du mein armes Mädl unglücklich machst, du Lump! Was kann denn ein Kind für sein Vatern dafür? I hau d'r den Schädel ein." Sie bändigten ihn und zogen ihn fort. Er lallte noch, wankend: „I hau d'r den Schädl ein. Zwei mal zwei is vier, da kann der Papst a nix mach'n. I hau d'r den Schädl ein."

Als Klemens nach dieser Nacht mit den Honoratioren erwachte, kam ein Brief von seinem Vater an. Dem ließ es keine Ruhe. Er habe ja nun den ganzen Sommer geduldig gewartet, so schwer es einem alten Manne falle, seine berechtigten Wünsche, seine letzten Hoffnungen immer wieder zurückzustellen Nun aber gehe die Zeit dahin, und er könne es vor seinem Gewissen nicht mehr verantworten, noch länger zu warten und sich so zum Mitschuldigen des Sohnes und seines unverbesserlichen Leichtsinnes zu machen. Nach den Andeutungen in jenem Briefe, den er von der Hofrätin Zingerl vor nun gerade drei Monaten erhalten, habe er glauben dürfen, daß Aussichten einer höchst erfreulichen Art für Klemens zu erwarten seien. Er zweifle auch gar nicht, die Hofrätin, die sich natürlich in einer so delikaten Angelegenheit nur auf einen Wink habe beschränken müssen, richtig verstanden zu haben, und ebenso liege ihm der Gedanke fern, daß etwa die so verehrte Hofrätin von einem einmal, gewiß nur nach reiflichster Überlegung, gefaßten Plan wieder abgekommen sei. Sicher sei es vielmehr unzweifelhaft nur wieder Klemens selbst, der, von jeher unfähig, bei der Stange zu

239

bleiben, auch wohl diesmal wieder in seiner sträflichen Unbedachtsamkeit und Überhebung, weiß Gott durch welche Torheiten verführt, sich um das Vertrauen der vortrefflichen Frau gebracht habe. „Ich aber kann nun nicht mehr länger warten. Meine Kraft ist zu Ende. Ich bin ein alter Mann, ich muß jeden Tag gefaßt sein, daß Gott mich abberuft. Wie will ich vor den Allmächtigen treten, ohne Antwort auf seine Frage nach dem mir anvertrauten Sohn? Ich kann mein Haupt nicht zur Ruhe legen, solange mein Haus nicht bestellt, meine Pflicht nicht besorgt ist. Der Gedanke, einen so unbesonnenen Menschen, wie Du bist, ratlos und hilflos in der fremden Welt zurückzulassen, würde mich noch im Grabe verfolgen. Du wirst dies ja nicht verstehen, weil dir das Gefühl der Verantwortung stets unbekannt geblieben ist und Du niemals gelernt hast, über die nächste Stunde hinaus zu denken. An mir liegt's nicht, daß Du so geworden bist. Ich habe es an Mahnungen, Drohungen, Warnungen niemals fehlen lassen, wahrhaftig nicht, und was so ein armer alter Mann wie ich nur immer vermag, habe ich aufgeboten, um Deinen unruhigen und maßlosen Sinn zu zügeln. Nun, Du hast nie auf mich gehört, Du glaubst ja alles besser zu wissen, daran habe ich mich gewöhnen müssen. Diesmal aber, das sage ich Dir, sollst Du sehen, daß ich nicht nachgeben werde. Gilt Dir Dein alter Vater so wenig, daß Du keine Rücksicht nimmst und nicht aus kindlichem Gehorsam meinen Wunsch erfüllst, so will ich meine ganze Kraft aufbieten, die mir in meinem vernichteten Leben noch übriggeblieben ist, um Dich durch meine väterliche Gewalt auf den rechten Weg zu bringen. Du bist nicht der Mensch, der allein stehen, aus Eigenem vorwärtskommen und sich selbst helfen kann. Du mußt Dich anschließen, anhalten können, sonst wirst Du Dich ganz verlieren. Der Gedanke, daß Du, wenn ich einmal nicht mehr bin, keinen Menschen haben sollst, der Dich führt, ist mir so schwer, daß ich vor Angst um Dich und bitterer Sorge seit Wochen nicht mehr schlafen kann. Ich hätte mir es doch um Dich verdient, den Rest meiner Tage, ich will nicht sagen: sorglos und froh, denn darauf habe ich keinen Anspruch, aber doch still und ruhig hinzubringen und von solchen fortwährenden Aufregungen verschont zu bleiben. Wenn Dir dies Dein eigenes Herz nicht sagt, so muß ich selbst es Dir sagen und will meine Stimme erheben, damit Du ihr anhören mögest, in welcher Todesangst ich um Dich bin. Ich bitte, ich beschwöre Dich, Klemens, mein einziges Kind, meine Qual ist groß! Ich ertrage das ewige Warten nicht mehr. Ich sitze den ganzen Tag und warte nur. Und nachts schlafe ich nicht, sondern wälze mich herum und wünsche den Morgen herbei, weil doch endlich der Briefträger kommen muß, mit der ersehnten Nachricht von Dir; nein, so kann der Mensch nicht leben! Du aber, wenn Du Dich doch einmal auf Deine Pflicht besinnst, mir zu schreiben, suchst mich durch allerhand fröhliche Schilderungen Deines äußeren Lebens zu täuschen oder ergehst Dich wohl gar in spöttelnden und witzig sein sollenden Betrachtungen über die Menschen, wie Du sie in Deiner unbegreiflichen Sorglosigkeit siehst, was mir nur immer wieder aufs neue zur Bestätigung dient, daß Dir der Ernst des Daseins noch immer fremd ist und Dein Sinn wohl ewig dafür verschlossen bleiben wird. So kann es nicht weitergehen. Ich ermahne Dich zum letztenmal! Du sollst mir zunächst ein reumütiges Bekenntnis ablegen, aus dem ich entnehmen kann, was sich denn eigentlich zugetragen hat und warum eigentlich aus den Andeutungen der verehrten Hofrätin in ihrem so überaus gütigen Schreiben vom Juni dieses Jahres nun doch wieder, wie es scheint, nichts geworden ist, gewiß wieder nur durch Deine eigene Schuld allein. Ich muß übersehen können, was denn eigentlich vorgefallen ist, um danach entscheiden zu

können, ob es nicht doch vielleicht möglich sein
wird, manches noch auszugleichen und, was Du, mehr
durch Unbesonnenheit, wie ich hoffen will, verfehlt
hast, wieder gutzumachen, wenn Du nur dann Dein
Verhalten nach den Anweisungen, die ich treffen will,
einzurichten Vernunft und Selbstzucht genug hast.
Zeigt es sich aber, daß Dein Vergehen, wie ich fast
schon fürchten muß, irreparabel ist und Du das Dir
zugedachte Glück durch eine Deiner unverzeihlichen
Launen, die Dir gerade, der Du doch die so heikle
und unsichere Lage unseres Namens und unseres An-
sehens kennen und eine schuldige Rücksicht darauf
nehmen solltest, am wenigsten anstehen, unwieder-
bringlich verscherzt hast, so bin ich in meiner un-
erschütterlichen Vaterspflicht auch jetzt noch wieder
bereit, zu Dir zu stehen und Dich davor zu bewahren,
daß Du die Schuld einer unglücklichen Stunde nicht
mit einem verlorenen Leben büßen mußt. Ich will
dann versuchen, ob es mir gelingen mag, die Beziehungen zu dem Hauptmann, dessen Tochter ich
Dir bestimmt hatte, wiederaufzunehmen, was mir,
nach einer vorsichtigen und mehr scherzhaft gehal-
tenen Anfrage gelegentlich einer kürzlichen Begegnung zu schließen, nicht völlig ausgeschlossen
scheint. Es ist zum letztenmal, daß ich Dir hiermit
meine väterliche Hand biete; verdient hast Du es
wahrlich nicht. Ich tue es auch wirklich mehr um
meiner selbst willen, um ein ruhiges Gewissen zu
haben, und für unseren Namen als Deinetwegen, der
sich um seinen alten Vater so wenig als um das Ansehen seines Namens zu kümmern scheint. Ich erwarte, daß Du mir ungesäumt die so notwendigen
Aufklärungen machst, und hoffe zuversichtlich, daß
Du mir das Opfer einer so weiten Reise ersparen
wirst, die bei meinem Alter und dem unsicheren
Zustand meiner schwankenden Gesundheit in dieser
vorgerückten Jahreszeit eine nicht unbedenkliche
Gefahr für mich bedeuten würde, so sehr es mich

auch manchmal drängt, noch einmal vor dem nahen Tode meinen Sohn an die väterliche Brust zu schließen."

Klemens hatte in den Tag hinein geschlafen. Sein Kopf war wüst. Er schämte sich. Ein schwerer Nebel stand im Garten, die blasse Sonne konnte noch nicht durch, das nasse Laub roch; durchs Fenster strich eine laue Luft ins kalte Zimmer, und der Dunst der braunen Erde kam herein. Am Fenster saß er und las den Brief des Vaters und las. Aber es war schon spät, er mußte doch ins Amt. Indem er sich den trägen Kopf wusch, war ihm, als wenn er aus dem kalten Wasser ihre klare helle Stimme gehört hätte, ihre liebe stille Stimme. So traurig stand der Garten im Nebel, die Bäume leerten sich; es wurde der Sonne jetzt jeden Tag schwerer durchzukommen, bald wird sie es nicht mehr können. Er hatte aber keine Zeit, am Fenster zu stehen und in den braunen Garten zu schauen. Er mußte doch ins Amt. Den Brief nahm er mit. Dort wird er ihn noch einmal lesen. Er weiß gar nicht, was der Vater eigentlich meint. Diese Briefe machten ihn immer so traurig! Er wird aber doch antworten müssen.

Als er dann den Brief zum drittenmal las, begriff er erst allmählich. Nun wurde ihm auch erst klar, warum der Vater damals, auf jenen Brief der Hofrätin hin, so leicht nachgegeben hatte. Sein Vater war es gewohnt, jedem Worte, das man sprach oder gar schrieb, so lange nachzugrübeln, bis alles dadurch für ihn noch einen besonderen geheimen Sinn annahm. Er hatte ja auch ein unglaubliches Gedächtnis; er hielt einem plötzlich vor, was man vor Jahren einmal nebenher gesagt hatte, und es zeigte sich dann, daß er irgendein harmloses leeres Wort die ganze Zeit bei sich herumgetragen hatte, und die ganze Zeit war es seither in ihm angewachsen und war groß und schwer und voll geworden. Die Hofrätin, die ja nur jenen Plan einer Heirat mit der

Tochter des Wucherers abwenden wollte, hatte wahrscheinlich, um die Sorgen des Vaters zu beschwichtigen, in ihrer behaglichen Art erzählt, wie gut es ihm in ihrem Hause ging, und dabei wohl auch die Vikerl erwähnt, sicherlich nur um dem Vater recht anschaulich zu machen, daß sein Sohn in ihrer Familie schon ganz heimisch geworden sei; galt es doch zunächst, die Furcht des Alten vor schlechter Gesellschaft und was er sich sonst noch etwa für Gefahren einbilden mochte, zu zerstreuen und ihn zu beruhigen, daß sein Sohn bei sorglichen Menschen gut aufgehoben, um ihm jeden Vorwand zu seinem überstürzten Plane zu nehmen. Er aber, an ihren Worten bohrend, wie es seine Art war, und die Worte nach allen Seiten wendend, um nur alles auszuspüren, hatte das so gedeutet, offenbar, als wäre damit irgendein geheimes Einverständnis zwischen Klemens und der Vikerl gemeint und eine Heirat der beiden angekündigt. Er kannte ja den Vater, er wußte, wie der Vater eine Vermutung, einen Verdacht, eine Hoffnung immer so lange in sich kochen ließ, bis jeder Zweifel verdampft war und er es nun im besten Glauben beteuern konnte; dann half auch nichts mehr, er hätte keinen Zeugen dagegen gelten lassen, wenn einmal etwas in seinen einsamen Gedanken erstarrt war. Hier mochte dazu noch kommen, daß er wohl lieber gleich der Hofrätin widersprochen hätte, um auf seinem Kopfe zu bestehen; aber er war ja so schwach, und dieser Schwäche schämte er sich dann und, um sich selber zu beweisen, daß er doch gar nicht aus Schwäche, sondern für einen guten Grund nachgegeben, hatte er seine Vermutung so gesteigert, bis es für ihn ein ausgemachter Antrag der Hofrätin war, gegen den er nun aber sicherlich einen geheimen Groll bei sich trug, wie gegen alles, was nicht nach seinem eigenen Gutdünken angeordnet war. Er kannte doch seinen Vater, er kannte

244

diesen Ton gekränkten Gehorsams, er hörte förmlich den Vater sagen: „Nun die Hofrätin muß es freilich besser wissen, sie kennt die Welt, darüber steht mir kein Urteil zu, was hat ein armer alter Mann wie ich noch zu sagen?" Und in der müden willenlosen Stimme klang es doch von einem leisen Trotz und bitteren Neid und dem geheimen Wunsch an, doch klüger zu sein als alle die klugen Leute, welchen er nicht zu widersprechen wagte, und doch am Ende vielleicht recht zu behalten, nur nicht auf seine Gefahr. Und wenn der Vater jetzt auf ihn losschlug, als hätte nur der Leichtsinn des Sohnes wieder alles versäumt, so war es doch sicherlich noch viel mehr die Hofrätin, der seine Schadenfreude galt. „Ich habe mich ja fügen müssen, wer hätte denn auf mich armen alten Mann gehört? Man weiß doch alles besser. Nun aber hat man's wieder einmal gesehen! Ja, wer nicht hören will, muß fühlen. Zuletzt soll dann doch wieder ich immer alles in Ordnung bringen, was der Unverstand der anderen verwirrt hat!" Er kannte doch seinen Vater!

Er warf den Brief weg, stand auf und öffnete das Fenster. Der Nebel war gestiegen, wie Schwefel hing es vor der fahlen Sonne. Starr und grau stand der Tag. Es roch warm und naß. In der Ferne war manchmal plötzlich ein Rollen, wie wenn in den Wolken gekegelt würde. Aber zur Erde traute sich der fliegende Wind nicht herab. Der alte Pfandl trat ein: „Wegen der Brücken wären's wieder da, Herr Bezirkshauptmann!" Klemens sah dem gelben Nebel zu. Nach einiger Zeit sagte Pfandl: „Der Bachlwirt, der Siemhofbauer und noch ein andrer Bauer." Und als Klemens noch immer am Fenster schwieg: „Sie hätten sich's überlegt." Klemens drehte sich um und sagte: „Ja, das sagen's jedesmal. Ich hab's aber satt, ich laß mich nicht mehr zum Narren halten. Führen Sie sie zum

Grafen Sulz, der soll ein Protokoll aufnehmen." Und er schrie wütend: „Ich hab wichtigere Sachen zu tun, als mich mit den Bauernschädln herumzustreiten. Verstanden? Drei Monat dauert das jetzt, und man kommt nicht vom Fleck. Nächstens werd ich aber andere Saiten aufziehen. Also vorwärts!" Der alte Pfandl ging. Da rief ihm Klemens nach: „Oder warten's! Halt!" Der Pfandl sah sich fragend um. Klemens sagte: „Warten's, Pfandl! Kommen's noch einmal her! Machen wir das lieber so! Der Sulz kennt sich mit der Gesellschaft doch nicht aus, das hat ja keinen Sinn. Reden Sie mit ihnen! Verstehn's?"

„Jawohl, Herr Bezirkshauptmann", sagte der alte Pfandl.

„Also kommen's her und hörn's zu, Pfandl!" sagte Klemens. „Sie wissen ja, um was es sich handelt. Was?"

„Jawohl, Herr Bezirkshauptmann!" sagte der alte Pfandl.

„Der Steg is hin. Braucht nur einer einmal ein paar Ochsen über den Steg zu treib'n, fallt er ein. Nach dem Gesetz, passen's auf, Pfandl, nach dem Gesetz sind die Anrainer verhalten, den baufälligen Steg auf ihre Kosten herzustellen und diese Kosten untereinander aufzuteilen. Verstehn's? Daß der Bachlwirt sagt, er is nicht schuld, sondern der Siemhofbauer mit seinen schweren Wagen is schuld, und der Siemhofbauer sagt, von ihm aus soll die Bruck'n einfall'n, und die fünf andern Bauern sagen, das is dem Bachlwirt und dem Siemhofbauern seine Sach, das geht sie nix an, davon hab ich jetzt endlich genug! Verstehn's, Pfandl? Also schaun's, daß 's die G'schicht in Ordnung bringen, sonst wird wirklich mit der dummen Brucken noch ein Unglück g'schehn. Sagen's ihnen nur, da gibt's nix, man wird nicht das Gesetz wegen ihnen ändern! Sonst schick ich nächste Wochen den Gendarm hin und laß die Brucken einfach einreißen! Also vorwärts! Aber nicht, daß es wieder heißt, sie werden sich's noch überlegen! Und dann kommen's in drei Tagen wieder und haben sich's überlegt, aber anders, und die ganze G'schicht fangt wieder von vorn an. Reden's doch mit den Kerl'n ein vernünftiges Wort, Pfandl? Es nützt einmal nix, das müssen die Kerl'n doch einsehen! Also, Pfandl, zeign's einmal, was Sie können! Mir wachst die ganze G'schicht schon beim Hals heraus, ich hab wirklich wichtigere Sachen zu tun. Also gut! Und lassen's mir heute niemanden mehr herein! Verstanden?"

„Jawohl, Herr Bezirkshauptmann", sagte der alte Pfandl und ging.

Klemens legte sich auf den Diwan und rauchte. Jetzt kam endlich die Sonne durch; aus weißen Wolken, die zerrissen, trat der blaue Himmel. Das Zimmer wurde hell, ein weißer Staub tanzte. Klemens schloß die Augen, das Licht tat ihm weh, sein Kopf war leer, er wäre so gern noch einmal eingeschlafen. Und gerade heute kam der dumme Brief! Er hatte schon immer Angst, wenn er nur die Schrift seines Vaters mit den zittrig ausgemalten Schnörkeln sah. Und er war so wehrlos gegen seinen Vater! Der tat ihm ja leid. Aber er konnte ihm doch nicht helfen. Er wünschte sich schon oft, nur gar nichts mehr von ihm zu hören. Nein, dem Vater war ja doch nicht mehr zu helfen, und was man auch sagte, er verstand es falsch, und es hatte gar keinen Sinn, mit ihm zu reden. Und wenn jetzt Klemens wieder die Hofrätin bat und die Hofrätin ihm wieder schrieb und er sich wieder beschwichtigen ließ, was war gewonnen? Im nächsten Monat fing er ja doch wieder an. Und hätte Klemens ihm selbst seinen Willen getan und die Tochter des Wucherers genommen, auch das hätte ja wieder nichts genützt, der Vater fand dann schon wieder eine neue Sorge heraus, um sich und ihn zu quälen! Und Klemens erinnerte sich, wie er sich oft als Kind, wenn er ein schlechtes Zeugnis hatte, in Mathematik bloß Lobenswert statt des erforderten Vorzüglich, gar nicht mehr nach Hause gewagt, aus Furcht vor dem höhnischen Schweigen des Vaters, und am liebsten fortgerannt wäre, weit in die Welt hinaus, um sich irgendwo zu verkriechen und lieber bei fremden Leuten betteln zu gehen, aber nur vor dem Vater sicher zu sein. Und so traurig war er damals oft, keinen Menschen zu haben, zu dem er vor dem Vater flüchten könnte! Aber als Bub hatte er sich getröstet: Bis ich nur erst aus dem Gymnasium sein werde! Und dann auf der Universität wieder: Bis ich nur einmal meine Prüfungen haben werde! Und nach den Prüfungen wieder: Bis ich nur erst ernannt bin und der Vater sieht, daß seine Sorgen doch unnütz sind! Und er kam aus dem Gymnasium und er kam an die Universität und er kam ins Amt, aber der Vater blieb gleich. Und am liebsten wäre er heute noch fortgerannt, in die weite Welt hinaus, wo nur der Vater ihn nicht mehr finden könnte! Denn den Mut wird er ja doch nie haben, dem Vater zu sagen, daß er jetzt erwachsen und sein eigener Herr ist und selbst über sich entscheiden muß! Er weiß es doch, er hat nicht den Mut! Und kein Mensch hilft ihm, kein Mensch schützt ihn, keinen Menschen hat er auf der weiten Welt!

Er wollte lieber der Hofrätin gar nichts sagen. Er schämte sich vor ihr. Er schrieb auch dem Vater nicht. Er konnte nicht. Was denn auch? Er war in der Stimmung, einfach alles gehen zu lassen. Ich kann's doch nicht ändern! Soll's kommen, wie's kommt! Nein, er wird der Hofrätin nichts sagen. Er würde sich doch auch vor der Baronin schämen! Die hätte das doch gar nicht begriffen, daß sich ein ausgewachsener Bezirkshauptmann von seinem alten Vater kommandieren ließ! So war er abends in der

248

Meierei lustiger und lauter als sonst, erzählte vom Krätzl und schilderte den Zug durch die nächtlichen Gassen, wie sie den Bezirksrichter durch seinen Rausch gesteuert hatten, Lackner und er. Sie merkten es ihm aber an, daß er anders war. Die Baronin fragte: „Was haben Sie denn heute, Klemens?" Er antwortete: „Was soll ich denn haben? Einen Kater. Sie sind schuld." Es tat ihm aber wohl, daß sie seiner Lustigkeit die schlechte Laune anhörte. Die Hofrätin fragte: „Hat Ihr Vater geschrieben?" Er gestand es, konnte aber vor der Vikerl doch nicht alles sagen. „Wir werden den alten Herrn schon wieder beruhigen", meinte die Hofrätin lächelnd. „Bringen Sie mir nur seinen Brief." Als er dann mit der Baronin und der Vikerl allein war, sagte diese mit ihrer fiebernden Stimme: „Denke dir, Drut! Sie wollen ihn zwingen, daß er ein ungeliebtes Mädchen heiraten soll. Das darf doch nicht geschehen, liebe, liebe Drut!" Und bittend hob sie die Hände zu ihr. Klemens ärgerte sich und sagte: „Ich muß ja nicht, wenn ich nicht will. Das hängt doch schließlich von mir ab, nicht?" Die Baronin sagte lachend: „Er sieht mir nicht danach aus. Den fängt keine so leicht ein. Und Sie haben ja recht, Klemens, ich glaube wirklich, Sie passen gar nicht zur Ehe." Es verdroß ihn, daß sie es so heiter nahm. Er wurde plötzlich ernst und fragte: „Warum? Warum meinen Sie, daß ich zur Ehe nicht passen soll?" Sie lachte über seinen gereizten Ton: „Verzeihen Sie! Ich will durchaus an Ihren ehelichen Talenten nicht zweifeln. Und meinen Segen haben Sie." Er sagte· „Sprechen wir lieber nicht mehr davon. Ich mag es nicht, daß Sie spotten. Mir ist gar nicht danach zumute!" Sie ging auf ihn zu, und indem sie ganz dicht vor ihm aus ihren müden, blinzelnden, abgehetzten Augen zu ihm aufsah, sagte sie: „Ist es so ernst? Armer Freund!" Sie ging weg, durchs Zimmer. Und nachdenklich wiederholte sie: „Armer Freund!" Wenn sie so durchs

Zimmer ging, hielt sie sich immer ein wenig schief, einem auffliegenden Vogel gleich, und ihre kleinen kurzen Schritte waren so leicht, daß sie fast eher zu schweben schien. Er trank sich an ihrer hellen klaren Stimme Mut. Wenn er nur immer diese tapfere kleine Stimme gehört hätte! Das war wie heute vormittag, als die weiße Sonne plötzlich aus dem Nebel trat. Sie schwiegen alle drei. Die Vikerl drückte sich an die Wand, mit ihren erschreckten Augen horchend. Endlich riß er sich aus dem innigen Schweigen los, in welchem sie beisammen waren, und sagte: „Im Gegenteil! Es wäre sicher sehr gut für mich, zu heiraten. Meine Mutter starb, als ich noch ganz klein war, mein Vater ist ein armer verstörter Mensch, keinen Freund habe ich je gehabt, immer war ich ganz allein! Alles hat sich angesammelt in mir und wartet, wartet und —" Er hielt ein, es kam ihm lächerlich vor, sich so auszubieten. Er hatte das ja doch auch gar nicht sagen wollen! Was war nur mit ihm? Leise stand die Vikerl auf und schlich an der Wand zur Türe, da trat die Hofrätin ein, sie zum Essen zu rufen.

Als es Zeit war, heimzukehren, sagte die Baronin, schon am Wagen: „Hätten Sie Lust, Herr Bezirkshauptmann, noch ein wenig zu wandern? Begleiten Sie mich! Meine Donna soll im Wagen voraus fahren und bei der Villa Rahl auf uns warten."
Sie gingen nebeneinander durch die dunkle Nacht, die warm und unruhig war; die Bäume stöhnten, raschelnd flatterte das Laub aus den feuchten Wegen auf, in den ächzenden Gärten heulten die Hunde. Lange schritten sie stumm. Er hörte nur ihren festen entschlossenen kleinen Schritt neben sich. Er hätte sich nichts gewünscht, als nur immer so mit ihr dahinzugehen. Es war ihm, als wäre dann alles gut gewesen. Endlich sagte sie: „Es ist Zeit, daß wir uns einmal aussprechen, lieber Freund! Nicht wahr, Sie wissen jetzt doch, daß ich anders

bin, als Sie zuerst meinten, damals im Wald? Und auch Sie sind anders, als Sie sich mir anfangs zeigten. Und wie nun alles zwischen uns geworden ist, ist es doch für uns beide sehr schön. Wir können einander gut brauchen. Und das wird einem ja nicht oft im Leben zuteil. Mehr sollten sich zwei Menschen vielleicht gar nicht wünschen. Nun müssen wir aber klug sein, um es uns zu bewahren. Besonders ich, weil ich die ältere bin und das Leben besser kenne. Und da lassen Sie mich doch ganz offen mit Ihnen sprechen! Mir ist angst, daß wir eine Dummheit machen, Klemens! Mit Ihnen geht jetzt etwas vor, Sie wären zu allem bereit, und auch ich habe doch zuweilen meine wirren Stunden, und wie's schon geht: wenn wir da nicht acht geben, sind wir auf einmal verlobt! Sie finden das vielleicht un- weiblich von mir, aber ist es denn nicht besser, sich darüber lieber ganz vernünftig auszusprechen? Und es muß sein. Es muß einfach sein. Wir würden es beide bitter bereuen. Ich kann Ihre Frau nicht werden, und ich will Ihre Frau nicht werden. Das hat alles seine guten Gründe, die Sie später ein- mal hören sollen, vielleicht. Und wir passen auch schon im Alter gar nicht zusammen. Und überhaupt nicht, es geht eben nicht. Das habe ich Ihnen jetzt sagen müssen, weil ich Sie besser kenne und besser weiß, was jetzt in Ihnen vorgeht, als Sie selbst. Sie werden sich vielleicht ein wenig wundern über mich und vielleicht ein paar Tage recht ärgerlich auf mich sein. Das kann ich nicht ändern. Dann aber werden wir noch viel bessere Freunde werden, als wir schon sind, und es wird alles noch viel schöner sein. Aber da sind wir ja schon!" Die Lampen des Wagens flackerten gelb, die wartenden Pferde scharrten. Lustig sagte sie: „Also nehmen Sie das nicht tragisch und denken Sie einmal ein bißchen darüber nach! Vielleicht war es übrigens gar nicht nötig. Aber schaden kann's ja nicht.

251

Vor allem muß man wissen, wie man mit einem steht. Verwirrungen sind das schlimmste, Ordnung muß man haben, ich bin auch in meinen Gefühlen eine gute Hausfrau." Dann wurde ihre Stimme wieder ernst, und ganz leise sagte sie noch: „Lassen Sie uns recht gute Freunde sein! Und immer bessere Freunde werden, die sich gegenseitig ein bißchen das Leben tragen helfen, wenn es möglich ist. Wollen Sie?" Sie gaben sich die Hände. Und sie sagte noch: „Und wer weiß? Wer weiß?" Er half ihr in den Wagen. Als sie neben der grinsenden Alten saß, sagte sie mit veränderter Stimme: „Aber heiraten, Herr Bezirkshauptmann, ist immer eine Dummheit. Glauben Sie mir! Alles andere würde ich Ihnen eher raten." Er hörte sie noch lachen. Er sah ihr nach. Ganz klein war ihre zierliche feste Gestalt neben der schweren schweigsamen Alten.

Die nächsten Tage sahen sie sich nicht. Sie ließ sagen, sie hätte wieder ihren dummen Kopf. Am dritten Tag hielt er es nicht mehr aus. Er fuhr auf dem Rad nach der Lucken. Es war heiß, die Bäume standen starr, die Berge rauchten. Ein brauner Qualm war um die Sonne, die zu sieden und zu dampfen schien. Den ganzen Sommer war es nicht so heiß gewesen. Und Klemens wunderte sich, wie still alles war. Kein Vogel regte sich, nirgends ging ein Mensch, die Luft selbst schien ihren Atem anzuhalten. Wie wenn rings alles erschlagen läge. Heiß war ihm, und er fuhr mühsam, in einer dummen Angst um sie. Er freute sich aber, ihr Zimmer zu sehen. Er wünschte sich das schon lange.

Er rief zum Fenster hinauf. Niemand antwortete. Er klopfte. Die Türe war verschlossen. Der Schmied wußte nichts. Endlich kam die Alte. Die Baronin sei krank. Aber er ließ sich nicht abweisen. Er werde sich eher vor ihrer Türe hinlegen

252

und warten; wenn's sein muß, die ganze Nacht!
Er hörte drinnen Stimmen und Schritte. Dann kam
die Alte wieder und bat ihn, vor dem Hause zu
warten; die Baronin ziehe sich nur erst an. Bald
trat sie lächelnd auf ihn zu, ganz hell und froh.
„Lieb ist das von Ihnen", sagte sie. „Kommen Sie!
Wir wollen in unseren Wald." Schon lief sie voraus, der Halde zu. Er fragte besorgt nach ihrem
Zustand. Sie lachte. „Ach, es ist nur wieder das
Wetter! In meinem dummen Kopf blitzt's und
donnert's schon seit zwei Tagen. Komm'en Sie,
kommen Sie!" Er holte sie ein und sagte: „Es
kommt auch heute sicher was." Sie schrie laufend:
„Gleich wird es dasein!" Sie zeigte zum Himmel,
der in Ruß und Asche lag; plötzlich war die Sonne
verloschen. Er streckte die Hand aus und sagte
warnend: „Ich habe schon einen Tropfen." Sie
schrie: „Kommen Sie nur, kommen Sie! In den
Wald, in den Wald!" Schon hörten sie den
schweren Regen mit großen klatschenden Tropfen
in die Steine schlagen. Unten in den Ställen stieß
brüllend das Vieh. Sie schrie wieder, doch verstand er sie jetzt nicht mehr, der Wind riß ihr die
Worte weg. Sie waren kaum im Walde, da brachen
die schwarzen Wolken auf, sie standen in einem
ungeheuren Strom, über ihnen war der schwarze
Strom, und rings um sie war der Strom, und aus
der schwarzen Erde schien der braune Strom zu
steigen, und überall strömte der schallende Strom,
und jetzt riß er auch das Dach der großen alten
Bäume durch. Sie lachte und hielt den schlagen-
den Bächen die Wangen hin und schrie vor Lust.
Aber da standen sie plötzlich in Feuer. Blitz um
Blitz; und ein ungeheures Krachen, als hätte der
rasende Strom in jedem Tropfen der stürzenden
Bäche ein wutheulendes Maul. Wieder schrie sie,
jetzt vor Angst. Er nahm ihre Hand und zog sie,
laufend. „Wir sind gleich in der Hütte!" Sie fiel.

Er trug sie. Eine Holzhütte war es. Sie lag, er trug Streu her und bettete sie. Sie hielt ihre Hand auf dem stoßenden Herzen. Ihm war bang um sie. „Drut! Was ist denn? Sagen Sie doch ein Wort! Hier kann uns nichts geschehen. Und jetzt ist es ja auch gleich vorbei. Der Donner hört schon auf. Hören Sie? Liebe Drut, sagen Sie doch ein Wort!" Sie sagte kein Wort, ihre kleine feste Hand war auf das Herz gepreßt, ihr Gesicht war fahl, das nasse Haar hing herein, ein Lächeln war an ihrem armen Mund, die Augen standen auf. Plötzlich war der Donner still. Nun hörten sie nur noch das eintönige tiefe Rauschen. Und noch einmal ein Schnauben in der Ferne. Und noch einmal ein Ächzen in den Ästen. Und dann war der Sturm fortgeflogen. Alles schwieg, nur das Wasser sang. Er kniete neben ihr. Es war ihm unheimlich, daß sie noch immer nicht sprach. Sie lag, und ihre lachenden Augen sahen ihn an. Er strich ihr das nasse Haar aus der Stirne. Da lachte sie, und sie küßten sich.

Als sie dann ganz still durch den nassen Wald gingen, blieb sie plötzlich stehen und sagte: „Und da hat der liebe Gott erst Sturm und Donner schicken müssen, bis wir uns fanden, wir zwei großen Kinder." Klemens sagte: „Ich hab dich lieb." Sie gingen wieder stumm, dann sagte sie nach einer Weile noch: „Ein bißchen lieb haben, ja. Und wär's auch nur ein paar Tage." Erschreckt sah er auf. Sie lachte. „Ach! Bei euch Männern weiß man doch nie!" Er aber sah nur ihre frohen Augen. Dann nahm sie seinen Arm, und ihr kleiner Leib schmiegte sich an ihn und still gingen sie heim, durch den lautlosen Wald.

Neuntes Kapitel.

Auf der Bank, die Wand des kahlen Zimmers entlang, saßen die Kranken des Doktors Tewes. Verhärmte Frauen in Fetzen, ein alter Bauer, an seiner kalten Pfeife nagend, Kinder mit verbundenen Augen. Sie saßen stumm und starr, nach der Tür sehend, zum Zimmer des Arztes hin. Ein Kind fing hustend zu wimmern an. Die Mutter sagte: „Der Herr Doktor wird dir was verschreiben, dann is gleich alles gut." Das Kind röchelte. Der alte Bauer sagte höhnisch: „Na, na! Z'erst kimm jetzt dann i! Da gibt's nix, jetzt kimm i!" Und er lachte spuckend. Das Kind weinte, bis es wieder husten mußte. Die Mutter nahm es und sprach ihm leise zu. Dann war es in dem leeren weiten Zimmer wieder ganz still. Die Kranken saßen auf der Bank, die Wand entlang, sahen nach der Türe und hörten sich atmen.

Als die Baronin eintrat, standen die Kranken auf und rückten zusammen. Die Baronin nickte; mit ihren blinzelnden Blicken suchte sie das Zimmer und die Kranken ab. Sie wollte sich nicht setzen. Ihre harte, kleine Hand strich über das enge glatte Kleid, wie um die Luft der Kranken abzustreifen. Sie ging zum offenen Fenster. Draußen stand der Nebel dick und gelb. Sie neigte sich vor, die Nase rümpfend, schnuppernd. Ein schwammiger Dunst war im Zimmer, naß roch es aus dem dampfenden Garten. Sie schüttelte sich, ging zur Türe zurück und trat in den Flur, um die Köchin zu suchen, die sie gleich dem Doktor melden sollte, sie hätte keine Zeit zu warten. Die Köchin wollte nicht; es wäre ihr ausdrücklich verboten. Die Baronin wurde zornig. „Sagen Sie dem Professor nur, es ist die Baronin Scharrn! Und sagen Sie, daß es dringend ist! Für mich gilt das Verbot nicht, schnell! Er wird sonst sehr bös auf Sie sein! Sagen Sie nur, die Baronin Scharrn! Wird's?" Und sie schob die noch immer unwillig und ängstlich zögernde Person zum Doktor hinein.

Der kleine Doktor Tewes schoß aus dem Zimmer. „Was haben Sie? Zeigen Sie! Wo denn?" Sie sagte lachend: „Lassen Sie mich nur erst hinein, lieber

255

Professor! Dann sollen Sie gleich alles hören." Sie wollte zur Türe, indem sie noch sagte: „Ich bin die Baronin Scharrn. Sie kennen mich doch? Nicht?"

Tewes, vor seiner Türe wachend, wurde heftig: „Was fällt Ihnen denn ein? Ich habe gemeint, Sie hätten sich den Fuß gebrochen oder, oder —" Und er schrie die Köchin an: „Dumme Gans! Wie oft soll ich dir noch —? Wirst du dir das nie merken, daß —? Dumme Gans!" Die Köchin verteidigte sich: „Wann sie aber doch g'sagt hat, daß es so dringend wär, und wie kann man denn eine Baronin unter die Bettelleut warten lassen? Das is doch meiner Seel eine Schand! So viel Einsehen mußten's schon auch haben, Herr Doktor!" Der Doktor schrie „Dumme Gans!" Plötzlich aber sagte er, sehr höflich, zur Baronin: „Wollen Sie sich gefälligst so lange gedulden, bis die Reihe an Sie kommt! Bedaure sehr." Und zappelnd schoß er in sein Zimmer zurück, zornig die Türe zuschlagend.

„A Narr is er halt", sagte die Köchin gelassen. „Da gibt's nix. Dabei meint er's aber gar nöt so bös. Bloß wiar ans a weng anständiger anzogen is, kriegt er sein Raptus. Ja, mein! Je g'scheiter, daß oans wird, um desto dümmer is's oft z'letzt. Kannst nix macha!"

„Rufen Sie mich," sagte die Baronin, „wenn es soweit ist. Ich will lieber im Garten warten."

In gelbem Qualm lag der Garten, die nassen Wege waren braun, mit nackten Ästen griffen die grauen Bäume aus. In der Wiese standen Krähen, die schwarzen Schwänze gestreckt, pickend zwischen die fahlen Stoppeln geduckt. Wie Schleim war die klebende Luft. Drut ging ungeduldig, ihr Schritt glitt im glitschigen Schmutz des faulenden Laubs, ihr wurde heiß. Manchmal nickte sie leise, den Mund öffnend, das Kinn vorgepreßt. Sie wiederholte sich alles noch einmal.

Die Köchin kam mit einem Stuhl. „Vielleicht,

daß sich die Frau Baronin lieber setzen mecht! Es kann schon noch an Eichtl dauern. Und mir san halt gar nicht eing'richt auf bessere Leut. Mein Gott, nöt wahr, der Herr Doktor hat's ja nöt nötig. Er macht's ja mehr bloß noch zu sei'm Vergnügen. Ja, wann der Mensch halt älter wird, woaß er z'letzt schon gar nimmer, was er eigentli mecht. Es is a Kreuz. Und so an ausgezeichneter Mann, wie der amal war, wann ma denkt! Aber seit er's halt jetzt nöt mehr nötig hat! Dös is gar nöt guat für an Menschen, da wird oans bloß völli a Narrendattl davon, mit der Zeit."

Drut setzte sich. Die Köchin gab ihr einen dicken alten Plaid um und fuhr fort, über ihren wunderlichen Herrn zu klagen. „Und was hat er davon? Koan ordentlicher Mensch kommt mehr her zu uns, denn natürli, es graust ja oan jeden, wann er das Glümp von rotzigen Kindern siecht, wer vertragt denn das? Gar wenn oans krank is, wo der Mensch ohnedem no heikliger wird! Und natürli, die armen Leut selber haben schon a koa Vertrauen mehr zu ihm. Natürli, woher denn, wann's segn, daß das ein Dokter is, zu dem nöt ein einziger besserer Mensch mehr kommt? Wann aber erst's Vertrauen fehlt, da is 's scho aus bei an Dokter, natürli. Alsdann, wer no an luckerten Heller hat, geht lieber zum Doktor Mozl. Zu uns kommen's schon rein nur mehr zum Bedeln her. An anders traut sich ja gar nöt mehr her, selbst wenn's mecht, weil's ja förmli a Schand is, wann aner zu uns kommt. Ui je, sagen's glei alle. Und dann is auch ein Fehler, daß er nix verschreibt. Das kalte Wasser und die frische Luft soll all's macha. Wann ma auf ihn hörat, brauchaten die Menschen bloß nackad umanand zu spazieren, und wanns dann noch a weng pritscheln, war all's gut. Ja, da is ma aber do heut auf'm Land a scho weiter, das vergißt er Und wann ma scho in oaner Famili a Krankes hat, möcht ma ihm do was vogunnen, nöt?

Selm 'm Vieh gibt ma was ein, no da will do a menschlichs G'schöpf a a wengerl regardiert werden. Dös kann man den Leitn nöt verübeln, moanat i, selbst wanns arm san. Dös tut ihnen halt weh, wann ma's ihnen gar a so zum Verstehn gibt, daß 's arm san und deswegen 's Wasser und die frische Luft gnue für ihnen sein muaß. Und natürli, was g'schiacht? Was tains? Da wanens dem Doktor was vor, bis 's ihm leid tain, no und a guater Mensch is er ja, dös woaß a jeds, und da schenkt er ihnen was, und was tains damit? Mit sein'm Geld laufen's nachat g'schwind zum Doktor Mozl hin. Oder glei zum Jautz, in d' Awarteken, daß er ihnen was verschreibt. Der Jautz sagt, er wünscht sich gar kan bessern Dokter. Wann i aber nachher fuchti werd und sag ihm's, daß 's sei Geld zum Mozl tragen, da lacht er noch. Da gibt's do wirkli nix zum Lacha! Wann si aber do no a rechtschaffener Mensch amol zu uns verirrt, no dös ham's ja jetzt sölm g'segn, Euer Gnaden, wia er nachher is! Es is a Kreuz. Deswegen derfen's aber nöt schlecht von ihm denken, er moant's gar nöt so. Und i wer ihm's scho heut abends sagn, daß er sich schama sollt! A i schenk ihm nix, i wer iehm scho dö Meinung sagen, aber was nutzt's nachat? Er hört ma zua und nachat lacht er! Alsdann, was soll i den tain? Mei Gott! I kann ihn dert auf seine alten Tag nöt alloan lassn, der mecht schen ausschaun! Wann do de Unrechte kemmat, jessas, dös tragat iehm 's Haus überm Kopf und unter die Füaß weg, und er mirkat nix! Na, na! Und nachat hat er mi ja in sei Testament g'sötzt, dös muaß ma sich halt a für was rechna. Aba manchmal braucht ma scho a himmlische Geduld mit iehm! Sagn eh im ganzen Ort, daß 's nöt ganz richtig is bei iehm, im Oberstüberl, wissen's! No mi geht's ja nix an. Und der Herr Pfarra sagt a, es macht nix, i sollt nur aushalt'n bei iehm, daß wenigstens sei Geld amal in die richtigen Händ kimmt! Do, sagt der

Herr Pfarra, wern ma dann scho schaun, was sich für iehm macha laßt. Eigentli is er ja do a seelenguater Mensch, es steht bloß all's auf'm Kopf bei iehm, grad umkehrt, z'erst keman die Viecher, und dann keman die armen Leut, dann keman die kranken Leut und nachat keman erst die andern dran bei iehm, grad umkehrt, als wie 's wirkling is, grad die verkehrte Welt! No, mi geht's ja nix an."

Endlich konnte die Baronin vor.

„Also, wo fehlt's?" fragte Doktor Tewes.

„Kennen Sie mich?" fragte Drut, ihre Jacke ablegend.

„Nein", sagte der Arzt.

„Nein?" sagte Drut auflachend. „Der ganze Ort beschäftigt sich bloß noch mit mir."

„Aber ich beschäftige mich mit dem Ort nicht mehr", sagte er.

„Ich bin die Baronin Scharrn", sagte sie.

„Und?" Er sah sie fragend an.

„Sind Sie mit Ihren andern Patienten jetzt fertig?" fragte sie.

„Ja." Er wusch sich die Hände.

„Es ist niemand mehr da?"

„Nein." Er räumte sein Werkzeug in den Kasten ein.

Sie setzte sich. „Haben Sie ein bißchen Zeit für mich?"

„Solange es nötig ist."

Nach einer Weile sagte sie leise: „Ich möchte mich nicht bloß an den Arzt wenden, sondern an den —" Sie sah auf, seine Augen suchend. „An den Menschen. Wie ich Sie mir vorstelle, kann ich das."

Er schwieg. Sie fragte: „Kann ich das?"

Seine Stimme war ärgerlich, als er antwortete: „Meinen Sie, daß ich in der linken Rocktasche den Menschen, den Arzt in der rechten habe? Und rechts kostet's drei Kronen, links aber fünf? Oder wie denken Sie sich das eigentlich?"

Sie sah von ihm weg, mit achtlos durch das Zimmer gleitenden Blicken, und sagte leichthin: „Und kann ich sicher sein, daß das, was ich Ihnen sagen werde oder was ich Sie fragen werde, unter uns bleibt?"

„Wir haben ein Berufsgeheimnis."

„Ja", sagte sie, mit einem leeren Ton leiser Enttäuschung.

„Übrigens kann ich es Ihnen ja noch ausdrücklich versprechen."

Sie fragte: „Darf ich das Fenster schließen? Der Nebel drückt mich. Und es dunkelt auch schon."

Er schloß das Fenster und machte Licht.

„Und," sagte sie, „es strengt mich an, wenn Sie in einem fort durch das Zimmer gehen, statt bei mir zu sitzen. Ich bin ein bißchen müd, von dem langen Warten."

Er setzte sich, ihr gegenüber, das verquälte zerrissene Gesicht gesenkt.

„Ich war mit einem preußischen Baron verheiratet, der im Irrenhaus gestorben ist. Jetzt bin ich den dritten Monat hier, in der Lucken oben. Ich kenne die Hofrätin Zingerl und habe durch sie ihren Neffen, den Bezirkshauptmann Baron Furnian, kennengelernt. Sie werden wohl über uns reden gehört haben. Man klatscht genug." Sie hielt ein. Endlich sagte er kurz: „Ich habe davon gehört."

„Ich möchte Sie bitten, dem Baron Furnian meinen Besuch zu verschweigen."

„Ich sehe den Bezirkshauptmann sehr selten", sagte er. „Und wenn wir uns sehen, gehen wir aneinander vorüber. Wir haben uns nichts zu sagen."

„Er soll nichts davon erfahren", sagte sie. „Diese Bedingung muß ich stellen. Er könnte das mißverstehen."

„Von mir wird er nichts erfahren."

Sie nickte. Dann fragte sie: „Darf ich den Schirm

von der Lampe nehmen? Ich habe gern das Zimmer hell."

Er nahm den Schirm von der kleinen Lampe. Jetzt konnte sie seine jungen Augen sehen.

„Im ersten Jahre meiner Ehe war ich sehr krank. Und als es vorüber war, sagten mir die Ärzte, ich dürfte kein Kind mehr kriegen; denn dies würde mein Tod sein. In solchen Fällen ist es doch erlaubt, eine Frau auf alle Weise zu retten, nicht wahr?"

Sie wartete. Der Arzt saß unbeweglich, über den Tisch vorgebeugt, die Nägel seiner Finger betrachtend. Ihre stille Stimme klang weich und lieb, als sie dann sagte: „Der Mensch ist ja seltsam. In bösen Stunden wünscht man sich schon oft, es wäre lieber alles vorbei, und ruft den Tod. Wird's aber dann einmal Ernst, so merkt man erst, wie man doch am Leben hängt, mit allen Fibern." Und ein wenig kokett sagte sie noch: „Ich bin gar nicht tapfer." Dann wartete sie. Er regte sich nicht, auf den Tisch sehend. Jetzt wurde ihre Stimme hell, und sie sagte lustig: „Ich will Ihnen ein Geheimnis verraten, lieber Professor. Wissen Sie, daß man Sie hier im Ort gar nicht besonders mag? Sie sind den Leuten ein bißchen unheimlich. Und da hatte ich, wenn man von Ihnen sprach, immer schon den Wunsch, Sie kennenzulernen. Ich kann eigentlich gar nicht sagen, warum. Ich weiß es selbst nicht. Es war nur immer schon das Gefühl, nach allem, was ich über Sie hörte: der muß ein wirklicher Mensch sein; und einer, der die Menschen in ihrer Not versteht; und einer, der bereit ist, ihnen zu helfen, auch wenn die anderen sich abwenden." Und ganz leise sagte sie dann noch, die Hand vor den Augen und die Finger auf die geschlossenen Lider drückend: „Und so einen würde ich jetzt brauchen."

Der Arzt sah sie nicht an, als er fragte: „Und den Bezirkshauptmann rechnen Sie nicht dazu?" Da sie schwieg, stand er auf und sagte, nachdenklich durchs

261

Zimmer gehend: „Nun ja." Dann erinnerte er sich. „Entschuldigen Sie! Ich vergaß, daß es Sie nervös macht. Bitte!" Und er setzte sich wieder zu ihr.

Sie sah ihn an und sagte: „Es kann aber sein, daß ich mich getäuscht habe. Sie wären sehr empört, wenn jemand es einen Menschen entgelten ließe, daß er schlecht angezogen ist. Selbst aber haben Sie Mißtrauen, wenn man gut angezogen ist. Mir scheint, es kommt auf dasselbe hinaus. Meinen Sie nicht? Oder hätte ich besser getan, mich als schmieriges Bauernweib zu verkleiden, in solchen Lumpen?" Sie wies verächtlich zum andern Zimmer hin. Das Haar war ihr aufgegangen, der aschblonde kleine Schopf schlug ihr in die zornige Stirne, sie strich ihn zurück.

„Sie haben recht", sagte der Arzt. Die Lampe schien auf seinen großen grauen Kopf mit den rastlosen Augen, der platten Nase und dem zärtlich verlangenden Mund. Sie sah diesen Mund und sagte: „Warum verstellen Sie sich? Warum haben Sie Angst, sich mir zu zeigen, wie Sie sind? Wenn Ihnen ein Hund zuläuft und Ihnen die Hand leckt, weil er einen Dorn in der Pfote hat, dem werden Sie helfen, da fragen Sie nicht erst! Ist's denn gar so schwer, einem Menschen zu trauen? Sitzen wir denn wirklich alle hinter Schloß und Riegel fest, und keiner kann zum anderen hinein?"

Er saß mit verschränkten Armen, den Kopf gesenkt, und nickte nur immer, und sein zerklüftetes Gesicht wurde hell.

Sie wechselte plötzlich den Ton und sagte lustig: „Also einigen wir uns! Der Mensch fängt nicht erst beim Baron an. Aber daß er beim Baron aufhört, stimmt auch wieder nicht. Nicht immer, lieber Professor! So bequem ist das Leben nicht eingeteilt. Sie müssen sich schon etwas umständlicher bemühen, tut mir leid!"

„Verstehen Sie denn aber nicht," sagte der Arzt, beschämt und aufgeregt, „verstehen Sie nicht, daß, wenn man hundertmal enttäuscht oder verkannt, hundertmal mit seinem vollen Herzen abgewiesen und noch ausgespottet worden ist, verstehen Sie nicht, daß man dann schließlich —"

„Aber natürlich", sagte sie lachend. „Ich bin Ihnen ja deshalb auch keineswegs bös. Ich mußte nur ein bißchen stark anklopfen, nicht wahr? Aber jetzt haben Sie mir ja aufgetan."

Er sah sie jetzt nur immer an und nickte mit seinem großen grauen Kopf und lachte still in sich hinein. Und dazwischen sagte er manchmal: „Merkwürdig, merkwürdig." Und plötzlich nahm er ihre kleine harte Hand und drückte sie lachend und sagte: „Zu merkwürdig ist das doch, nicht? Zu merkwürdig, zu merkwürdig."

„Was denn?" fragte Drut vergnügt. „Was wundert Sie denn gar so?"

Er hielt ihre Hand und beugte sich vor, und so sah er in ihr Gesicht hinauf, wie um sich allmählich erst zurechtzufinden. Und er schüttelte sich wieder und lachte wieder und sagte: „Man denke doch nur! Zu merkwürdig ist das Leben! Sitzt man da und ahnt nichts, und plötzlich rauscht Euer Hochgeboren herein wie der Hochmut selbst, der Hochmut in höchsteigener Person, stänkert mir die Bude mit seinem verruchten Patschuli voll und . . . und plötzlich . . . eben als man sich wehren und sein Hausrecht nehmen will, ist's, ist's . . . als wär's ein liebes Menschenkind . . .?" Er hielt plötzlich ein, fragend wurde seine Stimme, sein Gesicht erlosch. Er ließ ihre Hand los, neigte sich noch tiefer vor und, indem sein verwüstetes Gesicht wieder die tiefen Schatten von Gram und Hohn und Angst bekam, sagte er traurig: „Und wenn's auch wieder nur eine Täuschung wär, einmal mehr, was liegt daran? Einen Augenblick hat's einen doch gefreut. Man darf nicht unbescheiden sein."

263

„Sie sollten einmal zum Doktor Tewes gehen",
sagte sie lustig.

„Wie?" fragte er, erstaunt und fast erschreckt.

„Um sich von ihm behandeln zu lassen." Sie sah
ihn mit ihren müden Augen mühsam an. „Denn Sie
sind krank, vor Mißtrauen." Und leichthin sagte sie
noch mit einem hohlen Lächeln: „Das kann recht
arge Folgen haben, wenn man nicht beizeiten was
dagegen tut."

Nach einiger Zeit sagte er, indem er mit der Hand
sein verwüstetes Gesicht rieb, wie um die bösen Gedanken abzuwischen: „Sie wollten doch etwas von
mir?"

Scharf sagte sie: „Ja, Herr Professor! Ich will Sie
konsultieren."

Er stützte den Arm aufs Knie und drückte den
Kopf in seine Hand. Indem er so, horchend vorgebeugt, saß, sagte er: „Bitte."

„Noch einmal ein Kind zu kriegen, haben die
Ärzte gesagt, wäre mein Tod. Jetzt helfen Sie mir,
am Leben zu bleiben!" Sie sagte das ganz einfach,
mit ihrer stillen weichen Stimme.

Der Arzt sprang auf. Er stand ganz dicht vor ihr
und warf seinen angelnden Blick in ihre wachsamen
Augen. Sie hielt es aus und sagte gelassen: „Ja,
Herr Professor! Ja." Wie ein kleiner Vogel flog ihre
helle Stimme durch den stillen Raum. Er wendete
sich von ihr ab und ging zum Ofen. Hier blieb er,
vorgebeugt, mit dem Rücken zu ihr. Nach einiger
Zeit hörte er sie sagen: „Es wäre ganz einfach, ich
könnte ja auch zum Doktor Mozl gehen, jeder Arzt
hat doch die Pflicht, mich zu retten. Aber soll am
nächsten Tag der ganze Ort wissen, daß ich ein Kind
vom Bezirkshauptmann habe? Und vor allem will
ich nicht, daß er es erfährt." Sie schwieg. Er stand
am Ofen, von ihr abgekehrt. Plötzlich sagte sie noch:
„Laßt mir doch mein bißchen Glück! Wenigstens noch

bis über den Winter. Dann will ich wieder weitergehen."

„Aber warum lügen Sie mich an?" sagte der Arzt.

„Ich lüge nicht", sagte sie ruhig.

„Kind, Kind!" Der Arzt rannte durch das Zimmer.
Sie saß still. Er rief: „Aber natürlich, das ist doch
klar!" Sie wartete. Endlich kam er, rückte seinen
Stuhl neben ihren, setzte sich, nahm ihre Hand und
sagte: „Kind, nun wollen wir einmal wie zwei ver-
nünftige Menschen miteinander reden. Schämen Sie
sich nur nicht vor mir, ich kann das alles ja so gut
begreifen! Liebes, armes Kind! Also hören Sie zu!
Sie haben Angst, ein Kind zu kriegen, weil Sie
fürchten, ihn dadurch zu verlieren. Nicht wahr? Sie
glauben, er wird sich drücken, wenn aus dem Abenteuer Ernst wird. Und nun müssen Sie doch aber um
Himmels willen —"

„Nein", sagte sie langsam. „Nein, Herr Professor!
Das ist es wirklich nicht. Sie tun auch Klemens Unrecht. Er würde sich nicht ‚drücken', wie Sie's nennen.
Deshalb gerade will ich ja nicht, daß er überhaupt
von meinem Zustand erfährt, weil er mich dann sicher
heiraten würde. Ich weiß aber, daß ich nicht die
Frau für ihn bin. Und ich wünsche mir auch gar
nicht, noch einmal zu heiraten. Es wäre weder für
ihn noch für mich gut. So wie es jetzt zwischen uns
beiden ist, das ist etwas Wunderschönes, so möchte
ich mir es noch eine Zeit erhalten. Und dann soll's
lieber ganz aus sein. Zur normalen bürgerlichen Ehe
paßt er so wenig als ich. Und wir beide zusammen
schon gar nicht. Pläne solcher Art also, die ein Kind
stören könnte, habe ich keine. Hätte ich sie, so würde
mir, wie Klemens ist, ein Kind dabei nur helfen
können. Also fabeln Sie sich da nichts zusammen,
sondern glauben Sie doch, was ich Ihnen sage! Nach
der Aussage der Ärzte darf ich kein Kind mehr bekommen. Nur dies ist es, was mich zu Ihnen führt."
Lange wartete sie. Er verharrte schweigend. End-

lich sagte sie: „Und jetzt will ich bloß hören, ob Sie bereit sind, mir zu helfen, ja oder nein."

Er schoß auf sie zu und, ohne sie anzusehen, sagte er, dicht neben ihr: „Die Ärzte, von denen Sie das haben, sind Schwindler, erstens: Kein Arzt kann das mit Sicherheit wissen. Und zweitens —" Er rannte weg, durch das Zimmer auf und ab.

„Und zweitens?" fragte Drut.

Er blieb stehen und sagte langsam, jedes Wort wägend: „Meine Meinung ist, meine Meinung . . . daß ein Kind, ein neuer Mensch, ein Anfang, wichtiger ist. Das Kind ist wichtiger. Ich würde das Kind retten." Die Furchen und Risse des zersprungenen Gesichts zuckten, es stieß ihn vor Erregung. „Ich wäre grausam. Ich könnte mir nicht helfen. Mag es roh sein! Aber nur das Kind, das Kind! Was liegt an uns? Wir sind doch nur ein Durchgang zur Zukunft! Was liegt an uns?"

Sie lachte laut auf. Er sah sie betroffen an. „Verzeihen Sie!" sagte sie, „wenn ich da nicht Ihrer Meinung bin! Mir liegt sehr viel an mir! Lieber Professor, mir liegt alles an mir! Die Zukunft und die Menschheit und die ganze Welt mit Sonne, Mond und Sternen interessieren mich nicht im mindesten, wenn ich nicht mehr dabei sein soll. Sie mögen das sehr klein von mir finden, aber ich habe durchaus kein Verlangen, groß zu sein, wenn's mich meinen Kopf kostet. Verachten Sie mich, ich habe nichts dagegen, aber retten Sie mich! Es ist sehr leicht für Sie, heroisch zu sein, auf meine Kosten."

Er sagte kleinlaut: „Das kann ich schon auch verstehen. Ja natürlich! Aber —" Er sah plötzlich auf und sagte, gewaltsam Kraft aus sich holend: „Aber ich glaube Ihnen nicht. Das ist es. Reden wir nicht hin und her! Ich glaube Ihnen nicht. Nein, ich glaube Ihnen nicht!"

„Ja dann!" sagte sie kurz, mit einer Bewegung, aufzustehen. „Dann habe ich mich eben in Ihnen getäuscht."

„Nein", schrie der Arzt. „Nein." Er rannte durchs Zimmer, stoßend und fuchtelnd. „Sie mißverstehen mich! Ich meine nicht, daß Sie mich anlügen, nein! Sie lügen mich nicht an, das weiß ich schon. Ich höre Sie doch, Ihre Stimme lügt nicht, nein! Aber sich selbst, das ist es, gewiß lügen Sie sich selbst an! Bitte, bitte!" Und er schoß auf sie zu, nahm ihre Hand und setzte sich wieder. „Hören Sie, hören Sie doch zu! Sie werden mich gleich verstehen. Der Mensch ist schon so. Darin sind wir alle gleich. Nämlich, aber bitte, bitte, hören Sie mich einmal geduldig an!" Er setzte sich zu ihr, ihre Hand in der seinen, und sah sie lächelnd an. „Das glaubt man ja gar nicht, was auch der anständigste Mensch insgeheim für ein Schwindler ist! Er weiß es ja gar nicht, also kann er auch nichts dafür, es trifft ihn keine Schuld. In Ihnen ist jetzt nichts so stark als der Wunsch, sich diese schönen Dinge zu bewahren, nicht wahr? Da kommt plötzlich dieses Kind. Und nun haben Sie Angst! Ich kann mir das schon denken. Wir wollen ja lieber nicht über den Bezirkshauptmann sprechen, Sie lieben ihn, ich kenne ihn kaum, ich weiß auch viel zuwenig, um über ihn urteilen zu können, ich würde ihm sicher Unrecht tun, er mag vielleicht ganz anders sein, als er mir scheint, ich bin ja doch auf der anderen Seite des Lebens, nicht wahr? Aber immerhin scheinen Sie zu fürchten, er könnte, durch dieses Kind plötzlich aufgeschreckt, sich von Ihnen abwenden, hören Sie mich nur einmal ruhig an! Jedenfalls sind diese Dinge, die Sie jetzt erleben, so wunderschön für Sie, daß Sie nur den einen Gedanken haben: so soll's bleiben, nur nichts ändern, nur mir das erhalten! Und da kommt dieses Kind, plötzlich soll nun alles anders sein, eine Gefahr ist plötzlich da, eine Drohung, nicht wahr?"

„Nein, nein!" sagte sie, bittend, sich leise wehrend.

„Hören Sie nur, hören Sie mich doch nur an! Nun hat Ihnen damals ein Arzt dumme Angst gemacht. Gott, ich kenne den Schlag, der immer gleich das Messer wetzt; am liebsten möchten sie den Menschen ganz auskratzen. Das hatten Sie längst vergessen, jetzt aber taucht es plötzlich wieder auf. Ihr Wunsch, verstehen Sie mich wohl, Ihr Wunsch, sich Ihr stilles kleines Glück zu bewahren, dem dieses Kind zu drohen scheint, holt es aus der dunklen Erinnerung wieder hervor. Verstehen Sie mich? Ich meine nicht, daß Sie mich anlügen. Alles, was Sie mir gesagt haben, glauben Sie selbst. Es hat sich in Ihnen so zurechtgeschoben. Aber wahr ist es nicht! Ja, Sie wehren sich gegen mich! Denn Sie wollen, daß es wahr sein soll, weil Sie bloß von dem einen Gedanken besessen sind, dieses Kind, das Ihr stilles Glück bedroht, verschwinden zu lassen. Erschrecken Sie nicht! Es ist so. Ihr habt den Mut, alles zu wagen, nur nicht es bei seinem Namen nennen zu hören."

Sie riß sich los und sprang auf. „Das hilft mir alles nichts", schrie sie. „Ich habe solche Angst!" Er sah ihr nach, wie sie durchs Zimmer ging. Sie blieb am Fenster stehen, in die dunklen Läden blickend. „Angst", schrie sie. „Angst habe ich! Einfach eine wahnsinnige Angst. Ich will nicht sterben, ich will nicht sterben, sonst weiß ich gar nichts mehr, alles andere ist mir gleich, aber ich will nicht sterben!"

„Nein," sagte er hart, „das ist es nicht."

Sie kam langsam, als hätte sie plötzlich die Kraft nicht mehr, sich bis an den Tisch zu schleppen. Sie griff nach ihrer Jacke. „Entschuldigen Sie nur," sagte sie, „daß ich Sie belästigt habe! Und was habe ich zu zahlen, bitte?"

Er nahm ihr die Jacke weg und sagte: „Menschenskind! Menschenskind! Da rede ich auf Sie los, und man kann reden und reden, und es ist wie in eine

268

Mauer hinein! Wo wollen Sie hin? Was wollen Sie tun?" Sie schwieg achselzuckend.

Plötzlich sagte er in einem anderen Ton, nebenhin: „Übrigens müßte ich Sie ja auch erst untersuchen."

„Wozu?" sagte sie höhnisch. „Da Ihnen ja doch das Kind wichtiger ist! Nun ja, vielleicht haben Sie recht."

„Was wollen Sie tun?" wiederholte er drängend.

„Geben Sie mir die Jacke, bitte!" sagte sie.

Er wurde zornig. „Nein. So lasse ich keinen Menschen von mir fort."

„Wenn es Ihnen Vergnügen macht, sich noch einige Zeit reden zu hören", sagte sie. „Ich habe Zeit."

Er sagte bittend: „Ich bin ein alter Mann, ich habe viel gesehen, ich will nichts mehr, ich lasse die Menschen laufen, mir ist alles recht. Und glauben Sie doch ja nicht etwa, daß ich moralische Bedenken hätte! Alles, alles ist recht, was einem Menschen hilft. Nur helfen möchte ich. Ein bißchen helfen können. Im Alter muß man einen Sport haben, zum Zeitvertreib. Marken oder Münzen sammeln, Rosen ziehen, irgendeine stille friedliche Beschäftigung. Lassen Sie mir meine! Lassen Sie sich von einem alten Mann ein bißchen helfen in Ihrer Angst, in Ihrer Not! Was soll ich denn nur sagen, daß Sie mir vertrauen? Aber nun hat sich das bei Ihnen einmal festgesetzt, und da lassen Sie nicht mehr ab, da verbeißen Sie sich nur immer noch mehr, mit Ihrem hysterischen Trotz!"

Sie sagte langsam, die Worte gleichsam ausbreitend, jedes sorgsam glättend: „Ich weiß ja ganz genau, was allein mir helfen kann. Und das wollen Sie nicht. Anders aber ist mir nun einmal nicht zu helfen. Also, was soll ich da noch hier? Mit Worten werden Sie mich nicht heilen. Da sind mir wirklich noch die Ärzte lieber, die gleich das Messer wetzen. Und hätten Sie selbst recht, daß wirklich, wie Sie meinen, alles bloß eingebildet wäre, diese schauerliche Angst um mein Leben, die mich quält, so habe ich doch diese Einbildung nun einmal, und sie quält mich und, eingebildet oder wirklich, ist es doch dieselbe Qual, nicht? Das wollen aber die Ärzte nie verstehen! Und was immer Sie mir nun sagen mögen, ich werde doch immer nur hören, daß Sie das einzige nicht wollen, was allein mir helfen kann, also wozu, wozu? Schade um Ihre Zeit und um meine! Ich muß dann eben sehen, mir anders zu helfen. Oder vielleicht ist mir nicht mehr zu helfen! Darüber will ich dann aber wenigstens Gewißheit haben. Schließlich ein paar Jahre mehr oder weniger, damit muß man sich abfinden können; einmal kommt's an jeden. Nur dies, so von Tag zu Tag, von Woche zu Woche, von Monat zu Monat den sicheren Tod erwarten müssen, der langsam immer näher schleicht, und man weiß es und zählt sich an den Fingern ab, wieviel einem noch bleibt, und immer weniger wird's, und immer kürzer, bis es kaum noch eine Woche dauern kann und endlich nur noch einen Tag, und dann, weiß man, dann ist es aus, dann bist du tot — nein, das würde ich nicht ertragen! Nein, nein, nein! Lieber alles! Dann lieber gleich —! Aber nur das nicht, nur das nicht, nur nicht dieses langsame Warten auf den sicheren Tod — jetzt schon, bei der bloßen Vorstellung, die mich verfolgt, Tag und Nacht, macht's mich wahnsinnig, denn dann lieber wirklich gleich —! Das war es ja, das hat mich ja hergetrieben. Und es gibt ja nur eins, was mir helfen kann. Und dieses einzige wollen Sie nicht. Also was soll ich dann eigentlich noch hier? Wozu, wozu? Aber wenn Sie darauf Wert legen, mir vielleicht noch einmal darzutun, daß und warum und wie der Menschheit das Kind wichtiger ist, so kann ich Ihnen ja zuhören, wenn's Ihnen Spaß macht!"

Nach einer Weile sagte der Arzt, ratlos: „Lassen Sie uns doch noch einmal alles erwägen! Nicht wahr, es bleibt Ihnen dann ja noch immer frei, zu tun oder zu lassen, was Ihnen gefällt! Ich kann mir aber nicht helfen, ich würde es doch für das beste halten, vor allem zunächst einmal darüber mit ihm zu sprechen!"

„Nein!" schrie sie schrill, mit den Händen abwehrend. „Nein!" Ihre zuckenden Augen standen schief, das Kinn hing vor. Er sagte rasch: „Wir wollen doch nur überlegen, nicht? Es soll ja nichts geschehen, was Sie nicht wollen! Aber überlegen kann man doch, nicht?"

„Nein, nein!" schrie sie. „Wagen Sie es ja nicht, ich warne Sie, Sie wissen nicht, was geschehen kann!"

„Also nein!" schrie der Arzt. Er nahm sie an den Armen und schüttelte sie, ganz dicht an ihrem weißen Gesicht, und zwang ihre blinzelnden und abgehetzten Augen, ihn anzusehen. „Also nein, nein! Sie sollen nicht mit ihm sprechen. Niemand wird mit ihm sprechen. Abgemacht!" Er ließ sie los. Sie fiel schlaff in den Stuhl. Er sagte, sie zärtlich beschwichtigend: „Nein, nein, nein! Es zwingt Sie doch niemand. Wie kann man nur so kindisch sein! Es zwingt Sie doch niemand, wenn Sie nicht wollen!" Und der alte Mann setzte sich zu ihr, nahm ihre zuckende Kinderhand und fragte, ganz leichthin: „Aber warum wollen Sie eigentlich nicht? Es würde mich nur interessieren, Ihre Gründe zu hören, warum Sie eigentlich nicht wollen. Es soll doch alles nach Ihrem Willen geschehen. Aber sagen Sie mir Ihre Gründe! Es kann ja sein, daß ich Ihnen selbst recht geben muß. Vielleicht sehe ich selbst das alles dann ganz anders an. Nicht? Nur Ihre Gründe können Sie mir doch sagen!"

„Ach!" sagte sie, durch die Nase fauchend. „Gründe, Gründe! Ihr Männer wollt immer Gründe! Gegen mein Gefühl ist es. Und wenn es schon sein muß, will ich es allein tragen, ihm wenigstens soll unser stilles kleines Glück ungetrübt bleiben. Und was soll ich ihm denn auch sagen? Daß ich Mutter bin? Und im selben Augenblick aber, daß er mich oder das Kind verlieren muß? Und dann, das alles wäre es ja noch nicht, aber dann wird er glauben, daß er mich heiraten muß. Und dann ist es eben aus." Sie schwieg. Nach einer Weile begann sie wieder ungeduldig: „Gott, ich kann Ihnen nicht mein ganzes Leben erzählen. Aber ich will ihn nicht heiraten. Wir würden beide sehr unglücklich. Ich will nichts als —" Sie hielt ein und sah den Arzt forschend an. Dann sagte sie ganz leise: „Ich hätte nur den Wunsch, still irgendwo zu sitzen und mich nicht zu rühren, um unbemerkt zu bleiben und doch vielleicht endlich vergessen zu werden, vom Schicksal. Das wäre wirklich noch das einzige! Unbemerkt, unerkannt, ungesehen vom Schicksal. Und dankbar hinzunehmen, was vielleicht noch Gutes oder Liebes einmal still vorüberkommt." Sie riß sich aus ihrer Stimmung und sagte hart: „Nun, nicht wahr, jeder macht sich so seine kleine Philosophie, nach seinen Erfahrungen! Ich habe mir abgewöhnt, mein Leben bestimmen zu wollen. Das kann das Schicksal nicht leiden, nach meinen Erfahrungen. Da will es sich dann gleich immer stärker zeigen. Und ich habe gar keine Lust mehr, mich noch einmal mit ihm zu messen, um mir das noch einmal beweisen zu lassen. Ich bescheide mich, ich bin zufrieden mit jedem schönen Tag. Den nimmt mir nichts mehr. Mag's morgen dann kommen, wie's eben kommt: ich habe doch heute meinen schönen Tag gehabt. Und das Gefühl, das mich niemals verläßt, das Gefühl, daß man ja nie weiß, ob's nicht vielleicht der letzte war, macht mir ihn nur noch schöner. Aber nun müßten Sie Klemens kennen, um zu verstehen, wie schwer er es mir macht! Der glaubt ja noch, daß man sich das Leben aufbauen kann; und so gern möchte er mir den starken Mann zeigen, der mein Geschick in seine feste Hand nimmt, um uns sicher durch alle Stürme zu steuern, und so weiter, nach diesen alten Redensarten sieht er sich, so sieht er uns, jeden Tag fängt er ja davon an, nur mein Spott schreckt ihn ab, weil ich ihn auslache, und ich muß töricht sein, muß die Launische spielen, die für ein ernstes Gespräch nicht zu haben ist, alles nur, damit er Angst kriegt und doch das ernste Gespräch noch nicht wagt, er fängt ja täglich davon an, täglich kommt ein Moment, wo er sein feierliches Gesicht macht, und nun soll's losgehen: ,Kind, wir müssen nun endlich einmal ernst miteinander reden!' Noch bin ich ihm immer entwischt, denn er weiß ja nicht, daß es dann aus wäre! Gott, kennen Sie solche Menschen nicht, die unfähig sind, einmal eine Stunde froh zu sein, ohne das gleich sozusagen in ein Register eintragen und von Rechts wegen bescheinigen zu lassen, daß ihnen fortan jeden Tag dieselbe frohe Stunde zustehen soll, in alle Ewigkeit? Und solange sie's nicht sicher, solange sie's nicht schriftlich haben, beim Notar abgemacht und auf dem Gericht deponiert, freut sie's nicht! Ich aber glaube nicht mehr, daß man mit dem Schicksal einen Vertrag machen kann. Und verstehen Sie jetzt, wie ich nun einmal bin und wie er nun einmal ist, daß ich meine Gründe habe, jenes ernste Gespräch zu vermeiden, das mir alles zerstören wird? Denn dann ist es aus, dann kann ich wieder weitergehen." Sie lachte höhnisch. Und dann sagte sie, die starken Brauen an die tiefe Furche drängend: „Ja, nun wundern Sie sich und sind wieder mißtrauisch! Weil ich Ihnen zu klug bin, was? Zu bewußt! Eine Frau darf ja nicht nachdenken, eine Frau soll nur so durchs Leben tappen! Sonst ist sie euch gleich verdächtig! Aber Sie haben ja meine Gründe hören wollen! Und nun nehmen Sie meinen besten Dank, Sie meinen es mit mir ja sicher gut, das weiß ich schon, es hilft mir nur nichts. Und Ihr Versprechen, kein Wort davon zu sagen, habe ich ja. Keinem Menschen, nicht wahr? Und ihm am allerwenigsten!"

Bahr, Drut. 18

„Gegen ein Versprechen," sagte der Arzt, „das ich dafür von Ihnen fordern muß."

„Und das wäre?"

„Eine Woche lang nichts zu tun. Keinen anderen Arzt zu fragen. Nicht nach Wien zu fahren. Eine Woche lang gar nichts zu tun. Auf die Woche kann es Ihnen nicht ankommen."

„Und dann?"

„Dann? Dann haben Sie entweder Ihren Sinn geändert —"

„Oder?"

„Oder ich will dann, wenn Ihr Sinn unumstößlich bleibt — ja dann will ich es tun. Dann soll Ihr Wunsch geschehen."

Sie nickte nur. Dann nahm sie die Jacke. Er half ihr.

An der Tür sagte sie: „Auf Wiedersehen also! In acht Tagen!"

Tewes irrte durch das Zimmer un . wehrte sich gegen ein häßliches Gefühl. Irgend etwas war in ihm, das ihn warnte. Mach nicht wieder den Vormund von Menschen, die dich nichts angehen! Was sie will, kannst du nicht tun; du hast ihr nein gesagt, jetzt bleib dabei! Willst wieder einmal lächerlich werden? Hast noch nicht genug? Wieder einmal der Helfer sein, um wieder nur Undank zu haben? Und schließlich doch nicht einmal wirklich zu helfen! Nicht einmal das gelingt dir ja, die Menschen verwirren ja doch alles wieder, am Ende stehst du nur wieder beschämt und genarrt! Wie oft denn noch? Hast noch immer nicht genug? Willst wieder der Narr sein? Und für wen? Für eine jener heillosen Frauen, in denen Wahn und Wahrheit so versponnen sind, daß sie schon gar nichts mehr sagen können, ohne zu lügen! Sie ist verliebt und will sich's nicht eingestehen, daß sie ganz genau weiß, wie der Bezirkshauptmann die erste Gelegenheit benützen wird, sich eilig aus dem Abenteuer zu stehlen. Also

274

fort mit dem Kind! Und wären nur vierzehn Tage gewonnen! Und scheut Gefahr und Schande nicht, um nur vierzehn Tage länger zu schnäbeln, scheut vor keinem Verbrechen zurück, zu jedem Opfer bereit, für diesen, wie sagt der Klauer?, für diesen — Schwiehak! Und der darf es aber nicht einmal wissen! Ganz insgeheim soll's geschehen! Um nur ja sein Gewissen nicht zu beschweren! Nur ja das Zartgefühl des Edlen zu schonen! Denn natürlich, sie hat Furcht, daß der Edle die schöne Gelegenheit nicht versäumen wird, sich aus dem Staub zu machen! Aber das gesteht sie sich natürlich nicht ein. Und so wird alles auf den Kopf gestellt: er will sie heiraten, beteuert sie, sie will es nicht. Nein, sie lügt mich nicht an, sie hat es sich so lange vorgelogen, bis sie's schließlich selber glaubt! Um sich nur sein Bild rein zu halten. Rührend sind solche Frauen eigentlich in ihrer Hysterie!

Er riß die Läden und stieß das Fenster auf. Er atmete den nassen leimigen Dampf ein. Ranzig roch die triefende Luft.

Und er höhnte sich: Bist du nun wieder soweit? Ganz wie die Herrn Kollegen auch! Hysterie, ja! Und damit ist's dann erledigt! Ein gemeiner Fall von Hysterie, das ist doch klar, und so geht's dich weiter nichts an! Wenn nur die Diagnose stimmt! Und die Frau mag selber sehen, was aus ihr wird, in ihrer Angst, in ihrer Not! Ganz wie die Herrn Kollegen!

Hätte ihm nur nicht dieses häßliche, hämische Gefühl ins Ohr gezischt, wieder einmal lächerlich zu werden! Hast noch nicht genug? Mußt wieder der Dumme sein?

Ja! Und da rennt ein Mensch vielleicht in sein Elend! Aber dir ist es wichtiger, daß du dich nur ja nicht lächerlich machst! Die Sache könnte dir unbequem werden! Und was geht's dich denn an? Bin

275

ich der Hüter meines Bruders? Die urewige Frage der Menschheit! Und so erbt sich der Fluch fort!

Was soll ich denn aber tun? Der einzige, der ihr helfen könnte, ist Furnian. Und vielleicht, wenn man ihm sagt: Du treibst die Frau zu Verbrechen —! Und soll ich zulassen, durch mein Schweigen, daß er sich dann noch ausreden wird, wenn es zu spät ist: Ich habe ja gar nichts gewußt, warum habt ihr mir denn nichts gesagt? Und dann bin ich der Schuldige, nicht er! Und was will ich antworten, wenn er mich anklagen wird: Sie hätten es mir doch sagen müssen, warum haben Sie mir nichts gesagt? Denn wirklich, wer gibt mir das Recht, diesem Menschen, den ich gar nicht kenne, zuzumuten, daß er die Frau, die er liebt, feige verlassen und sein Kind verstoßen wird? Und er wird ja gar nicht den Mut haben, so feige zu sein, wenn er sich vor mir zu dieser Feigheit bekennen muß! Man darf den Menschen ihre Gemeinheit auch nicht so leicht machen. Wenn er wählen muß, als anständiger Mensch an seinem Kind zu handeln oder aber dafür einzustehen, mir ins Angesicht, daß er kein anständiger Mensch ist, bin ich noch gar nicht sicher, ob nicht die Pose des anständigen Menschen doch stärker sein wird. Die Menschen sind gemein, wenn sie es sein können, ohne es selbst zu bemerken. Ich bin schuld, wenn er an ihr gemein sein wird. Denn mein Schweigen ist es, das ihm dazu verhilft. Und er kann dann noch die Hände ringen und scheinheilig klagen: Hätte ich es doch nur gewußt! Er wird nicht sagen: Gott sei Dank, daß der Mann es mir erspart hat, mich zu meiner Gemeinheit zu bekennen! Er wird es mir nicht danken, daß ich's ihm abnehme. Nein, er wird noch groß dastehen, vor mir und vor sich selbst und auch noch, wenn sie gerettet wird, vor ihr! Und das alles weiß ich und zögere doch, bloß weil es mir unbequem ist, weil ich Unannehmlichkeiten haben oder lächerlich werden könnte, weil es einfacher ist, die

276

Dame fortzuschicken und sich in fremde Dinge einzumischen, besonders in solchen Fällen von Hysterie, wo man doch immer wie im Nebel geht!

Doch dann fiel ihm plötzlich ein: du hast ihr ja aber versprochen, ihm nichts zu sagen, sie hat dein Wort!

Er wurde zornig. Das ist echt! Nur den Ehrenmann spielen, das geht natürlich vor! Du hast die Wahl: vielleicht ein Leben zu retten, indem du dein Wort brichst, oder aber indem du .der tadellose Kavalier bist, der sein Wort hält, einen Menschen zu verderben! Und da zweifelst du natürlich nicht, daß es dir doch wichtiger sein muß, tadellos zu bleiben! Was dich außerdem auch noch vor allen Unbequemlichkeiten schützt!

So ging es in ihm herum. Die halbe Nacht schlief er nicht. Schon war er am anderen Tag auf dem Wege zum Bezirkshauptmann, aber ein seltsam warnendes Gefühl hielt ihn noch an der Türe wieder ab. Und wieder entschloß er sich und wieder verschob er es; er konnte sich nicht entscheiden.

Am siebenten Tag aber kam ein Brief von ihr. Sie schrieb an ihn: „Ich will morgen nachmittag gegen fünf bei Ihnen sein. Vielleicht haben Sie die Güte vorzusorgen, daß ich nicht warten muß. Die Woche ist vorbei."

Da ging der Arzt und suchte den Bezirkshauptmann auf, um ihm alles zu sagen.

Zehntes Kapitel.

Klemens saß noch immer wie im Traum.

Hatte er denn dem guten Doktor auch recht gedankt? Was hatten sie nur eigentlich abgemacht? War denn der gute Doktor schon wieder fort? Klemens wußte gar nichts mehr. Er konnte sich nicht erinnern. Alles war ausgelöscht. Er wußte nicht, was sie noch alles besprochen hatten. Er wußte gar nichts mehr. Ein großes schwarzes Loch in seinen Gedanken; und alles abgestürzt, und alles andere versunken. Er hätte nicht einmal sagen können, ob er denn den Doktor bis an die Türe begleitet, ob er ihm die Hand gegeben hat. Und es war doch noch keine zehn Minuten her! Er hat vielleicht den Doktor gehen lassen, ohne es auch nur zu bemerken. Er hat sich vielleicht noch gar nicht einmal bedankt. Er konnte sich nicht entsinnen. Er wußte das alles nicht mehr. Er wußte nur noch, daß er Vater war.

Er hörte nur in einem fort dies eine Wort: Vater. Und dieses Wort klang in ihm, einer ungeheuren tönenden Glocke gleich. Vater. Und dieses Wort sprang um ihn, einem ungeheuren tanzenden Lichte gleich. Vater. Überall sah, überall hörte er nur dies eine Wort: Vater, Vater. Und vor diesem hallenden, strahlenden Wort war sein Leben aufgesprungen, wie ein tiefer Schacht, den ein Zauber öffnet, und vergrabene Schätze leuchten plötzlich aus der Nacht. Und jetzt fängt es erst an! Dies alles, bisher, war es noch nicht! Jetzt fängt erst mein Leben an!

Alle die Tage zogen an ihm vorbei, seit sie sich damals dort in der Hütte gefunden hatten; er hörte noch das wilde Wasser, durch den ächzenden Wald. Alle die seligen Tage mit ihr. Immer nur mit ihr. Die paar Stunden im Amt verschlief er; und erwartete die Nacht. Und er lachte die Menschen aus, was wollten sie noch von ihm? Dies alles war doch jetzt so weit weg! Die ganze Welt war weg. Nur er und sie; sonst war nichts mehr da. Nichts mehr als er und sie. Er mit ihr auf der weiten Welt allein. Sie sang ihm einmal ein altes Lied, da hieß es: Ich bin der Welt abhanden gekommen! So war's. Mochten die Leute wispern, im Ort! Er lachte nur. Er wußte doch: ein paar Stunden noch, dann geht die Sonne wieder fort und dann bin ich bei ihr und

278

dann kommt die Nacht! Und sie haben sich! Und nichts mehr denken und nichts mehr wissen und nichts mehr spüren als sie! Und ersticken in ihrem Haar, an ihrem Mund! Und nichts mehr als das Lallen ihrer lechzenden Lust, in der schwarzen lauernden Nacht! Und hinüber, hinüber, bis sie versinken! Und draußen steht die atemlose Nacht. Und sie hören ihre Herzen schlagen. Und es ist wie der Tod. Der Tod hält sie dann in seinem starken Arm, und sie sind erlöst, davon wird ihnen so hell und froh. Bis langsam wieder der Tag ans Fenster schleicht, gelb und grau. Nun müssen sie scheiden. Und sie will ihn nicht lassen, er reißt sich von ihr, sie fleht und lockt und weint, aber dann müssen sie lachen, weil er ja doch in keinen Krieg zu wilden Völkern zieht, sondern bloß in sein Amt, für die paar Stunden, und sie wird jetzt schön einschlafen, und kaum hat sie recht ausgeschlafen, ist schon der Abend wieder da, und mit ihren großen schwarzen Augen schaut die Nacht herein, ihre liebe Nacht! Aber dann, wenn er sich am Morgen von ihr reißt, und er ist kaum aus ihren klammernden Armen fort, er hat noch überall ihren warmen Dunst um sich, er sitzt kaum in seinem Amt, da schreit's in ihm nach ihr, sein Blut schreit auf, nach ihren saugenden Lippen, nach ihren wühlenden Händen, nach ihrem streichelnden Haar. Und er liegt und wirft sich und wälzt sich, auf dem morschen Diwan im Amt, und sieht ihre braunen Brüste drängen und riecht ihre feuchte Haut und hungert nach ihr, bis er in einen starren, leeren, trockenen Schlaf fällt und dann, aufgeschreckt erwachend, wenn der alte Pfandl klopft, sich kaum besinnen kann, was denn nur mit ihm ist, alles sieht so fremd, so fern aus — wo bin ich denn, was ist denn, was wollt ihr denn von mir? Und er weiß nichts, er fühlt nichts mehr als diesen Hunger, diesen kochenden Durst in seinem Blut, nach ihr, nach ihren Lippen, nach ihren Händen, nach ihren

Brüsten, nach dem tödlichen Taumel der purpurnen Nächte mit ihr.

Und da rief ihn jetzt dieses Wort an: Vater!

Er hatte weiter gar nichts mehr gehört. Er wußte nichts von allem, was der gute Doktor sonst noch gesagt. Er wußte nur: sie hat ein Kind von mir!

Und er saß immer noch wie im Traum und wußte nichts und regte sich nicht, in seinem namenlosen Glück.

Plötzlich aber sprang er auf und sagte, ganz laut: „Was ist denn, was ist denn eigentlich, was hast du denn nur?" Es tat ihm wohl, seine Stimme zu hören. Er ging ans Fenster. Es hatte nachts gefroren. Der Reif hing noch an allen Ästen, in allen Halmen. Glitzernd war die Luft. Und alles schien erstarrt. Nirgends ein Vogel. Kein Laut, kein Hauch. Alles stand still.

Er rief den Amtsdiener. Er fragte: „Is noch irgend etwas, Pfandl?"

Verwundert sagte der alte Pfandl: „Aber nein, Herr Bezirkshauptmann! Was soll denn sein, Herr Bezirkshauptmann? Es ist alles in der schönsten Ordnung."

Klemens lachte. „No also! Wenn nur alles in der schönsten Ordnung is! Kommen's her, Pfandl, nehmen's den Schlüssel und sperrn's das Kastl dort auf! Da steht ein Kistl Zigarren, das nehmen Sie sich! Machen Sie sich auch einmal einen guten Tag! Und dann können's gehn, ich werd Sie heute nicht mehr brauchen."

„Dank schön, Herr Bezirkshauptmann!" sagte der alte Pfandl, nahm die Zigarren und ging. Er hatte sich abgewöhnt, über den Bezirkshauptmann zu staunen. Und wenn die Frau Pfandl das mit der Baronin Scharrn unpassend fand, weil man schon im ganzen Ort Geschichten erzählte, sagte der alte Pfandl: „Laß ihm seine Freud! Wenigstens gibt er dann Ruh."

Also, sagte sich Klemens, ich träume nicht, ich bin noch nicht verrückt, eben war der Pfandl da, ich habe ihn gesehen, ich habe ihn gehört, er versichert, daß alles in der schönsten Ordnung ist, und auf den Pfandl kann man sich verlassen, also, mein lieber Kle, es ist kein Traum, es ist kein Wahn, man kann dir wirklich gratulieren, es ist kein Zweifel, du bist Vater! Aber, mein lieber Kle, jetzt sag mir nur, was du denn eigentlich hast! Was ist mit dir, auf einmal? Du bist Vater, sagt der Doktor, schön. Hast du dir das eigentlich je gewünscht? Hast du nur überhaupt je daran gedacht? Man weiß, daß einem das passieren kann. Es soll schon öfters vorgekommen sein. Du aber badest dich in Seligkeit! Mein lieber Kle, was fällt dir ein?

Er erinnerte sich plötzlich, daß Döltsch gern sagte: „Der Jurist hat das vor der übrigen Menschheit voraus, daß er alles in den Akten hat. Was immer geschieht, er nimmt zunächst einen Akt darüber auf. Wer sich nur angewöhnen könnte, dieses Verfahren auch auf sein eigenes Leben anzuwenden, hätte es viel leichter. Im ersten Augenblick ist ja der Mensch stets bereit, eine Dummheit zu machen. Bis aber ein Akt aufgenommen ist, ein schöner, gut disponierter, reinlicher Akt, vergeht so viel Zeit, daß man einstweilen wieder zur Vernunft kommt. Glauben Sie mir! Je mehr Akten Sie machen, desto weniger Dummheiten werden Sie machen! Nichts kalmiert den Menschen besser."

Und Klemens nahm wirklich einen Bogen Papier und tauchte die Feder ein. Nehmen wir zunächst den Knaben auf! Das heißt, lassen wir das noch offen, es kann ja auch mißlingen und bloß ein Mädl werden; so weit haben es die Ärzte ja noch nicht gebracht, das zu bestimmen. Nun aber wollen Herr Baron gefälligst angeben, was Sie so verrückt macht! Schließlich ist ja ein Kind kein so ungewöhnlicher Fall, noch dazu ein uneheliches Kind —

Er warf die Feder weg und sprang auf. Plötzlich war er wieder ernst. Und dieses wunderschöne Gefühl war wieder da, diese tiefe Dankbarkeit, dieses namenlose Glück. Aber jetzt erkannte er es erst, jetzt wußte er erst, was es eigentlich war. Nein, er hatte sich nie ein Kind gewünscht. Was ging ihn das Kind an? Aber sie gehört jetzt ihm! In seinem Kinde hat er sie! Jetzt werden sie heiraten, und alles ist gut! Und sein Vater und seine ganze Kindheit weichen von ihm, dies alles hat dann keine Macht mehr über ihn, und jetzt erst fängt sein eigenes Leben an! Mit ihr allein, von ihr beschützt! Wirklich, so beschützt kommt er sich vor, durch sie! Sicher fühlt er sich, zum erstenmal. Sie werden heiraten, und dann hat er immer sie bei sich, und das wird ihn stark machen, und sein Leben hat ja dann erst einen Sinn, und so können sie die ganze Welt auslachen. Sie haben ein Kind zusammen, sie gehört ihm, sie ist die Mutter seines Kindes. Sie werden heiraten; wer will ihm verbieten, die Mutter seines Kindes zu heiraten? Und dann hat sein Vater kein Recht mehr auf ihn und niemand mehr, dieses Kind schützt ihn, das Kind macht ihn frei. Er hätte sich doch aus eigener Kraft nie befreit. Aber jetzt weiß er, daß er stark sein wird. Er kann jetzt auf alles antworten. Das Kind ist ja da. Er hat jetzt keine Furcht mehr. Er hält allen immer sein Kind hin. Und ihr auch. Wenn sie sich ihm wieder entwinden will, auch ihr. Jetzt ist er stärker als sie. Das Kind hilft ihm ja.

Er hatte sich schon die ganze Zeit sein Leben ohne sie nicht mehr denken können. Aber sie war so seltsam. Sie lachte nur, wenn er vom Heiraten anfing. „Ich bin ja viel zu alt für dich." Und: „Willst du mich los sein? Ich kenne die Ehe. Es ist das sicherste Mittel, die Liebe zu vertreiben." Und: „Das müßte schon die ganz große Leidenschaft sein, die einen Winter überdauert. Aber die gibt's bloß in Romanen. Warten wir zunächst den Frühling ab." Und war er

282

gekränkt und fragte: „So wenig hast du mich lieb?", dann küßte sie ihn mit ihrem traurigen Mund und sagte: „So sehr hab ich dich lieb!" Und er fühlte doch so stark, daß nur sie seine Frau war, die für ihn bestimmte Frau, von der er immer geträumt und nach der er sich immer gesehnt hatte, immer schon, in seiner bangen Verlassenheit! Aber dann lachte sie wieder nur und sagte: „Das glaubt man immer, es gehört dazu. Und wie oft wirst du das noch glauben! Wenn man aber heiratet, dann glaubt man's nicht mehr." Und dann begann sie zu spotten: er passe wirklich ins Krätzl, wo man sich auch kein Glück denken kann, zu dem nicht der Pfarrer sein Amen gesagt hat. Und sie verstand nicht, daß es von ihm doch ganz anders gemeint war! Ja, sie hatten sich lieb, dazu brauchten sie den Pfarrer nicht, und ob man im Krätzl über sie wisperte, der Domherr ein langes Gesicht zog und die Vikerl fortgeschickt wurde, wenn sie zur Hofrätin kamen, er pfiff darauf. Aber er hatte sie nicht bloß lieb; das war es, was sie nicht verstand; das andere verstand sie nicht in ihm. Er hatte sie als Geliebte lieb, mit rauchenden Sinnen; dann aber auch noch ganz anders: als die Frau für sein ganzes Leben. Und er hätte sich manchmal fast gewünscht, sie nur so lieb zu haben, nicht mit der rauchenden Liebe, denn dann hätte sie vielleicht daran geglaubt, daß sie seine Frau war, die für ihn bestimmte Frau, die Frau seines ganzen Lebens — er fand ja selbst die Worte dafür nicht, aber er fühlte es doch so stark, und nie verließ es ihn! Doch sie lachte wieder nur und sagte: „Nein, nein! Ich bin schon so ganz zufrieden, wie es ist! Mir ist schon lieber, wir rauchen!" Und da fing er dann immer von seiner armen Kindheit zu erzählen an, und wie er nie noch einen Menschen für sich gehabt, und von seiner Sehnsucht, einmal mit einem Menschen ganz zusammenzusein! Und dann war sie sehr lieb mit ihm und fragte, zärtlich, mit ihren furchtsamen Augen

283

bittend: „Hast du mich denn nicht? Und sind wir nicht ganz zusammen?" Aber er sagte traurig: „Es ist doch nicht dasselbe." Da wurde sie lustig bös und sagte: „Ach, du fürchterlicher Mann der Ordnung! Muß ich es erst vielleicht beim Herrn Pfandl anmelden, daß wir uns lieb haben?" Und er sagte: „Ja, aber nächstens kommt mein Herr Papa mit einer Braut für mich!" Und sie sagte: „Ach, vor dem Herrn Papa ist mir nun gar nicht bang. Gib acht, auf eins zwei drei verliebt sich der in mich! Und wenn du mich immer quälst, statt lieb mit mir zu sein, nehme ich ihn und werde noch deine Schwiegermama! Ganz rauchlos, was du dir ja gar so zu wünschen scheinst!" Er ärgerte sich und wurde heftig. „Man kann ja mit dir nicht ernst reden!" Da zog sie die bösen Falten zwischen die Brauen, und ihr weißes Gesicht wurde hart, und sie sagte: „Nein, das kann man nicht. Ich habe in meinem Leben so viel Ernst gehabt, daß es mir gerade genügt. Und du hast ja noch Zeit. Warte, bis dein Herr Papa mit der Braut kommt! Mit der kannst du dann ernst sein, soviel du willst! Ich bin ja nur ein Abenteuer. Denke bloß: eine Hochstaplerin!" Er bat ihr das immer wieder ab, aber sie neckte ihn immer wieder damit. Einmal sagte sie: „Schade, daß ich keine bin! Wenn ich eine wäre, wären wir schon verheiratet. Oder hättest du mich dann nicht genommen?" Er antwortete: „Wärst du doch eine! Ich will nur dich, so wie du bist! Ob Baronin oder Hochstaplerin, ist mir wirklich gleich. Und schließlich, wer ist heute kein Hochstapler? Den meisten gelingt es nur nicht. Und ich stell mir es eigentlich sehr lustig vor. Leider hat mich mein Vater das nicht lernen lassen." Und nun malten sie sich aus, was sie täten, wenn sie Hochstapler wären, und er fand es so verlockend, daß er sich zuletzt fast schämte, leider nur ein kleiner Bezirkshauptmann zu sein. „Läßt sich nicht beides vereinigen?" fragte sie. „Nein", antwortete er. „Mit der Intelligenz, die zu einem Hochstapler gehört, hält es einer als Bezirkshauptmann nicht drei Wochen aus!" Und so lachten und spotteten sie wieder, und sie war ihm wieder entwischt. Er konnte nicht ernst mit ihr reden.

Jetzt aber wird sie ihm nicht mehr entwischen. Jetzt ist das Kind da. An dem hält er sie jetzt. Und so versteht er nun seine selige Dankbarkeit erst selbst. Jetzt ist es kein Abenteuer mehr, das im Frühling mit dem Schnee zergehen wird. Jetzt ist sie sein, durch das Kind.

Er ging in die Lucken. Der graue Tag war stumm und starr. Die Sonne kam nicht durch. Die Wolken hingen so tief, der Nebel stand so dicht, daß er das Gefühl hatte, in einem sehr niedrigen und engen Zimmer zu gehen. Und kein Laut, kein Hauch; alles erstorben. Nur die Decke des grauen Zimmers schien sich immer noch zu senken, die grauen Wände sich langsam zu nähern. Kalt war's, ihm aber war warm, vor Angst, in den vereisten Furchen auszugleiten. Mühsam kam er vorwärts.

Es fiel ihm ein, daß er gewiß dem guten Doktor noch gar nicht gedankt hätte. Er wird ihn morgen aufsuchen. Übrigens hat ja der Doktor nur seine Pflicht getan. Und eigentlich hat er sich ganz komisch angestellt. So kampfbereit und drohend, in einem Ton, daß Klemens anfangs beinahe grob mit ihm geworden wäre. Auf einmal aber schien er dann ganz verwandelt. Und fast, also ob er ein schlechtes Gewissen gegen Klemens und ihm etwas abzubitten hätte. Gott, der gute Doktor hat ihn offenbar ganz verkannt, er hat das offenbar auch nur für so ein Abenteuer gehalten, aus dem man sich dann, wenn's Ernst wird, fortschleichen möchte! Und eigentlich macht es Klemens ein bißchen traurig zu denken, daß da ein so tüchtiger und redlicher Mensch, wie der Doktor wirklich ist, seit Monaten im selben Ort mit ihm lebt, bloß ein paar Gassen von ihm, und noch so gar nichts von ihm weiß und ihn noch so gar nicht kennt! Natürlich, weil der Doktor ein Roter ist, er aber die Behörde; und da liegt nun jeder hinter seiner Mauer, und keiner kann den anderen sehen. Nicht einmal in diesem kleinen Ort hier, wo man kaum über die Gasse geht. ohne sich zu begegnen, kommen die Menschen zusammen. Und keiner traut dem anderen. Und was immer einer sagt, hilft nichts, weil es doch keiner dem anderen glaubt. Und darin ist der rote Doktor mit all seiner Erfahrung und Klugheit genau so wie nur irgendein verstockter alter Bauer. Jeder sieht im anderen bloß die Klasse, den Stand; nach dem Menschen, der der andere doch schließlich auch noch ist, wird nicht gefragt. Er ist der Bezirkshauptmann, folglich hält es der Bauer für ausgemacht, daß er ihn übers Ohr haut. Er ist der Bezirkshauptmann, folglich hält es der Doktor für ausgemacht, daß er sich gegen eine Frau gemein beträgt. Und kein Mensch hört den anderen auch nur an, und so kann keiner keinen kennen, und jeder ist ungerecht gegen jeden. Und immer, wenn man zufällig an einen Menschen gerät und ihn ganz anders findet, als man sich ihn vorgestellt hat, wundert man sich, aber man lernt nichts daraus, beim nächsten hat man's schon wieder vergessen. Und Klemens ärgerte sich über den Doktor, der bei seinem Alter, seiner Erfahrung, seiner Kenntnis der Menschen das doch endlich schon wissen könnte. Wie kommt er dazu, von ihm zu denken, daß er die Frau, die er liebt, und das Kind, das sie von ihm hat, verstoßen und verlassen wird? Da bist du jetzt ein halbes Jahr hier und hast dich geplagt, den Leuten deinen guten Willen zu zeigen, und hast gehofft, daß sie doch wenigstens den anständigen Kerl in dir spüren werden, und so wenig kennen sie dich! So wenig kennen sie dich noch, daß der gute Doktor, der immer noch klüger als die meisten ist, dir das zutraut! So wenig kennen sie dich, daß er es für nötig hält, dir erst mit großen Worten ins Gewissen zu reden, damit du das tust, was sich für jeden anständigen Menschen doch von selbst versteht! Er wird es dem Doktor aber sagen, wenn er ihn morgen aufsucht! Wie kann der das von ihm glauben? Was gibt ihm das Recht, einen Menschen so zu verdächtigen, den er gar nicht kennt? Nur freilich, der Doktor wird antworten, daß Drut doch offenbar das auch glaubt! Wäre sie sonst zum Doktor gekommen? Und Drut muß ihn doch kennen! Und wenn Drut, die ihn kennt, in ihrer Angst lieber alles wagen will, um ihm nur um jeden Preis zu verheimlichen, daß sie sich Mutter fühlt, wie kann er es dem Doktor verdenken, der ihn nur da und dort einmal auf der Gasse sieht und kaum noch mit ihm gesprochen hat? Drut ist schuld, kann der Doktor sagen; die Frau muß Sie doch kennen, nicht? Und Drut kennt ihn so wenig, daß sie das glauben konnte! Auch sie! Auch sie kennt ihn nicht. Was ist denn nur an ihm, daß alle Menschen immer bloß den frechen Kle in ihm sehen, den er doch nur spielt, aus Angst, ausgelacht zu werden, aus Scham, um sich vor dem Spott zu verstecken, aus Not, weil man ihn doch immer noch, wenn er sich anbot, mit Hohn zurückgestoßen hat? Und auch sie weiß das nicht, auch sie kennt ihn noch immer nicht, auch sie sieht in ihm nur den frechen Kle, für den alles bloß Spiel und Abenteuer ist! So fremd ist er ihr geblieben. In ihren feuchten Armen, an ihren gierigen Lippen, in der letzten Lust ihrer lichterlohen Nächte, wenn sie, verlöschend, nur ein einziger zuckender Leib mehr waren, noch immer so fremd. Wie hat sie nur glauben können? So wenig kennt sie ihn! Und was muß sie gelitten haben, bis es sie trieb, sich dem fremden Arzt anzuvertrauen! Lieber einem wildfremden Mann als ihm! Wie muß sich ihre Scham gewehrt haben, bis sie sich entschloß! Und während sie so litt, war er jeden Tag mit ihr, und er hat nichts gemerkt! Jeden Tag und jede Nacht, und er hat nichts gemerkt! Und sie lagen sich in den Armen und hörten ihre Herzen schlagen, und er hat nichts gemerkt! Wundert er sich, daß sie nichts von ihm weiß, wenn er sie neben sich leiden und vor Angst und Qual und Scham vergehen läßt, und fühlt es nicht und weiß nichts? Vielleicht hat sie jeden Tag gelauscht, jeden Tag und jede Nacht, ob er denn noch immer nichts hört, von ihrer Angst und ihrer Qual und ihrer Scham! Und er hat sie geneckt und hat sie geküßt und hat nichts von ihr gewußt, die lauschend in seinen Armen lag, ob er denn ihre Pein noch immer nicht hört!

Und plötzlich sieht er jetzt ihr weißes Gesicht vor sich, wie neulich einmal: unter den aufgelösten blonden Haaren von einer solchen Wut, daß ihm bang geworden war. Und er hatte sie geschüttelt. „Drut! Was ist? Was hast du?" Aber sie, mit fliehenden Augen, keuchend und knirschend, in seinen Mund lachend: „Ich will doch zu dir! Laß mich doch zu dir!" Und jetzt verstand er ihre Wut, mit der sie sich dann oft auf ihn warf, wie um ihn zu zerreißen! Und er hätte sich jetzt selbst aufreißen mögen, bis sie sein nacktes Herz in ihren gierigen Händen hätte, dann wären sie sich nicht mehr fremd!

Er wundert sich, daß der Doktor ihn nicht kennt? Aber auch sie kennt ihn ja nicht! Und kennt er sie denn? Jetzt erst versteht er sie. Dieselbe Scham, die seine Bitten verstummen läßt, wenn sie spöttisch von der Ehe spricht, hat ihren Mund versperrt. Wie er immer den frechen Kle spielt, vor allen Menschen, aus Angst, sein wehrloses Herz zu verraten, um lieber unerkannt zu bleiben, als wieder in seinem arglosen Zutrauen betrogen zu sein, so versteckt sie sich in ihren Spott und hat nicht den Mut, auf ihre eigene Sehnsucht zu hören und an ihr eigenes Gefühl zu glauben, weil sie nicht den Mut hat, an ihn zu glauben, denn sie weiß, daß es ihr unerträglich wäre, sich auch in diesem Glauben wieder verraten zu sehen, und so glaubt sie lieber nicht an ihn, aus Angst um ihren Glauben, wie er sich lieber keinem Freund mehr anvertraut, um nur den Freund nicht wieder zu verlieren, so feig hat das Leben sie gemacht, ihn und sie, und so stehen sie voreinander und zittern, sich zu entdecken, und wagen kaum, sich anzusehen, und möchten doch so gern aneinander glauben und finden nicht den Mut! Dann aber ist auf einmal ein Kind da, ein klein winziges Kind, und nimmt ihn bei der Hand und nimmt sie bei der Hand, und jetzt sehen sie sich an und erkennen sich und müssen lachen, wie dumm sie doch alle zwei gewesen sind, mit ihrer Angst, jeden Tag und jede Nacht, eins immer dümmer noch als das andere, so daß es wirklich ein Wunder ist, wie sie denn doch noch zu einem so gescheiten Kind gekommen sind! Und jetzt wird geheiratet! Arme Braut in Görz! Geheiratet wird! Mein lieber Herr Papa, eine Baronin ist sie, Kind haben wir auch schon eins, jetzt hilft nichts mehr! Geheiratet wird! Und springend, in seinem Übermut, in seiner Ungeduld, glitt er in den glitschigen Krusten aus und konnte sich kaum an einem knackenden Ast noch erhalten.

Beim Schmied in der Lucken kam ihm am Tor die Alte schlurfend entgegen. Die Frau Baronin sei krank. Sie habe heute wieder ihren bösen Kopf; der Herr Baron wisse ja. Nun sei sie doch aber endlich ein wenig eingeschlafen, der Herr Baron dürfe sie nicht wecken, Schlafen sei da noch immer das einzige für sie. Ob der Herr Baron vielleicht einstweilen in der Küche warten wolle?

Die Alte war ihm zuwider. Und jetzt ruhig in der Küche zu sitzen, mit seiner rüttelnden Ungeduld, bei der hämischen Alten, nein. Einen Augenblick dachte er daran, sie zu wecken. Er konnte, konnte nicht mehr warten! Aber er kannte sie, wenn sie den bösen Kopf hatte. Wie zerschlagen, ausgebrannt, zertreten war sie dann. Er ging weg. An der Halde hinauf, dem Walde zu. Wo sie damals gegangen waren, im stöhnenden Sturm. Noch sah er sie vor sich, laufend, unter das Dach der großen alten Bäume hin, während die Sonne verlosch und schon die großen klatschenden Tropfen in die Steine schlugen, und hörte sie durch den reißenden Wind schreien. Und es fiel ihm ein, daß sie damals auch gerade den bösen Kopf gehabt hatte, im bangen Vorgefühl des lauernden Föhns. Jetzt aber war der wilde Herbst davon. Der stille Winter kam heran. Das Tal schwieg, der Wald schwieg, der gelbe Dampf stand schweigend. Und so weit weg schien alles jetzt. Als er unter den Bäumen war und zurück nach dem Dorf sah, wurden die Häuser so klein. Über dem Turm wich der Nebel jetzt langsam, der Dampf wurde weiß, die verborgene Sonne schien aus ihm zu winken, tief aus der Ferne her, mit einem wehenden Schleier. Und leise schwankte die glitzernde Luft, vom Felsen kam ein Atem, es roch nach Schnee, der schon irgendwo, hinter den Bergen, auf fernen Winden ritt. Morgen schneit es, dachte er. Und es war ihm ein wunderschönes Gefühl, sich den ersten Schnee zu denken; als würden sie sich dann noch näher sein, wann's draußen schneit, immer so still herab, und in dem großen alten Ofen knackt's und in der Röhre zischen die bratenden Äpfel. Wie lang ist's her, daß er hier durch diesen Wald an seinen See ging und sein Boot nicht fand, aber an der bösen Wand auf der Wiese unter der Fichte lag sie! Und wie lang ist's seit dem Gewitter? Und er hört sie noch, wie sie dann aus der Hütte gingen, Hand in Hand langsam zurück, er hört sie noch mit ihrer festen klaren Stimme sagen: Ein bißchen liebhaben, und wenn's bloß für ein paar Tage wär! Jetzt aber weiß er, daß es für das ganze Leben ist.

Und er hat ein so liebes stilles Gefühl, geborgen zu sein. Da unten sieht er ein kleines Haus liegen, das Haus zum Schmied, da ist ein enges Zimmer oben, da wohnt eine liebe kleine Frau, die gehört ihm, die hat ein Kind von ihm, da gehört er hin. Er weiß jetzt, wohin er gehört. Nie hat er dieses Gefühl noch gehabt: irgendwo daheim zu sein. Dort drüben liegt unten die weite Welt. Wenn ihm aber kalt und traurig sein wird dort draußen in der weiten Welt, kehrt er in das kleine Haus zurück, in sein Haus, wo seine Frau mit seinem Kind auf ihn wartet. Das ist ein so gutes warmes Gefühl. Das hat er nie gekannt. Nun ist er geborgen. Jetzt wird's in der Welt erst lustig sein, jetzt lacht er alle Menschen aus und kann alles wagen, weil er jetzt weiß: wenn's ihm keinen Spaß mehr macht, geht er nach Haus. Nie hat er das gehabt. Jetzt weiß er erst, wie das ist, zu Haus zu sein. Da braucht er sich jetzt gar nichts mehr zu wünschen.

Und dann muß er lachen, indem er langsam, während der Tag verlischt, wieder hinab zum Schmied geht. Da wird's natürlich nicht sein! Sondern sie suchen sich ein liebes lustiges Häusl, ganz in großen alten Obstbäumen versteckt, ein Bach plappert durch die Wiese, so wie sie sich's immer gewünscht hat. Dort werden sie dann beisammen sein, zwei verirrte Menschen, die doch noch nach Haus gefunden haben! Sie hat ja das auch noch nie gehabt. Sie ist auch nur immer so durchs Leben gerannt. Er erinnert sich, sie hat ihm alles erzählt. Ihre Mutter war eine Schwedin, ihr Vater ein Italiener, sie ist ein uneheliches Kind. Erst hat die Muter sie durch die Welt geschleppt, dann holt sie der Vater, und sie muß mit ihm reisen. Bis sie dann den Baron kennenlernt und seine Hand nimmt, mit dem einzigen Wunsch, versorgt zu sein und auf dem stillen alten Gut zu sitzen, dort in der Mark. Aber da bricht seine

furchtbare Krankheit aus. Und wieder wird sie
fortgetrieben. Sie hat ihm alles erzählt; seitdem
versteht er erst, wie sie manchmal ist: als wäre noch
immer jemand hinter ihr her und hetzte sie, denn
sie kann noch immer gar nicht glauben, daß das ja
jetzt alles vorüber ist, es macht sie ganz verzagt,
und oft, in seinen Armen, schreit sie noch aus bösen
Träumen auf, gehetzt und gequält, und er muß sie
schütteln, bis sie ihn erkennt und ihm glaubt, daß
es doch nur ein dummer Traum war, was sie gejagt
und verstört hat. Und dann klammert sie sich an
ihn. „Du mußt bei mir bleiben! Geh nicht fort, geh
nicht fort! Ich fürchte mich so!" Und mit ihren
fiebernden Lippen hängt sie sich an seinen Mund.
Und er fragt nur immer: „Kind! Aber Kind! Was
hast du nur, Kind?" Und ihr weißes Gesicht zuckt,
ihre müden Augen flirren, während sie sich in ihn
verkriecht, mit flehenden Händen, und sie stößt das
harte Kinn vor und sagt: „Sie haben mich so durch
das Leben gezerrt, davon bin ich noch überall ganz
wund und weh! Sie haben mich so gezerrt!" Und
dann faucht sie, die fleischigen Flügel der schmalen
Nase blähend, und höhnt: „Mit Stößen und Tritten
haben sie mich gezerrt! Wie ein Kalb am Strick!"
Und dann erzählt sie, stundenlang kann sie dann erzählen, in einer sinnlosen Gier, alles auszugießen
und auszuschütten, als wäre sie dann erlöst. Wie
die Mutter eine Freundin hat, die das Kind nimmt
und zu Bauern bringt, im bayrischen Gebirg, da
wächst es auf, und bei diesen Bauern wohnt eine
wunderliche alte Frau, niemand weiß, woher sie
gekommen ist, die Leute sagen, sie sei verrückt,
weil sie mit keinem spricht, und wenn ihr wer begegnet, stellt sie sich hinter einen Baum, bis er vorüber ist, und die ganze Nacht geht sie herum, im
Wald oder unten am See, wie ein böser Geist, und
singt. Keinen Menschen mag sie, nur das ausge-
stoßene Kind. Mit dem geht sie gern und erzählt

ihm, erzählt und erzählt und erzählt, aber das Kind kann nicht verstehen, was sie erzählt, und wenn es fragt, da küßt die fremde Frau das Kind und streichelt es und sagt: „Sei froh, sei froh!" Dann aber kommt plötzlich ihre Mutter und holt sie, und dann lebt sie in der großen Stadt Berlin, bis ein wunderschöner Mann mit lachenden schwarzen Augen kommt, das ist ihr Vater, der nimmt sie der Mutter weg, und jetzt muß sie mit ihm durch die Welt. Und Länder und Menschen fliegen vorbei, bis sie plötzlich, mitten im Erzählen, aufschreckend abbricht und wieder fleht, mit den gierigen Händen an seinem Hals: „Schick mich nicht fort! Laß mich bei dir! Sie haben mich immer so gehetzt und gezerrt!" Und er hält sie fest und hegt ihren zuckenden Leib und deckt ihr weißes Gesicht mit den knisternden weichen Haaren zu, sie wird still, er hört ihr Herz, sie schläft ein, ein armes Lächeln am Mund, und im Schlaf knirschen die verbissenen Zähne noch! Und am anderen Tag sieht sie ihn dann mit ihren blinzelnden Augen so listig an und sagt: „Du weißt hoffentlich, daß der Mensch in der Nacht immer lügt? Das ist ja das Schöne!" Und er versteht das doch so gut von ihr, daß sie sich dann schämt und es wieder auslöschen möchte. Es ist ihm oft ganz unheimlich, wie sehr sie sich gleichen. Und nachmittags, wenn sie den guten Kaffee macht, in der Dämmerung, fängt dann er zu erzählen an, von seiner armen kranken Mutter und von jenem lächerlichen Unglück des Vaters, und wie auch er immer so verstoßen und verlassen gewesen, bis er jetzt sie gefunden hat. Und sie sagt: „Da passen wir ja wunderschön zusammen. Und den einen Winter wird uns das Schicksal schon gönnen." Da kränkt er sich, weil er sie doch für sein ganzes Leben haben will, denn sie ist doch seine Frau, die für ihn bestimmte Frau, das weiß er. Aber sie lacht ihn aus: „Du hast ja noch keine Ahnung, wie viele Frauen dir bestimmt sind! Und wenn ich schon längst eine alte Tante bin, wirst du noch lange damit nicht fertig sein!" Und da wird er bös, aber sie zaust ihn, bis er wieder lachen muß. Sie war so komisch, wenn sie begann, ihm alle Frauen vorzumachen, der Reihe nach alle noch für ihn bestimmten Frauen. Wie sie denn kein größeres Vergnügen fand, als Menschen nachzuäffen und auszuspotten, den Domherrn in seiner gesättigten Heiligkeit und die fromme Frau Hofrätin mit den verräterischen Augen und seinen böhmischen Grafen samt dem hüpfenden Bierbaron, wie die zwei feierlich ihre neuesten Westen über die Promenade trugen; keinen verschonte sie, zuletzt kam aber immer Klemens selbst daran, wie er damals, an seinem See, das grüne Hütl schief auf dem Kopf und mit den Augen wedelnd, den Schnurrbart streichend, den Unwiderstehlichen vor ihr gemacht. Und er lachte und nannte sie sein liebes kleines Afferl. „Also!" sagte sie, vergnügt. „Denn ein Afferl, wenn's noch so lieb ist, heiratet man doch nicht, Herr Bezirkshauptmann! Und es wäre dem Afferl auch gar nicht geheuer." Und dann zankten sie sich wieder, bis sie sich wieder versöhnten, jeden Tag. Jetzt aber verstand er dies alles erst und wußte jetzt, welche Qual und Bangigkeit und Angst sie mit ihren Torheiten zugedeckt hat. Und jetzt, dachte er, wird das Afferl doch geheiratet, es hilft ihm nichts!

Er trat in ihr Zimmer, sie war erwacht. Es dunkelte, sie wollte kein Licht. Sie lag auf dem Diwan, zwei große Polster unter dem Rücken; der Kopf hing hinab, zurück in ihre weichen blonden Haare gedrückt, der Hals schwoll, das Kinn stand unter dem offenen Munde vor. Die linke Hand hielt sie auf die Stirne gepreßt, um nur den Kopf immer noch tiefer zurückzudrängen; dies schien ihren Schmerz zu lindern, sie habe, sagte sie dann immer, in diesen Zuständen nicht mehr die Kraft, ihren

Kopf zu halten, am liebsten hätte sie sich an den Füßen aufgehängt. Die rechte Hand ließ sie schlaff herab, ein Fläschchen mit Riechsalz drehend. Er kam behutsam, sie regte sich nicht, nur ein kleines helles Lächeln erschien an ihrem zuckenden Mund. Er kniete nieder, schob den Ärmel zurück und küßte still ihren nackten Arm. Dann setzte er sich auf den Boden und hielt ihren Arm. Jetzt war es im Zimmer schon ganz finster. Aber sie hatte noch immer die Augen zugepreßt; und manchmal legte sie den Daumen und den Zeigefinger der linken Hand auf die starken Lider und drückte sie fest hinein, immer fester, leise schnaubend. Aus dem großen alten Ofen kam ein roter Schein, die Scheite krachten. Ein Dunst war, von warmen Kacheln, nassen Tüchern, Kölnischem Wasser, Salmiak, Menthol, Zigaretten und ihrem Schweiß. Er hielt ihren Arm, sie bog den Kopf ganz tief zurück. Lange sprachen sie nichts. Bis sie mit ihrer kindlichen klaren Stimme sagte: „Erzähl mir was!"

Er hätte so gern gleich alles gesagt. Er hatte doch aber Angst, sie zu erschrecken. So sagte er: „Du weißt es doch schon."

Sie fragte: „Was?"

Er sagte: „Ich hab dich lieb."

Mit geschlossenen Augen lag sie, leise lächelnd. Dann sagte sie: „Du kannst es mir aber immer noch einmal erzählen. Es ist das einzige, was meinem dummen Kopf noch hilft."

Zärtlich glitten seine Finger über ihren nackten Arm, während er ihr leise diese lieben Worte sagte, immer dieselben Worte, die sie sich immer sagten, jeden Tag und jede Nacht. Sie lag starr und regte sich nicht, gierig trinkend, was er sprach. Er aber dachte nur die ganze Zeit: Jetzt ist das doch noch ganz anders, jetzt haben wir uns erst ganz, jetzt erst bist du mein, seit du das Kind hast! Er wagte nicht, es auszusprechen, er wollte sie nicht erschrecken, aber so stark war sein Glück, daß es in jedes Wort drang, das er sprach, und überall aus seiner Stimme schlug, leuchtend und jauchzend.

Sie fuhr plötzlich auf und fragte, hart: „Kle! Was ist denn? Was hast du?"

„Lieb hab ich dich! Hat dein dummer Kopf das auch vergessen?" Er wollte scherzen. Er hatte Furcht vor der Angst in ihren Augen. Schief standen sie, gelb vor Angst, wie Bernstein gelb. Und ihr weißes Gesicht, unter den steilen Bogen der starken, an der Nase verwachsenen Brauen, schien plötzlich ganz alt, vor Angst.

„Nein!" sagte sie heftig. „Lüg nicht! Was hast du?"

„Drut! Liebe, liebe Drut!", sonst konnte er nichts mehr sagen, in seiner strömenden, leuchtenden, jauchzenden Seligkeit.

Sie stieß die Decken weg und sprang auf. Ganz starr stand sie, das Fläschchen mit dem Riechsalz an die saugenden Nüstern gepreßt.

Verlegen sagte er: „Rege dich doch nicht auf! Es hat ja Zeit. Du liebe dumme Frau! So wenig kennst du mich noch? O Drut, bist du dumm!"

Er griff nach ihrer Hand. Sie riß sich los und sagte: „Der Herr Doktor hat also sein Wort gebrochen! Auch ein Ehrenmann!" Wie wenn ein Glas zerbricht, klang es ihm in sein Glück hinein.

Und dann setzte sie sich und sagte: „Übrigens liegt ja nichts daran. Es ist ganz unnötig, uns aufzuregen, deine Freude ist ebenso überflüssig, wie meine Angst war. Ich hatte mich getäuscht." Da kein Wort von ihm kam, sah sie sich um. Und ungeduldig sagte sie: „Ich hatte mich getäuscht! Verstehst du nicht?"

Er sagte nur, endlich: „Drut!" Fragend, bittend, klagend, zweifelnd, fürchtend klang es. Heftig sagte sie: „Verstehst du denn nicht? Sei doch nicht so albern!" Er sah verwundert auf, als wäre plötzlich eine fremde Stimme im Zimmer; und doch war ihm,

296

als hätte er diese Stimme schon gehört; ja, diese Stimme hatte sie, wenn sie manchmal zornig mit der Alten schrie, ja. Daß sie zwei Stimmen hatte, war ihm aber jetzt plötzlich so seltsam! Und er hörte kaum, was sie sagte; er hörte nur die Stimme, die es sagte, ihre zweite Stimme.

Sie ließ ihn stehen, ging zum Fenster und zog die kleinen weißen Vorhänge zurück. Spähend, horchend sah sie durch die Scheiben in die Nacht hinaus. Und mit ihrer hellen lieben Kinderstimme sagte sie dann, mit einer Stimme, die schon alles wieder vergessen hat: „Es schneit."

Und sie sah hinaus und sagte: „Komm, Kle! Schau doch! Es schneit."

Er kam und lehnte sich neben sie. Langsam sanken die weißen Flocken durch die Nacht und rannen an den Scheiben. Und er sagte: „Es schneit."

So lehnten sie, die weißen Flocken schwammen durch die Nacht, alles schwieg.

Leise sagte sie dann: „Hab mich doch lieb!"

Leise sagte er: „Ich hab dich lieb."

Im Ofen krachte das Holz. Er ging langsam vom Fenster weg. Er setzte sich. Er sah dem roten Schein zu, der vom Ofen durch das dunkle Zimmer sprang. Sie sagte, noch im Fenster, noch einmal leise vor sich hin: „Es schneit." Dann drehte sie sich um und sagte, hell in das dunkle Zimmer hinein: „Kle, es schneit." Dann kam sie, stand vor ihm und sagte, die tiefe knarrende Stimme des alten Pfandl nachäffend: „Herr Bezirkshauptmann, es schneit." Und sie sprang auf seinen Schoß und schlang sich um ihn und sagte: „Ich bin dumm, du bist dumm, alles ist dumm, aber schön ist es!" Und sie sahen die Flocken an den Scheiben fließen und hörten das Holz im Ofen brechen. Und an seinem Munde sagte sie: „Aber eins versprichst du mir!"

Er fragte: „Was denn?"

Sie bat: „Nicht mehr daran denken!"

Er schwieg. Sie wartete. Endlich sagte er: „Kind, du erdrückst mich ja, ich ersticke." Sie gab ihn los. Er stand auf und ging wieder zum Fenster. Sie saß schlaff, mit hängenden Armen.

Er sagte: „Willst du nicht die Lampe anzünden?'

Sie gehorchte. Die kleine Lampe gab ein stilles Licht. Er stand noch immer am Fenster, durch die nassen Scheiben schauend, in das weiße Schneien hinein. Ohne sich umzuwenden, bat er: „Sag mir nur, warum du mir nichts gesagt hast!" Und als sie noch immer schwieg: „So wenig kennst du mich! So wenig weißt du noch von mir, daß du das glauben konntest!"

„Der alberne Doktor!' sagte sie.

„Aber, Drut, verstehst du denn nicht, daß er es mir sagen mußte? Gott sei Dank, daß er es mir gesagt hat!"

„Was hat er dir denn gesagt?" schrie sie. „Was? Es ist ja alles gar nicht wahr!" Und sie ließ ihn nicht reden, sondern fuhr heftig fort, daß die Worte hart durch das Zimmer schlugen: „Ich bildete mir ein, ein Kind zu haben. Und nun weiß ich von den Ärzten, daß es mein Tod wäre. Der aber, wie die Männer immer glauben, die ganz Gescheiten zu sein, hat gemeint —" Sie brach ab. Er kam an den Tisch. Sie sahen sich an. Zornig sagte sie: „Ach, was frage ich denn nach dem albernen Doktor! Aber du! Klemens, denkst du wirklich auch, ich könnte, wenn ich ein Kind von dir hätte, ich könnte dein Kind, unser Kind, bloß aus Angst vor der Schande, weil du mich vielleicht nicht heiraten wirst — Klemens! Das hast du denken können! Und klagst dann noch, daß ich dich nicht kenne! Aber du kennst mich wohl, wenn du das von mir denken kannst? Aber es ist ja vorüber, es ist ja vorüber! Wozu denn noch? Du hörst doch, ich habe mich getäuscht!"

298

„Nicht so laut!" warnte Klemens, auf die dünne Wand zeigend. „Die Alte kann es hören."

„Soll sie doch!" sagte Drut, höhnisch. „Die kennt mich besser. Die hält mich für keine Kindesmörderin."

„Drut!" schrie Klemens entsetzt.

„Das war doch eure Meinung? Was sonst? Aber vor dem Wort erschrickst du jetzt! Oder vielleicht habt ihr gar gedacht, daß ich nur drohen will, um euch Furcht zu machen, damit der zappelnde Doktor geschwind zu dir rennt, und du kriegst Angst und ziehst es dann doch noch vor, mich in Gottes Namen lieber zu heiraten! Ich will ja nur durchaus geheiratet sein! Nicht? Der Doktor hat mich gleich durchschaut!"

„Ich weiß doch", sagte Klemens, ungeduldig beschwichtigend. „Ich weiß doch, daß du ja gar nicht heiraten willst!"

„So? Weißt du das noch? Weißt du das doch noch?" Sie lachte durch die Nase, fauchend, die Nüstern blähend. Dann nahm sie das Fläschchen, roch an dem Salz und fragte langsam: „Dann möchte ich nur wissen, wie du doch dem Doktor glauben konntest?"

„Aber meinst du denn, ich weiß überhaupt, was der Doktor gesagt hat? Ich habe ja gar nichts mehr gehört, vor lauter Glück, daß du ein Kind hast und daß wir jetzt —"

Ihre klare Stimme sagte hart: „Wozu denn noch das alles? Es hat keinen Zweck mehr."

Sie schwiegen. Dann fragte er: „Aber warum bist du zum Doktor, ohne mir davon etwas zu sagen?"

„Du hörst doch," sagte sie ungeduldig, „daß ich solche Angst hatte." Dann lächelte sie, und ihre Stimme wurde weich. „Kannst du mir verdenken, daß ich gern noch ein bißchen am Leben bleiben möchte? Nur so lang, bis du mich nicht mehr lieb hast!"

299

„Und ich war immer bei dir und du hast mir nichts von deiner Angst gesagt! Das kann ich nicht verstehen."

Sie sah weg. Er sagte noch: „Ich könnte dir nichts von mir verbergen, nicht einen Tag lang. Schau, ich habe doch, um deinen armen dummen Kopf zu schonen, zuerst heute gar nicht davon reden wollen. Aber du hast es gleich an meiner Stimme gehört. Ich könnte dir nichts verbergen. Du siehst mich nur an und weißt alles von mir. Viel mehr, als ich selbst weiß. Und das ist doch das Wunderschöne."

Sie hielt mit ihrer kleinen festen Hand die müden Augen zu. Dann sagte sie, ganz leise, mit bebenden Lippen: „Ich habe mich so geschämt."

Er zog ihre Hand von den Augen weg. „Dumme kleine Drut! Warum denn?"

Sie schloß die Augen und senkte den Kopf. „Ich habe mich so geschämt. Verstehst du denn das nicht?"

„Ein Kind von mir zu haben?"

Sie schüttelte den Kopf. Er fragte noch einmal, bittend: „Warum denn?"

„Ich habe gemeint, du kannst mich dann nicht mehr liebhaben, wenn du weißt, daß ich so krank bin und so eine —" Sie hielt ein, die Worte suchend. Dann sagte sie, traurig und müde lächelnd: „So eine alte, defekte, unbrauchbare Frau."

„Ich kann dich schon noch brauchen", sagte er, ihr weiches Haar küssend. Sie hörte, wie seiner Stimme zum Weinen war. Unbeweglich saß sie, den Kopf geduckt, mit offenen Lippen. Sie fühlte seinen Mund in ihrem Haar, seine Hand an ihrer Stirne. Dann hörte sie ihn leise lachen. „Die heißen Ohren sind zu lieb!" sagte er, die kurzen angewachsenen Läppchen reibend. „So heiß und so rot! Dein Gesicht ist ganz weiß, weißer als der Schnee, wie wenn dir alles Blut entwichen wär und es wär ins

Ohr geschossen! Wie zwei große heiße Blutstropfen sind deine lieben komischen Ohren! O du!"

Sie regte sich noch immer nicht. „Hast sie noch ein bißchen lieb?" fragte sie leise. „Die dummen Ohren?"

„Die dummen Ohren!" sagte er. „Und die dummen Augen mit den kleinen bösen gelben Funken, daß man sich füchten könnt! Und den dummen Mund, der immer gleich so traurig wird! Und halt die ganze dumme Person, so schrecklich sie manchmal ist! O du!"

Sie sagte leise: „Wenn du sie nur noch ein bißchen lieb hast! Behalt sie noch ein bißchen lieb! Behalt dein Afferl lieb!"

Da ließ er sie los, sich erinnernd. Und leise lachend ging er von ihr weg. Und dann sagte er, vergnügt: „Aber das alles hilft dem Afferl nichts! Es wird jetzt doch geheiratet!"

„Ich bin müd, Kle!" sagte sie. Die Stimme klang leer und als ob sie weit aus der Ferne käme. „Ich bin müd, ich hab doch heute meinen dummen Kopf, laß mich jetzt, Kle!" Und dann sagte sie noch, mit sinkender Stimme: „Wir können ja morgen —" Sie stand auf, wankte, hielt sich am Stuhl. „Ich kann gar nicht sehen. Alles steht schief. Und alles ist doppelt. Du mußt mich jetzt lassen. Laß mich, Kle!"

„Nein", sagte er. Und er kam, nahm ihren kleinen zuckenden Leib und trug sie zum Diwan. Als sie lag, mit geschlossenen Augen, gab er seine Hand auf ihre Stirne, in der anderen hielt er ihre kleine feste Faust, so saß er neben ihr. Im Ofen schlug das Holz, die Lampe schien, am Fenster rann der Schnee. Es war still und warm. Er sah durch das liebe schmale Zimmer, mit den zwei großen Kasten aus fleckigem Zirbelholz, und sagte: „Wie wenn Weihnachten wär und jetzt gleich das Christkind käm!" Er schwieg, horchend. Dann sagte er: „Bei mir war's ja noch nie. Das Christkind." Und er

301

lachte. „Das ist doch eine Schlamperei, die man sich nicht gefallen lassen kann. Man muß sich halt, wie mein Freund Nießner sagt, manchmal beim Schicksal beschweren. Sonst vergißt es." Er fühlte unter seiner Hand ihre starken Brauen, die sich bald hoben, bald zusammenschoben. „Liebe, liebe Drut! Ich bin ja so froh. Ich bin ja so froh, daß ich dich hab. Und ich geb dich nicht mehr her, da hilft dir nichts. Ich geb dich nicht mehr her. Und jetzt hör zu! Sag nichts, sondern hör mir schön zu! Dann kannst ja strampeln. Aber geschehen wird doch, was ich will. Denn das weiß ich jetzt. Zum erstenmal in meinem Leben weiß ich was. O du! O du mein geliebtes Afferl du!" Und jetzt fing er an, ihr alles zu sagen: wie er sich doch immer schon, als Kind schon, vor der Mutter scheu, den Vater fürchtend, immer so verlassen und allein gefühlt und immer so schrecklich gesehnt, einen Menschen zu haben, einen Freund, eine Geliebte, was immer, aber nur endlich doch einen Menschen für sich, einen, vor dem er sich nicht in einem fort beherrschen und nicht verstellen und nicht immer auf der Hut sein muß, einen der nicht immer an ihm zieht und zerrt, einen, der ihn hält und ihm ein bissel hilft, und wie er immer unter den Leuten so verirrt gewesen und so müd geworden, weil er sich doch keinem jemals anvertrauen können, sondern jeder kam und riß an ihm und nahm ihm etwas weg, bis er sich vor ihnen ganz verkroch, aus Angst, ausgeraubt zu werden, ja das war sein Gefühl, und wie er nun nur so herumtappt und von einem Jahr aufs andere gehofft und selbst schon gar nicht mehr gewußt, was er denn eigentlich will, und sich schon selbst gar nichts mehr zugetraut und sich selbst schon gar nich mehr ausgekannt, bis er sie gefunden, und da war gleich alles gut, nicht bloß, weil er sie so lieb hat, das ist es ja nicht allein, sondern weil er fühlt, daß er ihr recht ist, zum erstenmal hat er einen Menschen, dem er recht ist, und das braucht

302

man doch, dann traut man sich erst heraus, er war ja
schon ganz verzagt, aber seit er sie hat, fürchtet er
nichts mehr, und entweder, wenn sie will, werden sie
ganz still irgendwo auf dem Lande sitzen, vor den
Menschen versteckt, er braucht die Menschen nicht,
oder wenn es ihr Spaß macht, treiben sie sich überall
in der großen Welt herum und halten alle zum
Narren, bis er Hofrat und Sektionschef und Minister
ist, denn mit ihr hat er ja keine Furcht mehr, da will
er alles wagen, und er weiß, daß ihm alles glücken
wird, wenn er nur sie bei sich hat, dann ist er stark,
das weiß er, und dann lachen sie zusammen alle
Menschen aus, Gott, sie werden ja so lustig sein, und
er weiß, daß ihm dann alles glücken muß, er weiß es
halt, aber wenn er sie nicht mehr hat, dann wär alles
wieder aus, sie muß er haben, ohne sie wär's aus,
denn seit er weiß, wie das Leben mit ihr ist, seit er
jetzt das einmal kennt, kann er ohne sie nicht mehr
sein, er kann nicht, er weiß, daß er nicht kann, und
darum ist er ja manchmal so furchtbar traurig, wenn
sie diese häßlichen Dinge sagt, daß es den Winter
nicht überdauern wird, und so, weil sie ja gar nicht
ahnt, was sie ihm ist, weil das vielleicht eine Frau
überhaupt nicht verstehen kann und weil vielleicht
noch kein Mann eine Frau so gebraucht hat, wie er
sie braucht, er mit seiner entsetzlichen Kindheit, er
in seiner trostlosen Verlassenheit, denn er ist ja
doch ganz anders, als sie meint; sie traut ihm ja noch
immer nicht, sie hält ihn noch immer für den feschen
Kle, weil er das hat, daß er nicht sagen kann, was
er fühlt, er glaubt immer, was in ihm so stark ist,
muß sie doch heraushören, ohne daß er's erst zu
sagen braucht, und er glaubt auch, daß man es gar
nicht sagen soll, es kommt ihm lächerlich vor, so was
Starkes, so was Schönes auszusprechen, es tut ihm
förmlich leid darum, er schämt sich, und da kann
er's nicht, er kann's halt nicht, und leichtsinnig ist
man auch und lebt auf den Tag los und denkt sich,

303

merkt sie's nicht heute, so merkt sie's morgen, und darum ist er ja zuerst so furchtbar erschrocken, als es ihm der Dr. Tewes erzählt hat, aber dann hat er ja gar nichts mehr gehört, kein Wort mehr weiter, und er hat doch überhaupt nichts mehr gewußt, als daß sie ein Kind haben und heiraten werden, und wenn sie jetzt auch kein Kind haben, so werden sie doch heiraten, das ist jetzt gleich, auf das Kind kommt's ja gar nicht an, denn jetzt ist er aufgewacht, wirklich so war's, wie wenn man plötzlich mitten in der Nacht geweckt wird, erst weiß man gar nicht und hat den Traum noch überall, dann aber ist man auf einmal ungeheuer wach, viel wacher als jemals am hellen Tag, so war ihm heute, als er endlich den Doktor verstand und nun nachzudenken und zum erstenmal alles zu sehen begann, sie und sich selbst und alles in Vergangenheit und Gegenwart und Zukunft, er war doch immer so blind und blöd, aber seitdem weiß er jetzt alles und er weiß, daß er ohne sie nicht mehr leben kann, ganz ohne Sentimentalität gesagt, er weiß, daß er es nicht kann, er kann einfach nicht mehr, er kann nicht mehr in sein altes Leben zurück, er könnte das nicht mehr ertragen, wie's früher war, er muß sie haben, er weiß, daß er sie haben muß und muß und muß, weil er weiß, daß es aus mit ihm ist, wenn er sie nicht mehr hat!

Er ließ sie los, stand auf und ging zum Fenster.

Sie sagte, leise: „Aber du hast mich ja doch! Hast du mich denn nicht?"

Er antwortete nicht, sie wiederholte: „Haben wir uns denn nicht?"

Er wendete sich am Fenster um und sagte, heftig: „Und wenn ich nun aber heiraten will! Und wär's eine Marotte von mir! Und wär's aus Aberglauben oder —! Ich weiß nicht, ich weiß ja selbst nicht, was es ist! Ich weiß nur, daß ich keine Ruhe mehr hab! Ich weiß nur, daß das jetzt einmal in mir ist, und du zerstörst uns sonst alles, ich kenne mich, ich

304

hätte keine frohe Stunde mehr! Ich weiß ja selbst nicht!" Und plötzlich in einen anderen Ton umschlagend, in seinen Ton des frechen Kle, des feschen Kle, sagte er lustig: „Wie kann man denn solche Geschichten machen, wegen dem bissl Heiraten! Aber Afferl! Wirst sehn, es tut gar nicht so weh."

Nach einiger Zeit sagte er, in einem ärgerlich klagenden Ton: „Und mir paßt das auch nicht mehr, jeder glaubt schon im Ort, daß er ein Gesicht machen darf. Deinetwegen mag ich das nicht! Erinner dich, wie die Hofrätin neulich merkwürdig mit uns war! Die Vikerl läßt sich nicht mehr blicken, der Domherr trieft von christlicher Vergebung, meine zwei jungen Herren werden mir auch schon zu vertraulich, und ich kann nicht in die Lucken radeln, ohne daß der Jautz vor der Apotheke steht und freundlich grinst. Es ist kein angenehmes Gefühl, den ganzen Ort zu belustigen. Wenn wir verheiratet sind, kümmert sich kein Mensch mehr um uns. Während jetzt die Frau Apothekerin weiß, wann ich zu dir geh, und die Frau Verwalterin aufpaßt, wann ich von dir komm, und wahrscheinlich rechnen's dann abends noch ihren Männern vor, daß ich viel fleißiger bin. Das ist alles so grauslich! Dazu hab ich dich viel zu lieb. Und ich weiß auch, daß mir nächstens einmal die Geduld reißen wird, dann werd ich mit einem sehr grob, ob's jetzt mein böhmischer Graf oder die Fräul'n Öhacker ist, und dann gibt's einen Mordskrawall, und natürlich wird man mir dann sagen: Ja, Herr, woher sollen wir wissen, daß Sie das gleich tragisch nehmen werden, warum heiraten Sie's denn dann nicht? Die Leute hätten ja recht! Denn eigentlich ist es, wie wir zueinander stehen, eine Unaufrichtigkeit gegen uns selbst, nicht zu heiraten, das mußt du doch selber sagen! Und bequemer wär's auch, für dich und für mich. Ja, das klingt gemein! Aber auf alles andere hörst du ja nicht, da versuch' ich's halt so, vielleicht macht dir das einen Eindruck."

„Mein lieber Kle", sagte sie leise, traurig lächelnd.

Er redete sich immer mehr in den gekränkten Ton hinein. „Nein wirklich! Auf alles andere hörst du ja nicht! Da kann ich sagen, was ich will."

„Ich hör aus allem nur, wie lieb du mich hast", sagte sie leise.

Schon war er versöhnt und wurde wieder lustig. „Wie kann man sich denn nur so bitten lassen! Da kommt einer der schönsten jungen Männer des Reichs, der Liebling des Ministers, mit einer glänzenden Zukunft, liebenswürdig, hochbegabt, reich an allen Tugenden des Geistes und des Herzens, was viel seltener als der schnöde Mammon ist, und bietet Ihnen seinen Namen und all seine Titel an! Und Sie zögern, Madame? Sie sind wirklich ein Afferl, Madame!" Er setzte sich wieder zu ihr und nahm ihre Hand. „Und das einzige Glück ist nur, daß man das Afferl gar nicht mehr lange fragen wird, sondern das Afferl wird nächstens eines schönen Tages einfach in ein prächtiges Kleid gesteckt, in die Kirche geschleppt und vor den Herrn Pfarrer gekniet, und der sagt dann was, und dann gibt man dem Afferl einen Schupps, daß es mit dem Kopf wackelt, und das heißt dann Ja, und dann ist das Afferl keine Baronin Scharrn mehr, sondern jetzt ist es eine Baronin Furnian, aber sonst geschieht doch dem Afferl weiter gar nichts. O du!" Und er bog sich auf ihr weißes Gesicht herab und sagte leise: „Laß mich doch nicht so betteln, ich schäm mich ja."

Sie machte sich los und sagte, hart: „Ach, sei nicht so kindisch!" Und aufstehend, durchs Zimmer gehend, an dem Riechsalze saugend: „Ja, da machst du ein gekränktes Gesicht! Das ist wohl wieder unweiblich von mir? Findest du?" Sie lachte höhnisch. „Statt gerührt zu sein und, aufgelöst in Glück, dir gleich an die Brust zu sinken! Nicht? So hast du dir das doch gedacht! Aber, mein lieber Kle, eins von uns beiden muß schon ein bißchen Verstand haben. Sonst geschieht eine Dummheit." Und durch das Zimmer raschelnd, ein wenig schief, wie es ihre Art war, einem auffliegenden kleinen Vogel gleich, wiederholte sie, heftig dazu nickend: „Eine Dummheit, eine Dummheit, eine Dummheit! Betrügen wir uns doch nicht!" Plötzlich blieb sie stehen, duckte den Kopf und sagte vor sich hin: „Ich hab dich lieb. Ich hab dich lieb. Aber darum gerade!" Und wieder durch das Zimmer schwirrend: „Ich verstehe ja. Die Leute machen dich nervös mit ihrer albernen dreisten Neugier! Mich auch. Glaubst du, mich nicht? Ich kann's nur aber nicht ändern. Und schließlich wird's ja noch zu ertragen sein. Mir ist das schiefe Gesicht des Domhern immer noch lieber, als daß eine Dummheit geschieht!"

Er sagte, noch immer auf dem Diwan, ihr traurig nachsehend: „Eine Dummheit! Ja, wenn du das eine Dummheit nennst —! Dann empfindest du eben ganz anders als ich."

Sie sagte heftig: „Ich bitte dich, Kle! Sei nicht empfindlich! Und sei nicht sentimental! Damit kommen wir jetzt nicht weiter." Und, ungeduldig im Zimmer hin und her, wie ein gefangenes Tier, das sich im Käfig dreht: „Es ist wahrscheinlich immer eine Dummheit, wenn zwei Menschen mit ihrem Glück ein bürgerliches Geschäft anfangen und —"

„Ein Geschäft!" sagte er bitter.

„Oder wie du's nennen willst! Du verstehst mich schon. Das Stärkste, das Schönste, was ein Mensch hat, und gerade darum so schön und so stark, weil er doch gar keine Gewalt darüber hat, weil es da ist, ob er will oder nicht, weil es ihn zwingt, und das jetzt in einen Vertrag bringen, Punkt für Punkt! Daß die Menschen nicht spüren, wie sinnlos das ist! Und wie schamlos! Die eheliche Pflicht! Eine Pflicht daraus zu machen, die das eine fordern kann, das andere leisten muß, wie die Steuer oder die Miete! Und zu glauben, daß sie's dann sicher haben! Ja, sich auch nur zu wünschen, es sicher zu haben! Ohne zu fühlen, wie schändlich schamlos das eigentlich ist! Und dann noch zu tun, als ob es dann erst eine rechte Heiligkeit und Weihe hätte! Wie schmutzig müssen die Menschen sein!"

Er sagte verdrießlich: „Wir werden aber die Welt nicht ändern. Schließlich leben wir nich' unter Wilden. Es ist einmal Sitte. Und es ist doch auch im Grunde nichts als eine Form, in die ja jeder sein Gefühl stecken kann, ein gemeiner Mensch ein gemeines und ein anderer ein anderes, je nachdem. Wollen wir zwei gescheiter sein als die Menschheit seit so vielen tausend Jahren?"

„Ich hab dich sehr lieb", sagte sie langsam. „Ich hab dich sehr lieb. Aber eigentlich, mein lieber Kle, bist du schon ein grauenhafter Spießbürger!"

„Weil es mir widerstrebt, daß sich jeder Gaffer im Ort an unserm Glück seinen schmierigen Witz abwischt? Ich will in die Ehe flüchten, sozusagen. Jetzt schauen uns doch alle Neugierigen zum Fenster herein! Ich will Ruhe haben. Daß du das nicht verstehst!"

Sie lachte laut auf. Er sah sie verwundert an. Sie sagte: „Und deshalb muß ich heiraten, damit du Ruhe hast? Wenn du keinen anderen Grund weißt —! Nein, Klemens! Eitel bist du. Das ist es. Du möchtest mit mir paradieren. Und der Domherr und der Apotheker und der Verwalter und deine zwei jungen Herrn und die Weiber im Ort und alle sollen dir neidisch sein. Unser heimliches Glück genügt dir nicht mehr, du willst es zeigen, so wenig ist es dir wert! Ich aber bin eifersüchtig. Ich möchte es lieber im Keller vergraben, daß es gar niemand sieht Mir ist es zu gut. Ich gönn's den Menschen nicht, es auch nur zu sehen."

„Sie wissen's ja aber doch!"

„Was wissen sie?" Und sie wiederholte: „Was wissen denn die? Was können sie wissen? Die von uns! Und wenn im ganzen Ort von uns gezischelt und getuschelt wird, es bleibt doch unser Geheimnis. Was es für uns ist, das wissen doch nur wir zwei ganz allein. Laß sie doch schwätzen und zwinkern! Desto besser bleibt unser Geheimnis gewahrt. Nur wir zwei ganz allein wissen es. Das ist doch so schön! Die können ja gar nicht an uns heran, mit ihrer erbärmlichen frostigen Gier, die nur überall Schmutz wittert! Was wissen denn die von uns? Verstehst du nicht, wie ich das meine?"

„Und wenn wir heute heiraten, wird's dann anders?" fragte er schnell. „Was wissen sie dann? Daß wir verheiratet sind! Und das denkt sich die Frau Jautz so, wie's mit dem Herrn Jautz ist. Bleibt's dann nicht erst recht unser Geheimnis? Nur daß sie dann nicht mehr wispern und zwinkern. Wir können's in gar keinen tieferen Keller vergraben. Und es wird doch nicht anders zwischen uns, weil es in der Matrikel steht! Hast du so wenig Vertrauen auf unser Gefühl? Aber du willst nicht! Sag doch lieber, daß du nicht willst!"

„O Klemens!" sagte sie leise. Horchend sah er auf. Aber sie schüttelte den Kopf. „Nein", sagte sie, das Kinn vorstoßend. Und ihre Stimme wurde wieder klar und hart. „Dir ist das eben schon ein bißchen langweilig. Ich kann's ja begreifen. Immer denselben Weg, zur Lucken und wieder zurück. Es ist dir unbequem. Und was hast du schließlich hier? Eine müde alte Frau, die in ihrer selbstsüchtigen Verliebtheit nicht begreifen will, daß da draußen für dich noch das ganze große Leben liegt! Du hast ja recht! Aber so geh doch, geh! Ich werde dich nicht halten. Ich werde nicht klagen. Ich werde nicht einmal traurig sein, nein, wenn ich weiß, daß es gut für dich ist. Geh doch, versuch's! Ich halte dich nicht, wenn du's brauchst. Ich will hier ganz still sitzen und an

309

dich denken. Und vielleicht findest du dann, daß es im Krätzl ja vielleicht gar nicht so lustig ist, oder bei deinen zwei jungen Herrn, wie dir jetzt vorkommt. Vielleicht findest du dann den Weg in die Lucken nicht mehr soweit. Ich werde warten. Und wer weiß?"

Er sagte traurig: „Wenn wir noch lange reden, werden wir uns gar nicht mehr verstehen."

„Ich habe nicht angefangen", sagte sie heftig.

Sie setzte sich ans Fenster. Er blieb auf dem Diwan. Sie schwiegen.

Plötzlich sagte sie, aus ihrem Sinnen heraus: „Es ist auch meine Schuld. Mich macht die Leidenschaft egoistisch. Ich habe ja nur dich auf der Welt. Aber du hast dein Amt, hast deinen Ehrgeiz, hast deine Zukunft! Ich weiß, daß es schlecht von mir ist, daran nicht zu denken. Glaubst du denn, ich sage mir das nicht oft selbst? Du sollst, du darfst nicht dein ganzes Leben bei mir versäumen! Aber warum sprichst du denn nie von deinen Sachen mit mir? Und es wär doch so schön für mich, dir ein bißchen helfen zu dürfen! Aber du willst ja nicht. Und wenn ich dich frage, lachst du mich aus. Und ich denke mir dann, er glaubt, daß eine Frau das alles nicht versteht. Es macht mich ja oft so traurig, daß ich dir gar nichts sein kann! Aber wenn du nur ein bißchen Geduld hättest, es einmal mit mir zu versuchen!"

„Das ist es doch nicht, Kind!" sagte er lächelnd. „Ich bin doch froh, nichts davon zu hören."

„Ja, du glaubst, ich bin zu dumm! Das hat mich schon immer ein bißchen gekränkt. Ich wär doch so stolz, dir helfen zu dürfen! Und glaubst du nicht, daß eine Frau da vielleicht manches besser sieht als der klügste Mann? Der Domherr weiß ganz gut, warum er alles mit der Hofrätin bespricht! Ihr steckt doch immer in Vorurteilen! Wir aber lassen uns nicht blenden, wir wissen, daß das einzige ist, Macht zu haben. Und wer hat Macht? Wer Macht zu

310

haben scheint. Darum geht alles in der Welt. Schau dir den Domherrn an, der weiß es, das ist seine ganze Kunst. Aber du lachst mich aus!"

„Ich lache dich nicht aus", sagte er.

„Versuch's doch einmal! Laß dir ein bißchen von mir helfen, du sollst sehen, ich bin gar nicht so dumm! Und ich hätte ja solche Lust, mit dir ein bißchen zu intrigieren! Das wäre mir ein solcher Spaß, einen auf den anderen zu hetzen und überall was anzuzetteln, bis sich keiner mehr auskennt! Und dann fischen wir! Und auf einmal, willst du wetten? auf einmal bist du Exzellenz!" Und laut auflachend sagte sie: „Denn, Kle, weißt du denn nicht, daß ich tausendmal so schlau bin als du? Ja, ja! Gewiß! Du hast ja damals gleich erkannt, daß eigentlich eine kleine Hochstaplerin in mir steckt! Und das gehört doch dazu, nicht? Das ist's ja, was dir fehlt, du armer Mann! Du aber bist hochmütig und verschmähst mein Talent. Während dein hochgepriesener Döltsch sicher irgendwo heimlich eine kluge Frau sitzen hat, die ihm sagt, wie dumm die Männer sind! Ohne die geht's doch nicht, das wissen ja nur wir. Eine Egeria nennt man das, nicht? Es gehört doch zum richtigen Staatsmann. Und jetzt denk dir nur, hier in der Lucken eine Egeria zu haben, ohne daß ein Mensch was davon weiß, denn so weit reicht ja der Verstand des Herrn Jautz nicht! Wär das nicht fein?"

„Aber Afferl!" schrie Klemens hell, von ihrer wirbelnden Lustigkeit angesteckt. „Du bist doch wirklich zu dumm!"

Sie sah verwundert auf.

„Denn Afferl, Afferl! Verstehst du denn nicht? Deswegen gerade heiraten wir ja!"

Er kam auf sie zu, bittend: „Nun mach nur nicht wieder gleich ein so schrecklich böses Gesicht! Schau, das ist es doch, was ich meine. Ich fühle so stark, daß du mir ja noch tausendmal mehr sein kannst als bisher! Und das alles zwischen uns kann noch ganz anders schön werden, wenn du mein ganzes Leben in deine kleine Hand nimmst! Und jetzt sag meinetwegen wieder, daß ich ein Erzphilister bin, aber ist denn das nicht der Sinn der Ehe? Alles das, was ich mir so wünsche! Und du dir doch auch! Zieh nur die Stirne finster zusammen, die grimmige Falte hilft dir nichts. du hast es doch eben selbst gesagt! Und wenn du nur irgendeinen wirklichen Grund hättest, warum du mich durchaus nicht heiraten willst!"

Sie bat, atemlos: „Fang doch nicht noch einmal an!"

„Da kennst du mich schlecht!" sagte er lustig. „Ich fang jetzt jeden Tag wieder an und hör überhaupt nicht mehr auf. Wir wollen doch sehen!"

Sie senkte den Kopf und sagte: „Das weiß ich schon, daß du stärker bist als ich. Du machst ja doch alles mit mir, was du willst! Aber, Kle, ich —" Und ihre kleine Hand ausstreckend, mit verlöschender Stimme: „Ich habe solche Angst!"

So hilflos saß sie vor ihm! Er kniete nieder, nahm ihre Hände und sah in das bange Gesicht. Sie bog es weg und sagte, sich mit einem mühsamen Lächeln wehrend: „Ach du! Da freust du dich noch! Du bist ein entsetzlicher Mensch!"

Er fragte lachend: „Jetzt sag mir aber nur, warum denn? Was tu ich dir denn? Ist das Opfer wirklich so furchtbar? Was soll dir denn Entsetzliches geschehen? Wir haben uns lieb, alles ist gut und schön, da fällt mir ein, daß wir heiraten sollten — no, so tu mir doch den Gefallen! Und wenn's wirklich eine Dummheit wär! Auf eine mehr kommt's doch im Leben nicht an! Es ist die erste nicht und wird die letzte nicht sein, die wir machen! Und wenn's wirklich nur wär, weil's mir bequemer ist oder weil ich eitel bin! Aber du bist's, die philiströs ist und es tragischer nimmt, als überhaupt die ganze

Heiraterei verdient! Es steht doch wirklich gar nicht dafür, uns erst lange zu zanken! Hab ich nicht recht?" Er sah sie an, ihren Blick suchend, aber ihre flirrenden Augen entwischten ihm, leer hing das weiße Gesicht. Er ließ ihre Hände los, sprang auf und wurde heftig. „Und wenn du mir nur endlich den Grund sagen möchtest! Es muß doch einen Grund haben, warum du durchaus nicht willst!"

„Ich will nicht!" sagte sie leise, die Hände faltend. „O Kle!"

„Du willst doch nicht!" Seine Stimme war fragend und hoffend.

„Ich will nicht!" wiederholte sie, mit geschlossenen Augen, durch die Nase fauchend, ein leeres Lächeln an ihrem traurigen Mund. „Nein, mein lieber Kle! Ich will schon! Damit du's nur weißt! Ich? O ja, Kle, ich will, ich will! Viel länger schon als du! Da hast du noch lange gar nicht daran gedacht! Längst! Damals schon, wie wir einmal in der Nacht zusammen aus der Meierei gingen, erinnerst du dich nicht? Als wir uns zum erstenmal aussprachen und ich dich bat, doch klug zu sein und uns nicht alles zu zerstören, und dir sagte: Ich kann deine Frau nicht sein und ich will es nicht, ich will nicht! Erinnerst du dich nicht? Aus Furcht sagte ich dir das, aus Furcht vor mir doch nur, vor meinen eigenen Wünschen! Denn es kann ja nicht sein, es darf nicht sein!" Und bevor er noch antworten konnte, in seinem seligen Staunen, wiederholte sie, sich gierig an das Wort klammernd: „Es kann nicht sein, es kann nicht sein! Quäl mich doch nicht so!"

„Aber wenn ich nur weiß, daß du willst! Alles andere ist ja gleich!" Und übermütig sagte er noch, lachend: „Alles andere geht dich doch jetzt gar nichts mehr an. Ich bitte mir aus, daß du dich nicht in meine Sachen mischen wirst! Wer ist der Herr?"

Sie hielt die gefalteten Hände vor das Gesicht und biß in ihr Fleisch. „Ich bin nicht schuld, ich bin nicht schuld", sagte sie vor sich hin. Und plötzlich schrie sie: „Aber dann tu's und frag' mich nicht erst und quäl mich nicht mehr! Tu, was du willst! Du bist ja doch stärker als ich."

„Das gehört sich doch auch", sagte er, in seiner kindischen Seligkeit.

Er wollte sie nehmen, aber noch einmal entwand sie sich ihm. „Komm, Kle!" sagte sie, ihm ruhig zuredend. „Sei doch einmal fünf Minuten vernünftig und hör mir zu! Du weißt, daß meine Mutter eine schwedische Masseurin war. Du weißt, daß ich ein uneheliches Kind bin. Du weißt, daß mein Vater, der Sohn einer armen kleinen Näherin in Triest, alles mögliche gewesen ist, Croupier und Agent bei Cook und Fechtmeister und, und — Kle, ich hab dir doch erzählt, wie lieb ich meinen Vater hatte, er war ein prachtvoller Mensch, aber, aber nach allem, was nun einmal in der Welt gilt, in der Welt, in der du leben mußt, ist er, wie sagt man nur? ja, Klemens, ein Glücksritter ist er gewesen, Klemens! Und nun denke nur, wenn wir wirklich heirateten und man erfährt, daß deine Frau —"

„Ich heirate die Baronin Scharrn", sagte Klemens „Für mich bist du die Baronin Scharrn. Bester preußischer Adel, gar nichts zu sagen. Und was vorher war, hat der verstorbene Baron Scharrn zu vertreten, Gott hab ihn selig! Und du bist doch wirklich ein Kind, wenn du glaubst, daß man es in unseren Familien so genau nimmt! Da darf man nirgends lange kratzen. Glücksritter, Raubritter ist ja noch gar nicht so schlimm! Überlaß das nur mir!"

„Und wenn dein Vater hört —"

„Mein Vater zerfließt vor Wonne, wenn er hört, daß dein Großvater der Kaiser von Mexiko war."

„Aber Kle! Das ist doch gar nicht wahr!"

„Hast du mir nicht erzählt —?"

Sie lachte. „Wenn der Vater gut aufgelegt war, schwor er darauf, jener unbekannte Kapitän, der

314

seine Mutter verführte, sei der nachmalige Kaiser Max gewesen. Aber daran ist doch kein wahres Wort! Mein Vater log so gern. Er wußte, daß ihm das so gut stand. Er war dann unwiderstehlich." Und sie sah ihn lustig an und schüttelte den Kopf. „Nein, Kle, die Tochter meines Vaters kann man nicht heiraten. Das mußt du doch einsehen! So zum Liebhaben, ja, da mag sie ganz gut sein. Aber heiraten, Herr Bezirkshauptmann —!"

„Im Gegenteil!" sagte er übermütig. „Was der Baron Scharrn gekonnt hat, wird der freche Kle auch noch können. Ach, Afferl, wenn du wüßtest, wie froh ich eigentlich bin, daß du nicht irgendeine reguläre fade Nocken bist! Ich hab immer die Menschen so beneidet, die von unten kommen und gierige Hände haben und alle die Verzagtheiten nicht kennen, mit denen man uns feig und stumpf macht, von klein auf. Und ich wünsche mir doch so, auch einmal unbedenklich zuzugreifen, anders geht's doch heute gar nicht, man müßte halt auch einmal ein bißl gewissenlos sein!"

„Ein bißl", sagte sie, mit leisem Spott.

Er hörte nicht und sagte nachdenklich, durch das stille Zimmer wandernd: „Man müßte nur einmal den Mut haben und etwas tun, wo man dann nicht mehr zurück kann! Dann wäre mir nicht bang. Dann treibt es einen schon. Und ich hätte schon Mut. Ich kenne die Bande doch! Wo sie nur eine Faust spürt, da kuscht sie und duckt sich. Ein Narr, wer sich von ihnen einfangen läßt! Mein Onkel, der Hofrat, der große Furnian, der hat's gewußt, der hat ihnen die Faust gezeigt! Ich will nicht der Narr wie mein Vater sein! Und wenn ich nur einen Menschen hätte, der mir helfen und an mich glauben könnte, der mit mir geht, der Mut hat und mir vertraut — Drut, Drut!" Er stand wieder vor ihr, sah sie zärtlich an und sagte: „Spürst du denn nicht, Drut, wie ich dich brauche! Mein ganzes Leben braucht dich doch! So wunderschön kann dann alles sein!"

„Es war doch so schön", sagte sie, leise klagend. „Schöner kann nichts sein."

„Ja du!" sagte er lustig. „Du bist und bleibst ein Hasenfuß! Aber das hilft dir alles nichts, kleine Prinzessin von Mexiko!"

Und er fing wieder durch das stille Zimmer zu wandern an, von seinen Plänen getrieben.

Plötzlich sagte sie kleinlaut: „Wenn du aber glaubst, Kle, daß ich Geld hab —! Da sieht's schlecht aus!"

„Wozu?" fragte er vergnügt. „Ich hab auch keins."

Dann lachte sie hell auf: „Gott, bin ich dumm! Es geht ja gar nicht."

„Was geht nicht?"

„Da muß man doch Papiere und allerhand Sachen haben, zum Heiraten, nicht? Die hab ich längst verkramt. Wenn nicht vielleicht die Alte sie hat!"

„Wir sind in Österreich", sagte er vergnügt. „Und in Österreich, auf das du immer so schimpfst, mein liebes Kind, muß man gar nichts haben, wenn man jemand ist! Ich werde mit dem Herrn Bezirkshauptmann sprechen, da geht alles bei uns."

Und er wanderte wieder, in seinen Plänen. Sie saß und sah hinaus. Lange schwiegen sie, bis sie mit ihrer klaren Kinderstimme sagte: „Schau, wie's schneit!"

Er kam und sah mit ihr hinaus.

Sie sagte: „Morgen früh stecken wir ganz im Schnee, da kannst du nicht fort."

Er schlang den Arm um ihren Hals und sagte leise: „Jetzt wär's aber doch höchste Zeit, endlich vernünftig zu reden."

Und mit seinen Lippen ihren armen Mund suchend, wiederholte er froh: „Wirklich vernünftig."

Sie verstand ihn und sagte: „Ich hab dich lieb."
Und er sagte: „Ich hab dich lieb."

Draußen zog der Schnee leise sein weißes Tuch über das schlafende Land.

Elftes Kapitel.

Sie hatten es noch keinem Menschen gesagt, aber alle wußten es plötzlich. Durch den ganzen Ort lief's: Der Bezirkshauptmann heiratet die fremde Baronin! Eine lustige Karte kam an sie, namenlos, doch offenbar vom Krätzl, am Versmaß des Apothekers kenntlich. Drut ärgerte sich. „Hast du gleich schwatzen müssen? Dann redet man über die Weiber! Und es ist doch noch gar nicht wahr, ich will ja gar nicht!" Klemens sagte, lustig: „Die Leute wissen bei uns die Sachen immer, bevor sie noch wahr sind. Und jetzt hilft dir nichts mehr, du mußt. Du kannst doch den Bezirkshauptmann nicht blamieren." Er sah den lieben blonden Schopf in ihre Stirne springen, was immer ein Zeichen war, daß sie zornig wurde. „Du hattest jedenfalls noch nicht das Recht, davon zu reden." Er schwor, kein Wort gesagt zu haben, und schob es auf sie: „Du wirst es der Alten erzählt haben, der kannst du doch nichts verschweigen, und die hat halt geplauscht." Nun stritten sie sich über die Alte. Klemens sei immer ungerecht gegen sie. Er gab zu, daß er sie nicht leiden konnte; sie war ihm unheimlich wie ein alter schwarzer Rabe. Drut wurde heftig: „Und ich werde mich nicht von ihr trennen, nie! Verstehst du? Nie! War sie mir gut genug, meine Not zu teilen, so kann ich sie schon auch jetz in meinem Glück ertragen, wenn's dazu kommen sollte!" Und ihre starken Brauen bauschend, um die Runen über der Nase, wiederholte sie: „Wenn es dazu kommen sollte! Sie bleibt bei mir, wir bleiben zusammen. Ich mag ihre Launen auch nicht, aber ein altes Tier

schickt man nicht fort. Und dann erinnert sie mich
. . . an, an manches. Es ist aber ganz gut, manchmal erinnert zu werden. Das wird ganz gut für mich
sein." Und wie es ihre Art war, oft auf einmal wieder den spöttischen Ton einer tändelnden Dame mit
ihm anzuschlagen, sagte sie achselzuckend: „Der
Herr Baron wird sich schon entschließen müssen, uns
beide zu nehmen. Oder gar keine. Bitte zu wählen!"
Plötzlich hatte sie dann etwas wie von Seide
Rauschendes in der Stimme, und er war sehr froh,
daß er eine so große Dame sein Afferl nennen
durfte.

Dann kam ein Brief von Nießner: „Gebenedeites
Kind des Glücks! Großmächtiger Herr Bezirkshauptmann! Lieber Freund, Baron und Spießgeselle!
Da kann ich nur sagen: Alle Achtung, schau, schau,
wer hätte das gedacht? Ich nicht, denn ehrlich gestanden, mir waren Sie immer verdächtig sentimental
(gar seit mir das Bengerl neulich gestanden hat, daß
Sie — na, Sie wissen schon, damals beim Bachlwirt, o edler Ritter! Aber unbesorgt, ich verrate
nichts!) Desto herzlicher sind meine aufrichtigsten
Glückwünsche, die ich mir hiermit dem verehrten
Freunde ganz submissest zu übermitteln erlaube,
ebenso erstaunt als erfreut, daß die guten Lehren
und Ratschläge des mit allem schuldigen Respekt
Unterzeichneten doch nicht ohne jede Wirkung geblieben zu sein scheinen und Euer Hochwohlgeboren
dero werten Mut einmal beim Schlafittchen gepackt
und doch endlich daran gedacht haben, sich schön
weich zu betten (was natürlich keineswegs wörtlich,
sondern durchaus metaphorisch gemeint ist, worüber
ja die bekannte, höchst sittenstrenge Denkart des
Schreibers dieses wohl keinen Zweifel lassen kann,
honny soit!). Und somit nochmals von ganzem
Herzen alles Liebe und Gute und Schöne zu Ihrer
Verlobung, mein Verehrtester, und vergessen Sie
bitte nicht, der bezaubernden Frau Baronin ganz er-

gebenst zu den Füßchen zu legen als leider noch unbekannten, aber schon schwärmerisch getreuen Verehrer Ihren derzeit vorläufig noch in den Niederungen des bedreckten Daseins schmachtenden, freundschaftlich ergebenen Doktor Leopold Nießner. (P. S. was ich mir von den Weibsleuten angewöhnt habe: Jenes „vorläufig" ist natürlich nur auf die bedreckten Niederungen zu beziehen, nicht etwa auf die freundschaftliche Ergebenheit, die auch eine nachläufige ist, was Ihnen hoffentlich schon noch einmal beweisen wird der herzlichst Obige.)"

Klemens ärgerte sich über den Brief. Der Ton verdroß ihn. Und woher wußte Nießner es auch schon? Drut wollte den Brief sehen, sie schien sich für Nießner zu interessieren. „Sei nicht gar so neugierig!" sagte er. Sie erwiderte: „Es ist immer klug, sich mit der Polizei gut zu stellen. Was verstehst denn du vom Leben?" Er sagte, noch immer ärgerlich: „Die Sorte kenne ich. Der will mich bloß ausnützen." „Gewiß", sagte Drut. „Wozu hat man auch sonst Freunde? Und laß dich nur ausnützen, aber zu deinem eigenen Nutzen, das ist das ganze Geheimnis." Er gab ihr dann den Brief doch, da ging ein Necken mit dem Bengerl los. Er erzählte von der Fahrt und wie leid ihm schließlich das arme verliebte Ding getan; das müsse sie doch verstehen. Sie wurde zärtlich. Dann lachte sie. „Ein Glück für mich! Denn hättest du nicht damals deine Tugend bewahrt, wer weiß? Vielleicht wärst du heute mit ihr verlobt. Wie du schon bist, du mein geliebter Kle! Und gerade darum hab ich dich ja so lieb!" Er wurde bös. Wie konnte sie das vergleichen! Das Bengerl und sie! „Nur nicht gleich brummen!" sagte sie vergnügt. Und arglistig fügte sie hinzu: „Wo du dich doch jetzt so weich gebettet hast!" Er sagte, schlechter Laune: „Ich verstehe nicht, wie du über den albernen Spaß noch lachen kannst. Takt hat der Nießner nie." „Mir gefällt er", sagte sie, übermütig. Er wurde ungeduldig. „Das ist ja gar nicht dein Ernst. Ich kenne dich besser." „Ja", sagte sie leise. „Denn du kennst nur das Gute in mir." Ihre klare Stimme klang so lieb, daß er gleich wieder ganz gerührt war. „Siehst du!" sagte er, väterlich mild. Sie kniete feierlich vor ihm nieder und sagte, mit ihren lustig blinzelnden Augen: „Ja, Herr Lehrer!" Aber da fiel ihm ein, gleich an Döltsch zu schreiben. Der durfte das doch nicht zuerst von anderen erfahren! Sie riet ihm, sich lieber zunächst der Mutter des Ministers anzuvertrauen, der er es ja verdankte, daß er zu Döltsch und dann hierher gekommen war; also eigentlich auch seine Bekanntschaft mit ihr. „Und eigentlich ist sie so die Stifterin unserer Ehe", sagte sie lachend. „Sie hat das angestiftet, nicht? Und das schmeichelt einer Frau doch unendlich! Wart, ich setze dir den Brief auf. Laß mich nur machen! Was versteht denn ihr Männer?" Und sie raschelte lachend durch das Zimmer, nach Papier und Tinte fahrend, knisternd von Geschäftigkeit, und fing gleich mit ihrer herrisch breiten Schrift die großen runden Buchstaben zu malen an. „Nein, nicht!" bat sie, als er ihr über die Schultern zusah. „Das macht mich befangen. Wenn du's dann abschreiben wirst, erfährst du's ja." Als sie fertig war, rannte sie aus dem Zimmer. An der Türe sagte sie noch, hastig: „Aber daß du mir nichts änderst! Nicht mir meinen schönen Stil verderben! Du Jurist!" Und schon war sie lachend entschwirrt. Er verstand es, als er ihren Brief las: sie schämte sich vor ihm. Seltsam war sie doch! Mit ihm konnte sie nur immer spotten und zanken und lustig sein. Wie sie's aber jetzt, an diese fremde Frau, von der sie nichts wußte, hier aufgeschrieben hatte, da war eine solche Zärtlichkeit und Innigkeit und Seligkeit darin, daß er am liebsten die Hände gefaltet und gebetet hätte, vor Glück. Und ihm konnte sie das nie sagen, gleich schämte sie sich und trieb wieder

320

ihren Spott mit ihm! Jetzt aber saß er still und las es, in ihren feierlichen festen Buchstaben. Und dann begann er langsam sein Glück abzuschreiben und bemühte sich, mit seiner schludrigen Hand ihre tapfere Schrift nachzuahmen. So lieb und lustig war ihm das, während er sie nebenan wie eine muntere kleine Maus in der Küche hörte. Dann aber zankten sie sich wieder, denn sie wollte durchaus den Brief nicht abgehen lassen. „Wir sind ja noch gar nicht verlobt", sagte sie, kindisch trotzig. „Die Leute behaupten es. Ich weiß nichts davon. Du bist verlobt, ja. Ich aber nicht, nein. Und deine Ministerin-Mutter kann warten, bis wir's beide sind." Er wurde wütend. Er hatte doch schon den Tag ihrer Hochzeit bestimmt; es sollte sein Christkindl sein. „Da ist noch lange hin", sagte sie, lässig. „Wir sind erst Ende November, da kann noch manches geschehen. Nur alles schön der Reihe nach! Zuerst habe ich nein gesagt. Und jetzt sage ich nicht mehr nein. Aber jetzt warte fein, bis ich ja sage. Vielleicht! Wer weiß? Vielleicht!" Und dieses singende Vielleicht flatterte flirrend von ihren leise lächelnden Lippen. „Glaube nur nicht, daß du mit mir spielen kannst!" sagte er zornig. „Ich lasse dich nicht mehr. Und ich frage dich auch gar nicht mehr. Alles Notwendige wird vorbereitet, eine Wohnung muß schon auch noch zu finden sein und dann wirst du einfach in den Wagen gesetzt und in die Kirche geführt, ob du willst oder nicht, ich will, ich, Klemens Baron Furnian, dem noch nie bange war, seinen Willen durchzusetzen!"

„Du machst etwas stark in Energie", sagte sie, den dünnen Mund ein wenig verziehend.

„Ja!" rief er, hell. „Ja, verehrteste Baronin! Ja, mein Afferl! Ja, ja, ja! Es läßt sich nicht mehr leugnen: der fesche Kle hat Energie! Schaut's nur! Denn das habt ihr mir ja alle nicht zugetraut! Der fesche Kle, der schöne Kle, der freche Kle, der gute Kle, der liebe Kle, aber Energie? Nicht einen Schuß!

Habt ihr doch alle gemeint! Weil ich sie nicht im Kleinen verzettelt und verwurstelt, sondern sie mir schön aufgespart und warm gehalten hab, bis es sich einmal lohnen wird! Ja, da machst Augen, gelt? Du hast ja doch auch noch keine Ahnung, wie ich bin, mein liebes Kind! Ja, schau mich nur an, mit deinen wackligen Guckerln! Ihr glaubt's, Energie ist, wenn man einen auf Schritt und Tritt damit rasseln hört! Wie der Öhacker, immer mit der Faust auf den Tisch und Stoantoifl, Kreuzsakra und Malefiz übereinand, ja, das ist natürlich ein energischer Mann! Oder der Domherr, der alle Augenblick geheimnisvoll verschwindet, damit nur ja jeder gleich merkt, daß er sich keine Ruhe gönnt, und davon laßt's ihr euch bluffen: Ha, welch ein rastlos energischer Mann! Der fesche Kle aber ist schön still dabei gesessen und hat euch alle ausgelacht und hat sich gedacht: Warten wir's ab, bis einmal was kommt, das dafür steht, dann ist noch immer Zeit, dann fangen wir in Gottes Namen auch zu zappeln an! Und ihr habt's gemeint: Gott, der Kle, so ein netter Mensch, ein begabter Mensch, ein hübscher Mensch, aber an der Energie fehlt's halt, kann man nix machen, schad! Glaubst, ich weiß das nicht? Glaubst, ich hab das nicht gespürt? O ihr ganz G'scheiten! Denn, mein liebes Afferl, sei'n wir nur ehrlich, du g'hörst auch dazu, ich kann dir nicht helfen, nicht um ein Haar warst du gescheiter als die anderen, wie oft hast du mir den gewissen schiefen Mund gemacht, er ist ja sehr lieb, der gewisse schiefe Mund, aber halt wenig vertrauensvoll, und manchmal hätt ich dich dann schon am liebsten an den Ohren gepackt, an diesen lieben dummen mißlungenen Ohren, mein Afferl! Aber nein, Kle, sie muß von selbst d'rauf kommen, nur Geduld! No und jetzt, meine Gnädigste, sind wir soweit! Jetzt hat der Kle auf einmal Energie, jetzt läßt sich's nicht mehr leugnen, sogar die kleine dumme Drut sieht's jetzt ein! Ja, mein Kind, weil's nämlich jetzt dafür steht, weil sich's lohnt, energisch zu sein, weil ich jetzt weiß, wofür! Wirtschaft, Horatio! sagt der Hamlet. Und die Moral von der Geschichte ist: ‚Mit Kanonen schießt man nicht auf Spatzen!'"

„Sagt das auch der Hamlet?" fragte sie.

Er sah mißtrauisch auf. Ihr Gesicht war aber ganz ernst, eifrig zuhörend. Er erwiderte, durchs Zimmer gehend: „Nein, das sagt der Hamlet nicht, Schaf! Frag nicht so dumm, sondern nimm dich lieber ein bißl an deinem dummen kleinen Naserl! Denn hoffentlich siehst du's jetzt ein!" Sie sah ihm zu, wie er langsam, die Schultern ein wenig vor sich wiegend, sehr vergnügt durch das Zimmer ging. Nach einer Weile bat sie: „Red noch ein bißl! Ich hör dich so gern reden." Er sagte: „No, so bloß zu deinem Vergnügen ist das nicht, du mußt auch darüber nachdenken."

„Auch, wenn du willst!" sagte sie, gehorsam. Und er fing wieder an und erklärte noch einmal den Unterschied zwischen der falschen Energie, die sich nur zeigen will, ob's einen Sinn und Zweck hat oder nicht, und seiner wahren, die geduldig wartet, bis ihre Stunde kommt, dann aber, gut aufgespart und ausgeruht, alles bezwingt. Endlich stand sie auf, nahm den Brief an die Mutter Döltsch und sagte: „Komm! Du hast recht. Wir wollen den Brief gleich zur Post tragen." Und während sie die Pelzhaube nahm, sagte sie noch nachdenklich: „Du bist eben der Stärkere! Ich fühl's immer wieder. Und weiß nie recht, ob es mich freut oder kränkt, denn ich möchte mich wehren und bin eigentlich doch so froh."

Er half ihr die Nadel durch die Haube stecken und sagte zärtlich: „Ich hab dich so lieb, kleine Drut!" Es rührte ihn, wie gelehrig sie war. Sie sagte: „Du mußt nur ein bißchen Geduld mit mir haben und mich dir schön langsam erziehen. Ich bin ein wildes Ding. Aber es wird schon gehen."

Er sagte: „Das hab ich mir ja immer so gewünscht! Einen Menschen zu haben, ganz für mich allein, und alles aus ihm zu machen, was ich brauche!"

„Ach du!" sagte sie lachend, indem sie sich seinen Armen entzog. „Das wäre dir recht, der liebe Gott zu sein!"

Langsam ließ er sie los. Er hätte sich gewünscht, immer so seine starke Hand um sie zu halten und sie zu schützen und sie mit sanfter Macht durch das Leben zu geleiten. Nun hat doch alles erst einen Sinn, dachte er sich immer wieder. Und als sie in den Ort hinabkamen, mußte sie seinen Arm nehmen. Zum ersten Male gingen sie Arm in Arm. Er streckte sich; sie hing an ihm, ganz klein und ein bißchen furchtsam, und es gelang ihr nicht gleich, sich in seinen großen Schritt zu finden, da lachten sie.

Als sie dann den Brief besorgt hatten, fiel ihm ein, in der Post zu jausnen. Er gab nicht nach. „Du hast mich einmal kompromittiert, jetzt geht's schon in einem! Machen wir den Leuten die Freud! Ich muß doch als Obrigkeit manchmal für die Bevölkerung was tun!" Es half ihr nichts, er ließ es sich nicht nehmen, ausgelassen wie ein kleiner Bub. Die Wirtin kam. Er stellte vor: „Das ist die Frau Riederer, die schau dir gut an, die hat noch den Stelzhamer gekannt!" Drut nahm die schwere Hand der alten Frau und sagte, gnädig: „Nein wirklich? Das ist aber interessant! Erzählen Sie doch, davon müssen Sie mir erzählen, setzen Sie sich zu uns und erzählen Sie, das interessiert mich sehr!" Das große stille breite Gesicht der alten Frau wurde jung und froh. „Aber z'erscht," sagte sie, verlegen vor Vergnügen, „z'erscht muß i, mit Verlaub, in die Kuchl schaun, um 'n Gugelhupf." Indessen fragte Drut, gleichgültig: „Wer ist denn das, dieser Stelzhamer, auf den sie so stolz ist?" Klemens lachte. „Du bist so eine liebe

324

Gauklerin! Mit dir bin ich sicher in drei Jahren Exzellenz!" Er wollte sie küssen, sie wehrte sich, er sagte frech: „Das möchte ich sehen, wer mir das verbieten will! Wir sind doch Bräutigam und Braut!" Und zur Kellnerin, die mit dem Kaffee kam: „Kathl, haben's in der Küch auch g'sagt, daß es ein Verlobungskaffee ist?" Die Kellnerin grinste. Als sie fort war, sagte Drut, ärgerlich: „Du bist unerträglich mit deinen täppischen Späßen!" Er lachte sie aus. „Ländlich, sittlich! Daran wirst du dich gewöhnen müssen! Populär sei der Mensch! Der Stelzhamer aber, meine Gnädige, war ein großer Dichter, wirklich, wenn ihr auch von ihm nichts wißt, ihr verfluchten Preußen!" „So ein früherer Jautz wahrscheinlich, was?" sagte Drut, gereizt ihr schmales Näschen blähend. Da kam die Wirtin mit dem Gugelhupf, und Drut ließ ihre Stimme glitzern, indem sie sagte: „Nun setzen Sie sich aber her und erzählen Sie! Ich bin schon so furchtbar gespannt. Denn wissen Sie, der Stelzhamer —" Sie hielt ein und schlug die Augen auf, ihr weißes Gesicht schimmerte, sie legte die festen kleinen Hände an das Herz, dann sagte sie: „Ach ja, der Stelzhamer! Wer will das mit Worten aussprechen, nicht wahr? Man muß es halt fühlen!" Sie sah Klemens an, sehr stolz, daß sie „halt" gesagt hatte; das mußte doch die Wirtin erobern. Er trat ihr auf den Fuß und sagte: „Und jetzt wirst erst hören, wie die Frau Riederer erzählt! Die kann's! Das macht ihr so leicht keiner nach." „Jessas, Herr Bezirkshauptmann", sagte die alte Frau. „Hören's auf! Wann's mi so lob'n, verschlagt's mir frei die Red!" Dann aber begann sie, mit ihrer alten, schweren, langsam tropfenden Stimme und erzählte wieder alles, von ihrer Flucht nach Vöcklabruck, und wie der Stelzhamer aber das dumme Mädel heimgeschickt, weil, hat er g'sagt, das was in den Bücheln so schön ist, doch nie nirgends auf der Welt zu finden ist; das alles erzählte sie wieder ganz genau, mit

325

ihrer tiefen, breiten, ruhig fließenden Stimme, die beiden aber unterhielten sich unter dem Tisch. Zum Schlusse sagte die Wirtin: „Ja, der hat's scho verstand'n, wias zuageht auf der Welt! Ja mein!" Plötzlich sagte Drut, so scharf, daß Klemens erschrak: „Es gibt aber eben auch Menschen, die nicht so leicht nachgeben." Die alte Frau sah verwundert auf und fragte: „Wia denn, Frau Baronin? Wi mainans denn jetzt dös?" Ungeduldig sagte Drut: „Das ist leicht, alles Schöne nur in die Bücheln zu stopfen! Und da kann man's dann manchmal nachlesen, abends, am Ofen. Aber nicht jeder ist so genügsam. Man will es doch auch haben, wirklich haben, im Leben selbst. Verstehen Sie nicht, was ich meine, Frau Wirtin?"

„Sunst war i ja nöt von z'Haus furt", sagte die alte Frau, nickend. „Sunst war i ja nöt zum Stelzhamer hin. Awer es wird hald nöt gehn!" Und wie entschuldigend fügte sie noch hinzu: „Mi zimmt, ünserains werd scho besser tain, es folgt iehm und strabelt nöt erst lang und gibt nach. Hald a jed's nach sein'm Stand, glaubens nöt, Frau Baronin? I woaß ja nöt."

„Da sollten Sie die Bücheln aber lieber gleich verbrennen", sagte Drut.

„Nutzat a nix," sagte die alte Frau, „so lang ma nöt dö Köpf vobrennt! Denn dort is's drinat, in die Köpf! Und dort soll's halt drinat bleib'n, werd er wohl g'maint ham, der Stelzhamer. Was kann's denn dort schad'n? Und froah is ma dert, daß ma's hat."

Klemens hatte anspannen lassen. „Wir kommen sonst in die Nacht hinein," sagte er, drängend, „Frau Wirtin, eine schöne Empfehlung an das verehrte Krätzl insgesamt! Ich laß alle schön grüßen, wir kommen schon nächstens einmal, so bald als möglich! Mein Gott, Brautleut, das wissen's ja, Frau Wirtin, da wird einem immer der Tag zu kurz."

„Und bald ma nachat verheirat is," sagte die

Wirtin, mit ihrem schweren, ernsten Gesicht, „wird eim wida d' Nacht z'kurz. Wenigstens dö erste Zeit, bis ma's a wida g'wönt. Ja mein!"

Schon im Schlitten, sagte Drut, während sie von Klemens und der Wirtin und dem Knecht in Tücher und Decken und Kotzen verpackt wurde: „Sie müssen mir nächstens noch viel mehr vom Stelzhamer erzählen! Darum beneide ich Sie sehr, daß Sie ihn noch gekannt haben. Und der Gugelhupf war ausgezeichnet!"

Hell glickerten die Schellen an den Pferden. Im Ort war ausgeschaufelt, der Schlitten stieß hart auf. Sie waren ganz eingemummt und lachten sich aus. „Und famos haben wir das gemacht", sagte Klemens vergnügt. „Das nächstemal wird im Krätzl überhaupt nur von uns geredet werden, dafür sorgt die Frau Wirtin schon. Wirklich eine sehr eine biedere Person, wird sie sagen, was wahr ist, ist wahr, eine rechtschaffene Person, eine rare Person, die Frau Baronin, da gibt's schon nix!" Und er äffte die breite, schwere Stimme der Wirtin nach und spottete ihr vor, was die Frau Bergrätin sagen wird und was der Herr Apotheker sagen wird und was die Fräul'n Theres sagen wird und der besoffene Bezirksrichter und der Verwalter mit seiner Galle und der Doktor Lackner, der Windhund, und alles wird ein Lobgesang auf unsere kleine Baronin sein, die für den Stelzhamer schwärmt und sich zur Frau Bergrätin und zur Frau Verwalterin und zur Frau Apothekerin gemütlich ins Krätzl setzt, wirklich eine sehr eine biedere, eine rechtschaffene, eine rare Person! „Wie wir das aber auch gespielt haben, was, Afferl? Fein! Wir sind schon zwei große Gaukler! Und ich sag's dir, wir werden hier in der kürzesten Zeit so populär sein, daß ich eines Tages dem Kaiser einen Brief schreiben werd: Majestät müssen schon entschuldigen, aber unsere Bezirkshauptmannschaft hat sich für unabhängig erklärt und mich zum König aus-

327

gerufen, es würde mich sehr freuen, wenn Sie mir bei meiner Krönung die Ehre geben würden!" Sie lachte nicht, sie sagte nichts. Er zog ihr die Haube noch tiefer und fragte: „Hast du kalt?" Sie schwieg. Sie fuhren jetzt durch tiefen Schnee. Vom Berg sprang ein Wind herab und warf ihnen Eisnadeln ins Gesicht. Leise klirrten die Schellen, wie wenn der Winter mit seinem Klingelbeutel durch die weiße Stille ging. Die Pferde dampften. Plötzlich sagte sie hart: „Ich mag das gar nicht, nein!" Er fragte, verwundert: „Was denn?" Sie schüttelte sich, daß die nassen Flocken von ihrer Haube flogen. „Solche Menschen wie diese Wirtin, mit ihrer dumpfen Ergebenheit in alles, mit ihrem willenlosen, hündischen Gehorsam! Zum Ersticken! Nein, nein! Solche Menschen könnten mich schlecht und ganz tückisch machen!" Er sagte: „Kind, was willst du denn von der armen alten Frau? Sie hat sieben oder acht Kinder, einen vertrottelten Mann und nichts als die Erinnerung an ihren Jugendstreich. Laß ihr die Freud! Und macht's dir denn nicht Spaß, mir ein bißchen intrigieren zu helfen? Ist das nicht lustig? Und es gehört einmal dazu." Sie sagte: „Nun, dann wollen wir in Gottes Namen intrigieren! Wenn du glaubst, daß es dazu gehört! Obwohl mir das eigentlich mit den guten Lehren deines Herrn Stelzhamer gar nicht zu stimmen scheint!" Er mußte lachen, weil ihre liebe kleine Stimme so gereizt klang, aus den Decken und unter der dicken Haube heraus. „Du darfst auch die Menschen nicht immer gleich so tragisch nehmen, Kind! Und du sagst doch selbst auch immer, daß es das allerschönste ist, irgendwo ganz still im Verborgenen zu sitzen, wo man von der Welt gar nichts mehr hört."

„Ja", sagte sie, nickend. „Weil ich die Schläge fürchte! Und damit mich das Schicksal nicht mehr erwischt."

328

„No, so wird's der Stelzhamer halt auch gemeint haben, ungefähr."

Nach einiger Zeit sagte sie nachdenklich: „Der Unterschied ist nur, er hat das ganz in der Ordnung gefunden und war darüber gar nicht empört."

Er fragte, lachend: „Du aber bist empört?"

„Ganz stillsitzen, im Verborgenen irgendwo, ja! Aber mit geballter Faust! Das ist der Unterschied."

„Darfst du ja!" sagte er, lustig. „Ich helfe dir sogar. Wir wollen zusammen die Fäuste ballen, dann gehört uns die Welt." Er war so vergnügt, weil er sich ihr überlegen fühlte. Er dachte, wie sich das mit der Zeit jetzt doch ganz umgedreht hatte. Er hatte doch anfangs oft sehr unter ihren spöttischen Launen gelitten, jetzt aber ließ sie sich gern von ihm belehren und hörte willig auf ihn, jetzt war's er, der sie spöttisch neckte, weil er eben der Stärkere war.

Sie kamen an der Meierei vorbei, ganz verschneit lag der Hof, die Läden waren zu. Da sagte sie: „Denen werden wir's ja schließlich auch nicht mehr verheimlichen können." Er fragte, leichthin: „Kannst du das gar nicht erwarten?" Sie lachte. „Du bist wirklich komisch, Kle! Bin ich's, die so treibt und hetzt? Aber dein Nießner weiß es, an den Döltsch hast du geschrieben, dem alten Pfandl hast du's auch schon erzählt, und jetzt der Wirtin, die's doch morgen im Krätzl erzählt, wo man's übrigens ja sicher schon längst weiß, während ich —! Ja, mein lieber Kle, vergiß nur nicht, daß ich ja doch noch immer gar nicht will! Aber mich fragst du ja gar nicht mehr!"

„Das ist eben das Schöne", sagte er vergnügt, unter den zottigen dicken Decken ihre kleine Hand suchend.

„Dann wird's aber doch Zeit, es auch der Hofrätin zu sagen. Wir haben gar keinen Anlaß, sie zu brüskieren. Es wäre sehr töricht."

„Weil du noch immer in den Domherrn verliebt bist", sagte er. „Das ist es." Sie lachte leise.

Langsam zogen die schweren Pferde schnaubend den Schlitten durch den Schnee hinauf. Nach einer Weile sagte er: „Was war das damals für eine Höllenidee von dir, katholisch zu werden? Du weichst mir immer aus."

Leise sagte sie: „Ich war doch damals so verlassen. Ich hatte nur den einzigen Wunsch, mich irgendwo zu verbergen, irgendwohin zu flüchten." Sie drückte seine Hand. „Aber jetzt habe ich ja dich."

„So nah ist dir der Tod deines Mannes gegangen?"

„Meines Vaters!" Aber gleich grub sie sich noch tiefer in die Decken ein und sagte rasch: „Brr! Jetzt wird's aber schon ungemütlich kalt."

Wie mit Ruten schlug ihnen der stoßende Wind an die Wangen. Das Bimmeln der kleinen Schellen, das Schnauben der einsinkenden Pferde, manchmal ein Schnalzen des Knechts, ein Ächzen im alten Holz des Schlittens, in der Ferne dann das dumpfe Krachen brechenden Schnees, ein Sausen und leises Singen in den Drähten an den schiefen Stangen, die den kaiserlichen Park mit dem Ort telegraphisch verbanden: sonst hörten sie nichts, keine Stimme war. kein Vogel flog, nur der weiße Schnee schien durch die Nacht. Klemens sagte, mit dem rauhen Fäustling spielend, in dem ihre kleine Hand stak: „Wir sind ja jetzt gleich da!" Er hätte sie so gern noch gefragt. aber er hatte nicht den Mut. Immer wurde sie so seltsam, wenn sie sich an den Tod ihres Vaters erinnerte. Sonst konnte sie gar nicht genug vom Vater erzählen, stundenlang in einem fort, so stolz auf den wunderschönen Mann, von dem sie gern sagte, er sei ja gar kein Mensch, sondern ein Stern gewesen, ein wild durch den Weltraum flammender und prasselnder Stern. Aber einmal hatte Klemens im Gespräch gefragt: „Wann ist er denn gestorben?" Das erschreckte sie so, daß sie, die Hand auf dem Herzen, mit einem Schrei hinschlug; und lange war sie starr gelegen. Am nächsten Tag sagte sie dann: „Mein Vater ist einen entsetzlichen Tod gestorben. Ich darf gar nicht daran denken. Es macht mich gleich für Wochen wieder krank." Damit erklärte er es sich auch, daß sie so schreckhaft war, in aller ihrer Tapferkeit. Sie stieg verwegen ganz allein im Wald herum, aber vor einer schwirrenden Hummel, oder wenn nachts auf dem Dach die Windfahne schrie, konnte sie sich so fürchten, daß er sich oft mit ihr schon gar nicht mehr zu helfen wußte. Und er dachte, wie gut es doch für sie war, daß sie jetzt ihn hatte, der sie mit seinen starken Armen halten und hegen wird, bis alle Furcht von ihr weicht und alles Böse vergessen ist. Und er freute sich, so ein verzagtes armes kleines Ding an seinem Herzen recht zu hätscheln, bis es warm würde und wieder Mut hätte. Nun war doch eigentlich alles gekommen, was er sich nur je gewünscht hatte. Und seit er sie kannte, war's jeden Tag nur immer noch schöner geworden, und wenn sie jetzt erst in einem lieben stillen Häusel sitzen werden, ganz brav als Mann und Frau, dann gibt's doch wirklich auf der Welt nichts mehr, was so schön sein könnte! Und er fühlt, wie stark er dann sein wird. Dann sollen die Herren was erleben, die Nießners und die anderen alle, die doch glauben, daß man den feschen Kle nicht zu fürchten braucht! Dann wird er es ihnen schon zeigen! Ihn kennt ja niemand, er hat sich ja selbst bisher noch gar nicht gekannt! Aber jetzt weiß er es! Jetzt sollen sie ihn erst kennenlernen! Jetzt hat er eine kluge kleine Frau zu Haus, und mit der lacht er die ganze Welt aus!

„Wir können übrigens ja wirklich dieser Tage zur Hofrätin gehen", sagte er. „Ich habe gar nichts gegen den Domherrn. Mich ärgert's nur, daß ihr alle so wichtig mit ihm tut, als wär's weiß Gott was für ein

331

unheimliches Tier! Bloß, weil er so eine feierliche Nase hat und immer ein rätselhaftes Gesicht macht, das hat er beim Rampolla gelernt, und da seid ihr Frauenzimmer halt verloren! Es steckt ja aber nichts dahinter! Nicht einmal so viel, als nötig gewesen wäre, mein kleines Afferl einzufangen! Ist ihm auch nicht gelungen, dem hochwürdigen Herrn! Und dazu gehört doch wirklich nicht so viel, was? Unsereins macht das mit dem kleinen Finger, gelt?"

Sie sagte, heftig: „Ich mag nicht, Kle, daß du so über den Domherrn sprichst, ich mag es nicht!"

Um in ihr Gesicht zu sehen, bog er sich herab, daß der Schnee von seinen Schultern fiel. „Was hast du denn? Man könnte wirklich fast im Ernst meinen, daß du ihn, daß er dir —"

Rasch sagte sie: „Laß das doch! Du weißt ganz gut, daß er mir gleichgültig ist. Er langweilt mich eher. Aber ich mag nicht, daß du dich lustig über ihn machst. Das ist mir peinlich."

„Warum?" fragte er spöttisch. „Ich mache mich über alle Menschen lustig. Es ist noch das gescheiteste. Und warum nicht? Vorderhand ist er ja noch nicht heilig gesprochen. Du bist schon wie die Vikerl, auf den ‚bedeutenden Mann' laßt ihr nichts kommen."

„Er ist mir eher langweilig", wiederholte sie. „Aber ich mag nicht, daß du so von ihm sprichst. Du hast gar keinen Grund dazu. Denn lächerlich ist der Mann gewiß nicht. Und ich mag's nun einmal nicht, ich mag's nicht! Vielleicht aus Aberglauben nicht."

„Aus Aberglauben?" fragte er.

Langsam sagte sie: „Vielleicht bin ich abergläubisch. Ich habe nun einmal das Gefühl, daß man über solche Menschen nicht spotten soll, weil —"

Da sie verstummte, wiederholte er das Wort. drängend: „Weil?"

„Auch deswegen nicht, weil solche Menschen sich rächen können."

332

„Aber Afferl!" sagte er lachend. „Du wirst mich ihm doch nicht verraten?"

Leise sagte sie: „Aber solche Menschen spüren alles. Und solche Menschen haben eine vernichtende Macht gegen ihre Feinde. Selbst wenn sie's gar nicht wollen, ja vielleicht davon gar nichts wissen."

„Das ist nun wieder eine deiner Ideen!" sagte er verlegen lachend. Sie hatte manchmal so wunderliche Gedanken; es hing sicher irgendwie mit ihrer Furcht vor Gewittern, mit ihren Vorgefühlen tellurischer Wirkungen zusammen und er wußte nie recht, ob er es ihr wehren sollte, denn im Grunde war's ihm unheimlich, oder dem geheimnisvollen Reiz nachgeben, den es doch auch wieder für ihn hatte. Er glaubte nicht daran, aber er hätte gern damit gespielt. Er hörte gern zu, ließ sich von ihr erzählen, hatte fast selbst ein eigentlich angenehmes Grauen, aber er wußte ja, daß es nur Einbildungen einer nervösen Frau waren. Einmal bekam er plötzlich Lust zu versuchen, ob er sie hypnotisieren könnte. Aber sie wollte durchaus nicht. „Ich bin schon genug in deiner Macht", sagte sie lachend. Ja, es kam ihm vor, daß sie, je vertrauter sie wurden, dies alles immer mehr vermied. Und wenn er sie manchmal neckend fragte: „Nun, was ist, gibt's nichts Neues in den unsichtbaren Fäden?" lächelte sie nur und sagte: „Ach du! Sei froh, daß du nichts davon weißt!" Und so sagte sie auch jetzt, kurz: „Du kannst mir doch den Gefallen tun, den Domherrn zu lassen. Wenn ich dich schon darum bitte! Es mag ein dummer Aberglaube sein, gut, aber ich habe ihn nun einmal!" Und wider ihren Willen sprach es noch aus ihr: „Solche Menschen stehen in einem unsichtbaren Kreis, der gleichsam geladen ist, wie mit geheimen elektrischen Kräften. Wer unvorbereitet eintritt, den trifft der Blitz. Sie haben keinen bösen Willen, aber eine böse Kraft haben sie; man darf ihnen nicht in die Nähe."

„Du meinst halt," sagte er belehrend, „daß die

333

Pfaffen eine gefährliche Bande sind. Da kannst du schon recht haben. Zauberer aber, Afferl, gibt's nicht mehr."

„Wer weiß?" sagte sie leise, unter ihrer verschneiten Haube hervor.

„Ich weiß", sagte er lustig. „Ich würde jeden ausweisen lassen. Sie zahlen doch auch keine Erwerbsteuer, folglich gibt es keine, denn daran erkennt man ganz allein, wen es gibt."

Der Wind wuchs. Staubend schoß, in zerstiebenden Wirbeln, der stürzende Schnee von den Hängen auf. Es war finster. Vom niedrigen grauen Himmel begann es zu schneien. Wie in einem grauen Trichter saßen sie. Vor ihnen, um sie, über ihnen nichts als das Fliegen und Fließen der Flocken im Dunkel der schleichenden Nacht, im Rauch der keuchenden Pferde. Dort aber quoll ein qualmendes gelbes Licht in der Ferne jetzt auf, und aus seinem trüben Schein stieg eine lange schwarze Gestalt, einer ungeheueren, aus dem Schnee schwebenden Fichte gleich. Das war der Turm der Kirche von der Lucken.

Dann sagte Klemens: „Übrigens können wir ja dieser Tage hingehen, ich habe nichts dagegen. Neugierig bin ich nur auf die Vikerl. Weißt du, was ich zuerst manchmal für einen Verdacht gehabt habe?" Sie sagte nichts. Er fuhr fort: „Ich hab eigentlich gemeint, er will mich mit der Vikerl verkuppeln. Obwohl er ja immer beteuert, daß sie ins Kloster soll. Und gerade, weil er mir das bei jeder Gelegenheit wieder beteuert. Ich trau ihm nicht. Er hat mit allem seinen geheimen Plan."

Nach einiger Zeit sagte sie: „Nein. Ich glaube das nicht. Er hat gar keinen Plan. Überhaupt nicht. Nie. Sondern alles, was ist, nimmt er hin, wie's ist, und nützt es für sich aus. Das sind die gefährlichsten Menschen."

Er lachte. „Fürchten könnt man sich vor ihm, wenn

334

man dich hört! Und das kommt doch alles nur von seiner feierlichen Nase. Die imponiert euch halt. O Weiberleut, Weiberleut! Da braucht man schon eine Engelsgeduld."

Als er sie, beim Schmied, aus den Decken hob und ihr vom Schlitten half, sagte sie plötzlich: „Du hast ja ganz recht. Ich sehe wirklich nicht ein, was wir eigentlich beim Domherrn sollen. Wir sind doch noch gar nicht verlobt, das glaubst ja nur du!" Und lachend sprang sie nach ihrem Zimmer.

Er mußte warten, in der Küche nebenan, bis sie sich umgekleidet hatte. Als sie ihn dann rief, mit zwei kurzen Pfiffen, wie es ihre Gewohnheit war, fand er sie schreibend. Er fragte: „Was dichtest du denn da wieder?" Sie lachte vergnügt. „Du wirst es schon sehen! Wenn ich auch bloß ein Weiberleut bin."

Er ließ sie gewähren und streckte sich auf dem Diwan aus, rauchend und allmählich erst in dem stillen Zimmer wieder erwarmend, während er das Holz im Ofen roch und in ihrer lieben Hand die Feder knistern hörte. Und so, behaglich eingewiegt, in einer wohligen Ermattung, ein bißchen schläfrig von der kalten Fahrt, begann er nachzudenken. Das hilft ihr alles nichts, in drei Wochen wird geheiratet, er will auch einmal sein Christkindl haben. Das mit den Papieren wird sich schon ordnen lassen. Er muß lachen, wie er an ihren Paß denkt. Tinte war darüber gegossen, ein Blatt ausgerissen. Sie gestand ihm, daß sie, um sich jünger zu machen, weil doch wirklich nicht jeder Beamte zu wissen braucht, wie alt man schon ist, die Jahreszahl ausradiert, dann aber wieder Angst bekommen und es absichtlich mit Tinte verwischt, bis sie schließlich lieber die ganze Seite vernichtet hatte, wodurch denn nun freilich der Paß unbrauchbar geworden war. Aber der Taufschein fand sich, und sein alter Freund, der verrückte Pfarrer da drüben, der anfangs damals immer so bös wurde,

335

wenn er ihn nur von weitem kommen sah, wird's ja nicht so genau nehmen. Oder der Domherr muß halt dem Pfarrer ein Wort sagen. Schließlich handelt es sich um den Bezirkshauptmann, das genügt wohl, da nimmt man's nicht so genau. Eigentlich ist das sogar ganz lustig, es hat was Romantisches, es paßt gut zu ihnen beiden. Für alle Fälle wird er übrigens wirklich mit dem Domherrn sprechen. Sie hat doch auch ganz recht, es ist immer gescheiter, man stellt sich mit den Pfaffen gut. Nur erfährt's dann der Vater. Er kann ja die Hofrätin doch nicht bitten, es dem Vater nicht zu schreiben. Aus welchem Grunde denn? Und das ist doch überhaupt ein Unsinn! Einmal muß es ja der Vater endlich erfahren. Wie will er es ihm denn verbergen? Und warum denn auch eigentlich? Kann der Vater es ihm verbieten? Hat es der Vater nicht schon immer gewünscht? Und so gut wie die Tochter des Wucherers wird ja wohl eine preußische Baronin auch noch sein! Freilich läßt der Vater immer nur gelten, was er selbst arrangiert hat. Das wird ihn kränken. Aber er fürchtet ja den Vater jetzt nicht mehr, er weiß sich jetzt stark, nein, jetzt hat der Vater keine Gewalt mehr über ihn! Wenn er nur nicht etwa zur Hochzeit kommt! Nein, er fürchtet den Vater jetzt nicht mehr, aber er denkt sich das so lieb, ganz still zu heiraten, in der verschneiten kleinen Kirche da drüben! Ohne militärisches Gepränge, und ohne dann die lange Geschichte sämtlicher Furnians und den ganzen bosnischen Krieg anhören zu müssen. Und sie soll ihn auch lieber nicht vor seinem Vater sehen! Das ist ihm ein unangenehmes Gefühl, er weiß selbst eigentlich nicht warum. Er fürchtet ja den Vater jetzt nicht mehr, aber er wird ungeschickt vor ihm sein, sicherlich, aus dummer alter Gewohnheit, er kennt sich doch! Und so soll sie ihn nicht sehen, nein, das will er nicht, es wäre ihm unerträglich! Aber der Vater muß ja nicht kommen, man wird es ihm ausreden. Mitten im

Winter die weite Reise durch Sturm und Schnee! Man wird ihm versprechen, daß dafür, im Frühling, auf der Hochzeitsreise, lieber sie zu ihm kommen wollen. Nur ist es jetzt doch wirklich die höchste Zeit, dem Vater zu schreiben, bevor er es am Ende von anderen erfährt! Und er nimmt sich das ja auch schon täglich vor! Aber dann verschiebt er's täglich wieder. Denn er findet den Ton nicht, es wird ihm so schwer, der bloße Gedanke schon macht ihn müd. Es ist ihm, als käme dann plötzlich das alles wieder herauf, wovon er jetzt doch endlich erlöst ist; er will die Gespenster seiner Jugend nicht noch einmal wecken. Aber es wird ja doch nicht anders gehn, er muß dem Vater schreiben, es muß sein!

„Rate, was das ist!" sagte sie, mit ihrer hellen Stimme. Sie hob die beschriebenen Blätter und schwang den Pack.

Er fragte: „Hast du deine Memoiren begonnen? Wir könnten ein ganz hübsches Stück Geld damit verdienen, was gar nicht schlecht wär."

Die böse Falte zeigte sich, er hatte das so gern, sie glich dann einem schlimmen Kind, das gleich schreien und strampeln wird, vor Zorn. „Es ist unnötig," sagte sie, „mir stets vorzuhalten, daß ich reicher sein könnte. Du weißt, daß ich meinem Anwalt aufgetragen habe, mir Rechnung zu legen. Ich bin eben in den letzten Jahren ein wenig aus der Ordnung geraten."

„Ich wette, daß dein Anwalt dich betrügt. Was ich ihm eigentlich gar nicht verdenken kann, du fährst in der Welt herum und kümmerst dich ja nicht. Und mir willst du doch nicht einmal seinen Namen sagen!"

Sie schlug den Pack der beschriebenen Blätter heftig auf den Tisch. „Weil es nicht wieder heißen soll, daß wir unselbständig sind und nicht einmal unsere eigenen Sachen besorgen können und zu allem einen Mann brauchen! Das möchtest du doch nur wieder. Darum will ich's nicht. Und wenn's wahr wäre, wenn mich der Anwalt wirklich bestiehlt, nun? Wem bin ich verantwortlich? Ich gehöre nicht zu den Frauen, die sich einen Gatten kaufen wollen. Und wenn du mich meines Geldes wegen nimmst, ich fürchte, da verrechnest du dich. Wird dir aber ganz recht geschehen!"

„Kannst du denn wirklich keinen Spaß verstehen?" Er stand vom Diwan auf. „Oder glaubst du, daß ich im Ernst —?" Seine Frage flog zu ihr, sie sagte noch immer nichts, trotzig stehend. „Drut! Kleine Drut! Du bist doch dumm!" Er ging auf sie zu. „Dumm und abscheulich, gesteh's nur ein, nicht?"

„Rate lieber, was das ist!" sagte sie, die Blätter zeigend.

„Eine Schenkung an deinen Anwalt, womit du ihm lieber gleich dein sämtliches Hab und Gut übermachst?"

Sie zog sich aus seinen Armen und sagte lustig: „Ein Sendschreiben an deinen Herrn Papa, womit ich ihm den richtigen Empfang seines Sohnes bestätige. Nun mach nur nicht gleich so ein entsetzlich dummes Gesicht! Es fiel mir ein zu versuchen, ob ich den Ton für deinen Vater treffen könnte, um Eindruck auf ihn zu machen, so wie ich ihn mir vorstelle, nach deinen Erzählungen von ihm und nach seinen Briefen an dich. Aber du scheinst auch keinen Spaß zu verstehen. Auf der Fahrt fiel es mir ein." Sie knüllte die Blätter ein, er riß ihr den Pack weg und begann zu lesen. Sie ging zum Ofen und sagte: „Nein, jetzt hast du mir den ganzen Spaß verdorben."

Als er ausgelesen hatte, sagte er: „Ausgezeichnet! Ich werde jetzt noch ein paar herzliche Worte dazu schreiben, und so bin ich es los. Mir fällt ein Stein vom Herzen."

„Kle, bist du verrückt? Du willst doch nicht im Ernst —?"

„Aber, Kind, der Brief ist ausgezeichnet! Du weißt

ja gar nicht, wie geschickt jedes Wort in diesem Brief ist! Da muß man meinen Vater nur kennen." Er ging vergnügt zu ihr. „Jedes Wort sitzt! Das hätte die Hofrätin nicht feiner gemacht. Du liebe Schwindlerin du."

„Nein, Kle, das darfst du nicht sagen! Es ist doch alles wahr."

Er nahm den Brief wieder und lachte. „Das ist ja das Großartige! Alles ist wahr, aber genau so, wie's mein Vater braucht. Die preußische Baronin, der alte Glanz der Scharrns auf ihrem Gut in der Mark, die vornehme Witwe mit ihrem Schmerz, deine Freundschaft mit dem Domherrn, deine Bedenken gegen meine Jugend und meinen Leichtsinn, ausgezeichnet, der Vater erstirbt in Ehrfurcht, ausgezeichnet! Und dann, aber da muß man dir zunächst ein Bußl geben, anders geht's nicht, juchhu!" Er nahm sie, tanzte mit ihr und küßte sie, die Blätter schwingend.

Sie wehrte sich. „Es tut mir weh, daß du mich auslachst!"

Er hörte sie gar nicht an. „Es ist einfach herrlich! Wie du dann auf einmal gerührt wirst und nun die große Beichte beginnt, von deiner armen Mutter und deiner verlorenen Kindheit, und du dich unwürdig fühlst, den Namen Furnian zu tragen, doch aber glaubst, durch deine reine Liebe zu mir und unter seinem Beistand — wie heißt's da?" Er suchte die Stelle, fand sie nicht gleich und sagte, lachend: „Du bist eine zu herrliche Schwindlerin, Drut!"

„Gib mir den Brief!" sagte sie, heftig.

Er sah verwundert auf. „Was hast du denn?"

Zornig sagte sie: „Ich mag nicht, daß du glaubst, ich hätte deinen Vater verhöhnt! Fühlst du denn nicht, daß es mir Ernst ist?"

Er sagte, kleinlaut: „Du darfst mich doch nicht mißverstehen. Das weiß ich schon! Aber ein bißchen schwindeln gehört einmal dazu, anders geht's nicht, mit so wunderlichen alten Leuten. Hast du nicht selbst gesagt, daß es dich gereizt hat, seinen Ton zu treffen?"

„So war das nicht gemeint!" Und dann dachte sie ein wenig nach, kam auf ihn zu und sagte: „Höre, Kle! Du mußt mir gut zuhören! Es wäre mir schrecklich, wenn du —"

„Aber Kind!" sagte er lachend. „Du nimmst gleich immer alles tragisch."

„Ja, ihr Östreicher! Ihr seid unverbesserlich, nichts ist euch heilig! Aber ganz im Ernst! Da kann ich nicht mit. Es wäre mir schrecklich, wenn du mich so mißverstehen könntest. Also höre! Anfangs ja, anfangs war's vielleicht nur im Spaß. Es machte mir Spaß, mich einmal im Tone deines Vaters zu versuchen. Aber wie ich dann so saß und schrieb, und du lagst rauchend auf dem Diwan da, schwer und faul, und im Zimmer war's so still, in unserem lieben kleinen Zimmer, und nur du und ich und draußen der Schnee, da hab ich doch gar nicht mehr an deinen Vater gedacht, sondern nur an uns und wie schön es ist, und ich weiß ja gar nicht mehr, was ich schrieb, aber jedes Wort ist wahr, wie's mir mein Herz diktiert hat. Das mußt du mir glauben, Kle!"

„Du bist so lieb!" sagte er, leise. Dann aber, wieder übermütig: „Und wenn du's triffst, wie du's grad brauchst, ohne schwindeln zu müssen, um so besser, das ist gar famos!"

„Gib mir den Brief!" bat sie. „Ich will ihn aufheben. Er soll später einmal erinnern."

„Keine Spur!" sagte er lustig. „Der Brief geht heute noch ab."

„Kle!" sagte sie flehentlich. „Ich habe doch nicht denken können, daß du im Ernst —! Sei vernünftig, das will doch noch alles erst reiflich überlegt sein!"

„Nix!" sagte er, ganz im Ton des feschen Kle. „Die Alte muß noch heute hinab. Sie soll direkt auf die Bahn, da kann der Brief noch in der Nacht weg.

Also wer ist der Herr im Haus? Ich bitt mir's aus!"
Er setzte sich und begann zu schreiben. „Sei so gut
und stör mich jetzt nicht! Ich will mir an deinem
Stil ein Beispiel nehmen. Übrigens macht's gar
nichts, wenn dem Vater deine Dichtung lieber ist
als meine. Und jedenfalls bin ich die Geschichte
endlich los. Es war schon die höchste Zeit."

Er schrieb, ging zur Alten, schickte sie zum
Schmied, ließ einspannen und gab nicht nach. „Ja,
ja, mein liebes Afferl!" sagte er, als er wieder in das
Zimmer kam. „Es ist ganz gut, wenn von Anfang an
feststeht, wer im Hause zu befehlen hat." Und da
sie schweigen blieb, sagte er lustig: „Das bißl Trotzen
macht mir gar nichts, mein Kind! Daran muß man
sich beizeiten gewöhnen. Du wirst schon wieder gut,
es ist mir nicht bang."

„Ich trotze doch nicht. Ich kann nur nicht begreifen, warum das alles mit solcher Hast überstürzt
und überhetzt werden muß."

Er ging im Zimmer auf und ab, die Schultern ein
wenig vor, schlenkernd, seinen kurzen Schnurrbart
streichend.

„Weil ich will."

„Warte doch ab, bis mein Anwalt antwortet, bis
die Papiere kommen, bis wir mit dem Nötigsten in
Ordnung sind! Warum denn so Hals über Kopf?"

„Weil ich will", wiederholte er.

„Ach, Kle, du bist ein großes Kind."

„Das sagt ihr immer, wenn man ein Mann ist. Ich
habe mich entschlossen, noch in diesem Jahre zu
heiraten. Und so geschieht's." Er freute sich, ihr
anzusehen, wie sie wütend wurde.

Sie sagte gereizt: „Und was wäre denn, wenn's
nicht ging?"

„Es geht aber. Warum soll's nicht gehen?"

„Ich nehme nur an! Bloß weil du ja so tust, als
wäre dir die ganze Welt untertan. Das kann einen
wirklich rasend machen."

Er freute sich über ihren lieben kleinen Schopf, der ihr in die Stirne sprang, und fragte: „Also was nimmst du an? Nimm es nur an!"

„Also, wenn mein Mann noch lebte, zum Beispiel! Angenommen, mein Mann wäre nicht tot, sondern in irgendeinem Irrenhaus, und ich wäre fortgereist und hätte dich kennengelernt und alles wäre sonst ganz genau so zwischen uns beiden wie jetzt, nur daß, wie gesagt, mein Mann noch lebte, was dann?"

„Scheiden lassen."

„Er hätte nie zugestimmt."

„Braucht er gar nicht. Wahnsinn ist, glaub ich, ein Scheidungsgrund. Oder man hätte was anderes gefunden, man findet immer was. Ist er nicht damals verurteilt worden, bei der besoffenen Geschichte mit dem alten Mann in der Friedrichstraße? Verurteilung wegen eines Verbrechens ist sicher ein Scheidungsgrund, das weiß ich noch genau. Aber, Kind, was sind das für dumme Fragen? Der gute Baron ist doch so lieb, tot zu sein! Na also!"

„Ja, der Baron ist tot", sagte sie leise. Dann schüttelte sie sich und lachte: „Du hast recht, es ist dumm. Aber du kannst einen wirklich ganz nervös machen, mit dieser unsinnigen Hast! Warum denn nur? Ist's denn so nicht auch ganz schön?" Und sie sah zärtlich durch das Zimmer hin.

„Es wird aber dann noch viel schöner sein", sagte er. „Aber du bist ein Hasenfuß! Anders läßt's sich's ja wirklich nicht erklären, ich kenn' dich doch jetzt ganz genau, du wünschst dir das gerade so stark wie ich, aber Angst hast du, denn du gehörst zu den Menschen, die vor jeder Änderung Angst haben. Wie mein Vater immer sagt: Es kommt nichts Besseres nach! Schimpfst immer über uns Östreicher und bist selbst so! No ich kann das schon auch verstehen, aber man muß sich halt ein bißl zusammennehmen, Kind."

Mit schwerer Stimme sagte sie: „Mir kommt das

Leben manchmal wie eine riesige sausende Maschine mit ungeheueren Rädern vor. Man darf nicht zu nahe kommen, sonst reißt's einem den Kopf weg. Und ich habe nur immer das Gefühl, mich ganz dünn und klein zu machen und ja nicht zu rühren."

„Aber Afferl, da nimmt man eine sichere starke Hand und hält sich an, dann geht's. Wirst schon sehen, daß es gehen wird. Und wie schön! Denn ich, schau, da bin ich ganz anders, ich hab gar keine Furcht vor den sausenden Rädern. Ich kann's nur nicht vertragen, wenn die Maschine steht. Weißt du, was ich mein? Wie's in meiner Kindheit war: diese drohende Stille der großen Maschine, und man weiß doch, jetzt werden die Räder sausen, aber wo denn, wann denn endlich? Da wird einem angst und bang! Wie's in meiner Kindheit war und später noch und doch eigentlich immer noch, bis ich dich gefunden hab! Aber jetzt sausen die Räder und jetzt ist mir auf einmal gar nicht mehr bang!"

„Wo sausen sie denn?" fragte sie, lächelnd.

„Sie werden schon sausen, paß nur auf!" Er ging wieder durch das Zimmer hin und her, behaglich seinen Leib schwenkend, den Zeigefinger belehrend ausgestreckt. „Denn jetzt geht's los, ja lach nur, ich weiß es! Ich weiß es halt, ich hab auch Ahnungen. Wie du ein Gewitter vorher spürst, so kribbelt's und krabbelt's halt jetzt auch in mir, aber von lauter wunderschönen Dingen, sagen kann man's ja nicht, aber ich fühl's, ich fühl's überall, es juckt mich vor Glück! Und daher auch alles, was dir jetzt so merkwürdig an mir vorkommt, armes Afferl, dieses Hetzen und Hasten, wie du's nennst, es ist weiter nichts: ich kratz mich nur halt, verstehst? Ich kratz mich vor Glück. Denn ich weiß, jetzt geht's los, jetzt wird's sausen! Und das brauch ich! Das war's, was mir immer gefehlt hat! Das brauch ich! Ich hab mich ja früher schon oft selbst mit mir gar nicht mehr ausgekannt, aber jetzt bin ich mir ganz klar."

„Ein rechter Phantast bist du", sagte sie. „Man muß sehr acht auf dich geben. Aber es hört sich ganz lustig an."

Er hatte was knabenhaft Ernstes, als er antwortete: „Ob es nun gerade lustig oder eher langweilig ist, darum handelt's sich dabei wirklich nicht, Kind! Der Mensch muß zur Klarheit über sich selbst kommen. Ich verstehe mich jetzt ganz genau. Wenn ich Angst vor dem Leben hatte, früher nämlich, und auch oft eher den Wunsch, mich in irgendeinen Winkel zu setzen, wo's einen vergißt, so war das nur, weil mich mein Vater durch seine Methode der Erziehung in ein für mich ganz falsches Leben drücken wollte, in ein Leben für die Schwachen, Ängstlichen und Dienenden, wie er einer ist. Ich aber nicht. Ich bin viel weniger der Sohn meines Vaters als der Neffe meines Onkels. Von dem muß ein Tropfen in mein Blut gesprungen sein, der große Hofrat spukt in mir, das ist's. Und seit ich dich kenne, weiß ich das, jetzt bin ich mir erst klar. Worauf du dir übrigens gar nichts einzubilden brauchst! Dem Menschen geht eben einmal der Knopf auf, dem einen im Dampfbad, dem anderen beim Rodeln, irgendwie muß einem halt einmal die Seele gut durchgebeutelt werden, bis das Eigentliche herauskommt! Dann hat man sich erst und da hat man dann sein Schicksal an der Longe. Und seitdem weiß ich, daß ich nicht dazu geboren bin, ein braver Bezirkshauptmann zu sein, der es schön langsam zuletzt bis zum Leiter der Statthalterei bringt. Nein, Frau Baronin, da kennen Sie den Klemens Furnian schlecht! Der ist nicht umsonst beim Döltsch im Vorzimmer gesessen, da lernt man's! Was war denn der Döltsch vor zwanzig Jahren? Ein kleiner Beamter bei der Liburnia! Aber seine großen Katzenaugen hat er halt aufgemacht und er hat's halt verstanden! Nur heraus muß ich endlich! Hier kann ich nicht zeigen, was ich bin. Soll ich gegen den Domherrn intrigieren oder den böhmischen Grafen

344

auf den kleinen Bierbaron hetzen? Ich hätt ja manchmal solche Lust, irgendwas zu wagen, etwas Unerlaubtes, etwas recht Perfides, so irgendeinen verwegenen Schachzug halt, wo die Leut dann wissen, daß sie mit einem rechnen müssen! Glaubst du, daß ich das nicht g'rad so gut kann? Aber heraus muß ich zuerst! Heraus, fort von hier und hinauf! Laß mich nur erst in Wien sein und du ollst schaun! Du sollst schaun, wie's sausen wird! Und erst die lieben Herrn Kollegen! Ihr glaubts, der Klemens Furnian ist kaltgestellt? Nein, der steht in Eis und wird schön eingekühlt, plötzlich aber wird euch schon der Pfropfen an die Nasen springen, bum! Das Afferl aber kann ganz ruhig sein, es wird ihm nichts geschehen, dafür ist der Kle da! Laß die Räder sausen, du hast ja den Kle! Kannst dich verlassen, der weiß schon, was einer Prinzessin von Mexiko zukommt! Mir ist manchmal so leid, daß dein Vater nicht mehr lebt. Ich glaube, wir hätten uns sehr gut verstanden. Der war doch auch von dem Holz, aus dem der liebe Gott die großen Glücksjäger schnitzt. Keine Furcht vor Tod und Teufel, immer drauflos, glückt's heute nicht, so glückt's morgen, und am Ende hat man doch wenigstens gelebt und es ist was gewesen und man hat was gehabt! Du aber bist ganz aus der Art geschlagen, Afferl, schäm dich!"

Am nächsten Tag besuchten sie die Hofrätin und den Domherrn. Die Hofrätin, mit ihrem undurchdringlich frommen Gesicht, neckte sie gütig. „Nein, so eine Überraschung! Nein, die jungen Leute, heutzutage!" Der Domherr sagte: „Und das habt ihr da sozusagen unter unseren Augen angesponnen, ohne daß wir was merkten! Es freut mich aber, daß euch unser Haus so wohl immer in guter Erinnerung bleiben wird! Und hoffentlich bringt's euch Segen! Das wünschen wir euch vom ganzen Herzen!" Die Vikerl kam, ein wenig verlegen. „Oh!" sagte Drut, ganz überrascht. „Laß dich ansehen! Das ist wirklich sonderbar. Du bist ja gewachsen! Nein, wirklich! Du siehst viel größer aus!" Sie lachten. Der Domherr sagte: „Ja, wir werden alle älter mit jedem Tag! Und in der heutigen Zeit geht's gar schnell, liebe Baronin! Es kommt aber wohl nur daher, weil sie sich jetzt ernster trägt. Ich finde, daß das besser zu ihrem Wesen paßt. Allerdings mag es sie etwas älter machen, was mir ja übrigens kein Unglück scheint. Nicht wahr, Viki?" Sie sagte rasch: „Gewiß, Onkel!" Und dann fing sie laut zu lachen an, mit ihrem merkwürdigen heiseren Lachen, das nur jetzt auch größer und gröber geworden schien. Und sie nahm die Hand der Baronin und sagte, mit diesem flatternden und stoßenden Lachen: „Nun bist du wieder da! Nun bist du doch wieder da!" Drut entschuldigte sich gegen den Vorwurf, den sie zu hören glaubte: „Es gibt eben Dinge, die man einem kleinen Mädchen nicht sagen kann, wenn man's auch noch so lieb hat. Das wirst du erst später verstehen. Es kommt schon auch für dich die Zeit!" Geschreckt fuhr das Mädchen auf, mit einem kleinen Schrei, wie böse Katzen schreien, und stieß auf die Freundin los: „Was hat man dir erzählt? Wie kannst du das glauben? Die schlechten Menschen!" Die Hofrätin gab der Baronin heimlich ein Zeichen. Der Domherr sagte, in seinem sanft drohenden Ton: „Viki! Hast du mir nicht versprochen? Du weißt doch!" Ihr zerfahrenes Gesicht wurde leer und starr, als sie gehorsam antwortete: „Ja, Onkel! Ich werd nicht vergessen." Sie hielt sich ganz still; nur ihre lauernden Augen, wie Kohlen in dem weiten fahlen Gesicht, irrten herum. Die Hofrätin sagte: „Zu Weihnachten schon? Es tut mir leid, daß ich da g'rad weg sein werde. Aber der Doktor Mozl will durchaus, daß ich nach dem Süden soll. Drum hab ich ja so fleißig Italienisch gelernt. Übrigens geht der Antonio mit, für alle Fälle. Schad, ich wär gern bei eurer Hochzeit gewesen. Habts Ihr's denn gar so eilig? Na, ich kann mir's ja denken." Drut lachte, die alte Frau gefiel ihr so gut, wenn in dem feierlichen, stillen Gesicht plötzlich der ungebärdige dreiste Spott erschien, ein unverschämt vergnügter Spott, der mit allem fertig war, unter dem Spiegel der glatten Ergebenheit und Entsagung. Plötzlich fragte Drut, die Kette des Mädchens fassend: „Was hast du denn da? Die kenne ich ja noch gar nicht. Laß sehen! Wie merkwürdig!" Sie beugte sich kurzsichtig vor. Die Vikerl sagte, mit ihrem wirren knisternden Lachen: „O nichts! O nein!" Der Domherr verkündigte: „Es sind Denkmünzen, in allen berühmten Wallfahrtsorten unseres Vaterlandes gesammelt. Maria Plain, Maria Taferl, Maria Zell, und wie sie alle heißen, die lieben alten Stätten unserer Andacht. Sehen Sie sich besonders die von Maria im See an, von Veldes. Merkt man an der rührenden Figur nicht die ganze slawische Wehmut und Weichheit? Es ist ein sehr sinniges Geschenk. Der Doktor Nießner hat es ihr verehrt, ein junger Mann, der heuer im Sommer ein paar Tage hier war, noch vor Ihrer Ankunft, und uns rasch ein werter Gast geworden ist." Klemens fragte, lustig: „Seit wann ist mein Freund Nießner unter die Wallfahrer gegangen?" Der Domherr erwiderte: „Lassen Sie sich durch die Masken nicht täuschen, die heute mancher aus äußeren Rücksichten trägt! Man kann auch sozusagen inkognito fromm sein. Der liebe Gott sieht's doch." Klemens sagte, spöttisch: „Und seine Statthalter auch, scheint's. Was meinem Freund Nießner wohl die Hauptsache sein dürfte." Drut fiel ins Gespräch ein: „Aber du wolltest doch den Domherrn noch fragen, Kle! Wegen unseres Pfarrers!" Klemens sagte: „Gott, ich kann doch auch selbst mit dem Pfarrer reden. Es ist nur, weil ich höre, daß der Alte so wunderlich ist und manchmal ohne jeden Grund Geschichten macht. Also vielleicht sagen Sie ihm, daß er's hier mit dem Bezirkshauptmann zu tun hat, da geht das nicht so!" Der Domherr entgegnete, lächelnd: „Das möchte ich doch wohl eigentlich lieber nicht! Erstens ist das nicht so, wie Sie sich's zu denken scheinen, Verehrtester. Ein Pfarrer läßt sich nicht einfach kommandieren. Wir haben doch eine viel größere Freiheit als die Herren in den liberalen Berufen. Und zweitens ist der gute Pfarrer in der Lucken ja wirklich noch ein ganz besonderer und etwas schwieriger Fall. Sein Schicksal hat ihn mißtrauisch gemacht und schließlich ist seine Schuld längst abgebüßt und man hat ihm versprochen, ihn in Ruhe zu lassen. Ich weiß auch gar nicht, ob es Ihnen viel nützen würde. Er hat ein recht störrisches Gemüt, und wenn er sich ärgert, legt er sich einfach drei Wochen ins Bett und redet mit keinem Menschen mehr ein Wort. Das haben wir schon erlebt." Klemens sagte, hochmütig: „Ich lege auch gar kein Gewicht darauf. Ich brauche ja nichts von ihm. Es ist nur gemütlicher, wenn man eine Empfehlung hat, es wickeln sich dann alle Formalitäten rascher ab." Der Domherr sagte, lächelnd: „Ja, ihr wollt halt immer ganz besonders behandelt werden, ihr Herren von der Behörde! Das seid ihr so gewohnt!" „Aber Kinder!" sagte die Hofrätin, vergnügt. „Wendet euch doch einfach an seine Köchin, wenn ihr was von ihm braucht! Die macht doch alles, was sie will, mit ihm. Bei der Köchin hört der Eigensinn der Männer auf."

Als sie fortgingen, schoß ihnen die Vikerl auf die Treppe nach, zog Drut an sich und sagte leise, mit fliegender Stimme: „Behalt mich lieb! Du darfst nicht schlecht von mir denken! Das ertrag ich nicht!" Drut streichelte das aufgeregt stöhnende Kind und fragte: „Was ist dir denn? Was geht denn mit dir vor?" Das breite Gesicht des häßlichen Mädchens wurde starr, ihre schwarzen Augen standen still. „Aber nein!" sagte sie dann, alles gleichsam abwerfend. „Ich weiß ja nicht! Ich weiß schon gar nichts mehr!" Und wieder klammerte sie sich an und bat: „Aber behalt mich lieb! Sie zerren so an mir herum! Du mußt mich lieb behalten!" „Erdrück mich nur nicht, Kind!" sagte Drut und löste sich von ihr. „Nächstens kommst du einmal zu uns, dann sprechen wir über alles. Es wird ja nicht so schrecklich sein, wie du dir's gleich denkst." Traurig sagte das Mädchen, das verblasene Gesicht senkend: „Nein, das darf ich nicht! Zu dir darf ich nicht mehr!" Und den zuckenden Finger auf dem Mund, bat sie: „Aber nichts sagen! Nichts sagen! Du darfst nichts wissen!" Dann lachte sie bös auf, hinter Klemens die Faust ballend, der zum Schlitten trat. „Ich hasse den Klemens. Von euch hätt ich das nie gedacht! Und alle Menschen haben diese gräßlichen Sachen, alle!" Sie riß sich los und entlief.

Im Schlitten sagte Drut: „Was nur mit dem Mädl vorgehn mag? Sie ist ganz verändert." Klemens sagte: „Der Pfaffe quält sie. So machen die sich die Menschen gefügig, das gibt dann den verprügelten Gehorsam, den sie brauchen. Und es scheint auch der Nießner dahinter zu stecken. Dem Burschen ist jedes Mittel recht. Was geht's uns an?"

Und er drückte zärtlich ihre kleine feste Hand. Lachend sagte Drut: „Und die Hofrätin ist doch aber zu nett! In ihrer plötzlichen Sehnsucht nach dem Süden, mit dem Antonio zusammen! Deshalb soll wohl auch die Vikerl aus dem Hause. Ungestört will die gute Großmama sein." Klemens sagte: „Und der Hochwürdige Herr gibt den Segen dazu." Sie fuhren noch in den Ort hinein, manches zu besorgen. Klemens trat in einen Laden, Drut blieb wartend im Schlitten. Da sah sie den Doktor Tewes um die Ecke kommen. Sie winkte ihm zu und rief ihn an. „Wissen Sie's schon, lieber Doktor?" Er kam zögernd heran. Sie hielt ihm die Hand hin und sagte: „In drei Wochen heiraten wir. Und nun hören Sie, was ich mir ausgedacht habe! Sie müssen mein Trauzeuge sein. Nein, da hilft Ihnen nichts! Sie sind doch

349

schuld, Sie ganz allein! Jetzt tragen Sie nur auch
die Folgen!" Sie lachte vergnügt. Der Doktor wollte
stotternd antworten, da kam Klemens aus dem Laden
zurück, erblickte ihn und sagte, in seinem feschen
Ton: „Ha! Der Stifter unseres Glücks! Heil!" Aber
indem er dies sagte, fiel ihm ein, daß er doch lieber
mit dem roten Doktor nicht zu vertraulich werden
wollte; diese Leute nützen das dann gleich aus. Und
er sagte dem Kutscher, leichthin: „Vorwärts, wir erfrieren sonst hier! Ich bin Ihnen noch immer einen
Besuch schuldig, lieber Doktor, aber ich komm schon
nächstens einmal!" Und er winkte grüßend mit der
Hand, setzte sich und zog die Decken an.

„Wieso denn? Wozu denn?" schrie der zappelnde
Doktor durch die kalte Luft. „Ich habe nur meine
Pflicht getan! Nur was mir meine Pflicht schien,
bitte!" Und schon war er zappelnd davon, den Kopf
himmelan, durch die Gasse schnellend, während der
Kutscher langsam den Schlitten wendete.

Klemens sah dem Doktor nach und sagte spöttisch:
„Schön ist er nicht, der Stifter unseres Glücks!"

„Der Stifter unseres Glücks!" wiederholte Drut.
Sie schloß ihre kleinen unruhigen Augen und hüllte
sich ein, an Klemens gelehnt.

„Vorwärts, vorwärts!" rief Klemens ungeduldig
dem Kutscher zu.

Schweigend fuhren sie durch den grauen kalten
Tag ins Dunkel hinein.

Z w ö l f t e s K a p i t e l.

„Es stinkt!" schrie der Apotheker. Und er schwang
sein Exemplar des „graden Michl" und wiederholte,
zappelnd und zwinkernd: „Es stinkt, es stinkt, es
stinkt! Bitte tausendmal um Verzeihung, daß ich die
werten Ohren unserer hochverehrten Damen so be-
leidigen muß, nutzt aber alles nix, bitte sich nur
selbst gefälligst an die hochgeschätzten eigenen Nasen

350

zu wenden, da der höhere Mensch doch unstreitig auch sozusagen eine moralische Nasen hat, is es richtig oder nit? Alsdann frage ich aber: was sagt uns die moralische Nasen jetzt, was meldet sie, was kann sie nicht mehr leugnen? Die moralische Nasen sagt uns, sie meldet, sie kann nicht leugnen, daß es stinkt! Bitte nochmals zehntausendmal um Vergebung, daß ich das den scharmanten Ohren unserer liebenswürdigen Damen zumuten muß, aber jetzt is es einmal g'schehn, da hilft nix mehr! Denn soviel is jetzt einmal sicher, daß es bei unserer zauberhaften Baronin stinkt! Moralisch, mein ich, moralisch versteht sich! Was die übrigen Düfte der Frau Baronin Furnian betrifft, da bin ich nicht kompetent, aber moralisch stinkt's mir in die Nasen. Da muß ich schon sagen, ein jedes Kuhmensch hat einen besseren Geruch. Bitte nur den „graden Michl" zu lesen!"

Und das schußlige Männchen schwang triumphierend die zerknitterte Zeitung über den Tisch hin, wie eine zerschossene Fahne.

„Aber Flori!" sagte die Frau Apotheker, mit ihrer langsamen, tief singenden Stimme.

„Bitte nur noch einmal genau den „graden Michl" zu lesen!" sagte der Apotheker. „Da kann man jetzt kein Auge mehr zudrücken, das gibt's nicht mehr, das hört sich jetzt auf! Denn soviel Augen hat der Mensch gar nicht, als man da zudrücken müßt, damit man mit der märchenhaften Baronin noch weiter verkehren könnt! Wenigstens was ein anständiger Mensch is, der ein bißl was auf sich halt! Ich nicht, ich nicht, ich muß schon bitten! Wann ich auch bloß ein einfacher schlichter Bürgersmann bin. Klein, aber rein! wie man bei uns sagt. Und darum, was mich betrifft, ich, wann ich jetzt bei der Bezirkshauptmannschaft vorübergeh, ich halt mir die Nasen zu."

Und indem er es zeigte, wiederholte er, durch die Nase schnofelnd:

„Mit allen Fingern, die ich hab, halt ich mir die

Nasen zu, ich kann nix dafür, ich bin ein reinlicher Mensch. Bis, bis, bis —!" Er ließ seine Nase los und, den Zeigefinger drehend, über den Tisch vorgebeugt, sagte er: „Bis ausgemistet is! Das, meine verehrten Herrschaften, sind wir uns schuldig, sonst wird's heißen, es g'schieht uns recht! Ausgeräuchert muß der Ort werden! Das ist meine Meinung und da geb ich nicht nach. Wann ich auch nur ein einfacher schlichter Bürgersmann bin! Der Herr Bezirkshauptmann soll nur nicht glauben, daß man sich alles gefallen lassen muß! Oho, oho, Herr Baron, da sind wir noch da, werden schon sehen! Wann der kleine Jautz auch nur so ein spaßhaftes Mannderl ist, wie Sie glauben! Und glaubens nur nicht vielleicht, werter Herr Baron, weil wir die hohe Ehre genossen haben, daß S' uns manchmal unser schönes Geld im Tarok abnehmen — a deswegen glaubens vielleicht, daß wir jetzt kuschen müßten? Wer hat's Ihnen denn g'schafft, Euer Hochgeboren? Wir hätten Ihnen im Krätzl wahrhaftigen Gott's net gebraucht! Wärn's schön draußen blieben! Es ist vorher im Krätzl auch ohne Sie gangen! Ganz schön und ganz gut, es hat uns gar nix g'fehlt! Und man sieht nur wieder einmal, daß mit die hohen Herrn schlecht Kirschen essen ist, besonders wenn die geehrten Kirschen ang'fault sind! Nein, da danken wir lieber, mein Herr Baron, da dankt der kleine Mann!

Nein, mein lieber Herr Baron!
Denn was hab'n wir jetzt davon?
Schand und Spott!
Behüt uns Gott!
Da kann der kleine Jautz nur raten:
Gehns mit Ihrer Baronin baden!

Denn, meine Herrschaften, wie gesagt, bitte nur den „graden Michl" genau zu lesen, da steht's! Da steht's schwarz auf weiß, daß sie gar keine Baronin is, sondern ein Luder! Und jetzt frag ich, ob wir das nötig haben! Das is nur so ganz bescheiden meine

352

unmaßgebliche Meinung. Denn ich mein, da hat schon der kleine Mann doch auch noch ein Wörtel dreinzureden, bevor uns die ganze Gegend versaut wird! Die sollen nur nicht glauben, daß unsereines nicht auch sein moralisches Bewußtsein hat! Viel läßt man sich von der Behörde gefallen, Steuern muß man zahlen, sekiert wird man um und um, Buckerln macht man noch dazu, aber alles darf man einem Menschen doch nicht antun. Bekanntlich krümmt sich schließlich auch der Wurm. Und soviel Ehrgefühl, als selbst der Wurm hat, ein elender Wurm, meine liebenswürdigen Damen und unendlich hochgeehrten Herren, wird man doch, sollt man meinen, von unserem geliebten Krätzl am End auch noch erwarten dürfen. Dies wäre, meine erlauchten Herrschaften, die ganz bescheidene Meinung Ihres ergebensten Florian Jautz, Apothekers allhier, der halt wieder einmal recht behalten hat, wenn er immer sagt, daß

Unser armer Bürgersmann

Stets nur selbst sich helfen kann!

Ich bin g'wiß ein geduldiger und eher ein schweigsamer Mann, aber man darf doch noch sein moralisches Bewußtsein haben. Sonst, wie gesagt, wird uns noch die ganze Gegend versaut!"

Der Bezirksrichter sagte, gröhlend: „Heut redens wenigstens deutsch! Dös is amal a Red! Prost, Jautzl, prost!" Er trank ihm zu, wischte sich den nassen Bart aus und nahm wieder sein Exemplar des „graden Michl" vor, lesend und lachend.

Die Bergrätin zuckte zusammen und sagte leise zum Bergrat: „Muß denn alles gleich gar so drastisch ausgedrückt werden! Nicht wahr, Hauschka?"

Der Bergrat sagte, indem er seine Hand auf ihre legte: „Nun ja. Der Fall ist wohl sehr peinlich."

Die Frau Wiesinger sagte, aggressiv: „Recht hat der Herr Apotheker! So spricht ein Mann!" Und sie schlug ihr Exemplar des „graden Michl" wieder auf, um wieder eifrig zu lesen.

„Jedenfalls," sagte der Herr Verwalter Wiesinger, gereizt, „jedenfalls ist es eine jener Sachen, wo nur ein Mann ein Urteil haben kann. Und was jetzt zu geschehen hat, ob es nach diesem Artikel im „graden Michl" einem anständigen Menschen überhaupt noch möglich sein wird, weiter mit dem Bezirkshauptmann und seiner Dame zu verkehren, ja ob wir nicht eigentlich gezwungen sind, eine Aufklärung vom Herrn Bezirkshauptmann zu fordern, der schließlich, vergessen wir das nicht, der schließlich einmal zu unserem Krätzl gehört —"

„Sehr richtig!" bemerkte der Apotheker, eilig. „Vergessen wir das nicht!"

„Ob, sage ich," fuhr der Herr Verwalter gereizt fort, ungeduldig an seiner goldenen Brille rückend, „ob das nicht das Ansehen des Krätzls direkt verlangt, das nach meiner Meinung einfach lächerlich wird, wenn es sich zu so blutigen Angriffen eines immerhin eine weite Verbreitung in unserer Bevölkerung genießenden Blattes auf eines seiner Mitglieder taub stellt —"

„Sehr richtig!" sagte der Apotheker und applaudierte mit den Fingerspitzen, wie er das im Sommer einmal im Theater von dem böhmischen Grafen gesehen hatte.

„Darüber, meine Herren," schloß der Herr Verwalter, „darüber steht wohl nur uns Männern allein die Entschließung zu. Uns Männern einzig und allein! Ehrensachen gehen Frauen nichts an. Soweit sind wir doch noch nicht. Vorderhand noch nicht!" Und indem er sich zu seiner Frau wendete, sagte er höhnisch: „Du mußt schon gütigst entschuldigen, liebes Kind!"

Die Frau Verwalter Wiesinger sprang auf, blasend vor Zorn: „A das möcht ich seh'n, das wär noch schöner! Du glaubst ja natürlich, eine Frau ist bloß da, daß sie dir die Socken stopft und —"

„Das glaub ich bei Gott nicht", sagte der Ver-

354

walter, hämisch. „Dazu hätt ich wahrhaftig auch gar keinen Grund, das weißt du ganz genau. O jeh!"

„Schau, schau, schau!" sagte der Apotheker geschwind, sich vergnügt die Hände reibend.

„Haben's a Löcher in die Strümpf?" fragte der Bezirksrichter, lachend. „Das is g'scheit! Dös scheinen nämlich die Weiber auch für eine Ehrensache zu halten, da wollens nix wissen davon, haha!"

„Eine Gemeinheit ist das von dir!" schrie die Frau Verwalter. „Wie kannst denn du behaupten, daß —? Eine Gemeinheit ist das, so eine Gemeinheit! Die Leute müssen ja rein glauben —!" Sie konnte vor Zorn nichts mehr sagen und fing heftig zu weinen an.

Der Apotheker kam eilig herbei. „Schöne Frau! Schönste Frau! Allerschönste Frau!"

„Aber Flori!" sagte die Frau Apotheker dumpf.

„Wie kann man denn diese herrlichen Augen durch schnöde Tränen trüben!" sagte Herr Jautz, die fleischige Hand der schönen Verwalterin streichelnd. Und plötzlich fing er zu hüpfen an und schüttelte sich und schrie: „Hörn's auf, hörn's auf, um Gottes willen hörn's auf, oder ich kann mir nicht helfen und wein auch!" Und er begann kindisch zu plärren: „O Gott, o Gott, o Gott, o Gott!"

Die Frau Bergrätin sagte leise zum Herrn Bergrat: „Muß er sie denn aber auch vor allen Leuten so blamieren? Das ist doch vom Herrn Verwalter nicht recht! Meinst du nicht, Hauschka?"

Der Bergrat sagte, um ein anderes Thema zu bringen: „Zunächst müßte man ja vor allem feststellen suchen, ob das, was der Artikel im „graden Michl" behauptet, denn wohl auch wirklich wahr ist."

„Wahr?" schrie der Apotheker, auf den Bergrat losspringend, wie persönlich beleidigt. „Wahr? Es soll nicht wahr sein? Herr Bergrat, Herr Bergrat, was fällt Ihnen ein? Natürlich is's wahr! Das brauch ich doch nur zu lesen und weiß, es is wahr! Aber fragen's doch alle, Herr Bergrat! Hat das einer von uns gelesen und hat's nicht gleich geglaubt? Das hat man doch im Gefühl! Und übrigens, Herr Bergrat, da muß ich schon bitten: wenn so was einmal in der Zeitung steht, dann is es eben wahr, solange bis nicht bewiesen ist, daß es nicht wahr ist! A das wär leicht! A das wär das Neueste! Denn bitte, Herr Bergrat, sie kann ja klagen! Wozu wär denn das Gericht da? Warum klagt sie denn nicht? Bitte, bitte! Warum hat sie denn nicht geklagt? Ein unschuldiger Mensch geht halt aufs Gericht! Von mir sollt einer so was schreiben, das möcht ich sehen! No hab i net recht, Herr Bezirksrichter? Warum hat sie denn nicht geklagt? Wozu haben wir denn ein Gericht?"

„No klagen kanns ja noch immer", sagte der Bezirksrichter verdrießlich. „Das Blatt is ja heut erst erschienen."

„Die Frage ist nur," sagte der Bergrat, „ob sie überhaupt klagen kann. Sie wird ja in dem Artikel gar nicht genannt."

„Nicht genannt?" schrie der Apotheker, ängstlich aufgeregt. „A da muß ich bitten! Jedes Kind, das das liest, weiß doch, daß da nur die Frau Baronin Furnian gemeint sein kann." Er rannte, nahm sein Exemplar wieder und sagte, mit dem Zeigefinger in die schmierige Zeitung tippend: „Also bitte! Gleich die Überschrift! Das Mädchen aus der Fremde!" Und er wiederholte vergnügt, es mit Behagen noch einmal vorlesend: „Das Mädchen aus der Fremde! Und dann steht noch drunter: Ein Märchen als Osterei! Das muß schon ein Feiner sein, der das g'schrieben hat! Der versteht die Sach! Ein schönes Osterei haben's da dem armen Bezirkshauptmann gelegt! Es is ja eigentlich wirklich eine Gemeinheit! Zeit wär's, daß man einmal etwas gegen die Presse tut! Aber nicht wahr, sie kann ja klagen! Warum klagt sie denn nicht? Sie soll doch einfach klagen! Da wird man's ja dann sehn! Nicht wahr, sie wird halt vor Gericht ihr ganzes Leben nachweisen müssen! Mehr verlangt man ja gar nicht! Wenn's nicht wahr ist, schön! Dann wird ja der eingesperrt, der's g'schrieben hat! Das wär ja ganz recht, wenn so einer einmal ordentlich eingesperrt wurd, das wär ja ein wahres Glück! Wenn's nämlich wirklich nicht wahr is! Aber leider, leider, leider, ich kann mir's nicht denken, daß es nicht wahr sein sollt, ich kann mir's halt nicht denken, leider, leider, leider! Denn, Herr Bergrat, ich bitt Sie, es kann sich einer doch solche Sachen nicht aus den Fingern schlecken! Na und sie soll halt einfach nachweisen, daß es nicht wahr ist! Wenn sie nachweisen kann, es is nicht wahr, daß sie sich für eine Prinzessin von Mexiko ausgegeben hat, während sie nicht einmal eine ordentliche Baronin ist, und so weiter und so weiter, was da halt alles steht, no, wenn sie nachweisen kann, daß es nicht wahr ist, dann is ja alles gut! Ich wünsch ihr's ja! No, dann geht aber der Redakteur schön ein! Und recht g'schieht ihm! I sag's ja immer: man muß endlich etwas tun, die Presse wird zu frech."

Die Frau Bergrätin sagte, von ihrem Exemplar des „graden Michl" aufsehend: „Darf man denn eigentlich überhaupt so was schreiben? Das sollt doch nicht erlaubt sein! Nicht, Hauschka?"

„Nun, wenn es nicht wahr ist," sagte der Bergrat, „wird der Mann ja bestraft. Wenn es freilich wahr sein sollte, was ich allerdings noch immer nicht glauben kann —"

„Es wird schon wahr sein", fiel der Apotheker ein, mit den Fingern fuchtelnd. „Es wird schon wahr sein, es wird schon wahr sein, Sie können's ganz ruhig glauben! Glaubens mir, Herr Bergrat, daß Sie's ruhig glauben können! Da kann man sich auf mich verlassen, ich riech so was! Und ich sag Ihnen, mir war das Zauserl von einer fremden Baronin vom ersten Augenblick an verdächtig! No natürlich, was hätt ich denn aber tun soll'n? Mich hat ja der Herr

Bezirkshauptmann nicht g'fragt! A, wenn mich der Herr Bezirkshauptmann g'fragt hätt, a dann, a dann! Ja! Ja, dann stünd's heut vielleicht besser mit dem armen Herrn Bezirkshauptmann! Und ferner, was ich auch nicht zu vergessen bitte, meine verehrten Herrschaften: Ihr warts ja alle ganz damisch mit ihr! Bitte sich nur gefälligst zu erinnern, meine verehrten Herrschaften! Ihr habts euch ja schon rein nicht mehr auskannt vor lauter Bewunderung und Verehrung für sie! Ihr habts es ja getrieben mit ihr, daß's schon wirklich nicht mehr schön war! Der Mann hat ja recht, wenn er schreibt: Und wie eine Fee, ja fast einer Heiligen gleich wurde nun in dem stillen Tal die fremde Landstreicherin von den arglosen Bewohnern verehrt, von Männlein und Weiblein! Hat er nicht recht, der Mann? Und warum? Aus lauter Eitelkeit, daß unsereins auch einmal neben einer Baronin sitzen darf! Hat denn der Mann nicht recht? O arglose Bewohner!"

„Wer war denn aber der Ärgste?" fragte der Bezirksrichter lachend. „Sie habn ja ganz recht, Jautzl, aber wer war denn der Ärgste? Denkens nur a mal a bißl nach! Wer denn?"

„Wer hat denn im Fasching das Gedicht auf sie gemacht?" sagte Wiesinger. „Soll ich's Ihnen hersagen? Mir prägen sich nämlich Ihre Reime stets unvergeßlich ein, Herr Apotheker! Mitten in der Nacht wach ich oft plötzlich auf davon. Also, wenn Sie wünschen —!"

„Aber ein Gedicht, ein Gedicht, ein Gedicht," sagte der Apotheker, „was bedeutet ein Gedicht? Das wissens doch selbst, Herr Kollega! Dem Dichter is ein jeder Anlaß recht, da fragt ma nicht erst viel! Bekanntlich hat sich der Schiller an faulen Äpfeln inspiriert, nit wahr? No und a so a fauls Apferl is halt die Baronin für mich g'wesen. Aber fangen hab ich mich von ihr nicht lassen, ich nicht, ich nicht, nie! Da kann ich mich auf meine Frau berufen! Fragens meine Gattin, wie oft ich g'sagt hab, wann wir dann von hier weg so schön stad nach Haus gangen sind, fragens mein Götterweib, wie oft ich da g'sagt hab, mit meinem gewissen feinen Lächeln: ich sag nix, ich sag nix, ich sag nix! No und bitte, das weiß man doch, wenn ich sag: ich sag nix, das is doch nicht so, das hat eine Bedeutung, da mein ich was! Das weiß man doch hoffentlich, nicht? Aber es hat mich ja niemand g'fragt, ihr warts ja alle ganz beduselt von ihr! Und ich habe nicht die Gewohnheit, verehrter Herr Verwalter, den Leuten meine Meinung aufzudrängen. No und jetzt habts halt die Bescherung!"

Der Bergrat sagte: „Erst seit ein paar Monaten ist der „grade Michl" so bösartig. Früher war das so ein harmloses und nettes Blatt. Höchstens, wenn einmal ein Wirt irgendwo schlecht ausgeschenkt hat, hat es dagegen Front gemacht. Aber jetzt wird da jeden Augenblick gestichelt und gegen alle möglichen Personen gehetzt."

„Ja," sagte der Apotheker eifrig, „seit der Reinlich da is! Kennens ihn nicht, den Reinlich, Herr Bergrat? So ein großer Dicker, ein Mordslackl, er kommt öfters ins Kegelschieben zur blauen Gans. Den haben sie sich eigens aus München verschrieben, ein ehemaliger Kapuziner soll er sein und er is ein Freund von dem neuchen Koprater in Sankt Gilgen, der hat ihn herbracht, weil's doch jetzt heißt, daß der Bischof eine andere Tonart will! Ja, da blast halt jetzt der Wind gar scharf!"

„Ja", gröhlte der Bezirksrichter, vergnügt. „Den Jautz habens ja auch schon neuli amol beim Bandl g'habt! Aber urndli! Da is g'standen, daß die Apotheken eigentli schon mehr eine Schnapsbutik is. Ja, mein lieber Jautzl von Rechts wegen hätt ma ja der Sach eigentli auf'n Grund gehn'n müssen!"

„Alles derstunken und erlogen, Herr Bezirksrichter!" schrie der kleine Jautz, wütend. „Nicht ein Wort is wahr, aber das weiß doch ein jeder, wie das Saublatt lügt! Überall stierlt der Reinlich herum und wann er nix findt, aann erfindt er sich was! A schön's G'schäft, das muß ich schon sagen, und die Behörde schaut aber zu, statt den Bürgersmann zu schützen! No, mir kann's ja gleich sein, ich bin Gott sei Dank bekannt genug, ich hab's net nötig, daß ich mich erst mit so einem hergelaufenen Lumpen herstellen müßt, wie der Reinlich ist!"

„Ja no!" sagte der Bezirksrichter bedenklich. „Der Lackner hat doch neulich gesagt, eigentlich wär man verpflichtet, wenn einmal in der Öffentlichkeit solche Klagen laut werden, der Sache nachzu- gehen —!" Er schob seinen Schädel auf dem Kropfe hin und her und drohte dem Apotheker. „Ja, ja, so einfach ist die G'schicht ja nicht! No prost, Jautzl, prost!" Lachend trank er seinen Krug aus Dann sagte er plötzlich zornig: „Wo is er denn übrigens heut, der Lackner? Wo bleibt er denn wieder so lang? Der Sakra!"

Der Apotheker duckte sich. Und dann sagte er, mit einer ganz unschuldigen Miene: „Und die Fräuln Theres is auch heut noch net da! Wo mag denn nur die Fräuln Theres so lang bleiben, Herr Bezirks- richter?"

„Was woaß denn i?" brüllte der Öhacker. „Wo wirds denn sein? Z' Haus wird's halt sein, in der Wirtschaft! Wo denn sonst? Das Madl tut mir doch die Wirtschaft führen, nöt? Wo soll's denn sonst sein? Und i verbitt mir die blöde Fragerei, ver- standen?" Und er wiederholte brüllend: „Ver- standen? Dös paßt ma nöt! Mei Madl is groß- jährig und braucht nach koam Menschen net z' fragen! Dös bitt i mir aus!"

Die Frau Jautz, die die ganze Zeit angestrengt in ihrem Exemplar des „graden Michl" gelesen hatte, bat jetzt ihren Mann: „Aber Flori, schau, da zum Schluß kenn ich mich gar nicht mehr aus! Da fangt ja doch auf einmal eine ganz neue G'schicht an.

Nöt?" Und sie zeigte bekümmert mit ihrem dicken Finger hin.

„Aber das is ja g'rad der Witz, Tschapperl!" sagte der Apotheker, lustig zwinkernd. „Denn was wahr is, is wahr, meine Herrschaften! Schreiben kann der Mann, da gibt's nix! Und wie man zum Schluß glaubt, es is schon alles aus, da geht's dann erst recht los."

„Aber wie meint er denn das eigentlich?" fragte Frau Jautz, sich heftig quälend. Und indem sie mit ihrem fleischigen Finger den Buchstaben folgte, las sie vor: „So war in diesem Tal bei armen Hirten einstmals auch ein fröhlicher junger Jägersmann, der ging einmal im Wald spazieren, und nichts zu suchen, das war sein Sinn. Und wie nun schon alles in dem Tal verzaubert war, so war eben der junge Jägersmann auch verzaubert, und wie er da nun ging, glaubte er plötzlich unter einer Fichte mitten im Wald eine Erscheinung zu sehen. Und weil er eben verzaubert war, wurde er von seinen Augen betrogen und sagte: Ja, was ist denn das unter der Fichte für ein liebes junges Reh? O, du armer Jägersmann, hätt'st du doch deine dummen Augen besser aufgemacht! Aber der war halt verzaubert, und so glaubt er heute noch, daß das ein Reh war, was er da gesehen hat. Wenn er aber dereinst, Gott geb's, nicht mehr verzaubert sein wird, wird der junge Jägersmann erst sehen, daß es ja gar kein Reh war, sondern eine alte Wildsau." Und indem sie nun ihren dicken Finger unter den letzten Buchstaben stehen ließ, klagte sie: „Gehört denn das eigentlich noch dazu? Was meint er denn da?"

„Aber Tschapperl!" sagte der Apotheker strahlend. „Verstehst denn nicht? Wer mag denn wohl die Wildsau sein? No, wer denn? Obwohl sie ja in Wirklichkeit gar nicht so wild ist, das is eine Übertreibung! Aber das nennt man nämlich eine Redeblume."

Einen Augenblick stand das dicke Gesicht der Frau Jautz noch starr, dann ging es auseinander und, endlich verstehend, sagte sie, dampfend von Vergnügen: „Aber Flori!"

Der Bergrat sagte nachdenklich: „Jedenfalls muß einem der arme Bezirkshauptmann doch sehr leid tun."

Der Postverwalter Wiesinger sagte höhnisch: „Mir nicht! Da muß ich schon widersprechen, Herr Bergrat! Mit einem Menschen, der dumm heiratet, kann ich kein Mitleid haben. Ich nicht. Nutzt auch nichts! Der is doch verloren."

„Er kann ja aber doch nichts dafür", sagte der Bergrat. „Er hat's ja nicht gewußt."

„Ja, da kann keiner was dafür!" schrie der Verwalter gereizt. „Es weiß es ja keiner! Ja, wenn man das vorher wüßt! Dann wär's leicht! Aber da gibt's halt dann nichts als schön still zugrund zu gehen. Man muß ja nicht dumm heiraten! Muß man denn? No, dann darf man sich aber auch nicht beklagen, dann muß man es halt tragen. Andere müssen's auch, andere auch!" Und schadenfroh rieb er sich die Hände.

„Möchst vielleicht schon wieder anfangen? Mir scheint!" sagte die Frau Verwalterin, höhnisch.

„Was hab ich denn gesagt?" fragte der Herr Verwalter. „Hab ich gesagt, daß ich dumm geheiratet hab, ich? Nein, mein liebes Kind, das brauch ich wahrhaftig niemandem mehr zu sagen!"

„Die Hauptsache wird jetzt sein," schrie der Apotheker über den Tisch, „daß wir uns einigen, was wir eigentlich machen sollen. Wie sich der Herr Bezirkshauptmann seine Suppen ausfressen wird, das geht ja schließlich uns nix an. Aber die Frage is, ob wir —"

Er hielt ein, nach der Tür sehend, durch die die Fräuln Theres und der Doktor Lackner eintraten. Der Bezirksrichter gab ihnen ein Zeichen, den Redner

362

nicht zu stören. Der Apotheker fuhr fort: „Die Frage ist, ob wir, die Honoratioren des Orts, ruhig zuschauen sollen, bis unsere gefeierte Frau Baronin vielleicht am End ins Kriminal spaziert. Und dann wird mit den Fingern auf uns gezeigt werden und es wird heißen: No, eine schöne Freundin habts ihr! Ich höre schon förmlich, wie's dann über uns hergeht! Denn ich bitte, man muß ja nur wissen, wie die Menschen sind, das ist kein Vergnügen! Und gar, wenn man irgendwie den besseren Kreisen etwas anhaben kann, das laßt sich ja keiner zweimal sagen! Denn täuschen wir uns nur nicht, Honoratioren sind nicht beliebt, nirgends auf der Welt, und der Neid ist groß, der Neid auf die Bildung und den Besitz! Also da wär's Zeit, daß wir uns überlegen, was dagegen zu tun ist, bevor's noch zu spät sein wird!"

„Bravo, bravo!" sagte der Doktor Lackner, indem er sich zum Bezirksrichter setzte. „Der Herr Apotheker hat heut seinen großen Tag!"

„Ja", sagte der Bezirksrichter, auf sein Exemplar des „graden Michl" zeigend. „Wir können uns halt alle von der Lustbarkeit da noch gar nicht erholen!"

„Kann mir jemand das Blattl leihen?" fragte die Fräuln Theres.

„Hier, mein edles Fräulein!" sagte der Apotheker und hielt ihr sein Exemplar hin. Und der Bergrat auch und der Verwalter auch und der Bezirksrichter auch und die Frauen auch und jeder und jede hielten dem Fräulein Theres ein Exemplar hin. Sie bog sich und fing vor Lachen zu springen an und schrie: „No, wer hat gewonnen?"

Der Doktor Lackner sagte: „Sie hat nämlich gewettet, daß sich jeder ein Exemplar gekauft hat."

„Drei!" sagte der Apotheker. „Ich hab drei. Zum ewigen Gedächtnis, wie man so zu sagen pflegt."

Der Doktor Lackner sagte, auf die Zeitung zeigend: „No, dann hat der Mann ja recht. Er versteht halt sein Geschäft."

Drängend sagte der Apotheker: „Also was tun wir? Was solln wir tun, meine Herrschaften?"

Der Bergrat sagte: „Ja, nach meiner Meinung können wir da wohl eigentlich gar nichts tun. Zunächst ist doch noch keineswegs bewiesen, daß es wahr ist. Und wenn es selbst wahr wäre, so können wir nach meinem Dafürhalten auch nicht viel tun. Es ist die Sache des Bezirkshauptmanns, den der eine bedauern, der andere tadeln mag, aber dem man es wohl wird überlassen müssen, nach seiner eigenen Empfindung zu handeln. Er ist mit dieser Frau seit mehr als drei Monaten verheiratet, er kann da doch wohl auch ganz anders über sie urteilen als wir, die wie sie bloß vier, fünfmal in unserem Kreise gesehen haben, wo sie sich übrigens, das kann ja niemand leugnen, immer durchaus liebenswürdig und einwandfrei betragen hat."

„Ich muß völlig deiner Ansicht beipflichten, Hauschka!" sagte die Bergrätin, lebhaft.

„Ich kann das leider nicht", sagte der Verwalter, hart.

„Aha!" rief der zappelnde Jautz. „Da sieht man gleich den Dichter, der auf einer höheren Warte steht! Also los! Silentium für den Herrn Verwalter!"

Der Verwalter Wiesinger nahm die goldene Brille zwischen den Zeigefinger und den Daumen, drückte sie fest und, sein volles Gesicht zur Seite neigend, wodurch er dann wirklich stets dem Schubert ein wenig glich, sagte er: „Was diese fragliche Frau Baronin dem Herrn Bezirkshauptmann angetan hat, ist allerdings eine Sache, die nur zwischen diesen beiden Herrschaften spielt. Etwas anderes ist es aber, daß der Herr Bezirkshauptmann diese Dame in unsere Gesellschaft gebracht und unseren Frauen zugemutet hat, mit ihr zu verkehren. Und da meine ich, daß wir zweifellos die Pflicht haben, uns unserer Frauen anzunehmen."

„Geh, ich bitt dich!" sagte die Frau Verwalterin, höhnisch. „Dich brauchen wir!"

„Warum kann sie ihn denn nie ausreden lassen?" fragte die Bergrätin den Bergrat leise.

„Nein!" schrie der Apotheker und schoß auf die Verwalterin zu. „Nein, Frau Verwalterin! Da hat der Herr Gemahl doch recht! Wo er recht hat, hat er recht! Das is sogar sehr schön von ihm! Direkt ritterlich is es! Ritterlich!"

„Ritterlich!" jauchzte die Fräuln Theres, die für sich leise durch das Zimmer tanzte.

„Bist heute wieder ganz narrisch, verflixtes Madl?" schrie der Vater Öhacker seine Tochter an.

„Ja, Vater!" sang die Fräuln Theres und tanzte weiter.

„Es braucht ja niemand meiner Meinung zu sein", sagte der Verwalter. „Aber ich habe die Empfindung, daß wir uns das nicht gefallen lassen können. Ich empfinde es als eine unseren Frauen angetane Mißachtung. Ich bin ja nichts als ein bescheidener Beamter, da muß man manches einstecken. Aber an dem einen halte ich fest: mein Haus halte ich mir rein! Und unser Krätzl hier, das ist sozusagen unser Haus, da kommen wir mit unseren Frauen her, da soll's nicht heißen, daß jeder sein Flitscherl bringen darf! Das ist meine Meinung. Eine Meinung wird man ja auch noch haben dürfen, vielleicht!"

Besessen sprang der Apotheker herum und schrie: „Das is es, das is es, das is es! Das war ein Dichter, der das gesprochen hat!" Und er intonierte: „Hoch soll er leben, hoch soll erleben, dreimal hoch!" Alle sangen mit und stießen an, daß das Bier aus den Krügeln schwappte. Der Verwalter Wiesinger sprang plötzlich auf, hielt sich den Kopf und rannte hinaus.

„So schön hat er g'redt'," sagte der Apotheker zur Frau Verwalterin, „wirklich so wunderschön, der Herr Gemahl, daß ich Ihnen ein Bußl geben könnt, vor Freud! Ja, wenn der Mensch immer dürft, wie er mecht!" Und er verdrehte die schmatzenden Augen.

„Aber Flori!" sagte die Frau Jautz aus der Tiefe. Der Apotheker bog sich an ihr Ohr und sagte leise: „Auch nur eine Redeblume, Tschapperl! Treu schlägt das Herz wie Gold in meinem Busen."

„Hörst jetzt nöt endlich zum Hupfen auf, Herrgott sakra!" brüllte der Öhacker seine tanzende Tochter an. „Was hast denn heut?"

„Den Frühling hab i halt schon in die Füß!" sang die Fräuln Theres, tanzend. „Und vergnügt bin ich halt! Vergnügt!" Und sie drehte sich und tanzte und sprang.

„Wo warst denn überhaupt so lang?" brüllte der Vater. „Is das a Manier, daß a Kind sein Vatern warten laßt?"

„Z' Haus war i halt! Und dann is der Lackner kommen! Da habn ma wieder amal vierhändig g'spielt! So schön habn ma schon lang nöt vierhändig g'spielt. Es is halt der Frühling, den ma g'spürt!" Und sie wirbelte sich und flog, singend und sich wiegend, und lachte dazu.

„Wirst nöt aufhörn? Hörst nöt auf, mit die Schnaxn?" schrie der Öhacker.

„Lassen Sö's, Herr Bezirksrichter!" schrie der Apotheker. „Wann's eins so steßt vor Freud, daß's Hupfade kriegt, muß man einen Menschen lassen! Und wir sind halt heut alle vergnügt!" Er taumelte vor Aufregung und sprang hinter der Fräuln Theres her. Da kam der Verwalter zurück. Nun ging der Lärm erst noch einmal los. „Hoch soll er leben, hoch soll er leben, dreimal hoch!" Der Apotheker stand auf seinem Stuhl und schlug mit beiden Händen den Takt. Dann, abklopfend, schrie er: „Silentium zur zweiten Ovation für den ausgezeichneten Dichter, Postverwalter und Volksredner Leopold Wiesinger, allhier!" Und mit ausgestreckten Händen sah er zwinkernd die Runde herum, bis er schließlich mit

366

beiden Händen in die Tiefe fuhr und auf dieses Zeichen wieder das Geheul begann, worauf er wieder gebot: „Silentium! Auf allgemeines Verlangen zum allerletztenmal unwiderruflich Abschiedsvorstellung der brillanten Ovation mit Gala für unseren hochberühmten Landesdichter, Dauerredner und Postverwalter! Hoch soll er leben, hoch soll er leben, dreimal hoch!" Als es ausgeklungen war, zog er sich auf dem Stuhl zusammen und, in der Kniebeuge hockend, die Hände schlaff herab, flüsterte er, mit den Lippen sprechend: „Jetzt aber noch ein ganz ein sanftes und liebes und zuckersüßes und schmelzendes und flötendes und hauchendes und anmutiges und kostbares und herzerfreuliches und sinnbetäubendes und unser würdiges, von holdem Frauenmund geadeltes, kurz, ganz und gar gediegenes Piani-ni-ni-ni-ni-ni-ni-ni-ni-nissimo!" Er sah herum, alle duckten sich, bis sie in der Beuge saßen, da nickte er und sagte noch, tonlos hauchend: „Ich zähl bis drei. Und auf drei dann: Ovation mit Flüsterung! Ich bitte aber die verehrten Künstler daran festzuhalten, daß es einen wahren Grabeston haben muß! Wichtig! Grabeston! Bitte! Also: eins, zwei, drei!" Und die Ovation mit Flüsterung begann. Die stattliche Frau Jautz fiel auf den Boden hin.

Die Frau Bergrätin fragte den Bergrat leise: „Sollte denn nicht aber etwas beschlossen werden? Etwas Definitives, Hauschka?"

Der Bergrat legte seine Hand still auf ihre und sagte lächelnd: „Das gesellige Talent des Herrn Apothekers schlägt halt überall wieder durch. Es ist jeder Situation gewachsen. Und ich denke, daß das eigentlich ganz gut ist."

Die Fräuln Theres sagte: „No, Herr Verwalter! Ich gratuliere! So einen Erfolg haben's in Ihrem Leben noch nicht gehabt! Jetzt sind's hoffentlich endlich zufrieden."

367

„Er hat's aber auch verdient," rief der Apotheker, „weil er für die Ehre und für das Recht unserer Frauen so heldenhaft eingetreten ist! Und ich schlage vor, er soll fortan nur noch heißen: der Postverwalter Frauenlob!"

Der Postverwalter saß, den Kopf gesenkt, in sein Glas sehend, seinen Siegelring drehend. Endlich sagte er unwirsch: „Jetzt wär's aber wohl schon genug! Mir tut der Kopf weh."

Die Frau Verwalter sagte: „Seit ich dich kenn, tut dir der Kopf weh! Immer! Mir scheint, seit deiner Geburt tut er dir weh."

Die Frau Wirtin kam herein und trat an den Tisch, die Hände schüttelnd: „Was haben's denn heut, Frau Riederer?" fragte Herr Jautz. „Mein Gott", sagte die Wirtin. „Ich bin halt noch ganz desperat! Es is doch schrecklich! Der arme Herr Bezirkshauptmann tuet aim wohl furchtbar laid. Nöt?"

„Ja, ja!" sagte der Apotheker leichthin. „Hätt er sich halt besser umschauen solln! Denn mir zum Beispiel hat das feine Weiberl gleich nicht g'falln! Mit die Frauen muß sich einer halt auskennen, sonst soll er die Hand davon lassen! Hat's Ihnen vielleicht g'falln?"

„Fremdartig is's mir scho a weng gwön", sagte die Wirtin, langsam. „Und gar so gspitzad und gspötti! Awer mein Gott! Und i kann's no gar nöt glaubn! Ja, schaun's, Herr Awateker, nöt wahr, dös wissn ma ja, daß's schlechte Menschen gibt, awer wann ma an Menschen kennt, kann ma sich's dert nier nöt vostölln, daß er a dazua g'hern soll, nöt? Dös geht ma nöt ein!"

„Lernt man schon, Frau Wirtin", sagte der Apotheker, flink. „Muß man schon lernen, muß man schon lernen! Solang ma noch einem Menschen traut, is man nicht g'scheit."

„Aber Flori!" sagte Frau Jautz gekränkt.

„Das is doch was anders, Tschapperl", beteuerte

der Apotheker. „Denn uns umschlingt ja das Eheband!"

„I bin halt no ganz desperat!" wiederholte die Wirtin.

„Aufheitern, aufheitern, Frau Riederer!" schrie der Öhacker. „Z'wos haben's denn den famosen Enzian?" Und er schlug auf den Tisch und brüllte: „Kathl! Den Enzian bring!"

„Und und und!" rief der Apotheker, listig mit dem Finger winkend. „Aufgepaßt! Und und und! Jetzt kommt nämlich noch etwas! Damit die verehrten Herrschaften nicht glauben, weil mir der Herr Kollega nämlich mein Poem an die Baronin vorgeworfen hat, vom Fasching das, aber jetzt werden's schauen, Herr Kollega, was jetzt kommt! Auch ein Poem! Und und und — auch ein Osterei! Mein Osterei, meine verehrten Herrschaften! Osterei von Florian Jautz, Apotheker und Bürgersmann allhier, in tiefster Ehrfurcht gewidmet unserem Bezirkshauptmann Herrn Baron Furnian! Ja, ja, mein lieber Herr Verwalter, Sie müssen schon dem Herrn Jautz auch ein kleines bescheidenes Erfolgerl vergönnen!" Er setzte sich und sagte geheimnisvoll: „Also stimmen wir zunächst ein schönes altes Lied an! Dann aber aufgepaßt! Das wohlbekannte schöne Lied: O Tannenbaum, o Tannenbaum!" Er sang vor, sie sangen mit. Dann sagte er feierlich: „Jetzt aber kommt die zweite Strophe! Da muß ich jedoch um eine wirkliche Todesstille bitten! Also!" Und er räusperte sich und sang:

„O Furnian, o Furnian!
Unglücklicher Bezirkshauptmann!
Warst gar so g'scheit und jetzt hast nix,
Statt Butterbrot, bloß Stiefelwix!
O Furnian, o Furnian!
Unglücklicher Bezirkshauptmann!"

Der Bezirksrichter gröhlte, hustend und spuckend vor Lachen, die Weiber kreischten, alle sangen es nach, der Apotheker schlug den Takt, die Fräuln Theres hopste dazu durch das Zimmer.

„Noch eine Strophe angenehm?" fragte der Apotheker, bescheiden. Als alle klatschten, verneigte er sich dankend, drückte mit einer edlen Gebärde die Hand auf sein Herz und begann wieder:

„O Furnian, o Furnian!
Schau dir doch nur dein Weiberl an!
Sie ist nicht bloß schon recht zerzaust,
Nein auch moralisch ganz verlaust!
O Furnian, o Furnian!
Schau dir doch nur dein Weiberl an!"

Und mitten in den jauchzenden Lärm hinein begann er zum drittenmal:

„O Furnian, o Furnian!
Das hätt'st du besser nicht getan!
Das ganze Krätzl lacht dich aus,
Jetzt habn wir's wieder rein im Haus!
O Furnian, o Furnian!
Das hätt'st du besser nicht getan!"

Und er rief atemlos: „Ja ja, Herr Verwalter, ja, ja! Was sagen Sie jetzt da?" Und schwitzend, fuchtelnd, schreiend, begann er, von den Lachenden, Singenden, Klatschenden umringt, schon wieder:

„O Furnian, o Furnian!
Ein so ein Menscherl laßt man stahn!
Denn schließlich kommt doch alles auf,
Dann nimmt's den schrecklichsten Verlauf!
O Furnian, o Furnian!
Ein so ein Menscherl laßt man stahn!"

Und im Gewühl und Geheul der Höhnenden, Stampfenden, Johlenden schoß er auf Wiesinger los, um ihn zu umarmen. Da rückte der Verwalter seine goldene Brille fest, hob die rechte Hand und gebot Stille. Der Apotheker schrie: „Der Herr Verwalter hat das Wort! Denn zwei Dichter sind wir hier, zwei!

O glückliches Eiland!" Und er nahm die Fräuln Theres und schwang sich mit ihr, singend und lachend, im Staub durch das Zimmer herum, bis die Frau Apothekerin sagte: „Aber Flori!"

Die Frau Bergrätin rückte dicht an den Herrn Postverwalter heran und sagte: „Da sind wir aber wirklich gespannt! Gelt, Hauschka?"

Alle horchten auf, als der Herr Postverwalter Leopold Wiesinger begann, vornehm bloß skandierend, während er das Singen den anderen überließ:

„O Furnian, o Furnian!
Was war das für ein arger Wahn!
Das Weibliche zieht nie hinan,
Verdirbst dir nur den Magen dran!
O Furnian, o Furnian!
Verunglückt ist dein edler Plan!"

In dem ungeheueren Jubel sagte Lackner: „Da reimt sich sogar alles auf dasselbe! Da sieht man halt gleich! In Wien nennens' das einen Artisten! Fräuln Theres, Sie werden sich die Füß ausrenken! Und Sie haben heut schon genug Bewegung gemacht, möcht man glauben. Prost, Herr Bezirksrichter!"

Die Frau Bergrätin sagte zum Verwalter: „Es erinnert sogar an eine Wendung im Faust! Hast du bemerkt, Hauschka?"

Der Bergrat sagte mit seiner höflichen, ermüdeten, traurigen Stimme: „Es ist wahr. Nun ja!"

„Ich hab Kopfweh!" sagte der Verwalter, stand plötzlich auf und rannte hinaus.

„Ös Lausbuam!" brüllte der Bezirksrichter. „Ös Lausbuam glaubt's, daß i der Niemand bin? Oha, oha, mir san a no da!" Er stand wankend auf, seine Maß schwingend, rot blähte sich der Kropf.

„Ovation für den Herrn Bezirksrichter!" schrie der Apotheker, um den Tisch sausend. „Ovation!"

Der Bezirksrichter begann gröhlend, mit dem Krügel taktierend, daß das Bier schwappte:

„O Furnian, o Furnian!
Da hast du wohl was Blöd's getan!
Hast glaubt, du fangst dir einen Speck,
S' war aber nur ein Häuferl Dreck!
O Furnian, o Furnian!
Jetzt kommt das b'soffne Elend dran."

Und er brüllte noch: „No, was sagt's jetzt?"

In dem Tumult sagte der Apotheker: „Der Herr Bezirksrichter setzt halt immer erst das Punkterl auf das I, so gewissermaßen!"

Die Frau Bergrätin sagte leise: „Nein, das war doch eigentlich schon mehr gemein! Meinst du nicht, Hauschka?"

Der Bergrat legte seine Hand auf die der mißbilligenden Gattin und sagte: „Morgen abend sind wir ja wieder schön zu Haus und sehen mein liebes Herbarium durch."

Das Fräulein Theres saß erschöpft auf der Ofenbank, mit der Hand ihr Herz haltend, und lachte nur lallend in kurzen, wie schluchzenden Stößen. Plötzlich schrie sie, schrill: „Der Lackner muß auch dichten! Der Lackner auch! Man möcht doch wissen, was der Lackner kann!"

„Der Lackner muß auch dichten!" brüllte der Bezirksrichter, mit dem Krügel aufschlagend. „Lackner! Lackner!"

„Lackner! Lackner!" schrie Herr Jautz, durchs Zimmer surrend.

„Lackner! Lackner!" flog das Geschrei durch den Dunst.

Lackner sprang auf den Tisch und sagte: „Ich bin gerührt. Ich bin bis zu Tränen gerührt. Ich bin entsetzlich gerührt. Aber indem ich für das allgemeine Vertrauen meinen herzlichsten Dank ausspreche, und obzwar ich mir bewußt bin, mindestens ebenso so b'soffen zu sein wie die anderen Herr-

372

schaften, bin ich leider nicht begabt genug, um mich berufen zu fühlen, in diesem edlen Kreise, und so weiter und so weiter, ich habe die Ehre!" Und indem er vom Tisch sprang, sagte er noch: „Nein, zum Dichter muß man geboren sein, danke ergebenst!"

„Pfui, Lackner!" brüllte der Öhacker. „Bin ich geboren? Pfui, Toifl! Das Gericht muß sich ja schamen, Lackner! Tuan's ma das nicht an, Lackner! Lackner!" Er torkelte zum Adjunkten hin, der fing ihn auf und sagte leichthin: „Sie wissen ja, wie ich Sie verehre, Herr Bezirksrichter! Wie einen wahren Vater verehre ich Sie! Aber leider, bedaure sehr, ich muß nicht von allem haben." Er ließ den Schimpfenden in den Stuhl fallen und setzte sich zur Fräuln Theres auf die Bank.

Da fing die Frau Apothekerin mit ihrer tiefen warmen Stimme zu singen an: „O Tannenbaum, o Tannenbaum! Wie grün sind deine Blätter!" Und unbekümmert sang sie das ganze Lied, mit seinen lieben alten Worten.

Da setzte die Frau Verwalterin mit ihrem gicksenden Sopran ein: „O Furnian, o Furnian! Unglücklicher Bezirkshauptmann!"

Da sangen alle durcheinander, jedes eine andere Strophe: „Schau dir doch nur dein Weiberl an! Ein so ein Menscherl läßt man stahn! Jetzt fangt das b'soffne Elend an!"

Der Herr Apotheker Jautz lehnte sich mitten im Singen manchmal plötzlich zurück, schloß die heißen Augen und sagte seufzend: „Das wird heut ein schwerer Gang werdn! Dein lieber Jautz! Es dreht sich schon alles!" Und leise begann er zu summen: „O Furnian, o Furnian!" Und sich schüttelnd, fing er plötzlich wieder zu schreien an: „Blamiertester Bezirkshauptmann!"

Der Doktor Lackner fragte die Fräuln Theres leise: „Geht's dir schon besser?"

Sie sagte mit einem hohlen Lächeln: „Es geht mir

373

schon wieder ganz gut! Das is nur so merkwürdig! Rein als ob dann das Herzerl plötzlich ausgesprungen wär! Und da hängt's nirgends mehr und pumpert nur so herum! Ganz unheimlich wird einem!"

„Weil du auch immer alles übertreiben mußt!" sagte der Doktor Lackner besorgt und nahm heimlich ihre Hand.

„Aber schön is es halt!" sagte sie leise, seine Hand fühlend. „Und was hätt ich denn auch sonst? Unter die B'soffnen da! Soll's halt reißen, wann's nicht mehr mag! Aber schön war's doch!" So saßen sie, Hand in Hand, am Ofen still und hörten den anderen johlen und stampfen zu. Plötzlich fragte sie leise: „Und was wird denn jetzt eigentlich werden? Was wird denn der Furnian tun?" Lackner sagte: „Der arme Kerl!" Sie sagte: „So hübsch hat sie neulich noch ausg'schaut, in dem lila Kleid! Weißt es noch, beim Stelzhamerabend? Und wie sie's da mit ihr getrieben haben! Is schon g'scheiter, 's Herzerl reißt einem zur rechten Zeit!" Er sagte: „Jetzt wird sich's halt zeigen! Einem Menschen, der Kurasch hat, schad't bei uns alles nix! Und wenn's selbst wahr wär, wann er Kurasch hat, macht's ihm nix. Wann er aber keine Kurasch hat, nutzt's ihm nix, wenn's auch tausendmal nicht wahr ist! Aushalten muß er halt! Die Menschen wollen nur probieren, ob einer Kurasch hat. No, besser is's noch, wenn man eine Rente hat; ich bin schon recht froh. Ja, jetzt wird sich's ja zeigen!" Sie sagte: „Der arme Kerl!"

Drei Tage später bekam Klemens einen Brief von dem jungen Baron Chrometzky, seinem Nachfolger bei Döltsch, im Präsidium. Der Freund schrieb ihm, man wundere sich, warum er denn die gebräuchliche Hochzeitsreise bisher noch immer nicht gemacht, er könne sich wirklich einstweilen vom Grafen Sulz ganz gut vertreten lassen, was auch die Meinung des Ministers sei, der ihn schön grüßen und ihm ausdrücklich sagen lasse, daß Italien gerade um diese

374

Zeit am schönsten sei und Ostern in Rom ihm sicher stets ein unauslöschlicher Eindruck bleiben werde. Und schließlich hieß es noch, Döltsch habe ausdrücklich gesagt: „Er soll sich nur gar nicht beeilen! Wenn wir ihn brauchen sollten, werden wir's ihn schon wissen lassen!" Mit diesen Worten habe der Minister das ausdrücklich gesagt, avis au lecteur! Und der Freund bemerkte noch: „Nehmen Sie meine besten Wünsche mit auf die Reise und unterhalten Sie sich so gut als möglich und so lang als möglich! Sie sind schon einmal ein Glückspilz, mein lieber Kle!"

Klemens las immer wieder diesen so freundlichen Brief seines Nachfolgers. Sie wußten es also dort auch schon! Aber natürlich, natürlich wußten sie's! Das war ihm keinen Augenblick zweifelhaft gewesen, dafür hatte man schon gesorgt! Wenn sie's nicht am Ende schon vorher gewußt hatten! Früher als er selbst. Früher als irgendein Leser hier. Früher vielleicht als der Schreiber sogar. Das kam vor, so wurde das doch gemacht! Es war ihm bekannt, er erinnerte sich aus seiner Zeit. War einer unbequem, so ließ man einen Skandal entstehen, draußen irgendwo, man sorgte bloß für das „Material"; um den Unbequemen unmöglich zu machen, woran dann alle herzlichen Versicherungen des aufrichtigsten Bedauerns nichts mehr ändern konnten. Nach dieser Methode machten sie's doch immer! Das war ja sein erster Gedanke gewesen, als er vor drei Tagen das schändliche Märchen las. Und seit drei Tagen saß er jetzt die ganze Zeit und dachte nur darüber nach. Wo kommt das her? Wer kann es sein? Denn hier ist das nicht gewachsen! Was hätte der Reinlich für einen Grund? Was hat er dem dicken Kapuziner denn je getan? Nein, aus Eigenem hätte der sich auch gar nicht getraut. Nein, das kam von dort, er kennt die Methode doch! Aber wer? Wer von seinen Freunderln hat ihm das ausgeheckt? Es konnte sein, daß es eigentlich nur sozusagen zur Übung geschehen

375

war, ohne damit weiter irgendeine Wirkung zu wollen; auch das kam vor, er kannte auch das, es gab manchen, den es einfach reizte, sich auch einmal als Döltsch im kleinen zu versuchen, und man hatte dann noch das Vergnügen, neugierig zuzusehen, wie sich das Opfer dabei benahm, man konnte die Kraft der eigenen List zugleich mit der Courage des Kollegen prüfen. Schließlich kam es dann immer nur darauf an, was Döltsch dazu sagte, der solche Manöver seiner jungen Herrn, wie er's nannte, zuweilen ganz gern sah. Er lachte zuweilen und sagte nur: „Früh übt sich, wer ein Meister werden will!" Und so war's erledigt. Zuweilen aber konnte er sich auch ärgern. Und dann wußte man nie, wen sein Ärger traf, den, der es verübt, oder den, an dem er es verübt hatte, den Täter oder das Opfer, darin war er unberechenbar. Es konnte dem Opfer zum größten Glück ausschlagen, wenn Döltsch eben die Laune hatte: „Nun gerade nicht, nun erst recht!" Aber Döltsch konnte auch sagen: „Wer sich erwischen läßt, hat kein Talent. Es kann jedem passieren, aber es darf einem nicht passieren. Und daran, ob's einem passiert oder nicht passiert, lassen sich die Menschen erkennen, die ich brauchen kann!" Seit drei Tagen dachte Klemens nichts anderes mehr. Was wird nun Döltsch sagen? Jetzt wird sich's zeigen! Was wird Döltsch dazu sagen? Und jene ganze Zeit stand wieder in ihm auf, er sah Döltsch mit seinen unabwendbaren Blicken vor sich, er hörte seine klare, kalte, langsam ins Ohr einsickernde Stimme wieder, die keiner jemals mehr vergaß, er fürchtete seine wesenlos grauenden, wie Steine starren Augen. Jetzt war dies alles plötzlich wieder da! Er schämte sich vor Drut. So durfte sie ihn nicht sehen! Es ging ja sicher auch wieder vorüber, er war doch jetzt nicht mehr wie damals, er war doch jetzt stark! Es ging sicher wieder vorüber, er war nur einen Augenblick wie gelähmt, vor Wut, natürlich vor Wut. Er sagte ihr

376

nichts davon. Er wollte ihr doch auch die Kränkung ersparen. Sie sollte gar nichts erfahren. Denn sie, sie hätte sich ja gekränkt, sie war anders als er, sie verstand das auch nicht, sie hätte nicht geglaubt, daß das doch alles nur von irgendeinem seiner Freunderln angezettelt war. Aber von wem? Von wem? Und: Was wird Döltsch dazu sagen? Jetzt wird sich's zeigen! Und eigentlich wird es vielleicht sogar ein großes Glück für ihn sein; denn er kann daran erkennen, wie Döltsch wirklich zu ihm steht! So ging's seit den drei Tagen in ihm herum. Er wird endlich wissen, wie Döltsch zu ihm steht! Und er braucht das! Er braucht das sehr! Denn seit Wochen ist ihm bang. Er weiß eigentlich selbst nicht warum; er kann es nicht sagen. Er hat nur ein so seltsames Gefühl. Es ist nichts, was sich beim Namen greifen ließe. Aber irgend etwas fühlt er hinter sich, überall; einen unsichtbaren Haß, einen Dunst von Feindschaft. Die Luft ist wie geladen, und manchmal aus einem schiefen Blick, unter einem Wort hervor schlägt's ihm entgegen, wie wenn einem der Wind im Wald aus dem Dunkel einen Zweig naß ins Gesicht schlägt! Ja wie damals! Damals als er hier zum erstenmal durch den Wald ging, er erinnert sich noch so gut! Wie damals war ihm jetzt oft, in diesem Nebel von verborgener Bosheit, den er rings um sich jetzt brenzeln fühlte. Nein, er hätte keinen Feind gefürchtet, nie! Nur dieses Schleichen im Dunkel, überall, der Spuk von bösen Augen, die Dämmerung von überall verstecktem Haß und Hohn war ihm unerträglich. Er mußte endlich wissen, wie Döltsch zu ihm stand! Wenn er seiner sicher war, dann konnte er die kriechende Feindschaft verlachen! Aber wer war denn je sicher des Döltsch? Den konnte man noch so gut kennen, man ging doch immer im Dunkel, wie damals im Wald. Darum war's vielleicht ganz gut, das Osterei des abscheulichen Kapuziners. Denn nun erfährt er wenigstens genau, wie der Döltsch zu ihm steht. Die ganzen drei Tage hat er sich das immer wieder vorgesagt, wartend. Arme Drut! Sie wird gar nicht wissen, was er hat. Die ganze Zeit merkt sie schon, daß er anders ist. Seit er dieses Schleichen von Feindschaft spürt. Und er weiß, daß sie's merkt. Und das reizt ihn gegen sie. Sie schweigt dazu, das reizt ihn nur noch mehr. Er ist oft abscheulich gegen sie. Es ist sehr ungerecht von ihm, aber er kann sich nicht helfen. Wie wenn man radelt, und es geht steil bergan und man hat schon keinen Atem mehr, will's aber den Mitfahrer nicht merken lassen, da ist es auch so, ohne Grund wird man plötzlich mit ihm grob und hat eine Wut auf ihn. Und das ärgert ihn dann und dann ärgert er sich nur noch mehr über sie. Und er läßt es sie fühlen, aber sie sagt kein Wort, sondern macht, die gewisse stille Duldermiene, das aber verträgt er gar nicht. Arme Drut! Wie ein trauriges kleines Vogerl, das friert, auf einem kahlen Ast, hockt sie manchmal am Ofen, in ihrer unfertigen unwirtlichen Wohnung mit den vielen großen Zimmern und den paar ausgeborgten Möbeln, das macht ihn ja doch auch so nervös, er muß es gemütlich haben; wie lieb war's in der Lucken oben, in der stillen engen Kammer beim Schmied! Aber in ein paar Monaten müssen sie doch wieder ausziehn, für den Sommer ist das Haus schon vermietet, er hat nur in der Eile noch nichts gefunden; und so steht's erst nicht dafür, sich einzurichten, für die kurze Zeit. Arme Drut! Es quält ihn oft sehr, daß er ihr nicht helfen kann, er fühlt sich dann so schwach. Und das reizt ihn noch mehr, er will's ihr verbergen, er spielt den Lustigen, aber sie merkt, daß er ihn nur spielt. Und sie sagt nichts! Und dieses stille Dulden kann er gar nicht vertragen! Und er rennt ins andere Zimmer, sie haben ja Zimmer genug in dem großen Haus! Da geht er dann hin und her, sie hört ihn und er hört sie, jedes ist allein. Es muß endlich anders werden! Und darum ist das vielleicht ganz gut. Wenn er sich des Döltsch sicher weiß, dann lacht er über allen den ungreifbaren Spuk! So hat er sich's die ganzen drei Tage vorgesagt. Und jetzt ist der Brief ja da! Jetzt weiß er, wie der Döltsch zu ihm steht! Er schickt ihn weg. Ostern in Rom! Und: er soll sich nicht beeilen, man wird's ihn schon wissen lassen, wenn man ihn wieder braucht! Und er kennt das ja, er erinnert sich noch so gut, er kennt doch den Döltsch! „Weggestellt" oder „abgelegt", hieß es dann. Soweit war es schon! Die Freunderln mußten gut gearbeitet haben, ganz in der Stille, daß Döltsch sich nicht einmal die Mühe nahm, es auch nur zu untersuchen, ihn auch nur zu rufen, um ihn anzuhören, ihn auch nur zu tadeln, es stand ihm nicht dafür! Weggeschickt, abgelegt, ausrangiert; und man wird's ihn wissen lassen, wenn man ihn wieder braucht! Und dafür werden die schon sorgen, daß man ihn so bald nicht wieder braucht! Die guten Freunderln! Ja, Nießner hatte recht, Nießner hat ihn gewarnt, er hat's nicht glauben wollen, Nießner kennt die Gesellschaft! Aber sie sollen sich täuschen! Er ist nicht mehr der fesche Kle, der arglos so durchs Leben tappt! Er wird's ihnen zeigen! Anhören muß ihn der Döltsch. Und dann wird er ihn fragen: „Was wirft man mir vor?" Und dann wird er ihm sagen: „Ja, ich habe eine Frau geheiratet, deren Vater ein ziemlich zweifelhafter Herr war, gut, und vielleicht hat sie, bevor sie die Baronin Scharrn wurde, nicht immer gerade streng bürgerlich gelebt, sie mag immer schon einen gewissen angeborenen Hang zu einer mehr aristokratischen Auffassung der Lebensfreuden gehabt haben, gut, und wenn sie eine Landstreicherin gewesen wäre, wen geht's was an? Und dann wird der Döltsch lachen. Er kennt doch den Döltsch. Er weiß doch, wie der sich freut, wenn einer die Zähne zeigt! Und dann wird er dem Döltsch sagen: Nur zwei Dinge sind möglich, Exzellenz, entweder ich habe wirklich etwas verbrochen, dann muß man mich bestrafen, oder ich bin ungerecht verleumdet worden, dann muß man mich belohnen, um einmal ein Exempel zu geben, damit diesen Herrn endlich die Lust zu solchen Intrigen vergeht, aber Italien, nein, das ist weder eine Strafe noch ein Lohn, Exzellenz, das ist die Frettmichforttaktik des Herrn von Klauer, der sich den Pelz waschen und nicht naß machen will und nie Nein und nie Ja sagen kann, aber den Herrn von Klauer, Exzellenz, mitsamt seiner Taktik, haben wir, wenn ich nicht irre, doch längst pensioniert! Und da wird der Döltsch lachen! Und dann wird ihn der Döltsch mit seinen großen grauen Augen anschauen und wird sagen: „Also was wollen Sie denn eigentlich? Warum schreien Sie denn so mit mir? Wenn's Ihnen dort nicht mehr paßt, suchen Sie sich eine andere Stelle, denken's einmal nach und sagen Sie mir's dann!" Er kennt doch den Döltsch! Und wäre sie wirklich eine Landstreicherin und er ein Abenteurer wie ihr Vater, was liegt dem Döltsch daran? Eher im Gegenteil! Der hat ihm doch damals gesagt, als er das erstemal unter seinen steinernen Augen stand: „Der Pizarro hat sich auch eine merkwürdige Gesellschaft mitgenommen." Er wird ihn daran erinnern. Er muß ihm nur zeigen, daß er einer ist, für den es sich dem Pizarro lohnen kann. Und es ist ganz leicht möglich, daß ihn der Döltsch überhaupt nur prüfen will. Läßt er sich wegschicken, so verdient er's nicht besser, wir wollen einmal sehen! Es sieht ihm ganz ähnlich, einen ins Wasser zu werfen, damit sich's zeige, ob er schwimmen kann. Es soll sich zeigen!

Klemens schrieb an den Baron Chrometzky, der Frühling sei hier grade jetzt so schön, daß er gar nicht daran denke, zu verreisen, am wenigsten nach diesem von sächsischen Hochzeitspaaren, Gymnasialoberlehrern und sonstigen minder Gebildeten verseuchten Italien, was er dem Minister zu melden bitte, mit seinem besonderen Dank für die freundliche

Fürsorge und der ergebensten Mitteilung, daß er sich übrigens nächsten Freitag das Vergnügen machen werde, selbst beim Minister vorzusprechen, da er ohnedies in Wien allerhand zu besorgen und schon längst den Wunsch habe, seiner Exzellenz manches zu berichten, worüber sie sich gewiß höchlichst amüsieren werde.

Als Klemens den Brief in den Kasten warf, dachte er: „Gerade Freitag! Er soll sehen, daß ich nicht abergläubisch bin! Er hält auf solches Detail. Ich kenne ihn doch! Er ahnt ja nicht, wie gut ich ihn kenne!"

Nächsten Abend kam ein Telegramm des Chrometzky, der Minister erwarte ihn also Freitag.

Nach dem Essen sagte Klemens zu Drut: „Ich muß morgen auf zwei Tage nach Wien."

Sie konnte vor Schreck kaum fragen: „Was ist denn geschehen?"

Er sagte, in seinem Ton des feschen Kle: „Staatsgeschäfte, Madame! Du mußt dein liebes Naserl nicht in alles stecken." Und indem er lachend aufstand, sagte er: „Ich gehe noch ein bißchen in die Ahnengalerie eine Zigarre rauchen." Das große leere Zimmer, in dem er das kleine Bild des berühmten alten Hofrats Furnian aufgehängt hatte, nannten sie die Ahnengalerie.

Er hörte sie nebenan weinen. Es machte ihn ungeduldig. Er konnte das jetzt nicht brauchen. Nachher wird er ihr alles erzählen! Die Furcht der Frauen steckt an.

Sie kam herein und sagte leise: „Ich weiß es doch, Kle!"

Er beherrschte seinen Zorn und sagte: „Was denn? Ich versteh gar nicht!"

Sie sagte: „Man hat mir doch das Blatt geschickt."

Er lachte lustig. „Ach so, das ist es! Nein, Afferl, darüber brauchst du dir wahrhaftig kein graues Haar in deinem Schopferl wachsen zu lassen. Das gehört dazu. Ohne diese kleinen Aufmerksamkeiten der verehrten Presse geht's einmal nicht ab, wenn man eine gewisse Position hat! Und solang's nicht ärger kommt! Würde, Bürde! Und wenn's noch ärger kommt, liegt auch nichts dran. In einer öffentlichen Stellung darf man nicht wehleidig sein. Aber das verstehen halt Frauen nicht. Es ist mir leid, daß du den Wisch überhaupt gelesen hast. Doch da kann man ja jetzt nichts mehr machen. Aber reden wir nicht mehr davon!"

Sie wendete sich, um wieder in das andere Zimmer zu gehen. Aber an der Türe brach sie plötzlich keuchend aus: „Kle! Gehn wir doch fort! Ich mag das alles nicht, ich ertrag's nicht! Ich hab noch Geld, ein paar Jahre geht's schon und dann wird sich was finden, das ist ja doch auch alles ganz gleich! Ich bitt dich, Kle, komm fort! Dann wird alles wieder gut sein und wie in unserer lieben Lucken! Ich hab ja nie wollen, ich hab ja nie wollen!"

„Afferl!" sagte er ungeduldig. „Was sind das für törichte Sachen? Leg dich schön schlafen und morgen ist alles wieder gut, dein dummer Kopf gaukelt dir nur was vor. Also hörst du? Du sollst schön schlafen gehn!"

Sie stand noch immer starr an der Türe. „Kle! Du weißt ja nicht —! Ich hab dir doch von meinem Vater erzählt und wie wir damals lebten, und wenn das nun alles ausgegraben und alles noch verdreht und verzerrt wird —"

„Wenn der Pfaffe zu frech wird, wird man ihm schon übers Maul fahren! Das laß nur meine Sorge sein. Du hast ja schließlich einen Mann, nicht? Und jetzt geh aber schön schlafen! Ich hab wichtigere Sachen im Kopf."

„Kle! Wenn du mich je ein bißchen lieb gehabt hast! Ich beschwöre dich —"

Er stampfte mit dem Fuß auf. „Du sollst mich

jetzt in Ruhe lassen! Hörst du nicht? Ich kann das jetzt nicht brauchen!"

Ganz still glitt sie hinaus. Die Türe fiel hinter ihr zu.

Einen Augenblick zog es ihn ihr nach. Seltsam traurig war es ihm, wie sie so durch die dunkle Tür ganz still entglitten war. Aber er durfte jetzt nicht weich werden. Die Frauen machen einen nur wehleidig. Er konnte das jetzt nicht brauchen.

Dreizehntes Kapitel.

Sie haben Pech, lieber Freund!" sagte der junge Baron Chrometzky zu Klemens. „Grad heut muß uns das passieren. Scheußlich!"

Sie standen im Vorzimmer des Ministers. Morgens war der Ofen geplatzt, der brenzliche Staub schwamm noch überall, langsam sanken die schwarzen körnigen Flocken, alles lag verrußt, es roch nach Brand und Rauch. Der Teppich war umgerollt, Tisch und Sessel zum Fenster gerückt, Hafner an der Arbeit, die zersprungenen Kacheln zu verschmieren.

Livius Baron Chrometzky staubte die Schriften auf seinen Tisch ab, und blasend, wischend, hustend in dem schwarzen Regen, sagte er: „Der Minister wird auch heut auf sich warten lassen, er ist nach Schönbrunn. Wenn ich weiß, wo Sie zu finden sind, lasse ich Sie holen. Vor Ihnen kommt ja auch noch zuerst der Domherr Zingerl dran."

„Der Domherr ist hier?" fragte Klemens. Er hatte Mühe, seinen Schrecken nicht hören zu lassen.

In dem Ton, den Klemens hatte, wenn er der fesche Kle war, sagte Livius: „Ja, ja, lieber Freund! Es scheint ein förmliches Verhör zu werden. Na, den Kopf wird's ja nicht gleich kosten."

Er rief den Diener, die Asche zu kehren.

Klemens fragte, zögernd: „Hat der Minister was gesagt?"

„Nein, keineswegs", sagte Livius. „Er war die ganzen Tage jetzt gar nicht sehr gesprächig. Na, Sie kennen das ja."

Ja. Klemens kannte das. Und Klemens kannte auch den Ton des lieben Kollegen. Diesen Ton, der, ganz unmerklich, auf einmal von einem wegrückt. Er ertrug es nicht länger in dem brandigen Dunst.

„Da kann ich ja einstweilen meine Besorgungen machen", sagte er. „Ich komm' dann wieder. Und schaut's, daß bis dahin die Luft rein ist, Servus!"

Er rannte fort, wie fliehend. Da war seine liebe Herrengasse, mit den stillen alten Häusern. Und er hatte plötzlich das Gefühl, geschützt und behütet zu sein. Das Trappeln der Hufe, das Schnalzen der Kutscher, der ruhige Zug der gemächlich Schreitenden, der Wiener Wind, mit flatternden Stößen über die Dächer springend, und dies alles in der lieben alten Gasse wie durch einen unsichtbaren Nebel abgedämpft, so gleitend, unwirklich und als ging es nur im Traum vorbei. Das tat ihm wohl. So ließ er sich durch die Gasse ziehen. Er hätte sich gern erst noch gewaschen; der Dampf des Wagens klebte noch an ihm. Aber es war so gut, gedankenlos durch die stille Gasse zu gleiten, mit schwebenden Erinnerungen. Auch hoffte er, dem Wagen des Ministers zu begegnen; und der Minister wird ihm mit der Hand winken und wird lachen, dann weiß er gleich, daß alles wieder gut ist, und ängstigt sich nicht mehr vor den neugierigen Blicken dieses albernen Livius, der nun auch schon wichtig tun möchte! Und dann stand er so gern vor den Fenstern der Antiquare, die alten Bücher betrachtend, Band für Band. Das tat seinem müden Kopf jetzt sehr gut.

Er war die ganze Nacht gefahren. Als er abends zur Bahn ging, schlug der Wind plötzlich um, wärmend und wässernd kam's von Süden, in die

Berge schallend, über die Bäume stürzend, wie mit Flammen blasend; und wie aus einem heißen Sprudel quoll ein rauchender Regen herab. Klemens hatte heiß in seinem schweren Mantel; und rings um ihn war in den fiebernden Ästen das Knistern des erwachenden Frühlings; Schwärme von jungen Krähen flogen über ihm, wie schreiende schwarze Wolken. Schwitzend kam er in der Station an, mit der Unruhe des rufenden Frühlings im Herzen. Der Wagen war überheizt, er stellte die Leitung ab und riß das Fenster auf, da stieß der dampfende Regen herein. Er konnte nicht sitzen, er konnte nicht liegen, er konnte nichts denken. In Attnang hatte er eine Stunde auf den Schnellzug zu warten. Im Saal war Rauch und ein Geruch von Schweiß und nassen Stiefeln. Er hielt es nicht aus. Er ging draußen hin und her. Wie Nägel schlug der hämmernde Regen seine schweren Tropfen in das ächzende Dach ein. Und überall war, durch die weite Nacht rings, ein Rütteln und ein Rufen in den Bäumen, wie durch die schwarze Nacht fliegender Hohn; und darüber in der Ferne dann ein dumpfes Rollen, als bräche der finstere Himmel auf. Endlich kam der Salzburger Zug, wie ein böses, feuerschnaubendes Tier. Wieder riß Klemens die Fenster auf, schwindelnd in dem überheizten Wagen. Es war der letzte, holpernd und werfend und stoßend. Klemens hätte gern geschlafen, er war so müd. Er mußte doch das Fenster wieder schließen. Der flatternde Wind fiel mit solchen Stößen den Regen an, daß er ihn zu heben und es oft plötzlich aufwärts zu regnen schien. Der Boden dampfte von der Heizung. Klemens sank in einen dicken dösigen dumpfen Schlaf ein, fuhr wieder auf, gerüttelt und geschleudert, verlor sich wieder, wie gelähmt. Er wußte, daß er schlief, aber dabei war sein Denken wach und quälte seinen heißen Kopf. Plötzlich kam ihm dies alles so kläglich sinnlos vor, diese ganze Fahrt nach Wien. Wozu? Was

will er dem Minister sagen? Wozu denn, wenn
Döltsch es ihm verziehen hat? Und wozu denn,
wenn Döltsch sich ärgert? Was will er ihm denn
sagen? Er ihm! Er weiß doch, daß er vor diesen
steinernen Augen verstummen wird. Aber nein, aber
nein, warum denn? Er ist doch jetzt nicht mehr der
dumme Kle von einst. Nein, er kennt sich jetzt aus,
die Maske des Gewaltigen schreckt ihn nicht mehr.
Er wird jetzt ganz anders vor ihm stehen. Wie oft
hat er ihr das vorgemacht, wie oft haben sie das im
Spaß aufgeführt, Drut den Minister spielend, mit
ihren blinzelnden Augen seinen verschlossenen Blick
einübend, er selbst aber vor ihr auf und ab, wie der
Marquis Posa, sagte sie immer! Und Döltsch wird
dann in ihm sich selbst erblicken, einen zweiten
Döltsch, einen neuen Döltsch, einen jungen Döltsch,
der das alles auch kann und nun keine Lust mehr hat,
noch länger unter Bauern zu feiern! Da wird sich ja
zeigen, ob seine grauen Augen auch dann noch unbeweglich bleiben! Wie oft hat er ihr das vorgespielt,
damals, noch in der Lucken oben! Jetzt kann er's
brauchen. Aber nein, das sind Dummheiten! Das war
ganz lustig im Spaß mit Drut, die doch aber davon
nichts verstand und überhaupt von seiner Welt ja
höchst kindisch abenteuerliche Vorstellungen hatte.
Lustig, freilich; doch gar nicht ungefährlich für ihn,
der sich hüten mußte, darüber nicht die Wirklichkeit
allmählich ganz zu verlieren. Er hatte sich im Spaß
mit ihr vielleicht schon weiter gehen lassen, als wohl
eigentlich klug war. Er hatte sie ja sehr gern und
er hätte sie sich gar nicht anders gewünscht. Gott,
was hatten sie oft zusammen gelacht, damals, noch
in der Lucken oben! Es war aber wirklich gut, daß
nach und nach jetzt der erste Taumel närrischer Verliebtheit von ihm wich. Schön war's schon gewesen,
aber es wurde nun Zeit, wieder aufzuwachen. Schön
war's freilich gewesen, damals noch in der Lucken
oben! Schad! Er hatte sie ja noch immer sehr gern,

386

aber es war nicht mehr dasselbe, nun fing das Leben wieder an, von dem sie doch, mit ihren närrischen lieben Einfällen, gar nichts verstand! Sie konnte ja nichts dafür, das scheint schon einmal so zu sein, daß keine Frau dasselbe Talent zur Geliebten und zur Gattin hat, man muß wählen. Und er hätte sie ja nicht heiraten müssen. Oder wenigstens nicht so schnell. Wenigstens nicht, ohne sie sich zuvor erst allmählich zur Gattin zu erziehen. Es war seine Schuld, wenn sie noch immer die Geliebte blieb. Es ist auch nicht so einfach, aus einem Abenteuer plötzlich in den Ernst des Lebens einzubiegen. Hätte er damals einen Freund gehabt, einen wirklichen, aufrichtigen, warnenden Freund, wer weiß? Und jedenfalls hätten sie doch noch warten können. So schön wie damals wird's doch nie wieder! Und vielleicht wär's überhaupt klüger, der Mensch hätte den Mut, ein schönes Abenteuer plötzlich auszulöschen, als es so langsam abbrennen zu lassen. Aber er hatte sie ja noch immer sehr gern und er muß nur ein bißchen Geduld mit ihr haben, sie wird schon hinüberfinden, von der Geliebten zur Gattin, aus dem Abenteuer ins Leben, und hat er ihr erst die romantischen Launen abgewöhnt, so gibt sie vielleicht noch eine ganz verständige kleine Frau, er muß sie sich nur erziehen, er muß sich nur ein bißchen Mühe mit ihr geben, dann wird's schon gehen, es muß ja sein, da sie nun doch einmal verheiratet sind!

Er lag in der nassen Hitze des aufstoßenden Wagens und wälzte sich und schlief mit wachen Gedanken und wehrte sich und sagte sich im Schlaf: Das denkst du ja gar nicht, denn du schläfst, es träumt dir bloß, aber es ist ein merkwürdiger Traum, denn er weiß, daß er ein Traum ist, und du kannst ja gleich aufwachen, wenn du willst, du willst nur nicht, das kannst du nicht, aufwachen kannst du, so bald du es willst, aber du kannst es jetzt nicht wollen, ja versuch's nur, nein, es geht nicht, du möchtest es wollen und willst es doch nicht, sonst könntest du's ja, versuch's doch nur, aber es geht nicht, es ist stärker, siehst du!

So lag er, in Schweiß, und immer stärker wurde der Schlaf über ihn und er fühlte sich immer tiefer sinken, immer tiefer in den Abgrund des schwarzen Schlafes hinab; und dann setzte sich plötzlich ein ungeheurer Schauder auf ihn, seinen Hals würgend, ein dumpfer Schrecken an seiner Haut, in seinen Adern, ein gräßliches Drohen mit einem namenlosen, sinnlosen, grundlosen Spuk, als brennte der Zug und der Regen bräche mit schwemmenden Wassern über ihn, und so fuhr er in einem feurigen Meer, ertrinkend und verkohlend, und immer sagte er sich vor, aus der schwarzen Schlucht des Schlafes herauf: Es ist ja nicht wahr, du träumst es ja bloß, und du weißt doch, daß du bloß träumst, und wenn man weiß, daß man bloß träumt, träumt man ja schon eigentlich gar nicht mehr, nein, du liegst im Wagen, es ist der letzte Wagen, darum stößt es so, das macht dir solche Blasen im schläfrigen Hirn, aber du brauchst ja nur aufzustehen und sie zergehen, du brauchst dich nur zu schütteln und sie sind weg, und da wirst du lachen, du brauchst nur die Hand zu heben, so heb doch die Hand, so steh doch auf, was hebst du sie denn nicht, was stehst du denn nicht auf, da du doch weißt, daß es dann aus ist, was fürchtest du dich denn? Aber er konnte nicht, es hielt ihn fest. Er war wie zerkocht, als ihn der Schaffner in Wien aus dem Schlaf rief.

Und jetzt ging er in seiner lieben Herrengasse. Der warme Wiener Wind blies ihn an. Er wurde den brandigen Geruch des rauchenden Ofens nicht los. Er hätte sich gern gewaschen. Aber er traut sich aus der Herrengasse nicht weg, er wollte den Wagen des Ministers erwarten. Er ging, in die Fenster der Antiquare sehend, bis an das Café Central, dann durch die Landhausgasse, zum Minoritenplatz hin. Hier stand er. So still war's hier, friedlich und feierlich, abgeschieden und weltentrückt. Hier schlug die Zeit nicht, wie in einem fernen Kloster war's. Darum ist auch hier das Unterrichtsministerium, mit Recht! dachte er; plötzlich war er wieder ganz vergnügt, in der lieben Stille da. Langsam ging er über den Platz und sah den Spatzen zu, sie ließen sich durch ihn nicht stören. Langsam ging er durch die Bankgasse zurück. Sein liebes stilles Wien! Er wurde so ruhig; nein, er hatte gar keine Furcht mehr. Alles andere schien jetzt plötzlich weit von ihm weg. Und er wunderte sich, als ihm einfiel, daß er verheiratet war. Das wird merkwürdig sein, wenn er zum erstenmal mit Drut durch die Herrengasse gehen wird. Er kann sich's eigentlich gar nicht denken. Und langsam ging er nun auf der anderen Seite hinab, durch die Strauchgasse, vor dem kleinen Laden mit Ansichtskarten verweilend, die Bilder der Rahl und des Kainz und der Mildenburg betrachtend. Dann bog er, über den Heidenschuß, in die Naglergasse ein. In einem Fenster lag eine dicke Person, ein rotes Tuch um den fetten Hals. Er sah hinauf, sich erinnernd. Sie erkannte ihn, trat ein wenig vom Fenster zurück und winkte ihm, mit deutlichen Gebärden. Ihm wurde in der Kehle heiß, er rannte fort, plötzlich in Angst, den Minister zu versäumen. Nein, Döltsch war noch nicht zurück. Und wieder strich er durch die stillen Gassen. Da war die Wallergasse, so gern ging er da: vom Kohlmarkt her hört man die Stadt klingen, hier aber regt sich nichts, der eigene Schritt hallt seltsam. So ist diese Stadt mit lieben kleinen Verstecken rings besetzt, überall kann man austreten, um aufzuatmen und wieder ein bißchen allein mit sich zu sein. So war sein Östreich: überall hat's einen kleinen engen Winkel irgendwo, dem Ängstlichen bereit, dem es das Leben zu arg treibt. Sein geliebtes Östreich! Land der Stillen und der Leisen! Heimat weich und wund gewordener Menschen! Und wieder kam ihn die heiße

Rührung an, die schon den Knaben immer wieder ins Träumen verlockt, diese zärtlich beklommene, wehmütige, törichte Rührung über Östreich. Bis ihm plötzlich einfiel: Gescheiter wäre nachzudenken, was du denn eigentlich dem Döltsch sagen wirst! Aber er konnte jetzt nicht denken. So lieb war es, im warmen Wind durch die Gassen zu gleiten und sich mit ihrer Stille einzuwiegen. Er wäre gern den ganzen Tag nur immer so fortgegangen, immer vor sich hin, im Gefühl der verwunschenen alten Gassen. Plötzlich aber, aufgeschreckt, lief er wieder, nach dem Minister zu fragen. Dann hungerte ihn. Er setzte sich ins Michaeler Bierhaus. Ein Hausierer kam, seine Waren anbietend, mit einem gehorsamen demütigen ängstlichen Gesicht. Und alle die Menschen um ihn saßen in ihren Sorgen.

Als er zum fünftenmal in das Vorzimmer des Ministers trat, sagte Livius: „Er ist eben gekommen. Jetzt ist der Domherr drin, mit einem komischen alten Mandl. Wollen Sie einstweilen ein Zigarettl? Es gibt nichts Besseres zur Beruhigung, wenn einem die Nerven wackeln. Vor meinem letzten Rigorosum hab ich einmal an einem Tag sechsundsiebzig Zigarettln geraucht. Ein Rekord, lieber Freund!"

Klemens trat an das Fenster. Der Ton des Kollegen war ihm unerträglich. Es roch noch immer nach Brand und Rauch. Er konnte sich vor Müdigkeit kaum mehr halten. Er stand und sah in die Gasse hinab, auf die gemächlich gleitenden Menschen. Oft war er einst hier so gestanden, nachts wartend, bis der Minister nebenan fertig war, und ins Dunkel hinein gierig horchend.

Plötzlich schrak er auf. Das war Nießners Stimme. Was tat der da?

Nießner ging auf ihn zu, gab ihm die Hand und sagte lachend: „Wir zwei beide treffen uns auch überall! Wie geht's denn immer, geht's Ihnen gut? Aber da braucht man ja nicht zu fragen, Sie sind immer obenauf!" Und zu Livius: „Wird's lang dauern? Ich warte lieber draußen. Sonst heißt's noch, ich habe mit dem Inkulpaten konspiriert! Lassens mich rufen, wenn's so weit ist! Ich stierl einstweilen ein bißl bei den anderen herum, da hört man immer allerhand Neuigkeiten." Lachend ging er.

Döltsch saß mit dem Domherrn und dem alten Pfarrer von der Lucken. Er lehnte sich zurück, die Hand vor den Augen. Auf dem Boden lagen Akten, Bücher, ein großes Tellurium, Modelle von Erfindungen, ein Globus, Landkarten und Mappen herum. Auf dem großen Tisch war nur Schreibzeug und eine Photographie der Mutter Döltsch. Der alte Pfarrer saß, das graue Kinn auf die Hand gestützt, die den Griff des Stockes hielt, ganz wie er sonst immer auf der Bank in der Sonne vor seiner Pfarre saß. Er sah den Minister nicht an, sondern stier vor sich durch das weite Zimmer in die Wand hinein, den zahnlosen faltigen Mund in der alten Gewohnheit des Betens bewegend. Der Domherr sagte, mit seinem langsamen, andächtigen, in den Endsilben gern ein wenig anschwellenden Ton: „Also bringen Sie nur selbst Ihre Beschwerde dem Herrn Minister vor, fürchten Sie sich nicht!" Der alte Pfarrer regte sich noch immer nicht, in die Wand sehend, den welken Hals gesenkt, sein lautloses Gebet kauend. Der Domherr wiederholte, sanft: „Fürchten Sie sich nicht! Es geschieht Ihnen nichts. Bringen Sie nur Ihre Beschwerde dem Herrn Minister vor! Nun?" Endlich sagte der Pfarrer: „Mir ist versprochen worden, daß ich Ruh haben werd." Dann hob er das alte Lid langsam von seinem linken Auge und wiederholte, zum Domherrn schielend: „Wie's mich in die Straf geben haben, is mir versprochen worden, daß ich Ruh haben werd. Meine Ruh will ich haben. Es is mir versprochen worden." Der Domherr sagte, nickend: „Ja, ja, gewiß! Die soll Ihnen niemand nehmen. Aber bringen Sie nur jetzt Ihre Beschwerde dem Herrn Minister vor!" Der alte Pfarrer hob den dürren Kopf ein wenig, blinzelnd, lauschend, grinsend. Der Domherr fragte: „Also! Haben Sie den Herrn Bezirkshauptmann mit der Frau Baronin trauen wollen?" Der Pfarrer dachte nach und sagte: „Nein. Wir brauchen keine neuen Leut bei uns." Der Domherr fragte: „Sie haben sich geweigert, den Herrn Bezirkshauptmann mit der Frau Baronin zu trauen?" „Geweigert", wiederholte der Pfarrer. Der Domherr sagte, mit seiner sanften samtenen Stimme: „Dann haben Sie sie schließlich aber doch getraut?" Der Pfarrer nickte. Der Domherr fragte: „Warum?" Der Pfarrer sah hilflos auf den großen feierlichen Mund des Domherrn hin. Der Domherr wiederholte: „Sie haben sich geweigert sie zu trauen?" Der Pfarrer nickte. Der Domherr fuhr fort: „Weil nämlich die Papiere nicht in Ordnung waren, nicht wahr?" Der Pfarrer nickte. Der Domherr fragte: „Warum haben Sie sie dann, trotzdem die Papiere nicht in Ordnung waren, schließlich aber doch getraut?" Der Pfarrer sagte langsam, auf den Mund des Domherrn sehend: „Weil, weil —." Der Domherr half ihm: „Fürchten Sie sich nicht! Es geschieht Ihnen nichts. Weil der Herr Bezirkshauptmann Sie — nun?" Der Pfarrer nickte, sich erinnernd, und sagte: „Weil er mich bedroht hat." Der Domherr fragte: „Bedroht hat er Sie? Wie denn?" Der Pfarrer wiederholte: „Bedroht hat er mich."

Döltsch stand auf und hob ein Buch vom Boden. Der Domherr sah ihn fragend an. Döltsch sagte: „Bitte nur weiter."

Der Domherr fragte wieder: „Wie denn? Wie hat er Sie bedroht? Sie müssen dem Herrn Minister sagen, wie!" Der Pfarrer wiederholte: „Bedroht." Sanft sagte der Domherr: „Ja. Aber mit welchen Worten? Auf die Worte kommt's an. Denken Sie nach! Lassen Sie sich Zeit! Können Sie sich an die Worte vielleicht noch erinnern? Was hat er gesagt?"

392

Der Pfarrer erinnerte sich: „Er hat gesagt, daß er mich mit dem Schandarm holen laßt, und einsperren!" Und er schielte den Domherrn an, ob er jetzt zufrieden wäre.

Der Domherr faltete die Hände, bog sein römisches Gesicht herab und sagte feierlich: „Vergessen Sie nicht, daß es möglich ist, daß Sie vielleicht Ihre Aussage vor Gericht unter Eid werden wiederholen müssen, vergessen Sie das nicht!"

Der Pfarrer sagte weinerlich: „Mir is aber versprochen worden —"

Der Domherr sagte, heftig: „Das hilft Ihnen jetzt alles nichts! Wir müssen die Wahrheit wissen! Dann sollen Sie Ruhe haben! Jetzt aber stehen Sie vor dem Herrn Minister, dem Sie die Wahrheit schuldig sind! Die volle Wahrheit!"

Der alte Pfarrer sank ein, auf seinen Stock gestützt; die schweren runzligen Lider fielen zu, die Lippen saftelten.

Milder sagte der Domherr: „Können Sie beschwören, daß er das gesagt hat, mit diesen Worten?"

Der Pfarrer wiederholte: „Er hat gesagt, daß er mich mit dem Schandarmen holen laßt, und er laßt mich einsperren."

Der Domherr fragte wieder: „Mit diesen Worten?"

Der Pfarrer fing zornig zu schnauben an: „So hat mir's die Agnes g'sagt."

Der Domherr bemerkte dem Minister: „Seine Köchin."

Der Pfarrer sprach sich in Wut. „Ich hab mit ihm nicht g'red't. Ich bin weg, wie er kommen is, und hab mich ins Bett g'legt; ich mag nicht. Aber die Agnes hat g'sagt, er laßt mir sagen, er laßt mich arretieren, mit dem Schandarm, hat's g'sagt, und es wäre eine Schand und es is g'scheiter, hat's g'sagt, ich mach erst keine Geschichten, denn da hilft doch nix, gegen den Herrn Bezirkshauptmann kommt man nicht auf, der is mehr als alle, da kann der Papst selber auch nix machen, das is jetzt einmal so, hat's g'sagt, da gibt's nix, und ob ich auf meine alte Tag noch einmal in die Straf will!" Er saß schnaufend und leckte sich die grauen Lippen ab.

Der Domherr sagte, in seinem leise singenden Ton: „Und aus Angst also, nicht wahr, eingeschüchtert durch diese Drohungen, nicht? Verwirrt und eingeschüchtert —?" Und er hielt dem alten Pfarrer seine Worte fragend hin.

Der Pfarrer sagte nach: „Eingeschüchtert durch die Drohungen des Herrn Bezirkshauptmanns, eingeschüchtert, und —" Er zog seine Furchen zusammen und quälte sich ab.

„Und?" fragte der Domherr, unnachgiebig.

Der alte Pfarrer sah hilflos den breiten starken Mund des Domherrn an; und sich plötzlich entsinnend, sagte er auf: „Und weil doch der Herr Bezirkshauptmann der Chef, Chef der politischen Landesbehörde ist, mein Vorgesetzter, dem ich Gehorsam schuldig bin, hat er g'sagt, hat sie g'sagt. Trotzdem mir doch ausdrücklich versprochen worden is —"

Der Domherr fiel ein: „Deshalb haben Sie sich, auf diese seine Drohungen hin, für verpflichtet gehalten, den Herrn Bezirkshauptmann zu trauen, obwohl die vorgeschriebenen Dokumente nicht vorgelegt wurden?"

Der Pfarrer wiederholte: „Obwohl die vorgeschriebenen Dokumente nicht vorgelegt wurden."

„Wodurch Sie," sagte der Domherr noch, „ein schweres Vergehen auf sich geladen haben —"

„Mir is aber ja versprochen worden —" raunzte der Pfarrer.

„Wodurch Sie," wiederholte der Domherr, „ein schweres Vergehen auf sich geladen haben, allerdings unter dem Drucke der Ihnen vorgesetzten Behörde, was Ihre Schuld ja sicherlich mildert. Es ist von einem armen alten Mann, der da droben in seiner

Bergeinsamkeit von dem Treiben der Menschen nichts weiß, ein bißchen viel verlangt, daß er einem allmächtigen Herrn Bezirkshauptmann trotzen soll, wie das aber eben doch Ihre Pflicht gewesen wäre. Nun, das wird ja gewiß alles nach Gebühr erwogen werden." Und indem er sein breites, strenges, ruhiges Gesicht dem Minister zuwendete, fragte er: „Wünschen Exzellenz noch eine Frage an den Herrn Pfarrer zu richten?"

Döltsch bog den Kopf weg, verneinend. Der Domherr half dem Pfarrer auf und zog ihn fort. Er sagte: „Beruhigen Sie sich nur! Fürchten Sie sich nicht! Ihre Schuld ist die geringste."

Der Domherr kam zurück und sagte lächelnd: „Ich habe den armen Kerl seiner braven Agnes übergeben. Es wird eine etwas schwierige Expedition sein, ihn heimzubringen. Und nicht wahr, Exzellenz, diesen alten Mann wirr zu machen, war kein so großes Kunststück der Verwaltung?" Er wartete.

Da Döltsch schweigend blieb, begann er wieder: „Exzellenz haben ja nun den armen alten Herrn gesehen und können selbst urteilen. Man hat gewünscht, daß Ihnen dieser Fall lebendig vorgeführt werde, als ein besonders krasses Beispiel der Art, wie von Ihren Herren mit unserem Klerus umgesprungen wird, als ob er schon einfach ihr Bedienter wäre. Ein Beispiel unter tausenden, aber allerdings ein so drastisches, daß es wohl auch manchen, die sonst nicht unsere Freunde sind, wofern sie sich nur doch noch einen Rest von Gerechtigkeit bewahrt haben, die Augen öffnen muß. Agitatorisch ist es ja unbezahlbar. Man hat nur aber Mitleid mit dem armen alten Herrn, der ja, wenn der Fall einmal öffentlich aufgerollt wird, nicht geschont werden kann. Ihrem Herrn Bezirkshauptmann geht's dann an den Kragen, dem Pfarrer aber auch. Und die Frage ist nun, ob der Wunsch, eine so schöne Gelegenheit gegen Sie, gegen Ihre glaubens- und kirchenfeindliche Tendenz auszunützen, stärker sein soll oder das rein menschliche Mitleid mit Ihrem Opfer."

„Ich bin neugierig, wie man sich entscheiden wird," sagte Döltsch, mit seiner undurchdringlichen Stimme. „Und jedenfalls danke ich Ihnen sehr für Ihre Mühe! Haben wir sonst noch was?"

„Da ich schon gerade hier bin, durch diesen unliebsamen Vorfall veranlaßt," sagte der Domherr langsam, „darf ich Ihre Geduld vielleicht noch einen Augenblick mißbrauchen. Sie haben ja dann hoffentlich wieder lange Zeit Ruhe vor mir, Exzellenz."

Döltsch nickte, in seinen Papieren kritzelnd. Der Domherr fuhr fort: „Und auch hier ist es ja wieder eine Botschaft, die ich auszurichten habe. Ich selbst bin immer nur ein Bote, was ich Exzellenz nicht zu vergessen bitte. Ganz nebenbei bemerkt. Wie ich persönlich ja doch auch in jenem Falle meines Neffen Furnian vielleicht als Onkel ganz andere Wünsche haben mag. Aber das versteht sich ja wohl von selbst. Nun weiß ich nicht, ob Ihnen bekannt ist, Exzellenz, daß wir uns in einem höchst langwierigen und unerquicklichen Streit mit der Steuerbehörde befinden, wegen unserer Fabriken im Pongau."

„Streit," sagte Döltsch, „kann man das doch eigentlich nicht nennen. Ihr wollt's die durch das Gesetz vorgeschriebenen Steuern nicht zahlen."

Der Domherr sagte: „Man verlangt immer von uns, daß wir mit der Zeit gehen und uns der Entwicklung anpassen sollen. Ich dächte doch, daß —"

„Ja", fiel Döltsch ein. „Ihr baut Fabriken, ihr machts allerhand gute Sachen, Salben und Konserven und Schnäpse, der Rupertiner schmeckt ja wirklich famos, alle Achtung! Sehr schön. Nur geht gefälligst dann auch darin mit der Entwicklung, daß ihr brav euere Steuern zahlt, wie andere Fabriken auch! Aber da seid ihr auf einmal ganz empört! Man kann nicht für katholische Schnäpse einen anderen Tarif machen als für jüdische, sonst gibt's in acht Tagen

396

keine Juden mehr; und die sind doch so wichtig für euch! Übrigens ist es gar nicht mein Ressort."

Der Domherr sagte: „Man hätte nur gern Ihren Rat, Exzellenz."

„Man hat ja das Gesetz", antwortete Döltsch.

„Gott, das Gesetz!" sagte der Domherr.

„Ja, das Gesetz!" wiederholte Döltsch. „Darum eben geht's! Ihr könnt euch nicht daran gewöhnen, daß das Gesetz auch für euch gelten soll, und wer es euch zumutet, ist ein Glaubensfeind und ein Kirchenfeind. Was soll ich da tun?"

„Das Gesetz!" sagte der Domherr, in seinem milden und gütigen Ton. „Das Gesetz ist eine schöne Sache. Aber das Gesetz ist nicht allein auf der Welt. Es gibt vielleicht auch noch andere Dinge, Exzellenz. Und alles menschliche Leben besteht am Ende nur im richtigen Ausgleich, die Juristen machen sich's doch ein bißchen gar zu leicht. Es gibt auch Forderungen der Billigkeit, der Klugheit, der Zweckmäßigkeit und wer sie nicht nicht hören will, wird schließlich vor lauter Gesetzlichkeit ungerecht, möchte ich meinen. Gleich mit unserem armen alten Pfarrer da geht's uns doch auch so. Er hat das Gesetz verletzt. Ist es denn aber billig, das Gesetz auf ihn anzuwenden? Ist uns die Ruhe des armen alten Herrn nicht vielleicht mehr wert als das Gesetz? So fragen wir uns. Wie Sie sich ja wahrscheinlich auch fragen werden, Exzellenz, ob Ihnen nicht vielleicht ebenso die Zukunft eines begabten und bisher ja tadellosen Beamten, ganz abgesehen von der schlechten Beleuchtung, in die Ihre ganze Verwaltung dadurch gerückt würde, am Ende mehr gilt als das papierne Gesetz. So läuft im Leben schließlich doch alles immer auf ein Abwägen hinaus und ob wir unseren Pfarrer, Sie Ihren Bezirkshauptmann opfern müssen, wird zuletzt auch wohl nur davon abhängen, ob Ihnen nicht vielleicht Ihr Bezirkshauptmann wichtiger ist als uns unser

Pfarrer. Denn die beiden Fälle sind voneinander ja wohl nicht zu trennen."

Döltsch lehnte sich zurück, schlug die großen grauen Steinaugen auf und sagte langsam, mit dem Bleistift spielend: „Sie meinen den Fall Furnian und den Euerer Steuerhinterziehung?"

Der Domherr kehrte sein großes, feierliches, glänzendes Gesicht der leeren Maske des Ministers zu. So sahen sie sich an. Dann sagte der Domherr: „Ich meine den Fall Ihres Bezirkshauptmanns und den unseres Pfarrers. Natürlich." Und in den faltigen Ecken an seinem breiten starken Mund war ein leises Lächeln, als er fortfuhr: „Aber das wissen Sie ja ganz gut, Exzellenz. Denn Sie werden mich doch nicht einer Erpressung beschuldigen wollen." Er stand auf, schob die langen Ärmel seines Rockes ein wenig zurück und sagte, heiter: „Dazu kennen wir uns doch zu genau."

Sie reichten sich die Hände. Döltsch sagte: „Ja, wir verstehen uns ganz genau."

„Das ist immer angenehm", sagte der Domherr. „Ich muß nur um Entschuldigung bitten, Exzellenz so lange belästigt zu haben."

Döltsch sagte: „Ich danke Ihnen jedenfalls noch sehr, es war mir ungemein interessant. Und was Ihre Fabriken betrifft, so lassen Sie mir noch ein paar Tage Zeit. Es ist ja nicht mein Ressort, aber ich will doch den Akt einmal sehen."

„Ich möchte nicht drängen", sagte der Domherr. „Immerhin müßte man aber doch bald einmal wissen, woran man ist, um schlüssig zu werden, ob's nicht klüger sein wird, mit den Fabriken ins Ausland zu gehen."

„Das wäre mir sehr leid", sagte Döltsch.

„Uns auch", sagte der Domherr. „Das können Sie mir wirklich glauben, Exzellenz." Sie gaben sich noch einmal die Hände. Der Domherr ging.

Döltsch schlug seine Schriften auf. Er hatte da das

erloschene, winkelige Gesicht des Pfarrers und die prangende Miene des Domherrn abgezeichnet. Er nahm den Stift und setzte dem Domherrn noch eine Allongeperücke auf, durch die der mächtige Kopf mit der herrischen Nase und den steifen Wangen erst zur vollen Wirkung kam! Zeichnend saß er und dachte nach. Sie kannten ihn gut. Das Geschäft war klar: den Schützling oder die Steuern! Und wie fein, so sicher darauf zu rechnen, er werde nun erst recht sagen: Nun gerade nicht, ich gebe meinen Schützling nicht preis! Er werde sie beschämen, edler und menschlicher als sie, die dafür ihr Geschäft machten! Wie fein, so sicher auf seinen Trotz zu rechnen! Sie kannten ihn gut! Er machte die Allongeperücke des Domherrn immer noch länger und gab ihm ein Szepter in die Hand. Wie fein! Und es war gar nicht ausgeschlossen, daß der Domherr, grad um seinen Neffen zu retten, diese Rettung an die Bedingung, die Steuern nachzulassen, geknüpft, um es ihm zu erschweren und eben dadurch seinen Trotz erst zu reizen; er traute dem Domherrn das zu. Sie rechneten genau, sie kannten ihn gut! Und ein Spaß wär's aber, zur Abwechslung einmal nicht trotzig zu sein und ihnen zu zeigen, daß er noch besser rechnet als sie! Gab er den Furnian preis, was konnten sie tun? Das schlechte Licht, das auf seine ganze Verwaltung fiel? Nein! Wenn er den sträflichen Beamten nicht hielt, wenn er ihn opferte, wenn er ihnen zuvorkam und selber der erste war, die Bestrafung und Entfernung des Schuldigen unerbittlich zu fordern? Der Spaß wäre gut, noch feiner zu sein als die Feinen! Und welche Gelegenheit, einmal vor aller Welt in voller Unparteilichkeit zu strahlen! Er war ein Narr, wenn er sich das entgehen ließ! Nur langsam, mein verehrter Domherr! Ave, Caesar, morituri te salutant! Und kosend strich er mit dem Stift über die Zeichnung und ließ die langen Locken wallen. Schade nur um den jungen Menschen. Der Furnian war schließ-

399

lich nicht dümmer und nicht schlechter als die anderen auch. Und da fiel ihm ein, wie seltsam das war: noch vor ein paar Tagen erst hatte er mit seiner Mutter von Furnian gesprochen, als die Hetze gegen ihn begann, und hatte sie noch lachend beruhigt: Aber ich werde doch deinem Schoßkind nichts geschehen lassen, sei unbesorgt! Und er wunderte sich noch über den harten Ton, mit dem sie antwortete, ganz gereizt: Mach du bitte nur, was dir richtig scheint, ohne irgendeine Rücksicht auf mich zu nehmen, die ich, wie du weißt, überhaupt nicht wünsche, in diesem Falle aber schon ganz und gar nicht! Und als er sich ihre Verstimmung nicht erklären konnte, hatte sie nur noch gesagt, in ihrer stillen, unbeugsamen Art: Er muß sich sehr verändert haben, sein letzter Brief, schon vor ein paar Monaten, hat mir gar nicht gefallen, ich weiß eigentlich nicht, warum, aber auf mein Gefühl kann ich mich verlassen! Es war ihm noch so merkwürdig gewesen. Armer Kerl! Was fing der dann an? Nun, man kann auch Reitlehrer oder Chauffeur sein, in Kalksburg bilden sie ja die jungen Leute sehr gut aus. Und es wäre den anderen ganz heilsam, die könnten sich ein Beispiel nehmen, sie sündigten schon etwas viel auf seine Kraft! Freilich, das Prinzip, das Prinzip! Wen er einmal hielt, der sollte gefeit sein! Aber warum war der alberne Bursche nicht auch einfach nach Italien gegangen? Wer seinen Schutz will, muß auch gehorchen können! Und wozu hat man schließlich Prinzipien, wenn man sie nicht verleugnet? Da zog er plötzlich einen dicken Strich durch seine Zeichnung und sagte sich: Nein, nein, der arme Kerl, meinetwegen sollen sie uns um die Steuer betrügen und mich auslachen, wichtiger ist, daß sich meine Leute sicher fühlen! Und er läutete und ließ den Polizeikommissar eintreten.

Nießner stand wartend. Endlich sagte Döltsch: „Sie sollen Näheres in der Affäre Furnian wissen."

„Ja, Exzellenz."

„Mich interessiert vor allem, wie diese Dinge zur Kenntnis jenes Journalisten gekommen sind."

Nießner hob sein breites Kinn aus dem hohen Kragen und antwortete: „Durch meine Schuld, Exzellenz. Ohne böse Absicht. Das entschuldigt mich aber nicht. Denn ich hätte wissen müssen, daß man Kollegen nichts anvertrauen darf, weil sie dafür sorgen, daß alles gleich an die richtige Adresse kommt."

„Sie haben einen Tratsch gemacht?"

„Ich habe im Gasthaus getratscht, unter guten Kollegen. Und übrigens nur von Dingen, die schließlich doch ziemlich harmloser Natur sind und, wenn sich der Baron Furnian, zu dessen Freunden ich mich rechnen darf, rechtzeitig an mich gewendet hätte, in aller Stille beigelegt worden wären. Der Kapuziner, der jenes Blatt redigiert, hat aus seiner Heimat fort müssen, weil er dort ein zu lebhaftes Interesse für Schulknaben betätigt hat. Nichts leichter also als ihn, wenn er unbequem wird, wieder verschwinden zu lassen. Ich hätte ihm schon das Maul gestopft."

„Was haben Sie nun also getratscht?" fragte Döltsch. „Was sind die ziemlich harmlosen Dinge?"

Nießner zog einen Zettel heraus. „Darf ich meine Notizen benützen? Das Curriculum der Frau Baronin ist etwas verwickelt. Die Baronin Furnian hat, bevor sie die Baronin Scharrn wurde, immer in ein bißchen abenteuerliche Serpentinen gelebt. Sie ist das uneheliche Kind einer Berliner Masseuse Petersen. Geboren in Nizza 1872. Vater ein Herr Trompetta, damals Croupier, Sohn einer kleinen Triester Schneiderin und eines unbekannten Kapitäns, der nachher gleich wieder abfuhr, später aber in den Erzählungen seines phantasievollen Sprößlings zu einem Adjutanten des Erzherzogs Max und bald zum nachmaligen Kaiser von Mexiko selbst avancierte. Beruf: wechselnd. Küchenjunge auf einem Lloydschiff, Korallenhändler auf dem Lido, eine Zeit Croupier, Hotelportier in Patras, Gehilfe bei einem Fechtmeister in Bologna, Fremdenführer in Neapel, wo er die Bekanntschaft eines alten Hamburger Fleischers macht, der ihn mitnimmt und als Wirt in Sankt Pauli installiert. Wegen Kuppelei und verbotenen Spiels abgestraft und ausgewiesen. Taucht dann auf einmal in Gesellschaft eines südfranzösischen Tänzers Morin wieder auf. Die beiden Männer und die Schwester des Tänzers bilden das Trio Caramba, das mit recht freiheitlichen Schaustellungen, sogenannten Pompejanischen Spielen, durch die Welt zieht: Spanien und Mexiko. Als die kleine Schwester Morin plötzlich stirbt und nun die Dritte im Bunde fehlt, erinnert sich Herr Trompetta, daß er ja Vater ist, sucht seine Tochter, findet sie schließlich in Berlin, nimmt die kaum Vierzehnjährige der Petersen einfach weg, und das Trio ist wieder komplett." Er sah auf, weil er den Minister leise lachen hörte.

„Ihr seid alle gleich", sagte Döltsch. „Der Verkehr mit der Presse verdirbt euch ganz. Ihr müßt aus allem eine Schmucknotiz machen, ihr könnt schon gar nicht mehr anders."

„Pardon", sagte Nießner, gehorsam.

„Aber weiter!" sagte Döltsch, kurz.

„Das neue Trio Caramba kommt nach Rom. Sie haben da den guten Einfall, nicht mehr öffentlich aufzutreten, sondern nur in Klubs, hauptsächlich in der Aristokratie. Man kann sich das ungefähr denken. Übrigens scheint der Alte die Tugend seiner Tochter sehr genau bewacht zu haben, wohl aus merkantilen Gründen. Sie lernen den Kardinal Tranquillino Bulotta kennen, einen unter den Spitznamen il Nonno bekannten und beliebten Mäzen schöner Frauen, der seit dem Konklave, in dem Leo der Dreizehnte gewählt wurde, vor Wut und Verbitterung und Haß ganz vertrottelt ist. In seine Villa zieht das Trio und sie sackeln ihn so aus und der Skandal wird so groß, daß sich schließlich die Polizei einmischen muß, gerade noch ein paar Tage, bevor der Trompetta zum römischen Grafen ernannt werden soll. Also wieder einmal eine Pleite. Aber wie sie schon immer Glück haben, meldet sich nun die Petersen wieder, die sich inzwischen im Hause der alten Baronin Scharrn eingenistet hat, als Krankenpflegerin des durch Alkohol und Kokain und allerhand Ausschweifungen vertierten, halb idiotischen jungen Barons, und die Gelegenheit wahrnehmen will, ihre Drut mit ihm zu verheiraten. Der Plan gelingt, das junge Paar geht auf Reisen, Vater Trompetta mit, der sich jetzt Commendatore nennt und ihren Marschall macht; und er sorgt schon dafür, daß das letzte Lebensflämmchen des Barons bald in wüsten Debauchen verlischt. Das ist die Vorgeschichte der Frau Baronin Furnian, sie ist amüsant und lehrreich genug, um einen zu reizen, daß man sie gelegentlich einmal unter guten Freunden erzählt. Und wenn ich mir noch eine Bemerkung erlauben darf, Exzellenz, was liegt denn eigentlich auch daran? Ob man eine derartige Dame gerade heiraten muß, mein Gott, das ist Geschmackssache, es gibt eben auch romantische Naturen. Aber daß es verboten wäre, davon ist mir nichts bekannt, es sollen schon ärgere Heiraten vorgekommen sein. Ganz sauber ist die Sache ja nicht, aber wer ist denn ganz sauber, nicht wahr?" Er sah den Minister wartend an, noch immer seinen Zettel in der Hand.

Nach einiger Zeit sagte Döltsch, ohne von seinen Schriften aufzusehen: „Sie müssen Mühe gehabt haben, sich alle diese Nachrichten zu verschaffen."

Nießner antwortete, die roten Borsten seines Schnurrbarts reibend: „Ich scheue keine Mühe".

„Und," sagte Döltsch, „Sie machen das, scheint's, bloß so zu Ihrem Vergnügen? Als Fleißaufgabe gewissermaßen, was?"

Nießner sagte: „Gott, Exzellenz, mancher sammelt Käfer und ein anderer Briefmarken. Der Mensch muß was zu tun haben, und ich bin leider amtlich nicht so viel beschäftigt, daß es meine Energie befriedigen könnte."

„Die haben Sie wohl von Ihrem Vater?" sagte Döltsch. „Der war ja, höre ich, schon als junger Fiaker ein berühmter Spitzl. Er hat damals die Gräfin Severine Potocka geführt und so die ganze Verschwörung im Palais Lubomirski aufgedeckt. Man sieht, Talent vererbt sich. In allen Künsten."

„Ja, niemand kann aus seiner Haut, Exzellenz. Und man will doch seine Fähigkeit nicht verkümmern lassen. Man übt sich halt, so gut es geht." Er schwieg, wartend. Döltsch schrieb wieder.

Nach einiger Zeit sagte der Minister nebenhin: „Ja, ich sehe, daß Sie sehr tüchtig sind. Danke."

Nießner blieb unbeweglich, indem er sagte, noch immer seinen Zettel in der Hand: „Ich möchte nicht, daß Exzellenz meine Tüchtigkeit auf Kosten meines Charakters überschätzen. Mein Vater war ein Spitzl, jeder nimmt sein Brot, wo er's findet. Ich bin keiner und wünsche nicht dafür zu gelten. Ich muß deshalb bitten, mir noch einige Mitteilungen zu erlauben, damit mich Exzellenz kennen."

Döltsch lehnte sich zurück und sah sich den Kommissär an.

Nach einiger Zeit sagte Nießner: „Ich muß aber ausdrücklich zur Bedingung machen, daß meine Mitteilungen unter uns bleiben. Es weiß niemand davon, und es braucht's niemand zu wissen. Ich habe auch Exzellenz nichts davon sagen wollen. Es liegt mir aber daran, von Exzellenz nicht falsch beurteilt zu werden. Exzellenz werden dann ja sehen, ob ich unkollegial an meinem Freund Furnian gehandelt habe. Sich Nachrichten über seine Mitmenschen zu verschaffen, ist ein Privatvergnügen, das jedem freisteht. Wie man sie verwendet, und was man davon verwendet, darauf kommt's an. Darf ich in meinen Notizen fortfahren?"

Döltsch nickte.

„Ich betonte jedoch nochmals, Exzellenz, daß diese Mitteilungen bloß für Exzellenz allein bestimmt sind und es mir höchst peinlich wäre, wenn daraus meinem Freunde Furnian Unannehmlichkeiten irgendwelcher Art erwachsen könnten. Aber schließlich bin ich mir selbst der Nächste und möchte den Beweis erbringen, daß es keineswegs meine Absicht war, einen Kollegen zu schädigen. Sonst hätte ich's anders gemacht."

„Also was haben Sie noch in Ihrer Sammlung?" fragte Döltsch.

‚Die Geschichte der Frau Baronin Scharrn ist ja nämlich noch lange nicht aus. Nach dem Tode des Barons fing für seine Witwe und ihren Herrn Papa ein sehr vergnügtes Reiseleben an. Engadin, Biarritz, zum Grand Prix in Paris, Winter in Kairo, Ostern in Rom, wie eben distingierte Fremde leben. Unangenehm war nur, wenigstens für den Herrn Papa, daß plötzlich auch der Kollege Morin wieder auftaucht und seine Bewerbungen um Drut, für die er schon immer geschwärmt hat, mit südlicher Heftigkeit erneut. Der Vater, der keine Lust hat, die Erbschaft zu teilen, tobt und reist mit ihr ab, der Arlesier ihnen nach, dem Weibchen scheint er zu gefallen, sie geht mit ihm durch, sie werden in London getraut. Versöhnung mit dem Vater, die aber nicht lange hält, die beiden alten Kollegen raufen jeden Tag. Der Schluß ist, daß eines Tages in einer solchen Szene der Commendatore Trompetta von dem rasenden Morin erstochen wird. Morin ist vor vierzehn Monaten in Bordeaux zu neun Jahren verurteilt worden. Warum die Baronin sich nicht damals gleich von ihm scheiden ließ, weiß ich nicht. Ich glaube nicht, daß Furnian davon etwas ahnt. Übrigens habe ich auch meine Zweifel, ob die damals in London geschlossene Ehe überhaupt gültig ist. Jedenfalls tut man am besten, man rührt an solche Geschichten gar nicht. Hätte ich gewußt, was ich finden werde, so hätte ich lieber erst nicht weiter gesucht. Und ich bitte Exzellenz nochmals, überzeugt zu sein, daß von mir niemand etwas darüber erfahren hat und niemand etwas darüber erfahren wird."

„Das weiß ich schon," sagte Döltsch langsam. „Das überlassen Sie mir." Er sah ihn mit seinen grauen harten Augen an und sagte noch: „Übrigens sind Sie wirklich sehr tüchtig."

Nießner stand auf und verbeugte sich. Döltsch sagte: „Einen Augenblick noch". Er läutete. Livius kam. Der Minister sagte: „Den Bezirkshauptmann Furnian." Während Livius ihn holen ging, stand Döltsch auf, ging ans Fenster und winkte dem Kommissär. Nießner trat zu ihm in die Nische, dort fragte Döltsch ihn leise, bei welchem Amt er jetzt in Verwendung wäre. Nießner gab Antwort. Furnian kam herein und sah den Minister in der Nische leise mit dem Nießner sprechen. Döltsch ließ sich von dem Kommissär noch allerhand über sein Leben berichten. Furnian konnte nichts verstehen. Er sah nur den Kommissär angelegentlich erzählen. Döltsch stand zuhörend, durch das hohe Fenster sehend, mit dem Rücken zu Furnian. Endlich hörte Furnian die bekannte kalte Stimme schlagen: „Es ist gut, Herr Kommissär. Ich brauche jetzt nichts mehr."

Nießner verbeugte sich, grüßte Furnian förmlich und ging. Der Minister blieb am Fenster, in die Gasse sehend. Dieses Warten fürchtete Klemens so. Dieses eiskalte Warten in dem weiten, leeren, wie mit Schweigen ausgeschlagenen Saal. Dieses Warten, in dem dann die Zeit einzufrieren schien. Er konnte gar nichts mehr denken. Es fiel ihm ein: er hätte sich doch noch einmal überlegen sollen —! Aber er konnte gar nichts denken. Schon die ganze Zeit nicht mehr, seit er Nießner in das Zimmer des Ministers eintreten gesehen. Es fragte nur in ihm fort: Was soll denn der Nießner, warum denn der Nießner? Und dann war der Gedanke da: sich nur nicht erschrecken zu

406

lassen! Und der Gedanke: es gälte jetzt, frech zu sein, der freche Kle! Aber gleich entglitt ihm und verwich ihm alles wieder, er konnte die Gedanken nicht halten, es rann aus. Er konnte gar nichts mehr denken, in dem lautlosen Warten stehend.

Der Minister kam langsam vom Fenster zurück, setzte sich und sagte, ohne ihn anzusehen: „Na, Sie führen sich gut auf!"

Er lachte, und es sprach aus ihm in seinem bereitstehenden Ton des feschen Kle: „Mein Gott, Ex'llenz, was soll man sonst? Zu tun hat man nichts, die Selbstverwaltung soll man auch nicht stören, und irgendwie will die jugendliche Tatkraft doch heraus, also was bleibt einem übrig, als ein paar saftige Dummheiten zu machen? Das soll schon manchem von uns passiert sein, Ex'llenz müßten sich mit der Zeit schon daran gewöhnt haben, nicht?"

Er wartete. Döltsch saß, die Hand über den Augen. Nach einiger Zeit begann Klemens wieder: „Und schließlich, Ex'llenz, hat jeder Staatsbürger das Recht, so gescheit oder so dumm zu heiraten, wie ein jeder will und kann. Und meine Frau braucht keinem einzigen Menschen auf der Welt zu passen als mir, und solang sie mir recht ist, muß sie allen recht sein, und wenn sie mir einmal nicht mehr recht ist, werd ich sie schon fortschicken, und zwar auch wieder, ohne erst lange zu fragen, ob ich soll oder darf oder muß, weil das alles ganz allein von mir abhängt, mir ist wenigstens nicht bekannt, daß der Staat seinen Beamten für ihre Frauen das Maß vorschreibt oder den Schnitt sozusagen, eine Frau ist keine Uniform, und von einer moralischen Adjustierungsvorschrift weiß ich nix, Ex'llenz! Also die paar guten Freunderln, die mich bei der Gelegenheit gern eintunken möchten, sollen sich nur wieder schön beruhigen, da müssen's schon noch ein bissel schlauer sein und die Sache das nächstemal etwas feiner einfädeln. Ich hab herzlich lachen müssen und ich hab mir gedacht:

wenn's einmal so weit ist, daß ich gegen wen intrigieren will, ich möcht das doch mit etwas mehr Elan anfangen, das weiß ich, mit einem gewissen Schmiß, und ohne daß ich erst einen versoffenen Kupuziner dazu brauch, der mir hilft. Ich möcht der Schule Döltsch doch etwas mehr Ehre machen, ich hoffe, daß mich Ex'llenz so weit kennen. Intrigieren ist gar keine solche Kunst, aber g'lernt muß man's halt auch haben."

Er wartete wieder. Und dann begann er wieder, immer lauter, immer schneller, atemlos und heiser: „Und ich möcht doch überhaupt nur einmal wissen, was die Herrschaften eigentlich von mir wollen? Ich leg keinem Menschen was in den Weg, von mir aus können's alle meinetwegen morgen Hofräte werden, ich bin keinem neidisch, das ist gar nicht meine Art, und ich hab's auch gar nicht nötig, neidisch zu sein, warum denn? Ich weiß, daß auch an mich die Reihe kommt, vielleicht früher, als mancher denkt. Eine Extrawurst für mich will ich nicht, und was mein Recht ist, werd ich mir schon nehmen, wenn man mir's nicht gibt, und wenn's nötig ist, werd ich mich schon wehren, ich hab ganz gesunde Zähn. Die Herrschaften halten mich nur für gutmütiger, wie ich bin. Ich laß mir manches gefallen, weil's mir nicht dafür steht. Wenn mir aber einmal die Geduld reißt, kann ich auch recht ungemütlich werden."

Er wartete wieder. Aber er konnte die Last der Stille nicht ertragen. Immer schneller sprach er, um seinen nachhallenden Worten zu entkommen: „Übrigens, Ex'llenz, ist es noch gar nicht so ganz sicher, gegen wen damit eigentlich intrigiert werden soll. Ich meine, wen man eigentlich treffen will. Der grade Michl ist ein kleines klerikales Hetzblattl, in dem unsere Kapläne ihren Gift austoben. Nun steh ich mit der klerikalen Gesellschaft aber eigentlich ja ganz gut. Wir haben nie einen Anlaß gehabt, uns zu zerkriegen. Geht man trotzdem auf einmal so gegen mich los, so muß ich mich fragen, ob man nicht eigentlich viel höher zielt. Ich will nicht sagen, den Sack schlägt man und . . . und so weiter, weil mir das der Respekt und meine gute Erziehung verbietet, aber Ex'llenz werden ja verstehen!"

Er wartete. Seine Hände machten ihn verlegen. Unwillkürlich rieb er ihre Teller aneinander, deswegen war er immer in der Schule schon ausgelacht worden. Er bemerkte, daß ihm Döltsch auf die Hände sah. Unbeholfen ließ er sie hängen, wie zwei Gewichte hingen sie. Und immer hielt die Stille noch starr ihren schwarzen Rachen offen.

Klemens begann wieder: „Übrigens kann ich ja den Kapuziner auch klagen. Es strotzt ja natürlich in dem Artikel alles von den gemeinsten Verdrehungen und Übertreibungen. Der Kapuziner hat was läuten gehört, aber selbstverständlich liegen die Dinge alle doch ganz anders, das brauch ich wohl Ex'llenz nicht erst zu versichern. Es wäre mir ein leichtes, nachzuweisen, daß es fast durchaus nur ganz alberne, perfide Verdächtigungen sind, so haltlos und dabei so durchsichtig, daß dem Verleumder nicht einmal der gute Glaube zugebilligt werden kann, das ist mir gar kein Zweifel: wenn ich den Burschen klage, geht er höllisch ein, und ohne daß man erst nötig hätte, irgendwie nachzuhelfen, Ex'llenz, da hab ich gar keine Sorge. Die Frage ist nur, ob man sich überhaupt mit so einem Schmutzblatt einlassen soll, nötig ist es gewiß nicht, weil ja jeder anständige Mensch ohnehin weiß, was er von dem Kerl zu halten hat, und ein Vergnügen ist es ja gerade auch nicht, sich mit ihm hinzustellen, und klug, offen gestanden, klug ist es gewiß nicht, weil diese Art von Leuten ja dann am End wirklich noch glauben, sie sind die Richter im Land, und jeder muß erscheinen, den sie zitieren, und hat vor ihnen Rechenschaft abzulegen; so weit sind wir ja aber doch noch nicht! Aber, wie gesagt, was mich betrifft, mir wär's ja nur ein Spaß, ich klage sehr gern, aber mit dem allergrößten Vergnügen!" Und mit sinkender Stimme sagte er noch, achselzuckend: „Wenn Ex'llenz meinen!" Dann schwieg er, in die lautlos rinnende Stille horchend.

Bis er wieder begann: „Schließlich sind das alles Fragen der Nützlichkeit und praktischer oder taktischer Erwägungen, so wichtig ist ja die Sache weiter nicht, deswegen habe ich es ja auch für das gescheiteste gehalten, herzukommen, damit man sich ausspricht, nicht wahr, Ex'llenz?" Ich halte es aber doch für meine Pflicht, vor Übereilungen zu warnen. Mir persönlich, wie gesagt, wär's ja eigentlich das liebste, einfach zu klagen. Ich kenne die Bevölkerung, die Stimmung für mich ist ausgezeichnet, und ich würde mir das schon arrangieren, da kennen mich Ex'llenz ja, ich würde mir schon einen schönen Abgang machen, das heißt: Abgang, das ist ein dummes Wort, Abgang!" Er lachte gezwungen auf und immer lauter, immer schneller fuhr er fort: „Ich mein nämlich, was man so beim Theater einen Abgang nennt, Ex'llenz verstehen, mit Applaussalven und Bumbum! Die Böller müßten krachen, und weißgekleidete Jungfrauen, etcetera, etcetera, wenn der geliebte, hochverehrte Herr Bezirkshauptmann zurückkehrt wie der Lohengrin, mit Glanz freigesprochen, das heißt, ich kann ja gar nicht verurteilt oder freigesprochen werden, ich bin ja nicht angeklagt, so weit sind wir ja doch noch nicht, daß die Presse die Justiz übernimmt, was ja eigentlich der geheime Wunsch der angenehmen Herren zu sein scheint, aber das ist ja das Schlimme bei solchen Sachen, daß sich der Kläger dann schon unwillkürlich wie der Angeklagte vorkommt, und darum mein ich eben, Ex'llenz, daß man sich die Geschichte doch noch sehr überlegen muß, wegen der Konsequenzen, die sie haben kann! Denn das ist ja das Gefährliche dabei, daß, wenn man sich mit der Gesellschaft einmal eingelassen hat, dann ein jeder hergelaufene Lump kommen kann, und man muß sich mit ihm hinstellen, und schließlich gibt's in jedem Leben Dinge, die die Öffentlichkeit nichts angehen, wenn man sich auch noch so tadellos hält, nicht, Ex'llenz? Denn das ist ja die Gefahr, daß es dann heißen wird: Heute mir, morgen dir! Das bitte nicht zu übersehen, deshalb warne ich vor Übereilungen! Heute nimmt man sich einen kleinen Bezirkshauptmann vor, schön, aber wer weiß, mit dem Essen kommt der Appetit, wer weiß, an wen man sich morgen machen wird? Denn was riskiert denn so ein Kerl? Ein paar hundert Kronen oder im schlimmsten Fall einen Monat Arrest, wo er einmal seinen Rausch ausschlafen kann! Das ist ihm der Spaß und die Reklame doch wert! Wie gesagt, mir, mir kann's gleich sein, meine Sache liegt so klar, daß ich nichts zu fürchten habe, aber ich warne nur, denn morgen kann's einen treffen, dem's vielleicht nicht gleich ist, und bei dem die Sache vielleicht nicht so klar liegt, ich warne nur davor, diesen Leuten noch Lust und Mut zu machen, man kann nicht wissen, wieweit dann ihre Frechheit noch geht, schließlich wird niemand mehr sicher sein, und so was steckt an, Ex'llenz, und wenn der Mensch erst einmal gereizt ist, wird er ein Luder, man darf ihm das nicht so bequem machen, sonst Ex'llenz, ich garantier für keinen, nicht einmal für mich selbst, denn wer weiß, wenn das erst einmal Mode geworden ist und es ärgert mich irgend etwas, setz ich mich auch hin und schreib einen Artikel, mit Enthüllungen, Gott, enthüllen kann man immer was, überall, und ärgere Sachen, als daß ein verliebter junger Mensch einmal eine Dummheit gemacht hat, nicht?"

Langsam fragte die kalte Stimme des Ministers: „Warum schreien Sie denn aber eigentlich so?"

Klemens schrak zusammen. Wie eine Uhr schlug diese Stimme. Er stotterte: „Ich, ich? Ich —" Er stand auf, neigte sich vor und sagte, mit herabhängendem Gesicht: „Ex'llenz dürfen es mir nicht verübeln, daß ich etwas aufgeregt bin! Aber ich hab das Gefühl, es geht irgend etwas gegen mich vor. Und es wär mir entsetzlich, wenn Ex'llenz meinen könnten, daß ich je die tiefe Dankbarkeit und Verehrung vergessen hätte, die ich Ex'llenz schulde! Und was hab ich denn verbrochen? Ich mag unbesonnen gehandelt haben, und gewiß sind Dinge vorgekommen, die besser unterblieben wären. Ich sehe das ja jetzt selbst ein, und Ex'llenz können mir glauben, daß ich selbst schon manches bereue, was geschehen ist. Ich stehe ja doch auch zum erstenmal im Leben draußen, und ganz allein, wer hilft mir denn? Ex'llenz wissen doch, wie das mit meinem Vater ist. Und ich bin ja gewiß auf alle Weise bereit, es wieder gutzumachen, auf alle Weise, man muß mir doch aber nur sagen, wie. Glauben nur Ex'llenz nicht, daß ich es nicht einsehe!"

„Ihre Privatangelegenheiten interessieren mich nicht", sagte Döltsch. „Aber Sie haben sich ohne die vorgeschriebenen Dokumente trauen lassen und noch den Pfarrer dazu verleitet. Das war unkorrekt."

„Unkorrekt, ja!" sagte Klemens, erleichtert. „Was hab ich die letzten Monate nicht alles getan, was unkorrekt war! Wer nimmt denn das aber so genau? Ex'llenz hätten sich gewundert, wenn ich jedesmal gekommen wär, sooft etwas nicht ganz korrekt war! Früher, hier, mein ich. Das wissen wir doch, nicht?"

Klemens wartete. Döltsch schwieg. Klemens begann wieder: „Und schließlich muß man doch berücksichtigen, daß ich in dieser Zeit, unter uns gesagt, Ex'llenz, denn Ex'llenz werden doch so was menschlich verstehen können, daß ich einfach die ganze Zeit gar nicht mehr zurechnungsfähig war! Wenn sich eben ein junger Mensch zum erstenmal verliebt, es ist mir ja jetzt selbst unbegreiflich, aber was hab denn ich vom Leben gewußt, und gar von den Frauen! Ich bin einfach einer Kokette —" Er hielt ein, die Handteller aneinanderreibend, und sah sich hilflos um. „Ex'llenz müssen das doch verstehen! Es ist ja furchtbar beschämend für mich, aber jetzt wird es wohl das beste sein, was bleibt mir denn übrig, als jetzt alles genau zu sagen, wie es war? Einer Kokette bin ich einfach aufgesessen, die hat mich eingefangen."

Er wartete. Da sah er das Bild der alten Baronin Döltsch. Er faßte sich wieder ein wenig und sagte, noch einmal hoffend: „Ex'llenz können sich doch denken, wie furchtbar schwer es mir wird, von diesen Dingen zu reden. Einem Mann gegenüber ist einem das gar peinlich. Ich will dann gleich anfragen, ob mich die Baronin empfangen kann. Das war ja vom Anfang an mein erster Gedanke, die Baronin wird mich verstehen, da kann ich auch viel freier reden, ihr will ich mich anvertrauen, die Baronin war doch immer so gütig zu mir, sie wird mir sicher auch jetzt, wenn sie nur erst von mir hört, wie das alles gekommen ist, wie ich auf einmal überall das Netz um mich gespürt habe, sie wird sicher, sie mit ihrem unendlichen Herzenstakt, ja wenn ich zur rechten Zeit den Rat einer solchen edlen Frau gehört hätte, aber es ist ja doch noch nicht zu spät, warum denn?"

„Meine Mutter ist seit ein paar Tagen nicht ganz wohl", sagte Döltsch. „Sie wird sehr bedauern."

Nun hörte Klemens wieder nur die große Stille.

Dann sagte sein Mund: „Ich bin doch zu allem bereit. Ich sehe es ja ein, Ex'llenz. Ich bin zu allem bereit. Wenn ich also nach Italien soll —! Es wird vielleicht wirklich das beste sein. Im ersten Moment ist man sich ja nicht immer gleich ganz klar, und Ex'llenz müssen auch bedenken, wie sehr ich an meiner Tätigkeit hänge! Aber Ex'llenz haben gewiß recht, es wird das beste sein, einstweilen können sich die Wasser der Verleumdung ein bißchen verlaufen, man vergißt ja bei uns ziemlich schnell, das ist noch das Glück, und einstweilen kann ich auch überlegen, wenn es Ex'llenz für notwendig finden, wenn Ex'llenz der Ansicht sind, daß meine Heirat mir hinderlich ist, das heißt, ich meine, daß sie mich hindert, den Ansprüchen, die Ex'llenz an mich stellen, oder den Absichten, die Ex'llenz mit mir haben, in vollem Umfange zu genügen — Gott, es war ein Jugendstreich, aber mit gutem Willen läßt sich alles reparieren, und dann läßt man sich's zur Lehre sein! Denn meinen guten Willen müsen Ex'llenz doch sehen, ich bin zu jedem Opfer bereit, abgesehen davon, daß das jetzt für mich gar kein Opfer mehr ist, seit ich jetzt selbst alles einsehe, ich war doch damals wie im Rausch, aber das ist vorbei, jetzt bin ich wieder wach, jetzt hab ich mich wieder, und mit einiger Beharrlichkeit wird das doch alles glatt zu lösen sein, man darf Weibergeschichten doch auch nicht tragisch nehmen! Vor allem bin ich schließlich Beamter, da haben alle anderen Rücksichten jetzt zu schweigen." Er setzte sich plötzlich auf und fand seine Haltung wieder, nur die Hände folgten ihm nicht mehr. „Vor allem bin ich Beamter! Das ist immer meine Parole gewesen. Ich glaube, das wissen Ex'llenz. Nach der ganzen Tradition meiner Familie, nach meiner Erziehung und nicht zuletzt nach den starken Eindrücken, die ich hier unter der Führung von Ex'llenz empfangen habe! Da müssen alle anderen Erwägungen jetzt zurücktreten, und ich will ungesäumt über Wunsch von Ex'llenz die nötigen Schritte unternehmen, um die Scheidung einzuleiten. Vor allem anderen bin ich Beamter, das hab ich sozusagen im Blut."

„Ja," sagte Döltsch, „darum wird's Ihnen anfangs nicht leicht werden. Aber Lebensversicherung ist auch ein ganz schönes Geschäft." Und bevor Klemens antworten konnte, fuhr er fort: „Ihre arme Frau wird morgen verhaftet, der Bigamie verdächtig."

Klemens lallte: „Was soll man denn da tun?"

Döltsch sagte: „Früher hat man sich erschossen, jetzt geht man nach Amerika. Das ist ein großes freies Land, das Platz hat. Danke schön, ich brauche Sie jetzt nicht mehr."

Vierzehntes Kapitel.

Drut fuhr aus dem Schlaf. Es war ihr wie ein Schlag oder Stoß an die Läden gewesen; und dann ein ungeheueres Schwirren und Schreien aufgeschreckter Vögel, im Garten. Horchend saß sie. Nein, sie hörte nichts. Sie legte sich wieder, immer noch horchend. Nein, es war ganz still. Aber sie konnte nicht mehr einschlafen. Sie setzte sich wieder auf, hinausgestreckt, und horchte. Im Zimmmer war's noch finster, aber an den Ritzen der Läden pfiff das schnöde schielende Gelb der Dämmerung schon herein. Sie hatte plötzlich Angst und schrie nach der Alten. Die schwarze schlurfende Frau kam. „Hast du nichts gehört?" fragte Drut. Die Alte schüttelte den schweren Kopf. „Bleib hier", sagte Drut, „leg dich auf den Diwan!" Leise sagte sie noch: „Als hätte wer ans Fenster geschlagen!" Sie horchte wieder hinaus und wiederholte: „Als hätte wer ans Fenster geschlagen, war's. Es wird der Wind gewesen sein." Sie ging zum Fenster und stand horchend. In Angst sagte sie dann: „Ich höre keinen Wind, es ist aber ja ganz still, ich höre nichts." Sie stieß die Läden auf. Starr stand der Garten, so groß schienen die steifen Bäume, ein verwaschen gelber Dunst hing herum. Sie horchte nach einem Vogel, nach einem Wind, sehnsüchtig nach einem Hauch; eine Stimme hätte sie gern gehört, in dieser warmen Stille. Nein, nichts.

Sie legte sich wieder. Sie konnte nicht einschlafen. Sie wälzte sich. Plötzlich stand sie wieder auf, nahm ein Tuch um und ging in das andere Zimmer. Das Klavier öffnete sie, die Hand griff wie um Hilfe in

die Tasten, da fand sie das Andante der neunten
Sinfonie. Wie von selbst klang es ihr auf, bis in den
fünften Takt, da standen ihre Finger wieder still.
Und wieder begann sie, wieder und wieder. Immer
die ersten vier Takte, bis in den fünften. Wie wenn
man im Fieber eine starke stille Hand auf der Stirne
fühlt, war ihr, eine zärtlich Trost gebietende Hand.
Als sie erwachte und wieder durch die Fenster sah,
schien alles zu weichen, der Nebel begann zu fließen,
der nackte Morgenwind sprang aus dem Busch. Sie
ging zur Alten zurück und sagte: „Mach Licht! Hol
den Koffer vom Boden. Aber still, daß die Vroni
nicht aufwacht. Und pack das Nötigste. Wir müssen
fort."

„Wären wir nie gekommen!" sagte die Alte, mit
ihrer schwarzen, schweren, schleppenden Stimme.

Drut nickte langsam. „Ja, du hast es immer gesagt!" Sie stand, ihren kleinen blonden Schopf auf-
steckend. Dann sah sie mit ihren unruhigen suchen-
den Augen über das Zimmer hin. Ängstlich schwamm
das kleine Licht der flackernden Kerze durch die
Dämmerung. Sie ging in alle Zimmer und stieß alle
Fenster auf. Und dann durch alle Zimmer hin und
her. Und immer wenn sie wieder an das Klavier
kam, nickte sie ihm zu und diese schluchzenden und
tröstenden Klänge waren noch immer bei ihr. Dann
blieb sie stehen und sagte lächelnd: „Nein, nicht
weinen! Warum denn? Nicht weinen!" Aber vor
ihrer Stimme, wie sie durch das große leere Zimmer
glitt, erschrak sie. Da hatte sie keine Kraft mehr
und mußte sich setzen, mit schlaffen Händen.

Dann wollte sie sich erinnern. Was hatte sie denn
noch vergessen? Sie wußte, sie hatte was vergessen.
Es quälte sie, sie fand es nicht. Sie zog die bösen
Falten an der Stirne, blinzelnd; und fragend hing ihr
armer Mund.

Bis ihr einfiel:: „Ich muß ihm noch schreiben! Nur
damit er weiß, daß ich einfach fort bin, und sich nicht

416

unnötig ängstigt oder mich suchen läßt. Und ihm doch auch erklären — nein! Nein, sonst nichts! Nein, wozu? Vorbei!"

Und laut hörte sie sich auf einmal da sagen: Vorbei. Und sie wunderte sich, wie hart und kalt ihre Stimme klang. Und jene schluchzenden und tröstenden Töne gingen mit ihr, als sie das Zimmer verließ, um Papier und Tinte zu suchen.

In der Ahnengalerie setzte sie sich an das Tischchen und begann zu schreiben. Da sah sie, beim Schein der dünnen Kerze, ihr Gesicht im Wandspiegel flackern; ganz weiß war es, und so alt, daß sie sich erst gar nicht erkannte. Sie stand auf und setzte sich gegenüber; da hatte sie an der anderen Wand das Bild des alten Hofrats Furnian vor sich, mit seinem spitzen boshaften Vogelkopf und dem hämischen kleinen Lachen an seinen dünnen eingezogenen Lippen. Sie sah ihn an, er schien in dem wankenden Licht leise zu hüpfen. Dann erblickte sie das Papier auf dem Tisch und die Feder in ihrer Hand, jetzt dachte sie: „Ja, so! An ihn schreiben!" Aber es quälte sie so, sie konnte nichts finden, sie konnte sich gar nicht mehr erinnern.

Endlich schrieb sie doch mit ihrer festen feierlichen ausgreifenden Schrift: „Ich komme nicht mehr! Laß Dir's gut gehen und vergiß Deine Drut." Sorgsam legte sie das Blatt hin und stellte das Tintenfaß darauf; sonst war der Tisch leer, er fand es sicher gleich. Aber von der Türe kam sie noch einmal zurück, setzte sich wieder und schrieb noch unter ihren Namen hin: „Die Dich nie vergessen und immer lieb behalten wird. Adieu!" Noch etwas wollte sie schreiben und saß da, die Feder in der Luft. Aber sie fand nichts mehr, so ließ sie's und stand auf. Da lag das weiße Blatt mit ihrer großen runden Schrift auf dem Tischchen in dem leeren Zimmer, die Kerze ließ sie dort.

Die Alte kam und fragte, ob sie's nicht auf morgen verschieben könnten; heute nachmittag kommt erst die Wäscherin noch.

Drut sagte: „Nein, gleich. Mit dem nächsten Zug."

Die Alte fragte: „Wohin?"

Drut sagte: „Wohin er geht."

Die Alte ging in den Zimmern herum, einpackend, mit ihren langsamen schlurfenden Tritten.

Drut saß vorgebeugt, mit hängenden Händen.

Plötzlich sagte die Alte: „Sie sind unschuldig. Sie haben doch gar nicht wollen. Er ist schuld. Er hat doch immer gesagt: er kann alles, er darf alles, er ist stark. Der Narr! Sie sind unschuldig!"

Nach langer Zeit sagte Drut: „Was nützt mir das jetzt?"

Dann hörten sie läuten und an das Tor schlagen. Die Alte ging hinab. Der Gendarm trat ein und sagte, mit seiner schweren Stimme rasselnd: „I kann nix dafür. I weiß gar nix. Mir is bloß g'sagt word'n, daß ich die Frau Baronin vorführen soll."

Als es ihr die Alte meldete, nickte Drut und sagte. „Gut. Er soll hereinkommen." Sie stand auf und ging durch das Zimmer, mit leichten Schritten schwebend, ein wenig schief, wie es ihre Gewohnheit war, einem aufschießenden kleinen Vogel gleich. Durch das ganze Zimmer rund herum flatterte sie so.

Der Gendarm blieb verlegen an der Türe.

Sie sagte: „Guten Morgen, Heiterer! Muß es gleich sein?"

Der Gendarm sagte: „Ich tät schon bitten, Frau Baronin."

Sie sagte: „Ich zieh mich nur schnell an. In zwei Minuten bin ich fertig. Nehmen Sie sich ein paar Zigarren dort!"

Der Gendarm wischte sich mit einem rauhen blauen Tuch den Schweiß ab.

Sie kam zurück. Sie trug den kurzen Rock aus grünem Loden und den steirischen Hut mit dem breiten Band und dem Gamsbart. Sie sagte: „So, Heiterer!"

Der Gendarm schulterte das Gewehr und sagte: „Wann's also gefällig is —"

An der Türe blieb sie stehen und sagte: „Ja, aber ich muß doch meinem Mann eine Nachricht geben. Oder weiß er's schon? Er soll ja heute zurückkommen."

„Wissen's denn noch nix?" fragte der Gendarm Heiterer, leise. „In der Früh haben's ihn g'funden. Draußen vor der Gartenmauer. Im Amt drin liegt er."

Drut sah ihn an. Er sah weg. Da brauchte sie nicht mehr zu fragen.

Sie sagte: „Also gehen wir."

Unten sagte Heiterer: „Wir müssen aufs Bezirksgericht. Sie wissen ja den Weg, Frau Baronin." Er ließ sie vor. Dann ging er auf die andere Seite. Dort folgte er ihr langsam, einige zwanzig Schritte hinter ihr.

Der Tag wurde warm. Die liebe Sonne kam heraus. An den Sträuchern waren über Nacht die grünen Spitzen aufgesprungen.

An der Brücke blieb sie stehen. Der Gendarm kam ihr nach und sah hinüber. Da war alles voll Menschen. Er sagte: „Da wird's wohl besser sein, ich geh voraus. Und haltens Ihnen nur an mich an, Frau Baronin! Sonst kommen's nich durch."

„Einen Augenblick, Heiterer!" sagte sie und lehnte sich ans Geländer. Unten schlug der starke Fluß an. Sie hörte das Wasser unten rauschen; und drüben die Menschen.

Die schwarze Menge schob sich vor. In der Früh war es durch den Ort gerannt: Der Bezirkshauptmann hat sich erschossen, die Baronin wird verhaftet! Und alle heraus auf die Gasse, fragend und drängend, jeder wußte noch mehr: sie hat geheiratet, ohne noch von dem anderen geschieden zu sein, und der sitzt im Kerker, ein Mörder ist der! Und: sie soll ihren eigenen Vater ermordet haben! Und: Nein, sie nicht, aber den Mörder ihres Vaters hat sie geheiratet, was doch eigentlich noch viel gräßlicher ist! Und: Der arme Bezirkshauptmann, so ein schöner Mensch und so wirklich ein freundlicher Herr, nein schrecklich! Und: Aber man hat's ihr doch angesehen, das hat doch ein jeder gewußt, daß da etwas nicht stimmt! Und: Das kommt aber davon, wenn den jungen Herrn keine gut genug ist, als ob wir nicht die schönsten Mädln hätten im Ort! Und: Der Heiterer ist schon hin und holt sie, gleich müssen's kommen! Und aus den Häusern und aus den Läden alle zur Brücke hin, schreiend gedrängt, das Schauspiel erwartend.

„Frau Wiesinger!" schrie der kleine Jautz, winkend. „Da kommen's her, Frau Verwalterin! Steigen's nur ein, heben's nur die schönen Haxerln ein bißl und steigen's ein, alle haben wir Platz! Ich sag's ja, ich bin halt immer der Gescheitere: ich hab mein Wagerl einspannen lassen, daß man alles schön in Ruhe sehen kann und nicht erstickt in dem Gedräng! Ich will meine Bequemlichkeit haben, ich war g'scheit! Die Ida rückt ein bisserl, da sitzen's wie in einer Losch, Frau Verwalterin! Wann ma sich da unter die Menschen stoßen und schieben muß, nein, das is nur der halbe Genuß! Und es kommt auch zu leicht der holde Busen in Gefahr, schöne Frau Verwalterin, das kennt man doch, dem Herrn Jautz werden's nix erzähl'n!"

„Aber Flori!" sagte die Frau Jautz.

„Kommt schon!" schrie Herr Jautz, auf den Bock zum Kutscher kletternd. „Kommt schon, kommt schon, kommt schon, jetzt geht's los! Sehn's den Heiterer? Sehn's wie sein Bajonett in der Sonn glanzt? Und ein Glück haben wir, daß ein so ein schöner Tag is! Aber was wär denn jetzt das? Was is denn, was g'schieht denn? Warum bleiben's denn stehn? Jessas, anlahnen muß sie sich, immer vornehm, bis zum letzten Moment, immer noch die feine Dame, hat's nötig! Da siecht man wieder, was sich bei uns eine Baronin alles erlauben darf! Und der Herr Schandarm steht schön gemütlich dabei und gibt noch acht, damit ihr nur ja nicht am End was g'schieht, der Mörderin!" Und zappelnd schrie er, mit den Händen über die Menge fuchtelnd: „Mörderin! Mörderin!"

„Aber Flori!" sagte die Frau Apothekerin, mit ihrer tiefen ängstlichen Stimme.

Der Apotheker warf sich auf dem Bock herum. „No is es nicht wahr? No bitte! Wie nennt man die Frau von einem Apotheker? Frau Apothekerin sagt man! Und die Frau vom Herrn Verwalter ist die Frau Verwalterin und die Frau vom Herrn Bergrat ist die Frau Bergrätin und wenn der Herr Gemahl von der Frau Baronin ein Mörder ist, hat also der Jautz ergo recht, wann er sagt: Mörderin! Ehre, wem Ehre gebührt, das is dem Herrn Jautz sein Prinzip!" Und wieder schrie er, in die Menge winkend: „Mörderin! Mörderin!"

Vor dem Hotel Erzherzog Karl stand das ganze Personal, der Koch, die Mägde, die Kellner, die Liftjungen, die Knechte, der Portier, auf der historischen Bank aber der kleine Wirt mit der dicken Wirtin, und alle schrien jetzt: „Mörderin! Mörderin!"

Der kleine Jautz schrie: „Hört's zu, hört's zu, das is nix, da is kein Takt drin, das hat keinen Schwung! Paßt's einmal auf, hört's mir zu, aufgepaßt!" Und indem er die Hände hob und den Takt dazu schlug, begann er, die Silben abteilend, mit den zappelnden Füßen auf den Bock stampfend: „Mör-de-rin, Mör-de-rin, eins, zwei, drei, Mör-der-rin!" Und alle fielen ein, kreischend und johlend: „Mör-der-rin, Mör-der-rin!" Und Herr Jautz schlug den Takt und sang im Takt: „So is gut! Mör-der-rin! Ganz famos!"

Da rief der Herr Verwalter Wiesinger zum Hotel hin: „Herr Wirt! Herr Wirt! Möchten's nicht vielleicht

421

einen Fauteuil holen lassen, damit sich's die Frau Baronin bequem machen kann, da drüben! Das g'hört sich doch, für so eine Dame!"

Und der kleine Jautz schrie lachend: „Einen Fauteuil für die gnädige Frau Mörderin! Ja, der Herr Verwalter halt! Ja, wir zwei halt! Einen Fauteuil! Der Herr Schandarm wünscht einen Fauteuil!" Und er drehte sich um und sagte mit Empörung in den Wagen hinein: „Es is ja wirklich ein Skandal! Sie schaut sich gemütlich das Wasser an und der Schandarm steht dabei und wartet auf! Wo bleibt da das gleiche Recht für alle?"

Die Frau Bergrätin fragte den Bergrat: „Muß sie denn aber auch das fesche grüne Hütl aufhaben? Bei solchen Gelegenheiten soll man sich doch etwas dezenter kleiden. Nicht, Hauschka?"

Der Bergrat sagte: „Sie hat's ja vorher nicht gewußt. Aber wollen wir jetzt nicht lieber gehen?"

Die Frau Bergrätin sagte: „Nur noch ein bißchen, Hauschka! Man lacht uns ja so schon aus, weil wir gar nichts mitmachen."

Und Mör-der-rin, Mör-der-rin! stieg es aus der schwarzen Menge und: einen Fauteuil! und: Heiterer, was is denn? vorwärts, Heiterer! und ein Lachen und ein Pusten und ein Schnauben, dampfend und prasselnd.

Drut konnte die Worte nicht verstehen. Sie hörte nur das Hallen der schwarzen Menge drüben. Fragend sah sie den Heiterer an, mit ihren flirrenden Augen.

„Ja", sagte der Gendarm. „Durch die Menschen müssen wir halt durch. Dös is immer das Schwerste!"

„Gleich", sagte Drut, mit sinkender Stimme.

„Wir hab'n ja Zeit", sagte der Gendarm. Und während sie wieder, auf das Geländer der hölzernen Brücke gestützt, ins Rauschen des schwellenden Wassers sah, stand er gegen die schwarzen Menschen hin wie eine Schildwache.

422

Lackner, eben mit dem Bezirksrichter vom alten Platz kommend, sagte beim Erzherzog Karl: „Womit ich die Ehre habe, Herr Bezirksrichter!" Er wollte durch die Kreuzgasse fort. Der Bezirksrichter hielt ihn am Ärmel.

„Lackner!" blies Öhacker, erhitzt und schnaufend; sein Kropf war rot, die stieren Augen standen weit auf. „San's nöt fad, Lackner! Bleiben's da!"

„Danke", sagte Lackner. „Ich muß nicht von allem haben."

„Himmelherrgottsakra!" gröhlte der Bezirksrichter und zog fluchend seine Hose herauf, den Riemen zuschnallend. „Was ham's denn, Lackner? Mir scheint, mir scheint! Schamen's Ihna, Lackner! Na, na, junger Herr! Nur nöt wehleidig sein, junger Herr! Warum denn? Grad das Menscherl möcht Ihna erbarmen, was? So seid's ihr, schamt's enk! Warum denn grad die? Lackner, Lackner, pfui Toifl! Grad so a Menscherl, da werd'ts auf amol windelweich, haha! Warum denn, Lackner? Do wär'n andere da!" Er hielt den Adjunkten noch immer am Arm fest und stierte hinaus. „San's nöt blöd, Lackner! Do wär'n andere da, Kreizsakra! Aber da erbarmt si koaner! Über so a Menscherl aber wurd er kasweis, der mitleidige Herr! Na, Lackner, na, na, bleibens nur da! A jed's hat sei Ölend! Mistig is das Menschenleben! Do gibt's nix! A Dreck, mistig, an Ölend, da gibt's für koan a Extrawurscht! Bleiben's nur da, Lackner! Das ganze Krätzl is beinand."

„Danke", sagte Lackner. „Ich bin keiner von hier. Habe die Ehre!" Und mit einem Stoß riß er sich los und rief dem Taumelnden und Schimpfenden noch zu: „Ich hab der Theres versprochen, daß wir zum Bachlwirt radeln. Es ist der erste schöne Tag heuer."

„Viechsakra!" fluchte der Öhacker. „Wehleidige Bagasch!"

„Nicht so weit vor!" sagte der Domherr zur Vikerl.

423

„Du kannst es von hier ganz gut sehen. Ich will nicht, daß du in das Gedränge kommst, verstanden?"

„Ja, Onkel!" sagte die Vikerl, gehorsam. Sie ging vor dem Domherrn immer hin und her, mit großen einknickenden Schritten, den Hals nach der Brücke gestreckt. Entsetzt hingen ihre schwarzen Augen aus dem breiten verblasenen und zerfahrenen bleichen Gesicht, ihre langen Arme zuckten.

„Und du mußt dich halt auf die Zehen stellen, mein kleiner Antonio!" sagte die Hofrätin lustig. „Warum bist du so ein Zwergerl? Und die Augen, die er macht, hu! Regt dich das auf, kleiner Antonio, was? Wie das nackte Bajonett in der Sonne blitzt! Schau!" Und der gütige stille Mund der frommen alten Frau lächelte froh.

„Halte dich doch still!" sagte der Domherr zur Vikerl. „Was drehst du dich immer? Stelle dich ruhig zu mir her!"

„Ja, Onkel!" sagte die Vikerl, mit ihrer gehorsam zuklappenden Stimme.

„Ich habe dich mitgenommen," fuhr der Domherr fort, leise der Vikerl ins Ohr, die neben ihm gierig mit vorhängendem Gesicht stand, „ich habe dich mitgenommen, damit du einmal vor deinen Augen das Ende hast, das Ende, wohin man kommt, ohne Glauben, ohne Zucht, ohne Gehorsam, von den Freuden dieser Welt verlockt! Das war eine Frau von hohen Gaben, einer nicht gewöhnlichen Bildung des Geistes und allen Anlagen für ein glückliches Leben, ja! Und nun sieh, was daraus geworden ist, weil sie nicht die Kraft hatte, der bösen Lust zu widerstehen! Dies ist es, mein Kind, dies soll dich ihr furchtbares Beispiel lehren!" Er neigte sich ein wenig vor, dicht an das Ohr der Horchenden, und sein mächtiger Mund sprach in dem sanft drohenden Ton eines Beichtigers, ölig troffen die gelinden Worte: „Sieh hin, mein Kind, und lerne davon, es kann dir für das ganze Leben sein! Gott hat den Menschen

424

die böse Lust in die Brust gesetzt, nach seinem un-
erforschlichen Ratschluß; wir müssen sie leiden, denn
unser Leben haben wir, um von Gott geprüft zu
werden. Aber wehe dem, der die böse Lust zu
löschen glaubt, indem er den teuflischen Ver-
lockungen folgt! Ihm wird der Hölle Schandmal eingebrannt, das Feuer verschlingt ihn, auf Erden schon
erreicht ihn der Fluch! Sieh hin, mein armes Kind,
sieh hin, wie Gottes Gerechtigkeit mit starkem Arm
das geschändete Weib zur Strafe schleift!" Das
hagere Mädchen stand zuckend mit gierigen Augen,
ihr Kopf sank zurück, der lange Hals schwoll an, die
Nase blähte sich auf. Ganz leise sagte der Domherr,
sein großes feierliches Gesicht zur Sonne gekehrt:
„Gott will, daß wir mit frommem Gehorsam aus-
harren in der Qual der bösen Lust, Tag um Tag,
Nacht um Nacht, mein armes Kind, um darin die
Schuld der Menschheit abzubüßen! Dazu hat er uns
die böse Lust gegeben, zur Reinigung des Herzens
in ihrer Pein, bis wir dereinst würdig sein werden,
die stille Seligkeit der Himmlischen zu verdienen!
Hast du mich verstanden, Kind?"

Die Vikerl duckte sich und sagte, mit flitzenden
Lippen: „Ja, Onkel!"

Milde sagte der Domherr: „Und nun sieh dir deine
ehemalige Freundin nur an! Das ist das Ende. Gib
aber acht im Gedränge!"

Die Vikerl schoß in die schwarze Menge vor. Die
Hofrätin sagte: „Es wird sie sehr angreifen." Der
Domherr sagte: „Laß sie nur! Sie soll das einmal
erleben, der Trotz des Menschen muß gebrochen
werden. Dann wird sie sich führen lassen."

„Wenn du meinst!" sagte die Hofrätin, ergeben.
Und dem Mädchen, das auf den Schotterhaufen am
Ufer neben der Brücke trat, rief sie zu: „Gib acht,
die Steine rutschen!" Und sie nahm den Italiener bei
der Hand. „Bleib nur schön bei mir, kleiner Antonio!

Non avere paura, cucco!" Und indem ihr stilles liebes Gesicht vor Freude ganz jung wurde, fragte sie: „War's richtig? Siehst, es geht schon! Wenn du nur ein bissel Geduld mit mir hast, wird aus mir noch eine perfekte Römerin." Sie hielt den kleinen Italiener an der Hand, er lachte frech, mit seinen großen weißen Zähnen.

„Jetzt, jetzt, jetzt!" schrie der Apotheker. „Aufpassen, meine Herrschaften, aufpassen, die Gnädige bewegt sich, die Gnädige geruht zu nahen, aufpa-ssen!"

„Ja, Heiterer!" sagte Drut. „Gehn wir nur!" Und sie schritt aus, mit ihren furchtlosen kleinen Tritten auf die rauchende schwarze Menge zu. Aufrecht trug sie ihr weißes Gesicht, unter dem lustigen Hütl mit dem Gamsbart.

„Lassen's mich voraus, Frau Baronin", sagte der Gendarm. „Es wird besser sein." Und er ging vor ihr langsam auf die schwarze Menge los.

Hinten drängten und stießen sie. Die Menge schob sich vor. Drei Schritte vor ihrer Mauer blieb der Gendarm stehen und sagte: „Platz! I muß durch." Die Mauer stand. Alles schwieg.

Der Gendarm wendete sich ein wenig und streckte die linke Hand nach ihr aus, um sie zu führen. Wie sie sein großes gutes Gesicht so besorgt um sie sah, mußte sie lächeln.

Da schrie hinten die Stimme des Verwalters grell in die Stille: „Die lacht ja noch! Mir scheint, die lacht noch!"

Und der Apotheker schrie: „Die lacht uns vielleicht noch aus!"

Und die dicke Verwalterin, aus dem Wagen springend und durch die Menge vor, schrie: „Das Luder lacht noch!"

Und der baumlange Reinlich, der alte Kapuziner, in der Menge ganz vorne, schrie: „Die Kleider sollt

426

man ihr aufheben, einer solchen, und 's ordentlich durchpracken, das Mensch!"

Und ein ungeheuerer Schrei stieg auf: „Anspucken! Die Haar ausreißen! Haut's es, das Mistvieh!"

Da schlug ein Stein an die Hand des Gendarmen. Er ließ den Riemen des Gewehrs los. Wiesinger riß seine Frau zurück und sagte: „Bist verrückt? Jetzt schaust gleich, daß d' weiter kommst!" Er zerrte sie weg. Sie lachte gellend.

Es wurde still. „O," sagte Drut, „Sie bluten ja!" Sie nahm die Hand des Gendarmen.

Der Apotheker schrie: „Jessas, jessas! Nobel möcht's auch noch tun! Hast vielleicht kein Blut noch nie gesehen, ha?"

Da sank Drut blutend um, von einem Stein getroffen.

Kreischend schlug die Vikerl auf den Schotter hin, mit den Steinen in der geschlossenen Faust.

Der Domherr sagte: „Helft mir, Ihr guten Leute, das arme Mädchen fortzubringen! Sie hat sich so erschreckt." Und er hielt in seiner Hand ihre geschlossene Faust fest.

Die Menge wich. Der Gendarm, neben Drut kniend, sagte: „Lauft's doch einer um einen Doktor." Sie standen um ihn her und rührten sich nicht.

Eine Huppe blies. Sie drehten sich um und traten zurück, das rote Automobil der Rahl erkennend. Die Rahl ließ halten. Der Gendarm hob die tote Frau hinein. Die Rahl schlug ihren großen schweren Mantel um sie und deckte ihr stilles weißes Gesicht zu.

„Das gibt einen schönen Bericht für die Wiener Zeitungen, Herr Verwalter," sagte der Apotheker, „aus Ihrer bewährten Feder! Ich freu mich schon. Und vergessen's die gefeierte Rahl mit dem roten Automobil nicht, da haben's gleich eine poetische Wendung zum Schluß!

Fünfzehntes Kapitel.

Exzellenz Klauer und der Doktor Tewes führten den Vater Furnian vom Begräbnis zurück. Der Oberst ging gewaltsam fest, die steifen dünnen Beine mit harten Tritten auswerfend. Auf den Fersen ging er und jeder Schritt war ein Stoß an seinen alten Knochen. Den Kopf hielt er zurück, der weite Zylinderhut war ins Genick und bis zu den Ohren gerutscht, die leeren Augen standen starr hinaus. Neben ihm wankte die schnaufende Masse der Exzellenz, immer bei jedem Schritt ihr ganzes Gewicht auf den anderen Fuß wälzend. Er hatte sich in den rechten Arm des Obersten eingehängt und hob ihn und trug ihn halb und schob ihn. Links sprang der kleine Doktor vor, zuckend und schnellend, und zog ihn an der Hand nach. Es hatte zu regnen aufgehört. Hinter ihnen klang ein lustiger Marsch der heimkehrenden Veteranen.

Immer wieder sagte der Oberst: „Was habe ich getan? Was habe ich getan, daß mich der Allmächtige so hart straft? Was habe ich getan?"

Die Exzellenz sagte: „Die Teilnahme ist allgemein. Sie sehen doch!"

Sie gingen wieder, die fröhliche Musik trieb sie, sie schritten im Takt.

Der Oberst sagte, mit seiner öden ausgetrockneten leiernden Stimme: „Warum? Was habe ich getan? Ich kann von mir sagen, daß ich es an nichts habe fehlen lassen, was nur irgend in meiner geringen Kraft lag, um mein armes verirrtes Kind auf den rechten Weg zurückzuleiten, nach meinem besten Wissen und Gewissen, Gott ist mein Zeuge! Ich habe wahrhaftig keine Schuld, ich habe es an keinen Mahnungen und Warnungen fehlen lassen, aber was kann denn so ein gebeugter alter Mann wie ich gegen den ungebärdigen und verderblichen Sinn der zügellosen Jugend? Ich bin zu schwach gewesen, ich hätte ihm nicht so viel nachgeben dürfen, eine strenge Hand hätte er gebraucht, ich aber war zu weich, durch meine Güte ist er verdorben worden, es hat sich furchtbar gerächt!"

Klauer sagte: „Es war eine erhebende Feier. Ich kann mich nicht erinnern, daß hier noch je die Laternen mit schwarzen Flor verhängt waren. Denken Sie!"

Der Oberst sagte: „Was habe ich denn getan, daß ich so büßen muß? Ich frage mich und frage mich und kann keine Antwort finden! Von klein auf ist der Bursche behütet und bewacht worden, in den strengsten Grundsätzen habe ich ihn erzogen und wie war ich stets bemüht, jeden schädlichen Einfluß von ihm abzuhalten! Warum denn also? Warum? Warum mir auch noch die Schande? Ich hatte ihn bestimmt, unseren alten Namen, den mein unverdientes Mißgeschick verdunkelt hat, wieder vor der Welt zu Ehren zu bringen! Das hat mich aufrecht gehalten, dieser Gedanke war meine einzige Stütze, alle die Jahre her, in meiner Einsamkeit. Und jetzt endet es so! Warum denn? Warum? Was habe ich denn getan, daß mich Gottes Hand so schwer trifft? Ich hätte den jungen Burschen nicht sich selbst überlassen dürfen, das ist meine Schuld! So kam er aus meiner Zucht und wurde meiner Führung entrissen, da war er verloren!"

Klauer sagte auf einmal: „Ja, das ist es, bei uns ist der Dienst ein Minotauros!" Und er wiederholte, gurgelnd und hustend, um sein Lachen zu verhalten, durch die Nase blasend: „Ein Minotauros! Der k. k. Minotauros!"

Tewes fing zu rennen an und riß die beiden mit, daß sie keuchten.

Der Oberst sagte: „Mein einziger Trost in meinem herben Mißgeschick ist die ergreifende und ehrenvolle Teilnahme in allen Schichten der hiesigen Bevölkerung, die offenbar, wie ich daraus ersehe, in allen

Verirrungen und Verfehlungen meines unglücklichen Sohnes doch den angestammten rechtlichen Sinn unserer Familie nicht verkannt hat. Wie wohl mir altem, schwer geprüftem Manne dies tun muß, können Exzellenz sich denken! Zugleich aber vermehrt es noch meinen tiefen Schmerz, weil ich mir sage: Was hätte in einer so verständnisvollen und wohlgesinnten Bevölkerung der Unglückliche nicht alles wirken und zum allgemeinen Besten leisten können, wäre es ihm durch ein unseliges Verhängnis nicht versagt gewesen, seine Vermessenheit zu zügeln!"

Klauer sagte: „Ja, die Trauer um den Verblichenen ist allgemein."

Der Oberst sagte: „Ich frage mich nur, wie ich es machen soll, allen, die mir ihre Teilnahme in einer so erhebenden und rührenden Weise, die mir immer unvergeßlich bleiben wird, bezeugt haben, nach Gebühr den Dank meines bewegten Herzens zum Ausdruck zu bringen. Wie vortrefflich war für alles vorgesorgt! Wie schön lag er aufgebahrt, mit den seltenen und kostbaren Gewächsen aus dem Glashaus des kaiserlichen Parks! Wie tief hat mich das Beileidstelegramm Seiner Exzellenz des Herrn Ministerpräsidenten erschüttert! Und der schöne Kranz, den er noch eigens durch den Herrn Baron Chrometzky persönlich überbringen ließ. Und der ernste feierliche Gang durch die stillen Gassen mit den schwarzverhängten Laternen, unter dem Schluchzen der gesamten Bevölkerung! Ich muß auch noch ausdrücklich der hervorragenden Leistungen des trefflichen Gesangvereins gedenken. Besonders das wunderbare Tenorsolo des Herrn Apothekers Jautz war von einer wahrhaft hinreißenden Wirkung. Dieser ausgezeichnete Künstler hat eine Stimme, die in die Tiefen des Herzens dringt. Ich werde nicht verfehlen, dem hochverdienten Mann meinen Dank noch persönlich abzustatten."

Klauer sagte: „Alle waren sie sehr brav. Man

darf nur nicht glauben, daß es bloß in den großen Städten Meisterleistungen gibt. Die Kultur hat sich ausgebreitet."

Der Oberst sagte: „Wenn mich etwas in meinem tiefen Schmerze trösten kann, so wird es die wahrhaft weihevolle Stimmung dieser erschütternden Feier sein. Ich bin ein schmerzgebeugter Mann und bei meinem Alter, dem unsicheren Zustand meiner schwankenden Gesundheit und meinem Kummer muß ich jeden Tag gefaßt sein, daß Gott mich abberuft. Aber die stärkende und erhebende Erinnerung an die ehrende Teilnahme so vieler edler Männer werde ich stets treu bewahren und ich nehme sie dereinst mit ins Grab. So kann ich sagen, daß dieser schwerste und kummervollste Tag meines vielgeprüften Lebens zugleich in einem gewissen Sinne doch auch der schönste für mich gewesen ist, und ich bitte Eure Exzellenz die Güte haben zu wollen, der gesamten Bevölkerung, die ja, wie mir wohl bekannt ist, in Euer Exzellenz einen wahren Vater verehrt, für ihre ergreifende Teilnahme den tiefst empfundenen Dank eines schluchzenden Vaterherzens zu übermitteln."

Klauer sagte: „Sie haben sich das alles durch Ihr langjähriges, gemeinnütziges Wirken reichlich verdient, Herr Oberst."

Der Oberst sagte: „Mir ist bitter Unrecht geschehen, Exzellenz."

Klauer sagte: „Ich weiß. Wem geschieht bei uns kein Unrecht? Aber für jeden kommt ein Tag der ausgleichenden Gerechtigkeit."

Sie waren an das Hotel zum Erzherzog Karl gelangt. Der Oberst empfahl sich von den Freunden und ging hinein. Der Marsch der Veteranen verklang in der Ferne, durch den stillen alten Platz hin.

Klauer sah dem Obersten nach und sagte: „Das is ein rechter Schwätzer, scheint mir. Aber komm, setzen wir uns noch ein bissel auf das Bankl! Unter dem Dachl sitzt man im Trockenen, und es ist schon

431

ganz schön warm heut." Er schob sich schnaufend und ächzend auf die Bank und krähte: „Dabei hat er nicht einmal bemerkt, daß der brave Jautz zweimal gegickst hat. Zweimal, ä, ä! Hast nicht gehört?" Und er lachte, gackernd.

Der Doktor sagte: „Du versprichst mir, daß du dich für den Gendarm verwenden wirst? Du hast es mir versprochen!"

„Ja," sagte Klauer, ächzend, „das ist eine böse Geschichte!"

Tewes wurde heftig. „Ich versteh den Bezirksrichter gar nicht! Hätt der Heiterer die arme Frau in ihrem Blut liegen lassen sollen, während die Steine fliegen?"

Klauer sagte: „Die Vorschrift ist aber —"

„Ich weiß! Der Lokalaugenschein! Aber bis die Kommission gekommen wär, hätten sie den Leichnam zerfetzt, in ihrer sinnlosen Wut! Der Mensch ist schließlich wichtiger als die Vorschrift."

„Sagst du!" gackerte die Exzellenz. „Denn du bist ein Anarchist!" Und er zog und dehnte die letzte Silbe mit dem langen, hellen I, durch die Nase blasend. „Übrigens wird dem Heiterer ja nicht viel geschehen, man is froh, wenn die ganze Geschichte vergessen wird."

Nach einiger Zeit sagte die Exzellenz: „So ein liebes Lüfterl geht heut! Ganz wohl wird einem. So ein echt österreichisches Lüfterl! In vierzehn Tagen wird der Flieder blühen. Schön is 's schon hier." Und er streckte die knollige Nase schnuppernd in den leisen, warmen Wind hinaus.

Sie saßen schweigend. Langsam fing es wieder zu regnen an. Leise klopften die kleinen Tropfen an das Vordach.

Plötzlich sagte Tewes vor sich hin: „Und warum? Zwei harmlose nette Menschen, mit allem begabt, um still glücklich zu sein. So sinnlos ist das! Gut, soll euere Gesellschaft Opfer brauchen, das kann ich noch verstehen!! Tausende müssen leiden, damit einer genießt, gut! Aber wer denn? Für wen ist dieses Opfer gebracht worden? Euere eigenen Leute hetzt ihr sinnlos so herum, bis ihnen schwindlig wird! Und jeder ist eines jeden Feind, jeder lauert jedem auf und will ja gar nichts für sich, wenn er nur einem anderen weh tun kann. So sinnlos!"

Klauer lachte aus seinen Gedanken auf. „Der Schwiehack! Erinnerst dich? Ja, das ist die neue Schule, die glorreiche Schule Döltsch, da zeigt sich's! Weil diese jungen Leute niemals Achtung vor irgendeinem Gesetz, Ergebung in irgendeine Pflicht, Mäßigung durch das warnende Gewissen lernen! Wer hat denn das heute noch nötig? Ihr Herr und Meister geht doch voran und gibt das Beispiel! Man würde ja nur ausgelacht! Sich zu bescheiden ist längst nicht mehr Mode, in geduldiger stiller Arbeit auszuharren hat keiner mehr Zeit! Wer sich grad in der Gunst glaubt, dem ist alles erlaubt. Und nun tummelt er sich und kann's nicht erwarten, weil er schon hinter sich wieder einen anderen spürt, der vielleicht noch schnellere Füße hat! Und nur zu, bergauf und bergab, über Stock und Stein; wer's nicht riskiert, daß er sich den Schädel bricht, kommt nicht mit! Die Rechte des Volkes? Die Pflichten des Staates? Das Gewissen?" Seine Fischaugen krochen aus dem Fett, das Gesicht war wie plötzlich ausgeräumt und er sagte, die gacksende Stimme dämpfend, ernst und geheimnisvoll: „Gewissen! Es gab einmal ein altes Wort, das Gewissen hieß. Er spreizte die gichtischen Finger und horchte hinaus und wiederholte: „Gewissen!" Da fing er zu lachen an und schüttelte sich und krähte: „Aber jetzt sind wir doch modern! Modärrn ist Trumpf! Modärrn! Lustig, lustig! Das Gewissen ist abgesetzt, das kann nicht mehr mit, der Atem geht ihm aus, da haben wir's pensioniiiert!" Und er zerlachte sich und dehnte das I und zog es durch die Nase. „Pensioniiiert! Längst pensioniiiert! Sitzt wahrscheinlich auch irgendwo auf einem Bankl unter einem Dachl und hört dem Regen zu und hat die Gicht! Armes altes Gewissen, sixt, das kommt davon, wenn man nicht rechtzeitig stirbt! Jetzt ham wir halt gar keine Verwendung mehr für dich, in unserer aufgeklärten Zeit, tut uns ja leid, aber mein Gott, was soll man da mit dir tun? Deine Zeit is halt vorbei!" Sein großer Schädel hing vor, die winzigen Augen erloschen im Fett, er wiederholte traurig: „Deine Zeit ist halt vorbei! Vorbei!"

Tewes sprach weiter: „Das ist dann immer so bequem, zu sagen, daß es ja wertlose Menschen waren! Was liegt an den beiden? Ein ungeschickter Streber und eine Landstreicherin! Ja, damit tröstet man sich dann! Ihr Narren, was wißt denn ihr, ob nicht auch in ihnen alles Schöne war? Vielleicht, wenn ihr ihnen geholfen hättet, vielleicht, wer weiß, war alles Gute, was nur ein Mensch vermag, in ihnen da und stand bereit und hat nur gewartet; und nur ein kleines Zeichen von euch, und es wär aufgegangen, wunderschön vielleicht, ihr aber habt's erfrieren lassen! Was liegt an zwei so wertlosen Menschen? Aber Menschen doch! Menschen immerhin! Ist euch das so wenig wert? Wißt ihr nicht, daß das bißchen, wodurch der höchste Mensch den geringsten übertrifft, in nichts zerrinnt neben dem ewigen Wunder, das in allen ist, in allen, die Menschen sind? Wißt ihr das noch immer nicht?"

Klauer sagte: „Aber natürlich, wie soll sich denn auch so ein junger Mensch zurechtfinden? Wer hilft ihm denn? Wo kann er sich anhalten? Der Herr und Meister hat doch alles aufgeweicht, überall sinkt man ein in dem Gatsch der allgemeinen Zermürbung! Er hat doch alles deformiert, der große Döltsch, der österreichische Bismarck, alles ist aufgelöst und schwimmt in der großen Suppe der allgemeinen Verwahrlosung herum! Und natürlich und natürlich —." Er fing wieder zu blasen und zu fauchen an. „Natürlich patscht dann so ein junger Mensch hinein, weil's doch heißt, daß jetzt alles erlaubt sein soll, weil man ja heute mit der richtigen Frechheit alles darf, weil sie doch überall die Beispiele haben, daß alles geht, wenn man sich nur nicht geniert! Bitte, bedienen Sie sich, das ist doch das neue Prinzip! No, da hat er sich halt auch bedient, und man muß doch wirklich sagen, daß er ja noch recht bescheiden war! Wenn man ihn mit den anderen vergleicht! Armer Kerl, wirklich! Aber so geht's, einen trifft's halt schließlich und meistens den Unrechten, einer muß halt dann immer der Dreizehnte sein, armer Kerl! In Jena, hat man mir erzählt, in Jena, ä, ä —" Er lachte gackernd, nahm sein Tuch und schneuzte sich vor unbändiger Heiterkeit. „In Jena haben's eine alte Einrichtung für die Studenten, hat man mir einmal erzählt. Nämlich, die Studenten randalieren in der Nacht und schlagen die Laternen ein, aber die Polizei regt sich gar nicht auf, sondern notiert nur die zerbrochenen Scheiben jeden Tag, läßt sie reparieren und rechnet zusammen, was es ausmacht. No und hie und da begibt sich's aber doch, daß der Nachtwächter zufällig grad dazu kommt, wenn einer eine Latern einhaut, da wird er dann arretiert und muß jetzt alles bezahlen, was seit dem letzten Mal zerbrochen worden ist, seit zum letzten Mal einer erwischt worden ist, verstehst? Eigentlich ist das außerordentlich sinnreich, nicht? Der Schaden wird gutgemacht, der Nachwächter hat seine Bequemlichkeit. und für den Triumph der Gerechtigkeit ist auch gesorgt, das Verbrechen bleibt nicht ungesühnt. Freilich ist es bitter für den, den's grad trifft, armer Kerl! Den Furnian hat's halt erwischt, das is ein Pech! Da hat er halt die Rechnung zahlen müssen, die aufgelaufen war, und die anderen schmeißen jetzt wieder ein paar Jahr ungestört die Laternen ein.

Der Döltsch findet, daß das System sich bewährt. Und ihn feiern's jetzt noch, wegen seiner Unerbittlicheit, ä, ä."

Tewes sagte: „Und dann heißt's, ja, der ist jetzt tot, und die Veteranen spielen einen Marsch auf und aus, vorbei, jeder an sein Geschäft zurück! Ich bin doch ein alter Arzt, ich sollt's doch schon gewohnt sein, als alter Geschäftsfreund des Todes! Und immer wieder kann ich's nie begreifen, seltsam ist das. Ich hab eigentlich immer wieder das Gefühl, als würde durch jeden Tod ein Verbrechen an der Menschheit verübt. Ich kann das Sterben nicht begreifen, so furchtbar unnatürlich kommt's mir vor. Wie kann denn die Natur zulassen, daß etwas Unersetzliches zerstört wird? Denn wenn der Tod einen Menschen nimmt, so geht aus der Welt etwas weg, das vorher noch nie war und nachher nie mehr sein wird, dieser eine Mensch mit seinem einmaligen Geheimnis. Versteht ihr denn das nicht? Fühlt ihr das nicht auch? Es scheint, daß daran niemand denkt. Mich wundert's. Denn mich quält das sehr. Ich sitze tagelang und bin davon erfüllt. Und wär's der letzte krätzige lallende Kretin, schon ganz vertiert, ich muß doch immer denken: mit ihm geht etwas aus der Welt, das sie noch niemals gehabt hat und niemals haben wird, und die Welt wird ärmer, wie wenn ein Baum umgeschlagen wird. Denn diesen einen Menschen, diesen da, wie er ist, hat sie noch niemals gehabt, und sie wird ihn niemals mehr haben, er nimmt sein Geheimnis mit, das tief verborgene Geheimnis, das jeder Mensch ist, jeder. Und wäre die Sonne plötzlich ausgelöscht, es wäre nicht ärger, als wenn der gemeinste Mensch stirbt. Es wäre für mein Gefühl nicht ärger. Denn jeder Mensch ist ungemein, ein einziges Wunder, das nicht wiederkehrt. Die ganze Natur müßte weinen, wenn es verlischt. Ihr aber sagt, ja der ist jetzt tot! Das quält mich oft, ich kann's nicht begreifen."

Die Exzellenz fuhr auf, legte die große grobe Hand auf den Rücken des Doktors und fragte: „Wie meinst du? Hast du was gesagt?"

Der Doktor antwortete: „Es war nicht so wichtig. Man denkt sich allerhand. Schön ist der Abend!"

Langsam klatschten die kleinen Tropfen ins Dach. Still lag der große Platz. An der einsamen Brücke rauschte der Fluß. Drüben hing die Sichel des blassen Mondes in zerrissenen Wolken. Ein warmer Wind zitterte durch die dunkelnde Gasse.

Klauer sagte: „Aus ihm hätte sicher ein ganz brauchbarer Beamter werden können. Aber das soll ja nicht sein, das wollen sie ja nicht, der Bureaukrat muß im Trüben fischen! Und zu unseren berechtigten Eigentümlichkeiten gehört es ja doch, daß in diesem Lande keiner je das wird, wozu er veranlagt wäre." Und schadenfroh lachend und schmatzend in seiner Wut des Erklärens, fuhr er fort: „Dem armen Kerl hat's halt den Kopf verdreht! Denn da sich hier jeder im Recht glaubt, der sich in der Macht weiß, wird ebenso Freiheit mit Willkür verwechselt, und jeder will in unserer Verwaltung jetzt den kleinen Übermenschen spielen. Da laufen die Renaissancebuberln nur so herum, und manchmal nimmt's halt ein schlechtes End."

Tewes sagte: „Die arme Frau! Die arme Frau! So viele frohe Zärtlichkeit, so viel Anmut, so viel lieber stiller Frohsinn ist mit ihr dahin!"

Die alte Exzellenz bog sich schnuppernd vor und sagte: „Spürst das Lüfterl? Unser gewisses weiches österreichisches Lüfterl, das einen so lieb streicheln tut! Und gleich zergeht dann alles, was sich im Menschen Schlimmes angesammelt hat! Manchmal im Winter in Wien, da hab ich jetzt schon recht arge Stunden! Wenn ich dann aber nur erst wieder hier bin, in dem lieben kleinen Ort mit seinen friedlichen guten Menschen, und aus dem herzigen Tal herauf dieses gewisse Lüfterl weht, dann is ja gleich alles wieder gut! Das gibt's halt doch nur in Österreich, gelt? Und so einen schönen kleinen Plausch, wo man sich schön gemütlich einmal über alles aussprechen kann, wo gibt's denn das noch?"

Ende.

„Drut" ist der zweite einer Reihe von Romanen Der erste heißt „Die Rahl" und ist im Herbst 1908 erschienen. Der dritte heißt „O Mensch!" und ist 1910 erschienen.

Einige, die in dem Roman „Drut" vorkommen oder erwähnt werden, sind schon in anderen Werken erschienen. So die Rahl, Larinser, der Vater der Vikerl, und Hofrat Wax in der „Rahl", der Hofrat Furnian, der Großonkel des Klemens, die Hofrätin Zingerl, geborene Johanna Trost, und ihr Vater, der Syndikus Trost, ihre Mutter Karoline und ihre Schwestern Luise und Sanna in der „Sanna", Ferdinand von Matt und seine Frau Aurelie, geborene von Wurz, die Großeltern des Klemens, im „Krampus", Leopold Wiesinger und seine Frau Gertrud, geborene Danzer, im „Star" und die Wirtin Gusti Riederer, geborene Hafferl, im „Franzl".

Siegfrieds Kampf mit dem Drachen

mag nicht grimmiger aus=
gefochten sein, als hier der
Zeichner den Kampf des
Schneiders gegen die Wespe
darstellt. So trefflich sind
alle Federzeichnungen in dem
köstlichen Abenteuer=Buche

RICHARD ZOOZMANN

Ein kunterbunter Filmroman
für Kinder und Erwachsene

Muckipuckis

wundersame Fahrten und Abenteuer

252 Seiten. 74 Federzeichnungen. In Ganzleinen gebunden 5.50 RM.
Erweiterte Ausgabe, 392 Seit., 114 Federzeichng., Ganzlbd. 7.— RM.

... wirklich wundersame Fahrten eines Dreizehnjährigen! —
Nichts ist vergessen, was Kinder fröhlich lachen und staunen macht:
Schulkrankheit, Zirkuserlebnisse, Fahrten in die Sternenwelt, Besuch
im Bienen= und Ameisenstaat, Entdeckungsreisen auf dem Meeres=
grund. Man staunt über die Fülle von Phantasie ... Sogar die
kleinen Geschwister kommen mit Liedern und Schwänken auf ihre
Kosten; die Alten horchen auf und lächeln verständnisinnig.

FRANZ BORGMEYER, VERLAG, HILDESHEIM

Aus einer Reihe von 12 Romanen von

Hermann Bahr

sind bisher erschienen:

Die Rahl
Vergriffen

Drut
Vergriffen

O Mensch
10.–12. Auflage. 318 Seiten,
brosch. 4.50 RM., Halblbd. 6.– RM.

Himmelfahrt
15.–16 Auflage. 406 Seiten,
brosch. 5.– RM., Ganzlbd. 7.– RM.

Die Rotte Korahs
7.–10. Auflage. 490 Seiten,
brosch. 4.– RM., Pappband 5.– RM.

Der inwendige Garten
194 S., brosch. 3.–, Ganzlbd. 4.50 RM.

Österreich in Ewigkeit!
ca. 170 S., brosch. ca. 2.50 RM.
Ganzlbd. ca. 4.– RM.

Die Kritik urteilt z. B. über „Himmelfahrt"

Dieser Roman ist ein Buch von solcher Tiefe und so schwerer, doch in eleganttesten Plauderton gekleideter Gedanklichkeit, daß ernste Leser es immer wieder zur Hand nehmen. Man möchte es als ein Laienbrevier bezeichnen. Es enthält soviel Echtes, Kerniges, Erprobtes über Kunst und Leben, daß man fast auf jeder Seite wie Aphorismen scharf gemeißelte Sätze findet, mit denen man sich im Innersten beschäftigen muß. Bahr zeigt sich als ein Mensch von außergewöhnlicher Vertieftheit des Empfindens und schärfster Beobachtung, und keiner wird ohne achtungsvollen Gruß daran vorübergehen können.

Außerdem erschienen von Hermann Bahr:

Liebe der Lebenden
Tagebücher 1921–1923.
Gr. 8°. 3 Bände zusammen 1068 Seiten
Brosch. 14.– RM., Ganzlbd. 20.– RM.

Der Zauberstab
Tagebücher 1924–1925
Gr. 8°. 388 Seiten
Brosch. 7.– RM., Ganzlbd. 9.– RM.

In diesen Tagebüchern ist das ganze Wissen der Zeit ausgebreitet, und es bietet sich kulturell so eigenartig, stilistisch so durchgeschliffen, daß die geistige Ausbeute nicht hoch genug veranschlagt werden kann. Mit ausführlichem Register versehen, sind sie das begehrte Nachschlagewerk für alle geistig Interessierten.

Dr. Wilhelm Meridies

Hermann Bahr als epischer Gestalter
und Kritiker der Gegenwart
70 Seiten, kartoniert 1.50 RM.

Deutschtum, Judentum, Katholizismus
sind die Probleme der Werke Hermann Bahrs, denen diese Untersuchung nachgeht

FRANZ BORGMEYER, VERLAG, HILDESHEIM